Vénéneuse

1 - Papillon de nuit

CYNDRA O'HARA

Éditions Elixyria

Vénéneuse

1 - PAPILLON DE NUIT

CYNDRA O'HARA

Mentions légales
Éditions Élixyria
http://www.editionselixyria.com
https://www.facebook.com/Editions.Elixyria/
ISBN : 978-2-37961-563-4
Concept de couverture & illustrations intérieures : Dark & Light art
IN COVER Concept

Trigger warning

Attention, ce roman comporte quelques scènes déconseillées aux personnes sensibles. Il ne fait aucunement l'apologie de la violence, ni même de l'abus d'alcool et de drogue qui reste dangereux pour la santé.

Avant-Propos

Chère lectrice, cher lecteur,

Si tu es là, ce n'est pas par un hasard. Ce que tu tiens entre les mains est une romance particulière, avec des thématiques sombres et sociétales. Il m'a fallu plusieurs mois de recherches pour jeter sur le papier les premiers mots d'un univers réaliste qui, je l'espère, saura te conquérir. Mon histoire se passe en Amérique, dans une ville que j'ai inventée : Wilnoh. Je fais aussi mention de Camden, située dans l'État du New Jersey, connue pour sa pauvreté endémique et la violence que les habitants subissent, notamment au début des années 2000.

Au cours de mon étude, je suis tombée sur un phénomène de pauvreté connu dans de nombreuses métropoles : les « *tent cities* ». Ce sont des villages de tentes installés par l'État ou par des sans-abri eux-mêmes (avec ou sans autorisation), similaires aux bidonvilles. Des gens y vivent dans des conditions extrêmes en attendant d'être relogés. Lorsque l'hiver arrive, certains occupent toujours ces habitations de fortune, et ce, malgré la neige ou le froid mordant qui fait rage. Des sans-abri sont même morts de maladies ou de froid, sans que personne leur vienne en aide. Abandonnés par la société, ils peuvent avoir bien du mal à se sortir de cette misère qui leur colle à la peau. Ce sujet m'ayant beaucoup touchée, il me tenait à cœur d'en parler (même de manière fictive). Je l'aborderai plus en profondeur dans le deuxième tome.

Dans cette histoire, je traite de sujets d'actualité tels que les écarts de richesses, la drogue, le deuil et le suicide, tout en y instillant une bonne dose d'émotion. J'ai détourné le cliché du « bad boy » et de « la fille douce et timide » en y ajoutant quelque chose de nouveau, pour m'éloigner des romances classiques.

Merci d'avoir choisi *Vénéneuse*. C'est une romance palpitante dont tu ne sortiras pas indemne. Je te souhaite une belle aventure aux côtés d'Ethan et d'Isabelle.

À mes parents, les premiers à croire en mon histoire,

Merci pour votre écoute et vos conseils.

À toi, qui lis ces lignes, je te souhaite une belle lecture au cœur de ce champ de roses écarlates aux épines sanglantes.

PROLOGUE
ETHAN

« La seule solution définitive est la mort. Elle seule donne la paix à celui qui est mort, comme à ceux qui l'ont tué[1]. »

Adolphe-Basile Routhier

Je ne suis ni trop près ni trop loin. Adossé à un arbre, j'observe les croque-morts inhumer son corps. Ses proches sont venus lui rendre un dernier hommage. Une femme s'avance doucement vers le cercueil, sa voilette noire m'empêche de distinguer son âge et ses traits. Je suis quasiment sûr que c'est sa veuve. Son cri de désespoir m'entaille les veines.

Bordel ! Pourquoi j'ai fait ça ?

Elle balance d'une main tremblante une rose blanche dans la fosse, avant de s'effondrer en larmes dans les bras d'un type baraqué au visage grave.

---

[1] Adolphe-Basile Routhier, *Le Centurion, roman des temps messianiques*, Desclée, De Brouwer et Cie, 1911.

Putain ! Je pensais pas que ça serait aussi dur ! Et pourtant, ce n'est pas le premier enterrement auquel j'assiste.

Le vent frais de l'automne me mord la peau. Je rabats ma capuche sur ma tête, hors de question que quelqu'un me voie. Je sais qu'ils ne me connaissent pas, mais je ne veux prendre aucun risque.

Le prêtre lève les mains et prend la parole. J'entends quelques mots vagues qui suffisent à renforcer mon mal-être.

« C'était un homme bon… »

Je me maudis intérieurement.

« Sincère… »

Décidément, je détruis tout ce que je touche.

« Honnête… »

J'aimerais tellement porter mes couilles et assumer les conséquences de mes actes, car je sais au fond que c'est ma putain de faute ! Ma mère me l'a déconseillé, et à cause de moi, on va devoir partir. Mais c'est plutôt un mal pour un bien, j'en peux plus de cette ville pourrie, c'est pas une vie !

« Que Dieu garde son âme. »

Dieu ? On en parle ?

Ça me fait doucement rire, au fond. Dieu n'existe que pour les chanceux. Les gars comme moi, il n'en a rien à cirer. J'ai jamais réussi à attirer son attention. Pourtant, c'est pas faute d'avoir essayé ! Toutes ces fois où j'ai prié pour sortir de cette profonde misère, où j'ai prié pour qu'on se soucie enfin de mon existence. La force que j'ai tirée de tout ça, je ne la dois qu'à moi, et à moi seul.

Je contourne discrètement le pin en me traînant dans une des longues allées. Mes pieds shootent dans les gravillons pendant que j'observe, blasé, les tombes alignées les unes à côté des autres.

Bon sang, ça fait froid dans le dos !

Je déteste les cimetières, ça me rappelle trop de mauvais souvenirs. Les stèles aux couleurs tristes défilent devant mes yeux. Je reste un moment derrière un mausolée en faisant semblant de me recueillir. Je risque un œil dans leur direction. Ils s'avancent un à un, pour lui faire un dernier adieu.

Guettant le moment où les croque-morts posent enfin la pierre tombale, je me précipite vers l'allée en question. Une boule remonte le long de ma gorge, je manque de trébucher à deux reprises. Ça fait une semaine que je ne dors plus. Les seuls moments où le sommeil a eu raison de moi, mes anciens démons sont remontés à la surface.

Je m'arrête devant la tombe fraîchement fleurie.

« À mon regretté, je t'aimerai au-delà de ton dernier souffle. »

« À notre père, repose en paix et continue de veiller sur nous comme tu l'as toujours fait. »

Ce n'est pas un homme que j'ai détruit, c'est une famille entière !

Si je n'avais pas eu ce comportement de merde, rien ne serait arrivé, il serait encore auprès des siens. Un goût de bile se répand dans ma bouche, des larmes brûlantes emplissent mes yeux.

Putain, non !

Je veux les empêcher de couler, moi qui ne pleure jamais, mais les souvenirs s'en mêlent et j'en laisse une s'écraser sur ma joue.

Quel beau spectacle !

Je me ressaisis et m'empresse de l'essuyer. Mon cerveau tourne à plein régime, les pensées se bousculent dans ma tête. Jusque-là, je ne me rendais pas encore bien compte. À présent, je me trouve face à la dure réalité.

Ce n'est peut-être pas moi qui l'ai tué, mais c'est comme si je lui avais donné la corde pour se pendre !

Quand j'ai appris son suicide dans le journal, j'ai été choqué et me suis lourdement remis en question.

— Je m'excuse, hoqueté-je.

C'est déjà un bon début, même si c'est loin d'être suffisant. Si je ne me pardonne pas, comment je pourrai avancer ?

Je sors une enveloppe de ma poche, avec la ferme intention d'aller la déposer dans la boîte aux lettres de sa femme. D'ailleurs, je compte bien récupérer l'autre moitié du fric et tout rendre. Après tout, c'est leur argent, ils en auront bien plus besoin que moi.

À partir de maintenant, je ne m'écarterai plus du droit chemin, je me battrai pour ce qui est juste. Je compte bien reprendre les études l'année prochaine. D'ici quelques mois, ce cauchemar sera derrière moi. En attendant, je ne dois plus faire de vagues.

CHAPITRE 1
ETHAN

« Parfois, il faut tuer le passé pour créer l'avenir.
Faire taire ses démons pour prendre un nouveau départ. »

Cyndra O'Hara

— On est enfin arrivés ! constate Rachel avec soulagement.

Pour toute réponse, je me contente de hisser les bagages hors du wagon. Je dois avouer que je suis crevé, après deux heures de vol et une heure et demie de train. Je n'ai pas pu visiter Palorem Beach, mais je songe déjà à y retourner, à l'occasion. Je marche le long du quai, une valise dans chaque main. Ma mère se traîne difficilement derrière moi. Je n'y prête pas attention, j'ai l'habitude.

Je hèle un taxi en donnant notre nouvelle adresse. C'est la première fois qu'on déménage aussi loin. J'espère que le déménageur sera là, je ne suis pas spécialement rassuré d'avoir laissé nos affaires entre les mains d'un inconnu.

Le panneau « Wilnoh » nous souhaite la bienvenue. Le nez collé à la vitre, rien n'échappe à ma mère.

— C'est une belle ville ! Je suis sûre qu'on va se plaire ici.

Je hoche la tête. On verra bien ! Lors de notre première visite, on a été séduits. C'est vrai que ça n'a rien à voir avec le taudis d'où l'on vient ! Les magasins, fièrement alignés le long du trottoir, me narguent avec leurs vitrines propres et bien rangées. Quelques maisons à colombages colorées captent mon attention. Tout est un peu trop beau, un peu trop lisse. Reste à savoir s'il y a moins d'écarts de richesse qu'à Camden... La tête vacillant sur le côté, je me laisse emporter par le sommeil.

Une secousse me réveille de ma microsieste ; je lève la tête et constate qu'on est enfin arrivés. Des masures défilent sous mes yeux. Nous empruntons une route cabossée. Sur le côté, une forêt sombre s'étend. Nous roulons le long d'un champ, avant de nous arrêter devant la dernière habitation.

Le déménageur nous attend, les bras croisés, adossé à son fourgon. Il ouvre les portes du container. Ma voiture et toutes nos affaires sont là. Enfin, il n'y a pas grand-chose, la majorité de nos meubles étaient pourris, et même si on a emporté le strict minimum, tout ne rentrait pas dans ma caisse.

J'observe notre maison. La toiture gris anthracite détonne sur la façade claire et le toit du perron est difficilement soutenu par deux poutres.

C'est bien la première fois que je vais vivre dans une baraque !

C'est peut-être loin d'être un palace, mais ça fera l'affaire, pas besoin de plus. Nous montons les quelques marches en pierre. Je sors les clés, fébrile, et ouvre la porte. Nous sommes accueillis par une pièce vide plutôt spacieuse, qui sera notre principal lieu de vie. Je me dépêche de faire le tour du propriétaire.

Nous déchargeons quelques cartons, puis je m'active au volant pendant que le hayon de chargement descend. Le camionneur nous aide à sortir le plus encombrant, puis regarde sa montre. Je fourre un gros billet dans sa main. Il s'en va, satisfait.

Lorsque j'ai terminé, je gare ma Dodge dans notre petit garage, et nous en profitons pour siroter un jus d'orange.

— Enfin ! s'exclame ma mère, satisfaite.

— Demain, on ira acheter le canapé, on le mettra là.

Je pointe du doigt le fond de la pièce. Elle se contente d'acquiescer et me fixe de ses grands yeux noisette, mais pas du regard tendre qu'est censée avoir une mère ; le sien ne laisse paraître aucune émotion, à part le putain de manque dont elle souffre.

Bon sang, j'ai horreur quand elle fait ça !

Je sais parfaitement à quoi elle pense, il est hors de question qu'elle recommence ! Je soutiens son regard en essayant de lui faire comprendre qu'elle doit arrêter son cirque. Pour y couper court, je me lève brusquement, prêt à défaire les cartons.

Après avoir installé les affaires de première nécessité, je commande une pizza que nous engloutissons en même pas cinq minutes.

— C'est un nouveau départ pour nous.

Tu parles ! Je suis sûr qu'elle va recommencer, oui !

Je réponds par l'affirmative pour ne pas jouer les emmerdeurs. De mon côté, c'est plutôt bien parti, je n'ai pas déraillé une seule fois depuis l'année dernière, même si ça n'a pas toujours été simple. Nous nous levons en même temps et je grimpe à l'étage. Ma chambre n'est composée que d'un pauvre matelas qui gît sur le sol et de ma table de chevet. Je soupire bruyamment à l'idée du taf qui nous attend demain.

À peine mes vêtements retirés, je m'effondre sur mon lit de fortune. Mes pensées ne me lâchent pas. Les dernières paroles de ma mère résonnent dans mes oreilles. Partir était la meilleure des décisions. De toute façon, elle a toujours détesté Camden. Cette ville de misère lui rappelait trop son enfance, et elle m'a offert la même. Maintenant qu'on s'est enfin cassés de là, je compte reprendre les choses en main et profiter de la vie. Je ne sombrerai peut-être plus dans la délinquance, mais ça ne veut pas dire que je vivrai comme un enfant de chœur. Il y a certaines choses dont j'ai *besoin* et dont je ne peux tout simplement pas me passer. La vie m'offre un nouveau départ, et je compte bien saisir ma chance, cette fois.

CHAPITRE 2
ISABELLE

« Il y a quelque chose de plus fort que la mort, c'est la présence des absents dans la mémoire des vivants. »

Jean D'Ormesson

Les rayons du soleil percent à travers les feuillages et se posent avec délicatesse sur sa chevelure de feu. Sa longue robe blanche souligne sa silhouette longiligne à chacun de ses pas sur l'herbe moelleuse. Ses taches de rousseur, qui s'épanouissent comme des soleils sur son visage, lui confèrent une certaine candeur. Elle s'arrête au bord du lac miroitant. L'eau dévore le bas de sa robe, elle reste un moment dans cette position, semblant hésiter. Eileen s'enfonce lentement dans la surface opaque, une couronne de fleurs sur la tête, telle une nymphe. Rien ne l'arrête, je lui hurle de revenir. Elle se retourne et je ne vois plus que ses yeux d'un vert profond qui me sondent de trop longues secondes, avant qu'elle ne s'enfonce mortellement dans les profondeurs abyssales. Le froid me transperce le cœur comme mille lames. Elle s'est éteinte dans les ténèbres…

— Eileen ! crié-je.

Je me redresse en sursaut, transpirant à grosses gouttes. Le confort de mon lit me fait prendre conscience que ce n'était qu'un effroyable cauchemar. Un cauchemar, certes, mais d'une réalité des plus noires. Malgré les années, je n'oublie pas. La douleur est toujours là, tangible. Cette plaie ne se refermera jamais complètement. Je me suis efforcée de la faire taire, j'ai enfoui ce mal au fond de mon âme. Je crois bien qu'on a tous essayé. Une part de moi a été enterrée avec elle, il y a de cela bien des années. Je bascule la tête sur mon oreiller, essayant de calmer les battements désordonnés de mon cœur. Plongée dans une semi-obscurité, j'observe les rayons du jour filtrer à travers l'épais rideau de soie. Les minutes s'égrènent pendant que je reprends mon souffle.

Le cadran numérique indique sept heures. Je saute du lit, me prépare en vitesse et descends dans la cuisine. Mes parents prennent déjà leur thé. L'odeur du lard me met carrément l'eau à la bouche. Je me sers sans plus tarder une tranche généreuse, accompagnée de deux galettes de pommes de terre.

J'arrose gauchement mon pancake de sirop d'érable, quand la voix de ma mère me ramène à la réalité.

— Tu n'appréhendes pas trop cette journée ?

Elle pèse chacun de ses mots, comme si elle marchait sur des œufs. Mon petit déjeuner remue déjà dans mon estomac, je n'ai plus faim. Je masque mon anxiété en arborant un sourire confiant.

— Non. Après tout, je serai avec Jessica.

Je fais exprès d'insister sur ce prénom pour l'embêter ; vu son air rembruni, ça fonctionne.

— Eh bien, tant mieux. De toute façon, il ne te reste plus qu'un an dans ce taudis et tu rentreras enfin dans une université privée.

Je lève les yeux au ciel, exaspérée. Dès qu'elle a l'occasion de cracher son venin, elle le fait.

— Maman, est-ce que je peux manger en paix ?

Elle baragouine dans sa barbe. Je lâche ma fourchette qui tinte contre l'assiette, décidant de mettre fin à son petit jeu stupide.

— Ce n'est pas parce que tu n'aimes pas ce lycée que c'est une raison pour me pourrir à chaque fois. T'en as pas marre d'être aussi exécrable ?

— Excuse-moi de me montrer enthousiaste pour ton avenir, argue-t-elle, sarcastique.

Mon père vient à la rescousse.

— On est très fiers de toi. C'est vrai qu'au début, on n'était pas spécialement rassurés que tu ailles dans un lycée public. En un an, tu as largement fait tes preuves, tu t'y plais. Au final, c'est ce qui compte.

J'opine, reconnaissante. J'ai toujours admiré son empathie. Je ne compte plus le nombre de fois où il a pris mon parti face à ma mère. Cette dernière le foudroie de ses yeux saphir comme elle sait si bien le faire. Il ne semble pas impressionné et continue de boire tranquillement.

Je mets un pied dehors, jetant un dernier regard derrière moi. Les murs imposants étendent leur ombre sur plusieurs mètres. Le perron orné de colonnes blanches fait le tour de la demeure aux larges fenêtres. Le vent fait applaudir les feuilles de la longue allée. La chaleur de cette fin d'été caresse ma peau. Je ferme les yeux, envahie par cette douceur exaltante.

Mon père se dirige fièrement vers moi en faisant tourner les clés dans ses mains. J'inspire un grand coup avant de monter dans sa Mustang. La couleur turquoise du modèle est aussi profonde que le ciel. Il actionne le moteur, tourne la tête vers moi, et me dit d'un ton rassurant :

— Ne t'inquiète pas, ça va bien se passer. Et puis, il y a Jessica maintenant.

Ses iris bleu-gris transpirent la confiance. Sa simple voix a apaisé mes craintes. Je sais qu'il a raison. Depuis que j'ai mis les pieds dans ce lycée, je n'ai plus eu d'ennuis. Seulement, la rentrée est un évènement difficile pour moi, en particulier depuis l'année dernière.

Le mode décapotable activé, je me laisse aller, les cheveux au vent. Aux abords du centre-ville, mon père bifurque dans une allée où nous attend une jeune fille à la chevelure rubis.

— Ouah, c'est de la bombe cette caisse ! s'extasie-t-elle, avant de reprendre d'un ton plus conventionnel : Euh… excusez-moi, monsieur Cleaford, je voulais dire que vous avez une très belle voiture.

— Oh, tu peux m'appeler Brent, depuis le temps qu'on se connaît, répond mon père en chassant une mouche imaginaire.

J'observe dans le rétroviseur les fossettes de mon amie s'élargir à mesure qu'on approche du lycée. Je lui ai proposé de l'emmener et, mon père n'étant pas contre, elle ne s'est pas fait prier. Je n'ai jamais eu de grande amie, jusqu'au jour où je l'ai rencontrée. Jessica est très excentrique, c'est ce qui m'a immédiatement plu chez elle. Elle ose et vit ! Je suis quant à moi plutôt sur la réserve. Pourtant, je sens une force bouillir en moi, que je n'ai pas encore réussi à libérer.

Au départ, mes parents n'ont pas vu notre amitié d'un très bon œil, en particulier ma mère. Jessica vient du milieu ouvrier, celui que ma génitrice ne cesse de rabrouer. « Tu vaux mieux que cette fille », ne cessait-elle de me rabâcher. À force de jérémiades de ma part, et voyant qu'elle n'a en rien altéré ma personnalité, mes parents ont fini par l'accepter.

Je lui ai transmis ma soif d'apprendre. De son côté, elle m'a initiée aux mystères du sexe opposé. J'étais autant fascinée qu'effrayée de tout ce qu'elle me racontait. Jessica m'a appris à danser autre chose que « la valse », et même l'art de jouer la comédie.

Je demande à mon père s'il peut nous déposer quelques rues plus loin afin de ne pas attirer les regards. Bien sûr, ce n'est pas dans les projets de Jessica, qui tient vraiment à ce que l'on nous voie sortir de ce bijou. Pour ne pas m'attirer ses foudres, je lui donne mon aval, mal à l'aise. Elle se confond en remerciements et nous descendons de la voiture, sous le regard ahuri des élèves. Elle sautille sur place.

— Maintenant qu'on nous a vues sortir de cette caisse, t'inquiète pas qu'on va vite revenir sur le marché, souligne-t-elle en bombant le torse.

Sachant parfaitement où elle veut en venir, je lui fais comprendre que je ne me servirai pas de mon milieu social pour trouver l'amour. Il faut dire que, jusqu'à présent, je n'ai eu qu'une amourette. Elle a pris fin en même temps que l'été s'estompe pour laisser place à l'automne, ne me laissant aux lèvres qu'un goût amer. Une fois le portail franchi, elle m'entraîne un peu à l'écart, une expression soucieuse sur le visage.

— Ça va aller ?

— Ouais, c'est bon. Je suis forte.

— Je sais bien. C'est juste que ce n'est pas un moment évident pour toi, ça fait un an.

Je la rassure du mieux que je peux, même si des restes de mon mal-être me rongent encore. Je me sens bête, car je sais bien que je n'ai aucune raison de stresser, tout s'est bien passé jusque-là. Simplement, c'est plus fort que moi.

En fin de matinée, je me rends à mon cours de sport. Si je pouvais sauter cette matière, je le ferais volontiers, j'ai une sainte horreur de l'activité physique, surtout lorsqu'elle est collective. Dieu merci, les deux heures passent plus vite que je ne l'aurais cru ! Au moment où je me change, les rires des filles bourdonnent dans mes oreilles. Je me recroqueville sur le sol, en culotte, attendant que ça cesse. Les voix montent dans les aigus. Mon sang se glace, je baisse les yeux sur mes avant-bras. Le souvenir de ce que j'ai vécu il y a un an, jour pour jour, m'assaille.

La pluie glisse sur ma peau, mais je ne ressens qu'un vide abyssal qui me tord le ventre. Arrivée chez moi, je m'enferme dans la salle de bains. Les nuages opaques atténuent l'éclairage de la pièce. Tout est sombre. Comme mon âme. Mes pupilles se dilatent alors que j'observe le reflet que le miroir me renvoie. Celui d'une fille esseulée, humiliée. Mes yeux bleus sont cerclés de noir, mon mascara a coulé jusque sur mes pommettes. Ma joue, striée de larmes, porte la trace du méfait. Je sens encore la gifle résonner dans tout mon être. Mon cœur est écartelé, à vif. Depuis deux ans, les portes de l'enfer se sont ouvertes devant moi, et elles portent le nom de St. John's High School. *Là-bas, les élèves sont tellement tordus qu'il vaut mieux subir mille tortures que d'y retourner. Jayden, mon frère, étudie à des centaines de kilomètres d'ici. Et Eileen… Le mal qui ronge ma poitrine m'empêche de respirer correctement. Mes larmes coulent à flots quand je pense à ma sœur, la seule qui me comprenait. Ce qui m'a fait tenir tout le trajet, c'est de la retrouver. Mes jambes peinent à me maintenir debout, mes doigts s'agrippent désespérément aux parois du lavabo.*

Je revois l'expression surprise des élèves, puis un rictus s'élargir sur leurs bouches cruelles. Leurs rires perchés désagrègent mon organe vital. Mes joues surchauffent, une haine indicible se propage comme un poison dans mes veines. Un vase repose sagement sur l'étagère. Je l'attrape et le balance de toutes mes forces sur mon double maléfique qui me fixe avec un peu trop d'intensité. Le miroir se fracasse dans un bruit de tonnerre. Les fragments jonchent le sol, hurlant sous mes chaussures. Un long morceau de verre au bout tranchant attire mon attention. Je le brandis d'une main tremblante au-dessus de mon bras.

Il faut exorciser la douleur dans le sang…

Je fais glisser lentement la pointe le long de mes veines apparentes. Elle s'effrite dangereusement. Les brisures s'accrochent à ma peau, se logent dans mon sang, se fraient un chemin que mes doigts tracent habilement. Une douleur aiguë éclate dans mes organes comme un feu d'artifice.

La souffrance physique prend le dessus sur mes brûlures intérieures. Peu à peu, ma détresse s'amenuise. Les gouttes écarlates s'écrasent sur le marbre blanc, se mélangeant à mes larmes. Les effluves métalliques agressent mes narines frémissantes. Mon dos glisse contre la porte. Les traces rouges sur les dalles d'un blanc immaculé soulèvent mon estomac déjà fragile. Dans les morceaux de verre de formes et de longueurs différentes apparaissent deux billes de jade. Ma sœur se tient debout, les mains tendues vers moi. Un soupir étranglé d'émotion s'échappe de ma gorge. Elle est là, enfin ! Eileen s'agenouille à ma hauteur. Mes doigts poisseux caressent sa tignasse rousse.

— Je t'aime, me susurre-t-elle de sa voix angélique.

Incapable de prononcer un mot, je caresse de mon autre main sa joue de porcelaine, me faisant la promesse de rester à ses côtés. Je fais appel au peu de forces qu'il me reste, empoignant l'objet qui m'emportera vers un autre monde. Le morceau tranchant cisaille mon autre bras, s'enfonçant mortellement dans mon épiderme. Les murs vibrent, l'arme s'échappe de mes doigts, retombant dans un tintement effrayant sur le carrelage. Des tambourinements martèlent la porte, accompagnés de cris, mais je suis déjà loin. Les battements de mon cœur ralentissent. Le cauchemar prend fin. Un sourire flotte sur mon visage, je suis paisible, prête à la rejoindre...

Les joues humides, j'effleure mes scarifications épaisses. Après ce qu'il s'est passé, je ne pouvais pas rester dans ce lycée où j'ai essuyé tant de souffrances. Mes parents ont pris la situation au sérieux. Ils voulaient m'inscrire dans un établissement similaire, mais j'ai souhaité voir autre chose que ces jeunes qui jouent les anges devant leurs parents, et qui, par-derrière, se révèlent être de véritables petits diables. Le seul lycée privé en dehors de Wilnoh est à deux heures de route. Je ne me voyais pas faire tout ce chemin et loger à l'internat. Mon père s'est rangé de mon côté. En revanche, ce ne fut pas le cas de ma mère. Elle a fini par capituler, non sans afficher son dégoût. En contrepartie, j'ai fait l'absurde promesse de suivre le cursus universitaire qu'ils m'ont choisi. Pas plus tard qu'hier, ils m'ont annoncé que je serais bientôt inscrite à la Howard University. Beaucoup rêveraient d'être à ma place, pourtant, quelque chose me bloque. Une boule au fond de ma gorge remonte malgré moi. Tout se passe tellement bien depuis que j'ai quitté le privé, j'ai réussi à atteindre la seule norme à laquelle j'ai aspiré toute ma vie.

Ces pensées en tête, je franchis les portes de la cafétéria. Jessica me fait un signe de la main, un grand sourire accroché aux lèvres. Elle m'insuffle un peu de chaleur et une note d'espoir. C'est pile ce qu'il me fallait pour affronter le reste de la journée.

CHAPITRE 3
ETHAN

« N'ayez pas peur du changement, Il mène à un nouveau départ. »

Anonyme

J'ai profité de ces quelques jours de répit pour me rendre dans un magasin d'occasion. Je place le canapé au fond de la pièce avec l'aide du vendeur, avant qu'il ne prenne congé. Ce meuble n'était pas du tout mis en valeur, pourtant il m'a tout de suite tapé dans l'œil. J'aime ce côté vintage et je suis sûr qu'après un coup de décrassage, il sera parfait.

Je le nettoie avec précaution. L'odeur du cuir me monte aux narines. Que j'aime ce parfum ! Mélangé à celui de la nicotine, je crois bien que c'est ce qu'il y a de meilleur ! Je m'avachis dessus comme une merde, fatigué de tout ce remue-ménage.

Ça fait du bien de se sentir enfin chez soi !

Hier, on a passé une bonne partie de la journée à vider les cartons et à arranger notre chez-nous. Je ne me suis jamais vraiment senti chez moi nulle part, mais là, c'est différent. Je regarde avec satisfaction autour de moi. Le coin télé se trouve à côté de la cheminée. Un vase en céramique auquel ma mère tient (il lui vient de ses parents) repose sur une étagère pourvue de quelques livres et objets de déco.

Je me rends dans les chambres pour monter les lits. Mes fringues sont encore dans les cartons ; il ne manque plus qu'une armoire et ça sera parfait. J'ai réussi à me dégoter un bureau sur lequel j'ai déjà posé mes affaires de cours pour demain. J'ai du mal à y croire, ça fait un bail que je ne suis pas retourné sur les bancs du lycée. Je révise depuis décembre dernier, je me sens plus prêt que jamais.

Ça fait trois ans que j'ai tout quitté pour commencer à bosser. Je me suis dit que c'était l'occasion de ramener du fric à la maison. Le peu d'argent que ma mère gagne, elle le flambe. Il fallait que je prenne la situation en main, que je m'occupe de notre foyer. J'ai enchaîné les petits boulots et les galères pendant un an. À ma majorité, j'ai été engagé comme garagiste dans un foutu endroit, jusqu'à ce que je me fasse virer. J'ai tenu responsable mon ancien patron de ce qui était arrivé. Ce n'était pas vraiment sa faute, mais celle de ce gouvernement, et ça, j'ai mis du temps à le comprendre. Je jette un œil à mon planning de demain : philo. C'est mon premier cours de la journée, ça s'annonce fort !

Un bruit strident m'arrache du sommeil. Mon réveil se prend un gros coup. Tout ce que je souhaite, c'est faire taire cette fichue alarme. Je me traîne jusqu'à la salle de bains et passe de l'eau sur mon visage.

Une fois douché, je rejoins la cuisine. L'estomac noué, je graille sans conviction mes œufs brouillés. Je ne peux pas m'empêcher de baliser en pensant à ma rentrée tardive. Ça fait plus d'une semaine que les cours ont repris.

Je vais sûrement être le plus âgé !

Il y a quelques années, j'en aurais rien eu à foutre, mais j'ai des projets maintenant, je ne veux pas faire tout capoter, comme d'habitude.

Une fois prêt, j'attends dans le salon en tapant nerveusement du pied.

Ressaisis-toi !

Bon sang, je ne savais pas que je prendrais autant les choses au sérieux ! Les escaliers craquent, je sens un pas doux et lent au-dessus de ma tête. Ma mère est réveillée.

Génial, manquait plus que ça !

Elle se dirige vers moi, une robe de chambre sur le dos. À sa vue, je me renfrogne.

— Déjà levée ? Tu ne bosses que cette aprèm.

— Je voulais te souhaiter une bonne rentrée.

— Oh, tu t'en souviens ? ironisé-je malgré moi.

Elle me lance un regard d'avertissement, j'en profite pour me tailler. Avant que je n'atteigne la porte, sa voix me rappelle à l'ordre.

— Et ne fous pas tout en l'air !

Je reste figé quelques secondes, hésitant entre la prendre à partie ou ignorer sa remarque de merde. Le choix est vite fait.

Alors c'est pour ça qu'elle s'est levée, me faire chier dès le matin ?

— Et tu veux qu'on en parle de ton problème ? Putain, j'y crois pas !

Je claque la porte avant qu'elle ait le temps de répondre, m'éloignant de cette maison et de tout ce qui s'y rapporte.

Je regarde ma montre en franchissant le portail, il me reste encore quelques minutes. « *Lowell's High School* » est inscrit en grand sur le bâtiment. Je gravis les quelques marches puis passe difficilement sous l'une des arcades. J'avais oublié ce que ça faisait d'être noyé dans une foule d'élèves. Ce n'est pas ce qui m'a manqué le plus. À peine arrivé, je suis déjà sur les nerfs. Je prends sur moi et souffle un bon coup en me frayant un chemin vers le secrétariat.

Ça fait déjà dix bonnes minutes que ça a sonné et je poireaute toujours comme un con à l'accueil. La proviseure vient m'accueillir. Son sourire franc efface mon humeur massacrante. Je la suis dans les couloirs. Elle en profite pour me faire visiter rapidement les lieux. Nous nous arrêtons devant une salle de cours.

C'est là.

Elle frappe quelques brefs coups. J'entends mon cœur battre ; je lui ordonne de stopper tout ce bazar.

CHAPITRE 4
ISABELLE

« Il y a des coups de foudre qui font des bleus au cœur. »
Pierre Perret

Plongée dans ma dissertation sur le sujet « faut-il se plier au système actuel ? », un bruit sourd me parvient. J'entends la porte s'ouvrir. La proviseure se tient sur le seuil, suivie de quelqu'un. Elle parle activement avec M. Harper, mais je n'écoute pas, concentrée sur mon travail.

Un vent frais m'effleure. Je relève la tête, intriguée, quand je *le* vois. Un jeune homme visiblement plus mûr que les autres s'avance d'un pas nonchalant, une veste en cuir sur le dos. La noirceur de sa chevelure rehausse parfaitement sa peau d'un blanc lactescent. Son regard ébène pénètre mon âme. Sa beauté glaciale enflamme mon paradis. L'espace de quelques secondes délicieuses, je me noie dans les ténèbres.

Sa noirceur accapare la pièce, je peux sentir sa toxicité suffocante nouer ses lianes autour de mes poumons. Le temps se fige, j'entre dans une nouvelle dimension où tout me paraît désormais possible.

Il rompt subitement le contact pour s'asseoir derrière moi. Mes pensées se bousculent, jamais on ne m'a regardée comme il vient de le faire. Notre prof se racle la gorge.

— Nous accueillons un nouvel élève. Vous voulez bien vous présenter ?

Le nouveau pousse un long soupir, avant de reculer son siège dans un raclement strident.

— Je m'appelle Ethan, j'ai vingt ans et je viens de m'installer dans la région.

— Bienvenue dans notre établissement, j'espère que vous vous plairez ici.

M. Harper nous demande de mettre nos copies de côté pour aborder un autre sujet. Je n'écoute plus, la tentation de *le* regarder est trop grande. Je pivote légèrement sur mon siège, risque un œil dans sa direction. Sa réaction ne se fait pas attendre, ses iris noirs me transpercent à nouveau. Il n'arbore pas l'ombre d'un sourire. Mon sang se glace ct, en même temps, un feu ardent embrase mes reins.

Qu'est-ce qui m'arrive ?

Mon cœur continue ses palpitations. Je finis par me retourner, les yeux rivés sur le tableau. Je sens sa présence pesante derrière moi, j'ai la désagréable impression qu'il me fixe. Je dois me faire violence pour me composer un visage lisse et maîtriser mes mains tremblantes.

Il a un air sombre que je n'ai jamais vu à personne. Sa venue a libéré quelque chose de nouveau, même si je ne saurais dire quoi. J'ai eu l'impression, l'espace d'une seconde, qu'il a lui aussi ressenti ce courant magnétique. J'écris des phrases qui ne veulent rien dire sur mon cahier. Mon estomac joue la salsa. Bien plus qu'une simple attirance, je *suffoque* de désir. Je sens qu'il y a quelque chose à creuser sous sa carapace, et je compte bien percer ce mystère.

CHAPITRE 5
ETHAN

« L'amour et la haine sont les deux faces d'une même lame […], et le tranchant entre elles est bien plus aiguisé que les dagues de ton Cassilin[2]. »

Jacqueline Carey

La tête entre les mains, j'essaie de me concentrer sur le cours. Les paroles du prof ne m'atteignent pas. Je suis déjà loin, trop loin. J'agite nerveusement les jambes pendant que mes tripes se tordent.

C'est quoi ce bordel ?

Quand j'ai croisé son regard, ça m'a fait comme un électrochoc. J'ai senti mes entrailles remuer et ensuite, impossible de la lâcher. C'est sûrement le stress qui est remonté comme par hasard au moment où je l'ai vue.

Et puis, c'est elle qui m'a maté aussi. Et deux fois, en plus !

N'empêche, je n'ai jamais ressenti ça. Assis derrière elle, je prends tout mon temps pour l'observer. Ses cheveux parsemés de mèches blondes

[2] *Kushiel, tome 1 : La Marque*, Jacqueline Carey, Bragelonne, 2008.

retombent dans son dos. Sa coiffure trop sage m'agace maintenant. Amusé, j'attends qu'elle se retourne, mais elle reste figée sur sa chaise, droite comme un piquet.

Ça ne doit pas être tous les jours rose avec elle !

J'étends mes longues jambes, mon pied rencontre sa chaise. Je jubile, je jurerais l'avoir vue tressauter.

Putain, arrête ça ! Tu la connais même pas.

Je prends quelques notes, mais mon esprit n'est plus vraiment présent. Je trace quelque chose sur mon carnet, avant de me rendre compte que c'est un cercle.

Passionnant, ce cours.

Personne ne doit remarquer la moindre contrariété, je dois rester ce que j'ai toujours été : indéchiffrable. C'est la seule façon de me protéger de ce putain de monde. Une bouffée de chaleur monte à mes joues. J'ai qu'une hâte, bouger de là.

Cette pièce m'étouffe ! Et comme si ça ne suffisait pas, une brune, deux rangs plus loin, me lance des coups d'œil appuyés. Elle est plutôt mignonne, mais ses petits yeux charbonneux me foutent mal à l'aise. L'heure s'écoule lentement, et quand le moment de délivrance arrive enfin, je sors le premier.

Je passe le reste de la journée à prendre mes marques. Aucun tracas ne vient bouleverser le fragile équilibre que j'ai réussi à instaurer. Le cerveau en compote, je sors de mon heure de biologie. Je n'ai clairement plus l'habitude de me concentrer autant, j'ai besoin de me détendre. J'avance vers la sortie, quand je *la* vois. Je ne résiste pas à l'envie de la regarder *une dernière fois*.

Ses yeux limpides me traversent, je prends un plaisir fou à me noyer dedans. Je ne peux plus remonter à la surface, ou peut-être que je ne veux pas. J'ai l'impression qu'elle m'ouvre son âme, et j'irais bien tout droit en enfer pour prolonger ce moment. Mon cœur se serre violemment dans ma poitrine. Je perçois au fond de ses prunelles cerclées de gris une sorte de fragilité. Son air innocent m'achève. Sur le cul, je n'arrive plus à penser correctement.

Il faut que je me casse !

Effrayé par ce qu'elle remue en moi, je me précipite hors du couloir en bousculant plusieurs élèves. Malgré les protestations, je ne prends pas la peine de m'excuser. Je ne respire enfin correctement qu'une fois le lycée dans mon rétroviseur.

J'ai vraiment l'air d'un abruti !

Après avoir ouvert les fenêtres dans cette fournaise, j'essuie nerveusement ma nuque. Mon pied appuie sur l'accélérateur. Je ne contrôle plus rien.

Je suis en train de tomber malade ou quoi ?

J'essaie de chasser cette inconnue de mes pensées, mais plus je ferme les yeux, plus je la vois.

Un chauffard me klaxonne, je freine comme un taré. Il me fait un gros « *fuck* », avant de continuer sa route. D'habitude, mon démon intérieur l'aurait poursuivi pour le défoncer. Là, ça me passe au-dessus. Je regarde autour de moi. Ma caisse est immobilisée et je suis seul au milieu d'un carrefour. Apparemment, j'ai grillé un feu.

J'ai failli avoir un accident, bordel !

Je me barre en vitesse avant que d'autres ne rappliquent. Je change de direction. Hors de question de rentrer. Il faut que je me rafraîchisse. Je roule jusqu'à *Wilnoh's Forest*, un quartier pas trop loin de chez moi.

Les bars et restaurants défilent le long de la route. Le Drinks Club Foley attire mon attention avec son ambiance intimiste. J'entre dans le troquet, avec pour seule idée de me désaltérer. Les lumières violettes peignent les murs et le plafond. Ma vision s'habitue assez vite à l'obscurité. L'endroit est désert, j'en profite pour passer commande.

— Tu ne crois pas qu'il est un peu tôt pour boire ? plaisante le serveur.

Je le jauge en me demandant de quoi il se mêle, après tout, c'est son boulot de me servir. Son air sympa et ses yeux rieurs me radoucissent.

— J'ai besoin d'un petit remontant.

Je pose un gros billet sur le comptoir.

— Des soucis de cœur ? s'informe-t-il en préparant ma boisson.

Je rigole nerveusement tout en restant évasif dans ma réponse. Après tout, demain, je l'aurai déjà oubliée.

— Pas très bavard, hein ?

— Disons que je viens de reprendre les cours.

Il fronce les sourcils, intrigué. Je lui explique mon récent déménagement.

— Moi, c'est Jason.

Je lui rends sa poignée de main en me présentant à mon tour.

— Si tu veux sortir un soir, pas de souci. Je sais que c'est pas évident quand on vient d'arriver. J'ai quelques potes, ils sont cool et on sera ravi de te montrer les endroits sympas du coin.

Intéressé par sa proposition et quelque peu touché, je prends son numéro. L'ambiance tamisée me détend. Je m'enfonce dans un des sièges en cuir tout en sirotant mon whisky.

Je commande un autre verre, Jason me l'offre et nous causons.

Il est vraiment sympa ce type.

Plus le temps passe, plus je me sens dans mon élément. Je me rappelle m'être promis de trouver un taf. L'argent de ma mère ne suffira pas. Celui qui a l'air d'être le gérant passe plusieurs fois devant moi. Je me présente à lui.

— Enchanté, je me présente : Doris.

— Vous ne recherchez pas un serveur par hasard ? Je suis disponible après les cours et j'ai besoin de travailler.

Je me lève pour lui montrer que je suis déjà prêt à me mettre au boulot.

— T'as de l'expérience ?

C'est le moment de jouer.

— J'ai enchaîné les jobs et j'ai eu l'occasion de bosser dans un restaurant. J'apprends vite, je suis capable de servir vos clients.

— On peut dire que t'es assez culotté, mais j'aime ça ! J'ai besoin d'une personnalité forte dans mon équipe.

Il se frotte la barbe en poursuivant :

— Eh bien, petit, tu tombes à pic. Il se trouve que j'ai justement besoin de renfort, je cherche à embaucher quelqu'un pour quelques heures par semaine. Si tu fais tes preuves ce soir, je t'engage. C'est un contrat d'un mois par contre, ça ne te pose pas de problème ?

Ma gorge se noue de reconnaissance.

— N... non, c'est très bien.

— OK, alors au travail. Jason va te montrer les vestiaires, tu commences dans dix minutes.

Je suis mon nouveau collègue derrière le comptoir.

— Félicitations, mec, déclare-t-il en me donnant une tape amicale dans le dos.

Il me fait faire une brève visite des lieux en terminant par les vestiaires. J'enfile en vitesse le tee-shirt qu'il me tend, à l'effigie du bar.

— Bienvenue dans l'équipe.

Il regarde sa montre et rajoute, pressé :

— On se retrouve dans deux minutes.

Je range mon sac dans le casier, puis me dépêche de regagner l'intérieur du bar, impatient de faire mes preuves.

Je finis ma première soirée de travail, satisfait. Doris m'a engagé. Ça ne va pas être de tout repos, pourtant je me sens parfaitement capable d'associer le boulot et les études.

Dès que la porte se referme, la voix de ma mère m'interpelle du canapé.

— Tu rentres tard. Tu ne t'es pas fait virer au moins ?

Je m'arrête devant elle.

— Non, j'ai trouvé un taf.

Elle hausse les sourcils.

— Quoi, ça te surprend tant que ça ?

— Bah, c'est bien. Où ça ?

— Serveur, au Drinks Club Foley.

Un petit moment de silence s'installe, jusqu'à ce que je le brise, hargneux.

— En fait, y'a que ça qui t'intéresse, de savoir si je me suis fait virer ?

— Vu ce qui s'est passé la dernière fois…

— C'est bon, l'interromps-je sèchement.

Elle n'insiste pas et monte se coucher, la mine éteinte. Je me prépare vite fait à manger avant de grimper à mon tour dans ma chambre. Des cartons jonchent le sol, entassés les uns sur les autres. Mon regard s'arrête sur l'un d'eux, en retrait. Je le pose sur mon lit. Une petite boîte repose au fond, entourée de papiers journaux. Je l'ouvre avec précaution, les mains tremblantes. Ma poitrine se serre à la vue d'une ancienne photo.

Trois enfants.

Les inséparables.

Le trio infernal.

Je serre de toutes mes forces le bout cartonné. Je fais l'abruti en tirant la langue, entre Will et Jenny. C'est elle qui illumine le cliché. Sa frange blonde mordille ses sourcils, ses lèvres s'étirent en un sourire timide, mais franc. Je tâtonne au fond de la boîte et en extirpe un long écrin en velours bleu. À l'intérieur, une gourmette en argent. Mon cœur se contracte violemment quand je l'effleure du bout des doigts. Je me précipite vers mon bureau, fourre l'écrin au fond de mon tiroir et ferme le couvercle de la boîte à souvenirs d'un coup sec. Une larme menace de tomber, je me promets de ne plus me plonger dans le passé. Du moins, pas pour l'instant. Tout ce que je veux, c'est avancer.

CHAPITRE 6
ISABELLE

« Si le pauvre va trouver le riche, le riche lui tourne le dos ! Mais si c'est le riche qui va chez le pauvre, le pauvre lui rend honneur et le fait entrer. »

Kabir

— Et voilà, cinq cents dollars.

Je tends le chèque au directeur de l'association. Ses yeux chauds me sondent quelques secondes, un léger sourire se dessine sur son visage aimable. Les fines rides sur son front se creusent, je le sens ému.

— Tu es vraiment un ange, Isabelle. Tu t'impliques tellement ! Sans les dons généreux que tu nous verses chaque année, les choses auraient été bien différentes.

— C'est rien, vraiment. J'aimerais faire plus.

Ses yeux se plissent, il se caresse doucement le menton.

— En y réfléchissant bien, tu pourrais nous aider sur le terrain. Nous distribuons des denrées et des vêtements aux habitants des quartiers défavorisés de la ville. Et, crois-moi, il y en a plus que tu ne le croies.

— Je m'en doute.

— Je manque de bénévoles. J'aurais besoin de volontaires, la semaine ou le week-end.

— Tu peux compter sur moi ! m'exclamé-je en me levant de ma chaise.

Il me remercie chaleureusement. Au moment où je franchis le seuil, sa voix me rappelle.

— Ah, et si tu connais des personnes que ça intéresse, elles sont les bienvenues.

— C'est noté.

Je sors de son bureau, le cœur léger.

Des gouttes s'écrasent violemment sur mon parapluie, dans un clapotis des plus agréables. Mon pied s'enfonce dans une flaque et l'eau s'immisce dans mes bottines.

Je me revois, enfant, sautant avec insouciance sous la pluie, m'éclaboussant les genoux, jusqu'à ce que ma mère me pince allègrement le bras, me rappelant à l'ordre.

« *Cesse tes simagrées, tiens-toi comme une petite fille convenable* », ne cessait-elle de me rabâcher. Je ne sais combien de pincements mes bras meurtris ont essuyés, avant que je ne comprenne véritablement la leçon.

Les hortensias cérulés m'accueillent le long de l'allée. Je franchis le perron en secouant mon manteau couvert de gouttes. La chaleur du salon s'invite agréablement sur ma peau. Je me laisse choir sur le canapé en velours bleu. Celui-ci tranche parfaitement face aux murs couleur crème. Une fresque murale dans les tons rouge et doré court sur la cloison. En face de la cheminée, mon père se balance sur le rocking-chair tout en lisant le journal. C'est son endroit préféré, et je dois avouer que c'est le mien aussi. Ce siège à bascule a quelque chose de réconfortant. À côté trône une petite bibliothèque pour les férus de lecture que nous sommes. L'hiver, il n'y a rien de mieux que de s'asseoir en face de l'âtre, à contempler les flammes danser dans la nuit.

Mon père lève la tête dans ma direction en me lançant un regard entendu. Il sait où je suis allée, c'est notre secret, que nous ne partagerions pour rien au monde.

Il me demande si tout s'est bien passé, j'acquiesce. Rassuré, il ferme les paupières. Alors qu'il est emporté dans les limbes du sommeil, le journal lui glisse des mains. Le titre à la une attise ma curiosité.

« La pauvreté devient endémique à Wilnoh »

Je ne peux m'empêcher de parcourir les lignes de l'article. Elden Brookleen, le maire, ne prend aucune mesure envers les plus nécessiteux. De nombreuses familles se retrouvent dans le besoin et passeront avec difficulté l'hiver qui approche. Mon sang pulse dangereusement sous ma peau à mesure que j'avance dans ma lecture. J'observe la photo qui accompagne le texte. Une famille pose tristement devant une maison aux vitres soufflées.

Je ferme les yeux un bref moment. Quand je les ouvre, je me retrouve à Eden Lake.

Les arbres s'admirent dans la surface miroitante du lac. De grandes demeures et villas s'érigent sur le flanc gauche de la rive. Ceux de la caste aisée arborent avec fierté leurs voitures hors de prix, se trémoussent dans l'opulence de leur train de vie mouvementé. Quant à la rive droite, elle est occupée par des bicoques mal entretenues. Les terres n'étant pas correctement défrichées, certaines zones marécageuses sont dangereuses.

Les riches face aux pauvres, c'est ce que j'ai toujours connu. J'ai grandi du « bon côté ».

Un ronflement étranglé me parvient. Je suis de retour dans mon salon, où papa dort paisiblement. Je me revois, enfant, distribuer de la nourriture aux malchanceux qui habitaient sur l'autre rive, avec Eileen et lui. Depuis le drame, son âme s'est éteinte.

Quelques années après notre déménagement, j'ai entendu parler de l'association *Gifts From The Heart*[3], créée par Devon Scott. Étant proche de mon père, je lui ai confié avoir envie de continuer ce que j'avais commencé dans la ville de mon enfance. Simplement, je souhaitais aller plus loin : je voulais faire des dons. Mon père m'a donné son accord, à condition que ma

3 « Dons du cœur », traduit de l'anglais.

mère n'en soit jamais informée. Depuis, chaque année, je fais un chèque à Devon.

— Isabelle ?

Papa soulève un sourcil interrogateur. Prise d'une nostalgie qui me poignarde l'âme, je bafouille une excuse en quittant la pièce. Il n'insiste pas. Ce n'est pas la première fois que j'ai des absences. Par moment, les souvenirs m'assaillent. Nous avons tous été impactés à un degré différent. Je me fige devant la pièce consacrée à ma sœur. La porte est toujours fermée. Elle ne devrait même pas exister. Quand nous avons emménagé, ma mère a tenu à lui dédier cette pièce, interdisant à quiconque d'y mettre les pieds. Je me suis un jour promis de percer ce mystère qui dure depuis bien trop longtemps.

Je croise mon regard vitreux dans le miroir de ma coiffeuse. Le bleu de mes yeux ressort encore plus en cet instant. J'applique une main fraîche sur mon visage, comme un pansement. Je m'allonge, un peu nauséeuse, en fixant le plafonnier. Mon esprit flotte ailleurs, tandis que je me perds dans la contemplation des cristaux blancs. Mes parents font comme si rien de tout cela ne s'était produit. Je ne pense pas que ce soit une bonne idée de *l'oublier*. Pour ma part, je ne peux pas, j'en ai marre de faire semblant. Sous cette mascarade se cache un mal-être bien plus profond. Je me sens comme une coquille vide, en particulier depuis que Jayden, mon frère, est parti étudier à l'université. Je ne le vois presque plus et il me manque. Chaque jour se ressemble, je ressens la lassitude d'une existence qui sonne faux. Lorsque Jessica est entrée dans ma vie, ce sentiment s'est apaisé. Quelques mois plus tard, il est revenu, plus sournois et tenace. Durant plusieurs années, j'ai traîné ce poids invisible derrière moi, comme une épée de Damoclès. Il est temps de changer. J'ai *besoin* d'un nouveau souffle, et je sais où je peux le trouver.

CHAPITRE 7
ETHAN

« La pauvreté est le mal de l'humanité. Comme une gangrène, elle se répand insidieusement. »

Cyndra O'Hara

Le week-end déjà bien entamé, je me décide enfin à bouger. J'arrange le col de mon tee-shirt et croise un instant mon regard sombre dans le miroir.

Décidément, j'ai pas l'air commode !

J'ai l'habitude, c'est souvent la première impression que je donne. Généralement, on ne me cherche pas d'emmerdes, et tant mieux. De toute façon, j'en ai rien à foutre des autres, tant que je me supporte, c'est l'essentiel.

— Bon, j'y vais ! annoncé-je à ma mère en enfilant ma veste en cuir.

Elle tourne des yeux ahuris vers moi.

— Tu va où ?

— Faire un tour, et fais pas de conneries.

Je lui lance un coup d'œil lourd de sens. Elle lève les mains en signe d'étonnement. Je prends ma caisse et démarre, direction le centre-ville. La dernière fois que je suis venu, je n'ai pas eu le temps de m'attarder. Je suis curieux de faire un tour dans les différents quartiers.

Les rues s'étendent en longueur, avec de beaux appartements de chaque côté. La grande place tout en pavés m'accueille avec ses maisons à colombages. Je vois d'ici l'église et ses quatre tours qui dominent Wilnoh.

Arrivé devant la mairie, je reste figé comme un con, la bouche ouverte.

Bon sang, c'est vraiment pour les friqués ici !

La bâtisse est composée de deux ailes. Je lève encore un peu la tête, les mains en visière. L'horloge de la ville se démarque avec ses fines dorures et son aiguille en forme de flèche. D'épais rideaux en brocart pendent aux grandes fenêtres.

Eh bien, on peut dire que le maire a mis les moyens pour son petit confort !

Je sais que je ne devrais pas penser ça, mais c'est plus fort que moi. Je juge déjà avant d'avoir tout vu. Tout ce que j'espère, c'est qu'il se soucie des habitants, en priorité des plus pauvres.

Je continue mon tour dans un dédale de ruelles, constatant avec effroi que tout est hors de prix.

Un peu plus loin, je tombe sur une pancarte indiquant « quartier de Gardénia ». Curieux, j'emprunte les rues étroites. Les façades des appartements colorés et leurs nombreuses terrasses transpirent le fric à plein nez. Je dois bien avouer que les réverbères plantés le long des boutiques et l'ambiance festive peuvent en charmer plus d'un, mais ce n'est tellement pas moi, ça ! Je n'ai pas besoin de marcher très longtemps pour comprendre : c'est un ramassis de gens qui pètent plus haut que leur cul. Je ne vois pas un seul type comme moi ! D'ailleurs, certains me le font comprendre en me toisant comme si j'étais un extraterrestre. Je les regarde à mon tour, cramoisi.

Mais allez-y, vous gênez pas !

Je demande à un passant qui ne me paraît pas trop prétentieux de me dire où je peux trouver des magasins avec des prix « normaux » dans cette putain de ville. Le type m'indique qu'ici, je ne trouverai pas ce que je cherche ; il me nomme des endroits populaires en me montrant le chemin.

Les quartiers où j'ai trouvé mon bonheur ne sont pas la porte à côté.

Il n'y a que les riches qui monopolisent le centre !

Je n'ai pas eu le temps de me rendre à Mindston, je me promets de le faire assez rapidement.

Tendu, je roule vers Steel Wall, un ghetto en périphérie de la ville. Arrivé sur place, la désolation me frappe. Je ne vois plus la route, la tête tournée vers les habitations.

Bordel, c'est quoi ce truc ?!

Il n'y a plus de vitres aux fenêtres. Les portes sont défoncées, les murs tagués et la peinture s'écaille partout. Ma maison est un palace à côté ! Je grince des dents. Malgré les années, je n'ai pas oublié. C'est dans ce genre de taudis que j'ai grandi, dans l'humidité et la misère la plus noire. L'appartement où j'habitais juste avant mon déménagement était un peu mieux, mais je n'y gagnais pas tant que ça au change. J'ai géré quelque temps l'argent de nos deux salaires et ma mère a hérité de mon grand-père. La somme peu affolante nous a tout juste suffi comme apport pour acheter à crédit la maison.

Mes mains empoignent le volant avec force, j'observe les passants habillés en guenilles.

Comment on peut vivre là-dedans ?

Je continue de rouler, l'estomac en vrac. Les tours bétonnées s'élèvent vers le ciel. De là-haut, elles ont une vue imprenable sur toute la misère de la cité. Je me promène malgré moi au milieu des bâtiments. Les murs craquelés sont sales, des centaines de petites fenêtres sont encastrées les unes sur les autres. J'ai l'impression que des milliers d'yeux m'épient.

« Steel Wall[4] », je comprends mieux pourquoi ça s'appelle comme ça maintenant.

Au milieu de ces murailles d'acier, on doit se sentir bien petit dans tout ce merdier. C'est une prison, une spirale infernale de laquelle on ne peut sortir ; ou alors, il faut avoir un sacré cul !

---

[4] « Le mur d'acier », traduit de l'anglais.

Je repère quatre jeunes posés devant l'entrée des caves. En m'approchant, je constate qu'ils ont ce que je cherche.

— C'est combien ? balancé-je à l'ensemble du groupe.

Ils tournent leurs têtes vers moi, surpris. Celui qui semble être le leader se détache d'eux en me dévisageant, l'air mauvais. Il porte un sweat à capuche rouge avec un gros *fuck* dessiné dessus. Je garde la tête droite et mon expression indéchiffrable que je sais si bien me composer.

J'ai pas peur de ces petits cons, j'en ai déjà maté des bien pires !

— Ça dépend de ce que tu cherches…

Je lui explique brièvement ce que je veux. Quand il m'annonce le prix, je reste sans voix. Ce mec me balade, s'il croit que je vais tomber dans le panneau…

— Tu te fous de ma gueule, c'est largement au-dessus du prix du marché.

— C'est ça ou rien.

— Et tu fais quoi du pourcentage en plus, tu te le gardes pour ta gueule ? C'est pas parce que tu m'as jamais vu que ça te donne le droit de m'arnaquer. Fais un effort, putain !

J'ai débité ça en oubliant qu'ils sont plusieurs. À tout moment, ils peuvent me tomber dessus. J'ai beau savoir me battre, je ne suis pas sûr de venir à bout de lascars peut-être armés.

Le dealer éclate de rire, imité bêtement par les autres.

— T'as peur de rien, toi, commence-t-il en s'approchant dangereusement.

Je ne baisse pas la tête, le défiant de mon plus sale regard.

— Tu sais sûrement comment ça fonctionne… Les affaires, c'est les affaires… Si tu reviens, promis, je te ferai un prix. En attendant, le tarif, c'est le même. N'oublie pas qu'on t'a jamais vu dans le quartier, alors surveille tes paroles.

Je lui tends mon argent, avec l'envie de lui enfoncer au fond de la gorge. Nous nous dépêchons d'effectuer la transaction. Lorsque je lui demande s'il a « autre chose », il me donne, amusé, le numéro d'un gars à contacter.

Mon bien en poche, je retourne sur mes pas. Mon regard se fige quelques secondes sur un truc que j'aurais préféré ne pas voir. Les poubelles débordent d'ordures, les déchets sont éventrés sur le trottoir.

Un vieux clochard s'avance, le pas lourd, en traînant un sac plastique. Son manteau est crasseux et son pantalon rempli de merde. Il analyse tout ce foutoir en fouillant attentivement. Lorsqu'il a dégoté une « merveille », il la range dans son sac à trésor.

Et la ville laisse les gens vivre comme ça ? C'est pas des bêtes de foire !

Peiné, je m'avance vers l'homme en lui tendant un billet. C'est peut-être pas grand-chose, mais ça lui payera déjà quelques repas, au lieu de faire les poubelles. Il me regarde étrangement avant de fixer avidement ce que je lui offre. Voyant qu'il hésite, je l'encourage. Il joint ses mains crasseuses vers le ciel en me remerciant. Gêné, je marmonne « *c'est rien* », puis m'empresse de partir.

C'est la première fois depuis des années que je fais ça. Je ne pouvais pas non plus rester les bras croisés comme un abruti.

Putain, c'est vraiment la merde !

La bile remonte le long de ma gorge, je la sens prête à jaillir, et ce n'est jamais bon.

— Connard de maire et de gouvernement local !

Une poubelle se trouve sur mon chemin. Hors de moi, je shoote dedans et elle se renverse.

Me trouver au milieu de cet enfer, alors que, quelques heures plus tôt, je croisais des familles qui dépensaient à tout va, me fait péter les plombs. Je sais que ce n'est pas nouveau, qu'on est loin d'un putain de conte de fées. Mais je constate que rien n'a changé et qu'il va falloir se battre. J'ai horreur de l'injustice, de tous ces friqués qui vivent dans le luxe pendant que d'autres sont entassés comme des sardines derrière des murs de béton.

Finalement, ce n'est pas mieux qu'à Camden. Les riches d'un côté, les pauvres de l'autre, c'est comme ça que le monde fonctionne. Notre vie a peut-être pris un nouveau tournant, seulement, pour les autres, c'est toujours pareil. Je me rappelle le jour où l'on a épluché les publicités, à la recherche de l'endroit idéal pour prendre un nouveau départ. Wilnoh avait attiré ma curiosité avec son slogan : « Le nouveau rêve américain ». *Le cauchemar, ouais !*

Même si je ne peux pas lutter contre toute la misère du monde, je peux au moins essayer de faire quelque chose pour celle de ma ville.

J'ai besoin d'air, de sortir de cet enfer. Je regagne ma caisse en marchant comme un forcené.

CHAPITRE 8
ISABELLE

« Il ne faut pas désespérer des imbéciles. Avec un peu d'entraînement, on peut arriver à en faire des militaires. »
Pierre Desproges

Le bus scolaire me dépose devant le portail du lycée. Je parle avec Jessica avant que les cours ne commencent. Un bourdonnement se faufile jusqu'à nous. Puis, un son assourdissant résonne dans mes tympans. Difficile d'en faire abstraction !

Il fait son apparition à bord d'une Dodge, les fenêtres grandes ouvertes. Une musique de style rock métal emplit tout l'espace, le sol vibre sous mes pieds. La voix mélodieuse de la chanteuse ondule jusqu'à moi, ses paroles profondes s'inscrivent dans mes veines.

Wake me up inside (save me)
Call my name and save me from the dark (wake me up)
Bid my blood to run (I can't wake up)
Before I come undone (save me)

Save me from the nothing I've become[5]

Je ne connais pas cette chanson, pourtant, ces mots si puissants bouleversent mon âme. J'ai envie de m'immerger corps et âme dans ces chants obscurs avec *lui*, d'en découvrir plus.

Il plonge une nouvelle fois son regard si particulier dans le mien, me sondant intensément. Mes mains deviennent moites, je sens mes forces me quitter. Remarque-t-il l'effet qu'il produit sur moi ? Mon cerveau a activé le mode « pause ». Je ne vois que lui et ses yeux aussi sombres que la nuit. Je pourrais décrocher la lune pour que ce moment dure une éternité.

— Isabelle ? Isabelle !

Une secousse me sort de ma léthargie factice. Jessica me tire le bras. Je dois baisser les armes et mettre fin à ce duel de regards des plus intenses. Ce n'est que partie remise. La bataille est perdue, mais pas la guerre.

— Qu'est-ce qui t'arrive ? m'alarmé-je.

— Ça a sonné.

Je reviens à la réalité et me rends compte que quelques lycéens *le* dévisagent. Il passe brusquement devant moi en me heurtant l'épaule, sans s'excuser.

Qu'est-ce qui lui prend ?

Interloquée, je l'observe pénétrer dans le bâtiment, la démarche plus négligente que jamais. Comment peut-il me regarder de cette manière, puis m'ignorer la seconde d'après ? Il me paraît aussi sympathique qu'un glaçon. Malgré tout, je ne veux pas m'arrêter à cette impression.

— Tu es sûre que ça va ? Tu es toute pâle.

— Oui, marmonné-je d'un air lugubre.

Il m'attire tant. Cet air sinistre qu'il affiche en permanence me subjugue. Dès que je le croise, j'ai l'impression de marcher sur un fil. Depuis quelques jours, ma pensée est altérée.

---

[5] « Réveille-moi de l'intérieur (sauve-moi)
« Appelle mon nom et sauve-moi de l'obscurité (réveille-moi)
« Ordonne à mon sang de couler (je n'arrive pas à me réveiller)
« Avant que je ne sois détruite (sauve-moi)
« Sauve-moi de ce rien que je suis devenue », traduit de l'anglais. *Bring Me to Life*, chanson du groupe Evanescence, album *Fallen*, 2003.

À la fin de la pause déjeuner, j'assiste à une altercation. Assise sur un muret, je discute avec Jessica tout en surveillant discrètement Ethan. Chase, un lycéen populaire, accompagné de sa petite troupe, se dirige vers lui. À ses côtés, je reconnais Doug, le quarterback de l'équipe de football américain. L'air peu amical qu'ils affichent ne me dit rien qui vaille. Je fais signe à mon amie de se taire puis tends l'oreille, curieuse.

— Écoute, euh…

— Ethan.

— Oui, c'est ça. Tu ne le sais peut-être pas encore, mais la place sur laquelle t'es garé, c'est la nôtre.

— Ah oui ? Elle est à qui précisément ?

Il se redresse de toute sa taille. Chase accuse un spasme, mais tient le coup. Ethan les pointe un à un du doigt avec une insolence défiant tout.

— À toi, là-bas ? Ou encore à toi ?

— On se gare là, c'est tout.

— Ah ouais, il y a votre nom dessus ? Vous avez signé un contrat avec l'école et vous payez vos places ?

— Pas besoin, tout le monde le sait, question de logique, mec ! Ça a toujours été comme ça. On te laisse pour cette fois.

Il approche son visage tout près du sien et rajoute, menaçant :

— À partir de demain, tu la bouges, ta caisse.

Il se met à rigoler et balance en lui tournant le dos : « Profite bien ». Ethan hausse les sourcils, l'air méphistophélique[6], et réplique d'un ton qui sonne faux :

— Ça me touche que tu t'inquiètes pour moi. Mais t'es qui pour me donner des ordres ?

Le leader pivote sur lui-même, les joues écarlates.

— Écoute, t'as pas bien capté, on dirait, alors je vais te le répéter une dernière fois.

Il insiste bien sur chaque mot :

— C'est comme ça pour tout le monde.

L'atmosphère devient lourde. Les élèves, sentant une dispute approcher, se réunissent autour d'eux. Ethan, peu impressionné, n'en démord pas :

[6] Qui évoque Méphistophélès, le diable dans la légende de Faust.

— Si tu crois que je vais me plier à vos petites règles stupides, tu te mets le doigt dans le cul. Alors, retiens bien ce que je vais te dire : ma voiture, je la gare où je veux et quand je veux, j'ai des comptes à rendre à personne.

Le visage de Chase se décompose. Il réfléchit quelques secondes avant de l'avertir :

— Tu viens d'arriver, tu ferais mieux de faire profil bas !

— C'est bon, laisse-le maintenant, intervient Doug en tirant son ami en arrière.

— Si tu la gares pas ailleurs, t'es un gars mort !

Ethan voûte les épaules.

— OK, t'as raison. Approche.

Pensant qu'il veut signer l'armistice, Chase s'avance, confiant. Un sifflement se fait entendre et Chase se retrouve face contre terre, le visage déformé par le coup qu'il vient d'essuyer. Il se relève aussi vite qu'un lynx, envoie son poing dans le ventre d'Ethan, comme un boulet de canon. Ce dernier se plie en deux, ses genoux percutent le sol dans un bruit sourd. Ses yeux deviennent mesquins, il se précipite sur son adversaire. Une ribambelle de coups pleuvent sur leurs corps qui s'entremêlent sur l'asphalte. J'aperçois un filet de sang. Tout se passe si vite que je n'ai pas le temps de voir qui est blessé.

Ameutés par le vacarme, les surveillants parviennent à les séparer. Une courte entaille est visible sur la pommette d'Ethan. Quant à Chase, son visage sale, boursouflé et ses deux yeux au beurre noir en disent long sur son état.

— Que quelqu'un les emmène à l'infirmerie. Un à la fois ! À votre retour, vous gagnez tous les deux un aller direct dans le bureau du proviseur !

Dans le malheur de la bagarre, je trouve un peu de réconfort en me désignant pour accompagner Ethan à l'infirmerie. Nous arpentons seuls les couloirs.

— Ça va ? lancé-je d'une voix chevrotante.

Il essuie le sang qui suinte de sa joue d'un revers de la main.

— Ouais, c'est rien, j'ai connu pire.

Je me demande dans quels mauvais coups il s'est déjà fourré. Nous marchons en silence, j'en profite pour le regarder à la dérobée. Avec sa petite blessure, son côté ténébreux ressort encore plus, lui conférant un charme incroyable.

— Je me rends compte que je ne connais toujours pas ton prénom.

Ma bouche devient pâteuse.

— I... Isabelle.

— Enchanté.

Son ton glacial est dénué d'émotion. Je ne peux m'empêcher de me demander s'il est sincère, car tout dans son attitude prouve le contraire.

— Tu sais, Chase mérite ce qui lui est arrivé. Même si je suis contre la violence, m'empressé-je d'ajouter.

— Excuse-moi de te dire ça, mais c'est vraiment un connard ! Ça fait longtemps que ça dure ?

— Depuis un certain temps. C'est le clan des populaires, que veux-tu. Tout leur est dû.

— Et vous les laissez faire ?

Ses pieds accrochent le sol à plusieurs reprises.

— On n'a pas vraiment le choix.

— On a toujours le choix ! riposte-t-il.

Depuis que j'ai mis les pieds dans ce lycée, ces types font la loi. Bien que je trouve leur comportement exécrable, je ne m'y suis jamais opposée. D'ailleurs, personne ne l'avait encore fait avant lui.

— Je pense que c'est un manque d'envie, rétorqué-je doucement. La plupart des gens sont hypocrites, ils veulent être appréciés de leur bande pour être valorisés.

Il rit discrètement.

— En tout cas, je ne vois pas en quoi je pourrais être valorisé en traînant avec ces abrutis.

Malgré la gêne que je ressens, je ne peux m'empêcher de l'imiter. Un sourire se peint sur son visage, puis il éclate d'un rire tonitruant. Ethan a raison ! Chaque règne finit par prendre fin.

Je m'arrête devant l'infirmerie en me tournant vers lui. Mes yeux lorgnent sans délicatesse ses longues jambes, puis viennent se poser sur son lobe muni d'un écarteur noir. En dessous de son oreille, un tatouage orne sa peau. Les traits fins s'entrelacent en des motifs tribaux qui forment de jolies pointes. Il m'adresse un clin d'œil avant d'ouvrir la porte. Je m'empresse de retourner en classe, les joues enflammées.

Pour notre dernière heure, nous devons rendre notre dissertation sur le thème : « Faut-il se plier au système actuel ? ». M. Harper se plaît à interroger les élèves sur des sujets divers. Il nous questionne tour à tour, ce qui mène à de réels débats et rend le cours plus vivant. Il demande à Ethan s'il a eu le temps de faire la disscrtation.

— Je la rédige, répond ce dernier en levant à peine le nez de sa feuille.

— Je peux me permettre de vous interrompre pour recueillir votre avis sur la question ? Pensez-vous qu'on doive se plier à notre système actuel ?

Ethan se lève de sa chaise, dissimule un petit rire, avant de reprendre son sérieux.

— Certainement pas !

Tout le monde tourne la tête vers lui, bouche bée.

— Très bien, sachez qu'il n'y a pas de mauvaises réponses. Néanmoins, voulez-vous préciser ?

— Puisque vous insistez… Pourquoi on devrait se plier aux exigences de notre gouvernement ? Je suis tombé sur des choses à vomir dans cette ville, il y a trop d'injustices ! Les conditions de vie des résidents des quartiers pauvres sont exécrables. Vous trouvez ça normal ? Le maire ne fout rien, c'est qu'un abruti qui ne pense qu'à son petit confort…

— Enfin, voyons…

Ethan poursuit, une détermination farouche se lisant sur ses traits

— On n'est pas des moutons ni des machines. On est des êtres humains, fait de chair et de sentiments. Si ce système ne nous plaît pas, pourquoi on devrait s'y conformer ? On n'a aucun ordre à recevoir, encore moins de politiciens véreux ! Personnellement, je ne me plierai pas aux exigences du système, je n'offrirai pas ma vie à ces connards !

— S'il vous plaît, surveillez votre langage, l'interrompt M. Harper.

Il continue sur sa lancée, d'un ton fiévreux :

— Des gens crèvent de faim pendant que d'autres vivent dans l'excès. Un jour, un vent de révolte soufflera.

Il lève les poings et termine, la voix tremblante :

— *Fuck* les politiciens et *fuck* ce gouvernement !

Le silence retombe comme un soufflé dans la salle. Un malaise ambiant cogne contre les murs. J'ose un regard vers le tableau. M. Harper frémit, je ne l'ai jamais vu dans cet état. On dirait une cocotte-minute sur le point d'exploser.

— Non, mais ça ne va pas ? Je voulais recueillir votre opinion, pas vous lancer dans une révolution ! Je suis conscient que certains sujets peuvent mener à de véritables débats, et je l'accepte, à partir du moment où ils sont constructifs et respectueux !

Ethan reste debout, les mains crispées sur la table. Je vois presque ses veines saillir.

— Parce que la vérité n'est pas constructive, c'est ça ? On n'est pas dans le putain de monde des Bisounours ! Vous vouliez mon opinion ? Je vous l'ai donnée. Si ça ne vous plaît pas, je ne peux rien pour vous.

— Ça suffit ! Sortez !

Il ramasse ses affaires, puis, au moment d'atteindre la porte, balance grossièrement à l'ensemble de la classe :

— Cours de philosophie, mais oui ! On ne peut même pas donner son opinion, ça craint !

— Dehors !

La porte claque et je sursaute en même temps. Ce qu'il a dit me bouleverse. Les injustices au niveau des richesses dans cette ville sont bien trop présentes. J'ai envie de le suivre, de claquer la porte à mon tour et d'envoyer le monde entier se faire voir ! À la place, je me contente de baisser tristement la tête sur ma copie. Il est à lui seul une véritable tornade ; j'ai envie d'être emportée dans ses vents cycloniques. D'où vient-il ? Pourquoi reprendre le lycée aussi tardivement ? Je suis bien décidée à percer ces houleux mystères.

CHAPITRE 9
ETHAN

« Quand j'étais plus jeune, j'avais comme règle de ne jamais boire d'alcool fort avant le déjeuner. Maintenant, ma règle est de ne jamais le faire avant le petit déjeuner. »

Winston Churchill

Je claque la porte comme un possédé.

Bon sang, pour qui il se prend ?

Il me demande mon opinion sur un sujet sensible, et il s'attend à recevoir des réponses sages et toutes faites ? J'aimerais bien lui faire avaler la vérité à ce con. Je ne décolère pas durant toute la route. Quand j'arrive, je suis surpris de trouver une petite Ford garée devant la maison.

On a de la visite ?

— C'est à qui la voiture bleue ? me renseigné-je dès que je franchis le seuil du salon.

— À moi, je viens de l'acheter.

— On avait dit qu'on irait ensemble, histoire que tu ne te fasses pas blouser. Tu l'as prise où ?

— Chez le garagiste du coin, Jackson Car Corporation. Je l'ai eue pour pas trop cher, et j'ai été très bien conseillée.

Je hoche la tête en ressortant illico.

Lorsque je reviens, soulagé qu'elle ait fait une bonne affaire, Rachel tire une drôle de tête.

— Le lycée vient d'appeler.

— Ouais, et… ?

J'attrape lc beurre de cacahuète dans le placard, sans la regarder.

— Tu t'es bagarré.

— Il le méritait.

Mon ton est détaché, mais la colère s'empare doucement de moi.

— Qu'est-ce qu'il s'est passé ? me questionne-t-elle en tournant la couverture d'un de ses stupides magazines.

Je tartine brutalement la pâte sur le morceau de pain qui n'a rien demandé. Elle m'énerve à jouer les enquêtrices. Au fond, je sais qu'elle n'en a rien à cirer.

— Un con qui voulait me donner des ordres, alors je l'ai maté.

Elle secoue la tête, la mine dégoûtée.

— Tu ne changeras jamais. Ce n'est que ta deuxième semaine et tu gâches déjà tout. Tu as oublié que ce déménagement représentait un nouveau départ ? Tu veux te faire virer, c'est ça que tu cherches ?

Elle ne me fera pas regretter mon geste, avec ses paroles toutes trouvées !

— Alors quoi ? J'allais le laisser m'humilier ?!

Hors de question que je fasse des courbettes à ce connard.

— Et, t'en fais pas, j'ai pas oublié ma promesse, ajouté-je, plus calme.

— Apparemment, tu as aussi répondu à un de tes profs.

Je lui explique brièvement qu'il a lancé un débat sans assumer derrière. Elle ne m'écoute plus, affirme que la mauvaise graine ne change pas. La rage tambourine furieusement contre mes tempes.

— Et toi, tu te crois meilleure ? Tu joues à quoi, les mères modèles ? Tu ne penses pas que c'est un peu tard pour ça ?

— Je peux changer ! hurle-t-elle, les yeux fiévreux.

Je ne gobe plus un mot qui sort de sa bouche. Combien de fois elle a eu l'occasion de « changer », et combien de fois elle m'a déçu ? Mes articulations se contractent une à une. Mes poings s'abattent sur le bois, faisant trembler la pauvre table.

— Non ! *Moi*, je peux changer ! Toi, c'est une cause perdue d'avance.

Mon ton est acide. Ça peut paraître cruel, mais c'est largement mérité. Je ne lui laisse pas le temps de répondre et file dans la salle de bains me préparer pour le boulot. Lorsque j'ai fini, je quitte avec soulagement la maison et toutes ses tensions.

Vers la fin du service, je partage avec Jason une pause autour d'un verre. Je le trouve vraiment cool, je pense même qu'on pourrait devenir amis.

— Tu fais quoi ce soir ? s'informe-t-il en m'adressant un clin d'œil.

— Rien de spécial, pourquoi ?

— Mes potes organisent une soirée. Ça te dit d'être des nôtres ?

J'accepte avec enthousiasme, et nous nous dépêchons de tout nettoyer. Je le suis en voiture jusqu'à West Wilnoh. Au loin, le clocher crochu de l'église domine le quartier. Le soleil décline sur les toits rapprochés des maisons. Nous empruntons une déviation à cause du marché nocturne. Les étals colorés s'étendent sur le trottoir. Certains passants portent des vêtements traditionnels de leur pays, d'autres des tenues plus classiques.

Jason finit par se garer. De mon côté, je tourne encore quelques minutes pour trouver une place. Je le rejoins devant un bâtiment jaune terne qui aurait sérieusement besoin d'un coup de peinture.

— On va chez Michael. Tu vas voir, il est super sympa. Les autres aussi, d'ailleurs.

— Ça va pas le déranger ?

Il éclate d'un rire franc en ouvrant la porte du hall d'entrée.

— Oh, non, pas de risques. Tant que tu ne fous pas le bazar. On invite tous des potes à l'occasion, il est prévenu, t'inquiète.

Ma première soirée dans cette ville ! Ça va me faire du bien.

Nous débouchons sur un long couloir. J'appuie sur l'interrupteur, rien ne fonctionne. Jason avance avec assurance, il a l'air de connaître l'endroit comme sa poche. Un mélange de musique et de conversations nous parvient du palier. Une chanson du groupe *Metallica* m'invite à entrer.

C'est bon, ça !

Son pote Michael nous accueille chaleureusement. Ses longs cheveux pendent sur ses épaules, il les ramène vite fait en arrière, caressant sa barbichette avant de nous saluer.

— Hey, ça va, mec ?

Ils se font un check, puis il se tourne vers moi et me donne une franche poignée de main. Sa bonne humeur est communicative, je le suis sans pression le long du vestibule. Il ouvre une porte vitrée. Deux types me font face, assis sur un canapé, des coussins et des couvertures étalés autour d'eux. Le plus grand vient à ma rencontre, des tresses courtes ramenées en arrière.

— Salut, moi, c'est Nelson.

Je lui rends son sourire, me présente à mon tour. Ses yeux gris-vert contrastent avec son métissage. Il a le teint clair et les traits plutôt fins.

— C'est mon nouveau collègue, se vante Jason qui me suit de près.

Assis sur le canapé, l'autre gars n'a pas bougé d'un poil. Il porte des bagues, et des lettres sont tatouées sur ses doigts, formant le mot « *fuck* ». Son air blasé ne me dit rien qui vaille. Il prend le temps de me scruter de haut en bas, puis me balance du fond de la pièce :

— Moi, c'est Kyle.

Je lui adresse un bref signe de tête. Je n'ai pas l'air d'être le bienvenu.

— Oh, faut pas lui en vouloir, me rassure Michael. Il est comme ça avec tout le monde au début.

Je lance un « *OK…* » lourd de sens.

Jason et moi nous asseyons sur un fauteuil face à eux. Des chips sont éparpillées sur la table, l'hôte m'invite à me servir.

— Alors comme ça, tu bosses avec notre Jason ? m'interroge Kyle.

Il me fixe de ses yeux chauds, l'air amusé. Je me sers un généreux verre de scotch.

— Ouais, c'est un contrat étudiant.

Nelson me demande où j'étudie, je lui réponds, tout en engouffrant une poignée de chips.

La soirée s'écoule et je me détends. Son ordi posé sur les genoux, Kyle mixe les sons. Ce dernier n'a d'ailleurs plus aucune animosité envers moi. Je me surprends même à rire avec lui à plusieurs reprises. Un mélange de reggae métal nous met dans l'ambiance, tout le monde se déride assez vite. La bande de Jason est vraiment cool, nos goûts musicaux nous rapprochent. J'enchaîne les verres, et leur prépare avec les moyens du bord des cocktails appris au taf.

— Yeah, il gère, le collègue ! scande Jason en se tordant de rire.

Au bout d'un moment, la musique se fait plus douce. Je fixe le plafond, la tête perdue dans l'ailleurs. Les autres comatent sur le canapé. Je me redresse, nauséeux, puis me dirige vers la porte.

— Les mecs, merci encore pour cette soirée.

— Pas de soucis, on remet ça quand tu veux. T'es vraiment un ouf, plaisante Nelson.

Jason m'interrompt.

— Eh, tu vas où comme ça ?

— Reste, renchérit Michael. Il y a de la place pour tout le monde, tu vas pas rentrer bourré.

— Vous inquiétez pas, j'ai déjà pris la route dans un pire état.

Jason pose la main sur mon épaule.

— Non, Ethan, tu ne conduis pas dans cet état.

Son regard est grave, je comprends que je ne peux pas négocier. Pour joindre le geste à la parole, il fourre mes clés dans sa poche. En temps normal, je les aurais écoutés, mais là, j'ai besoin de prendre l'air pour dessoûler, au moins marcher jusqu'au centre-ville, après je prendrai un taxi. Je leur explique mes intentions.

— Je t'accompagne, exige Jason.

La fraîcheur de la nuit me réveille un peu. Une fois dans le centre, il hèle un taxi.

— Je t'apporte ta voiture demain matin, ça te va ? me propose-t-il, la mine toujours soucieuse.

— OK, je te ramènerai chez toi quand j'aurai récupéré ma caisse.

— Rentre bien.

Je lui fais un signe amical en m'engouffrant dans la bagnole.

Lorsque j'arrive chez moi, la télé baigne le salon d'une lumière bleue. Je ne prends pas la peine de l'éteindre. Je suppose que ma mère s'est encore endormie sur le canapé. Je me dirige calmement vers ma chambre, décidé à finir ma nuit déjà bien entamée.

Une sonnerie agressive me tire du sommeil. À moitié réveillé, je frappe mon réveil. Encore un coup comme ça et il sera déglingué pour de bon.

Je fais fondre un cachet et patiente quelques minutes, la tête entre les mains, attendant que ce fichu mal de crâne disparaisse. Mon téléphone vibre, j'ai reçu un SMS de Jason.

[Je peux te ramener ta voiture dans une heure ?]

Je lui réponds « oui » avant de refermer mon portable d'un coup sec. La cafetière hurle, je me serre gauchement une tasse. Après un bon café, je me sens d'attaque pour la journée.

J'ouvre la porte du salon. Ma mère gît comme une épave sur le canapé. Une forte odeur d'alcool imprègne mes narines. Je m'approche, tendu.

Putain, pas ça !

Au bout de sa main pend un flacon de whisky. Je le soupèse : elle n'a pas laissé une goutte.

C'est pas vrai !

Mes muscles se contractent un à un, je lâche la bouteille qui s'écrase sur la moquette dans un bruit sourd. J'observe ma mère avec toute la haine dont je suis capable. Elle est loin de savoir le cyclone qu'elle vient de déclencher. Un ronflement s'échappe de sa gorge, elle dort profondément.

Plus pour longtemps !

Le pas alerte, je me dirige dans la cuisine et remplis un seau d'eau glacée. Je le porte jusqu'au salon, puis prends bien soin de l'asperger de la tête aux pieds. Elle se redresse d'un bond.

— Bien réveillée ? lui balancé-je en guise de bonjour.

— Ça va pas !

— Tu ne vois pas où est le problème ?

Son corps se raidit. Ses yeux écarquillés font des allers-retours entre moi et sa maudite boisson.

— T'as pigé, maintenant ?

Ses épaules s'affaissent.

— Je… je…

— Arrête de gaspiller ta salive, dis-moi où sont les autres bouteilles. Ça nous fera gagner du temps.

Elle fixe le sol, muette. Je sais très bien que lorsqu'elle fait le plein, elle se contente rarement d'un seul spiritueux.

Je m'approche d'elle en me redressant de toute ma taille. Je reformule ma question le plus calmement possible. Son regard suppliant ne me fait pas décolérer. Je lui tiens fermement les épaules, la force à me regarder.

— Il n'y avait que ça.

Sa voix est encore pâteuse. Son haleine fétide atterrit directement sur mon visage. Mes veines s'embrasent.

— Tu mens. Dis-moi la vérité ! beuglé-je en la secouant comme un cocotier.

Je sais que je n'obtiendrai rien d'elle comme ça. Il faut que je trouve ses putains de planques, que je l'empêche de se faire du mal comme elle en a l'habitude. J'ouvre les placards en envoyant tout valser. Je sens sa présence discrète dans mon dos.

— T'es en train de foutre toute la maison en l'air…

— À qui la faute, hein ?

Elle me supplie d'arrêter. Je me dirige vers sa chambre, ma mère essaie de m'en empêcher, mais mon regard fou la dissuade de continuer. Je balance ses fringues sur le sol en fouillant frénétiquement son armoire. Je finis par trouver ce que je cherche. Les doigts tremblants, j'extirpe une bouteille de champagne d'une de ses longues bottes. Je ne m'arrêterai pas là. Habité par une force que je ne me connais pas, je renverse le lit en moins de deux.

Bingo !

Un autre de ses trésors est soigneusement dissimulé sous le matelas. Je suis sûr qu'elle en a caché dans des endroits encore plus barrés. Je continue mes recherches, laissant derrière moi un bordel monstre. Pendant que je m'attaque aux toilettes, je l'entends pousser un cri de surprise. Elle vient sûrement de découvrir l'état pitoyable dans lequel j'ai laissé sa chambre. Je ne compte rien ranger, c'est elle qui m'a poussé à agir comme ça !

Je soulève machinalement le couvercle de la chasse d'eau. Ce que je découvre me laisse sans voix. Une liqueur de cassis loge dans le réservoir.

Putain, même si je connais ses planques depuis le temps, elle ne cessera jamais de me surprendre !

Je la trouve assise dans la cuisine, la tête entre les mains, complètement perdue.

— Tu ne sais plus où les planquer, hein ? éructé-je en agitant les bouteilles sous son nez. Tu m'avais dit qu'il y en avait qu'une, c'est pas étonnant, ça ?

Je poursuis, déterminé :

— Alors, par laquelle on commence ?

— Ne fais pas ça ! me supplie-t-elle en avançant la main vers moi.

Je recule, brûlé par son simple contact.

— T'es au courant que tes supplications ne me font plus aucun effet ?

Je regarde avec mépris cette inconnue qui m'a vu grandir.

Au fond, elle me fait pitié.

Ce que je m'apprête à faire va la torturer. Dans un grincement rapide, le bouchon de liège saute entre mes doigts. Le champagne s'écrase avec lenteur dans le lavabo. Le désespoir que je perçois au fond de ses prunelles est palpable. Je prends un plaisir malsain à prolonger encore un peu son agonie.

— Et d'une, fais-je, un sourire cruel vissé sur les lèvres.

— C'est de l'argent foutu par les fenêtres, se désole-t-elle en essuyant rageusement une larme.

La voir pleurer ne me fait ni chaud ni froid. Rien de ce qu'elle pourra dire ne changera quoi que ce soit, je sais que ce que je fais est juste. Le seul bénéfice que j'en retire, c'est ma petite vengeance personnelle de la faire souffrir à chaque goutte jetée, de la voir se détruire parce qu'elle préfère l'alcool à son fils.

— Et de deux, poursuis-je en vidant la seconde.

— Ne jette pas la dernière. On la boira ensemble, si tu veux.

— Putain, j'y crois pas. Vas-y, enfonce-toi encore plus ! T'as donc aucune fierté ?

Elle pousse un soupir exaspéré, en proie à un combat intérieur qui la pousse dans ses retranchements.

— J'en ai ras le bol que tu te mêles de ma vie. C'est mes affaires. Tu ne peux pas retourner toute la maison comme tu viens de le faire. Tu n'as pas à faire ta loi chez moi !

Mon regard se durcit. À cet instant, l'amour s'est cassé par la fenêtre, ne reste plus que la haine. Mon cerveau a accumulé un trop-plein de rancœurs que je lui balance en pleine figure :

— Justement, t'es ma mère, mais tu ne t'es jamais comportée comme telle ! Cette maison est autant à toi qu'à moi, je te rappelle qu'on nous a fait crédit parce que j'ai bossé pour !

— Je ne t'avais rien demandé ! explose-t-elle.

C'est grâce à moi qu'on en est là, et c'est ça le remerciement ?

— Il est où ce nouveau départ, hein ? Y'a qu'moi qui dois faire des efforts, c'est ça ?

Elle murmure dans un souffle à peine audible :

— Je sais que je peux y arriver. Laisse-moi encore un peu de temps.

— Tu te fous de ma gueule ? Ça fait vingt ans que je t'en laisse du temps ! Arrête de te trouver des excuses ! T'avais promis d'arrêter, bordel !

Elle n'est qu'une proie, une toute petite chose que je pourrais détruire en moins de deux.

— Tu ne peux pas essayer de comprendre ? J'en ai *besoin*...

Je serre les poings à m'en faire mal, la colère me brûle la gorge.

— Ah, t'en a besoin ! C'est ça que tu veux ?

Je brandis la liqueur, sous ses yeux apeurés.

— Eh bien, prends-la, ta putain de boisson !

Mon poing s'abat lourdement sur le bois. La bouteille se brise sur le vaisselier. Ma mère recule, la main devant la bouche. Un liquide chaud coule le long de ma peau, je constate que c'est mon sang. Les bouts de verre se fichent dans ma chair. Ma souffrance intérieure prend le pas sur la douleur physique. Je sens mes lèvres s'étirer en un sourire vicieux. Un rire incontrôlable s'échappe de ma gorge. Je refuse de lui montrer mes émotions, quitte à passer pour un fou. Rachel s'effondre sur le canapé, s'y roule en boule. J'imagine que c'est sa façon à elle de se protéger. En même temps, vu son état, je ne vois pas trop ce qu'elle peut faire.

Au-dessus du lavabo, je retire les morceaux de verre enfoncés sous ma peau, de la plus grosse à la plus petite brisure.

Putain de bouteille !

À mesure que mon cœur reprend son rythme de croisière, les sensations reviennent. Des dizaines de piqûres serpentent dans mes veines, comme des microdécharges électriques. Mon sang danse sous ma peau.

— Chier !

Je verse d'un coup sec le désinfectant. Le liquide me brûle, je mords avec force dans la serviette. J'enroule ma main dans un bandage et m'empresse de regagner mon antre.

Je sais que j'aurais pu garder les bouteilles, même pour une soirée, mais je refuse de boire ce que ma mère achète pour sa consommation personnelle. C'est une question d'honneur, que je me suis toujours efforcé d'appliquer. Je préfère les vider sous son nez.

Je n'ai que très peu de souvenirs de ma mère sobre, à part ces derniers mois, où on avait conclu le pacte de faire des efforts. Elle vient de tout foutre en l'air en l'espace d'une soirée.

— Tu ne t'es jamais occupée de moi ! hurlé-je comme un dément.

Le silence mortel pour seule réponse me vide l'âme. Dès mon plus jeune âge, j'ai appris à me débrouiller. Quand personne ne s'occupe de toi, tu n'as pas le choix.

Je m'assieds sur le lit, les jambes tremblantes, avec le besoin immédiat de me calmer. N'y tenant plus, j'effrite doucement du shit au-dessus d'un joint. Je l'allume et inspire la première goulée avec satisfaction. La drogue fuse dans mes veines, me consolant de ma désolation intérieure. Je bascule sur mon lit, m'évade vers un monde meilleur. La seule chose qui compte, c'est le bien-être qu'elle me procure et la certitude qu'elle m'offre une porte de sortie. Qu'est-ce que quelques minutes de répit dans ma putain de vie ?

J'ai l'impression qu'un marteau-piqueur tambourine mon cerveau. La tête en friche, je me glisse sous les couvertures en claquant des dents. Le sommeil commence à me gagner…

Mes mains s'accrochent à l'écorce pendant que je me hisse toujours plus haut. Je risque un œil en bas. Will et Jenny sautent sur place. Leurs encouragements parviennent jusqu'à moi, m'insufflant le courage de continuer. Je prends appui sur une branche. Celle-ci tombe, je sens mon bras partir avec. Je m'accroche de toutes mes forces sur le côté droit de l'arbre.

— Ethan ! crie Jenny.

Dans sa voix perce l'inquiétude, je souris bêtement.

— Tout va bien, les rassuré-je.

Au-dessus de ma tête s'étale une branche plus épaisse. C'est la dernière. Je saute et mes deux mains l'agrippent en même temps. Je reste suspendu, les pieds dans le vide.

— T'y es presque !

— Attention !

Je balance mon torse d'avant en arrière. L'important, c'est de prendre suffisamment d'élan. Je réunis mes forces, mes jambes s'enroulent naturellement autour de l'écorce. Après ça, je n'ai plus qu'à me hisser. Mes amis poussent un cri de victoire. Je m'assieds pour admirer le paysage qui s'offre à moi. D'ici, je domine la forêt. Des dizaines de kilomètres de vert s'étendent sous mes yeux émerveillés. Les arbres s'inclinent devant moi. Je suis monté sur le plus haut de tous, le plus beau.

Amusé, j'admire mes amis qui grimpent à leur tour. Je suis toujours le premier à tester les nouvelles expériences. Tout ce qu'il me reste, ce sont les sensations que je ressens quand je frôle le danger, ça me fait oublier la noirceur de mon existence. Je carbure à l'adrénaline, il n'y a que de cette manière que je sens mon cœur battre. Notre incassable trio de casse-cou est la plus belle chose qui me soit arrivée.

Tous les trois posés sur l'énorme branche, nous refaisons le monde à notre façon. Nos yeux d'enfants imaginent un système où la pauvreté n'existe plus, tout le monde a la même valeur. Le regard perdu dans le vague, Will et moi posons la tête sur l'épaule de Jenny qui nous accueille affectueusement. Ses cheveux blonds chatouillent mes narines. À ce moment, je sens que notre amitié change. Elle prend une tournure plus profonde. Nous ne sommes encore que des gamins, mais la dure réalité de la vie nous a transformés. Notre part d'enfance s'est envolée. Je sors un couteau de ma poche et m'entaille le pouce.

Sous les derniers rayons que le soleil nous offre, nous mélangeons nos sangs, nous promettant de ne jamais nous quitter. Ce serment est à la fois beau et bouleversant. Cette fois, c'est sûr, c'est pour la vie.

J'ouvre mes yeux embués. Mon cœur se serre. Je me rappelle le jour où on s'est fait cette promesse. Par moment, je me demande ce qu'est devenu Will. Son absence a laissé un vide abyssal dans ma vie. On est les derniers survivants de ce *fucking* système.

CHAPITRE 10
ISABELLE

« Deux yeux hypnotiques tapis dans les ténèbres.
La jeune femme s'approche, envoûtée, avant d'y perdre son âme. »
Cyndra O'Hara

J'attends à la lisière de la forêt. Depuis la rentrée, on s'entraîne pour la grande course qui a lieu tous les ans. Les familles ont été conviées, je stresse en pensant à tout ce monde qui m'attend à l'arrivée. Une voix haut-perchée m'interpelle :

— Bonne chance !

Je me retourne. Megan me toise de la tête aux pieds, un petit sourire moqueur aux lèvres. Je la dévisage à mon tour. Ses cheveux noirs, attachés en queue-de-cheval, tombent à la perfection. Elle n'a pas l'air d'avoir froid dans son mini-short, au contraire, elle mouline des bras d'avant en arrière, prenant la compétition très au sérieux.

— À toi aussi ! réponds-je en lui offrant un sourire qui sonne clairement faux.

Je lui tourne le dos, puis avance avec difficulté parmi les élèves, à la recherche de Jessica. Je la trouve en train de faire du gringue à un beau blond. Elle finit sa conversation et se dirige avec hâte vers moi.

— Prête ?

Elle fait craquer ses doigts, et répond avec entrain :

— Oh oui ! Et toi ?

— Pas vraiment. Je ne tiens pas à me ridiculiser à l'arrivée.

Elle tente de me rassurer, sans grand succès. Chacun se place derrière la ligne de départ. Je me dévisse le cou, espérant apercevoir Ethan, mais ne le vois pas.

— À vos marques, prêts…

Je n'ai jamais aimé ce moment qui précède un départ, où l'on attend, le cœur battant, le signal pour s'élancer à corps perdu dans la course, comme si nos vies en dépendaient.

— Partez !

Les élèves s'élancent à vive allure comme un troupeau d'hippopotames. Jessica prend la tête, je ne la suis pas, préférant les petites foulées. La peinture fraîche sur les arbres me guide. Les derniers élèves disparaissent au loin. Je prends le temps d'apprécier ma course, laisse la nature m'éblouir. Les feuilles virevoltent autour de moi, rendant leur dernier soupir sur le sol mousseux. J'aime la forêt, encore plus quand c'est l'automne.

Les couleurs explosent sur les arbres. Rouge, marron, jaune et orange s'harmonisent parfaitement, dans un magnifique ballet. Les feuilles meurent sous mes chaussures dans un bruit des plus agréables. Je laisse mon esprit grisé dériver vers *lui*. Je ne vois plus que ses yeux sombres qui veulent me happer dans l'obscurité.

Lorsque je reviens à moi, je ne reconnais pas l'endroit. Toute trace de peinture a disparu. Je passe plusieurs minutes à chercher le sentier, mais tout se ressemble. Le silence de la forêt, que j'appréciais tantôt, est maintenant oppressant. Les arbres se resserrent autour de moi, je suffoque. J'écrase une branche. Celle-ci hurle dans un craquement sonore et l'herbe se dérobe sous mes pieds. Je pousse un cri de surprise, atterrissant lourdement sur le sol humide.

Les mains en feu, je me relève avec peine, tout en me massant douloureusement les reins. Je suis au fond d'un trou. La surface se trouve à plus d'un mètre de moi. Lorsque j'agrippe le mur de terre, celui-ci s'effrite dès que je prends appui dessus.

Je tâte la poche de mon jogging pour attraper mon téléphone, quand je me rappelle l'avoir laissé dans les vestiaires. Condamnée à attendre que quelqu'un passe, je soupire en m'asseyant, mes bras encerclant mes genoux.

Le vent tourbillonnant souffle jusqu'à moi. Je frissonne sous mon tee-shirt. Personne ne passera par là avant plusieurs heures ! Une larme impuissante se perd dans mon décolleté.

La lumière comme seul repère, je prends à témoin le soleil qui s'éclipse doucement en contrebas. Si seulement je pouvais sortir d'ici avant que la nuit ne tombe !

Dans le parfait silence du lieu, une branche craque.

Sauvée !

— Je suis là ! clamé-je bruyamment.

Aucune réponse. Une personne est là et ne me répond pas ! J'ai envie de lui lancer « montrez-vous », mais ma gorge se noue. Des bruits de pas se font entendre. Je me lève d'un bond, les sens en alerte. Une ombre se dessine à la surface. Mon cœur fait un double saut lorsque je le reconnais. Il penche la tête, surpris. Le feu me monte aux joues, alors qu'il me découvre coincée dans ce trou à rat ! J'aurais préféré que n'importe qui me découvre, n'importe qui sauf lui.

— Isabelle ?

Je baisse les yeux, honteuse. Ethan poursuit :

— Qu'est-ce que tu fais là ?

Bah, je me suis perdue en pensant à toi.

— Je suis tombée.

— Ça fait longtemps que t'es là ?

Je bafouille une vague réponse. Il se penche au-dessus du petit fossé, me tend le bras. Un rayon se pose délicatement sur sa main d'une blancheur affolante, presque nitide[7]. Pendant qu'il me hisse, des battements d'ailes frénétiques prennent d'assaut mon bas-ventre. Il plonge son regard au tréfonds de mon âme. Un courant électrique traverse mes veines. Mon corps vibre à son contact. Sa peau est aussi douce qu'un voile. Perdue dans les ténèbres, je ne me rends même pas compte que je suis arrivée à sa hauteur.

— Ça va ?

Je hoche doucement la tête en me frottant d'une main, penaude. Lorsque je baisse les yeux, je prends conscience que nos doigts sont entrelacés. Ethan

---

[7] Resplendissant, brillant.

s'empare de mes mains et les ramène à sa hauteur en les retournant. C'est à ce moment que je constate que mes paumes sont striées d'éraflures boursouflées.

— Faudra mettre du désinfectant.

Son timbre est lisse, indéchiffrable. Je sonde son visage, à la recherche d'une quelconque émotion, mais il reste impénétrable.

Nous nous mettons en route. Mon compagnon avance d'un pas sûr, semblant connaître le chemin.

— Tu as eu de la chance que je passe dans le coin.

Et lui, qu'est-ce qu'il fait là ?

Malgré ma timidité, la question franchit la barrière de mes lèvres aussi vite qu'elle s'est imposée à mon esprit.

— Tu manquais à l'appel. Le prof a commencé à te chercher et j'ai voulu l'aider, voilà tout.

— Merci, sans toi, je serais encore dans ce fichu trou.

La ligne d'arrivée se dessine au loin. À mon grand soulagement, il n'y a que Jessica, accompagnée du prof de sport. Elle me fait un large signe de la main. Je presse le pas. Ethan me retient brusquement par le bras. Son visage à quelques centimètres du mien, il me glisse à l'oreille d'un ton taquin :

— Tu étais comme un petit animal apeuré, je dois avouer que ça m'a beaucoup amusé. Ne t'inquiète pas, chuchote-t-il en se rapprochant davantage. Ce sera notre petit secret.

Puis, il s'éloigne, ne me laissant pas le temps de répondre.

Éberluée, je rejoins mon amie qui se précipite à ma rencontre.

— On t'a cherchée partout !

— Je me suis perdue, lâché-je sombrement.

— Ne t'inquiète pas, presque personne n'a remarqué ton absence, ils sont tous occupés à manger.

Nous marchons vers le lycée, pendant que je leur raconte ma mésaventure. Au moment où je me retourne pour regarder Ethan, il a disparu.

— Eh bien, on peut dire que tu as un don pour te mettre dans de drôles de situations, *Petit Chaperon rouge* ! plaisante-t-elle en me donnant un coup de coude.

— Oh, ça va !

— Encore heureux que le loup ne soit pas arrivé !

Elle ne peut pas mieux dire. Les propos d'Ethan m'ont troublée au plus haut point ; me révoltant d'un côté, m'excitant de l'autre. Tapi dans l'obscurité des arbres, le seul loup que je vois : c'est lui.

Je m'allonge sur mon lit, épuisée. J'ai pris de l'avance sur mon travail de la semaine, et ne me sens clairement pas en état de faire quoi que ce soit d'autre. Je songe avec délice au contact de *sa* peau contre la mienne. Je l'imagine allongé à mes côtés. Ses doigts remontent doucement le long de mon bras et ses lèvres caressent le creux de mon cou. Les sensations éprouvées plus tôt se manifestent, me tenaillant l'entrejambe. Je sombre dans une autre dimension, laisse mes songes me porter en terres hostiles…

Je me promène dans une fabuleuse clairière. Le sol vibre sous mes pieds, je sens la vie sous chaque pousse. Les branches ploient péniblement sous la bise glaciale. Elle s'engouffre entre les feuillages, s'enroule dans mes cheveux. Un raclement profond se répercute en échos dans le parfait silence du lieu. C'est un grognement long et douloureux. Je tourne la tête de tous les côtés, terrifiée.

Les jambes en coton, je cours sans regarder où je vais. Le chemin se resserre. De l'écorce et des branches lacèrent ma peau. Je zigzague entre une masse d'arbres tous plus denses les uns que les autres. Les feuillages étouffent la lumière, il fait de plus en plus sombre et froid. Mes pieds caressent une surface molle, puis le sol s'ouvre. Je flotte dans le vide. En contrebas, les ténèbres m'accueillent. Mon bras cogne contre une surface rugueuse qui stoppe ma chute.

Je me relève tant bien que mal, masse péniblement mon ecchymose. L'obscurité se dissipe. Je me tiens debout sur un lopin de terre dénudé. Impossible de prendre racine ici, je fais une proie tellement repérable ! Je regarde un instant les arbres qui m'encerclent, me demandant quel chemin emprunter.

Un craquement se fait entendre. D'instinct, je recule. Sur ma gauche, les feuillages s'écartent brusquement. Deux gros yeux jaunes luisent dans la pénombre et s'approchent, suivis d'un grognement terrifiant. Mes jambes sont clouées au sol. J'observe, tétanisée, la créature avancer à découvert. Un loup au pelage d'ébène se dévoile dans la lumière du jour. Prendre la fuite est la dernière chose à faire, il aura tôt fait de me rattraper. J'évite de faire le moindre geste qui pourrait l'énerver. Ses pattes velues ne sont maintenant plus qu'à quelques centimètres de moi. Ses griffes effleurent ma peau. Je me retourne, m'apprêtant à fuir. Au moment où je parviens enfin à m'éloigner, une force surhumaine me plaque au sol. Mon souffle s'amenuise.

Les pattes du loup font place à des bras musclés. On me retourne violemment comme un pantin désarticulé. Ethan se tient au-dessus de moi, me dévorant avec envie de ses yeux aussi profonds que la nuit. Ma main caresse son visage brûlant. Pris d'une fièvre étrange, il mordille mes doigts jusqu'au sang, puis les lèche avec application. Je sens mon excitation grimper quand il presse son corps contre le mien. Mes mains agrippent ses cheveux, ses lèvres s'arriment aux miennes avec avidité. Ses doigts se resserrent autour de mon cou, attisant mon désir. Je suffoque, ne prenant ma respiration que pour lancer un râle de plaisir intense. Son autre main caresse ma poitrine avant de descendre plus bas. Son bassin se frotte contre le mien avec puissance, je veux qu'il se fonde en moi...

Je me réveille en nage, la respiration haletante. Je glisse un doigt en moi, je suis trempée. Me sentant rougir, je rabats la couverture sur ma tête en me tournant sur le côté. Pour la première fois, je l'ai laissé s'engouffrer dans mes songes. Est-ce un avertissement ou, au contraire, un signal m'indiquant que je peux m'engager sur cette pente, certes dangereuse, mais tellement irrésistible ?

CHAPITRE 11
ETHAN

« Quand nos démons gagnent du terrain, mieux vaut les pendre que de les laisser obscurcir nos cœurs. »

Cyndra O'Hara

Aerials in the sky
When you lose small mind, you free your life[8]

Je roule en direction du taf, fredonnant la chanson *Aerials* de *System Of A Down*. D'un coup, tout devient brumeux. La route se floute et le souvenir d'Isabelle se rappelle à moi, brûlant.

---

[8] « Des figures, dans le ciel »
« Quand tu perds ton étroitesse d'esprit, tu libères ta vie », traduit de l'anglais. Album *Toxicity*, 2001.

Sa voix anxieuse m'interpelle. Je la découvre, claquant presque des dents, perdue au fond d'un trou. Elle a l'air si vulnérable, seule dans les bois. Cette façon dont ses grands yeux m'implorent rend mes jambes toutes molles. Je lui tends la main. Quand sa peau entre en contact avec la mienne, des frissons rampent sous mon tee-shirt.

Je secoue la tête pour refouler ces sensations, puis me concentre sur ma conduite. Je dois avouer que l'avoir trouvée ainsi a attisé mes braises. Au moment où je l'ai remontée, j'ai cru apercevoir des cicatrices sur ses avant-bras, mais elle s'est empressée de les cacher. J'entends encore ma voix lui glisser à l'oreille : « *Tu étais comme un petit animal apeuré, et je dois avouer que ça m'a beaucoup amusé. Ne t'inquiète pas, ce sera notre petit secret.* »

Je ne sais pas ce qu'il m'a pris de sortir une telle connerie ! Disons que, sur le moment, je n'étais plus vraiment moi-même. Bon sang, c'est vrai qu'elle est canon ! Son teint frais et ses lèvres charnues me troublent. Pourtant, c'est pas mon style, elle est bien trop distinguée. J'ai comme l'impression qu'elle ne vient pas du même milieu social que les autres. Que ce soit sa coiffure, ses vêtements de marque, ou même la façon dont elle se tient sur sa chaise, elle sort du lot. Si c'est le cas, je ne vois vraiment pas ce qu'elle fout dans ce lycée.

Arrivé au bar, je donne une accolade à Jason.

— Hey, la semaine prochaine, on organise une soirée qui va envoyer du lourd, mon gars !

— Ah oui ? fais-je, intéressé, en nettoyant le comptoir.

— T'sais pas où elle aura lieu ?

Je réponds par la négative, tout sourire, amusé par son air rieur.

— Il y a une maison de vacances pas loin d'ici. Elle est vide en ce moment, on va la squatter quelques heures. Ça te dit d'être de la partie ?

Mon cœur s'accélère sous l'excitation.

— Carrément, mec !

— C'est pas parce que tu finis bientôt que je te laisse tomber.

J'ai envie d'inviter Isabelle, ça pourrait être cool.

— Tu crois que je pourrais y emmener quelqu'un ?

Je lui explique que c'est une fille du lycée.

— T'es piqué, c'est ça ? me demande-t-il avec un clin d'œil complice.

— Je ne sors avec personne.

Il se tourne vers moi, l'air sérieux.

— Quoi, t'es jamais sorti avec une meuf ?

Je rince les verres et lui réponds sans lever la tête :

— Non. Enfin, j'ai déjà eu des relations, si tu veux savoir, mais c'était pas sérieux. Sans parler des coups d'un soir.

Il joint les deux mains en prenant un air faussement triste.

— Oh, briseur de cœurs !

J'ignore ses réflexions à deux balles et reste concentré sur mon travail.

J'ai envie d'en savoir plus sur elle. Si je pouvais la voir seule avant cette soirée, ça serait mieux.

À la fin de mon service, Doris se dirige vers moi.

— Alors, pas trop triste de bientôt nous quitter ?

— J'crois que je vais m'en remettre, plaisanté-je.

Il rejette le buste en arrière en s'esclaffant.

— En tout cas, ton humour va pas nous manquer ! Nan, plus sérieusement, tu as fait du bon boulot. Dis-moi… j'ai entendu dire que tu as déjà travaillé dans un garage.

J'acquiesce, mal à l'aise. Les souvenirs me remontent en pleine face, mais je parviens à garder mon calme. Il poursuit :

— Je connais un garagiste qui recherche quelqu'un pour quelques heures par semaine. Je lui ai parlé de toi et il est d'accord pour te recevoir. C'est un bon début, non ?

Je ne sais franchement pas si c'est une bonne idée. Mais, après tout, ce n'est pas *lui* et j'ai changé. La preuve, l'expérience dans ce bar a été concluante, et c'est ce qui me pousse à accepter.

— Merci, Doris, dis-je, reconnaissant.

Il pose une main sur mon épaule. Les doigts tremblants, je prends la carte qu'il me tend.

« Jackson Car Corporation »

— Tiens, c'est l'adresse. Tu demanderas Phil. Dis-lui que tu viens de ma part.

C'est là que ma mère a acheté sa caisse.

Je fourre le carton dans ma poche en rejoignant les vestiaires, le cerveau en ébullition. J'ai du mal à tenir sur mes jambes, un mal de crâne pulse jusque dans mes tempes.

Un jet de lumière frappe le sol avant de se propager dans toute la pièce. Ma rétine est en flammes. Je plaque violemment le dos contre le casier, j'ai l'impression d'avoir le regard plongé dans le soleil. Une corde pend de tout son long, accrochée à une poutre. Mes jambes tremblent. Mon cœur s'accélère, comme sur des montagnes russes. Il ne va plus tenir. Je m'effondre sur le sol dans un bruit sourd. Le noir total.

Tout redevient calme. Je cligne des paupières pour m'acclimater au décor. Des néons grésillent au-dessus de moi, plongeant la pièce entre lumière et obscurité en une fraction de seconde. Je me relève en époussetant mon pantalon. Mes chaussures de ville grincent sur le parquet. Je hausse les sourcils, surpris par ma tenue.

La grande lampe en inox posée sur le bureau m'est étrangement familière. Je reconnais les lieux. Je tourne la poignée de la porte vitrée. L'écho assourdissant de mes pas dans l'atelier résonne jusque dans mon cœur. La pièce est vide et froide. Au milieu trône une chaise surmontée d'une corde avec un nœud assez grand pour y passer la tête. Je veux faire demi-tour, mais mes jambes m'obligent à avancer dans la direction opposée. La corde est rêche. Je la passe lentement autour de mon cou, comme si c'était la chose la plus naturelle du monde. Ma raison m'ordonne d'abandonner pendant qu'il en est encore temps. Plus le choix. La souffrance se répand comme un poison dans tout mon corps. Je la sens s'insinuer dangereusement dans mes organes vitaux et poignarder mes os. Il faut que ça s'arrête.

— Non !

— Ethan !

Jason est penché sur moi, les yeux écarquillés. Il m'aide à me relever.

— Ça va ?

— Euh… ouais, hoqueté-je, encore secoué.

— Qu'est-ce qui s'est passé ?

Je me dégage un peu brusquement.

— J'ai juste eu une petite absence, le rassuré-je.

— Une petite absence ? Mec, je t'ai trouvé par terre !

— Ouais, je suis tombé, mais ça va déjà mieux, je le sens.

Il s'éloigne, suspicieux, pendant que je me dirige vers le lavabo. En croisant mon regard, je me fais peur. Mes yeux vitreux et mon teint cireux en feraient flipper plus d'un. Mes bras tremblent, je n'essaie même pas de les en empêcher. Je reste un moment comme ça, à me remémorer ce flash puissant, tout en inspirant à fond. Ça faisait longtemps que je n'avais pas eu ces visions démoniaques.

Tu ne peux pas oublier et refaire ta vie, comme tout le monde ?!

Je donne un coup de poing dans mon reflet. Le miroir se fêle. Je quitte le bar la mine sombre et les phalanges en feu. J'ai une gueule d'enfer. Si j'accepte ce taf, est-ce que j'arriverais à aller de l'avant ?

CHAPITRE 12
ISABELLE

« Apprendre à connaître une personne, c'est lui offrir des fragments de son âme. »

Cyndra O'Hara

— Tu es sûre que tu ne veux pas venir ? me demande ma mère, depuis la salle de bains.

Je fais un effort pour contrôler le tremblement de ma voix.

— C'est bon, allez-y sans moi.

Elle se dirige dans ma direction dans sa robe Marc Jacobs, plus sûre d'elle qu'elle ne l'a jamais été.

— Tu veux bien m'aider ? glousse-t-elle.

Je tiens fermement le tissu rouge et remonte la fermeture à glissière le long de son dos parfait.

— Il ne s'agit pas de s'engager, plutôt de s'intéresser à notre communauté.

— À notre communauté ou seulement la partie qui t'intéresse ?

Ses yeux saphir me toisent, elle prend son air supérieur qui m'agace tant et lâche d'un ton froid et sans équivoque :

— Seulement la meilleure.

— Tu me dégoûtes, craché-je en descendant les escaliers, alors qu'elle s'agace, derrière moi.

Ses paroles venimeuses ne m'atteignent pas, je fais mine de ne pas l'entendre.

— C'est un comble. Tu as vu comment elle me parle ? dit-elle à mon père.

Il intervient, comme toujours :

— Qu'est-ce qui se passe ?

— Pourquoi vous vous engagez avec le maire ? Vous ne voyez pas que c'est un arriviste sans scrupules ?!

— Depuis qu'il a été élu, nos conditions de vie se sont nettement améliorées.

— Il renie toute une partie de la population, vous trouvez ça normal ?

Ma mère lève les yeux au ciel.

— Oh, cesse de faire l'enfant ! Il y aura toujours de la pauvreté, il n'y est pour rien. Personnellement, tant que j'y trouve mon compte, je n'ai rien à redire, et tu devrais en faire autant.

Je me tourne vers mon père, plaçant tout l'espoir qu'il me reste en lui.

— Papa ?

Je cherche son approbation, mais il détourne les yeux en se triturant les mains.

— Écoute, ça fait un moment qu'on veut s'engager dans un parti politique. Il a quand même fait beaucoup pour notre ville.

Nouveau coup de massue. Mon père m'abandonne lâchement pour une cause à laquelle il n'a jamais vraiment adhéré.

Ma voix se brise.

— Non, pas toi !

— Nous n'avons pas de comptes à te rendre ! s'offusque ma mère.

Ma vue se trouble, un voile noir recouvre mes yeux.

— Tais-toi ! Tais-toi ! m'enflammé-je.

Un feu intérieur dévore mon sang. Un brusque coup de chaleur me fait transpirer. Ma mère hurle quelque chose dont je ne saisis pas le sens, et mon père s'empresse de la faire sortir.

Nous nous retrouvons seuls, dans le silence gêné.

— Désolé, je n'ai plus la force de lutter, me dit-il.

— Tu m'as toujours soutenue…

— J'en ai marre de faire continuellement le gardien entre vous. Tu n'as pas idée à quel point je suis…

Il marque une pause. Ses yeux bleu-gris sont éteints, c'est la première fois depuis des années que je remarque à quel point il a l'air...

—… fatigué, rajoute-t-il enfin.

Comme le calme après la tempête, je prends la mesure des ravages que cet abandon génère en moi.

— Tu m'avais promis...

Il s'approche, la mine dévastée. Je fais un pas en arrière, manquant de renverser un vase sur lequel des motifs floraux en or fin s'entremêlent délicatement.

— Nous ne faisons pas partie de leur monde.

Je parle maintenant doucement, pesant chacun de mes mots :

— Alors, tu préfères te ranger de leur côté ? Où est passé l'homme qui faisait des dons à des associations, qui offrait à manger aux pauvres d'Eden Lake ?

— Ne prononce pas le nom de cet endroit ! vocifère-t-il.

— Ah oui, et pourquoi ?

— Tu le sais bien, me répond-il entre ses dents.

— Tu as peur qu'elle apparaisse derrière toi ?

— Arrête !

Il se précipite vers moi, la main levée, mais stoppe son geste à temps. Les remords dévorent déjà ses pupilles larmoyantes.

— Pourquoi c'est si tabou, pourquoi on ne parle jamais de ce qui s'est passé ?

Si ma voix n'est qu'un murmure, je sais très bien qu'il m'a entendue. Il essuie ses yeux injectés de sang et me répond froidement :

— Parce que ce n'est pas bon de mentionner le passé. Je croyais que tu l'avais compris. Je vais être plus clair. Ne parle plus de cet épisode de notre vie. Regarde l'état dans lequel ça nous met. Et encore, tu as de la chance que ta mère est partie. Tu sais très bien qu'elle aurait mis du temps à s'en remettre.

Mon cerveau s'est déconnecté, je ne peux pas lui répondre, sans quoi je fondrais en larmes.

— Bon, il faut que j'y aille, elle m'attend.

La porte se ferme dans un dernier claquement. Le silence qui accompagne son départ oppresse ma cage thoracique.

Je ne peux m'empêcher de penser à Eileen. Je suis prisonnière de mon passé, et la seule solution pour m'en sortir, c'est de découvrir ce que l'on me cache. Je repense à la pièce secrète, celle qui m'est interdite depuis qu'on a emménagé ici. Je me précipite à l'étage, le feu au ventre. Je m'arrête devant la porte, priant pour qu'elle s'ouvre. Ma main se fige sur la poignée, j'inspire un grand coup. C'est sans surprise que je la trouve fermée. Je marche avec précaution jusqu'à la chambre de mes parents, dans le but de trouver la clé. Le bruit de mes pas sur le plancher résonne.

Plus que quelques mètres...

En bas, quelqu'un entre. L'un d'eux a sûrement oublié quelque chose. Prise de panique, je me précipite dans ma chambre, saute sur mon lit, enfouis la tête dans mon oreiller. Lorsque j'entends enfin la porte se refermer et le moteur gronder dans le lointain, je reste prostrée sous mes couvertures, trop stressée pour retenter l'expérience. La partie n'est que remise, on me ment et je tiens à découvrir la vérité.

Le lendemain, l'heure de littérature me paraît bien obscure. Je ne parviens pas à me concentrer, mes parents envahissent mes pensées. J'imagine que maintenant qu'ils se sont engagés auprès du maire, ils se rendront régulièrement aux réunions politiques. Mme Brown nous demande de sortir un tableau qu'elle nous a distribué à la rentrée. Tout le monde souffle, certains l'ont laissé chez eux, d'autres l'ont « perdu ». Excédée, notre professeure revient, armée d'une dizaine de photocopies. Je me rends compte qu'elle fixe Ethan avec intensité. Elle lui dit d'un air pincé :

— Je suppose que vous l'avez, vous aussi, « égaré » ?

— Non, j'étais pas là.

Le visage de Mme Brown s'éclaire un peu.

— Oh, oui, excusez-moi. Personne ne vous l'a donné ?

Il répond par la négative, puis ils font un court point ensemble. La mine agacée, elle s'adresse à l'ensemble de la classe :

— Excusez-moi quelques instants. M. Jensen a fait sa rentrée tardivement, il lui manque plusieurs documents. Quelqu'un peut se proposer pour l'aider ?

Megan dresse fièrement la main, aussi heureuse que si elle avait décroché un prix Nobel.

Elle n'en loupe pas une !

J'ai remarqué les œillades qu'elle lui lance depuis qu'il est arrivé. Ce serait l'occasion pour elle de tisser sa toile autour de lui. La simple perspective que cette araignée perfide décroche des moments en tête à tête avec Ethan me déclenche un spasme dans l'estomac. Cette fille a pas mal de lacunes, je ne vois pas comment elle pourrait l'aider.

Et si je me proposais ?

Les muscles lourds, j'ose lever une main tremblante, espérant que la prof me choisisse plutôt que cette greluche. Avec mes bonnes notes, j'ai toutes mes chances, et puis, qui ne tente rien n'a rien.

Megan me lance un coup d'œil courroucé en haussant exagérément le bras pour bien se faire remarquer. Je la trouve tellement ridicule en cet instant qu'un sourire se dessine malgré moi sur mes lèvres. La professeure nous regarde tour à tour, amusée.

— Eh bien, eh bien… ça se bouscule…

Elle fait exprès de réfléchir quelques instants pour maintenir le suspens. Ses iris chauds s'arrêtent finalement sur moi.

— Je pense que Mlle Cleaford fera l'affaire.

Mon cœur se met à cogner violemment dans ma poitrine. Je réponds un petit « *oui* », et je crois qu'il va lâcher quand elle ajoute :

— Vous êtes une excellente élève, c'est d'un élément comme vous dont il aura besoin.

J'ai envie de danser sur ma chaise et de tirer la langue à l'autre garce pour la narguer. À la place, je réussis simplement à bégayer :

— Moi ? O… oui… bien sûr.

Lorsque je tourne la tête vers *le* centre de mon attention, ses yeux ne font que me traverser.

Avant de me rendre au cours suivant, je récupère mes affaires dans mon casier lorsque quelqu'un m'interrompt.

— Dis, tu veux qu'on fasse ça quand ?

Je la reconnaîtrais entre mille, cette voix grave et appuyée. C'est la sienne. Je me retourne, au bord de la crise d'angoisse. Il est si troublant que j'en perds le fil de mes pensées.

— Faire quoi ? demandé-je, penaude, tout en rangeant mes affaires.

— Bah, étudier. À moins que t'aies changé d'avis ? Tu veux qu'on fasse quoi d'autre, sinon ?

Idiote et désemparée, voilà ce que je suis.

Ne le regarde pas dans les yeux, ne le regarde pas dans les yeux !

— Rien, réponds-je, en haussant les épaules avec indifférence. Et, non, je n'ai pas changé d'avis.

La tentation est trop grande, je lève enfin la tête vers lui. Grosse erreur. Ses iris d'encre me déstabilisent, je suis mise à nu.

— Tu n'as toujours pas répondu à ma question, me torture-t-il, soutenant davantage mon regard.

Je m'immerge dans le tourbillon de ses pupilles incandescentes. Voyant que je ne réagis pas, il prend les devants :

— Après les cours, alors ?

J'acquiesce sans réfléchir. Mes yeux se posent sur sa main bandée. Je lui demande ce qu'il s'est fait, mais il évite le sujet, avant de partir précipitamment.

Je passe la journée à attendre ce moment, à la fois stressée et exaltée. Le moment venu, nous nous rendons à la bibliothèque. Je lui propose de s'installer dans un coin confortable muni de fauteuils en velours. Les centaines de livres qui reposent sur les étagères exhalent une odeur de repos éternel. Je m'y sens en sécurité, c'est pour moi un havre de paix où je peux m'immerger dans mon monde. Je tente de faire taire les battements désordonnés de mon cœur en expliquant de façon synthétique à Ethan ce qu'il faut retenir.

Lorsque nous sortons, le manteau de la nuit nous enveloppe.

— On est restés vachement tard, j'ai pas vu le temps filer.

— Moi non plus, avoué-je en rougissant.

— Je crève la dalle. Ça te dit de manger un morceau avant le début de mon service ?

Je consulte ma montre, envoie un message à mes parents en leur faisant croire que je suis avec Jessica, et monte pour la première fois dans sa voiture. Pendant le trajet, je me demande dans quel type d'endroit il m'emmène. Ethan se gare dans un des quartiers populaires du centre. La rue est bondée à cette heure-ci, je m'accroche à sa veste pour ne pas le perdre. Il me lance un bref coup d'œil, le visage frémissant, comme s'il se retenait de sourire.

Une enseigne rouge criard attire mon attention. La devanture indique « Chicken King ».

— Ça te dit de manger là ?

Je n'ai jamais mis les pieds dans un fast-food. Ce n'est pas faute d'avoir insisté dans mon enfance, mais on me rétorquait : « *ce n'est pas de la véritable nourriture* », ou encore « *ce n'est pas un endroit pour des gens comme nous* ».

Mes parents ont voulu faire de moi une enfant gâtée. Pourtant, la seule chose que je demandais, c'était qu'ils cessent de mettre des barrières entre moi et le monde extérieur. Je n'avais pas des goûts compliqués, un rien pouvait me faire plaisir, et c'est ce petit rien qu'il me manquait. J'enviais les autres enfants qui fêtaient leur anniversaire dans un restaurant simple et convivial. Alors, je m'imaginais être à leur place.

— Tu verras, c'est trop bon, ajoute-t-il au moment où nous franchissons les portes vitrées.

Une délicieuse odeur de steak grillé et de friture embaume la pièce. Nous attendons notre tour au comptoir. Le choix est varié. Burgers, salades et ailes de poulet se disputent le menu. Je mets longtemps à me décider, puis finis par opter pour la même chose que lui, des *hot wings* avec un burger en supplément.

— T'as pas l'habitude de venir dans ce genre d'endroit, je me trompe ?

— C'est vrai.

— Pourquoi ? me questionne-t-il en trempant ses *wings* dans la sauce barbecue.

Dois-je lui dire la vérité ?

— Tu vas te moquer.

— Non, je t'assure, je suis vraiment le dernier qui pourrait se moquer de toi.

Je plonge dans ses prunelles sans vaciller. Il m'a l'air sincère, alors je lui raconte que j'ai grandi dans un univers où la précarité n'existe pas, tout en essayant d'amoindrir les faits.

— J'étais quasiment sûr que tu venais de ce milieu.

— Et c'est bien ou pas ?

— Disons juste, sans vouloir te brusquer, que tu ne connais pas la vraie vie !

— Qu'est-ce que tu entends par « la vraie vie » ? rétorqué-je, piquée.

— Je considère que le bonheur rime avec les petits moments et les choses simples.

— Je sais, j'aurais bien aimé être comme toi…

— Non, pas comme moi, n'exagère pas.

Son ton est acerbe. Il a l'air d'avoir une piètre opinion de lui.

— Comment ça se fait que tu n'es pas dans une école privée ?

Sa question est un peu sèche, j'en viens à me demander s'il m'apprécie vraiment.

— J'ai été scolarisée deux ans à *St. John's High School.*

— J'en ai entendu parler, c'est au centre-ville. Pourquoi tu n'es pas restée là-bas ?

Les mots s'enroulent dans ma gorge. Je ne réponds rien, le nez dans mon assiette. Ses yeux s'arrêtent un instant sur mes scarifications. D'un geste brusque, il m'attrape les avant-bras, les retourne en les examinant farouchement.

— C'est bien ce que j'ai cru voir la dernière fois, me tance-t-il, les pupilles enflammées. C'est à cause des fils à papa du lycée privé que t'as fait ça ?

— C'est… encore dur pour moi d'en parler.

Son expression se radoucit. Il effleure doucement mes cicatrices, retraçant les traits de ma douleur. Je me perds dans la contemplation de son bracelet en cuir noir qui ressort sur sa peau si blanche qu'en cet instant, elle paraît presque transparente.

— Je peux te poser une question ? demandé-je doucement.

Ethan hoche la tête.

— Pourquoi tu as repris les études aussi tard ?

Il s'arrête de mâcher quelques instants, et finit d'avaler sa bouchée.

— Je me suis fait virer du lycée quand j'avais dix-sept ans.

Mes yeux se plissent. Il poursuit d'un ton détaché :

— Disons que j'en avais rien à foutre des cours. Je devais m'inscrire dans un autre lycée pour la fin de l'année, j'ai fini par changer d'avis.

— Pourquoi ?

J'ai peur d'avoir poussé trop loin ma curiosité, tout comme lui tout à l'heure. Il ne paraît pas étonné et répond simplement :

— Je voulais ramener du blé. Le boulot de ma mère à mi-temps n'a jamais suffi. J'ai enchaîné les galères, jusqu'à ce que je trouve un taf.

Il s'arrête net. Je sens ses jambes trembler sous la table.

— J'ai décidé de reprendre les études. Il y a des choses que j'ai comprises… Je voudrais me lancer dans la politique. Pour ça, il faut que j'aille à l'université, donc obtenir mon diplôme de fin d'études.

— Qu'est-ce qui t'attire dans cette filière ?

Il picore ses dernières frites, prenant son temps pour me répondre.

— Je veux me battre contre ces putains d'injustices, exprimer la voix du peuple.

Autour de nous, des rires légers fusent, alors qu'à notre table, le sujet est bien plus grave.

— Oui, je me souviens de ce que tu as dit en philosophie. Et… ça m'a touchée.

— Ah oui ? Pourquoi ? Excuse-moi de te dire ça, mais tu n'as pas l'air très concernée.

Sa remarque s'engouffre comme une rafale dans mes oreilles. Elle est cassante. J'en fais cependant abstraction. Après tout, il est en droit de se poser des questions.

— J'ai assisté à certaines injustices dans mon enfance. Et depuis, soutenir les gens dans le besoin me tient à cœur, bien plus que ce que tu penses. D'ailleurs, je suis en relation avec l'association *Gifts From The Heart*. Je vais distribuer de la nourriture aux familles des quartiers défavorisés de Wilnoh.

Il repose son verre un peu brusquement sur la table, le visage figé. Pour la première fois, son armure de fer se fissure.

Il s'arrête net. Je sens ses jambes trembler sous la table.

— [illegible] les étoiles. Il y a des choses que l'on [illegible]

[illegible]

— [illegible] une autre ?

Il [illegible] temps pour me répondre.

Je [illegible] petite.

[illegible]

CHAPITRE 13
ETHAN

« C'étaient les pauvres des cités disparues ; ils étaient pauvres ici aussi. Pour eux, le déluge se traduisait par un seul changement : un bidonville dans une allée fluviale contre un bidonville dans les montagnes[9]. »

Stephen Baxter

Mes muscles se figent. Je ne m'attendais clairement pas à ce qu'elle se soucie de ceux qui vivent là. J'avale de travers la dernière gorgée de soda, manquant de m'étouffer.

— Tout va bien ?

Je finis de cracher mes poumons sur le plateau.

— Euh, ouais, réponds-je en m'éclaircissant la gorge.

Je plonge dans ses yeux bleu ciel qui m'ouvrent leurs portes. À ce moment-là, c'est une évidence. Je sais qu'elle est *différente*. On évolue peut-être dans deux cercles opposés, mais on suit la même trajectoire, et pour ça, elle a tout

[9] *Déluge*, Stephen baxter, Presses de la Cité, 2009.

mon respect. Je la trouve touchante. J'ai besoin d'en savoir plus, qu'elle s'ouvre à moi.

— Dis-m'en plus sur cette association.

— Ça fait une dizaine d'années qu'elle a été créée. Elle aide les habitants dans le besoin et lutte contre l'exclusion sociale. Si ça t'intéresse, ils recherchent des personnes pour distribuer de la nourriture et des vêtements sur le terrain. Si tu es libre la semaine ou le week-end, tu es le bienvenu.

— Tu le fais souvent, toi ?

Elle passe ses petits doigts sur son verre, avant d'en avaler le contenu à grandes gorgées.

— Il manque des volontaires, alors oui.

Sa proposition vaut de l'or ! C'est l'occasion de mettre enfin la main à la pâte. Je ne fais même pas semblant de réfléchir à son offre.

— OK, je suis des vôtres.

Son visage s'illumine. Une chaleur se répand en moi. Un vrai ange, putain.

— C'est… c'est vrai ?

— Tu peux compter sur moi, affirmé-je en me retenant de laisser mon pied glisser le long de sa jambe.

Calme-toi, putain !

— Merci. J'envoie un message à Devon.

Devant mon froncement de sourcils, elle précise que c'est le directeur de l'association.

— Génial, on commence quand ?

— Je te tiens au courant dès que j'ai sa réponse.

Je regarde l'heure, me décidant à bouger.

— Je te raccompagne ?

— T'inquiète pas, je vais prendre le bus de nuit.

J'insiste pour la ramener, mais elle ne veut rien savoir. J'attends qu'elle monte dans le bus avant de rentrer chez moi, des idées plein la tête de ce que je m'apprête à accomplir. Je me sens heureux comme je ne l'ai plus été depuis longtemps.

Je sors de ma caisse, me faufile dans la marée d'élèves. La fille brune qui me matait le jour de la rentrée et qui me regarde souvent en cours reste figée devant le portail, semblant m'attendre. Je passe devant elle en l'ignorant royalement. Elle m'interpelle.

Et merde ! Qu'est-ce qu'elle me veut celle-là ?

— Je ne te dérange pas, j'espère ?

— Ça dépend, soupiré-je, excédé.

Elle hausse les sourcils, interloquée, puis fait mine de rien.

— Depuis le temps que tu es arrivé, je ne crois pas qu'on ait été présentés. Moi, c'est Megan.

— Enchanté, rétorqué-je d'un ton sec en continuant mon chemin pour me débarrasser d'elle.

— C'est dur de te chopper, tu sais, tu sors toujours le premier des cours et tu sembles éviter tout le monde.

Je me retourne brusquement.

— Et alors ?

Elle sursaute, et bat ridiculement de ses cils trop épais à mon goût et sûrement faux.

— Je voulais juste te dire que si tu as besoin d'aide pour rattraper ton retard, je suis là.

C'est plus fort que moi, je pouffe de rire en la dévisageant.

— Tu penses vraiment pouvoir y arriver ?

— Je ferai de mon mieux.

Son sourire se fait aguicheur, je sens mes lèvres s'étirer en retour.

— Alors, c'est d'accord ? Va pour ce soir chez moi ? susurre-t-elle.

Elle ne perd pas son temps !

Je m'apprête à lui répondre « *on verra* », quand j'aperçois Isabelle. Au moment où elle pose des yeux étonnés sur Megan, son visage se ferme. Je me rebiffe :

— Écoute, il y a déjà quelqu'un qui m'aide. Si j'ai besoin de toi, je te ferai signe.

Megan s'éloigne dans la direction opposée, la démarche contrariée.

— Je crois que tu l'as vexée, ne peut s'empêcher de se moquer Isabelle.

— Quoi, t'as entendu ?

Elle éclate d'un rire franc. Quelques têtes se tournent vers nous.

— Franchement, j'en ai rien à foutre de l'avoir vexée. Elle n'arrête pas de me mater en cours, c'est chiant à la fin !

Elle m'accompagne à mon casier, je récupère mes affaires en vitesse en lui demandant si elle a des nouvelles de l'association.

— On peut commencer samedi matin, m'informe-t-elle. Tu seras libre ?

Elle me lance un sourire qui me fait flancher. J'ai envie d'exploser de joie. À la place, je feins un air indifférent.

— Ça devrait pouvoir se faire, je commence en début d'après-midi.

Je lui demande son numéro et lui promets de lui envoyer un texto. Dans ma poche, ma main frôle un bout de papier cartonné. Je le sors, curieux. C'est la carte de Jackson Car Corporation, que Doris m'a donnée. Je n'ai toujours pas pris mes responsabilités depuis la dernière fois. Pour le moment, je ne suis pas sûr que ce soit une bonne idée. Je la range à nouveau, remettant à plus tard le jour où j'aurai le courage de me présenter à ce type.

Les mains dans les poches pour me protéger du froid mordant, je reste debout au milieu du quartier, à me dire que, par ici, Dieu n'est qu'une légende. Des appartements aux briques fissurées sont collés les uns aux autres le long du trottoir. La plupart des portes sont taguées ; chaussures et jouets sont laissés à l'abandon sur les marches cassées des habitations. Je ressens la misère au fin fond de mes tripes. La dernière fois que je suis passé en voiture, je n'avais pas fait attention à ces détails. Ce qui m'avait surtout frappé, c'étaient les fenêtres sans vitres, et l'ambiance générale qui se dégageait de cet endroit.

Soudain, mes muscles se réchauffent un à un. Les cheveux blonds d'Isabelle se balancent avec grâce autour d'elle, pendant qu'elle s'active entre les entrées, des cartons plein les bras. C'est elle qui me donne la force de faire un pas en avant, elle et ma rage oppressante de vouloir changer les choses dans cette putain de ville.

Des têtes curieuses m'épient derrière les fenêtres mal encastrées. Isabelle vient à ma rencontre, un grand sourire sur le visage. Quelque chose en elle me touche tellement que je sens mes veines se réchauffer.

— Viens, je vais te présenter.

Elle m'entraîne vers une camionnette blanche garée au bout de la rue. Les portes battantes à l'arrière sont ouvertes, j'aperçois des boîtes remplies de vivres, et d'autres, fermées, que je ne parviens pas à identifier. À l'intérieur, un type est accroupi, le nez plongé dans un carton de vêtements. Il lève la tête vers nous, puis, quand il a trouvé ce qu'il cherchait, saute à terre. Au moment où il se redresse, je constate qu'il est presque aussi grand que moi. Ses cheveux châtains retombent de chaque côté de son visage, séparés par une raie au milieu. Ses yeux noisette me fixent longuement, avant qu'il se décide à ouvrir la bouche.

— Je suppose que tu es l'ami d'Isabelle. Ravi que tu sois venu, on manque cruellement de bénévoles. Je m'appelle Devon Scott.

Je me présente à mon tour, en faisant attention de ne pas paraître trop froid, comme j'en ai l'habitude. Il me tend une chaude poignée de main. Ce qui m'arrive ensuite est rare et bizarre. Pour la première fois, je sens le courant passer. Je suis presque sûr que je peux lui faire confiance aveuglément.

— Merci d'être venu, ces gens ont vraiment besoin d'aide.

— Même les animaux, on ne les traite pas comme ça, rétorqué-je, amer.

Je me dépêche de prendre un carton que Devon me tend, puis suis les autres bénévoles. Des familles font la queue. On leur distribue des légumes, des produits frais et des vêtements chauds pour passer l'hiver. Chacun repart un peu apaisé vers son misérable logement.

La matinée file à toute vitesse, pas le temps de s'ennuyer. Je sais à quel point c'est difficile de se trouver dans leur situation, j'ai moi-même vécu dans des conditions pourries, sauf qu'il n'y avait pas d'association pour nous aider, ma mère et moi. J'ai dû me démerder par mes propres moyens.

Je suis heureux de m'être joint à la cause de Devon, je vais pouvoir me rendre utile. Qu'est-ce que ça fait du bien ! C'est con à dire, mais je me sens… revivre.

Le moment de la pause est enfin arrivé, on nous offre des sandwiches que j'accepte sans rechigner. Devon se joint à nous en mordant avec appétit dans son pain.

— Régalez-vous, c'est ma femme qui les a préparés.

— Dis, ça vient d'où, ces vivres et ces vêtements ? C'est pas avec l'argent de l'association…

Il m'interrompt, apparemment trop heureux de me renseigner.

— Non, ça vient des magasins du coin. Ils se débarrassent des invendus ou de ce qui sera bientôt périmé. Au début, ils jetaient la nourriture, mais j'ai fait valoir mes idées et la plupart ont accepté de contribuer à cette cause.

— Cool, réponds-je en croquant à pleines dents dans mon casse-croûte.

— Sinon, j'ai cru voir que ça s'est bien passé, tout à l'heure. Ça vous a plu ?

— C'était éprouvant… mais nécessaire, répond Isabelle après un court instant de réflexion.

J'acquiesce en finissant d'avaler le morceau de jambon qui glisse sur ma langue.

— Malheureusement, ce n'est pas suffisant, réplique amèrement Devon, la tête baissée.

Je me tourne brusquement vers lui. Il poursuit tristement :

— Les appartements sont mal entretenus. Ces gens vivent dans l'humidité, les conditions de vie ne sont pas optimales.

— Et on ne peut rien faire ? rétorqué-je douloureusement.

— Nous, non, le maire, oui. Je me suis déjà entretenu avec Elden. Il y a des appartements libres au centre-ville, il pourrait baisser les prix et les octroyer aux habitants des quartiers pauvres, mais il ne veut rien savoir.

— Ils sont situés dans quel quartier, ces apparts ? demandé-je.

— Gardiena.

Je me souviens de la première fois où j'ai mis les pieds là-bas.

Ça pue le fric à chaque coin de rue !

J'éclate d'un rire amer.

— Je crois que j'ai pigé…

Isabelle me lance un regard entendu, elle a compris à son tour.

— Il ne veut que les riches dans le centre, résumé-je grossièrement.

Devon plisse les lèvres en hochant la tête d'un air grave.

Quel bâtard, ce maire !

Je me lève d'un bond.

— Il faut faire quelque chose !

Ils sursautent tous les deux, j'ai dû élever la voix sans m'en rendre compte.

— J'ai tout essayé, ce type est buté. Crois-moi, je le connais bien, il ne lâchera rien.

— Alors, nous non plus !

— T'as raison, il faut essayer autre chose, finit-il par capituler. On va réfléchir à une solution.

Je lis dans ses iris la même détermination qui m'anime. Il lui fallait juste ce petit coup de boost pour se rendre compte que c'est une incroyable connerie de se plier à la volonté du maire.

Devon consulte vite fait son portable et le range dans la poche de son jean. Il sort de sa veste en cuir marron un morceau de papier qu'il me tend, sur lequel il a noté son numéro.

— Bon, par contre, il faut que j'y aille. Merci encore pour votre aide. Ethan, j'ai été ravi de te rencontrer. Je suis certain qu'on se reverra.

Je lui fais un bref signe de la tête en me faisant la même réflexion.

Isabelle et moi rejoignons les autres volontaires pour plier les cartons vides. Lorsque je veux en saisir un, je sens une résistance. Sa main frôle la mienne, alors qu'elle veut attraper le même carton. Je réprime un frisson et me dépêche de me composer une expression neutre. Quant à elle, je la vois clairement hoqueter de surprise. Elle passe une mèche derrière son oreille en esquissant un léger sourire qui me fait bondir de l'intérieur.

Calme-toi, t'as pas droit à ça. Te laisse pas déconcentrer par une gonzesse, y'a des choses plus importantes à gérer.

Au fond, je sais que j'ai tort, ce n'est pas n'importe qui, mais j'étouffe cette voix intérieure pour masquer mon putain de trouble.

CHAPITRE 14
ISABELLE

« La drogue mène à des paradis artificiels mais en retour, elle rend ses otages misérables d'en être dépendants[10]. »

Jimmy Sabater

Je viens de découvrir l'horreur des quartiers pauvres de Wilnoh. Ça me rappelle douloureusement ce que j'ai vu à Eden Lake. On prend les mêmes et on recommence ! Néanmoins, j'ai été touchée par chaque sourire, chaque visage que j'ai croisé. Allumer une petite étincelle dans les yeux de ces hommes, ces femmes et ces enfants m'a réchauffé les entrailles.

Depuis une heure, je n'ai pas eu vraiment l'occasion de croiser Ethan, chacun occupé de son côté à distribuer les derniers vêtements aux familles. Je repense avec délectation au moment où sa main a effleuré la mienne. Je me repasse une dizaine de fois la scène dans ma tête, m'imaginant à chaque fois un autre scénario qui se termine inéluctablement par un baiser. Quand il a accepté de venir nous aider, une joie euphorique s'est emparée de moi. Il doit y avoir du bon en lui, malgré les airs de gros dur qu'il se donne. J'ai senti un

---

[10] *Le Diable dans les yeux*, Jimmy Sabater, 2016.

lien se tisser entre nous, si infime soit-il. Je voudrais être celle qui parviendra à faire fondre son armure de glace. C'est décidé, ça sera moi, et pas une autre.

Je cherche Ethan pour lui dire au revoir mais, ne le trouvant nulle part, je quitte le quartier. Les familles que je croise me récompensent d'un sourire reconnaissant. La rue est d'un calme presque affolant.

— Isabelle !

Je n'ai pas besoin de me retourner pour savoir qui m'interpelle. Ethan avance dans ma direction, la démarche sûre et rapide, tel un lynx rattrapant sa proie. Le sol fond sous mes pieds. Embourbée dans des sables mouvants, je ne peux plus faire le moindre mouvement. Je prends un air détaché lorsqu'il arrive à ma hauteur.

— Tu m'as appelée ? réponds-je faussement.

Il ouvre la bouche, puis se ravise au dernier moment. Toute son assurance s'éclipse en l'espace d'un instant. Mais sa gêne est de courte durée. Il referme aussitôt la fine brèche qui pourrait me donner accès à ses pensées en se composant un visage impavide.

Pourquoi son air glacial attise autant mes flammes ?

— Tu comptais partir sans me dire au revoir ? plaisante-t-il.

— Je t'ai cherché justement, je ne voulais pas partir comme ça.

Il pose une main sur sa poitrine d'un air faussement tragique.

— Oh, la pauvre ! Allez, fais-moi un bisou.

J'écarquille les yeux, le cœur battant à tout rompre. Ses lèvres s'étirent davantage, il jubile devant mon hésitation.

— Là, fait-il en tapotant sa joue.

Rassurée, je pose la bouche sur sa joue froide. Sa peau fraîche contre la mienne déclenche en moi une vague de frissons sans précédent. Un tsunami sur un palais de marbre.

Il n'a pas bougé d'un poil. Je baisse la tête, déçue. Je ne dois certainement pas lui faire le même effet.

Ethan poursuit, l'air de rien :

— J'ai des potes qui organisent une soirée ce soir. T'as envie de venir ?

Je reste stoïque, ne sachant quoi répondre. Mes jambes peinent à avancer. Tout mon corps ploie sous la pression de cette invitation. Je fais un effort pour contrôler le tremblement de mon visage et lui réponds paisiblement :

— Oui, bien sûr.

Je ne sais pas comment je fais pour être aussi calme. Dans ma tête, un véritable feu d'artifice explose, chacune de mes articulations entre en transe.

— Tu me fileras ton adresse pour que je vienne te chercher.

Dans la précipitation, je lui réponds un bref « *oui* », avant que nous nous séparions.

Je parcours l'allée bordée d'arbres et de maisons toutes plus somptueuses les unes que les autres. Durant le trajet, je me suis repassé en boucle notre conversation. Tout est allé trop vite. Mon cœur s'accélère sous l'effet de la panique. Il sait de quel milieu je viens, mais je ne tiens pas à ce qu'il voie ma demeure imposante. Qu'est-ce qu'il va penser ?

Je décide d'appeler Jessica, comme je le fais quand je ne parviens plus à réfléchir. Elle sent à mon timbre que je suis stressée.

— Ça ne va pas ? me demande-t-elle d'une voix ensommeillée.

— Tu viens de te réveiller ou quoi ?

— Ouais, j'ai fait une sieste.

Je lui raconte tout ce qui s'est passé entre Ethan et moi, ainsi que son invitation.

— C'est génial ! s'extasie-t-elle. En plus, il est canon, chanceuse !

La longue allée me renvoie mon rire en écho. L'air frais s'enroule autour de mon cou. Je respire à fond, l'excitation retombe peu à peu.

— Je ne veux pas que mes parents le croisent, finis-je par avouer, penaude.

Silence à l'autre bout de la ligne. Elle connaît mes parents, en particulier ma mère, et sait très bien que ce n'est pas le genre de garçon qu'ils veulent me voir fréquenter.

— Demande-lui de venir te chercher chez moi.

— Merci. Sans toi, je ne sais pas ce que je ferais ! Tu… tu crois que c'est un rencart ?

— Bah, il y aura ses potes, donc je dirais que non. Passe dès que tu peux à la maison, je vais t'aider à te préparer, au cas où.

Le reste de l'après-midi, je m'affaire à choisir la tenue idéale. Des vêtements jonchent le sol autour de moi. Quel casse-tête ! Une fois ma robe choisie, je file chez mon amie me préparer.

Mon cœur se serre à mesure que les minutes passent. C'est la première fois que je mens à mes parents aussi impunément. Mais le fait que ce ne soit pas un rendez-vous galant amoindrit quelque peu mes scrupules.

J'enfile mon habit et admire le résultat, satisfaite. La couleur parme du tissu s'accorde à merveille avec mon teint de pêche ; un triangle en dentelle blanc orne le décolleté. La robe moule à la perfection ma taille marquée, et s'évase au niveau des hanches. Jessica me pomponne.

— Vas-y mollo, hein.

— T'inquiète, je sais exactement ce qu'il te faut. Détends-toi.

Je décide de lui faire confiance. Quand elle a fini, je me rends dans sa salle de bains pour m'admirer.

— Waouh ! m'exclamé-je, ébahie.

Mes paupières sont rehaussées de doré, un dégradé marron nacré orne le coin externe de mes yeux. Mon regard est plus intense. Je me perds avec satisfaction dans l'océan infini de mes prunelles.

— T'es sublime, je suis sûre qu'il va succomber… Maintenant, occupons-nous de ta coiffure.

Je retourne m'asseoir. Jessica a presque terminé lorsqu'on entend un moteur pétaradant à l'extérieur. Je m'approche de la fenêtre, le cœur au bord de l'implosion.

— C'est lui !

Au moment où il lève la tête dans notre direction, on se baisse en rigolant. Je me précipite vers le miroir une dernière fois. Mes cheveux sont relevés sur la nuque en un beau chignon. De petites mèches rebelles se sont échappées de ma coiffure. Au moment où je m'apprête à les rentrer, Jessica s'empare de la situation d'une main de maître. En deux temps, trois mouvements, elle fait des boucles autour de mon visage.

— C'est mieux comme ça.

— Et surtout, n'oublie pas, si mes parents t'appellent, dis-leur que je suis en route et préviens-moi, lancé-je en m'apprêtant à ouvrir la porte.

Elle me souhaite bonne chance tout en m'adressant un dernier signe de la main. Mes talons claquent sur le perron. J'ai l'impression de parcourir un kilomètre sous son regard. Son pantalon qui tombe sur ses rangers, agrémenté de sa veste en cuir noir, accentue son côté rebelle. Ethan fronce bizarrement les sourcils. Je m'installe sur le siège passager, peu à l'aise. Pendant que je me demande s'il me trouve à son goût, il allume le moteur. Du métal emplit l'habitacle, je vibre au rythme des basses. Habituellement, ce n'est pas mon genre de musique, mais tout ce qui vient de lui m'attire inexorablement. Je me laisse entraîner par le son qui perce mes oreilles.

— C'est quoi le titre ?

— *Toxicity*, de *System of a Down*. Je kiffe ce groupe, leurs chansons parlent de la réalité de la vie.

More wood for their fires, loud neighbors
Flashlight reveries caught in the headlights of a truck
Eating seeds as a pastime activity
The toxicity of our city, of our city
You, what do you own the world?
How do you own disorder? Disorder
Now somewhere between the sacred silence
Sacred silence and sleep
Somewhere between the sacred silence and sleep[11]

Je ferme les yeux, appréciant ces paroles libératrices, me surprenant même à fredonner. Il ne prononce plus un mot de tout le chemin. Moi, je tourne la tête, feignant de regarder le paysage pour cacher le sourire qui se peint sur mon visage. C'est encore mieux que ce que je pensais !

— On va où ?

— Tu verras bien.

Je patiente en silence, tout en observant la nuit avaler les arbres. Au loin, une maison aux vitres éclairées nous guide dans la campagne. C'est le seul

---

[11] Plus de bois pour leurs feux, des voisins bruyants
Les rêveries d'une lampe-torche prise dans les phares d'un camion
Manger des graines comme passe-temps
La toxicité de notre ville, de notre ville
Toi, qu'est-ce que tu possèdes ?
Comment possèdes-tu le désordre ? Le désordre
Maintenant, quelque part entre le silence sacré et le sommeil
Le silence sacré et le sommeil, traduit de l'anglais. Album *Toxicity*, 2001.

point lumineux dans les environs et je suis sûre d'une chose : c'est là qu'il m'emmène.

Ethan se gare derrière d'autres voitures, le long du trottoir. Il détache sa ceinture, puis me dévisage de haut en bas.

— Te vexe pas, mais je pense que t'es un peu trop bien habillée pour l'occasion.

Cette tenue, c'est l'aboutissement de plusieurs heures d'essayage. J'encaisse la remarque, honteuse. Voyant que ses paroles ont jeté un froid, il se rattrape :

— C'est pas grave, tu ne pouvais pas savoir, et la robe est jolie.

Ah oui ? Et qui la porte, la robe ?

Apparemment, les compliments, c'est pas son truc. J'essaie de faire abstraction de toutes les pensées négatives qui pullulent dans mon cerveau. Je me dépêche de descendre, frustrée, puis l'attends sagement devant l'entrée. Ethan rentre sans même se donner la peine de frapper. Je m'étonne de son attitude, sans lui en toucher un mot.

À l'intérieur, tout est éteint, je me cogne à plusieurs reprises.

— C'est là-haut que ça se passe, m'annonce-t-il, amusé.

Il me guide vers ce qui semble être un escalier. Il n'est qu'à quelques centimètres, derrière moi ; je frémis à deux reprises quand ses mains frôlent mon dos. Je réussis à grimper grâce à la faible lumière qui rampe sous la porte. Des voix parviennent à présent à mes oreilles. Il passe devant moi, tourne brusquement la poignée.

Quatre jeunes hommes rigolent, un verre à la main, assis sur des fauteuils confortables.

— Les gars, je vous présente Isabelle.

Ils me dévisagent de longues secondes. J'ai l'impression d'être passée au scanner. Je reste figée sur le seuil, incapable de faire le moindre mouvement.

Ethan m'entraîne par le bras au milieu de la pièce et fait les présentations. Tous me gratifient d'un grand sourire. Quelqu'un propose de me ramener une chaise. Ethan refuse, m'attirant sur ses genoux.

Merveilleuse sensation !

Je bascule sur le côté, son bras se greffe autour de ma taille pour me maintenir en équilibre.

La table est recouverte de paquets de chips, de bonbons ; des bouteilles vides gisent sur le sol.

Michael, celui qui a de longs cheveux, me propose de l'alcool. J'opte plutôt pour un soda. Kyle, en revanche, insiste pour verser du whisky dans mon verre. Je refuse poliment.

— Elle est timide, ton amie !

Sa réflexion a le don d'augmenter mon malaise d'un cran. Je le dévisage quelques instants. De nombreux tatouages ornent sa peau jusqu'à ses doigts. Un petit anneau pend à son oreille. Il me fixe de façon incandescente. Je tourne la tête pour rompre le contact.

Nelson, qui a l'air franchement sympathique, en plus d'être beau garçon, prend ma défense.

— C'est bon, arrête un peu !

Je lui lance un regard reconnaissant. Ses yeux gris-vert me sourient.

— On est chez qui ? demandé-je innocemment tout en sirotant mon soda.

Ils se mettent à me regarder un à un, avant de pouffer. Kyle lève la main pour parler, puis répond d'un ton sérieux qui contraste avec son visage hilare :

— C'est ma maison.

Jason prend la parole, plié de rire :

— Non, c'est *ma* maison, mec !

— Hé, Ethan ! Pourquoi tu ne lui dis pas que ce palace t'appartient ? C'est toi qui l'as emmenée ici, après tout !

— C'est bon, les gars ! s'emporte ce dernier.

Son attitude jette un froid dans la pièce, plus personne n'insiste. Kyle roule une cigarette en me dévorant du regard, avant de la porter à sa bouche de façon provocante. Ils se la passent tous de main en main en tirant de longues bouffées. Un nuage de fumée engloutit la pièce. Une forte odeur imprègne mes narines, presque suffocante.

— C'est quoi comme tabac ? Ça sent fort !

Ils me regardent comme si j'étais une extraterrestre et s'esclaffent de plus belle. Ethan, en revanche, affiche une mine sombre qui ne me dit rien qui vaille.

— Tu ne trouveras pas une qualité pareille sur tout le marché !

— C'est fait maison, renchérit Kyle. Il n'y a rien de mieux, crois-moi.

Ethan lance un soupir exaspéré, la tête entre les mains. Il se lève et me fait signe de le suivre.

Une fois dehors, il souffle un grand coup et me lance, agacé :

— T'es sérieuse, là ?

Il poursuit, devant mon regard interrogateur :

— Tu te rends pas compte que tu me fais honte ?

Je reçois un coup de massue en plein cœur.

— Qu'est-ce que j'ai fait pour te faire honte à ce point ? On est chez qui d'ailleurs ?

Mon ton est amer, mais il ne mâche pas ses mots, alors je ne vois pas pourquoi je me laisserais faire.

— Je ne sais pas chez qui on est. Ce qui est sûr, c'est qu'on passait un bon moment, avant que t'ouvres la bouche !

— C'est un ami d'un de tes copains qui vous a prêté sa maison ? insisté-je sans relever sa remarque blessante.

— Non, c'est une baraque de vacances, et je m'en contrebalance de savoir qui est le proprio !

Mon sang se glace. Je fais nerveusement les cent pas sur le perron, sous ses yeux noirs.

— Comment vous êtes entrés ?

— On a cassé la serrure.

Pourquoi il a fallu que ça tombe sur moi ?

Je n'arrive pas à croire qu'il ait fait une chose pareille, et encore moins qu'il m'ait entraînée là-dedans !

— Vous êtes complètement malades ! explosé-je.

— Rho, tu dramatises pas un peu ?

— Et si les propriétaires arrivent ?

— Ça ne risque pas !

— Si des gens qui connaissent les propriétaires appellent la police ? Vous êtes vraiment inconscients !

Il croise les bras, peu convaincu.

— Arrête de dramatiser, t'es vraiment lourde à la fin. Mais c'est pas pour ça que je t'ai fait venir dehors, t'étais vraiment sérieuse quand t'as parlé de tabac ?

Je lui réexplique que je n'ai jamais senti une odeur aussi forte.

— Quoi, t'as toujours pas pigé ? Ce ne sont pas de simples roulées !

Je n'aime pas la tournure que prend notre conversation. Je sens ma patience s'effriter, et ça s'entend au ton que j'emploie.

— C'est quoi alors ?

— Du shit !

— Donc, non seulement la police pourrait débarquer, mais en plus, vous êtes en possession de drogue !

— Personne ne viendra ! Tu ne peux pas juste essayer de passer une bonne soirée ?

— Quelle maturité ! le félicité-je, applaudissant ironiquement.

Il serre les poings. Ses mâchoires se contractent, sa voix s'élève :

— Commence pas à dire que je ne suis pas mature. À ce jeu-là, tu vas perdre. Tu ne connais rien de moi, OK ? ! Tu crois qu'il n'y a que les ados qui fument ? Tu ferais mieux de lâcher prise. Au lieu de ça, ton éducation de petite fille riche te reste coincée dans le cul !

Mon monde s'écroule.

— Pourquoi tu m'as invitée alors, hein ? crié-je plus fort que lui.

— Je t'appréciais, figure-toi, mais je me rends compte qu'une amitié entre nous est impossible. Si tu n'acceptes pas mon mode de vie, tu peux aller te faire foutre.

Son ton est amer, tout comme la bile qui envahit ma gorge.

— Je te conseille de baisser d'un ton. Tu fumes, tu squattes des maisons comme un voleur, tu m'insultes, et tu crois que je vais trouver ça normal ?

— Tu ferais mieux de souffler, de vivre un peu, au lieu de te prendre la tête pour de la merde !

Je bous de colère, pourtant, tout ce que je trouve à dire, c'est :

— T'es minable.

Je tourne les talons. Sa voix résonne dans mon dos avec beaucoup de retenue.

— Tu vas où comme ça ?

— Je rentre chez moi.

— À pied ?

— Oui, pourquoi ? Ça te dérange ?

— Oh, non, pas du tout ! Tu fais ce que tu veux, on s'est tout dit.

La porte claque, et je me retrouve avec pour seule compagnie un silence écrasant. J'essaie d'appeler Jessica, mais je n'ai pas assez de réseau.

Je marche au hasard, troque mes talons contre une paire de sandales plates que j'avais pris le soin d'emporter dans mon sac. Éreintée, je m'assieds au bord de la route pour pleurer tout mon soûl.

Je me relève en essayant de me souvenir du chemin qu'on a pris. Je ne distingue rien aux alentours, à part le velours de la nuit qui m'enveloppe de sa douce fraîcheur. Je soupire de désespoir en pensant à la soufflante que je vais prendre si je dépasse le couvre-feu. Je marche mécaniquement, le froid glisse sur ma peau, mais je ne ressens plus rien.

CHAPITRE 15
ETHAN

« L'humiliation est vénéneuse. C'est l'une des douleurs les plus profondes de l'être humain. »

Pierce Brosnan

La porte claque, je ne prends pas la peine de regarder par la fenêtre.

Non mais, pour qui elle se prend de me parler comme ça ? Moi, minable ?!

À croire qu'elle n'est jamais sortie de son trou. La drogue circule librement dans quasiment toutes les soirées. Si elle doit faire la morale à chaque fois, elle n'a pas fini !

— Bah alors, elle est restée en bas ? se renseigne Michael, tout sourire.

— Elle pouvait plus supporter l'odeur du « tabac » ? se moque Kyle en mimant de faux guillemets.

— Non, elle est partie, réponds-je simplement.

Jason perd son sourire.

— Comment ça, partie ?

— Elle a voulu rentrer seule.

Ils font mine de rien, mais je suis sûr qu'ils nous ont entendus nous disputer. Nelson pose son verre et pose la main sur mon épaule.

— Mec, t'exagères, c'est pas cool de la laisser rentrer à pied.

Mes muscles se raidissent, je sais qu'il a raison et ça me tue.

— Tu crois que je n'y ai pas pensé ?

— T'inquiète pas, au pire, elle t'appellera.

Je n'arrive pas m'enlever cette image d'elle, perdue en pleine campagne. Je ne suis vraiment pas un type bien de l'avoir laissée rentrer seule ! Pendant que je me morfonds, Kyle aussi tire une drôle de tête ; il a l'air bizarre depuis que je suis revenu. Ce dernier se lève, enfile sa veste et se dirige vers la porte. Je ne sais pas pourquoi, j'ai la désagréable impression qu'il prépare quelque chose. C'est toujours un des derniers à quitter les soirées d'habitude. Michael a l'air de se faire la même remarque.

— Tu pars déjà ?

— Je viens de me rappeler que j'ai un truc important à faire.

— Ah ouais, c'est quoi ? répliqué-je, sur la défensive.

Ce dernier me répond, un petit sourire en coin :

— Ce que tu n'as pas les couilles de faire.

Mon sang bouillonne dans mes veines. Je me lève brutalement.

— Vas-y, développe, garde pas ça pour toi.

— Secourir une belle demoiselle en détresse.

Toute la rancœur que je ressentais pour elle s'évapore aussitôt. L'idée qu'un autre aille la chercher à ma place est pour moi à la limite du supportable. En plus, j'ai bien vu la façon dont il la matait tout à l'heure, hors de question qu'il parte !

— Tu crois que j'ai pas les couilles ? J'allais justement aller la chercher, alors désolé, gars, tu bouges pas d'ici !

Je le bouscule. Il me regarde, surpris, me précipiter hors de la pièce et dévaler les escaliers comme un fou. Sa voix fouette mon dos quand j'ouvre la porte d'entrée :

— OK, comme tu voudras, c'était dommage de laisser filer une belle plante comme ça !

Je lui fais un *fuck* qu'il ne verra probablement jamais et démarre en trombe.

Je roule pleins phares tout en observant le bord de la route. Rien à l'horizon. Mes épaules sont raides, je peine à me détendre. La moindre forme dans la nuit me met sur le qui-vive. Je m'arrête à plusieurs reprises, croyant l'apercevoir sur le bas-côté.

Au bout d'un temps qui me paraît interminable, une silhouette se détache, au loin. Je pousse un grand soupir de soulagement quand je la reconnais. Je m'arrête à sa hauteur. Elle m'ignore, tout en continuant d'avancer. J'ouvre la vitre en criant son prénom. Elle accélère le pas, je m'arrête brusquement.

— Isabelle !

Elle jette un regard en arrière, puis se met à courir.

Fait chier !

J'estime que son petit manège a assez duré. Je descends du véhicule et m'élance à toute vitesse dans sa direction, continuant de l'appeler. Mes longues jambes me portent jusqu'à elle. Je l'attrape par le bras. Son cri résonne dans la campagne. J'ai les tympans percés, mais j'en ai rien à foutre, je veux juste qu'elle se calme. Mes lèvres hurlent son prénom. Je l'encercle de mes bras. Elle se débat comme un démon, je comprends qu'elle ne m'a pas reconnu. Ses cheveux fouettent mon torse au moment où je parviens enfin à la retourner.

— Hé, calme-toi, c'est moi !

Les phares de ma voiture éclairent son beau visage. Je lis dans ses yeux qu'elle m'a enfin reconnu. Ses cheveux pendent sur ses épaules, elle a l'air moins sage, plus sauvage. La lumière la rend tellement belle, on dirait un ange. Mes entrailles se tordent, j'ai mal au bide.

Elle a l'air si vulnérable, si fragile. C'est à ce moment que je réalise vraiment qu'elle *m'attire*. Ce maudit mot s'est à peine infiltré dans mes pensées que je le chasse de mon esprit. Isabelle tient difficilement debout. Elle vacille, avant de s'effondrer sur le sol, en pleurs. Je m'accroupis à sa hauteur.

— Je t'ai fait peur ?

Ma voix tremble légèrement.

— Oui…, souffle-t-elle.

— J'ai pas arrêté de t'appeler.

— Je ne t'ai pas reconnu.

Ça m'étonne un peu qu'elle n'ait pas reconnu ma caisse, mais j'essaie d'imaginer la peur qu'elle a dû ressentir. Je l'aide à se relever.

— Pourquoi t'es revenu ? me demande-t-elle.

— Je m'en veux de t'avoir laissée partir. C'est pas parce qu'on s'est pris la tête que je ne dois pas te ramener, c'est moi qui t'ai proposé de venir, après tout.

Je l'entends renifler et lui tends un mouchoir. Elle essuie son petit nez.

— Oh, tu sais, je me débrouille bien, rétorque-t-elle en esquissant un faible sourire.

Foutaises !

— Je ne crois pas, non. Avoue que t'étais perdue.

Nous marchons doucement vers ma voiture. Je tourne mon visage vers le sien, attendant une réponse. Elle finit par lâcher d'une petite voix :

— Bon, OK, t'as gagné.

J'ouvre la portière. Elle semble hésiter quelques secondes, puis hausse les épaules en montant.

Pendant le trajet, l'atmosphère est encore tendue. J'insère un CD dans l'autoradio, oriente discrètement mes yeux dans sa direction. Sa tête est tournée vers la fenêtre. Elle semble à la fois triste et paisible. Ça me trouble, mais je ne le montre pas.

Isabelle me guide jusque chez elle. Je me rends compte que ce n'est pas la même adresse que quand je suis venu la chercher. Elle m'a menti. Je me doute du genre d'endroit où elle vit, ça doit être une grande baraque qui en met plein la vue.

Nous débouchons dans une longue allée. Des arbres se dressent de chaque côté. Tout est calme, trop calme. Les maisons sont cachées par la nuit, mais je n'ai pas grand mal à les imaginer.

Encore un de ces quartiers pour friqués. Non contents d'avoir établi leur QG au centre-ville, faut maintenant qu'ils envahissent nos campagnes ?

Le volume est à son maximum, je ne prends pas la peine de le baisser. J'en ai rien à cirer de les tirer de leur sommeil. J'ai envie qu'ils sachent que j'existe et à quel point je les emmerde. De son côté, elle ne dit rien. Elle laisse la musique glisser sur sa peau, sans un regard vers moi. Isabelle me demande de la déposer au bout de l'allée. Il n'y a rien à cet endroit. Elle ne veut pas que je sache dans quelle maison elle habite. De toute façon, c'est pas comme si j'en avais quelque chose à foutre. Elle me remercie. À peine a-t-elle fermé la porte que je démarre. J'ai besoin de respirer.

Je marche en caleçon jusqu'à mon frigo et avale une bonne goulée de lait caillé, à même la bouteille. Après l'avoir déposée, je ne suis pas retourné à la soirée. Je n'avais pas envie de leur donner des explications, encore moins à Kyle. Il me court sur le système à marcher sur mes plates-bandes. Mon téléphone vibre, j'ai reçu un message.

Quand on parle du loup…

Mon cœur s'accélère quand j'appuie sur « ouvrir ».

[Alors, tu l'as fourrée ?]

Je jure à voix haute dans le silence de la maison. Mes doigts tapent fébrilement, pendant que j'insulte chaque touche.

[Va te faire foutre.]

J'éteins mon téléphone, amer. Je n'ai aucun compte à lui rendre, ce mec est vraiment irrespectueux. Je retourne me coucher, même si je sais que c'est peine perdue. Le sommeil s'est barré ; je laisse les pensées oxyder mon putain de cerveau. Je me souviens de ses yeux gonflés. C'est vrai qu'elle est belle, et quand elle a pleuré, j'ai eu envie de la prendre dans mes bras.

J'ai peur que mes barrières se brisent, d'être à sa merci. Juste *vulnérable*. Il vaut mieux que j'arrête ça pendant qu'il en est encore temps. Les propos qu'elle a tenus plus tôt me restent en travers de la gorge. Je pensais qu'elle m'accepterait, je me trompais lourdement. Je ne peux pas être ami avec elle, trop de choses nous séparent. Mon âme est bien trop noire, il vaut mieux que je la laisse vivre sa petite vie tranquille, avant que ma noirceur ne la contamine.

Je ressens une haine viscérale envers les richards. J'ai grandi dans un milieu où l'on était considérés comme des bêtes à abattre. Seuls les riches réussissaient, les autres pouvaient crever. J'essaie de ne plus penser à ces mauvais souvenirs qui m'ont tant de fois fait dévier du droit chemin. De toute façon, ma route n'a jamais été droite, je suis né pauvre et, même si notre situation s'est améliorée, cette étiquette est ancrée sur ma peau jusqu'à ma mort.

Ce matin, c'est un nouveau moi qui est aux commandes. Je vais prendre les choses en main et me concentrer sur ce qui est important plutôt que de stupides histoires de gonzesse.

J'ai eu une idée, cette nuit. Pour que le maire comprenne la gravité de la situation, on pourrait organiser une manifestation. C'est en faisant entendre notre voix qu'on sera peut-être enfin écoutés. C'est la seule solution que j'ai trouvée, j'espère que ça fonctionnera.

Je décide d'appeler Devon. Au moment où j'attrape le téléphone, le stress m'assaille. S'il trouve l'idée ridicule ? Je chasse ces pensées négatives et, dans un dernier effort, compose le numéro. Il décroche, pas franchement réveillé.

— C'est Ethan, on s'est rencontrés hier.

— Bien sûr, je me rappelle ! Qu'est-ce que je peux faire pour toi ?

Son ton chaleureux me rassure un peu.

— J'ai réfléchi à ce qu'on s'est dit. Il faut qu'on fasse pression sur le maire et j'ai pensé à…

Mon cœur s'arrête de battre. Est-ce que c'est vraiment une bonne idée ?

— Oui ?

Je déglutis, avant de reprendre :

— On pourrait organiser une manifestation.

Je m'attends à ce qu'il m'envoie gentiment bouler. Au lieu de ça, il me répond d'une voix émue :

— C'est une très bonne idée, Ethan. Je m'en veux de ne pas y avoir pensé moi-même. Tu as mon soutien.

Je me retiens de pousser un cri de joie.

— C'est tout ce que j'ai trouvé, mais je dois t'avouer que je ne sais pas trop comment m'y prendre.

— Ne t'inquiète pas pour ça. Pour que la manifestation ait de l'impact, il faut toucher le plus de monde possible, et j'ai des contacts. Il faudrait faire un discours avant, pour sensibiliser les habitants. Tu t'en charges ou je m'en charge ?

Jamais je ne me serais imaginé faire un truc pareil. Maintenant, j'en ai très envie. Je le lui fais savoir.

— Parfait, je m'occupe de rassembler les gens, tu peux faire pareil à ton échelle. Il faudra juste trouver un lieu et ça sera bon.

— Merci… pour ton soutien. Ça compte beaucoup pour moi.

— Ah oui ? Pourquoi ?

— Disons que c'est une belle revanche sur la vie.

— Je vois…, dit-il, songeur. Au fait… j'ai été boire un verre hier soir au Drinks Club Foley. J'ai appris que tu as travaillé là-bas. Tu as d'autres pistes ? Ou tu ne comptes peut-être plus bosser en dehors des cours.

— Si, j'ai besoin de taffer. Doris a parlé de moi au garagiste du coin.

— Jackson Car Corporation ?

Je confirme, tout en beurrant un pancake.

— Je connais Phil, le gérant. Il recherche toujours quelqu'un, tu devrais postuler.

— On verra, marmonné-je en engouffrant mon en-cas.

— Qu'est-ce qui se passe ? demande-t-il, après un long silence.

— C'est juste que… j'ai déjà travaillé dans un garage et j'en ai chié. Le patron m'en a fait baver.

— Tu sais, tout ne se passe pas tout le temps comme on l'imagine. Ça ne veut pas dire que ça sera pareil.

J'émets un petit grognement, peu convaincu.

— Phil est un type bien, il a le cœur sur la main. Et puis, au pire, tu auras au moins essayé. Ça ne coûte rien, non ?

Avant de raccrocher, je lui promets de me présenter là-bas. Il a raison. Qui ne tente rien n'a rien. Qu'est-ce que ça me coûte d'essayer ? Je décide de faire aujourd'hui ce que je remets au lendemain depuis déjà plusieurs jours : me présenter au garage.

Garé dans un coin tranquille, je fouille dans ma poche, en sors la carte froissée que Doris m'a donnée. Ce job, au fond, c'est le meilleur moyen de me racheter. Parfois, il faut combattre ses démons par la douleur. C'est la seule chose qui me fera aller de l'avant. J'en suis désormais sûr. Hors de question que je me plante une deuxième fois. J'ai changé. Je *peux* le faire.

Mes jambes bougent toutes seules, je les presse avec force l'une contre l'autre pour contrôler mes tremblements. Je me roule un joint. Dès que mes lèvres s'écrasent contre le filtre, je me sens déjà apaisé. J'ai besoin de *ça* pour aller mieux. C'est le meilleur remède à ce putain de stress. Je répète plusieurs fois ma présentation, puis démarre une fois prêt.

Sur la route, le stress me kidnappe à nouveau. Ma voix s'élève pour lutter contre cet ennemi. Je récite mon discours. Les phrases se noient alors dans le vide.

Mon esprit se perd dans le passé…

Un homme en costard passe la porte de l'atelier. Il fait le tour des voitures, l'air intéressé, en lorgnant les plus beaux modèles. Il s'arrête un moment devant la Porsche noire qu'on a reçue la semaine dernière, puis regarde sa grosse montre en argent en lançant un coup d'œil dans ma direction. Je me dirige vers lui.

— Où tu vas comme ça ? s'enquiert Todd.

Qu'est-ce qu'il me veut encore, celui-là ?

Je lui réponds, excédé, que je vais m'occuper de ce client.

— Non, trop bien pour toi, assène-t-il en se dirigeant vers lui.

Je le retiens par le bras.

— Comment ça, trop bien pour moi ?

— Laisse tomber.

Il tente de se dégager, mais je resserre ma prise. Toutes ses remarques désobligeantes des derniers mois m'ont mis sur les nerfs. Je lui crache en pleine gueule :

— Non, vas-y, précise. C'est quoi le problème ?

— Lâche-moi, tu perds les pédales !

Je le laisse se diriger vers le gros poisson et sors par la porte arrière.

— Fait chier ! crié-je en donnant un coup de pied dans un pneu qui se trouve sur mon chemin.

J'allume une clope, la respiration saccadée. La porte s'ouvre, quelqu'un me rejoint. C'est Richard, l'assistant commercial.

— Qu'est-ce qu'il t'a encore fait ?

— T'es perspicace.

— Je t'ai vu sortir précipitamment, j'ai senti qu'il s'était passé quelque chose. Tu veux en parler ?

Son ton compatissant me fait chaud au cœur, je me suis toujours bien entendu avec lui, contrairement à notre supérieur.

— Je voulais m'occuper d'un client, et ce con, qu'est-ce qu'il me sort ? Qu'il est trop bien pour moi. J'en ai ras le cul de ses remarques !

— C'est vrai qu'il est dur. Je ne sais pas ce qu'il a contre toi, tu fais très bien ton travail en plus. Tu n'as rien à prouver, c'est lui qui a un problème. Peut-être que vous devriez essayer d'en parler calmement ?

— Ouais, t'as raison, je vais faire ça, ça ne peut plus durer.

Nous attendons quelques minutes. Je jette nerveusement ma cigarette dans le cendrier et rentre. Entre-temps, Monsieur a eu le temps de s'occuper de son client, qui repart tout content. Todd se dirige vers moi, un sourire hypocrite cloué sur la gueule et les bras grands ouverts.

— Bah alors, tu vois ? C'était pas si compliqué d'attendre, de rester à ta place, lance-t-il en me fixant vicieusement, comme il en a l'habitude.

Richard me soutient en hochant la tête dans ma direction. Il ne faut pas que je perde le contrôle, l'autre n'attend que ça. Je souffle un bon coup, puis lui réponds d'un ton étrangement calme :

— C'est quoi ton problème avec moi ?

— Mais il n'y a pas de problème ! Le client vient chercher sa Porsche la semaine prochaine, j'ai bien fait mon taf.

J'essaie de ne pas perdre patience. Il faut dire qu'il ne me facilite pas la tâche ! C'est le moment de lui tenir tête, je n'accepterai plus qu'il me rabroue comme il vient de le faire.

— Et pourquoi tu ne m'as pas laissé gérer ? Je n'ai jamais foiré aucune vente.

— Ce client est d'un standing plus élevé que ceux qu'on reçoit habituellement. Comment pourrais-tu connaître ses besoins, te mettre à sa place ? Parce que, excuse-moi d'être aussi direct, mais t'as vu où tu vis ?

Richard prend ma défense, pendant que je reste interdit devant de tels propos, me retenant de lui foutre la dérouillée de sa vie.

— Arrête, tu sais très bien que t'es injuste avec lui. Ethan a fait de très belles ventes, il s'y connaît en voitures de luxe, je l'ai déjà vu à l'œuvre. C'est un petit qui a du potentiel, laisse-lui sa chance.

Todd pousse un soupir, c'est tout ce qu'il sait faire quand il est en tort.

— C'est moi qui prends ce genre de décisions.

Il nous tourne le dos, et lance négligemment :

— Il n'est pas fait pour conseiller tous les clients, et vous savez que j'ai raison.

Cette fois, c'en est trop. Je le poursuis et le retourne en un rien de temps. Ma tête commence à bourdonner.

— Arrête de parler à demi-mot et balance-moi tout ce que tu veux me dire. À moins que t'en aies pas le cran !

Il ouvre des yeux courroucés et me répond :

— Tu me prends pour qui ? Tu veux que je rentre dans ton jeu... ça te ferait bien trop plaisir.

Je tourne en rond face à lui. Dans ma tête, je l'ai déjà tué dix fois.

— OK, alors je vais te l'expliquer, moi : ton problème, c'est que tu ne me trouves pas assez bien à cause de ma condition sociale !

Todd soutient mon regard et éructe un « oui, c'est ça ! » plein de mépris.

— T'es vraiment qu'une enflure.

— Bon, j'ai plus de temps à perdre, alors tes petites contrariétés de sous-fifre, tu te les gardes.

Sous-fifre ! S'il croit que je vais le laisser m'insulter !

Il se dirige vers son bureau, mais je retiens la porte.

— Qu'est-ce que tu me veux encore ? T'as pas du travail ?

— Je veux juste ta putain de considération, c'est ce qu'on voudrait tous ! Alors, tu te la fermes et tu écoutes. À partir de maintenant, tu vas arrêter de nous parler comme si on était des merdes. Ça t'apporte quoi ? Tu te sens plus puissant à nous rendre la vie impossible ?

Il caresse la grande lampe en inox sur son bureau et se met à rire froidement.

— Qu'est-ce que tu crois ? Que ton petit discours touchant va me faire changer ? C'est moi, le boss, ici. Je n'ai pas d'ordres à recevoir, et encore moins d'un petit con dans ton genre. Tu croyais que j'allais te laisser t'occuper de ce client, alors que tu ne sais même pas gérer ta toxico de mère ?

Mes mâchoires sont tellement contractées que j'ai l'impression qu'elles vont se briser.

Comment a-t-il su pour... ?

Peu importe, il a franchi la limite. Incapable de maîtriser la haine qui bouillonne dans mon crâne, je fonce sur lui et le plaque contre le mur.

— Sale fils de chien, tu vas apprendre le respect ! Comment t'as su pour ma mère ?

La sueur perle sur son front gras. Il répond avec un demi-sourire teinté de mépris :

— Tu penses que je ne me renseigne pas sur mes employés ? Et puis, les gens parlent...

Je resserre ma prise autour de son cou, il devient rouge comme une tomate. Todd commence à avoir les foies.

— Maintenant, lâche-moi, petit con.

— T'aimerais bien, hein ? lui soufflé-je en pleine tronche.

Richard aboie à mon intention :

— Ethan, ça suffit ! Lâche-le !

Je crache un molard sur le visage bouffi de Todd, avant de le relâcher, les mains tremblantes. Il reprend doucement sa respiration, puis s'essuie avec un mouchoir.

— T'es viré, mon gars.

Je m'éloigne, écœuré, sous le regard navré de l'assistant commercial. Au moment où je franchis le seuil, Todd vocifère dans mon dos :

— Et c'est pas la peine de postuler chez les autres concessionnaires, t'es perdu ! Fallait y réfléchir à deux fois avant de t'en prendre à moi.

Je lui fais un doigt d'honneur en partant. De toute façon, je ne suis plus à ça près. Qu'est-ce qu'il faut faire pour avoir un peu de considération dans ce monde, bordel ?

Je freine brusquement, presque arrivé. Je me gare un peu plus loin pour avoir le temps de me calmer. Je me cogne la tête contre la vitre et respire un bon coup. J'ouvre la boîte à gants, en extirpe une petite caisse en métal. Je positionne le crack dans le joint. J'inhale la fumée, puis la recrache lentement. Le mal sort de mon corps, je plane, dans une autre dimension. Tout me paraît plus clair. Le crack a réussi là où le shit a échoué. Je sais exactement ce que je dois faire.

Un moment plus tard, je tourne la clé dans la serrure, tout sourire. J'ai tout donné. M. Jackson a décidé de me laisser ma chance et je ne compte pas le décevoir. Je découvre Rachel qui gît comme une épave sur le canapé. Je me demande ce qu'elle a encore ingurgité. Ce qui est hypocrite de ma part puisque je me suis moi aussi défoncé… Soupçonneux, je fouille les poubelles, à la recherche d'une preuve que je pourrais lui agiter sous le nez. Sur la table basse, je remarque une boîte d'antidépresseur. Apparemment, les cachetons ont fait effet ; demain, elle ne sera certainement pas en mesure d'aller bosser.

Putain, je suis sûr qu'elle prend ces merdes parce qu'elle n'arrive pas à oublier mon père !

Ce crétin nous a lâchement abandonnés. C'est pas comme s'il envoyait de l'argent, ou qu'il en avait quelque chose à foutre de nous. Ma mère ne s'en est jamais remise. C'est pour ça qu'elle noie son chagrin dans l'alcool, qu'elle empoisonne son corps de médocs, et qu'elle fait parfois le dangereux mélange des deux. J'essaie de la réveiller, sans succès. Je ne peux plus supporter de la voir pioncer dans le salon.

Je me résigne à la porter dans sa chambre. Elle n'est pas très lourde, et je peux même sentir ses côtes sous mes doigts. Je l'allonge sur le lit, puis jette la couverture sur elle. Je reste un moment à l'observer, amer. Rachel pourrait être tellement plus belle si elle ne s'était pas laissé aller toutes ces années. Au lieu de ça, sa peau a viré au jaune, ses joues se sont creusées et d'énormes cernes encerclent ses yeux.

Elle aurait pu s'occuper de moi, faire de son mieux, au moins. Mais elle a préféré la facilité. Pour ça, elle a perdu mon respect. Tout ce que j'ai connu avec cette femme, c'est la misère et les galères.

Je me dirige vers ma chambre, la boule au ventre. La seule chose qui me redonne le sourire, c'est ce nouveau travail. J'aime retaper les voitures, alors je suis impatient de m'y remettre. Je ne suis pas quelqu'un qui a du mal à s'adapter, j'ai toujours réussi à faire mon trou.

CHAPITRE 16
ISABELLE

« Il y a dans l'amour plus de buissons épineux que dans une forêt[12]. »

Les Nuits de Londres, Joseph Méry

— Bon, alors, raconte-moi, me souffle Jessica en me lançant l'un de ses regards compatissants que j'aime tant.

Les yeux dans le vide, je touille sans envie mon chocolat chaud rempli d'une onctueuse crème chantilly.

— Je vois bien qu'il y a un truc qui ne va pas. Tu m'as évitée toute la semaine, j'ai dû quasiment te traîner de force ici. Tu ne m'as même pas raconté ta soirée. Ça s'est si mal passé ?

Quelle perspicacité !

Il n'y a rien à raconter. Je suis vidée de mes forces, et je peine à me tenir droite sur ma chaise. Je me concentre sur mon gobelet en carton, comme s'il avait quelque chose d'incroyable à me raconter. On se rend au Starbucks une fois par mois, Jessica et moi. C'est notre petit rituel que je ne troquerais pour

[12] *Les Nuits de Londres*, Joseph Méry, Hachette, 2013 (publication originale 1840).

rien au monde, sauf aujourd'hui. Elle m'y raconte ses coups de cœur ou d'un soir, ses amours, mais aussi ses désillusions. On fait le point sur notre vie, en clair.

D'habitude je n'ai rien de spécial à lui raconter, c'est elle qui tient la conversation. Sa vie est tellement plus passionnante que la mienne !

— Il t'a fait du mal ?

— Pas vraiment, m'entends-je lui dire.

Ses iris noisette attendent une explication, mais mon cerveau n'est plus connecté. Ça fait une semaine qu'Ethan m'ignore. Ma fierté m'a empêchée d'aller le voir. Je ne veux pas faire d'efforts avec des gens qui ne veulent pas de moi.

— Écoute, soit il t'a fait du mal, soit il ne t'a rien fait. Ne reste pas avec ta douleur !

Je finis par céder. Elle m'écoute jusqu'au bout, ponctuant mon récit de : « *C'est abuser !* », « *C'est pas vrai !* », « *Quel con !* ».

À la fin, je me sens vidée, mais aussi étrangement apaisée.

— Oublie-le, ma belle, il ne t'apportera rien de bon.

Facile à dire !

— Tu crois que c'est pas ce que j'essaie de faire ?

Je pose brusquement ma tasse. La vague déborde du carton et vient lécher la table. Je marmonne un petit « *désolée* » en épongeant le lait renversé.

— T'es mordue de lui, hein ?

Je me contente de baisser la tête, tout en réfléchissant à la question. Je ne suis sûre que d'une chose : ses ténèbres ont englouti mon cœur. Loin de cette noirceur, je suis une âme sans vie, car Ethan l'a prise à l'instant où il a plongé son regard dans le mien.

Jessica me donne mille conseils pour tenter de l'oublier. Je ne l'écoute qu'à moitié.

— Tu sais, il y a des tas d'autres mecs, si c'est pas lui, ça sera un autre. Ton heure viendra, ma belle.

Je fais semblant d'être sur la même longueur d'onde. Ça lui fait tellement plaisir de me donner des conseils que je ne veux pas gâcher sa bonne humeur.

Grâce à Jessica, je me sens un peu mieux. Nous revenons au lycée, bras dessus, bras dessous, quand une vision me paralyse.

Ma gorge se noue. Ethan se tient devant le portail avec une autre fille ! Ses mains emprisonnent sa taille pendant qu'elle dépose un baiser sur ses lèvres.

Salaud et garce !

Bien sûr, je n'ai aucun mal à reconnaître Megan.

Il préfère donc la facilité ?

Je reste là, comme une conne, incapable de les lâcher des yeux.

— Qu'est-ce qui se passe ?

Jessica suit mon regard, et lance un petit « *oh* » déçu, une fois qu'elle a compris.

Pour enfoncer le clou, il tourne la tête vers moi. Ses prunelles sans expression me traversent. Il continue de rire, l'air de rien.

Je marche exagérément vite dans le sens opposé.

— Isabelle ! Attends !

J'entends Jessica courir derrière moi, mais je ne prends pas la peine de m'arrêter. Sa main m'attrape.

— C'est bon, c'est rien, sangloté-je en dégageant mon bras.

— Je ne veux pas te laisser comme ça. Je suis vraiment désolée…

— Ce n'est pas à toi d'être désolée, c'est à lui !

— Au moins, tu as ta réponse. Tu dois essayer d'aller de l'avant maintenant.

Je lui réponds un « *oui* » contrarié, puis lui demande de me laisser seule. Avant d'aller en cours, je préfère m'isoler pour pleurer comme une idiote. Il vient de signer la fin de quelque chose qui n'a jamais réellement commencé. Je savais que ce n'était pas près de s'arranger entre nous depuis la fameuse soirée, mais je ne m'attendais pas à ça ! Il aurait eu l'occasion, s'il l'avait voulu, de me voler un baiser ; au lieu de ça, il ne se gêne pas pour afficher sous mon nez ses caresses avec une autre ! J'essuie mes larmes rageuses et me compose un visage impavide afin de ne pas attiser la curiosité des autres. La mort dans l'âme, je rejoins la marée d'élèves au moment où la sonnerie retentit.

Me fondre dans la masse ? Ça, je sais faire.

CHAPITRE 17
ETHAN

« Comme l'esclavage ou l'apartheid, la pauvreté n'est pas naturelle. Ce sont les hommes qui créent la pauvreté et la tolèrent, et ce sont les hommes qui la vaincront. Vaincre la pauvreté n'est pas un acte de charité. C'est un acte de justice. »

Nelson Mandela

Je raye le dernier paragraphe, fais une boule de ma feuille et la balance à l'autre bout de la pièce.

Pas facile de se vendre.

Une dizaine de papiers sont éparpillés sur la table de la cuisine. J'explique les raisons qui me poussent à candidater chez eux, principalement leur programme, mais aussi la rage qui me pousse à me battre pour, dans quelques années, créer un parti politique proche du peuple.

J'ai passé plusieurs heures à comparer les universités. C'est celle de Wilnoh qui propose le cursus le plus complet en politique. Ça tombe bien, je ne comptais pas aller trop loin. Il y a des facs plus prestigieuses, mais je n'ai ni l'envie ni les moyens de me payer des études dans le privé. Et puis, je ne veux surtout pas me retrouver avec des gosses de riches qui claquent l'argent de papa, et qui ne connaissent rien à la vie !

Je glisse le formulaire et tous les papiers administratifs dans une grosse enveloppe en kraft, sur le meuble en bois près de l'entrée, avant de m'étendre de tout mon long sur le canapé, en écoutant une musique électro qui passe à la radio. J'ai l'impression d'être en boîte de nuit. Je ferme les yeux, transporté…

Je danse avec une inconnue, elle balance son cul contre mon entrejambe. Excité, je la prends par la taille et bouge mon bassin contre elle. Sa chevelure peroxydée prend une teinte plus solaire. Elle se retourne. J'ai un hoquet de surprise en découvrant Isabelle. En un geste, elle défait sa queue-de-cheval. Ses cheveux pendent autour de son visage, ce qui la rend diablement sexy. Elle ferme les paupières, emportée par la musique. Son corps bouge sensuellement dans la lumière du dancefloor. J'empoigne d'une main ferme ses hanches. Ses lèvres sont maintenant tout près…

Un bruit sourd me tire de ma rêverie. On frappe à la porte. Je me rappelle d'un coup que Megan devait passer. J'avais complètement oublié ! Je respire un grand coup.

Isabelle s'engouffre dans mes songes maintenant ? Bordel, c'est la première fois que je rêve d'elle comme ça !

J'essaie de masquer mon trouble en allant ouvrir. Megan se tient devant la porte, les bras croisés.

Elle entre, sûre d'elle. Je n'aime pas son attitude.

— Ça fait cinq minutes que je poireaute là. Je croyais que tu m'avais oubliée !

C'est le cas !

Elle esquisse une petite moue boudeuse, se hisse sur la pointe des pieds. Ses lèvres touchent les miennes, mais je ne lui rends pas son baiser.

— T'en tires une tête ! s'étonne-t-elle.

— On n'a pas beaucoup de temps, lui réponds-je, contrarié.

— Ah oui, c'est vrai, tu ne veux pas que ta mère tombe sur moi.

Je n'aime pas le ton qu'elle emploie. C'est qu'une conquête, rien de plus. J'ai toujours fait en sorte que ma mère ne croise jamais les nanas que je baise.

— On n'est pas ensemble, je te rappelle !

J'ouvre la porte de ma chambre.

— Oui, c'est vrai, que du sexe, réplique-t-elle en levant les yeux au ciel.

— Ouais, et tâche de t'en rappeler. On s'est mis d'accord là-dessus !

On peut pas dire que je ne l'ai pas prévenue ! J'ai pas envie qu'elle me la fasse à l'envers.

— T'es obligé d'être aussi agressif ?

Je m'assieds au bord du lit, lui fais signe d'approcher.

— Excuse-moi, je suis un peu tendu en ce moment.

C'est tout ce que je trouve à répondre pour qu'elle me fiche la paix et passer un peu de bon temps.

— On a combien de minutes aujourd'hui ? minaude-t-elle en entourant mon cou de ses bras.

Je regarde le cadran numérique. Le mardi, ma mère finit plus tard ses heures de ménage.

— Une heure, soufflé-je, la tête dans son cou.

Il faut que j'oublie cette image d'Isabelle, belle et sauvage à la fois, en train de se déhancher. Elle doit rester dans son monde parfait, et moi dans le mien merdique. Avec Megan, tout est plus facile ! Elle n'en a rien à foutre que je fume du shit ; avec elle, je peux faire ce que je veux, même si elle m'emmerde profondément.

Je sens qu'on arrache mes vêtements, mais je ne suis plus vraiment là.

Et si c'était juste un soir…

Je refoule cette idée, pendant que je porte à ma bouche les seins de Megan, qui glapit sous mon corps. De toute façon, elle n'a pas les mêmes attentes, elle veut sûrement du sérieux, chose que je n'ai jamais promise à personne.

Putain, je ne peux pas penser à autre chose, là ? C'est pas le moment, bordel !

— Oh, Ethan !

Je m'arrête subitement, le regard menaçant.

— Qu'est-ce que tu viens de dire, là ?

Elle se fait toute petite en dessous de moi.

— J'ai été clair là-dessus, non ? Pas de surnoms affectueux à la gomme, et surtout, tu ne prononces pas mon prénom quand on nique. OK ?

Elle hoche la tête doucement, le regard éteint. Un regard éteint, c'est tout ce que je suis capable d'offrir à une fille, de toute façon. Elle continue timidement ses caresses, mon excitation reprend le dessus. Mes doigts entrent en elle. Je la regarde avec satisfaction se tordre de plaisir sous mon emprise. Sa main agite mon sexe. Ma tension s'évapore. Nous enfilons ensemble le préservatif, le latex glisse difficilement sur mon membre.

Elle écarte les jambes et je la pénètre. Pendant mes allers-retours, je remarque que les petites taches de rousseur sur son visage disparaissent et que ses yeux s'agrandissent.

C'est quoi ce bordel ?

Je cligne des paupières. Ses lèvres sont plus pulpeuses et ses cheveux noirs s'éclaircissent. Je passe la main dans ses mèches blond miel.

Isabelle ?

Je me concentre. Le visage de Megan réapparaît et je continue mes assauts, rassuré. Mon répit est de courte durée. L'image d'Isabelle revient, plus forte. J'essaie de la chasser, mais plus je la refoule, plus elle s'impose à mon esprit et c'est maintenant elle que je vois se tordre sous mon corps. Elle m'attire un peu plus contre elle. Il est trop tard pour m'arrêter. Ses lèvres s'entrouvrent et je sens l'excitation grimper.

Putain, j'ai jamais autant bandé !

Ma langue parcourt sa belle poitrine, pendant que je passe la main sur son doux visage. Megan n'existe plus. C'est Isabelle que je baise et, bon sang, que c'est bon ! Ses cris se perdent dans le plafond alors que, pris d'une pulsion bestiale, je la pénètre, alternant violence et douceur comme je ne l'avais jamais fait auparavant. Je sens la jouissance monter. Son petit nez, ses grands yeux et son air innocent me font lâcher tout ce que j'ai. Je m'effondre sur le côté, avant d'aller dans la salle de bains.

Quand je reviens, je suis contrarié de trouver Megan à *sa* place.

— Qu'est-ce qui t'est arrivé ? C'était encore mieux que d'habitude.

J'ai tout simplement pensé à une autre, désolé, meuf !

— Rien, j'étais en forme, c'est tout.

— Eh bien, je ne savais pas que tu pouvais être plus en forme que tu ne l'étais déjà. J'ai kiffé.

Tant mieux pour toi ! Moi aussi, j'ai kiffé, mais pas pour les mêmes raisons !

Son visage prend un air rêveur. Je connais trop bien ce genre de sourire, ça ne présage rien de bon. Je retourne m'allonger. Elle ferme les yeux.

— Tu fous quoi, là ? grogné-je.

— Vais dormir un peu... on a encore le temps, répond-elle en se retournant.

Il faut que ça s'arrête, je ne la supporte plus.

— Tu ne vas pas camper là ! Bouge !

Je soulève violemment la couverture. Elle se redresse, essayant de se couvrir comme elle peut.

— Hé, ça va. Ta mère va pas arriver tout de suite !

— Ça n'a rien à voir avec ma mère. Qu'est-ce que tu ne comprends pas dans « bouge » ?

— Alors tu tires ton coup et tu me vires, c'est ça ?

— Ouais, casse-toi !

Elle enfile sa robe et ramasse ses affaires en vitesse.

— C'est dégueulasse ! Je ne savais pas que t'étais cruel à ce point !

— Arrête ton char, je ne t'ai rien promis. C'était juste pour s'amuser. Je ne te supporte plus.

Ses yeux se remplissent de larmes.

— Tu ne disais pas ça tout à l'heure, hein ? Au début, oui, c'était pour s'amuser, mais je me suis attachée à toi, comme une imbécile !

Et voilà, je savais qu'elle me ferait le coup !

— Quoi ? Ne me dis pas que t'es tombée amoureuse ?

— Non, pas amoureuse, faut pas exagérer, me coupe-t-elle, amère.

Megan atteint la porte, se retourne une dernière fois vers moi.

— Tu sais quoi ? Je plains la prochaine fille qui tombera vraiment amoureuse de toi. Tu ne sais même pas ce que c'est d'aimer… Elle sera bien malheureuse.

Je me tiens la tête entre les mains pendant que la porte claque. Ses dernières paroles restent suspendues dans la pièce. C'est vrai que c'est dégueulasse de l'avoir jartée comme ça, je n'ai aucune excuse. J'ai toujours été très clair avec elle, mais ces derniers temps, j'ai remarqué qu'elle devenait de plus en plus affectueuse. Le peu que j'ai découvert d'elle m'a écœuré. C'est le genre de fille qui a besoin d'écraser les autres pour exister, je l'ai vue plus d'une fois humilier des élèves et elle en était fière.

Ce soir, j'ai dû la blesser, ou du moins frapper son ego. Mais je dois avouer qu'elle a raison. Je suis incapable de combler les attentes de quelqu'un. Je ne suis pas un type bien et ne le serai jamais. Dans ces conditions, aucune femme ne pourra être heureuse avec moi. Je chasse Isabelle de mes pensées. J'ai vraiment cru que c'était elle que je possédais tout à l'heure. J'en tremble encore.

La solitude de ma chambre est oppressante. J'étouffe ici. En consultant l'heure, je me rends compte que j'allais oublier mon rendez-vous. Au moment où je sors de chez moi, Jason m'appelle. Il me demande ce que j'ai prévu ce soir. Je lui réponds que j'ai un truc à faire et il propose de m'accompagner.

Après être passé le chercher, je roule jusqu'à Mindston, un quartier en périphérie de la ville. C'est un des seuls endroits où l'on peut se procurer ce qu'on veut. Je ne suis encore jamais venu la nuit ; apparemment, c'est plus chaud qu'en journée. Je n'ai pas peur, j'ai déjà vécu à Camden. Là-bas, des trafiquants en tout genre guettent leur clientèle à chaque coin de rue. Je vois difficilement comment on peut faire pire.

Je me gare dans un coin qui ne craint pas trop. Nous continuons à pied. Les rues grouillent de passants à cette heure tardive. Je me faufile entre eux sous la lumière clignotante des lampadaires. Mindston s'étend sur des kilomètres, c'est un monde à part. Ses habitants n'ont pas besoin d'aller jusqu'au centre, ils trouvent tout ce qu'ils veulent sur place !

C'est étrange, mais je me sens comme chez moi ici. Pas de malaise, pas de gens qui te dévisagent comme si t'étais un pestiféré. Je peux juste être *libre*.

De nombreux étals sont éparpillés le long des allées. L'arôme des épices me monte aux narines. J'esquisse un sourire, amusé. Clients et vendeurs sont en pleine négociation, comme si leurs vies étaient en jeu. C'est cette Amérique que j'aime, celle des diversités ethniques et culturelles ! Celle de l'égalité proclamée par Martin Luther King.

Nous passons entre des murs étroits, la sueur des corps me colle à la peau. Nous débouchons dans une rue déserte. Les réverbères courbent le dos, certains sont éteints, des morceaux de verre éparpillés à leurs pieds.

— Ça craint ici, balance Jason en marchant prudemment.

— C'est toi qui as insisté pour m'accompagner.

— J'avais envie de bouger. C'était cool, le marché nocturne, mais là, c'est glauque quand même. T'es venu chercher quoi au juste ?

— Un truc.

— Te fatigue pas, je crois que j'ai compris, rajoute-t-il d'un ton sec.

Je fais abstraction de ses réflexions. Nous continuons d'avancer dans les rues malfamées. Les déchets empuantissent la rue, nous sommes obligés de nous boucher le nez. Je préférais de loin les rues populaires qui grouillaient de vie et de monde ! Là, ça fait froid dans le dos. Quelques fenêtres d'un bâtiment aux vitres brisées sont éclairées. La musique s'échappe d'un appartement et frappe mes oreilles, avant de s'éloigner doucement. En contrebas, un SDF assis contre un mur se fait bander le bras par un pompier. Une femme lui tend un bol de soupe, il lui sourit, reconnaissant.

Toute cette misère… et le maire qui ne bouge pas son cul ! Il se complaît dans sa petite existence. Les pauvres, il n'en a rien à cirer, il les abandonne lâchement au coin d'une rue. Mon enfance me revient en pleine gueule…

Je cours le long de sombres ruelles. La pluie s'accroche à mes vêtements et mon manteau est vite trempé. Mes chaussures ripent contre les pavés, se déchirant un peu plus, mais je ne m'arrête qu'une fois arrivé. Je m'assieds au bord du quai. C'est mon endroit préféré. Les tours de Philadelphie se dressent face à moi comme des arches. La ville des Lumières prend vie pendant que le soleil meurt sur le fleuve Delaware. Les buildings se dessinent sur la surface de l'eau. Je rêve d'être transporté dans ce monde, loin des malheurs du quotidien. Loin de la pauvreté, loin de ma mère et de sa boisson à laquelle elle voue un culte. Un monde où je serai enfin traité comme un enfant. Je trempe mes doigts glacés dans l'eau miroitante. Je caresse ce rêve inatteignable.

Quelque chose me rentre dedans, je manque de tomber.

— Hé, ça va pas !

Une bouteille roule à mes pieds. Un vieux est étendu sur le sol, je crois bien que c'est moi qui l'ai bousculé. Avec Jason, nous l'aidons à se relever. Je m'excuse. Le type empeste l'alcool, je dois me retenir pour ne pas vomir.

— Vous ne devriez pas traîner dans le coin à cette heure. C'est dangereux par-là, nous avertit-il, le doigt levé.

Il rajoute, après nous avoir dévisagés tour à tour :

— Vous n'êtes pas du coin.

Il nous fait signe d'approcher. On s'exécute.

— Vous êtes déjà venus ici, le soir ?

Jason et moi lui répondons que c'est la première fois.

— Eh bien, petits, vous ne savez pas tout. Vous connaissez ce quartier sous le nom de Mindston, pas vrai ?

Je fais oui de la tête, sans savoir où il veut en venir.

— C'est le nom du quartier, répond simplement mon pote.

— La journée, oui…

Je n'aime pas sa façon de tourner autour du pot. Je l'encourage à poursuivre.

— Il a été rebaptisé « Midnight Stone[13] ». Quand la nuit arrive, les familles restent cloîtrées chez elles, c'est le territoire des trafiquants d'armes et de drogue. Il faut l'voir pour l'croire. La police est au courant de leurs combines, mais personne ne fait rien. Dieu nous a abandonnés par ici, le maire a donné l'ordre de ne protéger que le centre-ville.

C'est bien ce que je pensais… les fils à papa et leurs friqués de parents avant tout. Le reste peut crever !

Le type se replie en vitesse à l'entrée d'un bâtiment miteux. Il nous souhaite bonne chance, avant de claquer la porte. Nous reprenons notre route, de moins en moins rassurés.

On s'arrête devant l'entrée d'un parc. Le chemin se confond avec la nuit et les branches se dressent de façon effrayante vers le ciel. J'entends Jason déglutir.

— T'es sûr que tu veux passer par là ?

— Ouais, y'en a pas pour longtemps. Si t'as les foies, tu peux toujours m'attendre ici.

Il tourne un visage étonné vers moi tout en se frottant les mains.

— T'es malade ? Je te laisse pas y aller seul !

— Avoue que t'as juste pas envie de rester là, le taquiné-je.

Il me donne un coup de coude dans les côtes. Tout est silencieux par ici. Une brume inquiétante enveloppe le parc. Nous avançons, les mains dans les poches, sans faire de bruit. Une silhouette se détache derrière des arbres. Je me crispe en même temps que Jason, avant de me rendre compte que c'est sûrement mon rendez-vous. Un type se dirige vers nous. Sa crête rouge se dresse sur le sommet de sa tête, le reste de son crâne est rasé et tatoué de symboles tribaux. Je tâtonne au fond de ma poche, à la recherche de mes billets, mais il me sort : « *pas ici* » en nous faisant signe de le suivre.

Nous atterrissons dans un quartier glauque. De vieux lampadaires éclairent le trottoir d'une lumière faiblarde. La rue est étroite. Il y a du monde, pas le genre de personnes que j'ai l'habitude de croiser. Des types louches, aux visages dissimulés par des capuches, fument dans un coin. Parfumés au cannabis, ils parlent fort et crachent sur le bitume. Un peu plus loin, des prostituées sont adossées contre un mur. Elles essaient de choper des clients.

---

[13] « Pierre de minuit », traduit de l'anglais.

L'une d'elles s'approche, complètement shootée. Je m'éloigne, mais ses mains agrippent mon torse. Elle me souffle à l'oreille :

— Hey, beau gosse, tu veux pas que je t'offre cinq minutes au paradis ?

Son haleine mentholée atterrit sur mon visage. Je la repousse en lui répondant bien distinctement :

— Paradis ? C'est plutôt l'enfer que tu me proposes. Va voir ailleurs, j'ai pas besoin de payer pour baiser.

Une main glacée se pose sur mon épaule, me forçant à me retourner. Un homme baraqué à la bouche tordue par la haine m'accoste :

— Hé, laisse mes filles tranquilles, tu veux.

Le maquereau est bien plus imposant que moi. Même avec Jason, je ne viendrais pas à bout de cette montagne de muscles.

— Je lui ai dit de me laisser tranquille justement, je ne suis pas intéressé.

Il me lance un dernier avertissement.

— Ouais, bah t'approche pas si t'as pas l'intention de payer.

Jason me lance un coup d'œil inquiet, nous accélérons le pas. Plus vite on sera sorti de là, mieux ça sera.

Tout le long de la rue, les gens sont agglutinés les uns aux autres. Ils sont stones, évadés dans un monde meilleur qui leur est propre. Les murs étroits m'oppressent, j'ai l'impression qu'ils vont me broyer. Je demande au type de se grouiller. Il s'arrête devant les stores fermés d'une boutique taguée. Je sors en vitesse mon fric, compte les pilules d'ecstasy et lui arrache presque le sachet des mains.

Le chemin du retour me paraît interminable, je croise plusieurs regards menaçants que je n'avais pas captés avant. Je comprends maintenant pourquoi ils ont rebaptisé le quartier Midnight Stone. Ici, la nuit, tout le monde est stone.

— Ne m'emmène plus jamais là-bas, s'énerve Jason quand nous traversons à nouveau le parc.

Pour toute réponse, je m'assieds sur un banc.

— Attends, tu fais quoi, là ?

— Tu permets que je m'en roule une ?

Il me rejoint.

— Alors, ça avance, ce projet de manifestation ?

Je me rappelle le jour où je lui en ai parlé, il s'est montré très enthousiaste.

— Non, on est au point mort.

Les mains en paravent, il joue avec son briquet.

— Qu'est-ce qui bloque ?

— Avant d'organiser la manifestation, j'ai besoin de rencontrer les gens. J'ai déjà parlé à quelques habitants, manque plus qu'à trouver un endroit pour faire mon discours.

Il tire une longue taffe.

— Pourquoi pas au Drinks Club Foley ?

L'espoir renaît en moi, ça serait le bonheur à l'état brut.

— Tu crois que c'est possible ? Qu'est-ce que dira Doris ?

— T'occupe pas de ça, il est en vacances en ce moment. C'est moi qui gère le bar pendant son absence. Si c'est juste pour que tu fasses ton discours, c'est pas un souci.

— T'es un mec en or !

Je lui fais un check.

— En plus, ça ramènera de la clientèle.

On reste quelques minutes sans parler, chacun perdu dans ses pensées. Au bout d'un moment, on se décide enfin à bouger.

— Je pourrai participer à la manifestation ? demande-t-il, intéressé.

— Carrément !

— Ton projet est cool, j'ai envie de m'y investir. Et je suis sûr que les gars de la bande seront de mon avis.

— Plus on sera nombreux, plus on aura d'impact.

— On sera cinq, c'est déjà ça.

Jason me donne une accolade. Nous nous dépêchons de regagner ma bagnole, ignorant la désolation du quartier. J'avance, la tête haute, sans me retourner. Je commence déjà à visualiser un début de discours. Il est temps que les choses bougent.

CHAPITRE 18
ISABELLE

« Nous sommes seuls face à nos choix. »
Cyndra O'Hara

Je somnole, la tête posée sur l'épaule de Jessica. La route cabossée me berce et je ferme les yeux. Ces derniers jours, j'ai eu du mal à trouver le sommeil. L'image d'Ethan batifolant avec une autre me tourmente bien plus que je ne l'aurais pensé. Je sens la main de ma meilleure amie presser la mienne. Elle a été d'un grand soutien et, bien qu'elle n'ait cessé de me répéter que je mérite mieux, je n'en suis pas encore tout à fait convaincue.

La matinée passe vite. Comme demain, c'est Thanksgiving, nous finissons les cours à midi. Je fais un dernier saut aux toilettes. Au moment où je m'apprête à en sortir, des voix approchent. Mon instinct me souffle de rester là. Les bruits de pas s'intensifient. La porte s'ouvre sur un sanglot.

— T'inquiète pas, ça va aller.

— Il m'a laissée tomber comme une merde !

Je jette un regard par l'entrebâillement de la porte. Megan se tient debout contre le lavabo, livide.

— J'ai tout gardé pour moi jusqu'à maintenant... J'en peux plus, sanglote-t-elle, la voix enrouée.

Son amie lui masse le dos.

— De toute façon, c'était juste pour s'amuser, c'est toi qui me l'as dit.

— Au début, oui, puis je me suis attachée. Il est canon et personne ne m'a fait l'amour comme lui. Je crois que c'est surtout ça qui me plaisait.

J'esquisse une grimace de dégoût en imaginant Ethan sur elle. Mon cœur se tord. *Alors comme ça, il lui a fait l'amour ?*

— Qu'est-ce qui s'est passé ?

Je baisse les yeux. Il y a un grand espace entre la porte et le sol. Je grimpe avec précaution sur la cuvette, puis m'accroupis. Les mains écartées sur les parois, j'essaie tant bien que mal de tenir dans cet équilibre précaire.

— Il m'a dégagée de chez lui. On ne m'avait jamais traitée comme ça… Ce mec n'a aucun sentiment !

Sa voix se brise, elle s'effondre en pleurs dans les bras de son amie. Je respire lentement.

Cassez-vous !

Megan se mouche bruyamment, puis essuie ses yeux gonflés.

— Il ne te mérite pas. Un de perdu, dix de retrouvés !

— C'est sûr, le monde regorge de possibilités, sourit-elle.

Elle sort sa trousse à maquillage. Mes jambes tremblent, je ne tiendrai plus très longtemps. Un tube rose criard coincé entre les doigts, elle écrase la texture sur ses lèvres. Mes pieds sont tétanisés. Des fourmillements grimpent le long de mes mollets, avant de s'attaquer à mes cuisses. Je les observe se pomponner en prenant tout leur temps. Je sens que je vais lâcher. Megan attrape enfin son sac. Au bruit de leurs pas qui s'éloignent, je devine qu'elles sont sorties. Je saute, ouvre la porte à la volée.

Il est libre…

Il n'est plus avec cette garce…

Un poids s'extirpe de ma poitrine, mais je ne ressens rien d'autre. Il m'a ignorée jusque-là et je sais très bien qu'il continuera. Quant à moi, j'ai besoin de quelqu'un qui sera là pour moi. Et puis, je ne suis pas son genre. Apparemment, il préfère les filles comme Megan. Qui plus est, même si je l'ai peu côtoyé, j'ai l'impression qu'il exerce une grande emprise sur moi.

Dans le couloir, un parfum toxique imprègne l'air. L'effluve est musqué, c'est *son* odeur. Il est là, tout près. Je le *sens*. Un bruit de pas souple brise le silence du lieu. Il se rapproche.

Je n'ai aucune envie de le croiser, c'est au-dessus de mes forces. Je tourne dans la première allée et me mets à courir sans me retourner.

Jessica et moi avons profité de notre après-midi libre pour nous rendre à l'université publique de la ville. Les portes de la Wilnoh's Center University se referment derrière nous. On ressort, des papiers plein les mains, puis on se pose un moment pour tout fourrer dans nos sacs.

J'ai longuement réfléchi, ces derniers jours. Je souhaite m'offrir plus de possibilités, pouvoir choisir mon avenir. En plus d'être à côté de chez moi, cette université offre un large panel de cursus.

— Je suis trop contente, on va être dans la même fac ! s'extasie Jessica.

— Oui, ensemble, renchéris-je, émue, en lui prenant la main.

La grande bâtisse blanche aux colonnes impressionnantes domine le parc. Le vent caresse ma peau et joue avec mes cheveux. Des rayures bleu azuré rampent sur le toit du dôme qui s'élève au-dessus des arbres. Je capture par la pensée ce tableau vivant, pour le jour où je dévoilerai mes plans à mes parents.

Comme si elle lisait dans mes pensées, Jessica me souffle :

— Tu comptes en parler quand à tes parents ?

— Le plus tard possible.

Son pied shoote dans une pierre. Elle semble contrariée, mais tant que je n'ai pas eu de réponse de l'université, je préfère ne pas m'avancer. Je ne veux pas soulever une tempête pour rien.

— Qu'est-ce qui t'empêche de leur dire ?

— J'ai passé une sorte d'accord avec eux, réponds-je en baissant tristement la tête. Ils me laissaient étudier dans le public, en échange, j'acceptais d'entrer à l'université de leur choix.

— Je vois…

Son visage prend une expression grave.

— T'as signé un papier ?

— Pardon ?

— Un contrat alors ? s'enquiert-elle, alarmée.

— Non…

Jessica lève les yeux au ciel en passant une main nerveuse dans sa tignasse rouge.

— Bah, arrête de te prendre la tête ! Et de ce que tu m'as raconté, ça ne changera pas grand-chose. Ils vont bouder, et alors ? Tes parents n'ont rien à dire, c'est *ton* avenir !

J'acquiesce sans rien ajouter. Pour le moment, jc nc me sens pas prête à leur en parler. Encore quelques mois comme ça, à repousser la lourde échéance, avant de libérer le tsunami.

Quand j'arrive chez moi, j'aperçois la voiture de mon père qui repose devant le garage.

Pourquoi il ne l'a pas mise à l'intérieur ?

Au moment où j'entre, des voix me parviennent du salon. Je pousse timidement la porte. Un hoquet de surprise sort de ma gorge.

— Mais c'est ma petite sœur préférée !

Waouh ! J'ai l'impression que mon canon de frère embellit un peu plus à chaque visite. Ses cheveux marron clair ramenés sur le côté lui donnent l'allure d'un vrai mannequin. Il se précipite vers moi, un grand sourire empreignant ses traits.

— Je ne t'attendais pas avant demain, m'étranglé-je, émue.

— On voulait vous faire la surprise !

Je profite quelques instants de la chaleur que ses bras m'offrent, avant de saluer Lindsay, sa petite amie.

Nous passons à table. Jayden s'enthousiasme de cette troisième année universitaire qu'il vient d'entamer. Les yeux océan de Lindsay s'animent d'une vive lueur dès qu'elle le regarde. En même temps, je la comprends, il a tout pour lui. Il a toujours été le grand frère idéal, très protecteur et présent. Je ne compte plus les fois où mon père et lui ont essuyé mes larmes, lorsque ma mère était trop dure avec moi.

Jayden me fixe de ses beaux yeux si particuliers. Je réalise qu'il m'a posé une question et qu'il attend une réponse.

— Isabelle ? m'interroge ma mère.

Il répète sa phrase :

— Et toi, tout se passe bien ?

— Oh, euh… oui, réponds-je dans un souffle en m'affaissant sur ma chaise.

Je n'ai pas envie de raconter ma vie, encore moins devant tout le monde. Il fait une drôle de tête, mais ne relève pas.

À la fin du repas, Jayden m'entraîne à l'arrière de la maison. Mes pieds s'enfoncent dans la pelouse fraîchement tondue. Les arômes de l'herbe coupée me montent à la tête. Au milieu du jardin, l'eau de la fontaine en pierre blanche s'écoule paisiblement. De petits galets de la même couleur sont incrustés dans le sol mousseux. Je me laisse guider sur ce chemin qui traverse buissons fleuris et arbustes aux couleurs pourpres.

Je m'installe sur la balancelle recouverte d'un tissu en velours d'un vert profond.

— Alors, dis-moi tout. Je vois bien que ça ne va pas.

— Disons que je commençais à devenir proche de quelqu'un, mais on s'est disputés, et maintenant, cette personne m'ignore.

— Ma petite sœur a grandi à ce point ?

Il m'attrape les deux mains, me relève en faisant mine de m'analyser de la tête aux pieds.

— Un amoureux, ou une amoureuse ? s'enquiert-il.

— Hein ?

— On sait jamais ! T'as dit une « personne », sans préciser.

— C'est un gars de mon lycée. Et je ne voulais pas préciser, car je ne sais même pas si ça vaut le coup de parler de lui, voilà tout.

Je lui explique brièvement ce qu'il s'est passé, sans pour autant rentrer dans les détails.

— Laisse tomber ! Ça doit être un con s'il ne veut même pas vous laisser une chance.

Mes yeux s'embuent, je commençais vraiment à m'attacher à Ethan.

— Hé, personne ne fera de mal à ma petite sœur, tu entends ?

Il termine sa phrase en essuyant ma larme du bout du pouce.

— Sauf s'il veut finir éclaté contre un mur.

— N'exagère pas, rétorqué-je en laissant échapper un petit rire.

La fraîcheur de cette fin de journée transforme mon souffle en vapeur glacée dans l'air. Je frissonne sous mon petit pull. Jayden le remarque, et me fait signe de rentrer.

Le lendemain, toute la famille s'active pour la préparation de Thanksgiving. Mon père et ma grand-mère, arrivée ce matin, s'occupent de la décoration de la table, tandis que mon frère, sa copine et moi aidons notre mère dans la préparation du repas. Les manches retroussées, armée d'un rouleau à pâtisserie, j'écrase la pâte. Quelques biscuits en forme d'étoile trônent déjà sur la table, attendant d'être enfournés. La cuisine embaume le pain d'épice et la cannelle. Ces doux effluves me mettent l'eau à la bouche. Jayden se retrouve avec de la farine plein les cheveux, Linsday époussette tendrement le haut de son crâne en rigolant. Je voudrais enregistrer ce moment, comme un film, afin de pouvoir le regarder à ma guise lorsque j'en aurai envie. Malheureusement, les souvenirs ne se capturent que par la mémoire.

L'ambiance festive me met en appétit. Des feuilles, dans les tons ocre et écarlate, s'étalent sur la table richement décorée. Quelques brindilles rehaussées de petites touches de doré sont éparpillées aux quatre coins de la nappe. De grosses citrouilles dorment entre les bougies. Ce mélange d'arômes se distille avec délice dans la pièce principale.

Ma mère débarrasse la dinde. De mon côté, je vais chercher la tarte aux noix que l'adorable petite amie de mon frère nous a ramenée. C'est mon péché mignon. C'est donc l'estomac bien rempli que je termine le dessert.

— Tu as bien mangé, ma chérie, s'attendrit ma grand-mère.

Ma mère, quant à elle, n'a cessé de me fixer durant tout le repas. Elle répond d'une voix sèche :

— Je crois qu'elle a simplement abusé.

Ça y est, elle recommence à me descendre en flèche devant tout le monde !

— Ava ! rouspète mamie.

Puis, elle ajoute d'une voix compatissante :

— Il faut manger à sa faim. Quand tu étais petite, j'ai toujours fait en sorte que vous ne manquiez de rien.

— Oui, peut-être même un peu trop, grince ma mère entre ses dents. Je trouve juste que ce n'est pas convenable de se goinfrer autant en public, c'est tout. Et c'est encore ma fille, je l'élève comme bon me semble.

Me goinfrer en public ? On est en famille !

— C'est bon, maman, on est en 2003, plus personne ne pense comme ça !

Elle ouvre la bouche, puis se ravise à la dernière minute. Mon frère lance un sujet de conversation plus frivole, l'ambiance se détend peu à peu. Tout le monde fourre la tête dans le sable, comme s'il n'y avait rien eu.

Mes parents racontent maintenant avec fierté que mon inscription à leur prestigieuse université sera validée quand j'obtiendrai mon diplôme de fin d'études. J'ai tellement envie de leur clouer le bec en leur disant que je me suis inscrite hier à la fac publique de la ville ! Je ne suis pas comme eux, et j'en ai marre de faire semblant.

— Elle sera beaucoup mieux quand elle retournera dans le privé. On lui a toujours répété, mais elle n'en fait qu'à sa tête ! clame ma mère d'un ton sarcastique.

En mon for intérieur, je pousse un hurlement strident. Je me vois tout balancer sur la table en un coup de vent. Je souffle doucement pour contenir cet ouragan qui gronde en moi.

Self-control.

Pendant qu'ils bavassent, je fais le vide, concentrée uniquement sur ma respiration. Mon regard se perd dans les braises de la cheminée, jusqu'à ce qu'elles rendent leur dernier souffle. Je me crée une bulle de verre que personne ne peut percer.

L'estomac noué, je regarde Jayden charger sa valise et celle de sa petite amie dans le coffre de sa Cadillac. Je ne peux m'empêcher de pousser un soupir. Il me laisse de nouveau seule. Je profite du fait que mes parents et Lindsay sont restés à l'intérieur pour lui parler.

— Je ne veux pas que tu partes, l'imploré-je en le retenant par un pan de sa veste.

— Sois raisonnable, Isa. Il faut bien que j'y retourne.

— On vient à peine de se retrouver…

Je m'assieds sur les marches du perron, dépitée. Jayden s'approche prudemment. Il reste debout devant moi et me demande de le regarder.

— Moi non plus, j'ai pas envie de partir. Qu'est-ce que tu crois ?

— C'était tellement mieux, avant. Quand tu vivais avec nous ! Je ne veux pas que tu me laisses seule…

J'encercle mes genoux, comme pour me protéger, et poursuis d'une voix tremblante :

— Avec eux.

Il me rejoint, passe son bras autour de mes épaules, puis me masse le dos de son autre main.

— Pourquoi tu dis ça ? C'est si terrible depuis que je suis parti ?

— Pas vraiment, mais au moins, t'étais là.

— Je suis toujours là. On se téléphone souvent, je te rappelle, me gronde-t-il.

Incapable de rester assise plus longtemps, je me lève d'un bond.

— Je sais bien, mais c'est plus pareil.

Jayden m'imite, je me mords la lèvre jusqu'au sang pour ne pas m'effondrer. J'ai profité de ces quelques jours passés avec mon frère, m'accrochant à lui comme une sangsue pour ne plus penser à Ethan. Maintenant qu'il part, un mal insoutenable étreint mon cœur. J'ai l'impression d'être au bord du gouffre. Je n'ai qu'un pas à faire et je tombe dans le vide.

Détectant sûrement ma détresse, il se précipite vers moi.

— Isabelle, fais pas de conneries !

— Ne me laisse pas seule avec *elle*.

Je n'ai pas besoin de préciser, mon frère devine que je parle de notre mère.

— Tu n'es pas seule. Il y a papa aussi !

— Tu sais bien que c'est différent. Il a tellement changé depuis qu'Eileen est morte. Elle est morte ! explosé-je, la voix éraillée.

Les larmes emplissent ses yeux, mais il ne relève pas. C'est le seul avec qui je peux prononcer ce prénom sans risquer une déferlante.

— Il lui laisse tout passer, poursuis-je avec hargne. Elle s'enferme souvent dans cette pièce…

— On en a déjà parlé, me coupe-t-il.

— Tu n'es pas curieux de savoir ce qui se trouve dans cette maudite pièce ?

Il serre les poings en expirant un grand coup. Cette fois, c'est lui qui s'assied.

— Papa m'a dit un jour qu'elle s'en sert comme une sorte de sanctuaire. C'est son endroit à elle, point barre.

— Je veux juste…

— Cherche pas.

— Mais…

— Cherche pas ! crie-t-il en me relevant la tête.

Notre conversation est interrompue par la porte qui s'ouvre dans notre dos. Je le quitte sur un dernier au revoir.

— On se voit à Noël, lance-t-il à mon intention pendant que je m'enferme dans la maison.

Dos à la porte, je m'effondre sur le sol en entendant mes parents leur souhaiter un bon départ. Dès que leurs pas s'approchent, je monte comme une folle les escaliers, avec une seule envie, fuir la réalité.

— Papa m'a dit [illegible] qu'elle s'en soit [illegible] une sorte de [illegible]

C'est [illegible]

— [illegible]

— [illegible]

— Mais…

[illegible]

[illegible]

[illegible]

[illegible]

CHAPITRE 19
ETHAN

« Entre le monde et moi, aucune réconciliation n'est possible. Moi, je préfère l'oiseau impassible sur la falaise et qui s'élance dans le vide[14]. »

Alexandre Romanès

— Combien de personnes vont venir, tu crois ? m'enquiers-je, anxieux.

Les mains dans les poches, j'attends devant l'espèce de mini estrade installée pour l'occasion. Jason m'adresse un sourire compatissant.

— Je ne sais pas, mais t'as milité toute la semaine, ça va sûrement marcher.

Je repense soudain à Isabelle. Je jurerais avoir vu sa tignasse blonde au détour d'un couloir, avant les vacances. Si c'était elle, pourquoi courait-elle ? Peut-être qu'elle me fuyait ? Cette pensée fait encore plus monter mon trac. N'empêche, si on se parlait encore, je suis sûr qu'elle serait venue me soutenir ce soir.

La porte du bar s'ouvre. Devon se dirige vers nous, vêtu d'un costard.

[14] *Paroles perdues*, Alexandre Romanès, Gallimard, 2004

J'y crois pas, il fait pas les choses à moitié !

Je fais les présentations entre la bande à Jason et Devon. Deux mondes un peu différents qui se côtoient. Ils le saluent poliment. Kyle ne peut s'empêcher de rire devant ses habits, je lui lance un regard d'avertissement. Qu'est-ce que ça peut lui foutre ? Il faut vraiment qu'il se calme celui-là, sinon, un jour, je sens que je vais le mater.

Le bar commence doucement à se remplir. En attendant, nous prenons un verre, adossés au comptoir. Devon m'adresse un franc sourire.

— Alors, prêt pour ce grand moment ?

— Pas le choix, faut bien faire bouger les choses dans ce maudit patelin.

— T'as tout à fait raison, lance Michael à la cantonade.

Le bruit de fond devient plus dense. Quand je tourne la tête, je me rends compte qu'il y a du monde maintenant. Je me dirige fiévreusement vers l'estrade. Comme s'il sentait ma tension, Devon s'adresse à moi :

— Ça va aller ?

— Oui, il faut que je le fasse.

Il presse mes épaules en me regardant droit dans les yeux.

— Quand tu seras lancé, tu n'y penseras plus. J'ai confiance en toi, tu vas y arriver.

— Tu vas tout défoncer ! me balance Jason.

Je lâche un rire nerveux en grimpant sur la petite tribune. Le silence retombe, tous les regards sont tournés vers moi.

— Merci d'être venus, cette réunion est importante pour nous. Je voudrais dénoncer les horreurs que j'ai vues dans vos quartiers. Je me suis installé dans le coin, il y a quelques mois. J'ai fui la misère pour venir dans cette ville connue pour être « le nouveau rêve américain ». Ce que j'ai vu n'a rien d'un rêve ! Enfin, si, pour une certaine partie de la population. Je suis allé faire un tour à Steel Wall et Mindston. Des déchets étalés au milieu du trottoir, des maisons et des apparts qui tombent en ruines. Je peux vous dire que le manque d'actions du maire me donne la gerbe. Les flics ne tournent que dans les quartiers des friqués, les autres peuvent crever dans l'insécurité. C'est ça ce que votre gouvernement local fait pour vous ?

Je marque un temps de pause pour mesurer l'impact de mes paroles. L'assemblée pousse des cris d'encouragement en secouant énergiquement la tête.

— Mais ce n'est pas tout. Il y a des logements libres dans le centre depuis des mois. Le maire ne veut pas les attribuer à ceux qui en ont vraiment besoin, il n'accepte que les bourges. C'est de la discrimination ! Au lieu de baisser les tarifs, ou même de faire des travaux dans les appartements pour les rendre salubres, il reste assis, le cul sur une chaise ! Vous trouvez ça normal ?

Un « *non* » général envahit la pièce. Je poursuis, la rage au ventre :

— Je propose de vous joindre à nous, samedi.

Je désigne d'un geste Devon et la bande à Jason.

— On partira de la mairie vers dix-sept heures et on finira notre marche là-bas, après être passés dans les beaux quartiers. L'idéal, ça serait de manifester dans le calme, on doit être pris au sérieux. N'oubliez pas qu'ensemble, on est plus forts. Ensemble, on aura plus de poids contre cette fichue administration ! Alors, qui est avec moi ?

Je termine mon discours les poings en l'air, sous les applaudissements des clients et du personnel. Tous me saluent, je baisse la tête en signe de reconnaissance. Une femme aux cheveux blancs s'approche de moi, la démarche claudicante. Elle emprisonne mes mains dans les siennes avec force. J'esquisse un sourire, gêné. Je n'ai pas l'habitude de ce genre de démonstration, encore moins quand il s'agit d'inconnus.

— Il y a tant de vérités dans ce que vous avez dit. On ne peut pas laisser ces familles vivre dans ces conditions. Je suis avec vous.

Je prends la main de la personne âgée et la lève en l'air, sous les hourras. Les applaudissements me mettent dans un état second. C'est encore mieux que de prendre de la drogue, bon sang ! Se sentir épaulé, soutenu, il n'y a rien de mieux.

— Très beau discours, m'applaudit Devon, les yeux embués. Je n'aurais pas mieux dit. Tu es fait pour parler en public. Tu m'excuseras, ma femme m'attend, il faut que je rentre. On se tient au courant pour samedi.

Il m'adresse un clin d'œil. J'ai à peine le temps de lui répondre qu'il se fraie un chemin à travers la foule. Mon attention est vite détournée par Jason, Michael, Nelson et Kyle qui lèvent leurs pintes remplies de mousse dans ma direction. Nos verres s'entrechoquent sous les néons verts.

Au fond, on est tous concernés. On se sent abandonnés, trahis par des politiciens véreux qui promettent monts et merveilles à la populace, et qui nous délaissent comme des moins que rien.

Mes propos ont fait leur petit effet. J'apprends que la plupart des gens présents viendront à la manifestation. Les verres s'enchaînent. Entraîné dans un tourbillon fluorescent, je me retrouve à trinquer avec des personnes dont je ne connais pas le prénom.

La bande au complet est réunie chez Michael. Je découpe des tracts tandis que Kyle et Nelson taguent des banderoles. Les feuillets sont étalés un peu partout, on ne sait clairement plus où les foutre. J'en roule un en boule et le balance à l'autre bout de la pièce. Par mégarde, il atterrit sur l'épaule de Jason.

— Eh, les poubelles, ça existe ! beugle Michael.

Jason éclate de rire en me renvoyant mon projectile. Je ramasse des morceaux de papier et les lui balance en pleine figure.

— Putain, les gamins, radote notre hôte.

Ses lèvres forment un sourire. Au fond, je sais qu'on l'amuse.

— Vous êtes prêts, les gars ?

Chacun ramasse son matos.

C'est le moment.

Une petite troupe nous attend déjà devant la mairie, Devon à leur tête. Il distribue à chacun sifflets et banderoles qu'ils exhibent fièrement. Je me fraie un chemin vers eux et salue Devon.

— Bon, on y va ? suggère ce dernier.

Nous attendons le reste des manifestants, avant de commencer notre marche. Michael, Kyle, Jason et Nelson portent à bout de bras une longue banderole, avec des flammes dessinées de chaque côté, portant l'inscription : « Des conditions de vie meilleures pour les habitants ».

Mon haut-parleur en main, je scande dans les rues : « À bas ! À bas ! À bas les p'tits richards ! », « Nous voulons des conditions de vie meilleure ».

Les passants se retournent. Je n'ai pas honte, au contraire, je suis fier. Depuis le temps que j'attendais ce moment ! Pour l'instant, ça fonctionne, d'autres manifestants se joignent à notre cortège.

Nous pénétrons dans le quartier de Gardénia.

Terre hostile en vue.

Les familles nous fixent avec mépris. Nous distribuons des tracts. Un sentiment d'euphorie coule dans mes veines, jamais je ne me suis senti aussi excité. Ces dernières années, je suis tombé dans une forme de délinquance, jusqu'à atteindre le point de non-retour qui nous a fait déménager, ma mère et moi. En agissant ainsi, je rends justice à Jenny, et à tous ces gens qui ont souffert et souffrent encore.

Kyle tient d'une main un lecteur CD portable et Nelson a emporté des baffles, accrochés à son sac à dos. La musique électro se diffuse dans les rues commerçantes. Les plus curieux sortent des boutiques. Enfin, je me sens *vivant*. Je porte le haut-parleur à mes lèvres, vocifère avec hargne :

— Nous existons ! Nous existons !

Je me suis toujours senti invisible dans cette foutue société qui catégorise les gens dès leur naissance. Le dire à voix haute me libère d'un poids. J'ai l'impression que le monde entier a les yeux braqués sur moi et, putain, c'que ça fait du bien !

La voix de Devon mêlée à celle de nos compatriotes s'élève derrière moi. « Nous existons ! Nous comptons ! »

Au moment où j'ouvre la bouche pour scander un autre de nos slogans, aucun son ne sort. Une jeune femme blonde se tient devant une librairie. Elle aussi me fixe intensément, les lèvres légèrement entrouvertes. Je reste bloqué un moment, réalisant que c'est Isabelle. Elle laisse tomber son sac de courses, sous le choc. Je commence à me demander ce qu'elle fait là, quand je réalise qu'on est toujours dans le quartier des richards. Je pensais justement à elle un peu plus tôt, et voilà que je la croise !

En cours, je parviens à l'ignorer, même si c'est dur de ne pas laisser par moment mes yeux glisser dans sa direction. Mais là, c'est différent, je ne peux rien contrôler, et ça me fiche la trouille.

Jason l'a remarquée, lui aussi. Il lance un « *oh, putain* », quand elle se dirige vers nous. Isabelle regarde derrière moi. Devon lui fait un signe. Elle me dépasse en m'ignorant royalement et se place à ses côtés. Plusieurs sentiments déferlent en moi. La joie de la revoir, l'euphorie, parce qu'elle se joint à notre cause, et le regret qu'elle ne m'ait pas salué. En même temps, je l'ai bien cherché, c'est moi qui la snobe depuis *la* soirée.

Je savais qu'elle serait des nôtres.

— T'es bien silencieux tout à coup, se moque Jason.

Je lui fais signe de se taire, et tends l'oreille pour écouter leur conversation, l'air de rien.

— Je ne savais pas si tu viendrais, tu n'as pas répondu à mon message, déclare Devon.

— À vrai dire, je n'étais sûre de rien, jusqu'à maintenant.

Il reste un moment silencieux.

— Qu'est-ce qui te faisait hésiter ?

Elle parle à voix si basse que je n'entends rien. Je continue d'avancer, les poings serrés. Devon lui répond « *je vois* », d'un ton compréhensif. Je sens son regard sur ma nuque, je suis quasiment sûr qu'elle lui a parlé de moi.

— Je ne savais pas que vous passeriez par là.

— C'était prévu dans la boucle. Je n'ai pas eu le temps de t'en préciser davantage dans le texto. Du coup… qu'est-ce qui t'a fait changer d'avis ?

— C'est quand je vous ai vus. Je trouvais dommage de ne pas me joindre à vous alors que je partage vos idées. Je regrette juste de ne pas être venue avant.

Il lui répond qu'elle n'a pas loupé grand-chose, puis continue de parler à l'intention des inconnus. La petite voix d'Isabelle se glisse jusqu'à moi :

— Améliorez la vie des habitants dans les quartiers défavorisés.

Je ne peux pas m'empêcher de sourire. Jason le remarque et me donne un coup de coude en rigolant. Je lui fais les gros yeux, puis lui demande de rester sérieux. Elle est juste derrière nous, il ne manquerait plus qu'elle remarque quelque chose !

Nous refermons la boucle en revenant au point de départ. Nous sommes plus d'une cinquantaine devant la mairie. Je tourne la tête et constate qu'Isabelle est toujours présente, bien qu'elle se tienne un peu en retrait.

Les rideaux s'écartent, des visages curieux nous guettent derrière les fenêtres. J'ai envie de leur faire un bras d'honneur, mais je me rappelle que la manifestation est pacifique. Je dois exprimer mes idées sans avoir recours à la violence. Je grimpe sur un banc, les jambes tremblantes.

Allez, un peu de contenance, mec !

Le fait qu'elle ait rejoint mon combat et qu'elle me regarde sûrement me donne la force de m'exprimer :

— Offrez aux quartiers pauvres la sécurité autant qu'aux riches ! Ne laissez pas les familles vivre dans l'insalubrité, revendiqué-je, le poing levé.

— C'est bien, mec, m'encourage Jason en me donnant une tape sur la jambe.

Nous attendons que le camp adverse se manifeste, mais ils préfèrent rester bien à l'abri dans leur bureau.

— Nous resterons jusqu'à obtenir gain de cause ! insisté-je.

Les rideaux sont en mouvement, ça a l'air de s'agiter derrière les fenêtres.

Ils doivent être en plein entretien.

Je regarde nerveusement ma montre : trente minutes. À ce rythme, on y sera encore demain ! Il faut trouver quelque chose pour attirer leur attention. Devon m'intime de rester calme. Je ne suis pas d'accord, rester gentiment plantés-là ne nous apportera rien.

J'en ai ras le cul de me faire snober par cette classe sociale qui se croit supérieure. Ils attisent notre haine. Tout ça, c'est leur faute !

Comme s'il lisait dans mes pensées, Michael ramasse une grosse pierre. Je tends la main, il la dépose dans ma paume, avec un petit sourire vicieux.

C'est la seule façon de se faire entendre.

— T'es sûr de ce que tu fais ? m'arrête Devon d'un geste, les sourcils froncés.

— Fais-moi confiance ! affirmé-je.

Je la fais rouler entre mes mains, tout en cherchant le bureau du maire. Au dernier étage, pile entre l'aile gauche et l'aile droite, je repère une large fenêtre aux rideaux rouge et doré. La couleur détonne, comparée aux autres tentures dans les tons gris foncé.

Bingo !

Je marche, déterminé, vers le bâtiment. Tout le monde me suit, fébrile. Je brandis la pierre dans ma main droite, son bureau dans ma ligne de mire. Le soleil fond sur les vitres. Le brouhaha des manifestants n'est plus qu'un vague bruit de fond. Au moment où je m'apprête à lancer le missile, quelqu'un me secoue. Je tourne la tête, contrarié. Devon me fait signe d'arrêter en pointant le doigt en direction de l'entrée. Je suspends mon geste et laisse tomber le morceau de roche à mes pieds.

Une dizaine d'employés sont sortis de la mairie. Un homme se détache du groupe. Je n'ai pas besoin d'être devin pour savoir que c'est Elden Brookleen. Il pue le business à plein nez, avec son costard taillé sur mesure.

Un filet de sueur dégouline dans mon dos. Tout ce que je voulais lui balancer en pleine gueule se mélange dans ma tête. Il avance d'un pas nonchalant.

Merde alors, comment il peut être aussi sûr de lui ?

Quand je tourne les yeux pour voir où *elle* est, je ne la vois plus. Un sentiment de vide étreint ma cage thoracique.

Je la chercherai tout à l'heure.

En attendant, j'essaie de faire abstraction de son absence et fixe le maire qui demande :

— Qui a organisé cette manifestation ?

Ses petits yeux étonnés s'arrêtent sur Devon.

— Devon Scott. Comme on se retrouve… Je comprends maintenant qui est à l'origine de tout ce raffut. Je vois que ton combat pour les faibles n'a pas changé. Tu ferais presque pitié avec ton vieux costard.

Je les regarde tour à tour, essayant de comprendre ce qui se passe.

Ils se connaissent ou quoi ?

— Toi non plus, tu n'as pas changé, t'es resté la même enflure.

— Et vulgaire avec ça ! Quel dommage que tu entraînes la jeunesse de Wilnoh dans une cause perdue d'avance.

Il nous désigne, moi et mon groupe, d'un geste désinvolte.

— Pas aussi perdue que toi, crache Devon.

C'est la première fois qu'il perd patience. Des envies de meurtre se dessinent dans ses yeux, sa bouche est déformée par la haine.

— Qu'est-ce que tu veux ? Rétablir la justice ?

Ce ton moqueur me donne à mon tour envie de l'étriper. Il est encore pire que ce que je pensais. Quand il rajoute qu'on n'a rien à faire ici, je ne peux m'empêcher d'intervenir.

— Vous savez, c'est pas interdit de manifester, du moment que ça ne dégénère pas. Nous utilisons notre droit constitutionnel de liberté de parole.

L'homme aux cheveux blancs me toise, un sourire vicelard au coin de la bouche.

— Qu'est-ce que vous voulez ?

Son ton est neutre, mais son expression froide me glace le sang. Les souvenirs de toutes ces années de galère me reviennent en pleine face et me font avancer d'un pas.

— Les quartiers de Steel Wall et Mindston, ça vous dit quelque chose ? Les appartements et les maisons tombent en ruine, là-bas ; les habitants ne peuvent presque plus se chauffer, les déchets inondent les rues, et personne ne fait rien ! En acceptant d'être le maire, vous avez aussi accepté de vous occuper de *tous* les quartiers.

Devon me donne une tape sur le bras, me faisant comprendre qu'il va prendre le relais.

— Elden, tu ne peux pas laisser ces gens vivre dans ces conditions, tu dois prendre tes responsabilités !

— Je ne peux rien pour eux.

Jamais je n'ai vu un type aussi froid de ma vie. Aucune conscience !

— Il faut trouver une solution !

Je n'ai pas pu m'empêcher de l'ouvrir. Je sens déjà le regard accusateur de Devon peser sur moi.

— Et qu'est-ce que vous proposez ? Je serais curieux d'entendre vos suggestions, jeune homme.

Je prends le temps de structurer ma réponse. C'est maintenant que tout se joue, il faut être crédible.

— Il y a des appartements vides dans le centre. Pourquoi ne pas en baisser le prix pour y loger les familles ?

Je ne l'ai pas lâché du regard. Il fait semblant de réfléchir pour gagner du temps. Les veines de son cou se contractent, il devient rouge. Je jubile. Mon cœur explose dans ma cage thoracique et je porte le haut-parleur à mes lèvres tremblantes. Je n'ai plus rien à perdre.

— Oh, mais laissez-moi deviner, monsieur le Maire…

Ma voix résonne dans le parvis, les manifestants s'accrochent à mes paroles. Je poursuis :

— Vous ne voulez pas ternir l'image de vos beaux quartiers, c'est ça ? Le centre-ville est réservé à l'élite. Vous feriez mieux de regarder autour de vous, au lieu de vous soucier de votre petit nombril. Au pire, pourquoi ne pas faire des travaux dans les appartements des quartiers défavorisés ?

— Si vous voulez me parler, inutile de le faire de cette façon. Cela montre bien votre niveau. Les appartements du centre valent largement le prix du marché, nous ne louerons pas à perte. Et pour ce qui est de réaliser des travaux, vous ne vous rendez pas compte de l'argent que ça va nous coûter !

— Alors vous préférez laisser les gens crever dans l'insalubrité ?

Ma voix claque dans l'air. Tout le monde le hue pour souligner mes propos. Il lève les mains en signe d'apaisement. Ses gardes du corps commencent à s'agiter.

Je reprends le haut-parleur. J'ai l'impression qu'il pèse une tonne maintenant. C'est dingue comme un si petit objet peut peser autant en quelques secondes, le temps de libérer le poids des mots.

— Les flics ne tournent qu'autour des quartiers friqués. Ils ont même des caméras de surveillance. Mais l'insécurité, elle, est dans des endroits comme Steel Wall et Mindston. Là-bas, les trafiquants ont pris le pouvoir, le taux de mortalité par arme blanche a explosé ces derniers mois. C'est devenu invivable ! La sécurité des riches avant tout, leurs vies comptent apparemment plus que les nôtres ! Nous aussi, on existe. On existe !

« *On existe ! On existe !* », hurlent les gens en s'approchant un peu plus d'Elden et de ses partisans. Je crois le voir trembler, je m'esclaffe. Leur hostilité agit comme un dopant sur moi. La colère de la foule commence à monter en flèche, tout comme ma tension. Les insultes fusent parmi les manifestants. Même Devon semble se contenir, la mâchoire tremblante. Kyle fait jouer entre ses doigts un truc que je n'ai pas le temps de voir. Quelques secondes plus tard, des flammes jaillissent, suivies d'un crépitement. Je comprends que ce sont des fumigènes.

Comment il les a eus ? Il les a bien cachés, ce bâtard.

Il en balance une dizaine à la foule, qui se jette dessus comme des vautours. Fièrement brandis, les bâtons crachent des flammes vertes, rouges et oranges, qui colorent les visages haineux. Pour la première fois, le maire semble prendre la manifestation au sérieux. Les traits plissés, il recule.

— Du calme ! Je… je ne promets rien, je vais voir ce que je peux faire, reprend-il d'une voix rauque.

Cette fois, c'est moi qui le toise. J'ai eu affaire à des personnes dans son genre toute ma vie.

— J'espère bien. C'est *vous* le maire.

La fumée s'estompe, les torches à main roulent sur le bitume. Ses sbires se pressent autour de lui, l'entraînant en arrière. Ensemble, ils se replient en direction de leur précieuse mairie, pour s'y enfermer précipitamment. Les manifestants avancent vers le bâtiment. Devon m'arrache le haut-parleur des mains pour se faire entendre.

— Arrêtez ! C'est censé être une manifestation pacifique. Le message est passé !

Au loin, des sirènes retentissent. Tout le monde se met à courir. Des corps me bousculent. Écrasé par cette masse compacte, mes poumons se contractent. Mes pieds sont broyés, j'avance comme je peux, en faisant attention de ne piétiner personne, contrairement aux autres. Dans la cohue, je ne distingue plus rien. Les gyrophares des voitures de police tournent comme des toupies, dans un mélange inquiétant de bleu et de rouge.

Une fille à la tignasse blonde peine à avancer. Lorsque je me retrouve à côté d'elle, je me rends compte que c'est Isabelle. Je souffle enfin, rassuré de l'avoir retrouvée. Elle est entraînée en arrière, son hurlement résonne au milieu de la foule. Je joue des coudes pour me frayer un chemin jusqu'à elle, lui attrape sans ménagement le bras et l'attire contre moi.

Cette sensation m'avait manqué.

J'accélère le pas en faisant attention de ne pas la perdre et, une fois loin de tout ce bazar, nous nous mettons à courir.

Je referme les portes de ma caisse, à bout de souffle. À peine a-t-elle bouclé sa ceinture que je démarre à pleine vitesse. Maintenant qu'on est seuls, je me sens comme un idiot. Je m'apprête à mettre de la musique pour noyer le silence, mais je me ravise au dernier moment. Il vaut mieux crever l'abcès, et vite.

— Je… je ne m'attendais pas à te voir aujourd'hui, commencé-je, la voix éraillée.

Elle presse un peu fort les mains sur ses genoux, tout en esquissant un soupir.

— C'était pas prévu, tu sais.

— Je t'ai perdue de vue à un moment. T'étais passée où ?

— J'ai préféré ne pas prendre de risques, alors je suis restée en retrait. En tout cas, beau discours !

— J'avoue que c'était… juste dingue. D'ailleurs… j'ai cru entendre que Devon t'avait proposé de venir. Pourquoi t'es pas arrivée avant ?

Je risque un œil dans sa direction.

— Je ne te cache pas que j'en avais envie, mais…

Elle ne termine pas sa phrase, tourne la tête dans la direction opposée. Je devine alors ce qu'elle a dit tout bas à Devon.

— Tu ne voulais pas me croiser, terminé-je d'une voix que j'aurais souhaitée moins triste.

Elle murmure un « *oui* » qui résonne dans tout mon être. Je me suis comporté comme le dernier des crétins avec elle, faut pas que je m'étonne du résultat. Je la remercie quand même d'être venue, puis m'enferme dans le silence, contrarié.

Nous ne prononçons plus un mot jusqu'à ce qu'on soit dans son allée. Je me gare au bout, comme la dernière fois. Elle me lance un regard meurtri au moment d'ouvrir la portière.

— Rentre chez toi maintenant.

Mon ton est plus froid que je ne l'aurais voulu. Je n'essaie même pas de me rattraper, c'est devenu un réflexe.

Elle marmonne un vague « *merci* ». Je lui laisse juste le temps de fermer la porte et démarre sur-le-champ. Je m'efforce de ne pas regarder sa silhouette dans le rétroviseur.

Quelques jours ont passé depuis la manifestation, et nous n'avons toujours aucune nouvelle du maire. En revanche, ils en ont parlé aux infos. Je reçois un texto de Devon qui me demande de le rejoindre le plus vite possible. Je consulte ma montre. Encore trente minutes de cours. Je lui réponds en lui donnant rendez-vous au Starbucks, à mi-chemin entre le lycée et l'association.

Quand j'arrive au café, Devon m'attend déjà. Ses traits sont tirés, on dirait qu'il a passé une sale nuit.

— Ça ne va pas ?

— Si, si. C'est juste que j'attendais la décision du maire. Il a publié un arrêté municipal ce matin.

— Et alors ?

Il boit une longue gorgée avant de me répondre.

— J'ai une bonne et une mauvaise nouvelle.

Je souffle, exaspéré. En même temps, ça ne m'étonne qu'à moitié. Je lui demande de commencer par la mauvaise nouvelle, au moins, on sera débarrassés.

— Sur l'arrêté, il est écrit que les loyers du centre sont au prix du marché, ils ne seront donc pas revus à la baisse. Et aucune rénovation ne sera effectuée dans les logements insalubres, ce serait trop onéreux.

Voyant qu'il ne poursuit pas, je lui demande, les nerfs à vif :

— C'est quoi la bonne nouvelle ?

— Une fois par semaine, les quartiers seront maintenus propres.

— Et pour l'insécurité ?

— Il n'en a pas parlé.

— Génial, marmonné-je.

Mon cerveau est en ébullition. Il semble le remarquer, car il tend les mains vers moi.

— C'est pas en te mettant dans cet état que ça changera les choses. Dis-moi, pourquoi ça te touche autant ?

— Parce que j'ai déjà vécu ça ! m'écrié-je en abattant mon poing sur la table.

Le serveur de tout à l'heure revient, le visage fermé.

— Monsieur, je vais vous demander de vous calmer, sinon vous quittez les lieux.

Devon se lève et le prend à part. Je n'entends rien de leur conversation, ne capte que des échanges de sourire. Au moment où il me rejoint, l'employé a décidé de me foutre la paix.

— Qu'est-ce que tu lui as dit ?

— T'occupe pas de ça. Tu peux me raconter ce qui te met dans cet état ?

Devon me fixe, l'air grave. Je sais que je peux lui faire confiance, alors j'écoute mon instinct.

— Je connais ça depuis tout petit. L'humidité, dormir dans le froid, et parfois se coucher le ventre creux, en ayant faim. Il n'y a rien de plus terrible. Je pensais qu'en déménageant, je prendrais un nouveau départ. Moi, oui, mais je ne suis pas seul, et savoir que des gens souffrent à cause d'un maire qui n'en a rien à foutre, ça me fout la rage !

— Personne ne devrait vivre ça. Ça a dû te marquer...

— Oui, là, acquiescé-je en pointant du doigt mon cœur.

Pour une fois, je n'ai pas honte de mettre des mots sur ce que je ressens.

— Écoute, même si ça ne paraît rien, notre manifestation a quand même eu un impact. Le maire n'avait jamais rien fait avant aujourd'hui.

— En parlant de lui… tu as l'air de le connaître.

Il écarte les deux mèches qui lui tombent sur le front.

— Hum, disons que c'est une longue histoire. Elden et moi, on s'est connus sur les bancs de l'université. Notre intérêt commun pour la politique nous a tout de suite rapprochés. Lui était plus porté sur le pouvoir, et moi, sur le social.

Bref, ça ne nous a pas empêchés de nous entendre. Notre amitié a duré des années, jusqu'à ce qu'on soit embauchés à la mairie de Wilnoh.

Je fronce les sourcils d'étonnement. Je m'attendais à tout sauf à ça.

— Tu as travaillé à la mairie ?

— Au début, tout se passait bien, on évoluait chacun de notre côté. On est vite montés en grade et, un jour, il a eu l'ambition de se présenter comme maire. Petit à petit, il s'est tourné du côté des riches. C'est devenu une obsession chez lui, et, à mesure qu'il s'intéressait à leur cause, moi, je défendais les personnes dans le besoin. Nos divergences d'opinions sont devenues un sujet de discorde. Pour préserver notre amitié, on évitait d'en parler, mais ça n'a pas suffi. Il a corrompu presque tous les élus de la mairie, et ceux qu'il n'a pas réussi à manipuler sont partis d'eux-mêmes.

— C'est ce que t'as fait ?

— Je suis parti pour m'occuper d'une cause meilleure. Quand il a su que je défendais les familles en détresse, il m'a haï. Il a essayé de me mettre des bâtons dans les roues, mais je ne me suis jamais laissé faire. J'ai décidé de me reconvertir en assistant de service social, et j'ai ouvert l'association.

Je le félicite, heureux qu'il ait trouvé un projet qui le stimule autant.

Alors que j'en suis à ma dernière gorgée, Devons me pose une question qui me fait avaler de travers :

— Sinon… qu'est-ce qui s'est passé avec Isabelle ?

Je tousse un bon coup, puis lève la tête vers lui.

— Pourquoi, elle t'a dit quelque chose ?

— Elle m'a juste dit que vous ne vous parliez plus, c'est tout. Si tu as besoin, je suis là.

D'un côté, ça me touche qu'il se préoccupe de moi, d'un autre, ça me met en rogne qu'on me rappelle sans cesse l'incroyable connerie que j'ai faite de la laisser filer. Plus le temps passe, plus je me maudis pour ça. Comme d'habitude, je reste sur la réserve.

— Écoute, ça me regarde. OK ?

Je finis par me radoucir en lui promettant que, si un jour, j'ai besoin de me confier, je me tournerai vers lui.

Devon termine son café, puis nous quittons les lieux, plus détendus que tout à l'heure.

Quand je rentre chez moi, une odeur de viande embaume l'entrée. Ma mère prépare des ribs.

— Tu cuisines, toi, maintenant ? ne puis-je m'empêcher d'ironiser.

— Ça semble te surprendre, me répond-elle, déçue.

Normal, tu ne fous jamais rien !

Je ravale ma remarque et mets les couverts pendant qu'elle sert les assiettes. Nous mangeons dans un silence gêné. Prendre un repas ensemble, c'est pas trop notre truc. Je retiens quand même l'effort qu'elle a fait aujourd'hui. Si elle pouvait faire ça un peu plus souvent… assumer juste son rôle de mère !

— J'ai entendu dire aux infos qu'il y a eu une manifestation violente à Wilnoh. Tu en as entendu parler ?

C'est drôle qu'elle balance le sujet. Décidément, tout lui échappe. Si elle savait ! Je décide de la provoquer pour tester sa réaction.

— Ouais, bien sûr. J'y étais.

Elle laisse retomber son couteau sur l'assiette.

— Tu ne m'as rien dit…

Je me sers un verre d'eau que je vide d'une traite.

— Normal, t'es tout le temps à moitié torchée. Tu veux qu'on parle à quel moment ? Pendant que tu cuves ton vin ?

— C'est bon, j'ai compris, riposte-t-elle en se levant.

— Pourquoi t'assumes pas la vérité ?

Elle se retourne, les mains sur les hanches, puis débite en fermant les yeux :

— Je nous ai préparé un bon petit plat, c'est ça, le remerciement ?

J'éclate de rire sous son nez.

— Oui, pour *une* fois que tu fais un effort !

— C'est vrai, mais c'est un bon début, non ?

Je hoche la tête en faisant une grimace.

— Alors… pourquoi t'y es allé ? C'était violent quand même !

Je place le verre dans l'évier un peu brusquement. Il manque de se fêler sous ma main.

— Tu ne vois pas au-delà des apparences ! C'était censé être pacifique. OK, ça a un peu débordé, mais seulement à la fin. C'est moi qui l'ai organisée avec Devon.

— Qui est Devon ? demande-t-elle en retournant s'asseoir.

— Le fondateur de l'association *Gifts From The Heart*.

Mon pied s'agite nerveusement, j'ai pas envie de perdre mon temps à tout lui expliquer.

— Tu étais un des meneurs, si j'ai bien compris.

— C'est moi qui ai eu l'idée.

— Pourquoi perdre ton temps ? Tu as déjà ton boulot au garage et le lycée. On avait dit qu'on se ferait discrets dans cette nouvelle ville. Et toi, tu trouves le moyen de te faire remarquer en étant à la tête d'une manifestation !

Qu'est-ce que je disais ! Elle cherche même pas à comprendre !

Si je ne me calme pas, je pourrais tout envoyer valser dans cette cuisine. Je préfère me montrer plus intelligent, et l'attaquer plutôt avec des mots.

— On a fait cette marche pour améliorer les conditions de vie d'une partie de la populace. Moi, au moins, j'essaie de faire quelque chose pour notre ville. Tu ne vois pas que c'est aussi pourri que Camden, ici ? T'es aveugle, ma parole ?!

— Je ne savais pas…

— Justement, tu ne sais jamais rien, tu juges tout le temps sans savoir ! Alors, la prochaine fois, ton jugement, tu te le fourres dans le cul !

Je balance une fourchette dans l'évier en quittant la pièce. J'entends un bruit de casse.

Tant pis !

C'est tout le temps moi qui fais la cuisine, de toute façon. Qu'est-ce que ça peut lui foutre, un verre ou une assiette de moins ?

Au bord de l'implosion, j'essaie de me calmer. Pour me détendre, le seul truc que je trouve, c'est de fumer du cannabis. Je prends mon temps pour préparer mon bang. Une fois que je me sens prêt, j'allume mon briquet et inhale la fumée. L'odeur embaume mes narines.

Bordel, c'est presque aussi bon que la baise !

Je préfère nettement fumer avec la bande à Jason que de me défoncer seul dans ma chambre. Mais j'ai pas le choix, c'est la seule chose qui m'empêche de tout casser dans cette baraque. Au fond de moi, une haine indicible pour ma mère gronde depuis déjà plusieurs années. La seule façon de la canaliser, c'est de me droguer comme un toxico.

CHAPITRE 20
ETHAN

Seul dans la forêt, les arbres me prennent en étau.
Je suffoque, broyé par les troncs d'arbres qui me déchiquettent la peau.
Cyndra O'Hara

J'ouvre les portes du hangar. Au fond, une longue décapotable me fait de l'œil. Je m'approche, fasciné.

Quelle merveille !

— On a combien de temps pour la réparer ? Le client a fixé un délai ?

Phil fait le tour de la Mustang, puis me répond calmement :

— Non, elle part à la casse.

Mes doigts parcourent avec délicatesse ses contours rugueux. Elle a du vécu, ça se sent. La peinture noire s'écaille sous mes doigts. En la retapant, je suis sûr qu'il y a moyen d'en faire quelque chose.

— Si j'étais le propriétaire, je ne l'enverrais jamais à la casse. C'est un crime !

Ma contrariété se lit certainement sur mon visage. Il me fixe longuement de ses yeux marron, et ajoute, perplexe :

— C'est vrai, je te l'accorde. Certaines personnes ne se rendent pas compte du potentiel de leur voiture. Dès qu'elles vieillissent, tout ce qui leur vient en tête, c'est d'en acheter une autre à tout prix. Ils ne prennent pas le temps de réfléchir.

Mon regard s'assombrit. C'est plus fort que moi, il faut que je sache.

— Elle appartenait à un friqué, c'est ça ?

— Mouais, je suppose. Qu'est-ce que ça change ?

Oh, ça change tout.

Ça me brûle la langue, mais je ne réponds pas. J'examine de près les phares ronds, plutôt volumineux. Ils auraient besoin d'un bon coup de lustrage. Phil se frotte la barbe, puis me déclare d'un ton calme :

— Comme on est la veille de Noël, si tu la retapes, elle est à toi.

J'avais complètement zappé que c'était le réveillon, aujourd'hui. Mais ce n'est pas ça qui me choque le plus, c'est ce qu'il vient de me proposer.

— Sérieux ?

— Si ça ne te dérange pas de rester un peu plus tard ou de venir à l'atelier sur ton temps libre, je te l'offre. C'est dommage qu'un bijou pareil rende l'âme, tu ne crois pas ?

Mon sourire en dit long sur mon état intérieur.

— Complètement d'accord ! Je… merci beaucoup, prononcé-je avec toute la gratitude dont je suis capable.

Phil me rend mon sourire et nous nous remettons au travail. Son geste me touche beaucoup. C'est un homme bien. Si seulement ça s'était passé comme ça avec Todd… Je chasse ces pensées nauséabondes aussi vite qu'elles sont apparues.

Ne pas remuer le passé, tu sais faire ça ?

— Je dois dépanner un client, de l'autre côté de *Wilnoh's Forest*. Tu m'accompagnes ?

J'enfile ma veste et nous partons.

La route sinueuse est jonchée de feuilles qui viennent s'écraser sur le pare-brise. Je ferme les yeux, encore reconnaissant du cadeau qu'il m'a fait. Depuis que je bosse ici, je n'ai jamais eu un accrochage avec lui. Ça fait du bien de sentir que j'ai de la valeur aux yeux de quelqu'un. Pour la première fois depuis des années, je me sens apaisé. J'ai réussi à enfermer ma douleur, même si je sais que mes démons ne sont jamais loin. Ils attendent patiemment de sortir, et c'est un combat de chaque minute de les tenir éloignés.

Phil me fait la conversation, je commence à m'endormir. Nous traversons sans encombre la forêt, sur la route principale maintenant droite et lisse. D'un coup, il pile. Je l'entends jurer. J'ouvre les yeux, tiré de ma rêverie.

— Qu'est-ce qui se passe ? marmonné-je d'une voix ensommeillée.

— Il y a un rondin au milieu de la route ! Si tu m'aides à le décaler, on pourra passer.

Je fixe le tronc affalé de tout son long sur la chaussée. Je pose un pied sur le sol. Mes jambes sont lourdes. Je continue d'avancer. Mon cœur bat vite, trop vite. Un filet de sueur dévale le long de ma colonne vertébrale. Le vert des feuilles se floute, j'ai du mal à voir où je mets les pieds. Toute mon attention est exclusivement dirigée vers ce rondin qui fait grimper ma tension artérielle. Je serre les mâchoires. Des fourmillements se répandent le long de mes doigts. Quand j'effleure l'écorce, un flash puissant m'aveugle. Je trébuche sur le bitume, revivant l'un des pires moments de ma vie.

Une montagne de rondins de bois amoncelés les uns sur les autres nous domine de toute sa hauteur. Les troncs les plus grands dorment en bas, écrasés par des moyens, et les plus petits nous narguent fièrement au sommet.

Mon cœur cogne si fort qu'il va s'arracher de ma poitrine. Je n'entends que ce bourdonnement. Je ne sens plus le froid. L'impression de suffoquer m'étreint la poitrine. Ma cage thoracique est en feu, je brûle de l'intérieur. J'ai besoin d'air.

Je continue mon ascension vers le sommet. À chaque tronc que j'escalade, un autre semble s'ajouter. Cette impression de ne jamais parvenir à atteindre mon objectif me tenaille l'estomac.

Mes bras et mes jambes sont pris de violentes secousses. Je me débats contre cet ennemi invisible trop fort pour moi. Je veux retirer ma veste pour enfin respirer, mais je perds le contrôle. Je replonge en enfer. Cette fois, je n'en reviendrai pas.

Will m'entraîne en arrière et je regarde, impuissant, le tas de bois s'écrouler comme un château de cartes, dans un bruit monstrueux. Tout devient flou. Le chagrin m'envahit et je sens que mon cœur est sur le point d'imploser. Un liquide chaud coule de mes narines, je tambourine le sol à m'en déchiqueter les phalanges.

Je me sens rouler sur le goudron. Ma peau s'égratigne, je perds le sens de la réalité. Je m'élève au-dessus des arbres, observe la scène d'en haut. Cette vision de moi en train de convulser à terre me dégoûte. Pour revenir au moment présent, j'agrippe de toutes mes forces l'asphalte, sans succès.

Un monticule de poussière blanche flotte dans l'air, embaumant mes narines d'une forte odeur boisée. Ma gorge est sèche, je ne peux plus prononcer un mot. À entendre Will déglutir à côté de moi, je devine qu'il ressent la même chose. Nous faisons le tour des bûches imbriquées les unes dans les autres. Le silence m'asphyxie.

Je deviens fou d'assister une seconde fois à cette scène atroce. J'ai envie de crier de toutes mes forces. Mais ma bouche est sèche comme un désert brûlant. Je l'entrouvre. Tout ce que je parviens à faire, c'est boire du mal.

Je roule une nouvelle fois sur le macadam. La seule chose que je vois quand j'ouvre les yeux, c'est le ciel chargé de nuages et ces foutus arbres qui semblent anormalement hauts.

Mon cœur s'arrête, mon sang hurle dans mes veines. Sous cette montagne de bois, seule sa petite main dépasse. Je saigne de l'intérieur, les larmes inondent ma vue. Will essaie de me retenir, mais je le pousse en arrière. Sa peau est anormalement blanche...

Mes membres s'ankylosent, des milliers de fourmis rampent sous ma peau, de mes bras à mes jambes. Je ne peux plus bouger. La panique me gagne. Et si je restais comme ça à vie ? Mon cœur accélère encore sa course, comme un train sur les rails de l'enfer. Je frôle la crise cardiaque, je vais sûrement crever dans cette forêt.

J'entends quelqu'un crier mon prénom. La voix vient de partout et nulle part à la fois. Elle résonne et cogne contre les parois de mon cerveau. Je convulse une dernière fois avant de retomber comme une merde sur le sol. Un voile recouvre ma vue, je me déconnecte enfin.

J'ouvre les yeux, la lumière m'aveugle. Je cligne plusieurs fois des paupières pour m'acclimater au décor. Des murs blancs, un lit d'hôpital. Je me redresse, nauséeux. Une infirmière vient prendre ma tension.

— Qu'est-ce que je fous là ?

— Vous ne vous souvenez de rien ? Vous avez fait une crise de panique.

Tout est encore brumeux. Je me rappelle avoir pris la dépanneuse avec Phil. On a traversé la forêt et… il y a eu ce rondin. Le souvenir puissant du raz-de-marée que ça a déclenché en moi me retourne l'estomac.

— Je suis resté ici combien de temps ?

— Toute la nuit. Je vous apporte votre petit déjeuner.

Je mange à peine, passe encore quelques séries de tests pour qu'ils s'assurent que tout va bien, puis on me laisse enfin partir. Rachel m'attend sur le parking, le visage inquiet. Je rentre dans sa petite voiture, sans demander mon reste.

— Est-ce que…

— C'est bon, je vais bien, maugréé-je en bouclant ma ceinture pour qu'elle me fiche la paix.

Phil m'appelle pour prendre de mes nouvelles, je le rassure du mieux que je peux sur mon état. Il me demande de me reposer et me souhaite un joyeux Noël.

Sur le chemin, ma mère ne sait pas quoi dire. Je noie le silence en enfonçant mon casque sur mes oreilles.

Quand nous rentrons, ma mère ne tarde pas à s'installer sur le canapé. Elle est scotchée devant la télé, le cerveau lobotomisé par toutes ces émissions à la con. Ses yeux vides traversent l'écran sans le voir. Un groupe de musique entame des chants de Noël, une torture pour mes oreilles. Tout ce bonheur me renvoie à ma propre tristesse. J'appuie sur le bouton de la télécommande, incapable d'en entendre plus. Pour toute réponse, Rachel ferme les yeux. Une larme vient chatouiller sa joue, avant de s'écraser sur la moquette. Une part de moi a envie de la réconforter, mais j'ai oublié comment on fait. Quant à l'autre part, elle essuie depuis plusieurs années un trop-plein de rancœurs. Et c'est ce sentiment qui l'emporte sur l'amour.

L'âme vide, je prépare un reste de viande avec des pâtes. Pas de nourriture raffinée, pas de petits plats dans les grands. C'est pas comme si j'en avais quelque chose à foutre. Je nous revois avec notre pauvre dinde autour d'une table bancale, dans ce trou à rat qui nous servait de cuisine. Les fêtes, c'est pas mon truc. Elles ont toujours eu un arrière-goût de pauvreté qui m'est resté collé à la bouche. C'est un jour comme un autre, et ça doit le rester.

Rachel s'installe à table, les yeux dans le vague. Je crois bien que je ne l'ai jamais vue sourire. Je ne parle pas d'un petit sourire, mais de celui qui creuse des rides au coin des yeux. Le sien ne m'a jamais procuré la moindre émotion. Quand j'étais enfant, j'étais prêt à lui pardonner ses nombreuses erreurs, même pour un instant volé avec elle. Plus maintenant.

J'ai l'impression d'être assis en face d'un fantôme. Je me sens seul, et je lis dans ses yeux que le même sentiment la tenaille. Sa fourchette quitte son assiette sans conviction. On dirait que chaque morceau porté à sa bouche est un supplice. Un voile de tristesse recouvre maintenant son visage. Je ne bronche pas, elle s'est perdue dans son monde et ne compte pas en revenir de sitôt.

Je me rappelle le jour où je lui ai parlé de mon père. C'était dans notre ancienne cuisine, faiblement éclairée par une ampoule.

— Maman, pourquoi tu me parles jamais de papa ?

Sa cuillère tombe brusquement sur son assiette.

— Tu n'as pas de père, tu le sais bien.

Des larmes de frustration bordent mes paupières. Mon cœur hurle et ma voix s'élève dans la petite cuisine :

— C'est faux ! Tout le monde a un papa, et je sais que j'en ai un. Je voudrais au moins connaître son prénom.

Ses yeux dénués de vitalité se perdent dans les miens. Sa lèvre supérieure se retrousse.

— T… Tom, murmure-t-elle.

Elle vient de baisser sa garde. Une brèche s'est ouverte, je tente de m'y engouffrer. J'ai besoin qu'elle me parle de lui, de comprendre, pour mieux grandir.

— Il nous a abandonnés, c'est ça ?

Elle hoche la tête. Des larmes coulent sur ses joues, j'en essuie une du bout des doigts. À ce moment, même si je ne comprends pas encore tout, je me fais la promesse de veiller sur elle, quoi qu'il m'en coûte.

— Je suis là. Je vais prendre soin de toi, maintenant.

— Ce n'est pas à toi de..., commence-t-elle.

Je pose un doigt sur ses lèvres. Je ne veux pas qu'elle prononce ces mots, j'ai pris ma décision. Je fais le tour de la table, m'agenouille devant elle.

— Maman, dis-moi une chose, s'il te plaît.

— Qu'est-ce que tu veux savoir ?

— Pourquoi il est parti ?

Ses muscles se raidissent.

— Parce que c'est un lâche.

Je l'interroge du regard. Ses prunelles se durcissent, la brèche se referme peu à peu. Il faut que j'en sache plus.

— Où est-ce qu'il est ?

Elle tourne la tête. Je cherche son regard, incapable de passer à autre chose. Je répète ma question. Ma voix ne sonne plus comme une interrogation, mais comme un ordre. Ça a l'air de fonctionner.

— À Philadelphie.

Je sens mon petit cœur se tordre de douleur.

— Alors, pendant tout ce temps, il était à côté, et il n'a jamais pris le temps de venir nous voir ?

— Il ne sait plus où on vit depuis qu'il n'a pas voulu te reconnaître.

Son visage tombe entre ses mains. Mes espoirs se disloquent.

— Tu sais où il habite ?

Elle fait non de la tête, avant de poursuivre d'une voix faible :

— Non, et ça ne m'intéresse pas.

— Il travaille où ?

— Arrête...

— C'est la dernière chose que je te demanderai. S'il te plaît, réponds-moi.

Ses paupières s'affaissent. Elle semble en proie à un combat intérieur.

— Tout ce que je sais, c'est qu'il comptait travailler dans le magasin de jouets de son père, et plus tard en reprendre les rênes. C'est une tradition qu'ils perpétuent de père en fils...

Elle s'arrête à temps avant que les larmes ne noient ses joues.

Un magasin de jouets, le rêve ! Une image pour le moins agréable s'impose à moi. Mon père me fait visiter son magasin, me présente à ses collègues en me portant fièrement sur son dos. Nous nous promenons dans les nombreuses allées pleines de jouets. Quand nous rentrons à la maison, maman nous accueille, un sourire chaleureux sur le visage, une assiette pleine de cookies chauds.

Les larmes coulent quand je prends conscience que je ne partagerai jamais ces moments avec lui.

— Écoute-moi bien, Ethan. Fais-moi la promesse que tu n'essaieras pas de le retrouver. Il ne fera que te détruire.

Mon cœur valse dans ma poitrine, j'ai perdu tout espoir d'avoir une vie normale, de toute manière. Je lui fais cette promesse, en sachant qu'une partie de mon âme se brise.

— Autre chose...

Ses mains agrippent fermement mes bras. Je n'arrive plus à bouger.

— C'est la première et la dernière fois qu'on parle de lui. Je ne veux plus que tu me poses de questions sur cet homme !

Ses ongles s'enfoncent dans ma chair, la douleur n'est rien comparée à ce que je ressens.

— Est-ce que je me suis bien fait comprendre ?

Je hoche la tête, bouleversé. Mes rêves d'enfant ont été soufflés en quelques minutes, un soir de Noël.

Lorsque je reviens à moi, je me rends compte que mes mains sont soudées aux siennes. Je me dépêche de les retirer, puis sors nerveusement de la cuisine. Assis sur le rebord du canapé, j'allume un joint. C'est mon seul lot de consolation. Ce souvenir a remué en moi toute la rancœur d'avoir grandi sans figure paternelle. Je n'ai aucune idée de ce qu'il s'est passé, le soir où il a décidé de lâchement abandonner sa femme et son fils, mais seuls les faits comptent. Il n'a même pas essayé de me connaître. Savoir qu'il travaillait dans un magasin de jouets et qu'il ne m'a pas envoyé de cadeau accentue cette rancœur. Enfant, chaque fois que je passais devant l'une de ces boutiques, j'espérais voir surgir mon père au détour d'une allée, les bras chargés de courses. Chaque fois que je croisais un vendeur, je nous cherchais un trait de ressemblance, espérant que ça pouvait être lui, ce père qui n'a jamais existé.

On sonne. Je me dépêche d'aller ouvrir. Devon est là, une bouteille à la main. Je le fais entrer, surpris.

— Joyeux Noël ! dit-il en secouant le champagne.

— Qu'est-ce que tu fais là ?

Je lui fais signe de s'asseoir, tout en le remerciant. Je m'empresse d'ouvrir la bouteille avant que ma mère ne la boive.

— Phil m'a appelé ce matin, il m'a annoncé qu'on t'avait transporté à l'hôpital. J'étais inquiet ! Quand je suis arrivé, tu étais déjà parti. Tu vas mieux ?

Je nous sers deux flûtes remplies à ras bord.

— Oui, j'ai fait une crise de panique.

Il saisit que je ne tiens pas à m'épancher sur le sujet, et n'insiste pas.

— Merci d'être passé, ça me fait plaisir de te voir !

Nous trinquons.

— J'ai pensé à toi, je me doutais que tu serais seul avec ta mère.

— C'est un jour comme un autre, tu sais.

Des bruits de pas nous interrompent. Ma mère entre timidement dans le salon. Je range vite la bouteille dans le placard, avant qu'elle n'ait le temps de la voir. Ce geste n'échappe pas à mon invité. Il se lève, je l'imite.

— Maman, je te présente Devon. Tu sais ? Le type dont je t'ai parlé la dernière fois.

Elle lui serre la main avec un petit sourire en coin. Ses yeux s'arrêtent sur nos coupes encore pleines, elle passe sa langue sur ses lèvres.

— Vous pouvez être fière de votre fils, madame.

Rachel fronce les sourcils. Bien sûr, il n'est pas au courant du peu de communication qu'il y a dans cette famille.

— Par rapport à quoi ?

— Il a dirigé une manifestation à lui tout seul. Nous militons pour les quartiers défavorisés et il a été volontaire pour leur porter des vêtements et des vivres.

Elle emprisonne la main de Devon dans la sienne.

— Merci de l'aider, d'être là pour lui.

Contrairement à toi !

Vu la tête que je tire, le malaise est palpable. Je ne peux m'empêcher de lui en vouloir, de lui rappeler sans cesse ses erreurs. De toute façon, elle n'a aucune conscience, ça ne lui fait rien.

Ma mère quitte le salon de sa démarche lente qui m'exaspère tant. J'entends l'escalier grincer et devine qu'elle s'est retirée dans sa chambre.

Je verse des biscuits apéritifs dans un bol que je pose sur la table basse.

— Tu ne t'ennuies pas trop ? me demande-t-il en se servant une poignée de cacahuètes.

— On fait avec. C'est cool d'être passé.

Devon se racle la gorge. Il se masse le dos, les lèvres plissées.

— Ça ne va pas ? m'inquiété-je.

— Je me demandais si… Ça te dirait de m'accompagner pour distribuer des cadeaux aux gens des quartiers ?

Il préfère sacrifier du temps avec sa famille pour rendre heureux des inconnus. J'ai envie de participer à ce beau geste, de me prouver à moi-même que je peux aussi être quelqu'un de bien, comme lui. Et puis, ça me fera penser à autre chose qu'à mon alcolo de mère.

— Grave !

Il me sourit de toutes ses dents. Je me sens réchauffé de l'intérieur.

— Je prends ça pour un oui.

— Tu fais ça tous les ans ?

— C'est la première fois. J'avais envie de faire quelque chose pour les démunis, alors j'ai fait jouer mes contacts. La plupart des vêtements et des jouets sont des dons, ou des invendus. Ma femme a tout emballé. Faut voir tous les rouleaux de papier cadeau qui traînent à la maison !

Je lève ma coupe dans sa direction pour approuver ses propos, et la finis d'une traite.

— Du coup, tu ne fêtes pas Noël avec tes proches ? demandé-je surpris.

Son visage devient grave. Je comprends que j'ai encore manqué de tact.

Putain, qu'est-ce qui ne tourne pas rond chez moi ?

Je regarde par la fenêtre. La nuit a commencé à tomber sur le champ qui s'étend jusqu'à la forêt. Au loin, le feuillage des arbres a pris une teinte plus sombre.

J'entends renifler. Quand je le regarde à nouveau, je le trouve affaissé, la tête entre les mains. Je reste comme un con, dos au mur, sans oser bouger. Je dois avouer que je ne suis pas trop doué dans ce genre de situation. Le mal-être des autres a toujours eu le don de me rendre anxieux.

Dis quelque chose, reste pas comme ça !

Je m'assieds à côté de lui sur le canapé. Il lève ses yeux rougis vers moi.

— Excuse-moi, Ethan, tu n'avais pas à voir ça, se reprend-il en sortant un mouchoir.

— T'excuse pas, c'est ma faute. J'aurais pas dû te parler de cette fichue fête.

— Je… c'est juste que… Noël n'a plus la même saveur pour ma femme et moi depuis quelques années.

Je lui propose une autre coupe de champagne qu'il refuse poliment, d'un geste.

— Depuis… la mort de notre fils.

— Tu veux en parler ? tenté-je, la voix tremblante.

— Sarah a fait une fausse couche. Ça faisait des années qu'on essayait d'avoir un enfant… jusqu'à ce que… le miracle ait lieu. Il n'y a pas un seul jour où je ne pense pas à ce fils que je n'aurai jamais. Et, pour répondre à ta question, je célèbre les fêtes avec ma femme, mais juste un petit repas, histoire de marquer le coup.

Un goût amer imprègne mon palais. Je reste sans rien dire, le cœur serré. Je sais trop ce que ça fait de perdre des êtres chers. Comme lui, il n'y a pas un jour où je n'y pense pas. Il enfile sa doudoune, puis me dit, en s'efforçant de rendre sa voix plus joyeuse :

— Bon, on y va ? On a des cadeaux à distribuer !

Devon regarde la route, concentré. C'est la première fois que je monte dans sa caisse, et c'est plutôt agréable d'être du côté passager.

— Ma femme est déjà sur place, j'ai hâte de te la présenter. Et il y a aussi… hum… Isabelle.

Si j'avais conduit, j'aurais pilé direct. Je ne m'attendais tellement pas à ça ! J'essaie de contrôler ma voix.

— Qu'est-ce qu'elle fait là-bas ?

— Elle a accepté comme toi de distribuer les cadeaux. C'est une bonne chose, non ?

Devon me regarde du coin de l'œil. Je ne réponds rien, préférant me concentrer sur le paysage à moitié givré.

— Vous n'avez pas eu l'occasion de vous voir ces derniers temps, à part à la manif.

— Et alors ? T'as décidé de jouer les bonnes fées ?

Je croise les bras en fronçant les sourcils.

Comme si j'étais pas capable de me démerder seul !

— C'est une fille en or, tu sais, avance-t-il avec un petit sourire en coin. Elle tient une place importante dans l'association.

— À ce point ?

Arrêté à un feu, il se tourne vers moi. Je décide de l'écouter, curieux d'en savoir plus.

— Tous les ans, elle nous verse une sacrée somme d'argent.

— Ah bon ?

— Elle veut nous aider à son échelle, et je peux t'assurer qu'elle nous donne un sacré coup de pouce.

Dans le silence, je sens le rouge me monter aux joues.

— Et depuis combien de temps elle vous aide ?

— Tu n'auras qu'à le lui demander, répond-il simplement avant de redémarrer.

Décidément, elle ne cessera jamais de me surprendre !

Plus on approche de notre destination, plus le stress grimpe. Maintenant, ça me démange de la voir. Je ne pense qu'à ça pendant le reste du trajet. Quand on arrive enfin, je me précipite dehors. Devon, qui semble remarquer mon excitation, retient un gloussement. Je me ressaisis en affichant mon habituelle armure de glace et hausse les épaules, l'air de rien. Je l'aide à décharger les cadeaux du coffre, empilés les uns sur les autres dans des sacs.

Je marche, à la recherche d'Isabelle. Le vent me brûle la peau, je souffle dans le col de mon manteau pour me réchauffer. Un givre fin recouvre les toits des immeubles. Il doit faire bigrement froid là-dedans ! Une image de tentes recouvertes de neige s'impose à moi... Je l'extrais de ma mémoire, comme un poison vénéneux. Mes démons grondent à l'intérieur de moi.

Je suis Devon jusqu'à la grande tour de Steel Wall, où sa femme a laissé sa camionnette. Et là, je *la* vois. De dos. Elle est en pleine conversation avec une inconnue. Mes jambes deviennent de la guimauve. Devon fait tellement de bruit en arrivant qu'elles finissent par se retourner. Le visage d'Isabelle est radieux quand elle le salue. Au moment où elle me voit, elle perd instantanément son sourire, et moi, je ne suis même pas capable de lui en faire un. La belle brune d'une quarantaine d'années embrasse Devon, qui la prend par la taille.

— Ethan, je te présente Sarah, mon épouse.

— J'ai beaucoup entendu parler de toi. En bien, précise-t-elle chaleureusement.

Son teint mat fait ressortir ses dents blanches. Avec elle, je n'ai aucun mal à me montrer sympathique. Un vrai soleil. Je comprends pourquoi il l'a épousée.

Ils se dirigent vers les habitants qui les attendent au pied de la tour. Avant de les suivre, je presse le bras d'Isabelle. Ça fonctionne. Elle reste.

— Joyeux Noël, lancé-je, gêné.

— À toi aussi.

Elle se dandine sur place en regardant le sol. J'ai l'impression qu'on n'a plus rien à se dire, ça me fout en vrac. J'aurais pas dû me montrer aussi sec avec elle quand je l'ai ramenée. Je lui demande maladroitement :

— T'es venue aider, toi aussi ?

Je me sens idiot. D'habitude, je ne suis pas comme ça, mais avec elle, c'est différent, je perds le sens des réalités. Je prie les démons pour qu'elle lève la tête vers moi. J'en ai *besoin*.

Quand elle le fait, j'ai l'impression de n'exister que dans ses yeux couleur de l'océan. J'y vois mon reflet, celui d'un monstre froid et sans émotion. Elle se demande si elle fait bien de m'adresser la parole, si je ne vais pas la laisser tomber une nouvelle fois. Moi-même, je ne suis sûr de rien. Tout ce que je sais, c'est que j'ai envie d'être avec elle *maintenant*. C'est pas tout ce qui compte ?

— Oui, j'en avais envie. Et toi ? Qu… Qu'est-ce que tu fais là ? me demande-t-elle timidement.

Elle semble marcher sur des œufs, et craindre mes réponses. Et moi, j'ai l'impression d'être sur un champ de mines.

— J'avais envie d'aider Devon. Je ne savais pas que tu étais là.

— Pourquoi ? Tu ne serais pas venu sinon ? s'agace-t-elle en se tournant pour partir.

Cette fois, je la retiens fermement par le bras. Isabelle fait volte-face, une lueur de défi dans le regard. Si on veut renouer, je crois bien qu'une petite mise au point s'impose. Sauf que là, c'est pas le moment.

— T'as tout faux, lâché-je d'un ton plus dur que je l'aurais voulu.

Pour me rattraper, je lui dis ce qui me passe par la tête :

— Devon m'a appris que, tous les ans, tu fais un don à l'association.

— Je ne savais pas qu'il te mettrait au courant. C'est pas forcément quelque chose sur lequel j'aime m'épancher.

— Bah, non, justement, c'est trop cool ! Tes parents savent que t'es ici ?

— Oui… ma mère m'a répondu que, tant que c'est pas moi qui achète les cadeaux, elle s'en fiche.

Je m'esclaffe. Ça m'étonne même pas.

— Je suppose que tes parents sont pas au courant que tu fais des dons ?

— Ma mère, non, mais mon père, oui.

— Ça ne lui fait rien ?

— Non. Il me soutient. C'est notre petit secret, me confie-t-elle en souriant.

Je réalise que je l'ai mal jugée. Si elle savait à quel point je m'en veux ! J'ai envie de lui prendre la main, de la serrer fort contre moi, trop fort.

Bordel, avec ses petites dents qui s'alignent parfaitement… elle est à croquer ! Je m'imagine en train de l'embrasser violemment contre la fourgonnette. Alors, sans le vouloir, mes doigts effleurent doucement son cou, remontent jusqu'à ses oreilles. Elle penche la tête en arrière, les paupières closes. Son parfum m'enflamme. Au moment où j'approche mes lèvres de sa peau, Devon nous interpelle :

— Bah alors, vous êtes restés bloqués ?

Je m'éloigne brusquement, pris sur le fait. Isabelle esquisse une moue frustrée. Je vois bien qu'elle n'attendait que ça, que je possède sa bouche.

— On nous attend, murmuré-je d'une voix rauque.

Nous nous dirigeons vers les bénévoles, prêts pour la distribution.

CHAPITRE 21
ISABELLE

« Le riche domine, le pauvre brûle. L'ombre et la lumière peuvent-elles coexister au sein d'un même système ? »

Cyndra O'Hara

— C'est vachement luxueux ici, souffle Lindsay pendant que nous nous aidons mutuellement à fermer nos robes.

La suite où nous avons posé nos bagages est spacieuse. Au-dessus du lit court une fresque fleurie partant d'un bleu dégradé vers un argenté plus soutenu.

Je ramasse mon sac. Ma robe noire fouette mes mollets à chacun de mes pas. Je pénètre dans le vaste hall aux marbrures dorées, Lindsay sur mes talons. Nous rejoignons mes parents et Jayden. Ce dernier dévore sa belle des yeux, lui promettant des moments auxquels je préfère ne pas penser.

— Tout le monde est prêt ? nous interroge mon père en consultant sa montre.

Je m'étonne de voir mes parents se diriger vers l'extérieur.

— On ne reste pas ici ?

Ma mère se tourne vers moi, l'air perplexe.

— Fêter le Nouvel An dans un hôtel, quelle idée !

Mon père tente de rattraper le coup.

— On a prévu encore mieux.

Je les suis en baissant la tête, sans ajouter un mot. Je tremble d'avance en imaginant l'endroit qu'ils ont réservé.

Ma mère est surexcitée, elle a alimenté la conversation à elle toute seule pendant tout le trajet. Quand nous arrivons à destination, j'ai la tête comme une pastèque. Des voituriers se dirigent vers nous pour prendre les clés avec précaution.

La beauté des lieux me coupe le souffle. Des rangées de fleurs bigarrées s'écartent d'un château aux vitres éclairées. Le jardin est un véritable enchantement à lui tout seul, tel un parc surplombant un palais de marbre.

— Waouh ! Ça, c'est la vraie vie ! lâche Lindsay, impressionnée.

La vraie vie ? Quelle belle mascarade, oui !

Des gens triment pour avoir de quoi manger, quand d'autres claquent leur argent dans de pareilles futilités ! Les membres de ma famille ont un voile devant les yeux qu'ils refusent d'enlever.

Cet étalage de fric me donne le tournis. C'est dans cette ambiance guindée que j'ai passé mon enfance. Toute ma vie n'a été qu'un enchaînement de fêtes et de cotillons en tout genre.

Je me souviens de la première fois où j'ai vu une fête populaire.

Je fais les courses avec ma mère lorsqu'une mélodie entraînante traverse les vitres. Intriguée, je m'éclipse discrètement. La musique est inhabituelle, elle résonne dans les rues, et la joie des passants est palpable. J'écarquille les yeux, ébahie. Une troupe de musiciens joue un air vibrant qui invite à la danse. Ça n'a rien à voir avec les bals auxquels j'ai assisté, où les participants dorment debout et restent des heures assis, à bavasser en sirotant d'interminables cocktails. Au contraire, quelle effervescence des âmes ! Petits, adultes et adolescents, tous se trémoussent au rythme endiablé des instruments. Ils ont le feu au corps, transpirent la joie de vivre. Une odeur alléchante s'introduit subrepticement dans mes narines. Des serveurs glissent des hot-dogs généreux dans des mains avides. Alors, c'est comme ça que la classe populaire fait la fête ? Ça a l'air merveilleux ! Un groupe de jeunes attire mon attention. Sur le devant de la scène, ils sautent, les bras en l'air, chantant aussi fort qu'ils le peuvent. Je me fraie tant bien que mal un chemin dans la foule.

Je suis presque arrivée à leur hauteur lorsqu'on me soulève brusquement dans les airs. Le visage furibond de ma mère me fait face. Elle m'emmène loin de tout ce tohu-bohu.

— Tu as perdu la tête ou quoi ? J'étais morte d'inquiétude !

— Je suis désolée, maman, j'ai entendu de la musique et je voulais voir...

— Tu te rends compte que tu aurais pu te perdre dans la foule ? Ou, pire, être écrasée !

— Mais c'était trop bien !

— Ressaisis-toi, ce n'est pas la place d'une fille de ton rang ! D'ailleurs, ce vacarme assourdissant, je n'appelle pas ça de la musique !

Les grandes portes en chêne s'ouvrent dans un bruit strident. Des hôtesses arborant de faux sourires nous débarrassent de nos effets personnels. La pièce est vaste et luxuriante. Des festons floraux pendent sur les murs. L'éclat coruscant des lustres en cristal se reflète sur le sol marbré. Sur les tables reposent des hortensias parme, roses et blancs.

— Fêter la Saint-Sylvestre dans un château, comme c'est original ! Vous ne trouvez pas ? s'extasie ma mère, aux anges.

Je fais peut-être la difficile, mais je ne trouve pas ça « original ». J'aurais de loin préféré une petite fête intime. Je ne sais pas quelle somme faramineuse mes parents ont dépensée pour cette soirée, mais je ne veux même pas le savoir, car rien que d'y songer, j'ai envie de vomir.

Pendant qu'on nous sert des mets délicats dans des assiettes en porcelaine, le spectacle commence. Au son des violons, une troupe de danseurs jettent leurs ombres sur la scène. Le repas est gargantuesque, j'observe ma famille engloutir les plats avec délectation. Des couples rejoignent la piste. Les robes tournoient dans un festival de couleurs, ondulent autour des jambes féminines, et se figent au moment où la musique prend fin. Jayden et Lindsay se laissent entraîner, je reste seule à côté de mes parents.

Un jeune homme en smoking s'avance tel un dandy dans ma direction, la démarche souple. Sa chevelure blonde ramenée sur le côté lui confère une réelle prestance. Il s'incline devant moi et m'invite à danser avec une élégance digne des plus grands films hollywoodiens, à croire qu'il s'est entraîné toute sa vie. Ma mère hoche la tête avec insistance devant mon air dubitatif, et je ne sais comment, je me retrouve sur la piste. Ses mains saisissent ma taille. Nous commençons à valser au rythme de la musique. Il me regarde avec intérêt, tandis que je lève la tête pour plonger mes yeux dans les siens.

— Tu t'appelles comment ? me demande-t-il gentiment.

— Isabelle. Et toi ?

— Moi, c'est Nils. Nils Fergusson.

Je jette un œil par-dessus son épaule. Mes parents sourient plus que de raison, et mon frère me lance un clin d'œil encourageant. Après avoir valsé pendant ce qui me semble une éternité, il m'emmène sur la terrasse. Dans un élan entreprenant, il positionne sa main sur ma hanche. Nous valsons à nouveau, cette fois de façon plus lente et langoureuse.

Nous nous arrêtons un moment, appuyés contre la rambarde en pierre. Le ciel est particulièrement dégagé. Nous commençons à discuter. J'apprends qu'il fait des études de médecine à Palorem Beach.

— Palorem ? J'ai toujours rêvé de visiter cette ville, rebondis-je.

— Je t'y emmènerai, à l'occasion.

Ses doigts jouent avec la mèche qui retombe sur mon front. Il l'écarte, me caressant la joue. Je ferme les yeux quelques secondes, appréciant ce tendre contact. Nils plonge ses iris aigue-marine dans les miens. Une boule se forme au fond de ma gorge.

Une vraie gueule d'ange !

Pendant quelques minutes, je me laisse prendre à son jeu de séduction. Sa main me frôle à plusieurs reprises, tout son corps est dirigé vers moi. Son visage s'approche dangereusement du mien. Je ferme les yeux, prête à succomber. Sa peau blanchit progressivement et ses yeux prennent une couleur d'encre. Je déglutis fortement. Ses lèvres sont maintenant si proches des miennes que je les sens se fendre.

Un sourire d'Ethan !

J'entrouvre les paupières, le charme s'évapore. Ce n'est plus Ethan qui me serre contre lui, mais Nils ! L'air heureux de mes parents quand ils m'ont vue au bras de ce beau blond me revient en mémoire. C'est sûr, il a tout du gendre idéal ! Pendant qu'il resserre son étreinte, je visualise rapidement mon futur avec lui.

Nous entrons dans une chambre, le sol est recouvert de délicats pétales de roses. Nils m'allonge sur un lit blanc immaculé.

J'ouvre les portes d'une église. Je m'avance dans la longue allée, ma robe blanche glisse sur le sol à chacun de mes pas. Nils et moi échangeons nos vœux, puis nous embrassons tendrement sous les yeux émus de l'assemblée.

Mes parents, aux premières loges, prennent des photos qu'ils montreront plus tard à leurs petits-enfants.

Il m'embrasse sur le front après une longue journée de travail, puis nous préparons à manger avant de nous lover dans le canapé, devant un bon film.

Et c'est comme ça jusqu'à la fin de notre existence. Une petite vie bien tranquille, bien rangée. Mon cœur palpite plus intensément, mais plus pour les bonnes raisons.

Je m'accroche au souvenir d'Ethan manifestant pour une cause qui m'est chère. C'est là, quand je l'ai vu, que je me suis rendu compte à quel point j'ai été stupide de ne pas accepter l'invitation de Devon, tout ça par peur de le croiser. Une envie irrépressible de rejoindre leurs rangs tenaillait mon estomac, et je l'ai fait. La façon dont il a défié le maire lui a fait gagner toute mon admiration.

Et, plus récemment, Ethan distribuant des cadeaux dans le froid, dans les quartiers de la ville. Il doit bien y avoir du bon en lui pour qu'il donne tant de sa personne. Même si on n'a pas eu l'occasion de parler, le jour de Noël, on s'est quittés en bons termes. Son souffle glacé sur ma nuque était la plus exquise des sensations. J'en désire encore.

Je réalise maintenant que le seul que je veux et que j'ai toujours voulu, c'est *lui*. Jamais je n'ai ressenti quelque chose d'aussi puissant. Il est ma lucarne sur le monde extérieur.

Comme il serait facile de choisir Nils, et de faire plaisir à tout le monde ! Mais, pour une fois, je décide d'être égoïste et de penser à *mon* bonheur.

Je sens des gens arriver sur la terrasse, mais je n'y prête pas attention, trop absorbée par mes pensées. J'entends le lointain décompte annonçant le passage à la nouvelle année. Au moment où ses lèvres effleurent les miennes, je le repousse avec plus de force que nécessaire.

« Bonne année ! »

Le sol vibre sous nos pieds, des voix hurlent à pleins poumons, tandis qu'un feu d'artifice s'élève juste au-dessus de nos têtes, avant de mourir dans une explosion de couleurs. La mine de mon compagnon m'indique qu'il n'a pas compris mon geste et, en gentleman, il me rattrape dans une tentative désespérée.

— Attends ! Pardon. Je suis allé trop loin ?

— Non ! C'est pas toi, c'est moi !

J'y crois pas, je viens de prononcer cette phrase bateau dont tout le monde se sert pour s'échapper sans craindre les conséquences.

Lâche !

— Je t'en prie, reste ! me supplie-t-il.

— Désolée !

Je me mets à courir en évitant les coupes de champagne brandies fièrement. Il faut que je me rende à l'évidence, je *l'ai* dans la peau. Il est entré dans ma vie et, en un éclair, tout a basculé.

CHAPITRE 22
ISABELLE

Allongée sur l'asphalte enneigé, j'attends que tu viennes me réveiller.
Tes lèvres glacées sur les miennes sont le plus beau des rêves.
Cyndra O'Hara

Appuyée contre ma fenêtre, je regarde les flocons tomber. Le ciel est d'un blanc éclatant. L'hiver est la plus magique des saisons, apportant son lot de chaleur et de réconfort. Ici, bien que les montagnes ne soient pas à une longue distance de la mer, le climat est plutôt tempéré.

Ma mère fête bientôt son anniversaire et je ne lui ai pas encore acheté de cadeau. Je décide donc de me rendre au Plazza Center.

— Où tu vas ? me demande l'intéressée.

Je fourre mes mains dans les poches de mon manteau, l'air de rien.

— Euh… je vais faire un tour.

Mon père, au courant de mes intentions, m'adresse un petit clin d'œil complice.

— Avec ce froid ?

— Laisse-la y aller, elle fera vite. N'est-ce pas ?

J'acquiesce vivement.

— Ne tarde pas, une tempête est prévue ce soir.

Je leur promets de me dépêcher. J'enfile mes gants, mon écharpe et mon bonnet, puis me mets en route.

Lorsque j'arrive devant le centre commercial, la neige a repris sa danse. Difficile de croire qu'une tempête frappera la ville dans à peine quelques heures ! Le complexe est immense, je passe un temps fou à parcourir les étages, me frayant un chemin parmi la foule. Au bout d'un moment, je me dirige dans une boutique luxueuse. Dans la vitrine, une étole vert émeraude aux motifs dorés me fait de l'œil. Le tissu, aussi doux que de la soie, glisse dans mes mains avec légèreté.

Je regarde l'heure, m'empare du vêtement, me dépêche de passer en caisse et range le paquet dans mon sac. Devant les portes coulissantes, les flocons tombent maintenant abondamment. Je peux entendre d'ici le souffle du vent.

— La tempête a déjà commencé, affirme un client, inquiet.

Je ne pensais pas que le temps se dégraderait aussi rapidement. Je fouille mon sac, à la recherche de mes gants, sans succès.

Je n'ai pas le temps de retourner sur mes pas. Plus vite je serai rentrée, mieux ça vaudra. Certaines personnes restent à l'intérieur, ne sachant que faire. Je pense à mon père. Il doit sûrement m'attendre, assis sur son rocking-chair, en face d'un bon feu crépitant. L'idée de jouir de la chaleur de mon foyer me donne un coup de fouet. Je m'engouffre donc dehors, prête à affronter le froid pétrifiant.

Le contraste entre le centre commercial et l'extérieur est saisissant. De petits flocons me cinglent le visage, je me couvre du mieux que je peux de mon écharpe. Arrivée à l'arrêt de bus, je constate qu'aucune ligne ne circule. Un passant me confirme qu'avec la tempête, les bus ont été suspendus. J'extirpe mon téléphone de ma poche pour appeler mes parents, mais il n'y a pas assez de réseau. Je le balance rageusement dans mon sac. Résignée, j'entreprends de continuer à pied.

Je ne peux pas marcher jusqu'au centre-ville, c'est trop loin. Aussi, je décide de couper par la forêt. Je me souviens qu'un sentier la traverse. Si je le prends, je serai chez moi en l'espace de trente minutes.

J'emprunte la route cernée d'arbres. Deux chemins se dressent devant moi. L'un descend, l'autre monte.

Je ne me rappelais plus qu'il y en avait deux !

Le stress mêlé au froid m'empêche de réfléchir correctement. Évidemment, il n'y a pas un chat dehors. Je décide de faire confiance à mon instinct en choisissant celui qui descend. La bise glaciale traverse mon corps, je souffle à l'intérieur de mon châle pour me fabriquer un peu de chaleur. Ça finira bien par me mener quelque part ! J'avance avec difficulté. Je peine à bouger mes doigts et commence à regretter d'être partie seule à l'aventure. J'aurais mieux fait de rester au chaud, à l'intérieur du centre commercial.

Le vent pénètre sous ma peau, je le sens souffler dans mes os. La neige tombe si fort que je ne distingue plus rien. L'air s'immisce dans mes oreilles et me brûle les tympans. Mes lèvres se gercent, je ne tiendrai plus très longtemps. J'avance à reculons, chaque pas est maintenant un exploit. Je lutte dans une terrible bataille contre les éléments.

Mes pieds trempés s'enfoncent dans la poudre blanche jusqu'aux chevilles. Je ne sais plus où je vais ni depuis combien de temps je marche. Le son imperceptible de l'eau glisse dans mes oreilles. Je le suis, malgré le vent qui tente de m'en éloigner à chaque pas que j'esquisse.

Le sentier s'ouvre sur une petite rivière. Je reconnais l'endroit, c'est à l'opposé de chez moi ! J'essaie de revenir en arrière, mais une bourrasque me fait tourner sur moi-même. Désorientée, je mets un certain temps avant de retrouver mes esprits. Le ciel et la neige se confondent, les montagnes, au loin, jouent à cache-cache, dans leur élément.

Sur le chemin, les arbres prennent une teinte bleutée. Chaque flocon qui tombe me brûle la peau, ma chaleur intérieure s'est éteinte, ne reste plus qu'un vide oppressant. Mon énergie s'amoindrit. Dans cette tornade de glace, avancer me demande un effort surhumain. Je ne pense qu'à une chose : me réchauffer, coûte que coûte, le reste n'a plus d'importance.

Le sol monte désormais en pente douce. À bout de souffle, je m'arrête en haut de la côte. Peut-être y verrai-je la ville en contrebas ? Mais je ne distingue rien, à part une couche d'un blanc argenté qui recouvre le paysage. Je mets prudemment un pas devant l'autre pour descendre. Seulement, le sol est glissant et je dévale la côte sur les fesses. Je glisse de plus en plus vite sur la surface poudreuse. Je tente de m'agripper à ce qui m'entoure, mais mes mains ne répondent plus, et la neige me file entre les doigts. Arrivée en bas, quelque chose de pointu me déchire le bas-ventre. La douleur fulgurante se répand dans tout mon corps. Je reste prostrée sur le sol, les bras écartés. Un liquide chaud mouille mon pull, je le laisse couler avant d'être engloutie dans les ténèbres.

CHAPITRE 23
ETHAN

« Je crois que la misère n'est pas une fatalité, mais un phénomène entretenu, géré rationnellement, une abjection indispensable à la seule prospérité d'un petit groupe sans scrupules […]. »

Jean-Marie Blas de Roblès

J'ai passé la fin d'après-midi chez Devon. Sa femme et lui m'ont invité à prendre un café. Touché par leur sollicitude, j'ai fini par accepter. J'avale une dernière gorgée, puis me lève, prêt à partir.

— Non, reste. Une tempête de neige est prévue ce soir. On n'est jamais trop prudent.

Pour appuyer ses propos, Sarah, sa femme, presse une main sur mon bras et ajoute d'une voix douce :

— Je vais préparer la chambre d'amis.

— C'est gentil, mais je vais rentrer. On a encore le temps, la tempête n'est prévue que ce soir.

— Tu es sûr ? s'inquiète Devon.

— Ouais, je préfère y aller.

— OK, fais attention sur la route. Envoie-moi un message quand tu es arrivé.

Il me fait un clin d'œil en fermant la porte.

Dehors, ça tombe plus fort. Pour rentrer, je suis obligé de passer par Wilnoh's Forest. Ça caille, j'ai bien fait de prendre ma grosse doudoune. J'allume le chauffage avant de démarrer doucement.

La neige est maintenant épaisse. J'ai de plus en plus de mal à rouler. La route qui mène chez moi est barrée.

Et merde !

Il n'y a pas d'autre chemin ! Je vais devoir me diriger vers les montagnes. Sacré détour ! Une grosse couche de poudreuse recouvre le sol, j'avance de plus en plus prudemment.

Au moment où j'aperçois les cimes des arbres, j'ai l'impression que ça fait des heures que je conduis. Ma voiture glisse. Je tente d'en reprendre le contrôle, sans succès. Je dérape de gauche à droite, puis finis par m'enliser sur le bas-côté. Je descends pour voir l'étendue des dégâts. La neige recouvre partiellement les roues de ma caisse. Je l'enlève avec mes mains, puis m'installe au volant, mais impossible de progresser, je fais du sur-place.

— Fait chier !

Je reste à l'intérieur, le chauffage allumé.

Ça fait plus d'une heure que je poireaute là, et le temps est loin de se calmer. À contrecœur, je décide d'éteindre le chauffage, il faut que j'économise la batterie. Je dois trouver un abri avant de crever gelé dans ma voiture. Je me rappelle qu'il y a un chalet de vacances abandonné, pas très loin d'ici, et décide de m'y rendre.

Bordel, ça s'est vite dégradé !

Le vent glacial se heurte à ma peau. J'enroule mon écharpe pour protéger mon cou du mieux que je peux.

Ce paysage blanc… ce froid…

Un souvenir de tentes sous la neige m'assaille. J'essaie de le refouler, mais il gagne du terrain, plus fort. L'image devient de plus en plus nette…

Jamais je n'ai connu un hiver aussi rude à Camden. Je monte dans la voiture du révérend Garven, direction « Tent City[15] *». Des familles y meurent de froid, sans toit pour l'hiver. Nous avons décidé de leur apporter un peu de réconfort, le coffre plein de vivres. Le révérend a longuement hésité avant de m'emmener, il m'a prévenu que ce ne serait pas facile, mais je refuse d'abandonner Will, il a besoin de moi. La dernière fois que je l'ai vu, sa mère était mal en point. Nous sommes venus leur annoncer une bonne nouvelle.*

Will m'attend à la lisière de la forêt de Lakewood, le visage fermé et le regard éteint. Je le suis, le révérend sur mes talons. La neige s'accroche désespérément au toit des tentes recouvertes de bâches. Comment la ville peut laisser dormir des gens dans ces conditions ? Le plus dur, c'est la nuit. Une fois qu'elle arrive, elle avale toute la chaleur sur son passage. Autour de moi, des sans-abri se frottent les mains autour d'un feu de camp.

Nous entrons dans une petite tente. De nombreuses couvertures recouvrent le sol. La mère de mon ami est allongée dans un coin, un médecin à ses côtés. Elle a l'air d'être au chaud, mais les couleurs ont quitté son visage. Son teint est bleuâtre et ses joues sont aussi creuses que son estomac. Le révérend Garven se précipite à son chevet ; je reste derrière lui, la tête baissée.

— Linda !

Un pâle sourire se dessine sur ses traits quand elle nous voit.

— Vous êtes venus !

Le révérend emprisonne ses mains dans les siennes. Ce simple geste allume une petite étincelle au fond de ses prunelles.

— Nous sommes là pour vous annoncer une bonne nouvelle. Votre demande a été prise en compte ! Vous et Will allez quitter cette tente pour prendre un nouveau départ. Un appartement s'est libéré. On vous aidera pour le déménagement.

— C... c'est... plus que ce que j'avais espéré. Tu entends, mon fils ? On va enfin sortir de cette misère ! Je me sens si faible, il fait si froid ici...

Elle se met à tousser. Le révérend presse une serviette sur son front. Je vois dans ses yeux à quel point il est terrifié, même s'il fait tout pour ne pas le montrer.

— On... on vous a apporté des médicaments. L'appartement sera prêt d'ici quelques jours. En attendant, je vous emmène à l'hôpital. Je ne pensais pas que votre état se dégraderait aussi vite.

---

[15] Village de tentes pour les sans-abri.

— J'ai... pas les moyens de...

Le pasteur lui coupe la parole :

— C'est moi qui payerai. Qu'est-ce qu'une poignée de billets contre une vie ? Je vous emmène.

— Et mon fils ?

— Je le logerai en attendant, ne vous inquiétez pas. On n'a plus de temps à perdre.

Il commence à la soulever, mais la mère de mon ami est au plus mal. Sa respiration s'entrecoupe.

— C'est trop tard... ça fait plusieurs mois que je sens un mal me ronger... et je crois que l'hiver n'a rien... arrangé.

— On peut encore faire quelque chose ! s'étrangle le révérend.

Le médecin le regarde d'un air affligé.

— Malheureusement, non. On m'a fait venir en urgence, j'ai fait tout ce qui était en mon pouvoir. Ça fait déjà un bon moment qu'elle aurait dû être soignée. Je suis désolé, s'excuse-t-il en fermant sa mallette.

— Je ne veux pas rendre mon dernier souffle sur le trajet de l'hôpital... Laissez-moi ici, avec les gens qui comptent.

Le révérend s'absente quelques minutes avant de revenir avec plusieurs habitants. Tout le monde se réunit autour de son lit d'appoint, main dans la main. Je presse fort celle de mon ami pour le soutenir. Son sang pulse contre ma paume. Une larme perle sur ma joue pendant que le pasteur récite une dernière prière, la main sur le cœur, sans lâcher celle de Linda. Nous nous absentons cinq minutes, pour laisser Will seul avec sa mère une dernière fois.

La tête baissée, j'attends qu'on me fasse signe d'entrer. Je me retiens de pleurer. Je ne veux pas la voir s'éteindre. Surtout, je ne veux pas que Will assiste à ça, je sais qu'il en gardera de lourdes séquelles.

— Viens, me souffle-t-elle doucement. Tu es son meilleur ami. Promets-moi que tu veilleras sur lui. Il aura besoin de soutien.

Ma voix se brise quand je lui fais cette promesse, qui restera à jamais ancrée en moi. Elle ferme paisiblement les yeux. Le révérend crie plusieurs fois son prénom avec horreur. Incapable d'en supporter plus, je sors en courant à travers les bois. Je viens de voir quelqu'un mourir.

Mes pieds s'enfoncent dans la neige. Une voix m'interpelle. Je ne me retourne pas. Je continue à fuir, fuir ce cauchemar vivant, fuir la pauvreté.

Mes pas me guident jusqu'au bord du lac. Je m'effondre sur le sol en criant. Ma peine coule sur mes joues. Un vent glacial s'est levé en moi. Dans mon cœur, le soleil m'a quitté, il s'est éclipsé dans un autre monde et ne reviendra pas.

J'entends des bruits de pas. Le révérend s'assied à côté de moi, les yeux gonflés. Je balance rageusement un caillou dans l'eau.

— Pourquoi ? fulminé-je.

Ma voix résonne dans le silence de la forêt.

— Pourquoi on laisse mourir des gens comme ça en pleine nature, pire que des animaux ? Pourquoi tant de souffrance ? Pourquoi personne ne se soucie d'eux ? C'est pas juste !

— Oui, c'est pas juste, elle ne devait pas partir comme ça. Personne ne le devrait. Je... je l'aimais, dit le révérend.

Sa voix se brise, la tristesse inonde à nouveau ses joues. Il reprend d'une voix qu'il essaie de contenir :

— La souffrance fait partie de la vie. Tu viens de voir des images horribles que tu n'oublieras jamais...

— Moi, c'est pas important, je pense surtout à ces gens et à Will...

— Son âme vit encore, elle a rejoint le Seigneur.

Je me lève d'un bond. Mes muscles se contractent. Jamais je n'ai eu aussi mal de toute ma vie.

— Dieu n'existe pas. Il nous a abandonnés ! Il ne se soucie pas de ceux qui vivent ici !

Le révérend essaie de me raisonner, mais je ne veux rien entendre. Je retourne auprès de mon ami, bouleversé. Il a besoin de moi.

Mon pied gauche s'enfonce dans l'eau. Je me fige, encore sous le choc. Je pense aux habitants des *tent cities* et à ce qu'ils devaient ressentir : le froid, la faim, la solitude et l'abandon de la société.

L'air glacé se fraie un chemin sous mon manteau, prenant mes muscles en otage. J'avance aussi vite que mes jambes me le permettent.

De la chaleur, j'ai juste besoin d'un peu de chaleur.

Mes doigts se raidissent. Je tente de les bouger, mais c'est de plus en plus difficile.

J'arrive à proximité d'une rivière.

J'y suis presque !

Je la longe en faisant gaffe de ne pas glisser. Mes yeux se plissent. Je distingue au loin une masse sombre. Ça ressemble à une forme humaine. J'en suis maintenant persuadé : quelqu'un est évanoui dans la neige.

CHAPITRE 24
ISABELLE

I dream of the winter in my heart turning to spring
While the ice gives way under my feet
And so I drown with the sun
I've been burning in water and drowning in flame
To prove you wrong and scare you away
I admit my defeat and walk back home
In your heart under the rose[16]

Under The Rose, HIM

Une douleur cuisante me réveille. Elle serpente dans le bas de mon ventre pour terminer sa folle course dans mes côtes. J'en ai le souffle coupé. J'essaie de me redresser, mais les forces me manquent et la neige me retient au sol. Le

[16] « Je rêve de l'hiver dans mon cœur qui se transforme en printemps
« Alors que la glace cède sous mes pieds
« Et que je me suis noyé avec le soleil
« J'ai brûlé dans l'eau et me suis noyé dans les flammes,
« J'admets ma défaite et rentre chez moi,
« Dans ton cœur sous la rose », traduit de l'anglais.

vent cisaille ma peau, comme des lames de rasoir. Je sens mes membres s'ankyloser, il faut que je sorte de là avant qu'il ne soit trop tard.

Un point se dessine à l'horizon. Quelqu'un marche à proximité. Je suis certainement à un stade où mon subconscient m'impose des mirages. Néanmoins, la silhouette devient de plus en plus nette. Je voudrais lui faire signe, mais mes bras en ont décidé autrement et restent figés.

L'inconnu encapuchonné avance péniblement dans ma direction. À chacun de ses pas, l'espoir renaît en moi. Il s'arrête à ma hauteur. Son visage est dissimulé par une grosse écharpe. Il me tend une main gantée que j'attrape faiblement, et me hisse avec force.

Nos regards se croisent, soudain… je comprends. Ces yeux… je les reconnaîtrais entre mille. Son froncement de sourcils confirme qu'il m'a reconnue à son tour. Son bras s'accroche au mien. Je le serre de toutes mes forces, hors de question de le lâcher. Ethan a l'air de savoir où il va. Le vent s'agite avec tant de violence que placer un pied devant l'autre est un exploit. J'ordonne à mes jambes d'avancer, dans le but vital de trouver rapidement de quoi nous abriter.

Nous arrivons à hauteur d'une barrière sur laquelle nous prenons appui pour souffler un peu. Mes pieds et mes mains sont aussi durs et froids que de la viande surgelée. Encore un peu et je me transforme en statue de glace ! Quelques mètres plus loin, une petite maison vêtue d'une robe blanche scintillante nous attend.

Mon compagnon d'infortune me lance un regard d'encouragement. Chaque pas est une torture, mais nous éloigne un peu plus de notre calvaire. Sans crier gare, mes forces me quittent et je m'écroule dans la neige. Il me hisse sur ses épaules.

Quel tour de force !

Le perron de la petite maison nous tend les bras. Il m'assied sur un banc en bois. Il y a une fenêtre près de l'entrée, Ethan met ses mains en visière pour observer l'intérieur. Je m'attends à ce qu'il frappe à la porte, au lieu de ça, il prend un peu d'élan et envoie son coude dans le carreau. Puis, il passe son bras à l'intérieur et tâtonne, avant de sortir un trousseau de clés. Ethan s'affaire ensuite à ouvrir la porte. Il me prend dans ses bras, franchit le seuil et me pose avec délicatesse sur un vieux canapé miteux.

Mes yeux embrassent rapidement la pièce. Il n'y a personne. La lumière du jour peine à filtrer à travers les vitres. Un vaisselier tient difficilement debout, et une épaisse couche de poussière dort sur un vieux lustre. Ethan fouille dans les placards, avant de disparaître dans la pièce voisine. Il revient avec deux couvertures chaudes dans les bras, ainsi que des coussins.

— Il… n'y…. a… p… personne ? bégayé-je tout en claquant des dents.

— Non. C'est une vieille maison de vacances.

Je grelotte de plus belle et enroule mes bras autour de ma taille. Je n'arrive pas à me réchauffer. De nombreuses crevasses parsèment mes mains, des craquelures sont à deux doigts de fendre ma peau. À son tour, il regarde mes mains et se radoucit.

— On s'occupera de ça plus tard, c'est pas le plus important.

D'un coup sec, il tire sur la fermeture à glissière de mon manteau. Je l'arrête d'un geste.

— Attends… tu fais quoi, là ?

— Tu fais de l'hypothermie, et tes vêtements sont mouillés. Il faut les enlever !

Mes mains font toujours rempart.

— Parce que tu y arriveras seule, peut-être ? maugrée-t-il.

Résignée, je le laisse faire tout en essayant de l'aider. Une longue traînée humecte ma peau. Mon pull est couvert de sang ! Le mal assaille à nouveau mon ventre. Je me tords de douleur. Mon sauveur soulève délicatement mon haut en esquissant une petite grimace. Je baisse des yeux effarés et manque de tourner de l'œil en découvrant ma blessure, un trou ovale aux pourtours violacés est ancré dans mon épiderme. Le sang a coagulé, mais l'intérieur de la plaie suinte abondamment. J'ai l'impression qu'elle ne se refermera jamais.

— Tu souffres beaucoup ?

Je hoche faiblement la tête, des larmes aux portes de mes yeux. Ma tête brûle, mon souffle chaud traverse mes narines. Il fouille fébrilement les placards, se rend de pièce en pièce. Pourvu qu'il trouve quelque chose ! Il réapparaît avec plusieurs objets, dont une bouteille de whisky.

Mauvais signe !

Une boule se forme au fond de ma gorge.

— Qu'est-ce que tu comptes faire avec cette bouteille ? le questionné-je en déglutissant.

Ethan ne me répond pas, il fait glisser doucement mon pull sur ma tête.

Oh, mon Dieu !

Ses yeux s'arrêtent quelques secondes sur ma poitrine lovée dans mon soutien-gorge, puis il détourne subitement le regard, pris sur le fait. J'ai l'impression d'être nue. J'essaie tant bien que mal de me cacher à l'aide de mes bras.

— Bon, je te préviens, ça va être douloureux.

Mes yeux s'écarquillent lorsqu'il débouche d'un coup sec la fameuse bouteille.

— Non ! crié-je, horrifiée, en effectuant un soubresaut.

— Calme-toi ! C'est pour désinfecter, j'ai rien trouvé d'autre.

Il me tend un coussin.

— Tu n'as qu'à mordre dedans, d'accord ? Serre ma main de toutes tes forces si tu veux. Courage !

Au moment où il penche la bouteille, je ferme les yeux, terrorisée. Je ne veux pas voir ça ni me préparer psychologiquement. Je ne serai jamais prête, de toute façon. Le liquide démoniaque embrase ma peau. Mes yeux se révulsent et je m'arc-boute en poussant un cri étouffé dans le coussin. Je presse sa main avec une force que je ne me connaissais pas. Mon cœur palpite dans mes veines, mes poils se hérissent sur mes bras. J'ai l'impression qu'un mini *serial killer* zigzague sous ma peau, un poignard à la main.

Ethan enlève le tee-shirt sous son pull avant de le presser fermement sur mon ventre. Je verse une larme brûlante.

La douleur persiste, mais je retrouve peu à peu mes esprits. Ethan me regarde passionnément. Je ne peux m'empêcher de le dévisager à mon tour. Son torse à l'air libre m'offre le plus beau des spectacles. Le tatouage tribal gravé sous son oreille descend le long de son cou. Les motifs noirs s'entremêlent et contrastent avec sa peau d'un blanc éclatant. De l'autre côté, un aigle déploie fièrement ses ailes sur son pectoral. Lorsque mon regard se balade un peu plus bas, je devine le début d'une ceinture d'Adonis.

Quel corps d'Apollon !

Il semble remarquer où je me suis attardée, aussi, je détourne les yeux, brûlée par un feu des plus ardent.

— Ça va mieux ?

Voyant que je ne réponds pas, il se penche sur moi, me serre doucement dans ses bras. Épuisée, je pose la tête sur ses larges épaules.

— Ne t'inquiète pas, le plus dur est passé. Je suis là, d'accord ?

— J'ai si froid…

— Je m'occupe de ça.

Ni une ni deux, Ethan attrape mes jambes et baisse la fermeture Éclair de mon pantalon.

— Hé, ça va pas !

— Il faut enlever tous les vêtements mouillés en cas d'hypothermie ! gronde-t-il.

— Désolée, tu ne me verras pas en sous-vêtements !

Il jette une couverture sur mon corps, avant d'enlever mon pantalon.

— Voilà, t'es contente ? J'ai rien vu, t'inquiète pas, madame Prude !

Je laisse couler, je n'ai clairement plus la force de m'énerver. La tension s'évapore. Il m'enroule délicatement dans l'épaisse couverture. Je ne comprends pas comment il peut changer aussi rapidement d'humeur. Une vraie girouette !

— Fais-moi voir tes mains maintenant.

Je m'exécute et suis moi-même surprise par leur aspect bleuté. Les siennes ont quelques gerçures, mais rien de bien méchant.

Ethan frictionne doucement mes mains, jusqu'à ce que le sang afflue à nouveau. Peu à peu, je retrouve le contrôle de mes doigts. Il s'enroule à son tour dans une couverture.

— Maintenant, occupons-nous du chauffage !

Au fond de la pièce, une petite pile de bois s'amoncelle à côté d'une cheminée. Il jette les bûches dans l'âtre, puis s'active vigoureusement autour. Quelques minutes plus tard, les premières flammes jaillissent. Ethan saisit une pile de journaux et la lance dans le feu. Celui-ci grossit, jusqu'à atteindre une bonne taille.

J'ose un pied sur le parquet noueux. La douleur me lancine. Je dois me mordre la langue pour ne pas crier au moment où je m'assieds à côté de lui. L'air chaud souffle sur nos mains et nos pieds. Que c'est agréable ! Emmitouflée dans la couverture, je sens la chaleur se répandre peu à peu dans mon corps.

— En fait, comment tu t'es retrouvée là ? me demande-t-il.

Je lui raconte mon périple depuis la sortie du centre commercial jusqu'à ce que je me perde dans la tempête.

— Et toi ?

— Devon et sa femme m'ont invité à prendre un café chez eux. Quand je suis parti, je me suis laissé surprendre par le temps.

— Il t'a laissé partir comme ça ?

— Non, ils m'ont proposé de dormir chez eux, mais je voulais rentrer. Au final, encore heureux que je ne les aie pas écoutés, sinon je ne serais jamais tombé sur toi.

Nous restons un moment sans parler, profitant de la chaleur réconfortante du foyer.

Seulement éclairé par les flammès crépitantes de l'âtre, le salon est plongé dans la pénombre. Nos vêtements se dorent la pilule devant la cheminée. Le vent souffle en rafales, faisant vaciller le feu. Ethan se dépêche de raviver les flammes, puis s'absente. Lorsqu'il revient, la pièce est baignée de lumière.

— J'ai réussi à faire fonctionner l'électricité, c'est micux maintcnant.

Je réalise soudain que la nuit est tombée. Mes parents doivent être morts d'inquiétude ! Je tente d'allumer mon téléphone, sans succès. J'explique à Ethan, paniquée, qu'il faut que je les prévienne au plus vite. Il fouille la poche de son manteau, et en sort le sien.

— Il y a une barre de réseau, essaie d'appeler ta famille.

— Tu devrais peut-être prévenir tes parents avant, lui conseillé-je en lui rendant son portable.

Il éclate d'un rire sans joie qui cogne dans mon dos.

— T'inquiète pas pour ma mère, c'est pas comme si elle en avait quelque chose à foutre. Je me suis toujours débrouillé, elle le sait. Je te dirais bien d'appeler les urgences, mais aucune voiture ne peut venir jusqu'ici pour l'instant. J'ai désinfecté ta blessure, c'est le plus important. Ça devrait au moins aller pour cette nuit. Demain, je t'emmènerai à l'hôpital. Appelle tes parents pour les rassurer.

Je compose nerveusement le numéro de mon domicile.

Après plus d'une demi-heure passée à les convaincre que je suis bien à l'abri, je raccroche. Je rejoins Ethan qui s'affaire dans la petite cuisine, la couverture toujours nouée autour de la taille.

— J'ai trouvé ça !

Il pose une boîte de conserve sur la table, avant de la vider dans une casserole.

— Regarde la date de péremption.

— Le 18 août 2004... Ça va, on a encore un peu de marge.

Il allume le gaz. Des flammes bleuâtres lèchent les plaques de la gazinière. De mon côté, je m'occupe de trouver des couverts.

Une grimace sur les lèvres, je sers dans les assiettes le mélange de viande et de haricots à l'aspect peu ragoûtant.

— C'est mieux que rien, je meurs de faim, dit-il.

Voyant que j'affiche toujours une moue dégoûtée, il renchérit :

— T'inquiète pas, dès demain, tu pourras de nouveau manger du caviar !

J'ouvre des yeux courroucés. Ah, parce qu'il croit que j'en mange tous les jours !

— Je te taquinais, tranquille ! De toute façon, il faut qu'on parle.

Là-dessus, je le rejoins tout à fait.

Nous finissons de manger, et nous installons sur le canapé. Son regard ébène m'envoie une décharge électrique que je sens parcourir sur mon épiderme. Sa main effleure la mienne, je me dépêche de la retirer. Ethan brise le silence en premier :

— Pourquoi t'as fait un scandale à la soirée ?

— Vous squattiez une maison et vous consommiez de la drogue ! C'était la première fois que je voyais ça.

— Je l'avais compris, répond-il, acerbe. J'ai eu clairement l'impression que tu ne m'acceptais pas comme je suis.

— J'ai réagi un peu brusquement, mais j'ai eu peur. Ça faisait beaucoup d'un coup.

Quelques minutes passent, durant lesquelles nous laissons parler le silence.

— Tu sais, reprends-je d'une voix chevrotante, tu penses que je ne t'accepte pas, mais toi, est-ce que tu m'acceptes ? C'est pas parce que je suis née dans ce milieu que je suis d'accord avec tout ce que mes parents disent ou font. Je ne suis pas forcément heureuse, j'ai l'impression qu'il me manque quelque chose.

— Ah oui, et quoi ?

Il tourne la tête vers moi. Les flammes de l'âtre se reflètent dans ses iris sans fond.

Toi…

Ce mot me brûle la bouche, je parviens à le retenir à temps.

— Tout ce que je sais, c'est que je ne peux plus rester comme ça, à subir la vie, les choix de mes parents et ce qu'on attend de moi. C'est tellement… épuisant. Tu crois que je ne suis qu'une petite bourge qui ne comprend rien à la vie, qu'aucun malheur ne m'a jamais frappée, mais tu te trompes, tu te trompes tellement !

Je ne parle plus, je crie. Ce n'est pas contre lui, il semble le comprendre. Des larmes s'écrasent sur mes joues. Ethan se penche et les essuie du bout des doigts, puis s'agenouille devant moi en me tenant fermement les épaules.

— Tu veux en parler ?

Un nœud se forme dans ma gorge. Repenser à ce malheur me déchire le cœur. La cicatrice est encore ouverte et me rend trop vulnérable. Je ne me sens pas encore prête à vider mon sac. Il me regarde comme s'il avait envie de me prendre dans ses bras. Désormais, je n'ai plus qu'une question.

— Pourquoi ? demandé-je, bouleversée.

Il fronce les sourcils, alors je réitère ma question :

— Pourquoi tu as attendu tout ce temps pour qu'on ait cette discussion ?

CHAPITRE 25
ETHAN

Quand elle plonge ses yeux dans les miens, c'est tout mon monde qui s'écroule.

Cyndra O'Hara

Sa question me trouble, les réponses se bousculent dans ma tête.

Parce qu'au fond, j'ai peur... peur de ce qu'elle représente.

Je ne veux pas la brusquer, mais la franchise me semble la meilleure option. Au fond, on est pareils, deux âmes solitaires en quête d'un bonheur qui n'existe pas. Je me lève et fais les cent pas.

— On s'est parlé à la manif et à Noël, tenté-je minablement.

— Ça a duré quoi, cinq minutes ? Et puis, tu sais très bien ce que je veux dire ! Je te parle d'une vraie conversation, comme on a maintenant.

Je me résigne enfin à lui avouer ce que j'ai sur le cœur.

— J'étais en colère que tu prennes les choses comme ça, que tu ne te laisses pas vivre un peu ! Je me suis senti rejeté une fois de plus.

— Jamais je ne te rejetterais. Je suis désolée que tu aies cru ça, parfois mon esprit à tendance à vouloir tout contrôler. Je n'ai jamais rencontré quelqu'un comme toi. Tout ce que j'attendais, c'était que tu viennes me parler !

Ces révélations me font chaud au cœur, même si je préfère ne pas le montrer. Comme d'habitude, je feins un air indifférent.

— Je te dois des excuses à mon tour, déclaré-je, penaud. Je crois surtout que je ne voulais pas assumer une amitié avec toi, on est trop différents.

— Qu'est-ce qui t'a fait changer d'avis ? T'as vraiment envie qu'on soit amis ou tu te fous de moi ?

Bon, j'avoue, j'avais autre chose à faire que de penser tous les jours à elle, mais je n'ai pas réussi à l'oublier pour autant. Je suis persuadé que la fréquenter me serait bénéfique, à condition qu'elle m'accepte. Ça m'écorche la gueule de le dire, pourtant, parfois, il faut savoir ranger sa fierté dans sa poche.

— Non, j'en ai envie, réponds-je dans un souffle. Je pense que je t'ai mal jugée. Et puis… ça fait déjà deux fois que je te retrouve perdue, je me dis que ce n'est pas un hasard. Qu'au fond, tu as peut-être… besoin de moi.

La fin de ma phrase sonne plus comme une question que comme une affirmation. Qu'est-ce qu'il m'a pris de me livrer comme ça ? Ça me ressemble tellement pas !

— C'est vrai, tu tombes toujours à pic.

Après un petit silence, je lui demande si elle a du nouveau à me raconter.

— Je me suis inscrite dans une université en douce.

— Pourquoi en douce ?

— Mes parents avaient prévu de m'inscrire dans une université privée. Je me suis habituée au public et… ça me plaît.

— Il faut que tu fasses ce dont t'as envie. Si le privé ne te plaît pas, alors ne te force pas. Tes parents te foutent la pression, pas vrai ?

Elle souffle en baissant les paupières. Bon sang, elle est tellement parfaite !

— Tu n'es pas heureuse ? continué-je prudemment.

Si elle me répond non…

— Non, je veux être libre. J'ai l'impression de ne plus exister.

Ses pupilles me communiquent leur détresse. Je la sens si *vulnérable*. Elle souffre presque autant que moi. Je ferai tout mon possible pour apaiser ses maux, je sais ce qu'il lui faut maintenant. La drogue m'a aidé à exorciser ma douleur, même si ce n'est que momentané. Je suis sûr que ça pourrait l'aider, mais c'est trop tôt pour l'instant. Les iris en flammes, j'essaie de changer de sujet.

— Je peux savoir où tu t'es inscrite, du coup ?

— Ici.

— Tu veux dire à… Wilnoh ?

— Quoi, c'est tellement surprenant ?

Elle lève ses yeux bleus vers moi.

— Non, c'est juste que je me suis aussi inscrit là-bas.

Ses lèvres s'étirent en un sourire.

— On sera amenés à se voir alors...

Je fais comme si ses paroles me passaient au-dessus.

Isabelle se lève d'un coup.

— Je me rends compte que je ne t'ai toujours pas remercié.

Je déglutis avec peine, espérant qu'elle ne remarque rien.

— Pour ?

— M'avoir sauvée.

Je hausse les épaules. Ses mains m'agrippent le bras.

— Sans toi, je serais morte de froid sous la neige. Alors… merci.

Elle fait un pas en arrière, semblant se rappeler qu'on est presque nus sous nos couvertures. Je m'approche, excité. Son dos heurte le mur. Je ne suis plus qu'à quelques centimètres de sa peau. Mon torse frôle son buste. Les joues cramoisies, elle semble chercher une issue. Je sens ma virilité grimper. Elle ne peut m'échapper et je trouve cette situation vraiment jouissive.

— Tu as peur ? soufflé-je en plaquant mes bras de chaque côté de son corps.

Elle répond un petit « *non* » en levant la tête. Je plonge alors mes yeux dans les siens, ses lèvres se pincent.

Putain, c'qu'elle est belle !

Mon cœur s'accélère dangereusement.

C'est que du désir, hein ?

Une envie de l'embrasser à pleine bouche et de la prendre contre ce mur me traverse l'esprit.

Elle n'est pas pour toi... ne la touche pas...

Cette satanée voix dans ma tête me ramène à la réalité. Je ne peux pas me laisser aller avec elle. Ma bouche se colle contre son oreille. Isabelle réprime un léger frisson. Je lui murmure d'un timbre chaud, inhabituel :

— Si tu veux qu'on soit amis, ne me fais plus de réflexions sur la drogue.

Ses yeux s'assombrissent. Elle semble déçue, mais hoche timidement la tête.

— Ah, et il y a une règle à respecter.

Elle fronce ses sourcils.

Bordel, elle est à croquer !

Je reprends mes esprits et tente de masquer ce putain de trouble.

— La règle, c'est qu'il n'y a pas de règles. Tu l'apprendras vite avec moi.

Je m'éloigne avant que mon torse n'ait le temps de s'enflammer à nouveau. Elle passe nerveusement la main dans ses cheveux.

— Prends le lit, je dors sur le canapé, lancé-je en lui désignant la chambre.

— Il est petit, tu ne vas pas dormir là !

— Quoi, tu veux que je dorme avec toi ? la provoqué-je.

— Non… enfin, oui… Il faut que tu sois à l'aise, et le lit est assez grand pour deux. Enfin, si tu veux.

Bien sûr que je veux !

Elle se dépêche de rejoindre la chambre. Je souris.

Quand j'entre à mon tour, Isabelle est déjà allongée sur le lit, la couverture remontée jusqu'au menton. J'ai envie d'éclater de rire, mais je me retiens. Comme moi, elle est en sous-vêtements. Nos habits sèchent encore près du feu. Ses yeux se baladent sur mon torse. Si seulement elle pouvait passer ses mains dessus… Je chasse cette pensée en m'allongeant à côté d'elle.

— T'as jamais dormi avec un mec ? demandé-je, amusé, en me tournant vers elle.

— Pour… pourquoi tu dis ça ? bredouille-t-elle.

— Ton attitude, c'est tout. T'inquiète pas, ça va bien se passer !

Je l'entends claquer des dents. Ni une ni deux, je passe mon bras derrière sa nuque et l'attire contre ma poitrine.

— Qu'est-ce que tu f…

— Chut, dis-je en l'invitant à poser sa tête sur moi.

À mon grand étonnement, elle s'exécute sans rien ajouter. Putain, ça fait du bien de sentir la douceur d'une femme dans un pieu. J'ai envie de plus, tellement plus, mais je me contente de calmer les battements de mon cœur. J'espère qu'elle n'a pas perçu son accélération.

Nous ne parlons plus. De toute façon, je ne suis pas capable d'articuler un mot ; je me laisse juste porter par l'instant présent. Tout ce que je sais, c'est que, là, maintenant, avec *elle*, je me sens bien, apaisé.

Sa respiration se fait plus lente, je comprends qu'elle s'est endormie. C'est bien la première fois que je vais dormir à côté d'une meuf sans la baiser. Je ferme les yeux à mon tour, emporté par cette étrange sensation.

La lumière du jour me tire du sommeil. La joue douce d'Isabelle caresse mon épaule. Elle est tellement belle quand elle dort, je pourrais la mater pendant des heures ! Je me lève lentement, encore dans le brouillard. Je vérifie si nos vêtements sont secs et enfile les miens.

Dehors, c'est le calme après la tempête. Une épaisse couche de neige recouvre le sol. Je peine à ouvrir la porte, des congères sont logées devant l'entrée. Je ne pourrai jamais l'amener aux urgences avec ma caisse ! Je sens la panique s'emparer de moi. Pourquoi je prends les choses tant à cœur ? Je respire un bon coup pour me calmer. Je suis déjà venu me promener dans le coin. Si mon souvenir est exact, il y a une maison pas trop loin d'ici, et le propriétaire possède un véhicule tout-terrain. Je me rends dans la chambre pour la réveiller.

— Qu'est-ce qui se passe ?

— Impossible de prendre ma caisse, avec la neige. Un type habite pas trop loin d'ici, il a un 4 × 4. Ça devrait le faire, normalement. Je vais aller le voir pour lui demander s'il peut t'emmener aux urgences. Sinon, ça va, ta blessure ?

Elle passe instinctivement la main sur son bas-ventre.

— Oui, un peu, mais c'est toujours enflé.

— OK. J'y vais. En attendant, prépare-toi.

Quand je reviens avec le type, un moment plus tard, Isabelle est prête. Elle prend appui sur mon bras, je l'aide à marcher jusqu'au véhicule.

Assise au bord de la table d'examen, Isabelle se fait ausculter le ventre. Je ne suis pas franchement à l'aise, entouré de ces murs froids. Le médecin m'a permis de rester et je ne voulais pas la laisser seule. Sa famille est en route. En attendant, c'est moi qui veille sur elle.

— Comment vous vous êtes fait ça ?

— J'ai dévalé une côte dans la forêt et je suis tombée sur quelque chose de pointu.

— Hum… un objet non identifié.

Une infirmière lui fait passer un bilan pour voir si tout est normal, puis le médecin applique un strip sur sa plaie.

Lorsqu'on entre dans la salle d'attente, je lui dis :

— Putain, t'as eu chaud !

Je m'arrête net. Un homme et une femme nous font face. Rien qu'à la qualité de leurs vêtements, leur allure, on voit bien qu'ils viennent de l'autre monde et, à leur air inquiet, je devine tout de suite que ce sont ses parents. Un sentiment de mal-être me gagne, je me tiens à l'écart. Isabelle se tourne enfin vers moi, un grand sourire aux lèvres.

C'est la seule chose qui illumine cet hôpital.

— Je vous présente Ethan, c'est lui qui m'a sauvée et amenée jusqu'ici.

Ils se tournent vers moi. Le regard venimeux de sa mère me transperce. Ses cheveux foncés durcissent ses traits. Elle pourrait être dix fois plus belle si elle paraissait un peu plus *vivante*.

Je ne me laisserai pas impressionner.

Je les défie à mon tour dans un combat silencieux. Ils finissent par jeter l'éponge, son père se contente d'un bref signe de tête.

C'est ça, t'es qu'une pauvre merde pour ces gens, mon vieux !

— Eh bien, merci, déclare-t-il froidement en me tendant la main.

Je lui rends sa poignée aussi dure qu'un glaçon. J'ai l'impression d'être l'homme à abattre. Ils se tournent vers leur fille.

— On va t'emmener en sécurité.

Mes jambes tremblent, je sens une chaleur incendier mon torse.

Parce qu'elle n'était pas en sécurité avec moi ? C'est moi qui l'ai accompagnée ici. Et c'est ça le remerciement ? Des regards de merde lancés par des connards de richards ?

J'ai tellement envie de leur balancer mes pensées en pleine gueule, mais je n'en fais rien, par respect pour Isabelle. Ses yeux vitreux se balancent d'un côté à l'autre de la pièce. J'ai soudain pitié. Je pensais qu'elle avait une parfaite petite famille, je constate que non.

Elle se laisse entraîner par ses vieux vers la sortie, puis me lance un dernier coup d'œil avant que la porte ne se referme sur ses cheveux blond foncé. C'est dans ces moments-là que je me dis que je ne peux pas sortir avec une fille de son rang. En revanche, je ne veux pas l'abandonner. Cette soirée dans la cabane m'a fait prendre conscience de certaines choses. Je sens qu'elle a besoin de moi, et même si ça me fait chier de l'avouer... moi aussi.

côté à l'ombre de la maison. [illegible], je pensais qu'elle avait une parfaite petite famille, je constatai que non.

[illegible]

CHAPITRE 26
ISABELLE

« La liberté est un trésor que tu puises en toi, qui n'attend qu'une chose : éblouir le monde. »

Cyndra O'Hara

Après une semaine alitée, où j'ai chopé un bon gros rhume, je reprends les cours. Ethan a gentiment proposé de m'emmener au lycée. Je tiens à m'excuser de l'attitude ignoble que mes parents ont eue à son égard. Quand je leur ai demandé pourquoi ils ont été si froids avec lui, ma mère m'a répondu avec dédain : « *J'ai remarqué au premier coup d'œil que c'était un fils de rien, il transpire la vulgarité.* » Je n'ai même pas essayé de la convaincre, elle est tellement obtuse !

Je désinfecte ma blessure et passe doucement le doigt sur la cicatrice, faisant abstraction de la douleur. Des frissons de plaisir parcourent mes bras quand je repense à ces moments passés avec *lui*. Je le revois enlever délicatement mon pull, puis me plaquer contre le mur, couvert d'une simple couverture. Son odeur boisée me revient délicieusement. Les joues en feu, j'imagine ses mains expertes s'activant sur mon corps. Pour la première fois de ma vie, je me laisse aller à quelques caresses intimes en me rejouant ma nuit avec lui. Je rejoins ensuite la salle de bains, le cœur au bord de l'explosion.

Je m'apprête à descendre les escaliers, lorsque des sanglots me retiennent. Ils proviennent de la pièce d'Eileen. La porte est entrouverte. Mon cœur palpite. Piquée par la curiosité, je risque un œil à l'intérieur. Assise sur un lit, ma mère serre une photo contre sa poitrine. Le regard perdu dans le vague, elle est absente de ce monde. Je me penche pour en voir davantage. Le plancher me trahit, ses yeux s'écarquillent lorsqu'elle m'aperçoit. Avant même que je n'aie le temps de réagir, elle est déjà face à moi.

— Tu n'as rien d'autre à faire ? Fous le camp ! vocifère-t-elle en me claquant la porte au nez.

Je pousse un cri de rage en dévalant les escaliers.

— Qu'est-ce qui se passe ? s'alarme mon père en sortant du salon.

Je m'effondre contre son torse.

— J'ai vu maman dans cette maudite chambre !

Je n'ai pas besoin d'en dire plus, ses yeux s'assombrissent.

— Co... comment ça ?

J'essuie mes larmes d'un revers de manche et poursuis :

— Elle m'a fait partir, comme une moins que rien ! Et tu sais le pire ? Cet endroit ne devrait même pas exister. Je croyais qu'on devait prendre un nouveau départ !

J'ai littéralement explosé. Mon père m'entraîne par la main dans la cuisine. Il nous sert une tasse de thé fumante, prend le temps d'avaler le contenu de la sienne, puis reporte à nouveau son regard sur moi.

— Moi non plus, je n'ai jamais eu le droit d'y aller. Pour elle, cette pièce, c'est comme un sanctuaire.

Je suis écœurée par tant d'égoïsme.

— Elle ne pense qu'à elle !

— Je sais qu'elle te manque, elle nous manque à tous. Il faut respecter la décision de ta mère…

— Pourquoi tu te ranges toujours de son côté ? Tu n'as pas ta propre opinion ?

Il s'assied en me lançant un regard abattu.

— Si tu savais combien de fois j'ai essayé de lui parler... Elle s'est toujours refermée comme une huître. Ne la juge pas, s'il te plaît.

J'articule un « OK » et me dépêche de partir.

Je m'attends à voir débouler la grosse voiture d'Ethan d'un moment à l'autre. À la place, une décapotable se dessine à l'horizon. Une Ford Mustang noire rutilante me fixe de ses gros phares ronds.

— Elle est canon, n'est-ce pas ? frime-t-il en s'appuyant contre sa voiture.

Toi aussi.

— Je ne t'en ai pas parlé, mais après le Drinks Club Foley, j'ai trouvé un taf de garagiste. On a reçu cette caisse il y a quelques semaines, elle était dans un état pitoyable. Phil m'a dit…

— Phil ?

— Ouais, c'est mon patron. Il m'a dit que si je la retapais, elle serait à moi.

— Elle est magnifique. Et t'as fait quoi de ton ancienne auto ?

— Je l'ai vendue. Tu montes ? m'invite-t-il en tapotant le siège passager.

Je rentre prudemment dans cette merveille. Son style vintage lui donne des allures de voiture de collection. Mon derrière s'enfonce avec délectation dans le siège en cuir beige.

— À propos… Je voulais te présenter des excuses pour mes parents. Ils t'ont à peine remercié d'avoir pris soin de moi. Je n'approuve pas leur attitude.

— Ce n'est rien, me répond-il, les mâchoires crispées.

Je décide de parler d'autre chose pour apaiser la tension qui commence à s'installer.

— Dis… on ne va pas trop se faire remarquer ?

— Alors là, c'est le cadet de mes soucis ! T'en as rien à foutre de ce que les autres pensent ! Je vais te poser une question : t'es pas bien là ?

— Si !

— Alors tu t'en branles !

La route est gorgée de soleil et le vent joue doucement dans mes cheveux. Que c'est grisant de se laisser porter par la musique et de ne se soucier de rien d'autre que de son bien-être ! Avec lui, je me sens *libre*.

— Ça te dirait de sécher les cours cette aprèm ? me demande Ethan à la pause déjeuner.

Je le regarde, éberluée, et lui fais comprendre que c'est la première fois. Il m'observe minutieusement, avant d'ajouter en croquant dans sa pomme :

— Et pourquoi ne pas bouleverser tes habitudes ?

Je me triture les ongles en baissant la tête.

— Allez, t'es en avance dans pratiquement tous les cours. Qu'est-ce que ça peut faire si tu manques une aprèm ? En plus, c'est pour la bonne cause.

— La bonne cause ?

— J'ai créé des affiches qui envoient du lourd, avec la bande. Je vais les récupérer chez Jason et les placarder un peu partout dans la ville. Je me disais que ça serait sympa que tu m'accompagnes…

Mon cœur s'emballe, je suis touchée qu'il me propose qu'on se rende utiles *ensemble*.

Ethan ramasse son plateau.

— L'offre ne durera pas éternellement.

Je l'observe s'éloigner de son habituel pas assuré, et cours pour le rattraper. Le parking désert nous accueille. Il essaie tant bien que mal de dissimuler un petit sourire vainqueur.

Sa main effleure mon genou lorsqu'il passe les vitesses. Je sens la fraîcheur de ses doigts fins. Instinctivement, je me rapproche de lui. À chaque changement de vitesse, Ethan en profite pour me frôler à nouveau. Je frissonne de désir. Il se racle la gorge à plusieurs reprises, puis place ses deux mains sur le volant.

Mon chauffeur se gare devant une grande tour tristement dressée vers le ciel. Nous montons les marches jusqu'au dernier étage. Jason ne tarde pas à nous ouvrir, un sourire charmeur accroché sur le visage.

— Hey, mec, je ne t'attendais pas avant la fin d'aprèm.

— J'ai changé d'avis. Plus tôt on les aura placardées, mieux ça vaudra. J'ai emmené une recrue avec moi.

Il s'écarte en tournant théâtralement la main vers moi.

— Ravi que tu sois venue. Les autres ne sont pas encore arrivés. Vous y allez tous les deux ?

Ethan répond « *oui* » en entrant. Je le suis dans l'étroit couloir dépourvu de lumière jusqu'au salon. Sur une table en bois, des dizaines de piles de feuilles sont sagement empilées. Son ami nous demande si l'on veut boire quelque chose, Ethan refuse, précisant qu'on ne va pas tarder.

— Alors, les voilà, ces fameux tracts ! s'extasie-t-il en s'emparant de l'un d'eux.

— Je les ai reçus hier matin. J'avoue qu'on a fait du bon boulot, affirme Jason, le torse gonflé de fierté.

Ethan me tend une affiche.

— Ça claque, pas vrai ?

Sur le morceau de papier épais apparaît une photo du maire en noir et blanc et, en dessous, un slogan écrit en lettres de sang :

« Parti bourgeois qui se prend pour un roi.

Cessons d'être soumis, à mort ce parti. »

Ça me fait un peu penser aux affiches que l'on retrouve dans les westerns. Je souris devant tant d'originalité.

— Kyle et Nelson iront au nord de la ville ; moi et Michael, on s'occupe du sud. Vous faites le centre ?

— Pas de problème. On va faire un peu tous les quartiers, histoire de sensibiliser un max de personnes.

Jason nous distribue trois piles chacun, que nous glissons dans nos sacs.

Nous commençons par les endroits populaires. Les commerçants nous autorisent à placarder les affiches sur leurs vitrines, visiblement heureux que l'on se soucie d'eux. Poteaux, arrêts de bus, rien n'est épargné et, bientôt, on retrouve partout la tête du maire. Lorsque nous arrivons dans les quartiers plus aisés, la tension est palpable. Les passants se retournent sur nous, choqués.

Nous les mitraillons de faux sourires. Une vieille dame arrache une de nos affiches, courroucée. Lorsqu'elle tourne les talons, Ethan en colle une autre sur un panneau en s'esclaffant. Nous continuons jusqu'à ce que nous arrivions à proximité de la gare.

— C'est la dernière. Tu veux t'en occuper ?

Je la scotche soigneusement. Ethan me donne une tape dans la main pour me féliciter. Il pénètre dans le hall désert du bâtiment.

— Qu'est-ce qu'on vient faire là ?

Il place un doigt sur sa bouche, m'invitant à garder le silence, puis se fige devant deux grands escalators. L'un monte et l'autre descend. Concentré, il fait craquer ses phalanges, et se positionne face à celui qui descend. Je ne sais pas pourquoi, je ne le sens pas.

— Attends, ne me dis pas que…

Il m'interrompt, comme s'il lisait dans mes pensées.

— Regarde faire le pro.

Il recule de quelques pas en fléchissant les jambes, prêt à prendre son élan.

— Ethan, je ne crois pas que…

Il ne me laisse pas finir ma phrase et s'élance à corps perdu vers les marches. Pendant une seconde, je me cache les yeux, persuadée qu'il va s'étaler. Quand j'écarte les doigts, l'escalier l'emporte vers le bas. Il finit par remonter en courant comme un malade.

— Ouais ! hurle-t-il d'une voix rauque en brandissant les poings en l'air.

Je distingue de grosses gouttes de sueur sur son front. Ethan se place derrière moi, enroule ses bras autour des miens et me souffle à l'oreille :

— À ton tour.

Je me fonds un peu plus dans son étreinte, frissonnant à son contact chaud, avant de mesurer ses propos.

— Comment ça ?

— Tu sais très bien ce que je veux dire, ne me le fais pas répéter.

— Et pourquoi tu veux que je fasse un truc aussi stupide ? soulevé-je, exaspérée.

Il me fait doucement pivoter vers lui en me soulevant le menton.

— Quand j'étais petit, je m'amusais à remonter les escalators en sens inverse. Ça m'éclatait. J'avais envie de te montrer ce que ça fait. Tu verras, tu te sentiras mieux après.

Je n'arrive toujours pas à comprendre comment je peux me tenir là, prête à commettre un geste aussi fou. Mais, même si je suis morte de trouille, j'ai envie de savoir ce qu'il a ressenti.

Je recule de quelques mètres.

— Fais le vide en toi.

Mon corps est attiré par le sol comme un aimant. Je ferme les yeux en inspirant profondément. La peur s'efface au profit de l'adrénaline qui circule de ma tête jusque dans mes orteils.

Je cours sans réfléchir, observe le tapis métallique dévorer les marches dans un bruit strident. Je crains qu'il ne m'avale à mon tour.

Dès lors que je pose les pieds sur la surface, je suis brusquement aspirée en arrière. Mes mains agrippent la rampe qui me tire vers le bas. Je dégringole, puis m'étale de tout mon long sur le sol. Ethan se précipite vers moi.

— Isabelle, ça va ? Tu ne t'es pas fait mal ?

Mes genoux écorchés sont en feu.

— Tout va bien, le rassuré-je en me secouant.

— On ferait mieux d'y aller. J'ai des pansements dans ma caisse.

Je m'apprête à le suivre, quand le bruit de l'escalator continuant sa course effrénée m'interpelle. Je me retourne, frustrée. Les marches descendent fièrement vers le bas, me narguant d'avoir abandonné aussi bêtement.

— Qu'est-ce que tu fabriques ?

— Je recommence.

Il tente de m'en dissuader. Je fais la sourde oreille, plus obstinée que jamais. Maintenant que je suis tombée, je n'ai plus peur de recommencer.

Toutes les parties de mon corps s'alourdissent, du sommet de mon crâne au bout de mes doigts. Les marches se perdent dans le vide intersidéral pendant que mes pensées s'éclaircissent. J'inspire profondément et cours à grandes enjambées vers l'escalier roulant. Mon cœur fait un double saut dans ma poitrine. Mon équilibre est fragile, je mouline des bras. Cette fois, je ne m'agrippe pas à la rampe, je m'efforce de courir aussi vite que je le peux.

Je grimpe à présent à contre-courant. Le tapis métallique crisse sous mes pas, me happant toujours plus vers le bas. Mes forces s'amoindrissent, ce stupide escalier m'emporte dans sa course. Je ne lâche rien, luttant en sens inverse contre cette machine infernale.

— Allez, Isa !

C'est la première fois qu'Ethan m'appelle comme ça, je sens mes entrailles remuer. Un sentiment de liberté me gagne de la tête aux pieds. Les muscles de mes mollets et de mes cuisses prennent un malin plaisir à se tendre, mais je n'abandonne pas. Arrivée en haut, les marches se forment dangereusement. Je saute sans me poser de questions sur le rebord de cet amas métallique.

Mon cœur pulse contre mes tempes, j'inspire profondément jusqu'à ce qu'il reprenne son rythme de croisière. Vidée, je m'assieds à même le sol.

— T'es une championne !

— Ouais, bah, compte pas sur moi pour recommencer !

— Maintenant que t'as fait tous ces efforts, ça te dit de manger un morceau ?

Il me tend la main et nous quittons la gare.

Plus tard, en sortant du restaurant, nous décidons de faire un dernier tour. Le jour s'est éclipsé quand nous arrivons dans le parc. Je lui emboîte le pas et nous nous installons tranquillement sur un banc. Il fouille la poche intérieure de sa veste, en sort une petite boîte en métal, puis extirpe d'un sachet une longue barre de couleur marron.

— C’est ça du shit, m’informe-t-il d’un ton neutre.

Je plisse les yeux, le regarde allumer son briquet. Il effrite la drogue pour la mélanger ensuite au tabac. Ethan aspire une grande goulée, puis fait des ronds de fumée avec ses lèvres qui, je dois l’admettre, sont diablement sexy !

— La soirée n’est pas encore finie.

Il écrase sa cigarette, avant de me faire signe de le suivre. Le parc est plongé dans un silence parfait, seulement entrecoupé par la brise. Les feuilles frissonnent en même temps que moi. La lumière vacillante et jaunâtre des réverbères éclaire nos pas. Le jour, le chemin est rehaussé par des fleurs aux couleurs chatoyantes, mais celles-ci sont avalées par la nuit. Ethan me demande de l’attendre, et s’élance dans le noir, avant de disparaître complètement.

Je patiente dans le froid hiémal[17]. Plusieurs minutes passent et toujours rien.

— Ethan ?

Ma voix se perd dans l’opacité des ténèbres. Le sentier ressemble à un long couloir sombre, je n’ose m’y aventurer.

Un bruit résonne, comme un levier qu’on tire d’un coup sec. Un carrousel apparaît subitement, baigné de lumière. Mes yeux s’agrandissent d’émerveillement. Je l’aperçois, assis dans une petite cabine, sa voix s’élève dans les haut-parleurs.

— Prête pour un petit tour ?

D’un geste, il m’invite à prendre place. Sans écouter ma raison, je m’élance sur la plateforme. Les montures sont étonnamment plus grandes que sur les autres carrousels. Mon choix se porte finalement sur un cheval blanc, dont la crinière et la selle sont ornées de dorures. Ethan choisit un étalon noir.

— Je ne me rappelle pas avoir vu ce manège, la dernière fois.

— Ils l’ont installé y’a pas longtemps, je me suis dit que ça te plairait.

— C’est magnifique. Tu sais… on n’a pas le droit d’être là.

— Qui a défini ces règles ? Avec moi, tu fais ce que tu veux, tu n’auras plus à te poser ce genre de question. Le droit, c’est moi qui le prends.

Le carrousel monte et descend en un doux balancement. Le sentiment d’interdit m’offre une sensation de liberté qui zigzague jusque dans ma poitrine. Ethan saute à terre et monte derrière moi. Une de ses mains s’agrippe

[17] Qui a trait à l’hiver.

à la barre torsadée, l'autre, à ma taille. J'essaie de me concentrer, mais son corps contre le mien fait fondre mes entrailles.

— Tu le sens ? me susurre-t-il à l'oreille.

— Quoi ?

— Ce sentiment de liberté !

Oh que oui !

Nos rires éclatent dans la nuit sauvage.

Il finit par descendre, empruntant les marches qui mènent au deuxième niveau. Je l'imite et manque de m'étaler sur le plateau tournant. Je m'installe dans un petit carrosse. Ethan me rejoint, puis nous restons ainsi un petit moment, défiant les secondes et le temps.

CHAPITRE 27
ETHAN

« Les émotions se manifestent sur le théâtre du corps ; les sentiments sur celui de l'esprit. »
Antonio R. Damasio

Aujourd'hui, on assiste à l'un des matchs les plus importants de la saison. Je dois me faire violence pour rester là, coincé entre Isabelle et le gros balourd d'à côté.

« Veuillez accueillir comme il se doit les Wild Lions ! »

Les joueurs de football américain font leur entrée en bombant fièrement le torse. Jessica, la pote d'Isa, ne perd pas une miette du spectacle. Je préfère me concentrer sur les pom-pom girls qui se déhanchent comme des tigresses. La mascotte, un grand lion habillé aux couleurs de l'équipe, court stupidement sur le terrain, enchaînant les sauts.

Les deux équipes s'alignent côte à côte en récitant l'hymne national américain, les bras en croix sur la poitrine. Juste avant le coup de sifflet, un des joueurs lève la tête dans notre direction. Je manque de m'étouffer quand je remarque que c'est Isabelle qu'il fixe avec intensité. J'en profite pour la regarder. Elle semble troublée, comme si elle le connaissait. Je me rappelle l'avoir vu, le jour de l'accrochage. C'est lui qui avait empêché son pote Chase de me sauter à la gorge. Jessica se tourne vers sa copine, tout sourire.

— Hé, mais c'est toi qu'il regarde ! T'as une touche, ma belle.

Elle peut pas se mêler de son cul, elle ?

— Arrête un peu.

— C'est Doug Mckinney, le quarterback de l'équipe !

Mais oui, vante bien les mérites de cet abruti, en plus !

Incapable d'en supporter plus, je tousse fort, me racle la gorge plus que de raison. Isabelle fronce les sourcils et déclare à l'intention de son amie :

— De toute façon, on ne s'est jamais parlé.

— Qui sait, peut-être bientôt !

Je regarde l'autre gus courir. Il dépasse d'une bonne tête la plupart des autres joueurs. Ses muscles ressortent sous son maillot, il doit plus se sentir pisser, le mec. Jessica glousse et Isabelle l'imite. La mine sombre, je les observe du coin de l'œil, sans perdre une miette de leur conversation. Je lève les yeux au ciel en marmonnant :

— Quand vous aurez enfin fini de parler de vos fantasmes, on pourra peut-être suivre le match !

— Oh, c'est bon, monsieur Rabat-joie ! T'es jaloux, c'est ça ? raille Jessica.

— Moi, jaloux ? réponds-je avec dédain. Je n'ai clairement rien à envier à ces mecs !

— C'est ça, réplique-t-elle en pouffant. Qu'est-ce que ça peut te faire alors ?

Elle commence clairement à me courir sur le système. Je vois bien qu'elle entraîne Isabelle dans ses délires !

— Oh, rien, c'est juste que tu lui mets des idées dans la tête ! m'emporté-je.

— Tu n'as pas vu comment il l'a regardée ? T'es aveugle, ma parole ! Tu crois qu'Isabelle n'est pas assez bien pour lui, c'est ça ?

Je me lève d'un bond.

— Non, j'ai pas dit ça ! C'est *toi* qui le dis !

— Je crois justement qu'elle est trop bien pour la plupart des mecs, et je ne veux pas qu'elle tombe sur un connard !

— Du calme, vous deux, intervient Isa.

Une voix colérique nous interrompt derrière nous :

— Eh, ton père n'est pas vitrier, on ne voit plus rien !

Je me fige quelques secondes, avant de me rasseoir lentement, les poings serrés.

C'est qui, ce type qui se permet de mentionner mon père ?

Je me retourne, menaçant. Un petit minet d'à peine un mètre soixante et maigre comme un clou se tient droit sur son siège. Quand il croise mon regard, j'ai l'impression qu'il va faire dans son froc.

— Je t'interdis de parler de mon père ! Je fais ce que je veux, et si tu ne veux pas te retrouver six pieds sous terre, t'as intérêt à t'écraser en vitesse. Baisse les yeux maintenant !

Son visage déjà pâle se décompose. Non, je n'ai pas honte ! Je vais pas me laisser faire, et encore moins par un minus !

— Baisse les yeux, j'ai dit !

Il finit par s'exécuter.

— T'as de la chance, j'aurais pu te demander de quitter le stade ou, pire, te casser la gueule. Tu ne mérites que ça.

Je me retourne enfin, les mâchoires tellement contractées que j'ai l'impression qu'elles vont se briser. La pote d'Isa me fixe, bouche bée.

Le numéro 23 se fait violemment plaquer au sol, c'est ce fameux Doug. Je retiens un sourire de satisfaction. Il se relève, puis récupère la balle, prêt pour une passe décisive. Il se tourne à nouveau vers Isabelle et lance la balle en même temps. Tout le monde hurle, ce con a marqué.

— T'as vu ça ? s'extasie Jessica. Il a fait une passe en te regardant et on a gagné !

Elle se tourne ensuite vers moi et me lance d'une voix cinglante :

— Donc, c'était *pas* inventé !

Je ne dis rien, sinon je crois bien que je pourrais sauter à la gorge de tout le monde.

Je fais la queue dans les tribunes pour gagner la sortie. Isabelle et sa pote marchent devant. Elles ne font pas attention à moi, trop occupées à se frayer un chemin dans la foule. En les suivant de près, j'entends des bribes de leur conversation.

— Il est complètement fou ! T'as vu comment il a humilié le mec derrière nous ? Je ne veux pas te faire peur, mais je te conseille de te tenir loin de lui, et de ne pas trop t'attacher.

Non mais, pour qui elle se prend, la tignasse rouge !? Et, surtout, qu'est-ce qu'elle s'imagine sur moi ?

J'appréhende la réponse d'Isa, qui finit par prendre ma défense.

— Il l'a provoqué, t'as bien entendu ! Ethan l'a juste remis à sa place, il n'y a pas mort d'homme.

— Tu rigoles ? On aurait dit qu'il était prêt à lui sauter dessus ! Arrête de lui trouver des excuses !

Comment elle peut me juger sans me connaître ? Enfin, j'ai l'habitude. Je savais que c'était une mauvaise idée qu'elle me la présente. Ah, ça s'est vachement bien terminé !

— T'es injuste. Ensemble, on fait des choses pour améliorer les conditions de vie des personnes dans le besoin…

— Tu me l'as déjà dit, mais méfie-toi. Il te montre ce qu'il a envie de te montrer, ça cache peut-être quelque chose.

Connasse !

— Ne parle pas comme ça de lui. Tu ne pourrais pas être heureuse pour moi ?

Isabelle prend congé de son amie, furieuse.

Je quitte le stade la rage au ventre. Je ne sais pas ce qui me met le plus en rogne, ces frimeurs de l'équipe qui ne se sentent plus pisser, ou sa pote Jessica qui se mêle de ce qu'elle ne devrait pas.

J'ai passé la nuit à ruminer. En fin de journée, je croise Isabelle à la sortie de son heure de biologie.

— Tu rentres ? l'accosté-je.

Elle confirme. Au moment où je m'apprête à lui proposer de l'accompagner, quelqu'un m'interrompt. Je me retourne. Doug tape l'incruste, un grand sourire peint sur la gueule.

Manquait plus qu'ce p'tit con.

Bien sûr, il ne s'adresse qu'à Isa.

— C'est pas la première fois que je te vois dans les tribunes.

Le sourire qu'elle lui balance me démolit.

— Oui, je viens de temps en temps. Joli match.

Tu parles !

— Merci, avec l'équipe, on les a laminés !

Quel vantard ! Je lève les yeux au ciel. Ma voisine me frappe les côtes avec son coude.

Bon sang, elle est de son côté !

Ils parlent de leurs cours communs et des spécialités qu'ils ont choisies, pendant que je fulmine un peu plus.

C'est ça, continuez de faire comme si j'existais pas !

— L'année prochaine, j'entre à l'université. Dernière ligne droite. C'est le moment ou jamais de me faire recruter par des sélectionneurs.

— Ils vont sûrement te repérer, répond-elle d'une voix douce.

J'y crois pas... Quelle connerie !

À chaque coup d'œil, il la dévore un peu plus. Si ça ne tenait qu'à moi, je la traînerais vers la sortie, loin de ce type, mais je ne peux pas faire ça...

Elle ne m'appartient pas.

— J'espère bien !

Je souffle bruyamment. C'est loin d'être discret, mais j'en ai rien à foutre. Monsieur se vante et elle entre naïvement dans son jeu ! Et moi, j'existe plus…

— Je… je peux te poser une question ? lui demande-t-il.

Il passe la main dans ses cheveux ondulés. Il a l'air nerveux tout à coup, je sens le coup venir à des kilomètres à la ronde.

— Oui, bien sûr.

Le quarterback me regarde à la dérobée, et ajoute doucement :

— Euh… en privé, je veux dire.

Ah, il veut se la jouer comme ça ?

— Bon, Isa…, commencé-je, impatient.

Elle pose la main sur la mienne pour m'apaiser et me chuchote :

— T'inquiète pas.

Mon pouls bat contre mes tempes et, avant même qu'elle n'ait le temps de finir sa phrase, je lâche :

— C'est bon, je me casse !

Je les double en le bousculant.

— Désolé, mec ! me lance Doug, d'un ton faussement navré.

Je lève la main pour qu'il ferme sa gueule une bonne fois pour toutes, avant de disparaître au bout du couloir.

Mon cœur cogne à mille à l'heure. Je ne pense qu'à rentrer chez moi, mais la curiosité me dévore les tripes. Le genre de curiosité malsaine qui pousse à prendre les mauvaises décisions. Je me plaque contre le mur, puis jette un œil discret dans leur direction. Par chance, une porte se trouve juste derrière moi, qui donne sur un placard à balais.

Ça fera l'affaire.

J'entre sans me poser de questions, laissant la porte entrouverte. Mes pieds s'emmêlent dans les balais et ustensiles de nettoyage.

Qu'est-ce que je fous, putain ?

Je me débats contre tout ce bordel, et parviens enfin à ne plus bouger.

Bon sang, je suis pas à l'aise ! Ça me ressemble pas de me cacher comme un gamin !

Et comme si ça ne suffisait pas, ils prennent tout leur temps pour arriver.

Restez dormir là, tant que vous y êtes !

Ils apparaissent enfin dans mon champ de vision.

— Ça te dirait qu'on sorte tous les deux ?

Ils s'immobilisent devant le placard. Je retiens ma respiration. J'aurai l'air malin s'ils me découvrent, tiens ! Je ne pourrai jamais supporter cette humiliation. Ma poitrine se compresse, j'ai l'impression qu'on peut entendre mon cœur cogner dans tout le couloir.

— Je ne sais pas…, répond-elle en tortillant une mèche de ses cheveux.

Merde alors, elle n'a jamais fait ça avec moi ! Ça veut dire quoi, quand les meufs font ça, déjà ?

Je l'observe en déglutissant avec peine. Mes muscles refusent de fonctionner. Je ne le connais pas personnellement, mais sa réputation n'est plus à faire. J'ai entendu qu'il se vantait d'enchaîner les conquêtes. Isabelle n'est pour lui qu'un trophée qu'il veut exposer le temps d'une soirée. Je refuse qu'il se serve d'elle de cette façon. Imaginer qu'il pose ses mains sur elle m'est insupportable. Je veux la protéger, rien de plus !

— Allez, ça sera sympa, tu verras !

J'ai envie de sortir de ma planque et de lui foutre la tête dans le seau à serpillière, mais je me rends compte à quel point j'aurais l'air ridicule.

— Tu es bien ami avec Chase ? demande-t-elle.

Il fronce les sourcils, décontenancé.

— Ouais, pourquoi ?

— Il s'était battu avec Ethan, tu te souviens ?

— Franchement, je vois pas le rapport, répond-il en fourrant les mains dans ses poches.

— Ça me gêne de sortir avec toi alors que Chase et sa bande passent leur temps à martyriser les autres.

Bingo ! Un point pour moi !

— Arrête un peu, je ne suis pas comme eux, t'as bien vu ! Quand Chase s'est battu avec lui, j'ai été le premier à le raisonner. Et puis, c'est qui ce type pour toi ?

— Un ami. Je suis désolée, je ne veux pas sortir avec toi.

— J'ai bien vu comment tu m'as regardé dans les tribunes. Tu ne peux pas dire que je ne te plais pas ?

— C'est pas ça le problème !

Elle fait demi-tour.

— Alors c'est quoi ?

— Laisse tomber, c'est personnel. D'accord ?

— En gros, tu me chauffes comme une chaudasse pour rien ?

— C'est bien ce que je pensais, t'es qu'un gros lourdaud ! Crois ce que tu veux et laisse-moi tranquille.

Son regard s'assombrit, il lui crache avec dédain :

— Personne ne me dit non. Tu vas le regretter et tu me supplieras de te la mettre !

— Bravo, c'est très classe, ça ! T'es qu'un porc, fous-moi la paix maintenant !

J'ai envie de sortir du placard et de lui casser la gueule, mais il tourne les talons. Tout ce que je vois, c'est Isabelle qui s'éloigne à son tour dans le sens opposé.

CHAPITRE 28
ISABELLE

Les ténèbres pour seul repère, je sombre dans le néant.
Cyndra O'Hara

Je suis plongée dans une obscurité bleuâtre ; mon corps pèse sur le carrelage frais. Cette fraîcheur est le seul lien qui me raccroche encore à la réalité. Pour contrôler le tremblement de mes jambes, j'enroule les bras autour de mes genoux, puis m'adosse contre la porte. Des frissons parcourent ma peau. Je ne sais pas si c'est de peur ou de froid. Le temps s'est figé, je n'ai aucune idée du nombre de minutes ou d'heures qui se sont écoulées depuis que je suis là. Dès que je ferme les yeux, je revis ce cauchemar.

Ses lèvres s'écrasent brutalement contre les miennes, et sa langue viole ma bouche.

Ce souvenir est si atroce que j'ai l'impression que lorsque j'ouvrirai les yeux, il se tiendra face à moi. Je suis prise de tressaillements incoercibles, et des larmes perlent sur mes joues. Le souvenir de ce qui s'est passé l'année dernière remonte insidieusement à la surface. C'était aussi dans des vestiaires… sauf que l'odeur entêtante de son parfum s'y mélange. J'ai peur que ça recommence… Mon passé semble toujours se rappeler à moi, il ne veut pas me lâcher.

Il me serre fort contre son corps. Trop fort.

Mon visage se perd dans mes mains, un mal de crâne m'assaille et pulse contre mes tempes. Je claque des dents. Enveloppée dans le rideau de douche, je n'ai pas la force de me lever pour m'habiller. Je ne sais même pas ce que j'attends, mais je ne suis plus en mesure de faire quoi que ce soit. Un bruit lointain me parvient. Je relève vivement la tête, m'attendant à le voir surgir à nouveau. Je suis terrifiée à l'idée qu'il revienne, cette fois pour terminer ce qu'il a commencé.

L'eau chaude coule sur ma peau et me détend les muscles. Une ombre se glisse furtivement devant le rideau. Deux mains me happent dans les ténèbres...

Mon cœur bat à tout rompre quand je repense aux yeux terribles que j'ai découverts. Il a ouvert la porte de la cabine et a essayé de me surprendre toute nue pour me…

Je recule en poussant un hoquet de surprise et m'enroule dans le rideau, découvrant mon agresseur qui se redresse de toute sa taille. Lorsque je m'enfuis hors de la cabine, il m'attrape à la gorge. Je sens ses ongles strier ma chair, il serre à me faire tourner de l'œil.

Prise de dégoût, un filet de bave coule sur mon menton et vient s'écraser sur les dalles. Je l'essuie d'un revers de la main, avant de marteler violemment le sol de mes poings. Des traces rouges commencent à se former sur ma peau, mes phalanges me brûlent. Plus rien n'a d'importance. J'ai besoin d'extérioriser cette colère qui me prend aux tripes.

Je hurle à pleins poumons. Il plaque sa main contre ma bouche, étouffant mes cris. Mes dents s'enfoncent dans sa chair, mais il ne relâche pas sa prise. Un goût ferreux envahit mon palais. Je recrache son sang dans sa paume, plus écœurée que jamais.

Je ferme les yeux. J'ai envie de hurler, de sortir hors de ces murs qui me prennent en étau, à mesure que les minutes passent. Aucun son ne sort.

— Salope, tu vas regretter ! Aucune fille ne me dit non ! Maintenant, je vais t'attraper, et tu vas te laisser faire comme la chienne que tu es. OK ?

Mes reniflements s'intensifient, je laisse mon nez couler. Ses mots et ce qu'il a essayé de me faire me brisent en mille morceaux. Le silence des vestiaires a quelque chose d'inquiétant. À tout moment, je m'attends à entendre ses pas pesants résonner.

J'essaie de fuir, mais il est trop fort. Sa bouche gagne du terrain, ses doigts laissent des marques sur ma peau. Je lui donne un coup de pied à l'entrejambe, le prenant au dépourvu. Il se plie douloureusement, me fusille du regard et prend ses jambes à son cou, direction la sortie. Dès qu'il atteint la porte, je la claque derrière lui et m'empresse de verrouiller.

Je sursaute. La poignée tourne violemment au-dessus de ma tête.

Il est revenu !

Prise de vertige, je me recroqueville en position fœtale, attendant que l'assaut se termine.

Je suis en sécurité.

Je suis en sécurité.

Il ne peut pas entrer.

— Isabelle ? T'es là ?

Ce timbre grave et appuyé me rappelle quelque chose, avant de se perdre dans les limbes de ma conscience. La voix insiste.

— C'est moi…

Après un long moment de silence, il rajoute, plein d'espoir :

— Ethan !

Le sol cesse de vibrer, tout redevient calme. Sa simple présence de l'autre côté de la cloison me rassure. Je sais qu'il ne laissera jamais personne me faire du mal. Ayant encore trop peur de parler, je donne plusieurs coups précipités contre la porte, pour signaler ma présence.

— Réponds-moi !

Mes poings martèlent de plus belle le bois.

— Tu ne peux pas m'ouvrir ?

J'active ma langue dans ma bouche pâteuse. Je parviens à articuler :

— N'entre pas.

— Bon sang, tout le monde te cherche ! Qu'est-ce qui se passe ?

Dans sa voix perce l'inquiétude.

— Isa… ouvre-moi.

Son ton s'est radouci en une supplique. Je ne l'ai jamais entendu parler de cette façon. J'ai presque envie de lui ouvrir pour me blottir dans ses bras, mais je n'y arrive pas.

— Quelqu'un t'a fait quelque chose ?

J'étouffe un sanglot pour seule réponse.

— Tu es blessée ? insiste-t-il en remuant derrière la porte.

Tant que je reste là, je suis dans une bulle de sécurité que personne ne peut percer.

Il s'agite sur la poignée et je panique un peu plus.

— Je ne bougerai pas tant que tu n'auras pas ouvert. C'est pas négociable !

Cette porte, c'est la seule barrière qu'il me reste entre ma dignité et le monde extérieur. Il continue de parler, je n'écoute plus. Sa voix, qui n'était qu'un bourdonnement, monte en puissance. Le mot « défoncer » m'alarme.

— Ça fait maintenant une demi-heure que je poireaute comme un con, je n'attendrai pas une minute de plus ! Je te préviens une dernière fois : si tu es derrière la porte, éloigne-toi !

Faisant appel au peu de forces qu'il me reste, je me lève et recule de plusieurs mètres.

— À la une… à la deux !

Oh, mon Dieu, il va vraiment le faire ?

— À la trois !

Le battant s'ouvre d'un coup. Je reste figée, retenant du mieux que je le peux le rideau enroulé autour de mon corps. Il écarquille les yeux d'horreur et se précipite vers moi, tandis que je recule, effrayée. C'est bête, je sais qu'il ne me fera rien, mais mon corps a tout seul ce réflexe défensif.

— Isabelle ? Putain, qu'est-ce qui t'est arrivé ?!

Mon regard se perd dans le vide, la pièce se brouille. Voyant que je ne réponds pas, il se plante en face de moi en me secouant doucement les épaules.

— Hé, réponds-moi.

Ethan se met à faire les cent pas en perdant son calme.

— Bordel de merde, parle-moi !

C'en est trop ! Mes genoux lâchent, il me rattrape à temps. Je m'effondre sous l'effet de la tornade qui s'abat sur mon âme. Les yeux embués de larmes, je laisse couler le reste de ma tristesse sur son torse. Son vêtement est imprégné d'un parfum boisé aux notes musquées. Je m'accroche à cette senteur, en sécurité au creux de sa forteresse. Il m'attrape le menton entre le pouce et l'index et me force à plonger mon regard dans le sien. Il est si proche… Les secondes s'égrènent, je ne vois plus le temps passer.

— Tu es calmée ?

Je hoche doucement la tête, même si l'orage gronde toujours en moi.

— Dis-moi ce qui se passe.

Je retrouve peu à peu mon calme, puis articule péniblement :

— Il… je…

Mes mâchoires sont trop contractées.

— Prends ton temps, d'accord ?

— Co… comment tu m'as retrouvée ?

— Tu manquais à l'appel en histoire. Une fille m'a dit que la dernière fois qu'elle t'avait vue, c'était en cours de sport.

Je sens encore sa peau sur la mienne... Nauséeuse, je titube jusqu'au lavabo. Mon ventre se tord de douleur. Je me plie en deux, et rends les restes de mon repas, en même temps que mon dégoût de cet individu. Je rends cette innocence qui était à deux doigts de s'envoler. Ethan me tend un mouchoir et je me mouche, évacuant le reste de ma souffrance.

Quand je relève la tête, je ne reconnais pas la fille qui se tient dans le miroir. Elle a les cheveux emmêlés. Ses yeux sont gonflés comme deux grosses balles injectées de sang, et des cernes s'enfoncent dans sa peau.

Il me demande où sont mes affaires. Je les pointe d'un doigt tremblant en direction de la cabine de douche. Ethan me les tend, me demande si je peux m'habiller seule, avant de sortir en vitesse.

Au moment où il entre à nouveau, je suis en train de me débarbouiller pour essayer de ressembler à quelque chose, même si ça semble dérisoire dans un moment pareil.

— Ça va mieux ?

Je hausse les épaules, maussade. À quoi bon mentir ?

— Maintenant, tu vas me dire ce qui s'est passé.

— Laisse-moi.

Je n'ai pas envie qu'il me laisse, mais c'est tout ce que je trouve à répondre. Il me fixe étrangement, je peux presque lire de la souffrance sur son visage… À moins que ce ne soit de la pitié ?

— Non, je ne te laisserai pas. Qui t'a mise dans ce putain d'état ?

Le nom de mon agresseur refuse de sortir de ma bouche. Je ravale le venin que je garde en moi.

— Qui ?! répète-t-il en hurlant.

Sa voix résonne dans les vestiaires.

— S'il te plaît, arrête.

Il me prend la main. Quand je me rends compte qu'il m'entraîne vers la porte, je recule, terrifiée. Mes yeux le foudroient, il veut me faire quitter mon cercle de sécurité.

— Qu'est-ce que tu fais ?!

— Je ne suis pas ton ennemi ! Je t'emmène à l'infirmerie, tu as besoin de soins.

Je me dirige vers une cabine, avec la ferme intention de m'y enfermer, mais sa voix me retient :

— Tu ne peux pas rester là éternellement !

Il a raison.

La sonnerie stridente éclate dans mes oreilles. Je sursaute. Les chaises raclent le plancher et des bruits de pas inondent le couloir. Les filles vont sûrement débouler d'une minute à l'autre dans les vestiaires pour le prochain cours de sport.

Je ne peux pas rester là.

— OK.

Ethan pousse un soupir de soulagement.

— T'inquiète pas, personne ne posera la main sur toi.

La lumière du jour agresse mes yeux. Habituée depuis quelques heures à l'obscurité, je me protège de mon bras. Ma respiration se saccade, j'ai peur de *le* voir surgir au détour d'un corridor. J'ai l'impression de nager en eaux troubles, mais sa main dans la mienne me fait tenir le coup.

Je laisse l'infirmière mesurer ma tension et prendre ma température. Je refuse de lui dire ce qu'il s'est passé, elle décide de me laisser tranquille pour l'instant.

Elle se renseigne auprès d'Ethan qui lui répond qu'il n'est pas plus avancé qu'elle.

— T'as le droit de rester ? lui demandé-je.

— De toute façon, elle n'a pas eu le choix. À moins que ça te dérange ?

Je réponds que non, tout en lui adressant un pâle sourire. Il entrelace nos doigts.

— Tu as besoin de faire sortir la douleur, Isa.

Je regarde par la fenêtre. J'ai l'impression que si je me confie, la douleur s'abattra sur moi pour m'engloutir. Nos paumes se fondent l'une dans l'autre, ce simple contact m'apaise.

Lorsque mes paupières s'ouvrent, je me rends compte que je me suis assoupie. Sa main est toujours logée dans la mienne et il me fixe intensément.

Je détourne le regard.

— Bien réveillée ?

Peu à peu, je recouvre mes forces.

— Ça fait combien de temps que tu m'observes ?

— Un petit moment déjà.

Je lui lance un regard courroucé. Il me répond d'un ton léger :

— Au fait, tes parents sont en route.

Je sais ce que cela implique.

— Je ne veux pas les affronter.

Je n'ai pas besoin de me perdre en explications, il semble saisir ma situation.

— Je comprends que tu ne tiens pas forcément à parler devant eux, mais tu dois le faire.

J'inspire doucement.

— Ça va être si... humiliant.

— On a posé la main sur toi ? gronde-t-il, le regard noir, en croisant les bras.

Mon plafond de verre éclate, je sens mes larmes tomber, au bord du gouffre.

— Putain, qui t'a touchée ?

Ses yeux envoient des éclairs, je m'enfonce un peu plus sous les couvertures.

— S'il te plaît, calme-toi.

— On t'a fait Dieu sait quoi et tu me demandes de me calmer ?!

Je presse mes bras sur mes cuisses pour contrôler leur tremblement.

— Excuse-moi, je suis un peu sur les nerfs.

J'ai besoin de quelqu'un pour me soutenir, absorber ma douleur, et je le sens assez fort pour ça. J'inspire un grand coup, ne sachant pas par où commencer.

— OK. J'ai un peu tardé après le sport et quand je suis arrivée dans les vestiaires, les autres filles étaient déjà en train de s'habiller. Je suis partie me doucher. Il n'y avait plus personne. J'ai entendu du bruit et... et…

Une boule se forme au fond de ma gorge. Il plonge les yeux dans les miens pour m'encourager à continuer.

— Il y avait une ombre derrière le rideau. J'ai tout de suite senti que quelque chose clochait. J'ai eu peur…

Mes doigts se crispent sur son tee-shirt imprégné de son odeur. Cette fois, je n'arrive pas à le lâcher. Je me laisse bercer plusieurs minutes, pressée contre son torse.

— Et après ?

C'est la première fois que sa voix prend un ton aussi doux.

— Quelqu'un est entré dans la cabine... Je me suis enveloppée dans le rideau et j'ai essayé de m'enfuir.

Je lui raconte la suite des évènements d'une voix saccadée. Je peine à contrôler mes sanglots. J'ai tellement pleuré ces dernières heures que je n'aurai bientôt plus de larmes. Je lui raconte avec difficulté la façon dont il s'est agrippé à moi, ma bouche prisonnière de la sienne, la façon dont il m'a écrasée dans ses bras, ses lèvres qui ont embrassé les parties de ma peau à découvert. Cette intimité violée. Ethan réussit à articuler d'une voix à peine audible :

— Et... comment ça… s'est fini ?

Je m'assieds sur le lit, prenant une grande inspiration.

— Il a essayé de tirer le rideau dans lequel j'étais enveloppée… Je lui ai donné un coup de pied dans l'entrejambe et il est parti.

Je me rends compte que je ne lui ai toujours pas donné le nom de mon agresseur. Il semble se faire la même remarque, car ses yeux deviennent suppliants.

— C'est qui le bâtard qui a essayé de… enfin… de te violer quoi ?!

Ce mot me fait froid dans le dos, mais c'est pourtant la réalité. Ethan me fait doucement pivoter face à lui.

— Donne-moi son putain de nom !

Celui-ci reste coincé dans ma gorge.

— Si tu ne me révèles pas qui c'est, je casse la gueule à tous les mecs du lycée !

— Ne fais pas ça !

— Il s'en prendra à d'autres si tu ne dis rien. Il faut l'empêcher de recommencer.

Si je ne parle pas, je le laisse gagner. Je ne veux pas qu'il s'en prenne à d'autres filles, personne ne mérite de subir ça.

Ethan se dirige vers la sortie, semblant mettre sa menace à exécution. Au moment où il atteint l'encadrement de la porte, mes lèvres articulent doucement ce prénom qui n'est qu'un tas d'immondices.

— Doug.

Il se retourne doucement. Je ne le reconnais plus et dois avouer qu'il me fait vraiment peur. Ses yeux se plissent, la haine emplit son regard et sa peau habituellement blanche se teinte de rouge. Une flamme de folie brûle dans ses pupilles. Il m'annonce calmement :

— Je vais le tuer.

CHAPITRE 29
ETHAN

La violence de ma vengeance me ronge les os,
Je la sens obscurcir mon cœur et flamber mon torse.
Cyndra O'Hara

Je m'élance vers la sortie, sans savoir où je vais. Tout ce que j'attendais depuis tout à l'heure, c'était qu'elle me balance son nom. Bordel, je ne sais pas pourquoi je prends les choses tant à cœur dès que ça touche de près ou de loin Isabelle. Ça me fout sacrément en rogne d'imaginer qu'on la touche... alors, sans son consentement, c'est même pas la peine ! Encore heureux qu'elle m'ait donné son nom, sinon j'aurais vraiment été capable de casser la gueule à tous les gars du lycée ! Une colère que je n'ai encore jamais ressentie gronde en moi, j'ai besoin de l'expulser en envoyant mon poing dans la figure de ce fils de pute.

Je ne sais même pas où je peux trouver ce connard, mais je vais tout faire pour lui mettre la main dessus. Quelqu'un m'interpelle, je ne me retourne pas. Le démon au corps, je cours à en perdre haleine à travers les couloirs du lycée.

Rien ni personne ne peut m'arrêter. Une main m'attrape l'épaule, je me retourne, prêt à coller une droite à mon poursuivant, quand je tombe nez à nez avec Isabelle.

— Attends ! Qu'est-ce que tu vas faire ? s'inquiète-t-elle.

— Le trouver et le tuer ! vociféré-je en reprenant ma marche.

Elle est obligée de trotter pour me suivre. En d'autres circonstances, j'aurais limite trouvé la situation amusante, sauf que là, je ne suis pas d'humeur à plaisanter.

— Je ne pense pas que ce soit une bonne idée.

Elle peine à reprendre sa respiration.

— Alors, ce que tu penses, là, tout de suite, j'en ai strictement rien à carrer ! D'ailleurs, qu'est-ce que tu fiches ici ? T'es pas censée être à l'infirmerie ? craché-je d'un ton cinglant.

Faut vraiment que je descende d'un cran.

— Peut-être qu'on devrait laisser faire la justice ?

— J'en ai rien à foutre de la justice ! Je vais les laisser s'occuper de lui, ça, tu peux en être sûre, sauf qu'avant, je vais le défoncer, juste pour le plaisir, tu vois !

Mes pas m'ont naturellement porté vers le stade, j'espère bien le choper à son entraînement.

Le terrain est désert.

— Il est où, bordel ?! crié-je à bout de nerfs.

Je retourne sur mes pas, Isabelle me suit toujours en courant. Des étudiants squattent un bout d'herbe. Je me dirige vers eux, fulminant.

— Eh, toi ! dis-je en pointant un doigt menaçant vers le seul mec de la bande.

Ce dernier lève un sourcil interrogateur.

Tête à claques !

— T'aurais pas vu le quarterback de l'équipe ?

Mon ton est agressif. J'ai conscience que je passe sûrement pour un fou, mais qui ne le serait pas en cet instant ? Ce qui m'inquiète le plus, c'est pourquoi je suis dans cet état. Je refoule cette pensée, c'est pas le moment de résoudre ce foutu problème.

Je fixe de nouveau mon attention sur le type, je peux l'entendre déglutir d'ici. Il me répond d'une voix blanche :

— Euh… oui, ils ont terminé leur entraînement, il vient de sortir des vestiaires, je crois.

Je ne le laisse pas finir sa phrase et cours à en perdre haleine en direction du lycée.

C'est officiel, l'oscar du pire connard me revient.

J'entends Isabelle le remercier à ma place. Moi, j'ai pas le temps, hors de question que l'autre se casse. Je regrette de ne pas être arrivé dans les vestiaires dix minutes plus tôt, je lui aurais fracassé le crâne contre le sol à cette enflure. C'est tout ce qu'il mérite.

J'ai juste le temps d'arriver sur le parking pour voir Doug s'éloigner au volant de sa caisse.

— Fait chier !

Ni une ni deux, je saute dans ma décapotable, allume le moteur.

— Hé, attends ! s'affole Isabelle.

Je la regarde courir dans mon rétro. Je ne peux pas l'attendre, chaque seconde m'éloigne un peu plus de ce salaud. Il ne rentrera pas en un seul morceau, ce soir ! Au moment où je donne un gros coup d'accélérateur, quelque chose se jette dans ma voiture. Isabelle est à plat ventre sur le siège, son visage touche le sol et ses pieds se baladent dans les airs. Tout le monde nous regarde, je leur fais un gros *fuck* dans un crissement de pneus.

— Tu fais quoi, là ?

Je l'aide à s'asseoir correctement de ma main libre en poussant un grognement.

— Si tu crois que ça m'amuse ! T'es complètement malade ! s'indigne-t-elle en bouclant sa ceinture.

Je ne lui lance pas un regard, concentré sur la route. Par chance, l'autre con n'est pas très loin. Je le suis tout en continuant d'accélérer. La course a commencé.

Petit à petit, je le rattrape. Ma caisse bouffe les mètres pour arriver derrière lui. Je klaxonne comme un malade jusqu'à ce qu'il daigne jeter un œil dans son rétro. Je fais maintenant de grands gestes, lui ordonnant de s'arrêter. Isabelle se crispe sur son siège. Doug me fait des gestes incompréhensibles, mais ne ralentit pas.

Il ne me laisse pas le choix…

La route est dégagée, j'en profite pour le doubler en appuyant sur le champignon. Le vent me fouette le visage. J'entends parler à côté de moi, mais je n'écoute plus. Tout ce que je vois, ce sont ses yeux écarquillés qui fixent le compteur de vitesse : 200 kilomètres-heure. *Waouh, je ne pensais pas que je pouvais pousser ma voiture aussi loin !* C'est bon à savoir. Ma caisse s'élance, la sienne n'est plus qu'un petit point dans mon rétroviseur.

— Je ne comprends pas...

— Il n'y a rien à comprendre, la coupé-je.

Je lui fais signe de patienter tout en commençant à freiner. Je décélère doucement et me gare sur le bas-côté.

— Qu'est-ce que tu fais ? s'exclame-t-elle en me suivant sur la route goudronnée.

— J'attends ce connard !

Sa bagnole se dessine au loin, la confrontation est imminente.

— Je t'en prie, ne fais rien d'insensé !

Je la fais taire d'un geste.

— Pourquoi t'es venue ? Tu savais que ça se terminerait comme ça, non ?

— Je voulais t'empêcher de faire une connerie.

Isabelle reste silencieuse quelques secondes, et poursuit d'une voix tremblante :

— Et si… et s'il gagnait ? Il est fort quand même, et il n'y a personne !

J'esquisse un demi-sourire diabolique. Un petit ricanement s'échappe de ma gorge. J'ai l'air d'un démon, mais ça me passe clairement au-dessus.

— Aucun risque ! Je t'accorde que c'est une armoire à glace, ce type, mais je vais l'exploser si fort que personne ne le reconnaîtra ! Et tu sais pourquoi ?

Elle secoue doucement la tête.

— J'ai la haine, il a voulu te…

Violer !

Ce putain de mot reste coincé dans ma gorge. Un cri de rage, c'est tout ce que j'arrive à sortir en martelant le sol de mes rangers.

Je fixe la route, Isabelle à mes côtés. La voiture approche. C'est pour elle que je le fais. Si elle porte plainte, je ne sais pas trop ce que ça donnera, il n'y a pas de justice dans ce monde ! Alors, on va le faire à *ma* façon. Elle a vite compris qu'elle ne me ferait pas changer d'avis. Isa attend, résignée, les lèvres tremblantes. J'ai tellement envie de les embrasser…

Bordel, c'est pas le moment !

Encore une centaine de mètres…

Doug commence à klaxonner.

Plus qu'une cinquantaine… mon sourire s'étire.

Il nous invite à dégager.

— Il ne ralentit pas !

— Il va le faire.

Mes pieds se fixent au goudron, au milieu de la route, il est trop tard pour reculer.

— Ethan…

Je vais le laminer.

Je peux maintenant le voir clairement s'agiter au volant. Je comprends au dernier moment que la collision est imminente. Je tourne la tête vers *elle*. Mon premier réflexe est de la protéger. Mon corps fait barrière entre elle et la voiture. Je n'ai pas le temps de la pousser sur le côté. J'enroule mes bras autour de sa taille. Elle se recroqueville instinctivement contre mon torse. C'est la plus douce chaleur que j'ai pu ressentir de toute ma vie. La dernière…

[illegible]

[illegible]

[illegible]

[illegible]

[illegible]

CHAPITRE 30
ETHAN

« La vengeance serre le cœur autant que la mâchoire. »
Charles de Leusse

Dos à la route, j'ai juste conscience qu'il approche. Je m'attends d'une seconde à l'autre à me retrouver encastré dans son pare-chocs. Je pense à ma vie, à ma mère, mais surtout à *elle*. Je l'ai emmenée dans ce merdier ; la moindre des choses, c'est de limiter les dégâts. Un crissement de pneus déchire mes tympans.

J'attends l'impact. Je ne ressens rien, à part le néant.

C'est peut-être ça, la mort ?

Je me retourne doucement et constate que la voiture s'est arrêtée à quelques centimètres de nous. Je regarde si je n'ai aucune blessure, tout semble fonctionner.

— Putain ! dis-je tout haut en remuant les mains, conscient de la chance qu'on a eue.

Le connard sort de sa caisse.

— C'est quoi ce merdier ?

Son regard s'arrête sur Isa, il devient tout pâle. Je peux lire dans ses yeux qu'il *sait* pourquoi je suis là. Elle se cache derrière moi, pressant de sa petite main ma veste en cuir. Elle me tire en arrière, je ne tiens que quelques secondes. Tout ce qu'elle m'a dit me revient en pleine gueule. Je l'imagine dans les vestiaires en train de poser ses mains sur elle, d'essayer de la foutre à poil. Ce dernier détail me fait bondir sur lui.

— Espèce de salaud !

Je le fais tomber par surprise, le plaque au sol. Mes poings s'abattent sur sa petite gueule de bâtard. Il lève ses jambes et m'envoie valser en arrière. Je m'écroule par terre. Ses pieds s'enfoncent dans mon ventre, je pousse un cri étouffé. Je suis en train de me faire défoncer devant Isa. Quelle humiliation !

— Non ! s'époumone cette dernière.

Doug esquisse un petit sourire à la con. Ses chaussures s'écrasent contre mes lèvres molles. Des fissures craquellent ma bouche, j'ai l'impression qu'un camion me passe dessus.

— Enfoiré…, réussis-je à articuler, malgré le sang dans ma bouche.

— Si j'avais pu, je l'aurais baisée... elle attend que ça, cette pute.

Tous mes muscles se contractent, l'imaginer la baiser me rend fou. Une chaleur serpente dans mes veines. Ma tête est en feu. Jamais je ne me suis senti aussi puissant. Je me relève d'un coup, prêt à lui foutre une dérouillée monumentale. J'articule chaque mot, d'un ton menaçant :

— Personne ne parle d'elle comme ça.

Mes yeux envoient des éclairs, il recule d'un pas. J'enlève ma veste, que je balance brusquement. J'ai besoin d'être à l'aise pour le tuer. Il met ridiculement ses poings en avant et les fait tourner devant lui. La haine a pris le contrôle. Je bascule sur le côté en évitant de justesse sa droite, puis lui envoie un pain dans les côtes. Un craquement sonore retentit. Il s'effondre sur le bitume dans un hurlement strident. Sa douleur agit comme de la morphine sur moi.

— Tu… ne… la… toucheras… plus !

À chaque mot, mes pieds s'acharnent un peu plus fort sur lui. Son cou devient cramoisi, il tousse fort en me suppliant de sa main d'arrêter.

— Ethan ! hurle Isabelle.

Toute ma haine accumulée ces dernières années se déverse sur son corps.

— Une fois que je t'aurai refait le portrait, tu ne seras plus en mesure de faire du sport ! Tu peux dire adieu à ton université et à tous tes rêves de sportif. Tu sais ce que je leur fais aux types dans ton genre ?!

Ma folie se répand sur lui, chaque coup est une libération. Recroquevillé à terre comme un débile, il essaie de se protéger comme il peut. Son nez pisse le sang, ses yeux se révulsent. Il est en train de perdre connaissance.

— Tu vas le tuer !

Je tourne la tête vers elle, la peur ronge ses pupilles. Je ne veux pas qu'elle assiste à ça, elle a vécu assez d'émotions pour la journée. Mon poing toujours en l'air, je baisse le bras, mes phalanges s'écrasent rageusement sur le goudron. Je m'accroupis, la tête entre les mains. Mes jambes tremblent, je me rends enfin compte de ce que j'ai failli faire.

— Ethan… il fallait que tu arrêtes, bredouille-t-elle entre ses larmes.

Ses mains me caressent le dos. Je respire profondément.

— Tu crois qu'il survivra ? demandé-je d'une petite voix.

Doug ouvre un œil avant de le refermer.

— J'appelle les secours, dit-elle en sortant son téléphone.

Après plus de vingt-quatre heures en garde à vue, les flics me relâchent enfin. Je descends les marches sous un ciel chargé de nuages. Ma mère m'attend dans ma caisse, qu'elle a eu la gentillesse d'aller chercher, sinon elle aurait été emmenée à la fourrière. J'aperçois Isabelle, accompagnée de ses parents et d'un mec que je n'ai jamais vu, de l'autre côté de la rue. Je demande à Rachel de m'attendre et me dirige vers elle.

Sa mère s'interpose entre nous. Ses yeux font des allers-retours entre Isa et moi, elle semble vite comprendre.

— C'est avec lui que tu es partie quand on est venus te chercher, hier ?

— Oui, je voulais faire quelque chose...

— Apparemment, ta présence n'a servi à rien.

Je commence à l'avoir en horreur, cette bonne femme. Elle fusille sa fille du regard avant de s'adresser à moi :

— Et vous, je ne veux plus que vous vous approchiez d'Isabelle ! Vous êtes toujours dans les problèmes. À chaque fois qu'il lui arrive quelque chose, je tombe sur vous !

Elle est sérieuse ?

— C'est là que vous vous trompez ! Ça fait déjà deux fois que je la sauve, grogné-je en la fusillant du regard.

— La sauver ? raille-t-elle.

Si j'étais pas un mec, je lui casserais sa petite figure parfaite.

— Désolé d'être là quand elle a besoin de moi !

— Elle n'aura jamais besoin de quelqu'un comme vous, crache-t-elle, hargneuse.

Quelle pourriture ! Comment Isabelle peut-elle avoir une mère aussi ignoble ?

Je soutiens son regard de vipère.

— C'est pour elle, justement, que j'ai fait ça ! Je me suis fait arrêter pour casser la gueule à l'autre abruti, et c'est à moi que vous vous en prenez ?

Mon visage n'est plus qu'à quelques centimètres du sien. Son mari lève la main en signe de paix.

— C'est bon, Ava, arrête maintenant !

J'y crois pas ! Elle se croit vraiment supérieure, la petite bourge !

Isabelle se tourne vers sa mère, les yeux chargés de haine. Je ne l'avais jamais vue comme ça.

— Tu me fais honte, lui dit-elle.

Puis, elle rajoute, à l'intention des deux autres :

— On se rejoint à la maison, ne m'attendez pas.

Celui que je suppose être son frère entraîne cette garce en arrière pour lui demander de se calmer.

Je m'apprête à suivre Isabelle, mais son père m'interpelle.

— Si j'ai bien compris, t'as cassé la figure de ce type à cause de ce qu'il a fait à ma fille ?

— Je l'ai démonté.

— Il le méritait, merci d'avoir pris soin d'elle. Moi, c'est Brent.

Enfin ! Ça fait du bien d'avoir un peu de reconnaissance, même de la part d'un friqué.

Je le dévisage de façon assez impolie en lui rendant sa poignée de main.

— Ethan.

Il rajoute en souriant :

— La prochaine fois, essayez de limiter les dégâts.

Je ris à sa blague de merde.

— OK, je tâcherai de m'en rappeler.

Je me dépêche de rattraper Isabelle.

— Hé, ça va ?

Elle plonge ses yeux nuageux dans les miens.

— Ça ira mieux quand tout sera fini, répond-elle en posant les doigts sur ses tempes.

Dieu qu'elle est sexy quand elle est contrariée !

— Je suis désolée pour ma mère, si tu savais comme j'ai honte !

— C'est pas grave.

Bien sûr, je n'en pense pas un mot. Elle s'arrête de marcher brusquement.

— Si ! Ça fait deux fois que tu me sauves, et même pas un merci ?

— Ton père vient de me remercier.

Ça me coûte de le lui avoir dit. J'aurais préféré qu'elle soit toujours remontée contre eux, mais ça n'aurait pas été très honnête de ma part. Elle écarquille ses grands yeux, étonnée.

— C'est vrai ?

J'acquiesce, silencieux. Le ciel gronde au-dessus de nos têtes et la pluie commence à tremper ma veste.

— Sinon, ça va un peu mieux ? m'inquiété-je en écartant une mèche de son visage.

— Je te mentirais si je t'affirmais l'inverse, ces dernières heures ont été horribles.

Des larmes s'écrasent sur son joli visage. J'en essuie une du bout de mon index. J'ai envie de la porter à ma bouche pour sentir son goût salé sur ma langue.

— Raconte.

— J'ai porté plainte contre… ce monstre. J'ai dû dire plusieurs fois ce qu'il m'a fait... et devant ma famille, hoquette-t-elle.

Je passe une main dans son dos pour l'inviter à presser le pas, tout en cherchant du regard un endroit où l'on pourrait être tranquilles. Je repère un salon de thé. C'est pas mon kiff, mais ne trouvant rien d'autre, je lui propose d'y entrer.

La serveuse m'apporte un café serré. Isabelle ne voulait rien prendre mais, devant mon insistance, elle a fini par opter pour un thé gourmand. Elle renifle sa tasse fumante en fermant les yeux. J'observe la façon dont ses longs cils retombent sous ses paupières. J'avoue avoir du mal à détacher mon regard de cette perfection, sa beauté me touche.

— Je suis contente qu'ils t'aient relâché.

— C'est grâce à ta plainte. Quand ses parents ont su ce qu'il t'a fait, ils n'ont pas voulu porter plainte contre moi pour l'avoir tabassé.

— Lorsqu'ils t'ont arrêté, j'ai vraiment eu peur, avoue-t-elle dans un souffle.

Je me rappelle encore son visage terrifié au moment où ils m'ont embarqué.

— T'es resté tout ce temps en garde à vue ?

— Ça a duré un jour. Je t'avoue que j'ai hâte de rentrer pour me décrasser.

Isa passe un doigt sur ma lèvre tuméfiée. Je manque de me cramer la langue avec mon café.

— Et ta mère ? Elle est au courant ?

— Elle est venue me ramener ma caisse.

Pour toute réponse, elle avale une grande gorgée de thé. N'empêche, je me demande si le gars qui les accompagnait est bien de leur famille. J'ai *besoin* de savoir.

— C'était ton frère, le type, tout à l'heure ? me renseigné-je, feignant l'indifférence.

— Oui, il est venu dès qu'il a appris la nouvelle. Pourtant, il étudie loin, mais il tenait à être là pour moi.

Au fond, ça me rassure que ce ne soit pas un ami. Elle a de la chance qu'il se soucie d'elle à ce point. Si j'avais une petite sœur, c'est exactement ce que je ferais.

On termine nos boissons, je trouve que le temps est passé trop vite.

— Je ferais peut-être mieux d'y aller, dit-elle en se levant.

J'ouvre la porte et reste comme un abruti à la regarder.

— Bon, on se revoit au lycée.

— C'est possible que je sois absente quelques jours… Je ne suis pas sûre de pouvoir revenir tout de suite.

— Si t'as besoin de parler, appelle-moi.

— J'y manquerai pas, répond-elle, le regard fuyant, avant de me faire un dernier signe en se faufilant dehors.

Les clients commencent à me regarder à cause de cette fichue porte restée ouverte trop longtemps. Je sors à mon tour en prenant bien soin de la claquer.

Je marche d'un pas rapide en direction de ma caisse pour ne pas faire attendre ma mère plus longtemps, lorsque quelqu'un m'interpelle. C'est le frère d'Isabelle. Ses vêtements sont classe, sans qu'il en fasse trop non plus. Il n'a pas cet air de fils à papa qui m'insupporte.

Qu'est-ce qu'il me veut ?

Son expression est indéchiffrable, le stress commence doucement à grimper. Son père m'a félicité tout à l'heure, j'espère juste que le fils suivra son exemple. Ils ne peuvent pas être tous pourris comme la mère.

— Je ne te dérange pas ? Je viens de te voir sortir du salon de thé avec ma sœur, et je voulais te parler.

— Non, je t'écoute, réponds-je, sur la réserve.

La pluie tombe plus fort. Il me fait signe de le suivre devant l'entrée d'une habitation pour se mettre à l'abri.

— Te bile pas, je suis pas comme ma mère. Isa m'a dit que tu l'as sauvée, et plus d'une fois en plus.

— Oh… je…

— Tu sais, c'est pas évident pour elle depuis que je suis parti. Je ne peux plus la protéger comme avant, alors je te remercie d'avoir été là et de l'avoir défendue contre cette ordure de quarterback !

— Je… Je ne laisserai personne lui faire de mal.

— Et merci aussi d'avoir pris soin d'elle quand il y a eu la tempête. J'étais très inquiet quand mes parents m'ont dit qu'elle n'était pas rentrée.

Il me serre la main, puis me fait un signe en s'éloignant. Je reste un moment sous l'auvent, pensif et rassuré qu'il soit lui aussi différent.

Les doigts de Rachel pianotent nerveusement sur le volant. Je marmonne une vague excuse pour l'avoir fait attendre, tout en lui faisant signe de se déplacer côté passager.

Bon sang, qu'est-ce qu'elle me tape sur le système ! Qu'est-ce qu'elle croit, que je suis un criminel ?

Elle secoue la tête pour confirmer mes pensées.

— Vas-y, balance, grogné-je.

Elle fait semblant de ne pas comprendre.

— Balance ce que t'as à me dire, on sera débarrassés. T'as honte de ton fils, c'est ça ?

Ma voix est agressive, c'est le seul moyen de communication que j'ai trouvé ces derniers temps.

— Tu crois que t'es en mesure de me parler mal ? répond-elle au moment où je démarre.

— Vas-y, continue de faire la mère modèle !

— C'est pas moi qui me suis retrouvée en garde à vue, je te signale. J'ai couru du travail pour te ramener ta voiture, et c'est comme ça que tu me remercies ? Tu me l'avais jamais faite, celle-là. Je dois avouer que, venant de ta part, plus rien ne m'étonne.

Sa voix est calme, mais ses remarques me piquent au bon endroit.

— T'as pas envie de savoir pourquoi ? demandé-je.

— J'en sais suffisamment, je me passerai des détails ! Tu es tout simplement ingérable, tu n'arrives pas à te contrôler. Tu ne peux pas casser la gueule à quelqu'un gratuitement.

— Écoute…

— C'est quelque chose que je ne tolérerai plus tant que tu vivras sous mon toit. Tu dépasses les limites…

— Bordel, écoute-moi ! explosé-je en donnant un gros coup de frein.

Elle porte la main à son cœur, visiblement secouée. Je m'en veux d'avoir agi comme ça, mais elle ne m'a pas laissé le choix. Elle ouvre la portière, je la retiens par le bras.

— Laisse-moi descendre !

Je resserre un peu plus ma prise.

— Non, pas tant que tu ne m'auras pas écouté.

— Tu me fais mal !

— J'ai *besoin* que tu m'écoutes, au moins une fois dans ta putain de vie !

Elle n'a pas l'air d'en démordre. Alors, je fais quelque chose que je n'ai pas fait depuis des années.

— S’il te plaît... maman…

Elle ouvre grand les yeux, puis se rassoit calmement.

— Comment tu m’as appelée ?

Là, elle abuse.

— T’as très bien entendu.

Elle se laisse aller contre le siège et tourne la tête vers moi.

— OK, je t’écoute.

Je caresse le volant en inspirant un coup.

— Si j’ai cassé la gueule de ce type, c’est qu’il y a une bonne raison, qu’est-ce que tu crois ? J’essaie de changer, vraiment. Il a essayé de…

Ma gorge se noue, je ne savais pas que ça serait aussi dur de parler de ça. J’ose même pas imaginer ce qu’a ressenti Isabelle quand elle a tout raconté, et plusieurs fois en plus !

—… la violer.

Dans ma tête, c’est le bordel. Je n’arrive pas à m’enlever l’image de ce connard en train de se presser contre elle, de parcourir son corps de ses mains. Ça me fait l’effet d’un raz-de-marée. Une vague géante engloutit la décapotable et cogne rageusement contre les sièges en cuir. Je suffoque.

Une voix me ramène à la réalité.

— De violer qui ?

Je regarde autour de moi, plus de trace d’eau. Son prénom sort de mes lèvres, comme si c’était un supplice.

— Isabelle.

— Qui est Isabelle ?

Et merde !

Avec tout ça, je me rends compte que je ne lui ai jamais parlé d’elle. Je la regarde, les yeux humides.

— Une amie.

Au moment où je prononce ce mot, j’ai l’impression que c’est tellement plus.

— Tu ne m’as jamais parlé d’elle.

— Ni de mes amis.

Nous restons un moment silencieux.

— À part Jenny…

Mes sens se mettent aux aguets. Ma mère porte la main à sa bouche, se rendant compte de la bourde qu'elle vient de commettre.

— Ne prononce plus son prénom, réponds-je sèchement en tournant la clé de contact.

CHAPITRE 31
ISABELLE

Au cœur de cette clairière ombragée trônent les vestiges d'un château oublié. En ce lieu sacré, je fais le serment d'être la reine de tes ruines.

Cyndra O'Hara

Aujourd'hui, je retourne en cours. Ça fait plus d'une semaine que je reste prostrée sous mes couvertures. Celles-ci m'apportent le réconfort des bras d'une mère, chose que je n'ai jamais vraiment eue. J'ai appris que Doug a été viré du lycée et sa bourse universitaire annulée. Savoir qu'il ne sera pas là amoindrit mes peurs les plus profondes. J'espère juste ne pas en subir les conséquences.

J'ai été profondément touchée que mon frère fasse tous ces kilomètres pour me soutenir. Ces quelques jours passés auprès de lui m'ont fait un bien fou, jusqu'au moment où il a dû partir. Il m'a fait un dernier baiser sur le front avant de prendre la route. Je suis restée au bord de l'allée, à regarder sa voiture s'éloigner, jusqu'à ce qu'elle épouse l'horizon.

À l'instant où je pénètre dans les couloirs du lycée, tous les visages convergent vers moi. La nouvelle s'est répandue comme une traînée de poudre. Mon estomac danse la salsa, je voudrais pouvoir boire un filtre d'invisibilité. Et si tout recommençait ? Certains me fixent comme une bête de foire, d'autres affichent un air de profonde pitié dont je me passerais bien. Je me rappelle avec douleur les regards et moqueries subies au lycée privé. L'enfer recommencera-t-il ici ? Je fais taire cette voix dans ma tête qui prend toute la place et essaie tant bien que mal d'avancer.

Les joueurs de l'équipe de football me toisent avec dédain. Un frisson d'horreur rampe le long de ma colonne vertébrale. Ils n'ont pas l'air commodes. Tout ce que j'espère, c'est qu'ils ne se montreront pas aussi violents que ce monstre.

Leur quarterback est un salaud, qu'est-ce que j'y peux ?

Je dépose quelques affaires dans mon casier, la boule au ventre. Jessica m'a dit qu'elle me rejoindrait là. On s'est réconciliées et elle m'a beaucoup soutenue ces derniers jours. Au moment où je referme la porte, je tombe nez à nez avec un des joueurs. Il rabat son bras devant moi, m'empêchant de passer.

— Alors comme ça, c'est toi qui as fait virer Doug ?

— C'est pas moi, c'est le lycée, affirmé-je d'un ton froid.

Un petit ricanement s'échappe de sa gorge. Je jette un coup d'œil derrière lui. Aucune issue, ses acolytes ne sont pas loin.

— Arrête un peu de jouer sur les mots, tu veux bien ? On sait tous que, s'il a été viré, c'est ta faute.

— Je me fais agresser et c'est *ma* faute ?

Son sourire narquois s'efface.

— Apparemment, c'est toi qui l'as allumé, tu ne peux t'en prendre qu'à toi même. Doug est un type bien, t'as gâché son avenir, à colporter des mensonges.

Je ferme les yeux quelques secondes, mon pouls pulse contre mes tempes.

— C'est pas des mensonges ! sifflé-je. Et c'est lui qui a tout gâché. Ce qu'il m'a fait ne pouvait pas rester impuni !

Il s'approche un peu plus, me coinçant contre le casier.

— Écoute-moi bien, sale garce, je le connais depuis l'enfance. Tu le fais passer pour c'qu'il n'est pas !

Ses mains broient mes épaules. Il continue :

— S'il a agi comme ça, c'est pas pour rien. Qu'est-ce que tu lui as fait, hein ?!

Il m'écrase de tout son poids, mon souffle se coince dans ma gorge. Quelqu'un fonce dans le groupe et, avant que je n'aie le temps de comprendre ce qui se passe, il me relâche et se retrouve plaqué contre le casier. Ethan le tient par la gorge.

— Qu'est-ce que tu lui veux ? aboie-t-il.

— Je... je...

La transpiration dégouline de son front.

— Il me semble avoir déjà réglé mes comptes avec ton petit con de pote. Tu veux finir comme lui ?!

— Hé, du calme, intervient un des joueurs.

Ethan se retourne brusquement vers lui, tout en tenant par le col son acolyte.

— Votre quarterback l'a agressée et il s'est mangé une raclée.

Il approche son visage tout près de celui qui m'a menacée en poursuivant sombrement :

— Si vous osez la toucher, vous aurez affaire à moi !

Ils le fixent méchamment avant de rebrousser chemin sans un mot. Je respire enfin.

— Ça va ? s'inquiète-t-il.

— C'est assez dur de revenir après ce qu'il s'est passé, mais alors là...

Tout va recommencer maintenant. Les menaces, les moqueries... Je pensais qu'ici, ce serait différent, et ça l'a été pendant un an, mais les ennuis se collent à moi comme une seconde peau. Quand je vois Jessica, je m'enfuis en courant. Ils m'interpellent, mais je ne les écoute plus.

Au moment où je m'apprête à franchir le portail du lycée, quelqu'un me retient par le bras. Je me retourne, prête à me rebiffer, quand je vois Ethan.

— Tu vas où comme ça ?

— J'ai besoin de prendre l'air !

— Alors comme ça, tu t'apprêtes à sécher les cours sans moi ?

Sa remarque me fait sourire, même si j'ai envie de fondre en larmes.

— Viens avec moi, ajoute-t-il en me tendant la main.

J'hésite une longue seconde, puis finis par céder.

Ethan emprunte une route boueuse au cœur de la forêt. Après un moment, il se gare au bout du chemin.

— Là, au moins, on sera tranquilles.

Nous descendons du véhicule et il passe devant moi, le pas léger. Je l'imite, en faisant bien attention où je mets les pieds. Nous suivons un sentier recouvert d'herbes et de feuillages. Le sol est à peine visible, je peine à avancer au milieu de toute cette végétation. Des ronces s'accrochent à mon pantalon. Il fait quelques pas en arrière, un bâton à la main, et m'aide à m'extirper de là.

— Désolé, marmonne-t-il.

Je souris timidement, puis nous continuons notre chemin.

— On est presque arrivés.

La verdure s'incline sous nos pieds. Les arbres s'écartent, laissant entrevoir les vestiges d'un château oublié. La nature ici a repris ses droits. Des branches de lierre grimpent sur les murs en granit, serpentant à l'intérieur et à l'extérieur de ces ruines. Je monte, hésitante, les quelques marches mangées par la terre.

Ethan a déjà pénétré dans le lieu sacré. Mes pieds se perdent dans les hautes herbes se trouvant sur mon chemin.

— J'ai découvert cet endroit la semaine dernière, et je voulais… te le faire découvrir. Je me suis dit que ça te plairait, bredouille-t-il en se grattant la tête.

— C'est magnifique.

Les murs sont dévorés par endroits et le toit a été soufflé. J'effleure du bout des doigts la mousse accrochée à la pierre. Ethan s'adosse contre la paroi fraîche.

— Tu sais que je ne laisserai personne te faire de mal ?

J'acquiesce, le visage tremblant. Le vent s'infiltre à travers les murs, un délicieux frisson me secoue. Ethan monte un escalier en colimaçon. Je le suis en priant pour que le sol ne se dérobe pas sous nos pieds. Il s'assied ensuite au bord d'une fenêtre en forme d'arcade, dépourvue de vitre. Il y a juste assez de place pour deux personnes.

Je le rejoins sur ce petit rebord et m'accroche désespérément à son sweat-shirt. Je regarde à l'extérieur, essayant d'imaginer ce qu'ont pu ressentir ceux qui ont vécu ici jadis. L'étendue d'arbres se perd dans le lointain, je parcours des yeux ce spectacle avec délectation. Chaque feuille arbore une teinte différente, ce qui rend la nature tellement unique.

— De quoi tu as peur ? demande-t-il doucement.

Ses doigts effleurent mes scarifications, puis remontent le long de mon bras. L'espace est si exigu que je suis collée à lui.

— J'ai peur que ça recommence, avoué-je, les larmes aux yeux.

— Mais quoi ?

— Les moqueries !

— Qui s'est moqué de toi ?

Je baisse la tête, incapable de soutenir son regard de feu.

— Les élèves de mon ancien lycée. J'ai supporté pendant deux ans les moqueries, jusqu'au jour où j'ai subi… une humiliation.

— Qu'est-ce qu'on t'a fait ? souffle-t-il, dégoûté.

Je m'accroche un peu plus à son torse en expirant doucement, prête à plonger une nouvelle fois dans le gouffre de mon passé…

La séance de sport, qui se déroule normalement dans une grande effervescence, est étrangement calme. Le groupe de filles qui, d'habitude, se passent le ballon avec entrain joue silencieusement. Elles ne cessent de se murmurer des choses à l'oreille. Je continue de les ignorer, me concentrant sur mon jeu. Le prof soupire profondément, puis lance à l'assemblée :

— Qu'est-ce que c'est que ce bazar ? Réveillez-vous, les mollassons ! Bah alors, vous êtes déjà fatigués de votre semaine ? Arrêtez de faire les commères, c'est pas un atelier bavardage ici !

Après cette courte remontrance, l'équipe semble enfin se réveiller et s'active autour du terrain. Tout le monde, à part moi qui traîne les pieds. Le professeur ne me dit rien, il a l'habitude.

Dès mon plus jeune âge, j'ai été scolarisée dans des établissements privés, mais celui-ci, c'est le pire. Je ne me sens pas à ma place avec ces filles et ces fils de bourges qui ont une vision étriquée de la vie.

La plupart de ces lycéennes arborent des sacs hors de prix, et si on ne fait pas comme elles, on est directement mis de côté. En deux ans, je n'ai pas réussi à me faire une seule amie, et vu le mépris affiché à mon égard, cette troisième rentrée s'annonce compliquée.

La séance de sport finie, je marche en direction des vestiaires. Les cabines sont petites, aussi, je laisse mes vêtements à l'extérieur et étends ma serviette sur la porte. Pour un lycée privé, la taille des douches laisse à désirer ! Je ferme les yeux. L'eau chaude coule le long de mon corps, détendant un à un mes muscles. Je m'étire, enveloppée de vapeur, puis m'empresse de me sécher et d'ouvrir la porte battante, la serviette nouée autour de la poitrine. Un seul coup d'œil en direction du banc et je comprends qu'on a volé mes affaires. Je cherche partout, sans succès. Le vestiaire s'ouvre brusquement sur les filles de mon équipe.

— Tu cherches quelque chose ? s'enquiert l'une d'elles d'un ton moqueur.

Les garces, elles ont tout manigancé !

— Oui, mes vêtements. Je sais que vous les avez, et vous allez me les rendre !

— Oh, oh ! se moque une petite brune aux yeux mesquins.

La malveillance lèche ses iris, elle se rapproche dangereusement de moi.

— Attention, c'est grave de porter des accusations sans aucune preuve.

Elle m'assène une gifle puissante qui résonne dans toute la pièce. Je suis à deux doigts de fondre en larmes, mais je me retiens.

— On n'y est pour rien. Par contre, on sait où sont tes vêtements.

Je marche prudemment, sous leurs sales regards. Avant que je ne puisse réagir, elles se jettent sur moi, m'entraînant de force dans le gymnase.

Ma respiration est saccadée. Des élèves me fixent, un sourire goguenard au coin des lèvres.

— Et une fille en petite serviette, une !

Jamais je n'ai eu aussi honte de ma vie. Ma serviette peine à tenir alors que mes bras sont solidement maintenus par deux blondes. L'une des filles s'avance vers un garçon. Celui-ci, amusé, dépose un gros billet vert au creux de sa paume. Je comprends que j'ai été victime d'un ignoble pari. Tout le monde ricane, mais personne ne me vient en aide.

— Attends, pour le prix que j'ai payé, on a bien le droit de la voir dans son intégralité ? balance le type.

Je ferme les yeux, nauséeuse. Ma vie ne tient qu'à un fil, il leur suffit d'un geste pour qu'elle devienne un véritable enfer. Une larme roule sur ma joue. Mon cœur se fracasse. Je vois leurs lèvres remuer, mais n'entends rien. Je manque à plusieurs reprises de m'effondrer. Mes deux gardes du corps me relâchent enfin, s'éloignant à toute vitesse. Je baisse les yeux, constate que ma serviette est toujours nouée autour de ma poitrine. Une voix tonne dans mes oreilles et je réagis enfin.

Le prof me somme de retourner dans les vestiaires et je ne me fais pas prier. En refermant la porte, le rire tonitruant des élèves me poursuit.

Quand je reviens à moi, Ethan me caresse doucement la joue.

— C'est après ça que t'as essayé de te suicider ?

Ce mot résonne douloureusement en moi. Ça me fait mal de penser que j'ai failli mourir à cause d'une bande de cons.

— Cette humiliation… ça a été la goutte de trop.

— C'est vraiment des fils de putes dans ces lycées de petits bourges !

Si choquants que puissent paraître ses propos, ils ne me vexent pas. Au fond, il a raison.

— Et maintenant, ça va recommencer… Quand j'ai changé de lycée, c'était plutôt bien parti, jusqu'à… ce qu'il s'est passé.

— Écoute-moi, personne ne se moquera de toi sans en subir les conséquences. C'est pas ta faute si ce con n'a pas supporté que tu lui dises non !

Ethan passe la main sous mon menton et le relève lentement, me forçant à plonger dans son regard. Je n'esquisse aucun mouvement, hypnotisée par ce brasier incandescent. Des braises sur un océan de glace. Ses longs sourcils sont arqués, et je le trouve si beau, si ténébreux, que s'il essayait de m'embrasser au milieu de ces ruines, je ne lui opposerais aucune résistance. Mes joues s'empourprent, je sens des papillons agiter frénétiquement leurs ailes dans mon ventre.

Nous finissons par nous relever. Je descends les marches d'un pas léger lorsqu'il m'interpelle. Sa voix grave me porte jusqu'à une petite tour dévorée par le vent, située à l'arrière du château. Ethan reste planté là, absorbé par quelque chose, sur le sol.

— Tu ne viens pas ?

À ses pieds, une magnifique rose aux pétales rubis luit dans la pénombre. J'avance et effleure du bout des doigts sa robe douce. Entourée de mauvaises herbes, cette fleur s'épanouit au milieu des décombres. Il se penche à son tour, puis presse fort la tige. Je l'arrête d'un geste.

— Ne fais pas ça !

Il retire sa main à temps, avant de lécher son doigt ensanglanté.

— Ça pique.

Des épines entourent la tige, quelques gouttelettes de son sang dégoulinent le long de la plante.

— C'est malin, le houspillé-je.

— Je croyais que toutes les femmes aimaient les fleurs !

— Ce sont mes préférées, mais tu ne comprends pas que ce serait un sacrilège ?

Ethan pousse un soupir exaspéré en levant les yeux au ciel.

— Oh, madame s'improvise grande défenseuse de la nature !

Je n'aime pas ce ton ironique.

— Tu ne vois pas que c'est la seule fleur au milieu de ce champ de ruines ? Je ne veux pas la voir mourir dans un vase !

— T'as sans doute raison, affirme-t-il en se levant.

— C'est incroyable ! Rien ne la prédestinait à pousser au milieu des mauvaises herbes.

Il fourre les mains dans ses poches, pendant que nous empruntons le chemin boueux.

— Donc, comme ça, c'est les roses que tu préfères ?

— Oui, il y a tellement de sortes ! Et puis, c'est romantique. Les rouges sont mes favorites, c'est la couleur de la passion.

— Mmm.

Il plisse les yeux, concentré, puis son visage redevient lisse et froid. Je comprends qu'il a refermé la porte de ses émotions.

Arrivé à proximité de sa Mustang, Ethan fait une pause sur un muret pour se rouler une cigarette. Je m'assieds à mon tour, la pierre est humide, je me tortille, mal à l'aise. Sa main tâtonne au fond de la poche de son sweat, en extirpe un sachet. Fascinée, je contemple avec envie la flamme qui lèche la barre marron. Celle-ci ramollit sous la pression du feu. Sa langue fait des va-et-vient sur le bord du filtre, je ne peux m'empêcher d'imaginer que c'est sur mon corps qu'elle s'active. Cette simple pensée fait grimper ma température intérieure. Mon bas-ventre est une véritable fournaise ! Il jette un bref coup d'œil dans ma direction. Ses pupilles se dilatent et son regard se fait taquin. Je fais mine de m'intéresser au sol.

Ethan me tend le joint, l'air sérieux.

— T'en veux ?

Je me tourne lentement vers lui. Des milliers de fourmis dansent dans mes mâchoires et ma langue reste collée sur mon palais. Soudain, un sourire goguenard gagne ses lèvres. Il s'exclame un peu trop bruyamment :

— Mais non, je rigole ! Tu verrais ta tête !

Toute la tension accumulée se relâche, je lui donne une grande tape sur l'épaule en guise de vengeance.

Pendant tout le chemin, je me laisse bercer par la décapotable qui glisse comme du beurre sur la chaussée. Néanmoins, une question tourne en boucle dans ma tête : s'il avait insisté pour que je fume, aurais-je cédé ?

Je remonte le cours du temps. La moi de mon imagination est plus entreprenante et prend sans hésiter le joint qu'il m'offre. Je ferme les yeux, ses doigts frais effleurent sagement mon genou. Un demi-sourire éclôt sur mes lèvres pendant que je sombre dans le sommeil, la tête collée contre la vitre.

CHAPITRE 32
ISABELLE

« Le malheur de l'avoir perdu ne doit pas nous faire oublier le bonheur de l'avoir connu. »

Anonyme

J'ouvre les paupières. Je distingue la forme des meubles à mesure que mes yeux s'acclimatent à l'obscurité. Je me sens toute drôle, j'ai la désagréable impression de ne plus être seule. Il y a quelqu'un devant la fenêtre de ma chambre qui m'observe. Le matelas s'enfonce sous mon corps. Mes yeux tournent frénétiquement dans leurs orbites, pendant que mon cœur tente de sortir de ma cage thoracique. Une silhouette flotte dans les ténèbres. Impossible d'ouvrir la bouche. C'est une femme. Son visage cadavérique est en pleine décomposition, des asticots se baladent sur ses joues creuses. Elle porte une longue robe trempée qui goutte sur mon parquet. Ses yeux verts me transpercent, et je comprends. J'essaie d'articuler son prénom. Ma bouche se remplit de sable. Ma langue pâteuse prend un goût de terre et une odeur de pourriture pénètre dans mes narines. Je ne suis plus dans mon lit, mais allongée dans un espace exigu, entourée de planches de bois. L'air frais de la nuit m'enveloppe et je me rends compte que je suis dans une fosse creusée dans la terre ! Plusieurs mètres au-dessus de moi, une ombre masque la lune.

Elle rabat un couvercle au-dessus de ma tête. Je me retrouve encerclée par les ténèbres. Je peine à respirer. Mes mains appuient de toutes leurs forces sur le couvercle, mais il refuse de s'ouvrir. Mon cri est enterré en même temps que mon corps.

J'ai froid, j'ai peur. Peur de ne plus voir la lumière du jour. J'éclate en sanglots. Elle ne devait pas mourir, c'était trop tôt. Je rassemble mes dernières forces et murmure dans un souffle à peine audible : « Eileen ». Des mains sorties de nulle part agrippent mon visage, leurs doigts poisseux s'enfoncent dans ma bouche. Je pousse un hurlement strident.

Je me redresse sur mon lit, le cœur battant à mille à l'heure. Je sens encore ces mains démoniaques me happer dans l'obscurité, vers un monde qui n'est pas le mien. Lorsque je descends dans le salon, encore hantée par cette nuit cauchemardesque, je suis seule. Ce rêve n'était pas le fruit du hasard, c'est comme si ma sœur essayait de me dire quelque chose de là où elle est. Je décide d'en finir une bonne fois pour toutes avec tous ces secrets, et me rends dans la chambre de mes parents, à la recherche de la clé qui ouvre la chambre secrète. Je fouille partout, tout en faisant attention à bien replacer chaque boîte et chaque vêtement.

Ma mère est tellement maniaque qu'elle remarquerait le moindre changement. Mon cœur est au bord de l'implosion. J'ignore où ils sont partis à une heure aussi matinale, ils peuvent revenir d'une minute à l'autre ! Je referme avec précaution le coffre à bijoux, puis regarde sous le lit. Rien.

Mais où range-t-elle cette clé ?

Je me dépêche de sortir de leur chambre avant qu'ils ne reviennent.

Quand mes parents sont de retour, ma mère m'interpelle, excitée :

— Oh, Isabelle, il faut que tu m'accompagnes au centre commercial !

— Pour quoi faire ? demandé-je, sur la défensive.

— Demain, c'est ton anniversaire. Et le bal de fin d'année aura bientôt lieu !

— Mais c'est dans deux mois !

— Oui, mais la plupart des filles ont déjà leur robe. Nos voisins, par exemple. Leur aînée a la sienne depuis un an.

Je décide d'accompagner ma mère au Plazza Center, pour qu'elle cesse de me rebattre les oreilles. Je regarde les vitrines sans m'arrêter et suis ma mère qui m'entraîne de boutique en boutique, à la recherche de la robe idéale. Après maints essais, je ne suis toujours pas satisfaite.

— C'est dommage que tu n'aies rien trouvé, il y a plein de modèles qui t'allaient bien.

— C'est pas grave, on a encore le temps.

— Si tu m'avais écoutée, tu en aurais une sur mesure…

Je ne prête plus attention à ce qu'elle dit et fais mine de m'intéresser aux vêtements sur le portant. Je n'ai jamais voulu qu'elle me commande une robe taillée spécialement pour moi. Je ne tiens pas à ce que l'on dépense des mille et des cents pour une tenue que je ne porterai qu'une fois dans ma vie ! Tout ce que j'ai toujours voulu, c'est ressembler à tout le monde. J'ai réussi à convaincre mes parents d'étudier dans un lycée public et je ne tiens pas à me faire remarquer en débarquant à la soirée avec une robe digne des plus grands créateurs.

— Oh, j'ai une idée ! s'exclame soudain ma mère en tapant dans ses mains. J'ai ce qu'il faut à la maison.

Je ne vois pas où elle veut en venir, elle n'a jamais cousu de sa vie et c'est pas aujourd'hui qu'elle va s'y mettre.

— Fais-moi confiance.

C'est quelque chose que j'ai du mal à faire. Nous n'avons pas la même vision des choses et ça me fait peur. Un éclair d'émotion traverse ses yeux d'acier, aussi, je décide de lui accorder le peu de confiance qu'il me reste en elle, en espérant qu'elle ne me décevra pas.

— Il faut que j'aille chercher une robe que j'ai commandée, ils l'ont reçue.

Ma mère m'entraîne dans une dernière boutique, et pas n'importe laquelle, la plus luxueuse de tout le centre. La décoration est épurée, les portants sont espacés. Des petits poufs égayent chaque coin du magasin.

— Bon, je passe en cabine, tu n'as qu'à regarder si quelque chose te plaît.

Je me promène entre les rangées étroites où le satin des pièces uniques me caresse la peau. Soie, brocart, cachemire, velours, Tencel, tous ces tissus sont plus soyeux les uns que les autres. Je jette un œil aux étiquettes qui affichent des prix à affoler bien des comptes en banque. Voyant que ma mère ne revient pas, je m'aventure dans la partie réservée aux hommes. Les costumes d'une rare élégance tombent parfaitement sur les mannequins. En plein milieu d'un rayon, un jeune homme obstrue le passage.

— Excusez-moi, lancé-je poliment.

Deux yeux d'un bleu limpide glissent sur moi. Je les reconnais immédiatement. La honte m'assaille. Il me fixe, troublé.

— I... Isabelle ? bredouille-t-il.

Le vent monumental que je lui ai mis me revient en mémoire. Si je le pouvais, je disparaîtrais sous le plancher. Je l'observe, éberluée, en balbutiant stupidement :

— Sa... salut.

C'est pas les magasins qui manquent, il fallait que je tombe sur lui ! Nils s'avance vers moi en souriant. A priori, il ne semble pas m'en vouloir.

— Comment tu vas depuis tout ce temps ?

Je lui réponds que je vais bien, tout en me dandinant d'un pied sur l'autre. Décidément, il me trouble toujours autant. Son pull en cachemire épouse parfaitement son torse taillé en V.

— Je voulais m'excuser. J'ai beaucoup songé à toi depuis cette soirée, tu sais. Et, à vrai dire, je ne pensais plus te revoir.

— C'est moi qui m'excuse de m'être enfuie de cette façon.

J'empoigne un gilet afin de me déstresser. Je ne lui ai donné aucune explication sur la raison pour laquelle je me suis éclipsée, le soir du Nouvel An.

— Non, tout est ma faute, j'ai précipité les choses, répond-il d'une voix douce.

Un silence s'installe, durant lequel nous nous regardons sottement.

— J'ai apprécié ta compagnie ce soir-là, et j'ai envie d'être là pour toi. Même en tant qu'ami, je m'en contenterai. Je n'aurais pas dû essayer de te voler ce baiser.

J'apprécie sa maturité. Avoir un ami en plus ne me fera pas de mal, et si je peux moi aussi être là pour lui, alors j'aurai tout gagné.

Au moment où nous échangeons nos numéros, des bruits de talons se font entendre. Je n'ai pas besoin de regarder pour savoir que ma mère se dirige droit vers nous.

— Je suis Ava, la mère d'Isabelle, minaude-t-elle, arrivée à notre hauteur.

— Enchanté, madame ; moi, c'est Nils. Nils Fergusson.

— Vous êtes un de ses camarades ?

Cette remarque le fait sourire.

— Oh, non, je suis à l'université.

— Dans quel domaine étudiez-vous ?

— La médecine. J'envisage de devenir chirurgien.

Instantanément, les yeux de ma mère s'illuminent. Elle lui adresse à son tour un de ses rares sourires qu'elle ne réserve qu'à l'élite.

— Votre visage me dit quelque chose.

— Oui, nous nous sommes croisés le soir du réveillon. J'ai invité votre fille à danser.

Elle passe une main autour de son bras en clamant de façon joviale :

— Mais oui, bien sûr, ça me revient ! Vous étiez très beaux tous les deux. N'est-ce pas, Isabelle ?

Je réponds un petit « *oui* », les yeux rivés sur mes chaussures. Décidément, elle a le don de me mettre mal à l'aise dans n'importe quelle situation.

— Je vous aurais bien présenté mon mari, mais il n'est pas là. On doit y aller. Au plaisir de vous revoir.

Je lui lance un dernier regard en suivant ma mère vers les caisses.

— Joyeux anniversaire, ma chérie !

Je m'installe à table, la tête encore dans le brouillard. Comme chaque année, ma mère m'a préparé un fastueux petit déjeuner. Une pile de pancakes dort sagement dans l'assiette et une bougie est plantée dans un cupcake dégoulinant de sirop d'érable.

— Ce soir, on le fêtera avec ton père.

— En parlant de ça… Tu sais, Nils, le garçon qu'on a croisé hier… Je lui ai dit que c'était mon anniversaire, et il m'a proposé une petite virée au centre-ville après les cours.

Ma mère sourit plus que de raison.

— Mais c'est une excellente nouvelle ! C'est un jeune homme on ne peut plus comme il faut. Tu ne peux pas passer à côté !

— On est amis, rien de plus.

Tandis qu'elle me prépare un délicieux chocolat chaud, je l'entends renifler. Elle se retourne, les yeux embués, puis me verse une tasse fumante.

— Ta sœur… elle aurait été si heureuse pour toi. Jamais elle n'aura dix-huit ans.

Ma mère se mouche rapidement, avant de se recomposer un visage neutre. Aujourd'hui, j'ai dépassé d'un an l'âge de ma défunte sœur. Chaque anniversaire laisse un peu plus la marque de son absence. Dix-sept ans, c'est bien trop jeune pour s'éteindre. Dans mon cœur, son étoile brillera toujours. Pas un jour ne s'écoule sans que je pense à elle ; le poids de son absence pèse sur mes frêles épaules, mais j'essaie d'être forte pour elle, pour moi. Depuis le drame, ma mère s'est forgé une muraille d'acier. Je pensais que les années estomperaient son chagrin. Au lieu de ça, elle préfère enfermer sa douleur dans son sanctuaire.

Mon téléphone se met à vibrer, je décroche. Jayden me souhaite mon anniversaire. Il s'excuse de ne pas pouvoir être présent et nous continuons notre conversation pendant que ma mère m'emmène au lycée.

Aujourd'hui, je me sens normale. Je me fonds au milieu des élèves, avec l'impression irrépressible que des ailes me poussent dans le dos. Au bout du couloir, Ethan se ressource à la mini fontaine. Sa bouche épouse le filet d'eau et j'observe avec délectation la façon dont ses cheveux d'un noir de jais viennent chatouiller sa nuque d'un blanc affolant. Plus je le regarde, plus sa beauté s'inscrit dans mes veines. Il plonge ses yeux sombres dans les miens. Même à cette distance, ils ont le don de me liquéfier sur place. Son air sérieux s'efface, sa jolie bouche se fend en deux. Je l'imite.

Il s'avance vers moi de sa démarche souple. D'un coup, il s'arrête, la mine assombrie. Quelqu'un saute sur mes épaules en plaquant ses mains sur mes yeux.

— Joyeux anniversaire !

Je découvre Jessica, la mine plus réjouie que jamais. Elle passe son bras autour de mes épaules, puis m'entraîne dans le sens opposé. Lorsque je tourne la tête, il a disparu.

— Joyeux anniversaire, me souhaite Ethan, à la pause déjeuner. Pourquoi tu ne m'as rien dit ?

Son ton est sec comme le désert. Je lâche ma fourchette qui tombe avec fracas sur l'assiette. Quelques têtes convergent vers nous.

— Je ne voulais pas t'embêter avec ça…

— Parce que tu crois vraiment que ça m'embête ? Dans ce cas, tu me connais mal.

Je fixe sans envie le morceau de bœuf qui semble m'appeler, et le repousse au bord de l'assiette dans un raclement strident.

— Excuse-moi, j'aurais dû me douter que c'était important pour toi.

— Bah oui, ça l'est !

Il a prononcé ça d'un ton un peu trop jovial en levant son verre. Certains élèves lèvent les yeux au ciel, je me fais toute petite sur mon siège. Je finis mes malheureuses frites pendant qu'il engloutit les siennes.

— Ça te tente de le fêter ensemble ce week-end ? me demande-t-il, la voix enrouée.

Un feu d'artifice explose dans mon ciel étoilé. Je réponds par l'affirmative, excitée.

— Une envie particulière ?

— Pas vraiment…

— Je parie que t'as jamais été en boîte, pas vrai ? poursuit-il, d'un ton taquin.

— On ne peut pas y aller avant vingt et un ans, de toute façon, alors à quoi bon ?

— C'est là que tu te trompes. J'ai pas encore l'âge, ça ne m'a pas empêché d'y aller.

— Mais comment ? m'étonné-je, tout en ouvrant un yaourt.

— Disons que… j'ai mes méthodes.

Je suis sûre que ses méthodes ne sont pas légales, mais je me souviens qu'avec lui, il n'y a pas de règles, et c'est avec plaisir que j'accepte.

— Si ça te dit, tu peux inviter des amis aussi. On s'amuse mieux à plusieurs, en boîte.

Tout de suite, je pense à Jessica. Il fait une petite grimace en acceptant, la bouche tordue. Je sais que ça doit lui coûter, à cause de leur altercation. J'espère qu'elle acceptera, qu'ils puissent au moins se réconcilier. Je lui propose également d'inviter ses potes, si le cœur lui en dit.

— Cool. Je proposerai à Jason. Apparemment, les autres ne sont pas là samedi. Tes parents te laisseront sortir, au moins ?

Si je leur raconte que je fête mon anniversaire avec Jess, ils ne devraient pas s'inquiéter.

— Ça doit pouvoir s'arranger.

— Cool. On pourra aller au restaurant avant, si ça te tente. Tous les deux, ajoute-t-il avec un petit clin d'œil complice.

— Oh, oui ! réponds-je, sans réussir à cacher mon enthousiasme débordant.

Il m'offre un bref sourire, et prend congé. Je rêvasse quelques secondes, avant de débarrasser à mon tour mon plateau. Il me tarde d'y être !

CHAPITRE 33
ETHAN

« L'équilibre se trouve entre un flingue et des roses. »
Oxmo Puccino

Stressé, j'attends Isabelle à la fin des cours. Je lui propose de la raccompagner chez elle, après tout, c'est son anniversaire.

— Oh, euh... un autre jour, bafouille-t-elle en se dandinant d'un pied sur l'autre.

Je pouffe, moqueur :

— Tu préfères rentrer en bus, c'est ça ?

— Je ne rentre pas en bus.

Elle me tape sur le système à tourner autour du pot. Je la sens suffoquer quand on passe la porte.

— Tout va bien ?

Elle opine, puis tend le cou comme une girafe. Il m'en faut pas plus pour confirmer mes doutes.

— Qu'est-ce qui se passe ?

Ses joues deviennent livides.

— Je... quelqu'un me ramène déjà.

— Ah oui, et qui ? raillé-je.

Je m'étais promis de ne pas être désobligeant, mais c'est plus fort que moi.

— Un ami.

Tiens, c'est nouveau ça.

Je souffle en me disant que c'est sûrement un pote de longue date, mais je trouve ça étrange qu'elle ne l'ait jamais mentionné avant.

— Il est là ?

Elle pointe discrètement un doigt vers la gauche. Mon regard atterrit sur un grand blond, les cheveux ramenés sur le côté, appuyé contre un coupé sport noir.

— Ah oui, je vois, le fils à papa dans toute sa splendeur, observé-je d'un ton cinglant.

Elle se contente de me fixer, de plus en plus gênée.

— Et tu le connais depuis longtemps ?

— Depuis le Nouvel An, mais on s'était perdus de vue, jusqu'à ce que je le croise dans une boutique.

Comme par hasard !

— Je ne l'ai jamais vu dans le coin...

Mon ton est suspicieux.

— C'est normal, il vit à Palorem Beach.

— Pourquoi tu le vois ce soir ?

— Il m'a proposé de faire une virée en ville pour mon anniversaire.

Je fais brusquement demi-tour pour ne pas aller défoncer la tronche de M. Parfait. Je sens ses pas juste derrière moi, va falloir qu'elle me laisse tranquille, sinon ça va mal finir !

— Attends, tu vas où ?

— J'ai oublié quelque chose à l'intérieur, ne m'attends pas.

— Mais je voulais te le présenter !

La grosse blague ! Je crois que mon poing dans sa gueule sera la meilleure façon de me présenter à lui !

— Une prochaine fois ! lui balancé-je par-dessus mon épaule en retournant vers le bâtiment.

Les poings serrés, je fends la foule en sens inverse. Je sais que ce n'est que son ami, mais vu la façon béate qu'il a de la mater, j'ai l'impression qu'il veut plus. Les couloirs sont vides, je suis censé faire quoi maintenant ? J'ai l'air d'un con, planté là. La grande baie vitrée me fait de l'œil, je regarde discrètement à l'extérieur. Je n'ai aucun mal à repérer l'autre abruti avec sa caisse de richard. Jessica a rejoint Isabelle, celle-ci fait les présentations. Elles se tortillent comme deux nunuches, mais lui ne regarde qu'elle, *forcément* ! Je pousse un long soupir, avant de m'éloigner dans le bâtiment en ruminant.

Après avoir attendu dix bonnes minutes, je ressors enfin du lycée. Je jette un œil à ma montre, j'ai juste le temps d'aller en ville avant de me rendre au garage.

Bon sang, elle aurait pu me dire que c'était son anniversaire !

J'ai envie de lui offrir quelque chose. Je croise un inconnu qui porte à bout de bras un large bouquet de fleurs. On ne voit plus que le sommet de son crâne. Ridicule !

Des fleurs...

Je me dépêche de le rattraper en l'accostant un peu brusquement.

— Excusez-moi, le bouquet, vous l'avez acheté où ?

— Chez le fleuriste, au bout de la rue…

Je ne le laisse pas finir sa phrase et cours à grandes enjambées dans la direction indiquée, comme si j'avais le feu au derche.

Pas si stupide, finalement !

J'entre, essoufflé, dans la boutique. Le vendeur me dévisage, je soutiens son regard jusqu'à ce qu'il mate ailleurs. C'est sûr, un grand gaillard tatoué comme moi dans un magasin de fleurs, ça surprend.

Au fond, j'aperçois des roses aux couleurs inédites.

— Elles sont belles, n'est-ce pas ? C'est pour faire plaisir à votre petite amie ?

Je lui ris au nez, pendant qu'il me jauge du regard, vexé.

— Non, juste... une amie.

« Les rouges sont celles que je préfère, c'est la couleur de la passion. »

J'entends encore sa voix dans ma tête. Sur une étagère, une rose attire mon attention. Au milieu, ses pétales blancs tranchent sur sa couleur rubis.

— Celle-là !

— C'est une Osiria bicolore. Un beau spécimen, n'est-ce pas ?

J'acquiesce, pendant qu'il s'affaire à emballer la fleur. C'est la première fois que je me sens gêné, et je dois dire que je n'aime pas ce sentiment.

— Il faudra un petit mot pour votre… « amie » ?

La façon dont il vient de prononcer ce mot fait grimper ma tension. Avant de partir en coup de vent, je lui balance sèchement :

— Non, ça ira !

Quand je rentre du boulot, ma mère tourne en rond dans le salon.

— Tout va bien ?

Elle baisse la tête en se rongeant un ongle.

— Oui, oui. Dis-moi… c'est pour qui la rose ?

Le sang afflue vers mon visage à une vitesse folle.

— T'es rentrée dans ma chambre ?

— Seulement pour mettre ton linge sur le lit.

C'est bien ma veine !

Elle, qui, d'habitude, se décharge sur moi, a décidé comme par hasard de faire tourner une machine aujourd'hui !

— C'est drôle, d'habitude, tu ne fous rien.

— T'es injuste, je t'aide quand même. Je fais mon possible !

La plupart du temps, c'est moi qui tiens la maison, son pourcentage d'aide est faible comparé à tout ce que je fais.

— Tu m'aides quand t'es pas déchirée, et c'est pas souvent, alors la ramène pas !

— Ça fait un moment que j'ai pas bu, se défend-elle faiblement.

Je me rappelle la semaine dernière quand je l'ai encore surprise sur le canapé en train de vider cul sec un grand verre de Martini. Je lui ai arraché la bouteille des mains, elle a failli se briser en mille morceaux.

— Une semaine ! Ah, c'est sûr, ça fait un moment !

— Tu vois comment tu évites ma question ! C'est pour qui cette rose ?

— Ça te regarde ?! Tout à coup, ma vie t'intéresse, c'est ça ?

— C'est juste bizarre. Même à moi, tu ne m'as jamais offert de fleurs, pas même pour la fête des Mères !

— Je ne vois vraiment pas pourquoi je t'aurais offert quelque chose, c'est pas comme si tu avais été là pour moi !

Elle s'est toujours reposée sur moi et il faudrait que je lui fasse des courbettes ?

— T'as une petite amie ? demande-t-elle de but en blanc.

— Tu sais très bien que non, j'en ai jamais eu et ça ne m'intéresse pas.

— Très bien, alors n'offre pas de rose à la petite amie que tu n'as pas !

Elle disparaît dans la cuisine en levant les bras en l'air. Je la laisse marmonner et grimpe dans mon antre. Si ma mère en fait des caisses pour une simple rose, que va penser Isabelle ? Je ne veux pas qu'elle s'imagine que je l'aime, ou une connerie dans ce genre. Il faut que je trouve une solution pour la lui offrir sans qu'elle se doute que c'est de moi.

CHAPITRE 34
ISABELLE

« La vie est une rose dont chaque pétale est une illusion et chaque épine une réalité. »

Alfred de Musset

— Mais c'est génial ! s'extasie Jessica, au moment où nous descendons du bus.

— Tu viens en boîte avec nous, alors ?

Elle fait semblant de réfléchir, puis me sort en me sautant dans les bras :

— Mais bien sûr ! N'empêche, c'est sympa de sa part de ne pas t'avoir kidnappée pour lui tout seul. Je l'ai peut-être mal jugé, finalement.

— Peut-être ? m'étranglé-je, manquant de me prendre le portail.

— Bon, j'avoue, il a été vraiment cool sur ce coup-là. Et apparemment, il y aura un de ses potes ?

Je l'entraîne un peu plus loin, pour ne plus être gênée par les allers incessants des élèves.

— Oui, Jason. Pourquoi ?

Elle baisse la tête.

— Non, pour rien.

J'éclate de rire devant son faux air innocent.

— Quoi ? se défend-elle, tout en essayant de masquer son sourire.

— Ça t'intéresse ?

— Mais non, pas du tout, qu'est-ce que tu vas chercher encore ! Je me dis juste que c'est mieux qu'il y ait un de ses amis, plutôt qu'on soit seules avec un mec ! Ça sera plus convivial, c'est tout.

Je fais semblant de la croire, elle se dépêche de changer de sujet.

— Sinon, c'était comment avec Nils ? Tu ne m'as même pas raconté !

Maintenant, c'est à mon tour d'être gênée.

— Oh, eh bien, on a fait un tour au centre, puis on s'est promenés au parc. C'était juste une sortie entre amis.

Elle me toise.

— Amis ? On me la fait pas à moi !

— Je te jure qu'il ne s'est rien passé ! On s'est rien promis de plus pour l'instant…

— Dommage, me coupe-t-elle en esquissant une fausse moue affligée. Remarque, peut-être qu'avec ton ténébreux, ça va enfin avancer !

Nous pénétrons dans le bâtiment.

— On passera te chercher dans la soirée, l'informé-je en prenant congé.

Je me dirige vers mon casier, toute guillerette à la perspective de la soirée, quand quelque chose me stoppe. Je cligne des yeux et aperçois une magnifique rose scotchée sur mon casier. Je la détache avec soin en l'observant sous toutes les coutures, avant de jeter un œil dans mes affaires. Peut-être qu'il y a une carte ? Rien. Je regarde à plusieurs reprises autour de moi. Les élèves déambulent d'un côté et de l'autre du couloir, comme d'habitude. Je reporte mon attention sur la fleur. Les pétales du milieu, d'un blanc immaculé, contrastent avec la couleur écarlate. Je hume son parfum délicieux, me laisse emporter par cette note sucrée enivrante. Quelle délicate attention ! Jamais je n'ai vu une rose aussi belle. La sonnerie me surprend, je referme mon casier. Ethan se tient devant moi, les mains dans les poches, un air suspicieux collé à la figure.

— Qu'est-ce que c'est ?

— Une rose.

Je le regarde, méfiante. Il y a quelques semaines, je lui ai confié que les roses rouges étaient mes fleurs préférées.

Se pourrait-il que… non, impossible !

— J'ai bien vu que c'est une rose. Ça vient de qui ?

— Je ne sais pas, il n'y a pas de carte.

— Petit malin, marmonne-t-il. Faut vraiment pas avoir de couilles pour offrir quelque chose et ne rien dire !

Je serre la rose contre ma poitrine, comme un réflexe de défense.

— Je trouve ça romantique, moi.

— Tu parles !

Il se gausse pendant que je m'éloigne, furibonde. Une chose est sûre : impossible que ce soit lui.

Toute la journée, je m'attarde sur chaque lycéen que je croise, me demandant qui peut bien être cet admirateur sorti de nulle part.

À la fin des cours, Jessica et moi nous précipitons devant le portail du lycée, pour y arriver les premières, puis essayons de débusquer mon mystérieux prétendant.

— Les pronostics sont ouverts ! lance-t-elle en rejetant les épaules en arrière.

Le défilé commence. Nous analysons scrupuleusement les lycéens qui passent devant nous.

— Trop jeune, commencé-je en m'esclaffant.

— Trop con, complète-t-elle, quand un des joueurs de l'équipe de foot passe devant nous, la mine furibonde.

Elle regarde également les filles, et quand je lui demande ce qu'elle fait, elle me répond :

— Bah, quoi ? Tu n'as pas pensé que ton « admirateur » pouvait être une fille ? On ne sait jamais !

Je secoue la tête en rigolant.

Nous interrogeons quelques personnes rapidement, pour savoir s'ils ont vu quelqu'un avec une rose à la main ce matin, mais tous nous répondent par la négative.

— Oh, mais regarde qui voilà ! lance-t-elle, au moment où Ethan passe devant nous. Dis, ma belle, tu penses que ça pourrait être lui ?

Ce dernier fronce les sourcils.

— Qu'est-ce que vous faites ?

— On essaie de deviner qui a eu la délicate attention d'offrir une rose à Isabelle.

— Ça tourne vraiment pas rond chez vous, laissez tomber !

Pour toute réponse, nous éclatons de rire.

— Faut vraiment qu'il se calme. Ça promet, à ton anniversaire, sinon !

— Il sera calmé d'ici là, affirmé-je, sans vraiment savoir à quoi m'attendre.

Nous arpentons les boutiques, à la recherche de nos tenues pour la soirée d'anniversaire. Ça faisait longtemps qu'on n'avait pas fait de shopping ensemble, et c'est bras dessus, bras dessous que l'on se promène. Jessica a déjà trouvé la sienne. Alors que je commence à désespérer, je m'arrête, subjuguée. Exposée au milieu d'une vitrine, une somptueuse robe rouge attire mon attention.

— Elle est magnifique, tu devrais l'essayer !

J'entre dans la cabine, bien décidée à suivre son conseil. Le tissu épouse mes hanches, tandis que le bas est légèrement évasé. La robe est bien plus courte que ce que je porte habituellement, mais les volants qui entourent mes cuisses me donnent un air farouche et sexy. Pour compléter ma tenue, des sandales à talons noirs feront l'affaire. J'en repère une paire avec des petits brillants cousus sur le dessus. Je passe en caisse et nous franchissons les portes de la boutique, nos biens en main.

CHAPITRE 35
ETHAN

Love's icy tomb
Dug open for you
Lies in a cemetery that bares my name[18]
And Love Said No, HIM

Je longe les quais dont l'odeur iodée imprègne mes narines. Marins et pêcheurs déchargent les bateaux. Les poissons s'agitent frénétiquement, avant de mourir dans les filets. J'emprunte une rue étroite pour rejoindre le centre. Les rebords des fenêtres sont noirs de poussière et la peinture sur les murs s'écaille. Je cours dans ce dédale percé par les vents. Il fait sombre, le soleil éclaire à peine mon chemin. Je frissonne sous mon petit pull en coton. Essoufflé, je rejoins les gosses des quartiers à notre point de rencontre. Les plus âgés sont assis sur un muret, une clope en bouche, tandis que les autres

[18] « Le tombeau glacé de l'amour
« Creusé pour toi
« Se trouve dans un cimetière qui porte mon nom », traduit de l'anglais.

s'accroupissent sur le sol ou tiennent en équilibre sur de gros containers. Les codes sont toujours les mêmes : les plus puissants en hauteur. Je reste sagement en bas, buvant les paroles de Ray. Ses cheveux blonds ondulent sous sa casquette et viennent chatouiller ses yeux. C'est le plus grand, il a quatorze ans tout au plus et c'est le chef de la bande. Les autres enfants le regardent avec admiration. Moi, il ne me dit rien qui vaille. C'est un lascar qui joue les gros durs. Je suis sûr, au fond, qu'il n'a rien dans le bide. Will est là aussi, il tapote une place imaginaire et je m'assieds à côté de lui.

— On a trouvé une nouvelle petite meuf. Qu'est-ce qu'elle est canon, celle-là. Vous n'allez pas le croire, les gars ! s'exclame Ray en riant.

Depuis quelques mois, nous avons un nouveau passe-temps, regarder les filles se déshabiller. Le mieux, c'est quand elles sont dans leur chambre, les rideaux bien ouverts. C'est excitant de découvrir l'anatomie de l'autre sexe, et la peur de se faire choper se mêle au désir. Le leader regarde sa montre.

— C'est l'heure ! Honneur aux plus grands, claironne théâtralement Ray avant de se mettre debout, une paire de jumelles en main.

Il pousse un sifflement admiratif, sous les rires perçants de ses potes. Je perds instantanément mon sourire. La façade bien propre du bâtiment d'en face ne m'est pas étrangère, c'est ici qu'elle habite. Combien de fois j'ai regardé depuis sa chambre ce mur sur lequel ces imbéciles se rincent l'œil ? Je sais très bien sur quelle fenêtre il offre une vue imprenable, je me suis moi aussi écorché les genoux en grimpant sur la pierre rigide, dans le seul but de l'apercevoir.

J'espère de toutes mes forces me tromper, qu'ils regardent à côté, ou même le petit hublot qui donne sur la salle de bains de la belle trentenaire du haut. N'importe qui, mais pas elle.

Une fois que les plus grands ont bien profité du spectacle à coups de gestes obscènes, c'est à notre tour. Je me hisse à leur hauteur, la boule au ventre. Je prends les jumelles que Ray me tend d'une main tremblante et les pointe dans la direction qu'il m'indique.

— Mate le cul qu'elle a !

Comme je pouvais m'y attendre, Jenny apparaît dans mon champ de vision. Elle secoue ses cheveux dorés sur sa peau nue. Le galbe de sa poitrine qui est déjà bien formée pour son âge est la plus belle chose qu'il m'ait été donné de voir. J'ai l'impression de violer son intimité, mais je ne peux empêcher mon regard de glisser vers ses hanches pleines. Vêtue d'une simple culotte, elle se malaxe tendrement les seins devant son miroir. L'espace d'une seconde, j'oublie que je ne suis pas seul. Les gloussements des autres qui profitent de son corps sans son consentement me font revenir à la réalité. Je baisse doucement les jumelles, le cœur battant la chamade.

— Bah alors, tu te défiles ? se moque le leader.

Ça aurait été n'importe quelle autre fille, je serais sans doute resté là, jusqu'à l'érection, mais mon respect pour elle me pousse à abandonner.

— T'en fais une tête ! remarque Will, au moment où il se hisse jusqu'à moi.

— Ne regarde pas, c'est Jenny.

Je pose les jumelles sur le sol. Will devient blanc comme un linge. Je serre les poings dans les poches de mon jean.

— Dégagez ! fulminé-je, hors de moi.

— Eh, qu'est-ce qui te prend ?

Les mots me manquent. La tempête se lève dans mon corps et je l'expulse en envoyant valser au sol deux garçons. Le premier se masse le bras, tandis que l'autre passe une main sur sa jambe endolorie en gémissant. Les autres me tombent dessus. Mes poings s'abattent à tire-larigot, je ne sais bientôt plus qui frapper. Will me vient en aide, à nous deux, nous venons à bout des plus jeunes qui détalent comme des lapins sous la force de nos coups.

Les plus âgés n'ont pas dit leur dernier mot, en particulier Ray, qui s'avance négligemment dans notre direction.

— Pourquoi tout ce raffut ?

— Tu peux pas comprendre, dis-je en essuyant d'un revers de la main le sang qui me colle à la bouche.

Il balance sa casquette à son copain qui l'attrape sur le coup.

— Tout ça pour une meuf ?

— C'est pas n'importe quelle meuf.

— Tu préfères sacrifier tes potes pour une petite traînée ?

Mes jambes tremblent, je ne tiens plus en place. Je fais signe à Will de rester où il est, c'est une affaire entre Ray et moi, et je ne veux compter sur l'aide de personne.

— Plus jamais tu l'insultes.

Mon ton est calme, peut-être un peu trop.

— Je vais te démonter, siffle-t-il.

Il retire son gilet en roulant des mécaniques. S'il croit m'impressionner du haut de ses quatorze balais, il se fourre le doigt où je pense ! Je lui saute à la gorge avant qu'il n'ait le temps de réagir. À genoux sur son buste, je renforce ma prise. Mes ongles s'enfoncent dans sa chair qui n'est plus que de la pâtée entre mes doigts. Mes poings pleuvent sur sa face. Il se protège du mieux qu'il peut de ses avant-bras. Je vocifère avec hargne en lui envoyant des postillons sur le visage.

— Si je vous chope encore, toi et tes imbéciles de copains, à la regarder, je vous tue !

Quelqu'un me tire en arrière, je mouline désespérément des bras. Aidé par son ami, Ray se relève en tremblant. Will me lance un regard désolé, lui aussi solidement maintenu par un grand gaillard. Ray s'approche, le visage déformé par la haine. Ses yeux sont tous deux cerclés d'un coquart. Il replace rapidement sa mèche en arrière.

— Alors comme ça, tu voulais me tuer, hein ? J'avoue que t'as une sacrée droite, mais c'est pas un petit con dans ton genre qui va me donner des ordres. Maintenant, c'est toi qui es mort.

Il fait tourner son poing dans les airs pendant un moment interminable. Je me débats comme un dément. Son pote renforce sa prise, un autre vient à la rescousse. Maintenu solidement des deux côtés, je ferme les yeux, me préparant à l'impact. Sa droite s'abat comme un boulet de canon sur ma face. Je chute lourdement sur le gravier dans un bruit sourd.

— Aïe !

Je protège instinctivement mon visage, mais rien ne vient. Mon corps repose sur le plancher froid. Je relève la tête, mon lit me nargue. Je pousse un juron. Un bruit de pas traînant résonne dans le couloir. Le visage ensommeillé de Rachel apparaît dans l'entrebâillement de la porte.

— Tout va bien ?

— Oui, grommelé-je en me relevant.

En calbut, je rabats la couverture sur moi et lui ordonne de partir d'un geste impatient. Une fois la porte refermée, je m'assieds au bord du lit, la tête entre les mains. Je n'arrive pas empêcher mes jambes de trembler. Des fourmis prennent un malin plaisir à courir le long de mes cuisses pour finir leur course sous la plante de mes pieds. J'éponge ma nuque dégoulinante, puis balance la serviette à l'autre bout de la pièce.

Certains souvenirs hantent mes nuits et laissent des traces dans mon présent. Je ne peux pas l'oublier, *elle* fait partie de moi. Jamais je ne pourrai me pardonner… Son sourire inonde mes pensées.

Je me précipite vers mon bureau. L'écrin dort toujours au fond du tiroir, sous les papiers. C'est plus fort que moi, j'ai *besoin* de la tenir une dernière fois.

La tête calée sur l'oreiller, je fais tinter la chaîne en argent sous la lumière. Fine et souple, je n'ai aucun mal à la faire onduler entre mes doigts. J'effleure l'inscription gravée sur la gourmette. « Jenny »

J'entends encore bien distinctement l'éclat de son rire qui se perd dans mon paradis artificiel. Par moments, les traits de son visage s'effacent de ma mémoire, alors je regarde sa photo, et c'est comme si elle se tenait devant moi. Je n'ai rien oublié. Son souvenir s'enfonce dans ma chair comme une lame de rasoir, coupant tout espoir sur ma route.

Si je m'écoutais, je resterais encore au lit, mais il est déjà tard et, ce soir, on fête l'anniversaire d'Isa. J'entre sous la douche en pensant à son expression quand elle a découvert la rose. Je savais que ça lui ferait plaisir, et j'ai tellement bien joué la comédie qu'elle ne se doute pas que c'est moi. Je frotte mon torse en souriant bêtement.

Minute, pourquoi je pense à elle en me douchant ? D'abord, je l'avais imaginée pendant que je baisais Megan, et maintenant ça !

Je croise mon reflet dans le miroir avant de partir. Je scrute sous tous les angles ma coiffure. Pour l'occasion, j'ai mis du gel. J'enfile en vitesse ma veste en cuir et balance un bref « au revoir » à ma mère avant de fermer la porte un peu trop fort.

Mon cœur bat plus vite à mesure que j'approche de son quartier de richards. Je l'attends comme d'habitude quelques rues plus loin, en face d'un grand champ de blé. Une meuf hyper canon avance vers moi. Je regarde nerveusement ma montre en descendant de ma caisse. Je reste sur le cul en la reconnaissant ! Des boucles cascadent sur ses épaules et lui donnent un air sauvage que je ne lui ai encore jamais vu.

Bordel, c'qu'elle est belle !

Sa robe vermillon moule à la perfection sa silhouette. Je décide de jouer et fais semblant de ne pas la reconnaître.

— T'es où, bon sang ? lancé-je en faisant semblant de m'énerver. Si tu te grouilles pas, je pars avec une autre !

Son rire chaud résonne dans mes oreilles. Je souris, amusé.

Ça fait du bien d'être plus léger de temps en temps.

— Excuse-moi, ça te dérange pas que je t'embarque ?

— Bien sûr. Où allons-nous, monsieur ?

— Surprise !

Même si ça ne me ressemble pas, je fais le tour pour lui ouvrir la porte. Je marque quelques secondes d'arrêt, durant lesquelles mes yeux glissent sauvagement sur son corps de déesse. Je poursuis, sans gêne, sur ses jambes galbées qui semblent interminables avec cette robe si courte que j'ai tout à coup envie de lui arracher. Prise au dépourvu, Isa se plaque contre la portière. Je la dévore littéralement en m'arrêtant sur son visage de poupée et ses grands yeux innocents. Jamais je n'ai regardé quelqu'un aussi intensément. Je connais par cœur ce bleu limpide et ce gris qui vient lécher le bord de ses iris.

Je plaque les mains de chaque côté de son corps. Comme la dernière fois, j'éprouve un plaisir presque coupable à la savoir prisonnière, *l'avoir tout à moi*. Ma pomme d'Adam joue du violon dans ma gorge. Le rouge lui monte aux joues et je dois faire un effort pour rester stoïque. Si je rougis aussi, c'est fini, je suis tellement blanc que ça se verra direct, et hors de question de lui montrer un autre signe de mon « attirance ». Sa poitrine ressort dans son putain de décolleté où j'ai envie de plonger la tête. Je me mords les lèvres jusqu'à ce qu'un goût ferreux heurte ma langue. Des flashs de moi en train de la prendre sauvagement sur le capot de ma bagnole s'infiltrent dans mes pensées. Je me penche sur elle, prêt à succomber. Mon torse frôle dangereusement sa poitrine. La clé qui s'enfonce douloureusement dans ma paume me rappelle pourquoi je suis là. J'appuie sur le bouton « déverrouiller », et les portières s'ouvrent dans un cliquetis métallique. Elle s'empresse d'entrer dans l'habitacle en poussant un gros soupir.

Un silence gêné pèse entre nous. Je mets la musique à fond pour détendre l'atmosphère. Du coin de l'œil, je l'observe se regarder dans le petit miroir du pare-soleil, côté passager. Elle bouge ses jambes au rythme de la musique. À plusieurs reprises, j'ai envie de poser les doigts sur ses genoux nus. C'est tout con, je l'ai déjà fait et elle ne m'en a pas empêché. La dernière fois, elle s'est même endormie, un sourire aux lèvres. Je suis sûr qu'elle a aimé ça. Mais là, c'est différent. Elle est tellement sexy que j'ai peur de ne pas pouvoir m'arrêter et de vouloir remonter toujours plus haut. Sa peau satinée m'appelle. Je préfère ne pas regarder ce que je n'aurai jamais et me concentre plutôt sur la route.

Je ne la quitte pas d'une semelle durant la poignée de mètres qui nous séparent du Blues Rock. Les quelques gars que nous croisons ne se privent pas de la reluquer. Je les dévisage d'un air mauvais et me dépêche de nous trouver un coin tranquille. Isabelle regarde autour d'elle, du sol en damier aux murs tapissés d'icônes des années 1950. Je m'amuse de son émerveillement.

Le juke-box entame la musique *Johnny B. Goode* de Chuck Berry. Je soulève la nappe et zieute sous la table pailletée. Ses jambes bougent frénétiquement au rythme de la musique. Au moment où je relève la tête, je me fais prendre la main dans le sac et elle baisse le regard. Pour changer de sujet, je parle de sa coiffure.

— Tu t'es fait des boucles ?

Comment se sentir idiot en moins d'une minute.

Elle acquiesce en replaçant une mèche derrière son oreille. Tout ce que je trouve à répondre, c'est :

— Cool.

Espèce d'idiot...

Isa essaie de faire rentrer dans sa petite bouche le grand burger et je me fends la poire quand je la vois se servir de ses couverts, vaincue. Quant à moi, je ne m'embarrasse pas des bonnes manières, je déguste mon burger XL triple étage à pleines mains, sous ses yeux écarquillés.

— T'as le cœur bien accroché. T'as pas mangé depuis deux jours ou quoi ? me dit-elle.

Je réponds, la bouche pleine :

— Je voulais me faire plaisir. C'est une nouveauté de la carte.

Une fois que je me suis bien rempli la panse, je fais une petite pause bien méritée avant de partager avec Isabelle une grosse coupe de glace. Elle mange sans conviction sa moitié.

— Tu commences à caler ? la taquiné-je.

Depuis tout à l'heure, elle a la tête baissée sur son plat et, quand elle la relève enfin, son visage a changé d'expression.

— Ça ne va pas ?

— Je me sens un peu seule.

Et moi, je compte pour du beurre, c'est ça ?

Même si ça me démange de lui faire la réflexion, j'attends de voir ce qu'elle va me dire. Je préfère ne pas spéculer.

— Je sais que c'est pas le meilleur endroit pour aborder le sujet, mais…

Je lui fais un signe de tête pour l'encourager à terminer. Je n'ai jamais été très patient.

— C'est juste que je pense à ma sœur.

— Tu as une sœur ? m'étonné-je.

— Elle est… décédée.

— Merde. Si tu veux en parler, je suis là.

Je ne lui présente pas mes condoléances tardives, je sais trop ce que ça fait. Les gens sont maladroits quand on leur dit que quelqu'un à qui on tient est mort. Ils préfèrent s'en tenir à ces formules d'usage qui foutent le bourdon.

— Ça fait longtemps ?

— J'étais enfant. Elle était différente des autres, un peu écorchée vive. Elle ne supportait pas l'ambiance d'Eden Lake, et je peux la comprendre.

— Eden Lake ? répété-je, surpris.

— C'est un grand lac. C'est là-bas que j'ai grandi. Les familles occupaient la partie gauche de la rive et, de l'autre côté, il y avait…

— Les malchanceux, complété-je, amer.

— Mes parents m'interdisaient d'y aller, je ne voyais ce monde que de ma fenêtre. Un jour, je m'y suis rendue. Jamais je n'oublierai ce que j'ai vu. Les bords du lac étaient mal entretenus, les gens habitaient dans de vieilles baraques en bois. Je me suis fait un ami, il s'appelait Ghana. Notre frigo était plein, j'ai voulu aider sa famille, mais ma mère s'en est rendu compte. Elle m'a bien sermonnée. Mon père et ma sœur, en revanche, m'ont soutenue, eux au moins me comprenaient. On a fait un don considérable à une association et tous les mois, on leur apportait de la nourriture. C'était notre petit truc à nous, on ne l'a jamais dit à personne. Je me sentais enfin utile, et voir le regard des familles s'illuminer dès qu'ils nous voyaient, c'était la plus belle des récompenses.

Je reste sur le cul, estomaqué qu'elle ait vécu là-bas. Sa sœur devait être l'une des rares personnes à voir où était le problème dans ce putain de système.

— Je suis sûre qu'elle t'aurait plu, reprend-elle d'une voix douce.

Je pense aussi.

— Qu'est-ce qui s'est passé ?

Elle secoue la tête, puis marque une longue pause. Je me sens un peu con de manquer de tact à ce point. Je ne pense pas que ce soit l'endroit idéal pour évoquer la mort de sa sœur ; en plus, c'est son anniversaire.

— C'est pas grave. Si un jour, tu veux en parler, quand tu te sentiras prête, je serai là, OK ?

Elle me regarde avec un sourire reconnaissant, comme si tout le poids du monde se déchargeait de ses épaules.

— Chacun de mes anniversaires est un peu plus douloureux. Je viens de dépasser l'âge qu'elle avait.

Je la comprends mieux que ce qu'elle imagine. C'est comme si elle était restée bloquée dans le passé. On a ce goût amer qui reste coincé dans la bouche ; tout espoir d'avenir pour ceux qu'on aime s'est effacé.

— Tu sais..., commencé-je, la voix éraillée, les souvenirs restent, n'oublie jamais ça.

Isabelle acquiesce en essuyant une larme au bord de ses longs cils.

— Je comprends ta solitude, mais tu as ta famille, et moi, je suis là.

— Je ne suis plus aussi proche d'eux qu'avant, sauf avec mon frère. Ils me déçoivent un peu plus chaque jour. Par moments, j'ai simplement envie d'oublier... d'où je viens.

Je lui presse la main, un peu trop fort peut-être. Elle ne l'écarte pas pour autant. Je commence à comprendre que sa douleur n'est pas seulement due à la perte de sa sœur, sa famille est aussi en cause. Au fond, nous sommes pareils, deux âmes égarées à la recherche d'un bonheur qui nous file entre les doigts. Je pense que c'est le moment. Je la sens si vulnérable, si malléable.

Elle est prête.

Je veux lui faire oublier ses problèmes, qu'elle trouve une échappatoire dans mon putain de paradis artificiel. Ce soir, je vais l'initier à mon bonheur. Ce soir, j'ouvre la porte, et elle ne se refermera pas.

CHAPITRE 36
ISABELLE

Perdue dans ton paradis artificiel,
Tu m'as fait goûter au fruit défendu.
Cyndra O'Hara

Nous nous offrons une virée nocturne au cœur d'un magnifique jardin, non loin du centre-ville. Ethan me guide dans une allée bordée de buissons, et nous pénétrons dans une serre. La beauté des lieux me laisse sans voix. C'est entre l'intérieur et l'extérieur. C'est entre l'ordinaire et l'extraordinaire. La voûte sertie d'étoiles scintillantes nous apporte un peu de lumière. Des branches de lierre grimpent sur les verrières et serpentent délicatement vers le sommet. La végétation luxuriante me coupe le souffle, des odeurs sucrées s'invitent dans mes narines. Je me promène à travers des allées entières où siègent majestueusement des plantes de toutes espèces.

Des palmiers s'écartent sur notre passage. Nous débouchons sur un petit coin de paradis. Un banc trône au milieu de la serre, je prends place, à ses côtés. Des fleurs fluorescentes aux couleurs bigarrées scintillent dans la pénombre. La fraîcheur de la nuit s'invite sur ma peau, et une vague de frissons s'empare de moi. Ethan enlève sa veste, puis la pose délicatement sur mes épaules. Elle sent le cuir et la cigarette. Chaque parcelle de mon corps s'imprègne de son odeur enivrante.

— C'est magnifique, murmuré-je dans un souffle.

Il fouille quelques instants dans sa sacoche, avant de préparer son joint. Je l'observe tirer une longue taffe, puis dessiner des ronds de fumée avec sa bouche si sexy.

— Comment tu fais ça ?

— J'ai l'habitude.

Un tas de questions me traverse l'esprit et je décide de lui en poser une, à brûle-pourpoint.

— Ça fait longtemps que tu fumes ?

Il me répond laconiquement :

— Ouais.

— Et la drogue ?

— Je devais avoir quatorze ans.

Mon sang se glace. S'il a commencé si jeune, à quel âge s'est-il mis aux cigarettes « standard » ?

Ethan sort une petite bouteille de sa sacoche et boit un coup. Ce soir, j'ai envie de me sentir légère. Je ne veux plus penser à Eileen. J'attrape la fiole, ingurgite quelques gorgées. Le liquide vénéneux glisse sur mon palais, embrase mon œsophage. J'esquisse une petite grimace, avant de prendre une autre gorgée.

— Hé, doucement ! me sermonne-t-il en reprenant sa fiole.

Il tient sa clope entre les doigts. La fumée se fraie un chemin jusqu'à moi, m'emprisonnant dans son sillage. L'odeur est à la fois forte et apaisante.

— Ça fait quel effet ?

Il me fixe de ses yeux sombres et je ne sais plus si c'est lui ou la nuit qui me regarde. Je frissonne sous sa veste.

— Ça me permet de m'évader. Je me sens plus détendu, c'est comme si un deuxième moi prenait le contrôle, en nettement plus cool. Tout paraît plus beau, je m'ouvre aussi plus facilement aux autres, bref, on plane quoi.

C'est un monde à part, auquel personne ne m'a encore initiée. Avant, pour moi, ceux qui en consommaient étaient des trafiquants, je refusais de voir au-delà des apparences. La faute à mon éducation stricte. Pour mes parents, tout ce qui s'éloigne d'eux d'une quelconque façon est mal. Mais tout n'est pas blanc ou noir. Dans la vie, il y a des saveurs édulcorées qui sont un merveilleux contraste entre le bien et le mal.

— T'as jamais fumé, c'est ça ?

Je regarde le sol en prenant appui de toutes mes forces sur le banc.

— Non.

— Alors, quoi, même pas une petite cigarette derrière un buisson ?

Je continue de secouer la tête. J'ai toujours pensé que c'était « mal ». Je me rends compte que cette notion, que j'ai cru si longtemps acquise, n'est pas si simple, et ça me perturbe.

— Faut que tu saches ce que ça fait.

Il sort de sa poche un paquet, en extrait une cigarette, l'allume de ses doigts fins et me la tend. Je la tiens maladroitement. Une fois qu'il m'a expliqué comment faire, j'essaie enfin.

Stressée, j'aspire une grande goulée. La fumée se fraie un chemin hasardeux au fond de ma gorge, brûlant ma cage thoracique. Je tousse, enveloppée d'un nuage blanc.

— T'inquiète, c'est normal, c'est la première fois, me rassure-t-il.

Je recommence. Au bout de la troisième tentative, je ne tousse plus. Je ne trouve pas cela si terrible, c'est même plutôt cool. Ethan éteint la cigarette à moitié consumée, la range dans son paquet, puis rallume son joint. Plus audacieuse que jamais, je pointe le mégot qu'il tourne négligemment entre ses doigts.

— Et ça ?

Il me regarde avec intérêt, je me sens décoller du banc. Ethan retient la fumée dans ses voies respiratoires et me la crache au visage.

— T'as envie que je te fasse une soufflette ?

Sa main effleure mes genoux, je n'arrive plus à penser correctement.

— C'est quoi une…

Je n'ai pas le temps de finir ma phrase qu'il m'attire brusquement à lui, avant d'aspirer une grande goulée de fumée. À cet instant, il est tellement sexy, avec son écarteur noir sur le lobe et son tatouage qui serpente de son oreille jusque sous son tee-shirt, que je ne lui oppose aucune résistance. Il approche son visage du mien puis ouvre la bouche. Instinctivement, je l'imite, ses lèvres frôlent les miennes, et c'est avec délice que je ferme les yeux pour apprécier ce moment libérateur. Ethan fait entrer toute la fumée dans ma bouche, puis s'écarte aussitôt. Mon cœur saigne de frustration. Sentir ses lèvres frôler les miennes sans pouvoir les capturer fut la plus douce des tortures. Je me concentre aussitôt sur cette forte odeur qui embaume mes narines et se fond en moi.

J'en veux *plus*. Excitée par ce qu'il vient de faire, et groggy par l'effluve exaltant, je m'entends lui demander :

— Je peux goûter ?

Ses iris dansent dans la nuit. Il me tend le joint. J'hésite quelques secondes, en proie à un combat intérieur. Qui remportera la victoire ? Je sais qu'une fois que j'aurai franchi la ligne, plus rien ne sera pareil. Je repense à mes parents.

Au diable, mon éducation ! J'envoie tout valser en un clignement de cils pendant que le feu dévore la glace, me consommant tout entière. Ma raison s'amoindrit, en raison de l'alcool qui circule dans mes veines. Il me donne une volonté que je ne me connaissais pas. Et je prends la mauvaise décision, à moins que ce ne soit la bonne.

À l'instant où ma bouche entre en contact avec le bout cartonné, l'atmosphère se fige, j'entre dans une autre temporalité. Je sais que tout retour en arrière est désormais impossible.

CHAPITRE 37
ISABELLE

She was the wind, carrying in
All the troubles and fears
You for years tried to forget
He was the fire, restless and wild
And you were like a moth to that flame[19]
The Funeral Of Hearts, HIM

— Ça commence à faire effet ?

Depuis tout à l'heure, Ethan guette le moindre de mes gestes. J'ignore combien de temps s'est écoulé, mais je me sens déjà différente.

Je pousse une exclamation de surprise. Des fleurs phosphorescentes flottent dans l'obscurité. Leurs tiges ont été avalées par la nuit et leurs couleurs

---

[19] « Elle était le vent transportant
« Tous les ennuis et les craintes
« Pendant des années, tu as essayé d'oublier
« Il était le feu, agité et sauvage
« Et tu étais comme un papillon de nuit pour cette flamme », traduit de l'anglais.

bigarrées sont intensifiées. Je caresse du bout des doigts un pétale dont la douceur m'apaise.

— C'est beau…

Ma voix me paraît étrangement lointaine, comme si elle était aspirée dans un tunnel.

— Allez, viens, on va chercher ta pote.

Il m'entraîne en dehors de la serre, puis nous montons dans sa voiture.

Lorsque nous arrivons devant chez Jessica, celle-ci me rejoint à l'arrière. Elle remarque vite mon air groggy.

— T'as l'air vachement détendue. T'as bu ou quoi ?

— En quelque sorte, réponds-je en m'esclaffant.

— Pour une fois que tu te lâches, je compte moi aussi m'éclater quand on sera là-bas.

Nous avançons en silence dans la pénombre, quand un lointain écho nous parvient. Ce n'est pas n'importe quel bruit, c'est de la musique. Elle court le long de la rue et gagne en intensité à mesure que l'on approche. Une interminable file d'attente occupe le trottoir. Les néons de l'enseigne « *Queen's Night Club* » dévorent l'obscurité. Nous rejoignons Jason sur le parking. Il ouvre grand les yeux quand il aperçoit Jessica dans sa petite robe bleue pailletée. Mon amie me susurre à l'oreille :

— Il est canon son pote, dis donc.

Puis elle se pince les lèvres, arrivée à sa hauteur. Ethan fait les présentations. Au moment où je m'apprête à longer la foule, il me retient par le bras.

— Qu'est-ce que tu fais ?

— Faut qu'on attende notre tour, non ?

Il éclate d'un rire franc qui augmente la cadence des battements de mon cœur. Derrière, Jessica commence déjà à parler à Jason.

— Qu'est-ce qu'il y a de drôle ?

Les mains dans les poches, Ethan remonte tranquillement le long de la file.

— Tant que vous êtes avec nous, vous n'avez pas besoin d'attendre.

— Vous avez vos entrées privées ? se renseigne mon amie.

— On peut dire ça, s'amuse Jason en se plaçant devant nous.

Le vigile à la peau cuivrée les salue, et nous fait signe d'entrer.

— C'était donc ça, ta méthode ?

— Entre autres, répond Ethan. C'est juste qu'on connaît le vigile, sinon j'ai aussi une fausse carte d'identité.

L'atmosphère se réchauffe d'un cran à mesure que nous évoluons au milieu des volutes de fumée rouge. Perchées sur des tabourets, au bar, Jessica et moi nous dépêchons de finir nos verres avant de nous diriger vers la piste, entourées de nos compagnons.

Des gens se trémoussent, d'autres sautent au milieu de l'effervescence ambiante. Je danse d'abord avec ma meilleure amie, puis elle m'abandonne pour se déhancher avec Jason. Elle se presse contre lui, et je décide de me lâcher enfin. Le shit fumé plus tôt me désinhibe. Mes barrières volent en éclats, je me sens planer.

Je me dissous dans la foule, comme un cachet d'aspirine. Mon énergie se désagrège à l'intérieur de ce grand bocal. Je me mets à onduler entre les ronds lumineux, la chevelure dans le vent, tel un papillon de nuit, attirée par les lumières fluorescentes. Le son électro explose dans mes oreilles et les basses circulent dans mes veines. Je me déchaîne sur un rythme effréné, m'oubliant au passage. Je frôle des corps, me mêle aux autres dans une juxtaposition parfaite de chairs et d'âmes. Quelle effervescence ! En une nuit, j'ai bousculé tous les codes de mon existence. Je sombre avec *lui* pendant que ses doigts soyeux caressent mes épaules dénudées. Les ténèbres me happent, et c'est avec satisfaction que je les laisse faire.

Nous nous arrêtons de danser. J'ai plongé dans ses yeux, et je suis incapable de remonter à la surface. La musique résonne toujours, mais je n'entends plus rien. Je pose la main sur son cœur, nos visages se rapprochent…

Pendant quelques secondes, ce n'est plus mon cœur que je sens battre, mais le sien ! Il pulse frénétiquement au creux de ma paume. La tête en arrière, je lui tends mes lèvres carmin. Ses mains encerclent ma taille, l'espace entre nos corps s'amenuise. Je peux sentir son souffle sur ma chevelure. Je ferme les yeux, prête pour la collision. Je sens sa bouche s'écraser... sur mon front !

Il est sérieux ?!

J'ouvre les yeux, plonge dans ses prunelles dans lesquelles danse un feu de joie. Il vient de me mettre un vent et il y prend apparemment beaucoup de plaisir !

Ah, il veut jouer à ça ?

Mon amie, qui a vu toute la scène, me lance un clin d'œil d'encouragement. Je recommence à bouger, de façon lente et sensuelle. J'ai l'impression que je produis mon petit effet, car Ethan se place derrière moi, et m'imite. J'ai envie de me retourner pour profiter du spectacle, mais je résiste tant bien que mal à cette dangereuse tentation. Ses mains se posent sur mes hanches, des frissons électrisent mes bras. Je peux presque sentir son souffle humide sur mes épaules. Cette chaleur qu'il produit est la plus belle des sensations. Un mélange entre le froid et le chaud, entre perfection et opacité. Ses doigts s'arriment à ma nuque pendant qu'il se balance dans mon dos. Je me laisse bercer, au creux de ses bras. À cet instant, mes sentiments pour lui oxydent ma raison. Il décime tout sur son passage, pour m'emporter au bord d'un gouffre. Je me sens presque le courage de lui avouer ce que je ressens. Je ne pense plus qu'à une chose, sa peau contre ma peau. Un feu d'artifice explose dans mon bassin lorsque sa main remonte le long de ma cuisse.

Je laisse ce sentiment ataraxique[20] serpenter de mes pieds au sommet de mon crâne. Les lumières des spots fusent au-dessus de nos têtes. Face à face, j'entrevois son visage éclairé quelques secondes, puis replonger dans les ténèbres. Sa beauté est à couper le souffle, elle plonge dans le tourment les pauvres âmes s'égarant sur son chemin. Des volutes de fumée lèchent les corps en sueur et tout se confond.

Je me laisse guider par la drogue qui fuse en moi et pose une main entreprenante sur sa taille, l'autre le long de son bras. Je balance lentement la tête. Les yeux fermés, je sens son regard me traverser comme s'il me possédait. Le DJ passe maintenant une musique reggae qui invite au collé-serré et je ne me fais pas prier. Autour de nous, des couples entrecroisent leurs jambes de façon provocante ; bien sûr, Jessica et Jason sont de la partie. Ce qui m'aurait choquée jadis me laisse de marbre. Ethan positionne sa longue jambe entre les miennes, mêle ses doigts aux miens. Mon cœur bat aussi fort que la musique. Une vague de désir me prend d'assaut, on ne peut pas être plus collés. La sueur perle sur nos épidermes. Il incline mon buste en arrière en frottant son torse contre le mien. Son nez frôle mon cou. Je laisse échapper malgré moi un soupir de plaisir.

Quel délice !

C'est si bon de se laisser aller avec lui ! Je voudrais rester dans cet état pour l'éternité. Pendant que j'ondule, ma robe se retrousse dangereusement sur le haut de mes cuisses. Je sens ses doigts se poser avec douceur sur le satin de ma peau, glisser lentement, puis tirer d'un coup sec sur le tissu.

— Dé… désolé, ta robe… elle remontait trop, bégaye-t-il.

Je le regarde, amusée, perdre ses moyens. En quelques secondes, son air tourmenté s'efface, il affiche désormais sa mine renfrognée qui lui va si bien.

---

[20] Qui tend vers la quiétude absolue de l'âme.

— Hey, t'inquiète, le rassuré-je en effleurant sa joue de ma main.

Ethan acquiesce brièvement, et nous continuons nos mouvements langoureux. Je me surprends à me frotter contre lui.

Qu'est-ce qui m'arrive ?

En temps normal, je n'aurais jamais batifolé de façon peccamineuse[21]. Ses veines d'un vert émeraude serpentent le long de ses bras laiteux et ses muscles se tendent. Ses doigts puissants m'agrippent fermement. Je n'ai plus le contrôle de mes mouvements, je ne cherche pas à résister à cette force qui nous attire l'un vers l'autre. Je flotte en apesanteur, me laisse guider par ses mains expertes qui tremblent sur ma peau. Je me soumets à lui tout en continuant mes mouvements langoureux. Sa main empoigne ma nuque tandis que son bras libre effectue des allées et venues entre nous. Je plane dans une autre dimension, les sons qui m'entourent ne sont plus que de vagues murmures emportés par l'exaltation du moment présent. Le temps semble s'étirer, les secondes s'étiolent dans une temporalité où l'abstrait chevauche le réel d'une main de maître.

Quelques heures ont passé, Ethan propose à Jessica de la ramener, mais Jason l'interrompt en se désignant timidement. Mon amie accepte, tout en souriant plus que de raison, et lui demande s'ils peuvent rester encore un peu. Ethan m'avoue qu'il souhaite m'emmener quelque part, aussi, nous quittons la boîte. Avant de franchir les portes, je me retourne une dernière fois et vois Jessica danser avec Jason, les bras enroulés autour de son cou.

Nous montons dans sa voiture, hilares. Pendant que la décapotable s'élance, je me lève en m'agrippant au pare-brise. J'ai besoin d'extérioriser cette euphorie qui bout dans mon estomac. Son rire grimpe jusqu'à moi, il encercle de son bras libre mes jambes pour me garder en sécurité. Je suis prise d'un rire démentiel, et le pire, c'est que je ne sais même pas ce qui l'a déclenché ! Les passants se retournent, je leur fais un bras d'honneur, envoyant valser une nouvelle fois mon éducation.

— Allez, Isa, assieds-toi maintenant, j'entre sur la voie express, déclare-t-il, plus sérieux.

La voiture prend de la vitesse, je lève la tête vers la voûte étoilée.

— Isa !

L'air de la nuit me revigore. Je vogue entre le ciel et la terre, les astres comme unique destination. Mon navire regagne brusquement le port

[21] Qui est relatif au péché.

lorsqu'une pression sur mon bras me fait vaciller. Je m'écroule sur une surface moelleuse. Lorsque j'ouvre enfin les yeux, je me rends compte que je n'ai en réalité pas quitté sa voiture.

Ethan me jauge sévèrement.

— Je t'ai dit de t'asseoir, bordel de merde ! Je t'ai prévenue que j'entrais sur la voie express. Tu veux mourir, c'est ça ?

Je regarde autour de nous, il s'est arrêté au beau milieu de la bande d'arrêt d'urgence.

— On a un long trajet, tu crois que tu peux rester assise ?

— On va où ? rétorqué-je d'une voix pâteuse.

Il se penche vers moi, puis tire sur la ceinture qu'il boucle d'un coup sec.

— Quelque part… T'es complètement déchirée, ma parole.

Un moment plus tard, je suis réveillée par sa douce voix.

— On est arrivés. Ça va mieux ?

— O… oui.

Cette petite sieste m'a fait le plus grand bien, je sens d'ailleurs que les effets de la drogue commencent à s'estomper.

— On est où ?

— Bienvenue à Palorem Beach.

Des bars sont alignés les uns à côté des autres, dans un dédale de lumières pourpres et argentées. Les rues sont remplies de passants riant à tout va, l'ambiance festive me requinque.

— J'adore cette ville, c'est l'endroit idéal pour faire la fête.

Il n'est ici que depuis quelques mois et les endroits pour s'amuser n'ont pour lui plus de secrets. Nous nous installons en terrasse. La lune se reflète sur la mer qui scintille dans la pénombre. Ethan me commande un mojito sans alcool, estimant que j'ai eu ma dose pour ce soir. Nos mains se rencontrent sous la table et ne se lâchent qu'une fois nos boissons terminées.

Nous partons sur la plage. Mes talons s'écrasent dans le sable, tandis que je m'accroche à son bras. La plage semble s'étendre à l'infini. Mon regard accroche des halos lumineux. Des attractions reposent sur un ponton, semblant flotter au-dessus de l'eau. La fête foraine s'étend le long de l'embarcadère. La lumière des manèges diapre[22] la pénombre. Excités, nous nous regardons, puis courons main dans la main, avec l'envie irrépressible de nous amuser.

Dans une ambiance festive, les wagons de montagnes russes s'élèvent en hauteur, avant d'être projetés brutalement dans le vide. Ethan revient avec une barbe à papa qu'il me tend. Le sucre fond sur ma langue. Nous la dégustons tout en nous promenant. Nos pas se dirigent naturellement devant l'attraction phare, le Roller Coaster.

— Allez, on le fait ! s'enthousiasme-t-il.

— Je le sens pas trop, on vient de manger, en plus.

Ma tentative est minable, je le sais bien. Il éclate de rire.

— Pff, foutaises ! C'est pas ça qui va nous faire gerber, t'inquiète pas.

Il finit par me convaincre. Lorsque c'est notre tour et que la barre se referme sur moi, je comprends dans quoi je me suis embarquée. Au-dessus du comptoir, une affiche indiquant « 80 m » me fait dresser les cheveux sur la tête.

— Attends, c'est une blague ? m'écrié-je. Tu ne m'avais pas dit que c'était aussi haut !

— Fallait mieux regarder ! ricane-t-il. Je t'assure qu'on sera toujours vivants. Après ça, t'auras même le droit de me foutre une bonne raclée si ça te chante.

Impuissante, je pousse un petit cri de rage. Assise à la verticale dans le wagon, mon rythme cardiaque s'accélère au fil de notre ascension. Je sens sa main se poser sur la mienne, ma pression redescend d'un cran, même si la peur est toujours omniprésente.

Nous arrivons au sommet. Le wagon se redresse et j'écarquille les yeux. L'air s'est gélifié, je tremble sous sa veste. La chair de poule caresse mes jambes et je les resserre un peu plus. En bas, les gens ressemblent à des fourmis et les lumières des voitures ne sont plus que des points clignotants. Le manège s'arrête pour que l'on puisse admirer le vide abyssal dans lequel nous allons indubitablement plonger. Les passagers commencent à crier. Je respire bruyamment, essayant de garder mon calme. Je me tourne vers Ethan qui affiche un grand sourire, les bras levés. Notre voiture se penche dangereusement, nos corps vacillent vers le bas. Les ténèbres m'engloutissent dans le vide intersidéral. Des picotements assaillent le creux de mes reins, le vent redresse ma tignasse.

---

[22] Pare de couleurs vives, chatoyantes.

Des larmes roulent sur mes joues. Le train poursuit sa course folle dans un dédale de loopings. Au moment où le manège s'arrête, je respire enfin.

Je remets mes cheveux en ordre. Ethan m'aide à marcher et me propose de refaire un tour sur la plage.

— T'es un peu secouée. T'as aimé ? demande-t-il d'une petite voix.

— C'était démentiel !

J'ôte mes sandales, mes pieds reposent sur le sable frais. Sa proposition de lui donner une bonne raclée me revient en mémoire, je saute sur l'occasion en le poursuivant. Nous nous écroulons sur la plage en riant de plus belle. Ethan se tourne vers moi, puis me plaque au sol avec force, son visage penché au-dessus du mien.

— Tu fais moins la maligne, hein ?

Mon excitation est à son paroxysme, mais je n'en laisse rien paraître, me tordant comme une anguille sous son corps. Il resserre davantage sa prise.

— Ethan…, suffoqué-je.

— Qu'est-ce que tu dis de ça ?

Il me susurre à l'oreille d'un ton chaud qui fait grimper ma température :

— Tu ne peux pas m'échapper.

Sa main droite prend appui sur ma taille, pendant que l'autre remonte délicieusement le long de mon ventre, avant de m'effleurer la poitrine. Nos corps vibrent au contact de l'autre. Je n'ai qu'une envie, l'embrasser à en perdre la raison. La tension est à son apogée, il n'a qu'un geste à faire et je suis toute à lui. Ethan finit par se redresser sur les coudes, il me caresse tendrement les cheveux, puis nous plongeons les yeux dans le ciel nocturne.

Je me redresse, pendant qu'il se roule un joint. Au fond, je *sais* que j'en veux encore.

— On partage ? propose-t-il, comme s'il lisait dans mes pensées.

Il tire quelques taffes et me laisse l'autre moitié, que je porte à mes lèvres. Je patiente sagement, jusqu'à ce qu'une envie irrépressible de rire m'assaille. Je prends une bonne poignée de sable que je lui balance. Il m'en envoie à son tour. S'ensuit une bataille.

Je m'écarte en criant, tourne victorieusement les paumes vers le ciel. Ethan m'observe, amusé, en croisant les bras. Je saute autour de lui en m'esclaffant.

L'air iodé me vivifie. Je jette un regard vers l'océan, j'ai envie de me laisser porter par ses douces vagues.

— Ça te dit un bain de minuit ? ronronné-je.

Pendant que je m'en sens encore le courage, j'enlève ma robe d'un geste assuré. Je la fais tournoyer théâtralement dans les airs avant qu'elle ne s'échoue sur le sable fin. Embarrassé, il me scanne de la tête aux pieds.

J'avance prudemment dans l'eau froide, la tête tournée vers lui. Il reste pantois, puis je le vois sautiller sur place pour se débarrasser de ses vêtements. Je l'ai déjà vu torse nu, mais jamais en caleçon ! Gênée par ce que je viens de déclencher, je m'enfonce jusqu'aux genoux dans l'eau glacée. Je me mouille progressivement avant de faire quelques brasses, les yeux levés vers le ciel. Les étoiles se reflètent sur la mer, éclairant la plage.

De son côté, il pique une tête, avant de réapparaître juste à ma hauteur. L'eau dégouline sur son torse. Ses mains m'attrapent juste sous les fesses. Je lance un « hé » lorsqu'il me soulève. Comprenant ce qu'il s'apprête à faire, je l'implore, mais il me jette dans l'eau sans ménagement. Je me relève lentement, les cheveux devant le visage.

— J'ai dit baignade, pas noyade !

— C'était tellement marrant ! s'esclaffe-t-il.

J'empoigne ses jambes musclées, pousse de toutes mes forces pour le faire basculer, mais il reste immobile, un petit sourire figé sur le visage. Ethan me fait signe de grimper sur son dos. Mes cuisses s'enroulent autour de ses hanches, je m'accroche à sa taille. Mon navire quitte le port, je ferme doucement les yeux, appréciant la brise qui caresse mon visage.

La lumière du jour me chatouille les yeux. Une forte odeur d'algue imprègne l'air. Des grains de sable s'immiscent dans mes narines, je m'époussette le nez pour m'en débarrasser. Ethan dort profondément, la tête appuyée sur mon épaule. Mon regard glisse sur nos vêtements qui gisent comme des épaves sur la plage.

Qu'est-ce qu'on fait recouverts d'une simple couverture ? Oh, mon Dieu ! J'espère qu'on n'a pas...

Je me redresse en posant les mains sur mes tempes. Un terrible mal de tête m'assaille. Mon cerveau tout flasque semble être passé à la moulinette. Quelques évènements de la veille me reviennent en mémoire. Je suis gelée, il fait froid.

Je passe les doigts dans ma chevelure emmêlée, et ne peux m'empêcher de le regarder dormir. À cet instant, c'est l'enfant que je vois, à des années-lumière de la carapace qu'il s'est forgée. Je me penche vers lui, attendrie. Les rayons du soleil se posent délicatement sur sa peau d'ivoire. Il esquisse un mouvement, avant de mettre les mains en visière.

— C'est déjà le matin ? grogne-t-il d'une voix ensommeillée.

— Bien dormi ?

— J'ai la tête en vrac et je caille !

Je m'enroule dans la couverture. Le rouge me monte aux joues. Je regarde ailleurs, embarrassée.

— Dis donc, hier soir, t'étais…

Ethan laisse sa phrase en suspens. J'attends, l'estomac noué.

—… spectaculaire ! finit-il, satisfait.

Mes prunelles le foudroient, l'invitant à développer.

— T'avais pas froid aux yeux, quoi !

Je rassemble mes souvenirs, comme les pièces d'un puzzle éparpillées aux quatre vents.

— Qu'est-ce qu'on fait à moitié nus ?

— Déjà, on n'est pas nus, on est en sous-vêtements, rétorque-t-il d'un ton moqueur.

— Qu'est-ce qu'on a fait ? répété-je paniquée.

— On a piqué une tête, répond-il en pointant du doigt l'océan. Il faisait froid, du coup, je suis allé prendre une couverture dans ma caisse.

Je secoue la tête, essayant de mettre de l'ordre dans mes pensées.

— Pourquoi on a dormi ensemble ?

Il hausse un sourcil, exaspéré. Je sens sa patience s'effriter. Ses yeux se plissent, il semble comprendre où je veux en venir.

— Non, je n'ai pas profité de toi, si c'est ce que tu sous-entends ! J'étais trop torché pour prendre la route, c'est tout.

Je baisse la tête, honteuse. Au fond, je savais bien qu'il ne ferait jamais ça. Nous nous habillons en silence et rejoignons sa voiture.

Arrivée chez moi, personne n'est là. Je me précipite dans la salle de bains pour me débarbouiller. Mes cheveux forment un amas de boucles emmêlées, et le peu de maquillage qu'il me reste souligne mes cernes. Et Ethan qui m'a vue comme ça ! Je me douche pour me décrasser. Une fois toute trace de ma décadence effacée, j'enfile une tenue confortable. J'appelle ensuite Jessica pour prendre de ses nouvelles, allongée sur mon lit. Je lui raconte notre soirée, et la nuit passée sur la plage.

— Waouh ! C'est super, en effet. Il t'a emmenée à Palorem ?

— Oui, j'ai toujours rêvé de visiter cette ville, en plus. C'était vraiment… parfait.

Ma voix devient rêveuse, je pousse un soupir émerveillé en faisant une roulade sur mon matelas.

— Et toi, c'était comment avec Jason ?

— On a échangé nos numéros. Ce mec est un ange, vraiment ! J'ai passé une soirée merveilleuse avec lui, on a dansé quasiment toute la nuit, et après, on s'est promenés au centre-ville. Il n'a pas essayé d'aller plus loin. C'est bien la première fois, crois-moi !

— Il s'intéresse à toi, c'est pour ça, m'extasié-je, émue qu'elle ait enfin trouvé un mec bien. Vous vous êtes embrassés, au moins ?

— Non, même si j'en crevais d'envie ! Je ne sais pas… il y a comme une alchimie… et son regard !

Nous poussons des cris surexcités dans le combiné, puis finissons par raccrocher.

Je ressasse la soirée d'hier, les yeux perdus dans le vague. Il y a encore quelques mois, l'idée de consommer de la drogue me paraissait inconcevable. Je repense avec délice à notre danse provocante, c'était comme un rêve éveillé où mes fantasmes prenaient corps. Cette expérience nous a rapprochés. J'ai testé et j'ai aimé.

J'ai envie de dormir, mais le sommeil refuse de m'ouvrir ses portes. J'allume la radio. Au moment où je commence à m'assoupir, les notes d'une musique captivent mon esprit.

Je n'arrive pas à dormir,

Bébé, guide-moi au cœur de la nuit.

Je suis prête à te suivre jusqu'à l'insomnie.

Ici, tout n'est que noirceur,

Bienvenue dans mon palais de minuit.

Tu me fais sombrer,

Je reste attachée à toi comme l'ancre à son navire.

Tu es mon soleil de minuit, de minuit !

Ne vois-tu pas que je chavire ?
Bienvenue dans mon palais d'insomnie.
Bébé, rejoins-moi ce soir,
Bienvenue dans mon palais d'insomnie.
Je t'attendrai toutes mes nuits,
Bienvenue dans mon palais d'insomnie.

Un sentiment puissant se réveille au tréfonds de mon âme. Ces paroles… c'est exactement ce que je ressens ! Voilà plusieurs mois qu'il a capturé mon sommeil pour me plonger dans ses ténèbres. Je ferme les yeux avec délice, me laisse porter par la mélodie qui virevolte.

Je m'enfonce dans les ténèbres,
À la recherche du passé.
Et si les mensonges nous ont fait sombrer,
La lumière éclairera notre vérité.
Sans toi, la lune est noire,
Je ne trouve plus mon chemin au cœur de la nuit, de la nuit !

Ne vois-tu pas que je chavire ?
Bienvenue dans mon palais d'insomnie.
Bébé, rejoins-moi ce soir,
Bienvenue dans mon palais d'insomnie.
Je t'attendrai toutes mes nuits,
Bienvenue dans mon palais d'insomnie.

Je cherche des réponses dans tes yeux sans âme,
Ta noirceur est mon idéal, mon ange aux ailes noires.
Cette nuit nous appartient, je resterai avec toi jusqu'à demain.

Je veux voir le soleil se lever sur ta peau, sur ta peau[23] *!*

Le plafond se floute, je me revois danser avec lui sous les néons artificiels. Je replonge avec douceur dans un brouillard de fumées bleutées, avec ses yeux pour seuls repères.

[23] Paroles inventées par l'autrice.

CHAPITRE 38
ETHAN

« L'alcool est l'aspirine de l'âme[24]. »
Louis Gauthier

J'essaie de me concentrer sur mon devoir d'arithmétique, mais je n'arrive pas à me la sortir de la tête. Je me mords la lèvre jusqu'au sang.

Bon sang, c'qu'elle était sexy !

Quand Isabelle a enlevé sa putain de robe, j'ai bien cru que j'allais lui sauter dessus ! Ses seins tenaient à la perfection dans son soutien-gorge en dentelle rouge. Je rature ma feuille, et sors rageusement de la salle avant d'exploser dans mon fute.

Je n'arrive pas à mettre de mots sur ce que je ressens. Tout ce que je sais, c'est qu'avec elle, je me sens *renaître*. Est-ce que c'est ça le bonheur ? Si c'est

[24] *Anna*, Louis Gauthier, Bibliothèque Québécoise, 1999 (première publication en 1967).

le cas, je recommencerais bien tous les jours. La sonnerie transperce mes tympans, une marée d'élèves envahit le couloir. Je l'aperçois.

Je me place derrière la porte de son casier, puis jette un coup d'œil à l'intérieur. Tous ses cahiers sont parfaitement alignés. Si elle voyait comment je range les miens, elle ferait une syncope !

— Tu es remise ? lui demandé-je, au moment où elle referme son casier.

Isa sursaute.

— Je me suis reposée hier toute la journée.

Elle esquisse un drôle de sourire.

— Merci encore pour la soirée, c'était génial. D'ailleurs, j'ai…

Elle regarde vers le sol, les joues rouges.

— Tu, quoi ? l'encouragé-je, amusé.

— J'aimerais bien qu'on se refasse une soirée, un de ces quatre... si ça te dit bien sûr.

— Carrément ! Enfin, je veux dire, pas de soucis, si t'insistes.

Je me rends compte que j'ai répondu avec un peu trop d'empressement. La seconde d'après, je me compose cette expression glaciale qui me correspond si bien.

— Jeudi, après les cours, ça te va ?

— Très bien. Par contre, il y a cours le lendemain, il vaut mieux que tu me ramènes pas trop tard.

Je lui tape dans les mains en signe d'accord, avant de l'abandonner devant sa salle de classe.

Je m'attarde au Drinks Club Foley, après avoir fait mes heures au garage. Jason boit un coup avec moi pendant sa pause.

— C'était sympa, cette petite soirée pour son anniversaire.

— Je te le fais pas dire. Alors comme ça, t'as voulu ramener sa pote ?

— C'était surtout pour te laisser le champ libre avec Isabelle, répond-il en avalant une gorgée de son jus d'orange.

J'éclate de rire face à son air désapprobateur.

— Tu veux vraiment me faire avaler ces salades ?

— Je ne veux rien te faire avaler du tout ! s'énerve-t-il, piqué.

— Allez, avoue que tu la kiffes, ça crève les yeux !

Il joue avec son verre, un demi-sourire sur les lèvres.

— Oui, je la kiffe, ça te va ? Je la trouve pétillante, elle a quelque chose qui m'attire.

— Il s'est passé quoi ?

— Rien du tout, mec. C'est pas allé plus loin.

Quand je lui demande pourquoi, il me répond d'un ton mélancolique :

— Je veux juste qu'on prenne notre temps. À aucun moment je ne lui ai caché mon attirance pour elle, *moi*.

Je sens qu'il me vise. Avant que j'aie le temps de répondre, il s'empresse de changer de sujet et me demande si je suis toujours partant pour jeudi. Je lui lance un regard d'incompréhension. Il poursuit :

— On fait une soirée. Michael m'a dit que tu venais.

Merde, j'avais complètement oublié !

— OK, mais je passerai juste récupérer un truc.

— Ouais, de la came, riposte Jason en faisant tourner un torchon entre ses doigts.

Je vide mon verre cul sec.

— T'es au courant ?

— Je connais le petit trafic de Michael, maintenant.

Je me lève en laissant un billet sur le comptoir et lui lance en partant :

— Je viendrai avec Isa, on s'attardera pas.

— Toujours à cacher ses sentiments, putain, marmonne-t-il.

Qu'est-ce que ça peut lui foutre ? On est seulement amis !

Quand j'arrive chez moi, je remarque tout de suite que quelque chose cloche. J'y vois quasiment rien, mais une masse sombre gît devant la porte. Je me précipite sur le perron, comme si j'avais le diable aux trousses. Je crois que je préférerais encore ça à ce que je m'apprête à découvrir. La lumière de mon portable éclaire à peine le sol. Suspicieux, je retourne la personne avec mon pied. Sous le choc, je fais tomber mon téléphone. Je recule en trébuchant, la main devant la bouche. Mon cœur saigne. Je porte ce qui me sert de mère sur le canapé. J'allume en vitesse la pièce et dégaine mon portable pour appeler les secours, quand j'entends un ronflement.

Elle s'est endormie sur le paillasson !

La haine prend le pas sur le soulagement. J'observe cet être faible avec pitié, car c'est désormais tout ce qu'elle m'inspire. Je prie pour que personne ne l'ait vue. Je fouille la maison de fond en comble en attendant qu'elle se réveille. Une bouteille de vin entamée attend patiemment sur l'évier, je l'envoie valser à travers la pièce. Le liquide se répand sur le sol comme une marée de sang.

Je monte à l'étage, bien décidé à trouver les autres. Je fouille sans ménagement son armoire, en trouve une dans son tiroir à sous-vêtements. On revient toujours au point de départ, j'en suis réduit à jouer les flics et je déteste ce rôle, même s'il me colle à la peau ces derniers temps. La détresse m'asphyxie. Je m'effondre sur le parquet, à deux doigts de craquer. Je retourne dans le salon, le diable au corps.

— Allez, lève-toi ! tonné-je en donnant un gros coup de pied sur le canapé.

Rachel se retourne en grommelant. Décidant que sa comédie a assez duré, je hurle dans son oreille :

— Maintenant !

Je l'aide à se redresser, tout en levant les yeux au ciel.

— J'suis où… ?

— Ça t'étonne de ne pas te réveiller sur le paillasson ?

Elle fixe le mur, sans un regard dans ma direction. Je me plante face à elle.

— Pourquoi tu ne réponds pas ? Tu peux t'arracher la gueule à la maison si ça te fait tant plaisir, t'es bonne qu'à ça de toute façon, mais je t'interdis de t'afficher devant le voisinage ! Est-ce que c'est clair ?

Son silence me revient en pleine tronche, ma patience s'effrite. À ce moment-là, je ne me contrôle plus.

— Tu veux savoir ce que ça fait ?

Aveuglé par la haine, je l'attrape par le bras et la force à me suivre dans la cuisine.

— J'ai trouvé ta putain de bouteille. C'est quand le mariage ?

— J'ai essayé, de toutes mes forces…

Je la débouche d'un coup sec.

— Je vois que tu t'es déjà occupé de l'autre, dit-elle en désignant le verre brisé sur le carrelage. C'est bon, jette-la.

Elle a parlé d'un ton indifférent, mais je sais bien à quel point elle a en horreur de voir l'alcool couler dans l'évier plutôt que dans son estomac.

— J'ai pas besoin de ta putain d'autorisation !

Au lieu de jeter le liquide, je porte le goulot à mes lèvres. Sa bouche se tord en une grimace.

— Qu'est-ce que tu fais ?

Je ne la quitte pas de mon regard démoniaque, pendant que le vin se noie dans mon gosier. Je ne suis pas spécialement friand de spiritueux, mais je tiens le coup, jusqu'à descendre la moitié de la bouteille sous ses yeux effarés.

— Alors, ça te fait quoi, hein ?! Tiens, fais ce que tu veux de l'autre moitié. Jette-la, bois-la, ça ne me regarde plus.

Je la pose avec force, la table vacille. Je me déteste. Je m'étais promis de ne pas boire ce qu'elle achetait pour sa consommation personnelle.

— Je suis loin d'être parfaite et tu ne l'es pas non plus !

Ses propos vibrent dans mes entrailles.

— C'est ta faute si ton ancien patron s'est suicidé ! continue-t-elle.

Sa voix résonne dans la cuisine, ses paroles me rendent dingue. On s'était promis de ne plus en parler. Je me retourne lentement vers elle et crache en détachant chaque syllabe :

— Tu n'existes plus.

Rachel pose une main douloureuse sur sa poitrine au moment où je m'éloigne, le cœur en miettes. L'alcool commençant à faire effet, je monte les escaliers en chancelant. Au fond, elle a raison, je sais que c'est ma putain de faute. Je m'effondre sur mon lit en jurant. Nous n'avons jamais eu de relation saine et équilibrée. Depuis que je suis en âge de me débrouiller, elle se repose sur moi pour pouvoir cuver son vin dans l'espoir d'oublier mon père. Vu la façon dont il nous a abandonnés, il ne vaut pas le coup qu'on gâche sa vie pour lui. Elle regrette que je sois né, elle n'a pas besoin de le dire, je le vois dans les regards qu'elle me lance quand je la déçois. Je la déteste de réunir mes anciens démons alors que je fais chaque jour des efforts pour ne pas sombrer davantage.

J'ouvre la fenêtre pour m'aérer. Je suffoque. J'arrache presque mon tee-shirt et le balance avec rage à l'autre bout de ma chambre. Les murs tremblent, la pièce tangue. Je zigzague jusqu'à mon lit pour ne pas m'effondrer comme une merde sur le sol. Des éclairs traversent la pièce pour atterrir devant mes yeux, mon crâne explose de douleur.

Non !

Encore un éclair. Quand je relève la tête, une corde pend du plafond. Je martèle mon coussin de mes poings pour essayer de revenir à la réalité. Je comprends que je ne vais pas échapper à ce cauchemar qui me hante depuis plus d'un an. J'ai l'impression que mon cœur va jaillir de ma cage thoracique. Je hurle, mon cri se perd dans l'obscurité.

Tout redevient calme. Je cligne des paupières pour m'acclimater au décor. Des néons grésillent au-dessus de moi, plongeant la pièce entre lumière et obscurité en une fraction de seconde. Je me relève en époussetant mon pantalon. Mes chaussures de ville grincent sur le parquet. Je hausse les sourcils, surpris par ma tenue.

La grande lampe en inox posée sur le bureau m'est étrangement familière. Je reconnais les lieux. Je tourne la poignée de la porte vitrée. L'écho assourdissant de mes pas dans l'atelier résonne jusque dans mon cœur. La pièce est vide et froide. Au milieu trône une chaise surmontée d'une corde avec un nœud assez grand pour y passer la tête. Je veux faire demi-tour, mais mes jambes m'obligent à avancer dans la direction opposée. La corde est rêche. Je la place lentement autour de mon cou, comme si c'était la chose la plus naturelle du monde. Ma raison m'ordonne d'abandonner pendant qu'il en est encore temps. Plus le choix. La souffrance se répand comme un poison dans tout mon corps. Je la sens s'insinuer dangereusement dans mes organes vitaux et poignarder mes os. Il faut que ça s'arrête.

Je monte sur la chaise bancale, les jambes tremblantes. Les néons grésillent de plus en plus vite, comme des spectateurs en liesse devant la dernière scène de ma vie. Au milieu de ce vide oppressant, mon cœur palpite avec intensité. Ses battements se répercutent dans toute la pièce, en écho à ma douleur. J'ajuste le lien qui agresse ma peau. Je n'ai plus qu'un geste à faire. Un geste et ce calvaire prendra fin. Je ramène ma jambe en arrière. Les lumières accélèrent leur cadence. Tout se passe à une vitesse déconcertante. La chaise bascule sur le carrelage dans un fracas assourdissant. Je chute dans le vide. La corde s'active sur ma peau, mes veines jugulaires se compressent. Mon cri se noie dans ma gorge. Je bats désespérément des bras et des jambes.

L'air dans mes poumons se raréfie.

Mon cœur ralentit.

Je suffoque.

Ma tête bascule une dernière fois sur le côté dans un craquement sonore. Puis, c'est le chaos.

Mon cri me réveille. Je m'assieds péniblement en me massant le cou. Je peux encore sentir la corde s'activer sur ma peau. Ça fait plus d'un an que je n'ai pas eu cette vision en entier, et maintenant, elle s'insinue dans mes cauchemars ! Chaque fois que j'y pense, je deviens fou. C'est comme si une partie de moi s'était aussi suicidée ce jour-là. Pourtant, je haïssais Todd, mais j'ai quand même détruit sa famille, bordel !

Je sens les larmes monter, et les laisse couler.

Je ne suis pas un type bien.

La douleur m'inonde comme un tsunami. Le poids de la culpabilité me ronge les os. Je me lève précipitamment en ouvrant mon tiroir. Ce soir, je dois *oublier*. Je roule un billet, trois tas de poudre blanche sont alignés sur mon bureau. Je penche la tête et sniffe fort. Les petits cristaux s'incrustent dans mes narines, je m'enfile les deux autres rails aussi vite que le premier. La pièce tangue, les murs se distordent. En un geste, j'envoie tout valser sur mon bureau avant que ma tête ne s'effondre brutalement sur la surface en bois.

Une lointaine vibration parvient à mes oreilles. Je me retourne en rabattant la couverture. Le bruit continue. Je me redresse en grommelant. Quelqu'un sonne à la porte. Je ne suis pas retourné en cours depuis quelques jours, j'ai passé le plus clair de mes journées à pioncer. Je décide de prendre mon temps pour aller ouvrir. Ils attendront ! Je regarde par la fenêtre, et aperçois la voiture de Devon garée en face. Il m'a appelé avant-hier, mais j'étais pas d'humeur à répondre. Je consulte vite fait mon téléphone, Isabelle m'a elle aussi envoyé des messages. Je me précipite dans les escaliers et manque de m'étaler en ouvrant la porte. J'invite Devon à s'installer sur le canapé, mais il préfère rester debout, les bras croisés, tout en me lançant un regard franchement pas aimable.

— Mais enfin ! Qu'est-ce que tu as fait tout ce temps ? Je t'ai appelé, tu ne répondais pas. Isabelle m'a dit que tu n'es pas allé au lycée ces derniers jours, alors je me suis permis de passer pour voir si tout va bien. On s'inquiète.

— J'allais me rendre en cours, de toute façon.

— Tu ferais mieux de te laver avant. Qu'est-ce qui ne va pas ?

Je m'effondre sur le canapé, la tête entre les mains. Ça se voit tellement que c'est de la merde, ma vie ?

— C'est ma mère…, finis-je par articuler.

Mais il n'y a pas que ça. Je n'ose pas lui parler de la vision démoniaque qui a failli avoir raison de moi.

— Des problèmes de santé ?

Je lève doucement la tête vers lui. La honte transparaît dans mon regard. Je ne l'ai jamais dit à personne, mais là, j'ai *besoin* que ça sorte.

— C'est qu'une alcoolique… Une putain d'alcoolique.

Il s'assied à côté de moi, passe une main sur mes épaules et sort d'un ton compatissant :

— Ça fait longtemps que ça dure ?

— Depuis que je suis né. Quand mon père est parti, cette folle a commencé à boire. Avant qu'on déménage, on avait passé un accord. Elle devait arrêter ses conneries…

Je ne parle plus, la voix étranglée par l'émotion.

— Écoute, je comprends que c'est dur pour toi. Tu as beaucoup de responsabilités qui pèsent sur tes épaules. Mais ce n'est pas une raison pour sécher les cours. Ta mère ne dit rien ?

— Ma mère, elle n'a même pas remarqué que je suis resté à la maison tout ce temps. Ça fait un bail qu'elle n'en a plus rien à foutre de ma vie.

— Tu as fait tout ce que t'as pu pour elle. Elle a besoin d'une aide extérieure. La prochaine fois qu'elle boit, appelle-moi, mais surtout, ne reste pas seul, ce n'est jamais bon.

Ses yeux noisette me transpercent, ses prunelles se durcissent.

— Je vois que tu ne m'as pas tout dit. T'as les yeux vitreux. Tu as bu, toi aussi ?

Je souffle un grand coup pour contenir la rage qui bout en moi depuis toutes ces années. Il est là pour m'aider et ça me fait quelque chose, je ne veux pas tout foutre en l'air.

— Non, qu'est-ce que tu crois ? Que je suis comme l'autre toxico ?

Devon reste stoïque, droit comme un i sur le canapé.

— Je ne suis pas con, finit-il par lâcher. Dis-moi la vérité !

— C'est rien, j'ai juste fumé un peu de shit, pas de quoi en faire toute une affaire.

Je ne mentionne pas les rails de coke que je me suis enfilés. Ça, ça ne regarde que moi. À la façon dont il me foudroie du regard, je me doute bien que j'ai déchaîné une déferlante.

— Tu te drogues ? Ethan, c'est pas bon ! Surtout que tu es vulnérable. Tu ne devrais pas toucher à cette cochonnerie, ça va te détruire le cerveau !

— C'est bon, j'en prends rarement, mens-je pour qu'il me fiche la paix.

J'ai l'impression de devoir me justifier et j'ai horreur de ça. Après tout, c'est pas mon père ou un membre de ma famille. Mais malgré tout, je sais qu'il a raison.

— OK pour cette fois, mais je ne veux plus que tu touches à ces merdes. Tu pourrais très bien devenir addict, et c'est grave !

Trop tard, je le suis déjà !

— Je vais t'accompagner en cours, c'est plus prudent.

— J'ai besoin de ma caisse ce soir, je serai avec Isa…

— Si tu me donnes tes clés, je m'en occupe, je la garerai devant le lycée.

Je lui donne mon accord, envoie un SMS à Isabelle pour lui demander si elle est toujours OK pour notre sortie, puis file me doucher.

La journée est passée assez vite, j'ai essayé de rattraper mon retard comme j'ai pu. Devon m'a bien ramené ma caisse, comme prévu. J'attends Isabelle en jouant à lancer mes clés. Comme une apparition divine, elle se dirige vers moi dans une robe échancrée qui moule son corps à la perfection. Quand elle se penche pour monter dans ma décapotable, j'en profite pour zieuter son décolleté plongeant.

— Ethan ! Je m'inquiétais. On n'a pas eu l'occasion de parler pendant les cours…

— Je sais. Désolé de ne pas avoir donné de nouvelles. J'avais juste des problèmes à régler.

— Rien de grave, j'espère ?

Je caresse mon volant avant de lui répondre.

— T'inquiète pas, juste un petit souci avec ma mère, mais Devon va m'aider. Merci d'avoir accepté de venir. On passe vite fait chez Michael, je dois récupérer un truc.

Je sonne, Kyle ouvre la porte, une clope au bec. Il glisse des yeux intéressés vers Isabelle qui se tient timidement derrière moi et je regrette de ne pas lui avoir demandé de m'attendre dans la voiture. Il s'incline exagérément, j'entre en lui lançant un regard d'avertissement. Ses fossettes se creusent. Apparemment, la situation l'amuse. Les autres sont installés sur le canapé dissimulé par un nuage de fumée.

— Vous voulez boire quelque chose ? nous propose Michael en dévissant une bouteille de whisky.

— Ça va aller. On reste sages, ce soir. Je suis juste venu pour... tu sais quoi.

— Quoi justement ? intervient Kyle, un sourire cynique au coin de la gueule.

J'ai vraiment envie de l'étriper. Il sait très bien ce que je viens prendre et je ne tiens pas à ce qu'elle soit au courant. Je fonce vers la cuisine. Au moment où je crois voir Kyle se diriger vers Isabelle, Michael referme la porte.

— Hé ! Zen. OK ?

— Pourquoi tu dis ça ? aboyé-je.

— J'sais pas, t'as l'air vachement tendu.

Il sort une boîte en métal qu'il pose sur la table.

— Elle est grave mignonne, Isabelle, ce soir.

Je pousse un grognement pour acquiescer. Il me lance un regard taquin, et poursuit en posant le shit sur une planche :

— C'est quand qu'tu passes à l'action ?

Je fronce les sourcils en fulminant.

— De quoi tu parles ? On est juste amis.

— Mmm, t'es sûr ? Parce ce que, si c'est pas toi qui passes à l'action, d'autres le feront.

Je me lève d'un bond.

— Ah, parce que c'est ce que tu comptes faire !

Son rire résonne dans la pièce.

— Pas moi, imbécile. Kyle, en revanche…

Armé d'un couteau, il coupe le shit en plusieurs barres égales.

— Il t'a dit quelque chose ?

— Non, mais vu comment il la dévore du regard, je me méfierais, si j'étais à ta place.

Je change de sujet pour ne pas montrer à quel point ça m'impacte.

— File-moi la came.

Je lui donne un billet et fourre la barre de cannabis dans ma poche.

— Ça fait longtemps que tu t'es lancé là-dedans ?

— Non, je fais ça de temps en temps pour arrondir mes fins de mois. Je ne suis pas un revendeur, s'esclaffe-t-il.

— Qu'est-ce que vous foutez là-dedans ?

La porte s'ouvre sur Jason, mais ce que je vois dans le salon me pétrifie. Kyle est assis sur le bras du fauteuil qu'occupe Isabelle, la main dirigée vers elle. La collision est imminente, je sens mes organes se broyer au moment où il effleure son genou. Je la vois sursauter, puis esquisser un mouvement en arrière. Ma raison m'abandonne, je ne cours plus, je vole. Je me plante devant eux, et m'assure de bien envoyer toute ma haine à ce connard.

— J'ai fini, on y va.

Isabelle se lève. Kyle lui fait signe de se rasseoir.

— Tu veux déjà partir ? C'est dommage, ça commençait juste à devenir intéressant.

Une lueur malsaine danse dans son regard. Il prend beaucoup de plaisir à me torturer et je ne sais pas ce qui me retient de lui foutre une baigne.

— Ouais, on a à faire, grogné-je en le fusillant des yeux.

Il lève les mains en signe d'apaisement avant de s'adresser à Isabelle :

— OK. Je te file mon numéro ?

Une décharge électrique perce ma poitrine. Sans réfléchir, j'attrape Isa par le bras et l'emmène un peu brusquement vers la porte. Jason me regarde, interloqué.

— Tu reviens tout à l'heure ?

— Peut-être.

— Alors ? balance Kyle, hilare.

Je lui fais un doigt d'honneur en franchissant le seuil. J'ai bien conscience d'agir comme un imbécile, mais je suis incapable de contrôler ce qu'elle remue en moi.

CHAPITRE 39
ISABELLE

Love's violent tune
From me to you
Rips your heart out and leaves you
Bleeding with a smile on your face[25]
And Love Said No, HIM

Depuis tout à l'heure, il n'a pas prononcé un mot, muré dans ce silence de pierre qu'il maîtrise à la perfection. Sa réaction était si soudaine ! L'attitude de Kyle m'a surprise aussi. Jamais il n'aurait dû glisser ses sales pattes sur moi. Je n'ai même pas eu le temps de réagir qu'Ethan s'est interposé.

Il s'arrête devant une roulotte.

— Ça te dit, pizza, ce soir ? Chez *Tony's Best*, c'est les meilleures.

---

[25] « La mélodie violente de l'amour
« De moi pour toi
« Arrache ton cœur et te laisse
« Ensanglantée, avec un sourire sur le visage », traduit de l'anglais.

Il semble quelque peu déridé, j'accepte avec plaisir. Quand il me propose de manger les pizzas chez lui, je crois m'asphyxier. Qu'il me montre un intérêt aussi vif, au point de me présenter son univers, me touche profondément.

Sur le trajet, je réponds à un texto de Nils, le sourire aux lèvres. Ethan me demande avec agacement ce que je fais.

— Rien ! lui réponds-je en m'empressant de ranger mon portable dans mon sac.

Nous traversons le quartier de Wilnoh's Forest. Pendant que les bars et restaurants se perdent dans le rétroviseur, la forêt se découpe dans le lointain. Les grands pins foisonnent sur la route, en même temps que le soleil décline à l'horizon. Ses rayons obliques percent les feuillages. Les habitations qui défilent le long de la vitre sont d'un gris morne. Les arbres deviennent de plus en plus denses, obstruant la lumière du jour. Une voie se dessine sur notre droite, Ethan ralentit avant de l'emprunter.

La forêt s'éclipse peu à peu, laissant place à de grands champs verts. Des masures s'érigent au bord du chemin, leurs façades affichent une triste mine.

— Je pensais que tu habitais dans la forêt.

— Je ne suis pas très loin, dit-il en désignant les bois qui se dressent fièrement sur notre gauche.

La végétation s'étend à perte de vue, ployant sous un ciel chargé de nuages. Il roule jusqu'à la dernière maison de l'allée. Nous longeons le flanc de la demeure.

Je gravis les marches en pierre du perron, soutenu maladroitement par deux poutres. Je reste d'abord sur le seuil, puis entre d'un pas nerveux. La porte ouvre directement sur le salon.

— Voilà mon chez-moi.

Je balaye les lieux du regard. La pièce à vivre, pauvre en décoration, est munie d'un grand meuble de rangement, à côté de l'entrée. Une étagère sur pied, composée de cases où reposent des livres, CD et autres objets, trône à côté de la télévision.

Ethan disparaît dans la cuisine attenante à la pièce principale, et revient deux minutes plus tard avec deux verres et une bouteille de soda. Il s'installe confortablement sur son canapé en cuir, puis m'invite à prendre place à ses côtés. L'ampoule au plafond, cachée par un abat-jour, peine à éclairer la pièce.

Il ouvre brusquement les boîtes de pizza, se coupe une généreuse tranche. Je l'imite, les doigts tremblants, avant de commencer ma dégustation.

— Ma mère ne rentre pas tout de suite du boulot, on peut manger en paix.

Quand nous avons terminé, il baisse le volume de la télé, avant de se tourner vers moi, tout sourire.

— Prête pour une bataille ?

— Quoi ?

Pour toute réponse, il se jette sur moi, griffes dehors. Ses doigts attaquent mes côtes, mon ventre, je pousse un petit cri. Quand j'essaie de riposter, il accélère la cadence de ses chatouilles. Je me plie sous son corps, mon rire éclate dans la pièce. Son visage se rapproche du mien. Je le laisse faire, mon cœur battant à tout rompre, mais plus pour les mêmes raisons. Ses mains caressent délicatement ma taille. Je passe la langue sur ma bouche, l'invitant à venir se poser sur mes lèvres. Un bruit de porte qui grince nous ramène subitement à la réalité. Ethan se rassoit correctement, le visage rigide, les mâchoires contractées.

Une femme d'une quarantaine d'années, d'apparence cacochyme, se tient difficilement dans l'encadrement de la porte. Elle est si maigre, et paraît tellement fragile ! Ses cheveux fins, d'un brun terne, encadrent son visage et font ressortir son teint laiteux. Des cernes soulignent ses grands yeux fatigués.

Elle s'avance vers moi, l'air hagard.

— Bonjour, me salue-t-elle d'une voix faible.

Je lui réponds poliment.

— Je suis la mère d'Ethan, tu es sûrement Isabelle.

— Oui, madame.

Elle enferme mes mains dans les siennes en prenant un faux air affligé.

— Je t'en prie, pas de ça avec moi. Appelle-moi Rachel.

— Enchantée.

Elle se tourne vers son fils, ce dernier semble embarrassé.

— Tu n'avais jamais ramené de fille à la maison, c'est la première fois.

Les joues de ce dernier s'empourprent, il se racle la gorge. Un rayon de soleil m'illumine de l'intérieur.

— Ouais, bon, on va y aller !

J'adresse un petit sourire à sa mère en le suivant. Ethan m'entraîne dans sa chambre. Je reste debout au milieu de la pièce, le regard fuyant. L'un de ses murs est tapissé de posters de groupes de métal en tout genre. Il s'assied sur son lit spacieux qui n'attend que moi.

— Je suis désolé.

— Pourquoi ? demandé-je en m'asseyant prudemment.

— Je ne pensais pas qu'elle rentrerait si tôt.

— Je suis contente de l'avoir rencontrée. C'est vrai ? Je… je suis la première fille que tu amènes chez toi ?

Il passe brièvement la main dans sa chevelure ébène.

— Bah… à vrai dire, pas vraiment. Je m'arrangeais toujours pour qu'elles ne croisent pas ma mère.

Il farfouille dans sa commode, en extirpe une boîte de bonbons. Je le regarde, intriguée, soulever délicatement le couvercle. Plusieurs sachets transparents dorment sagement au fond du récipient. Il en vide un dans la paume de sa main. Un symbole en forme de smiley sourit de toutes ses dents sur un petit morceau de papier cartonné.

— Qu'est-ce que c'est ?

— Un buvard.

— Ça sert à quoi ?

Il se fige, le serre entre ses doigts en m'observant d'un air étrange.

— Si je te dis que c'est du LSD, j'imagine que ça t'aide toujours pas ?

Mon silence en dit long, il rajoute en levant les yeux au ciel :

— C'est un autre moyen de planer, si tu préfères. Tu vois, j'allais en prendre un, mais je me rappelle que c'est mieux de le faire à deux.

Mes mains deviennent moites, il poursuit, la voix fébrile :

— On sera dans le même *mood*. Si tu fais un bon *trip*, ça peut être cool. Enfin, si ça te tente bien sûr.

Ses paroles m'ont donné envie de tenter cette nouvelle expérience, *à ses côtés*. Il coupe le buvard en deux parts égales. La moitié du smiley coupé en deux me sourit.

— Tu me dis quand t'es prête.

Je me prépare psychologiquement en inspirant une grosse bouffée d'air. La flamme dans mes yeux dévore le papier cartonné, que je tiens avec un air de défi entre le pouce et l'index.

— À la une…

J'inspire profondément.

— À la deux…

Mes entrailles se tordent tel un serpent empruntant un chemin tortueux.

— À la trois !

La texture poreuse du buvard fond tout doucement sur ma langue. Un son électro emplit la pièce, et j'attends. J'attends que la drogue fasse effet.

— À ton avis, ça fait combien de temps qu'on a pris le LSD ?

La musique assiège mes oreilles. Il me faut un moment avant de comprendre ce qu'il me demande.

— Euuuh… dix minutes ?

Un sourire moqueur naît sur ses lèvres.

— Ça fait presque une heure. Tu ressens quelque chose ?

Au moment où je m'apprête à lui répondre par la négative, je vois son corps s'éloigner en un éclair à l'autre bout du lit.

— Qu'est-ce qui s'est passé ? demandé-je, confuse.

— Rien.

— T'es hyper loin, poursuis-je en tendant une main vers lui.

Ma voix me paraît lointaine, sortie tout droit d'une autre dimension.

— OK, alors ne panique pas, ton trip commence.

Je tente d'acquiescer. Mon corps et mon esprit ne sont plus sur la même longueur d'onde. La musique s'amplifie dans chaque recoin de ma tête. Les murs ondulent comme des vagues. J'ai beau inspirer profondément, mes poumons se compressent.

Je ferme les paupières, atterrée. Des formes géométriques fluorescentes dansent autour de moi. Je bouge la tête dans tous les sens, mais elles sont partout. Lorsque j'ouvre à nouveau les yeux, elles clignotent de plus en plus rapidement dans la lumière artificielle.

Je me retrouve seule. J'appelle Ethan. Dans ma voix perce un mélange de colère et de panique. Au moment où je crie presque son prénom, il apparaît comme par enchantement sur la chaise de son bureau. Mes insultes se noient dans un torrent de sons électromagnétiques.

Ethan a enlevé son tee-shirt. Il se laisse bercer par la musique, et touche du bout des doigts des formes imaginaires que lui seul peut voir. Sa bouche se déforme en un rictus diabolique, c'est un vrai démon. Je danse, chancelante, dans ses bras. Sa lampe de chevet flotte au-dessus de son lit, je pars dans un grand éclat de rire. Le long du mur, les chanteurs sur les posters remuent les lèvres, en harmonie avec la musique. Envoûtée, je me laisse porter par cette sensation de bien-être qui prend possession de moi, de mes pieds jusqu'au sommet de mon crâne.

Je me sens vidée, plus rien ne m'atteint.

L'aigle tatoué sur sa poitrine bouge ses ailes. Il vole sur sa peau d'ivoire. C'est la plus belle chose qu'il m'ait été donné d'admirer. Fascinée, je pose la main sur son torse. Mes doigts ondulent sur sa peau. Ethan ferme les paupières, pose sa main sur la mienne pour me guider. Les yeux de l'animal s'arrêtent sur moi, m'invitant à continuer mes caresses. Mes mains sont maintenant sur son ventre, je l'entends pousser un soupir de plaisir. Je pose mes lèvres dessus, remonte sur son tatouage que j'embrasse avec passion.

— Oh, putain, gémit-il, ses doigts emmêlés dans mes cheveux.

Ma langue valse sur le plumage de l'aigle royal. J'ai l'impression de voler avec lui dans un ciel sans nuages. C'est si bon…

Je m'arrête en posant la joue contre sa peau froide, savourant cette plénitude. Nous nous balançons d'avant en arrière. Je me vois danser avec lui d'en haut, spectatrice de la scène. Je redescends lentement sur la surface moelleuse de la moquette. Le sol mousseux me happe délicieusement, c'est aussi confortable qu'un matelas duveteux. Le plafond s'éloigne de plus en plus, il semble s'étendre à l'infini, telle une voûte étoilée.

Debout, les bras ballants, tout devient brumeux. J'ai l'impression que quelque chose cloche, mais je ne saurais mettre le doigt dessus.

Seule, je suis désespérément seule. Le vide de la pièce me prend en étau, les murs se rapprochent dans un crissement strident. Un mal de crâne me martèle la tête, vrillant mes tempes. Ma respiration se coupe. La pièce rétrécit, broyant les meubles un à un. Je ferme les yeux, prête à me faire écraser par les parois qui continuent leur marche inéluctable. Comme si cela allait changer le cours des évènements, je place les mains devant mon corps en criant.

— *Stop !*

Les murs m'obéissent et se figent. La chambre redevient calme, en même temps que mon cœur.

— Tout va bien ?

Cette voix.

Ce n'est pas possible ! Je manque de tomber à la renverse.

— Eileen ! m'étranglé-je.

Ma sœur s'appuie sur le chambranle de la porte, une main sur les hanches. Elle plante ses yeux de jade dans les miens. La couronne de fleurs dans sa crinière de feu est assortie à sa longue robe blanche. L'émotion me transcende et ondule en moi comme une rivière. Mes veines saignent d'amour. Ma respiration se saccade. Je ferme les yeux quelques secondes. Quand je les ouvre à nouveau, elle est toujours là, immobile et aussi froide que la glace. J'avance avec précaution, les lèvres tremblantes. Je mesure chacun de mes pas, craignant qu'elle ne s'évapore à tout instant.

Ses taches de rousseur sont comme de petits soleils qui chatouillent sa peau de porcelaine. Je ne suis plus qu'à quelques pas du bonheur. Je l'entoure de mes bras, il y avait si longtemps que je n'avais pas senti sa chaleur. Sa présence baigne la pièce de lumière. Les blessures de mon cœur éclatent, je fonds en larmes dans ses bras. Je n'arrive plus à arrêter ce torrent. Elle est là, si réelle, si *vivante.* La douleur inonde ma cage thoracique. Je caresse ses longs cheveux soyeux, presse entre mes doigts ses larges boucles.

— Qu'est-ce qui t'arrive ? s'inquiète-t-elle.

Sa voix, aussi douce qu'un ruban de soie, panse mes blessures intérieures. Je reprends ma respiration avec peine.

— Tu… tu m'as tant manqué ! Si tu savais comme ç'a été dur sans toi, toutes ces années !

Elle me regarde avec peine, puis me serre à son tour dans ses bras. Je me laisse tendrement bercer.

— Pourquoi ? hoqueté-je.

Son doigt fin glisse le long de ma joue, essuyant une dernière larme qui coule dans l'écrin de sa main. Je plonge une nouvelle fois mon regard dans l'intensité de ses yeux d'un vert profond.

— Tu nous as abandonnés ! J'avais besoin de toi !

Elle se mure dans un silence de pierre. Affligée, je pousse une lamentation. Le trou béant dans ma poitrine s'est ouvert à nouveau, et suinte de douleur.

Les larmes du ciel pleuvent sur mon visage. Me rappelant que je ne suis pas dehors, je relève la tête, interloquée. Le plafond est inondé, l'eau ruisselle le long des parois. Sa robe est maintenant trempée. La situation m'échappe. Nos retrouvailles irréelles tenaient pourtant du miracle. Ses cheveux deviennent peu à peu translucides, puis flottent dans les airs. Des algues spongieuses vert et noir se cramponnent aux murs dégoulinants. Une odeur putride de cadavre en décomposition assaille mes narines.

Eileen m'ouvre grand ses bras. Son visage prend une teinte grisâtre, effaçant le peu de couleur qu'elle avait. Ses joues se creusent, sa peau se flétrit. Des crevasses irrégulières lézardent ses pommettes, remontant jusqu'à ses immenses yeux vides. Le spectre de ma sœur flotte jusqu'à moi.

Mon cœur a cessé de battre, c'est comme si on me l'avait arraché. Je recule d'un pas mal assuré, jusqu'à ce que mon dos cogne contre une surface dure. Je devine que c'est la porte. Je tâtonne maladroitement pour trouver la poignée. Rien. Je ne prends pas la peine de me retourner, je comprends qu'elle a disparu.

Incapable de bouger, je la regarde s'approcher, les bras tendus. Ses yeux me transpercent sans me voir. Un filet de sueur froide coule le long de ma colonne vertébrale. C'est la vision la plus horrifique qu'il m'ait été donné de voir. Les veines de son cou se contractent, son regard démoniaque se plisse. Elle fond sur moi. Ses mains glacées m'agrippent violemment, sa bouche béante se tord en un hurlement de douleur. Je lève les bras pour me protéger, tout en poussant un cri de terreur sortant tout droit du fin fond de mes tripes. Des larmes de sang coulent le long de ses joues. Ses longs doigts sertis de griffes me lacèrent la peau. Je m'effondre sur le sol, me débattant comme un diable.

CHAPITRE 40
ISABELLE

« Hauts et bas, c'est la route ordinaire du deuil.
Le survivant, pendant des semaines, ressuscite son mort comme il peut jusqu'à ce que la vie, à l'usure, gagne la partie et renvoie définitivement le défunt à sa tombe[26]. »

Irène Frain

Quelqu'un hurle mon prénom, mais je suis bien trop effrayée pour relever la tête. Je me recroqueville en position fœtale. Des mains malfaisantes essaient de me soulever.

— Isabelle ! Bon sang !

Mes forces me quittent, je m'effondre dans des bras puissants. On me dépose sur ce qui semble être un lit. Le visage inquiet d'Ethan est penché sur moi. Je balaye fébrilement la pièce du regard. L'eau sur les murs a disparu, aucune trace d'Eileen, ou plutôt, de son cadavre.

— Qu'est-ce que tu as vu ?

---

[26] *Marie Curie prend un amant*, Irène Frain, Seuil, 2015.

Sa voix est étonnamment douce. Ma bouche s'assèche, aucun son ne s'en échappe. J'enroule les bras autour de mes genoux en versant des larmes silencieuses. La vision du corps en décomposition d'Eileen fondant sur moi fait grimper ma tension. Je me laisse bercer au creux de ses bras, exorcisant ma douleur contre ses larges épaules.

Ethan réitère sa question, tout en continuant de me bercer d'avant en arrière. Les joues brûlantes, je m'écarte de lui.

— Elle... je l'ai vue *elle.*

— Qui ?

Mon cœur se serre.

— Ma sœur.

— J'imagine que les retrouvailles ne se sont pas bien passées.

— Je l'ai d'abord serrée dans mes bras.

Il se gratte le nez, l'air embarrassé.

— Je sais… c'est moi que t'as pris dans tes bras.

— Il y avait de l'eau partout... sur les murs.

— Et après ?

— Elle… elle s'est transformée en… cadavre, lâché-je d'une voix éteinte. Qu'est-ce qui m'est arrivé ?

— T'as fait un *bad trip*. J'aurais pas dû te faire avaler ça. On a pris qu'une moitié chacun, je pensais que ça irait. J'suis con !

Alors c'était une hallucination ?

Il s'absente quelques minutes pour revenir avec un grand verre d'eau et des confiseries.

— Tiens, reprends des forces, c'est la meilleure chose à faire après un *bad trip*.

Je vide le verre cul sec. J'avais vraiment soif ! Pendant que je porte sans conviction une barre chocolatée à ma bouche, il me demande si j'ai vu autre chose.

— Oui, elle flottait dans la pièce et elle m'a attaquée. J'ai vraiment senti ses griffes et ses coups. C'était pas toi quand même ?

— Je ne te ferais jamais de mal, Isa. Quand tu démarres ton voyage intérieur, l'expérience paraît plus vraie que nature.

Je vérifie mes bras, ils sont indemnes.

— T'appelles ça un voyage intérieur ? Un cauchemar plutôt !

— Je savais que t'étais dans ton trip et je voulais pas trop m'en mêler, mais j'ai vite compris que ça partait en couille.

Je plonge dans ses iris ténébreux, il semble regretter ce qu'il s'est passé.

— Ça m'a rappelé cette nuit terrible.

Des frissons courent sur ma peau, comme à chaque fois que j'y pense.

— Tu veux en parler ?

Son ton doux me met en confiance et me donne envie de lui ouvrir la porte de mes secrets.

— Comme tu le sais, on vivait à Eden Lake.

Ce nom me fiche toujours le cafard, je réprime un frisson et poursuis :

— Eileen a... elle a toujours détesté les injustices. Je ne compte plus les fois où elle s'est disputée avec mes parents, en particulier ma mère. Quelques semaines avant sa mort, elle s'est enfermée dans un silence inquiétant. Un soir...

Ethan presse ma main avec force, ses yeux me supplient de continuer. Je marche en équilibre sur ce fil d'argent. Depuis toutes ces années, je fais semblant que tout va bien, alors que mon esprit tombe en lambeaux.

— Un soir, on était invités à une soirée mondaine. Eileen n'est pas venue… elle a trouvé une excuse. On est partis, sans savoir qu'on n'allait plus la revoir.

Mon souffle s'amenuise à mesure que mon cœur ralentit. C'est comme si je revivais la scène, une énième fois. Chaque mot que je prononce est un véritable supplice, car ils me rappellent qu'elle n'est plus de ce monde.

— Quand on est rentrés, la maison était cernée de policiers. On a vite compris qu'il s'était passé quelque chose. Elle s'était construit une cabane dans les arbres, près du lac. La police y a retrouvé une bouteille d'alcool vide.

Je ferme les yeux pour contrôler mes émotions qui se désagrègent au simple contact de sa peau sur la mienne.

— Elle a bu seule, sûrement pour noyer son chagrin. Eileen n'était plus la même, les derniers temps.

Ma voix se noie dans ma gorge, j'entends encore le cri des ambulances percer mes tympans.

— Prends ton temps, me rassure-t-il.

— Les jours qui ont suivi ont été un véritable enfer. Tout ce qu'on voulait, c'était retrouver son corps pour faire notre deuil.

Il me regarde avec compassion, j'entrevois de la tristesse dans ses sombres pupilles.

— Qu'est-ce qui s'est passé ensuite ?

Sa voix est empreinte de douceur, je vois bien qu'il ne veut pas me brusquer et j'apprécie particulièrement cette attention.

— Le lac a été fouillé, un corps a été retrouvé. Mes parents sont allés l'identifier à la morgue… et, bon... je ne vais pas te faire un dessin.

Cette fois, c'en est trop. Mon cœur manque de s'extraire de la cage où il est enfermé depuis bien trop longtemps. Je me retourne en enfouissant la tête dans mes mains. Des larmes cheminent sur mon visage. Ses bras musclés m'emprisonnent, je laisse couler ma tristesse sur son tee-shirt.

— Je suis là…

Je me laisse bercer quelques minutes. Lorsque je relève la tête, les nuages gris se sont estompés et je vogue sur un océan paisible.

— Elle s'est noyée. C'était un accident. Un stupide accident. Je… je n'en avais jamais parlé à personne jusqu'à présent.

— Pas même à Jessica ?

Je secoue la tête en tremblant.

— Ça me touche beaucoup, je t'assure.

— Merci d'être là.

Sa main chaude fond sur ma joue. Il me relève la tête, me forçant à le regarder.

— Hey, sache que je serai toujours là pour toi.

Je plonge dans le tourment de ses yeux sans âme. Des frissons courent le long de mon échine et s'arrêtent délicieusement au creux de mes reins. Ses mains caressent mon cou. Nos visages se rapprochent, puis ses lèvres viennent s'échouer sur les miennes, comme un navire sur le sable. J'accueille avec douceur ce miracle tant attendu. Ses doigts découvrent mon buste, tandis que je passe la main dans ses cheveux souples.

Nous basculons sur son lit, en totale apesanteur. Ethan parcourt d'infimes baisers ma bouche. Grisée, je me laisse emporter par le désir. Je sens l'amour pénétrer ma chair et faire battre mon sang. Mon corps entier est un brasier, une torche de lumière dévastant tout sur son passage. Son torse épouse ma poitrine, je sens nos cœurs battre à l'unisson. Je souffre de bonheur, je ressens son amour à chaque effleurement de ses lèvres sur les miennes. Jamais on ne m'avait embrassée de la sorte. Nous poussons à l'unisson un râle de plaisir, qui se perd dans les draps. Je veux me fondre en lui, *devenir lui.*

Ethan rompt subitement le contact et mon cœur chute dans le vide. Il s'effondre à mes côtés, une main sur le front. J'ai envie d'insister, de quémander ses baisers passionnés, mais ma fierté m'en empêche. Je ferme les yeux, puis me laisse happer par la nuit.

Ma tête bourdonne. J'ouvre un œil et place une main sur mon visage face à la lumière agressive du plafond. Ethan est profondément endormi, son bras est venu se greffer autour de ma taille. Je me redresse, les idées pas encore tout à fait claires. Le souvenir de ma sœur, menaçante, me heurte de plein fouet. Je me rappelle avoir révélé à Ethan mon secret, pendant qu'il m'écoutait, les traits empreints d'une douceur que je ne lui connaissais pas.

Et puis ces baisers...

Du bout des doigts, j'effleure mes lèvres encore brûlantes. Je n'aurais pu rêver mieux, même dans mes rêves les plus fous. Je pousse un soupir, faisant décoller une mèche de cheveux plaquée sur mon front.

Les couvertures se soulèvent, il émerge de son sommeil.

— Mmm… il est quelle heure ? demande-t-il d'une voix endormie.

Mince, j'avais complètement oublié !

Anxieuse, je jette un œil à son horloge.

— Deux heures ! Oh, c'est pas vrai !

— Recouche-toi.

Je saute du lit, les pieds joints, puis enfile mes chaussures. Je frise la panique pendant que monsieur reste tranquillement couché.

— Il faut que tu me ramènes.

Ethan rabat la couverture sur sa tête.

— Maintenant ! insisté-je en enlevant d'un geste le plaid.

— Putain, t'es sérieuse ?

J'enfile ma veste en tremblant.

— Je dois rentrer. Demain, j'ai cours !

Voyant qu'il ne réagit pas, je prends mon sac et lance, dans une dernière tentative :

— Si tu me ramènes pas, je rentre à pied.

Je fais un pas en avant, semblant mettre ma menace à exécution.

— Putain, t'es chiante !

Il enfile un pull froissé par-dessus son tee-shirt en soufflant bruyamment.

— Tu peux me le dire si je te fais chier ! répliqué-je, vexée.

— Tu me fais chier !

Il descend les escaliers sans prendre la peine d'être discret, et jure en se cognant à plusieurs reprises dans le noir.

La lune se reflète par intermittence sur le toit des maisons, avant de s'éclipser derrière un amas de nuages noirs. Un silence de plomb règne dans l'air, seulement entrecoupé par le bruissement des arbres.

— Merci pour cette soirée, c'était… particulier, dis-je, arrivée devant chez moi.

Je regarde mes pieds, repensant aux baisers échangés tout à l'heure.

— Isabelle, je tenais à m'excuser pour t'avoir fait gober cette merde.

Même s'il fait sombre, je devine l'expression torturée que prennent ses traits. Ethan poursuit, tout en emprisonnant fermement mes mains :

— Je suis allé trop loin ce soir. C'est de la drogue dure, c'est pas pareil qu'un p'tit joint. T'avoir vue dans cet état m'a paralysé, je ne savais plus quoi faire. S'il t'était arrivé quelque chose de plus grave, ç'aurait été entièrement ma faute. Je… je ne me le serais jamais pardonné.

— Oui, c'est dangereux. Et, je t'assure, ça m'a coupé l'envie d'en prendre à nouveau.

Je place les doigts sur ma poitrine, encore remuée des effets néfastes du LSD et de ce *bad trip* qui aurait pu, selon les dires d'Ethan, encore plus mal tourner.

— T'es sûre que ça ira ?

— Oui, je vais m'en remettre, je me sens juste un peu faible, mais j'ai récupéré tout à l'heure. Et toi, tu ne vas plus en consommer ?

J'espère de toutes mes forces qu'il me dira non.

— Moi, c'est différent. J'en sais rien, on verra bien.

Ses lèvres glacées embrassent ma joue, puis, en un clignement de cils, il disparaît dans les profondeurs de la nuit.

CHAPITRE 41
ETHAN

Elle était la seule échappatoire à ma putain de réalité.

Cyndra O'Hara

Allongé sur mon lit, je n'arrive pas à la sortir de ma putain de tête. Je ne sais pas ce qu'il m'a pris de lui proposer de faire fondre la moitié du buvard sur sa jolie langue. Je voulais qu'on fuie la réalité ensemble, lui faire découvrir d'autres plaisirs, l'immerger dans *mon* paradis artificiel, et j'ai tout foiré, encore. Isabelle ne mérite pas que je pose mes doigts sales sur son corps si pur, elle doit garder cette innocence qui me fait fondre comme un iceberg. Ce sera sa plus grande force.

En fermant les yeux, c'est son visage que je vois.

Merde alors ! Qu'est-ce qui m'a pris de l'embrasser ?

Vu la façon dont elle me rendait mes baisers, elle avait l'air de kiffer. Enfin, bon, elle était sous l'effet de la drogue. Ses lèvres sont aussi douces que ce que j'avais imaginé. Quand j'ai fondu sur son visage, j'ai senti un courant électrique traverser mes veines. Ça ne m'avait encore jamais fait ça !

Même avec *Jenny*...

Je secoue la tête pour ne pas penser à Jenny, mais elle kidnappe mes songes. Mon pouls tambourine furieusement dans mon crâne. Je place les mains de chaque côté de ma tête. Ma mâchoire tremble, un flash aveuglant traverse la fenêtre. Je ne vois plus que des arbres. Des arbres à perte de vue…

Assis au bord du lac, nous ne prononçons pas un mot. Mon cœur s'emballe un peu trop quand je sens la main fraîche de Jenny effleurer la mienne.

Elle entrelace nos doigts, sa peau si douce fait fondre mes entrailles. J'ai mis du temps à m'avouer mes sentiments pour elle, mais maintenant qu'ils cognent au fond de mes tripes, j'ai ce besoin viscéral de lui dire ces simples mots.

— Je t'aime, Jenny.

Du soulagement, c'est ce que je perçois dans ses iris bleus avant que ses lèvres se joignent aux miennes. C'est mon premier baiser. Durant de longues minutes, nos langues ne font plus qu'une.

J'effleure au fond de ma poche la petite boîte qui patiente depuis plusieurs heures. C'est le moment. Je demande à Jenny de fermer les yeux et la dépose dans ses mains. Elle palpe le petit paquet, sans savoir ce qu'il contient. Ses lèvres s'entrouvrent quand elle soulève le couvercle, dévoilant une gourmette. La chaîne argentée luit sous les rayons du soleil.

— Waouh, c'est trop beau.

Je prends sa main, puis accroche avec précaution le bracelet autour de son poignet.

— Et encore, t'as pas lu l'inscription.

Elle approche la gourmette de son visage, plisse les yeux, et lit à voix haute :

— « Jenny ».

Des larmes ruissellent maintenant sur ses joues. Je l'embrasse encore, lui promettant d'être toujours là pour elle.

L'âme fêlée, je reviens à la réalité. Une larme me brûle l'œil, je l'essuie brusquement en me griffant la joue. Je refuse de tomber amoureux pour la seconde fois. Car, si elle m'échappe, si ce bonheur fugace se casse, je ne suis pas sûr de m'en remettre. Pourtant, je l'aurais embrassée toute la nuit si j'en avais eu le cran. Quand je l'ai basculée sur le lit, je n'avais qu'une envie, la prendre, *qu'elle soit mienne*.

La réalité m'a rattrapé et donné un coup de fouet, je me suis ressaisi à temps. C'était juste un moment d'égarement, une petite échappatoire dans mes ténèbres. Demain, je dois lui dire qu'on s'est trompés. Je ne veux pas qu'elle se berce d'illusions sur mon compte, je ne peux rien lui apporter de bon. La preuve, ce soir, elle a un fait *bad trip* et c'est ma faute. S'il lui était arrivé quelque chose, je ne me le serais jamais pardonné. Je détruis tout ce que je touche. Je préfère qu'on en reste à ce stade. J'ai conscience de lui en demander beaucoup. Alors, si jamais elle ne veut plus me parler, je comprendrais, je l'aurais bien mérité. Mon téléphone vibre sur la commode. Un nouveau message de Jason s'affiche.

[Alors, mec, tu viens ?]

Je me lève d'un coup et chausse mes baskets. Je sais que c'est pas raisonnable, j'ai cours demain, mais je ne suis plus à quelques heures près. Et puis, ça m'évitera de tourner en bourrique comme je le fais.

Un moment plus tard, je frappe trois petits coups avant d'entrer. Le salon est inondé de fumée, et pas n'importe laquelle. L'odeur pénètre dans mes poumons, m'apaisant sur-le-champ.

— Salut, mec, content que tu sois venu.

Je me carre dans le fauteuil où Isa était assise il y a quelques heures. C'est dingue, je peux encore sentir sa présence ! Je la chasse de ma tête en me servant un rhum-Coca.

— Tu viens tard, me fait remarquer Nelson.

Je trinque avec Michael qui répond :

— Vaut mieux tard que jamais.

— Alors, tu l'as baisée ?

Je recrache ma gorgée, manquant de m'étrangler.

— Attends, t'as dit quoi, là ?

Kyle me fixe. Une lueur d'amusement luit dans ses pupilles. Il fait teinter les glaçons dans son verre, et poursuit, amusé par ma réaction :

— T'as très bien entendu.

— Qu'est-ce que ça peut te foutre ?

— Donc, tu ne l'as pas baisée, sinon t'aurais directement répondu.

Sa conclusion me fait monter la pression, je n'aime pas qu'il utilise ce terme pour parler d'elle. Je pousse un soupir d'agacement en posant mon verre un peu brutalement sur la table.

— Tu sais, si tu ne la niques pas, d'autres seraient ravis de le faire.

Je sens mes oreilles chauffer. Imaginer un mec la toucher me donne des envies de meurtre. Les gars nous regardent tour à tour, Nelson baisse le volume de la musique.

— C'est pas ce genre de filles, marmonné-je.

— Laisse-moi deviner, t'es mordu de cette meuf. Fais gaffe à pas devenir un canard, il manquerait plus que ça. Coin, coin ! fait-il en agitant les bras.

— Je ne suis pas avec elle, putain ! C'est si difficile que ça à comprendre ?

Kyle tire sur son joint, m'envoyant la fumée en pleine gueule.

— OK, je peux la draguer alors.

Je décide de changer de tactique et d'évacuer cet incendie qui menace d'exploser en lui riant en pleine tronche. Ça semble fonctionner. Il fronce les sourcils, vexé, puis se lève. Je l'imite.

— Tu peux toujours essayer, mais t'es pas le gars qu'il lui faut, le provoqué-je.

— Je suis sûr que si tu la ramènes encore une fois, j'obtiens son numéro. Laisse-moi deux semaines et je la *baise.*

Je sens mes poumons se comprimer. Je fonce sur Kyle, l'entraîne contre le mur, le soulève par le col et le regarde droit dans les yeux.

— Répète ça, espèce de fumier !

Il ferme les yeux. Je sens son corps trembler et j'en retire une légère satisfaction, mais c'est loin d'être suffisant.

— Tu fais moins le malin, hein ?

Je laisse la colère prendre possession de mon être. Des images de Kyle en train de la toucher tournent en boucle dans ma tête. J'ai les poignets qui chauffent, une bonne envie de lui foutre mon poing dans la gueule, et je m'en fous si on ne m'invite plus aux soirées.

— Tu crois vraiment qu'elle voudrait d'un mec comme toi ? poursuis-je, les veines du cou saillantes. Je te défends de l'approcher !

— Hé, Ethan, calme-toi. Pas de bagarre chez moi, bredouille Michael d'une voix blanche.

Je lève une main pour empêcher quiconque de s'en mêler.

— Je disais ça pour rire, j'avais pas l'intention de la toucher. C'est même pas mon style.

Sa voix tremble. J'esquisse un demi-sourire teinté de mépris et de pitié en le relâchant.

— N'essaie pas de me faire croire n'importe quoi. Et, dorénavant, aie un peu de respect pour les femmes, craché-je.

Je l'étripe du regard, tout en envoyant un molard dans sa direction, qui atterrit à ses pieds. Ils restent tous interdits, tandis que Kyle, blanc comme un linge, se laisse glisser contre le mur en chiant dans son froc.

— J'étais venu pour passer un bon moment, mais ses réflexions à la con ont tout gâché.

— Hé, les mecs, c'est bon, ne vous mettez pas dans cet état pour une fille. Il y en a pour tout le monde ! intervient Nelson avec un grand sourire pour essayer de détendre l'atmosphère.

— La prochaine fois, modère tes propos ! éructé-je à l'intention de Kyle.

— C'est bon, j'ai compris. Je voulais surtout te faire avouer que tu l'aimais. Ça t'écorche la gueule de le dire.

Je sors brusquement. Les autres s'écartent pour me laisser passer, en me lançant un timide « au revoir ».

— T'es con, entends-je Jason prononcer, alors que j'atteins le vestibule.

Il se lance à ma poursuite.

— Je suis désolé qu'il ait manqué de respect à ce point à ta… enfin, je veux dire, à Isabelle. J'ai bien vu comment il t'a provoqué et, entre nous, il le méritait.

— Tu m'étonnes. Il méritait une belle dérouillée, oui !

— Pourquoi tu n'avoues pas tes sentiments ? Tu ne te mettrais pas dans cet état pour elle si tu ne l'aimais pas !

— Alors, toi aussi, t'as décidé de t'y mettre ? craché-je en lui lançant un sale regard.

— C'est pas une honte de l'avouer. Si ?

J'inspire un grand coup, puis lui réponds d'une voix que je parviens à maîtriser :

— Je n'ai rien à avouer. Occupe-toi plutôt de Jessica, au lieu de me faire la leçon.

Je n'ai pas besoin de me réveiller, car je n'ai pas dormi. Je saute du lit, la tête encore en vrac de la soirée d'hier. Quand je descends, ma mère émerge du canapé. Ça ne m'étonne plus, j'ai l'habitude, depuis le temps. Elle se sert une tasse de café, et s'assied comme si elle portait le monde sur ses épaules.

— Tu as passé une bonne nuit ? s'enquiert-elle en guise de bonjour.

Je ne suis franchement pas d'humeur à entamer une conversation avec Rachel, pas après ce qu'elle a fait.

— Qu'est-ce que t'as pas compris dans « tu n'existes plus » ?

— On peut au moins en parler ?

— Il n'y a rien à dire.

— C'était il y a quelques jours !

— Ça ferait un an que ça ne changerait rien.

— Je ne le pensais pas. Je ne supporte plus ta façon de me parler, je me suis emportée, c'est tout.

Je lui fais un signe de tête, mais je ne suis pas près d'oublier.

— Pourquoi tu ne m'as pas dit que ta copine venait à la maison, hier soir ? poursuit-elle en trempant ses lèvres dans la tasse chaude.

Mes muscles se tendent.

— C'est pas ma putain de copine !

— Tu aurais pu au moins faire les présentations. J'ai bien le droit de connaître les gens qui mettent les pieds ici !

— Elle sait que t'es ma mère, c'est tout ce qui compte, non ? Puisque tu n'as pas pu t'empêcher de l'ouvrir.

— Tu as honte, c'est ça ?

J'ai la tête qui tourne, je crie sans réfléchir :

— Oui !

À l'instant où ce mot franchit mes lèvres, je le regrette. La douleur et l'amertume se lisent dans ses yeux vides.

— Je comprends, finit-elle par dire. J'ai voulu faire des efforts, tu sais, mais je n'arrive pas à l'oublier.

— Qui ?

— Ton père ! s'étrangle-t-elle.

Je le savais. Je n'ai jamais compris pourquoi elle se mettait dans cet état pour un homme qui l'a brisée.

— Pourquoi tu n'oublies pas ce sombre connard ?

— Parce qu'il m'a sortie de la misère, il m'a fait vivre un rêve, jusqu'au jour où tout a pris fin, quand je suis tombée enceinte.

Merci de me le rappeler !

— J'avais fui Camden, des rêves plein la tête. Quand il m'a quittée, j'ai dû retourner dans cette ville pourrie.

Elle marque une pause, ébranlée. Les yeux gonflés, elle paraît si faible et fatiguée. Jamais encore elle ne m'avait raconté tout ça. Elle actionne son briquet, s'allume une cigarette, et poursuit d'une voix tremblante :

— Tu sais, au début, il voulait t'assumer... Enfin, c'est ce qu'il disait. Mais sa famille n'a pas approuvé notre relation et leur avis comptaient beaucoup pour lui. Ils répétaient qu'il méritait mieux qu'une vulgaire serveuse. Alors, oui, je ne suis pas la mère idéale, mais j'ai toujours fait de mon mieux pour toi !

Je ne suis pas insensible à ce qu'elle vient de dire. En revanche, je ne peux pas la laisser me faire croire qu'elle a fait de son mieux ! Mon sang bout dans mes veines, toute l'amertume des années passées remonte d'un coup à la surface. Il suffirait de pas grand-chose, juste une goutte pour faire déborder le vase déjà rempli à ras bord.

— Tu te fous de ma gueule, là ? Tu veux me faire avaler que t'as fait de ton mieux, alors que tu m'as toujours laissé me démerder seul ? Toute mon enfance, t'as préféré la boisson à ton propre fils, je n'ai jamais eu de mère !

Je viens de cracher ce poison qui courait dans mon âme. Je suis soulagé de lui avoir enfin livré ce que je ressens ! J'ai envie de provoquer un électrochoc, de lui faire comprendre qu'elle a toujours pris la mauvaise direction.

— Ouais, j'ai honte, parce que ça se voit que tu bois. Je ne veux pas que tu te présentes déchirée devant mes potes. Fais un effort, bordel !

Deux solutions : la première, elle va se braquer et se terrer dans le silence. La deuxième, elle va sortir les crocs. Ça a toujours été comme ça entre nous, il n'y a jamais eu de demi-mesure. Et, vu la façon dont ses yeux lancent des éclairs, j'opte pour la seconde option. Je croise les bras, me préparant déjà à la tempête.

— Peut-être, mais toi t'es qu'un putain de drogué. N'oublie pas que t'es loin d'être le fils parfait, alors tes leçons de morale, tu te les gardes.

Le cul cloué au canapé, je ne sais plus quoi répondre. Ça faisait longtemps qu'elle ne m'avait pas mis K.-O. Elle a dégainé son flingue et m'a tiré un coup en plein cœur. Mes mains tremblent, je serre les poings pour me contrôler. J'en ai ma claque de cet affrontement permanent, c'est épuisant. Je monte chercher mes affaires, redescends et lui dis sans la lâcher de mon sombre regard :

— C'est toi qui m'as rendu comme ça. Félicitations, t'as bien rempli ton rôle de mère.

Je termine ma phrase en applaudissant ironiquement, puis lâche simplement avant de partir :

— Arrête de boire, et après, on en reparle, OK ?

Je sors pour une fois sans claquer la porte.

CHAPITRE 42
ISABELLE

With the venomous kiss you gave me
I'm killing loneliness
With the warmth of your arms, you saved me
Oh, I'm killing loneliness with you
The killing loneliness
That turned my heart into a tomb[27]
Killing Loneliness, HIM

La vision cauchemardesque de ma sœur qui s'élance vers moi m'a fait passer une nuit blanche. Chaque fois que je fermais les yeux, je la voyais. Et si ce *bad trip* n'était pas un hasard ?

---

[27] « Avec le baiser venimeux que tu m'as donné
« Je tue la solitude
« Avec la chaleur de tes bras, tu m'as sauvé
« Je tue la solitude avec toi
« La solitude meurtrière
« Qui a transformé mon cœur en tombeau », traduit de l'anglais.

Mes parents prennent tranquillement leur petit déjeuner. Je me glisse subrepticement dans leur chambre, à la recherche de la clé qui me donnera accès à la pièce d'Eileen. Comme la dernière fois, je cherche partout, en vain. Au moment où je pense étendre mes recherches ailleurs, mon regard se pose sur un cadre. C'est une photo de toute la famille. Eileen se tient entre moi et Jayden, un sourire s'étalant comme un soleil sur ses traits. À cette époque, elle était encore heureuse. Je caresse son visage du bout des doigts, puis serre le cadre contre mon cœur. Avant de le reposer, une idée saugrenue me vient.

— Je me demande si…

Je le pose sur la commode et ouvre le dos du cadre, les doigts tremblants. Une clé plate dort à l'arrière de la photo. Je la brandis, mon cœur accélère dangereusement. Un sentiment de soulagement m'étreint la poitrine et, en même temps, je sens une épée de Damoclès en suspens au-dessus de ma tête. Suis-je prête pour ce que je vais découvrir ?

Je descends doucement les marches, les muscles figés, avant de m'arrêter, la bouche asséchée, devant *sa* porte. Le bruit des couverts qui s'entrechoquent m'indique que mes parents n'ont pas quitté la cuisine. J'inspire profondément, fais le vide en moi, comme Ethan me l'a si bien appris. Les mains moites, je tourne la clé dans la serrure, jusqu'à entendre le cliquetis d'ouverture. Mes doigts se crispent sur la poignée. J'ai l'impression d'être en haut d'une falaise et de m'apprêter à chuter dans des eaux sombres et obscures. Pourquoi a-t-on peur de ce qu'on ne connaît pas ? Le contact froid me glace de l'intérieur, mon sang ne circule plus correctement. Un tour vers la gauche. Je pousse lentement la porte.

Le rayon de lumière qui s'étire timidement m'invite à entrer dans le lieu interdit. La pièce m'accueille chaleureusement. Mes yeux se posent en premier sur un lit à baldaquin dont le tissu rouge floral remue en moi bien des souvenirs. Je ne marche plus, je glisse sur le sol, prête à m'effondrer sur le matelas moelleux. En caressant la couverture en soie, je peux presque sentir son odeur, accrochée aux particules du tissu. Et cette commode noir et argent, c'est la même…

Les poils de mes bras se hérissent, un cri d'effroi intérieur balaye mon âme. Comment est-ce possible ? Je suis emportée des années en arrière, au temps où ma sœur était encore de ce monde. Je peux presque la voir, allongée sur le lit, le regard vide. Je crois mourir lorsque mon regard se pose sur ses chaussons, laissés au pied du lit. Mon cœur se serre de douleur, j'ai l'impression qu'elle va rentrer d'une minute à l'autre.

En déménageant à Wilnoh, on s'était promis d'oublier le passé. Son prénom caressait mes lèvres sans pour autant en sortir. C'était tabou. Tout ça pour ça ?

J'essuie mes yeux d'un geste rapide. Ce ne sont pas des larmes de tristesse, mais un océan de rage qui fait pression dans mon estomac. Je griffe hargneusement chacune de mes scarifications et me précipite hors de la chambre sans prendre la peine de fermer la porte. À quoi bon ? Je dévale comme une furie les escaliers, à la recherche de la vérité. J'ai toujours été très patiente avec mes parents, mais là, c'est la goutte de trop.

Quand je débarque dans la cuisine, les joues brûlantes de colère, ils me regardent comme s'ils voyaient un fantôme.

— Pourquoi tout ce raffut ? s'indigne ma mère.

Le souffle coupé, je ne sais même pas par où commencer. J'appuie mes mains tremblantes sur la surface lisse de la table, relevant lentement la tête vers eux. Pour toute réponse, je leur balance la clé. Ils comprennent immédiatement. Ma mère passe une main sur son cœur, avant de s'effondrer sur sa chaise.

— Co… comment as-tu osé ?

Je suis secouée d'un rire sardonique. La façon dont elle inverse la situation est affolante.

— Comment *moi,* j'ai osé ? Et vous, comment vous avez osé reproduire la réplique exacte de sa chambre ? Toutes ces années, vous m'avez menti, je n'avais même pas le droit de mentionner son prénom. En revanche, tu ne t'es pas privée pour t'enfermer dans cette pièce dès que t'avais du temps libre !

— Ça ne te regarde pas.

Son ton est calme, mais la façon dont ses yeux lancent des pics de glace me fige sur place. Je m'adresse ensuite à mon père :

— Et toi, tu n'as jamais tenté de la raisonner ! Toutes ces années, je suis restée dans ma douleur, alors qu'on aurait pu affronter cette épreuve ensemble, comme une vraie famille. Je croyais que vous aviez jeté ses meubles ?

À l'époque, je ne me sentais plus la force de rien. Mes parents m'avaient donc envoyée chez ma grand-mère quelques semaines, le temps de régler la vente de la maison et le déménagement. Mon frère était venu avec moi. Ensemble, on s'est soutenus, et quand on est arrivés à Wilnoh, ils s'étaient déjà installés. Quant à la chambre de ma sœur, elle était fermée à clé. Au début, ils nous ont dit que c'était une pièce qu'il fallait rénover, mais comme notre mère y faisait d'incessants allers-retours, ils ont fini par nous raconter que c'était son bureau personnel. Je n'y ai jamais cru.

— Ta mère a été incapable de s'en séparer et j'ai respecté sa décision.

— C'est glauque et malsain de faire ça ! Il y a même ses chaussons près du lit.

— Et alors ? scande-t-elle tout à coup. On n'a pas de comptes à te rendre. Je t'avais interdit d'y mettre les pieds. Voilà tout ce que tu as gagné !

— C'est pas en allant dans cette chambre que les choses vont s'arranger. Pourquoi tu n'arrives pas à faire ton deuil ? Qu'est-ce que vous me cachez ?

— Il va falloir que tu apprennes à te mêler de tes affaires et cesser de faire l'impertinente ! Tu es allée fouiller dans notre chambre…

— Oui, pour avoir des réponses que vous n'avez jamais voulu me fournir !

Ma mère s'approche dangereusement, les yeux prêts à sortir de leur orbite. Des vaisseaux de sang lézardent ses globes oculaires. Je recule, peu rassurée. J'entends mon père lui demander de me laisser, mais rien n'y fait. L'ombre de son bras s'élève, menaçante. Elle tremble de tout son être avant de m'asséner une gifle monumentale qui me fait vibrer. Je m'accroche à la chaise qui s'écroule sous mon poids.

— Tu voulais des réponses ? Eh bien, c'est tout ce que tu auras !

Mon père se précipite vers nous, puis éloigne ma mère et la force à s'asseoir.

— Cette fois, tu es allée trop loin, Ava ! Isabelle se pose juste des questions, tu n'avais pas besoin de la traiter comme ça. Je t'interdis de toucher notre fille, tu entends ?!

Je sens les larmes monter doucement. C'est la première fois qu'elle porte la main sur moi. Mon cœur se tord de douleur, ça fait si mal !

— *Elle* est allée trop loin, proteste faiblement ma mère.

— Je ne veux rien savoir, c'est grave ce que tu as fait !

Je tremble de tous mes membres. Jamais je n'ai eu autant la haine. Ce contrôle qu'ils ont exercé sur ma vie tout ce temps me fait sortir de mes gonds.

— Ça suffit ! J'ai toujours été la petite fille modèle, parfaite. Mais maintenant, c'est terminé.

— Qu'est-ce que tu veux dire ? me demande mon père, tendu.

— Vous avez déjà tout décidé de ma vie. Vous croyez que je ressens quoi d'avoir toujours fait ce que vous attendiez de moi ? Je ne veux pas étudier à la Howard University !

Ma mère se lève d'un bond, semblant oublier un moment sa peine.

— La question ne se pose pas. On avait un accord.

— Un accord ? Plutôt une décision que tu as prise, sans me demander mon avis ! De toute façon, je me suis inscrite à la fac du coin. Eh oui ! J'ai pas envie d'aller étudier aussi loin, encore moins dans un établissement privé !

J'ai enfin lâché le tsunami, et même s'il menace de nous engloutir, un poids quitte mes épaules. Ça fait trop longtemps que je garde ça pour moi.

— Alors tu veux gâcher ton avenir pour partir étudier dans une maudite université publique qui ne t'apportera rien ? Je ne comprends pas cette enfant, elle est pourrie gâtée ! C'est ce petit con qui t'a mis ces idées dans la tête ?

— Ce n'est pas un con et il a un prénom. Il s'appelle Ethan !

Je n'ai pas parlé, j'ai hurlé. Mon père nous demande de baisser d'un ton.

— Oui, et bien ton *Ethan* n'exerce pas une bonne influence sur toi, je l'ai toujours dit. Tu crois qu'on ne t'a pas entendue rentrer à plus de deux heures du matin ? De toute façon, c'est pas négociable, tu iras étudier où on l'a décidé, point final !

La phrase de Jessica me revient. « Tu n'as pas signé de contrat avec eux ». Je finis par déclarer que c'est mon avenir, comme dernier argument.

— Je le savais, finit par lâcher mon père.

Ma mère et moi tournons un visage étonné vers lui. Il poursuit :

— Je suis tombé sur les papiers d'inscription il y a quelques mois, dans ta chambre. Je n'ai rien voulu dire, car c'est ton futur. Je me suis renseigné sur l'université de Wilnoh, elle est pas si mal que ça. Si c'est ton souhait…

— Tu t'es toujours rangé de son côté ! De toute façon, elle avait tout manigancé depuis le début, avec son idée saugrenue d'aller étudier dans un lycée public. Tu te contentes de peu pour ta fille !

Elle a lâché ça avec un venin non dissimulé, avant de disparaître, le teint cramoisi.

— C'est vrai qu'on aurait préféré te voir étudier à la Howard University, mais je crois qu'on avait surtout oublié que c'est à toi de choisir.

— Merci, papa.

Le silence est revenu, ma joue brûle encore.

— Et en ce qui concerne Eileen, poursuis-je avec précaution, je sens que vous me cachez des choses…

— C'est… compliqué. Tout ce que je peux te révéler, c'est que ta mère se sent responsable de ce qui s'est passé. Cette chambre, c'est le seul lien qu'elle a encore avec ta sœur.

— Responsable par rapport à quoi ? J'ai le droit de savoir… C'était ma sœur, ajouté-je, la voix brisée.

Son visage se ferme, je lui prends les mains, le suppliant du regard.

— Je… je suis désolé, je ne peux rien dire de plus. Il vaut mieux ne pas déterrer le passé. Je sais que tu ne pourras pas oublier ce que tu as vu mais, s'il te plaît, n'en parle plus, d'accord ?

J'acquiesce, le visage tremblant, comprenant qu'il ne lâchera aucune autre information.

J'ai passé la journée la tête ailleurs, répondant laconiquement aux professeurs, encore sous le choc de ma terrible découverte. Au moment où je franchis le portail du lycée, Jessica m'interpelle.

— Ça n'a pas l'air d'aller, s'inquiète-t-elle.

Je préfère éviter de lui avouer les raisons de mon abattement, et lui réponds d'un ton indifférent :

— Je me suis encore pris la tête avec ma mère ce matin.

— Ce n'est pas la première fois ! Encore heureux que ton père est là pour te soutenir.

J'acquiesce et lui demande si elle a des nouvelles de Jason. J'ai besoin de penser à autre chose, et puis, ça me fait du bien de l'écouter.

— On n'arrête pas de s'envoyer des messages, il m'a même appelée, il y a deux jours ! D'ailleurs, il m'a proposé de le voir bientôt !

Je la serre dans mes bras, me réjouissant avec elle. Au moment où je m'apprête à lui demander quelle tenue elle mettra pour son futur rencard, mon téléphone vibre dans la poche de mon jean. Je le sors, fébrile, et découvre un SMS de Nils.

[Coucou, j'ai terminé les cours plus tôt aujourd'hui. J'ai un saut à faire à Wilnoh. Tu serais disponible pour prendre un verre ?]

Jessica se penche par-dessus mon épaule de façon peu discrète.

— T'en as de la chance ! T'as deux gars qui s'intéressent à toi.

— Tu trouves qu'il s'intéresse à moi ? Son message n'est pas ambigu pourtant.

— Il n'a pas besoin de l'être ! Tu devrais y aller…

J'ai le cerveau qui bouillonne depuis ce matin.

— Oui, t'as raison, ça me fera du bien.

Je donne rendez-vous à Nils au centre-ville. Jessica me salue, puis me souhaite « bonne chance » d'un ton taquin.

Un crissement de pneus me fait sursauter. Une Mustang décapotable s'arrête pile devant moi.

— Je te ramène ?

— Euh, non… je ne vais pas chez moi.

Je continue de marcher, Ethan roule au pas à mes côtés.

— Tu vas où alors ?

— Au centre-ville, voir un ami.

Il fait vrombir son moteur sans pour autant accélérer.

— Ton Nils, je suppose ?

— C'est ça, confirmé-je, ne pouvant m'empêcher d'esquisser un sourire.

— Alors, laisse-moi t'y emmener.

J'obtempère en m'installant sur le siège passager, les bras croisés.

— Tout va bien ? s'inquiète-t-il en me lançant un regard avant de démarrer.

Je lui réponds par l'affirmative en m'efforçant de prendre un ton joyeux, même si, depuis ce matin, mon cœur n'est qu'un champ de ruines.

Ethan se gare sur un des grands parkings du centre-ville. Au moment où j'attrape mon sac pour descendre, il verrouille les portières.

— Au fait, à propos d'hier… je... Enfin… Tu te rappelles ce qu'il s'est passé ?

Son visage devient rouge. Je hoche la tête pour l'encourager à continuer.

— On s'est... on s'est embrassés.

— Oui, je me souviens, rétorqué-je simplement.

— À ce propos... c'était une erreur.

Mon organe vital se compresse violemment dans ma poitrine. Il doit sûrement remarquer mon trouble, car il s'empresse de rajouter :

— On ne réalisait pas vraiment ce qu'on faisait, on avait pris de la drogue.

Des vagues douloureuses s'échouent sur mon rivage, entraînant dans leur sillage des écumes de tristesse. Il suffit d'une phrase, voire d'un mot, pour faire basculer une vie. S'il m'avait dit qu'il m'aimait, j'aurais pu tout lui donner. Je retiens de toutes mes forces cette larme qui reste coincée au ras de mes cils. Je réponds un peu brusquement :

— T'as raison, c'était une erreur.

Je lui demande de m'ouvrir. Il reste les bras croisés, ce qui a le don de m'exaspérer.

— Je suis désolé de ne pas être celui qu'il te faut…

La larme qui menaçait de tomber s'échoue rageusement sur ma joue.

— Pourquoi tu dis ça ?!

Il se tient le visage d'une main et répond d'un ton un peu sec :

— Parce que je ne sors avec personne.

Mon cœur menace de jaillir de ma poitrine. Sa présence m'asphyxie, j'ai besoin de prendre l'air, de m'éloigner de cet homme toxique qui, visiblement, a encore de gros soucis à régler.

— Très bien, laisse-moi sortir alors !

Voyant qu'il ne bouge toujours pas, je répète :

— Laisse-moi sortir, j'ai dit !

Ethan déverrouille la portière d'un geste impatient, et redémarre sèchement le moteur, avant de s'éloigner à toute vitesse.

C'en est trop. Le souvenir de la perte de ma sœur ainsi que le rejet d'Ethan m'inondent de désarroi. Je ne pensais pas qu'il serait aussi lâche. Pas après les baisers d'hier ! Pourquoi réfrène-t-il ses sentiments ? À travers mes yeux brouillés, j'aperçois Nils qui se dirige vers moi.

— Isabelle ?

Il me prend par les épaules. Je m'effondre en pleurs dans ses bras, incapable de prononcer un mot. Au bout d'un moment, mes larmes se tarissent. Nous finissons par nous asseoir sur un banc, et je lui raconte mes désillusions amoureuses, tout en taisant le nom d'Ethan. J'ai envie de lui parler aussi de ma sœur, mais je ne m'en sens pas capable.

— Aucun homme ne mérite que tu te mettes dans cet état pour lui. S'il n'a pas voulu assumer, c'est qu'il est bête, voilà tout.

Nouveau moment de silence, durant lequel Nils en profite pour me prendre la main.

— Écoute, je suis là. Je ne te laisserai pas tomber, sois-en certaine. Ce type ne sait pas la perle qu'il perd.

Sa voix est chaude, aussi réconfortante qu'un chocolat chaud recouvert de chantilly. Sa présence amoindrit mes peurs. Avec lui, je me sens sereine, enfin en confiance. Sa main aussi douce qu'un voile caresse mon visage, et quand il plonge son océan dans le mien, je fonds. À ce moment, je ne me pose plus de questions. Contrairement à la dernière fois, je laisse ses lèvres fondre sur ma bouche. Ce baiser au goût salé est doux, réconfortant. Il représente la promesse d'un avenir meilleur. Ethan n'a jamais voulu aller plus loin, alors pourquoi ne pas laisser une chance à Nils qui semble prêt à assumer une relation ? Cette fois, je l'embrasse à mon tour, souhaitant définitivement clore la page d'une histoire qui n'a jamais vraiment commencé.

en confiance. Sa main aussi douce qu'un voile caresse mon visage, et quand [illegible] dans le mien, je fonds. À ce moment, [illegible] plus de questions. [illegible] à la dernière. Puis, je [illegible] ses lèvres [illegible] sur ma bouche. [illegible]

[illegible]

CHAPITRE 43
ETHAN

« Il arrive que les fantômes du passé ne vous laissent jamais en paix[28]. »

Graham McNeill

« T'es qu'un putain de drogué ! »

Cette phrase fracasse mon âme. Ça fait plus d'une semaine qu'elle tourne en boucle dans ma tête. J'ai peut-être fait mine d'oublier, mais dès que je suis seul, mes démons remontent à la surface. J'en dors presque plus.

Il me faut un remontant. Mon regard s'arrête sur ma bouteille de rhum qui me nargue depuis l'étagère. Quatre-vingt-dix degrés, c'est exactement ce qu'il me faut pour noyer ce chagrin qui oxyde ma raison. Je porte le goulot à mes lèvres, l'odeur agresse mes narines et me monte au cerveau. J'ai l'impression d'être bourré avant même d'avoir bu. À l'instant où le liquide embrase ma gorge, je suspends mon geste. Je me sens faible d'utiliser l'alcool ou la drogue

---

[28] *Uriel Ventris tome 4 : champ de mort*, Graham McNeill, Bibliothèque interdite, 2010.

dès que quelque chose ne va pas. C'est pas la solution. Du moins, pas cette fois.

Je repense à Isabelle. Toute la semaine, elle m'a évité comme la peste. La dernière fois qu'on s'est parlé, je l'ai blessée, sans lui donner la moindre explication.

Je ne vaux pas mieux que ma mère !

C'est avec Isa que je devrais être, au lieu de siffler ce rhum imbuvable de bon matin ! Je fracasse la bouteille sur le sol, le liquide coule à mes pieds. C'est décidé, je dois lui dire pourquoi je ne suis pas un type bien. Après, elle fera ce qu'elle voudra.

En l'appelant, je tombe sur sa boîte vocale. Je lui laisse un message en lui donnant rendez-vous, ce soir, dans les ruines. Je suis sûr qu'elle viendra, c'est un peu notre refuge.

Le regard perdu dans les vestiges du château, j'attends. Le sol humide mouille mon pantalon, mais je préfère rester assis que d'être debout comme un con. Chaque minute passée diminue mon espoir de la voir. Je lui dois des excuses, j'ai été beaucoup trop dur avec elle.

Je regarde ma montre, déjà trente minutes de retard, elle ne viendra plus. Au moment où je commence à broyer du noir, une branche craque derrière moi. Un point lumineux naît dans mon cœur, réchauffant chacun de mes muscles.

Elle est venue !

Je me lève. Ses petites sandales écrasent prudemment l'herbe. Elle s'arrête à une bonne distance.

Je lui fous la trouille ou quoi ?

— J'ai hésité à venir, tu avais une drôle de voix sur le répondeur...

La sienne tremble d'émotion, j'ai plutôt pas intérêt à jouer les abrutis.

— Je savais que tu viendrais. C'est notre endroit…

— Oh, commence pas. Dis-moi juste ce que tu veux.

Sa méfiance me blesse. En même temps, tout est ma faute, je me suis comporté comme un con.

— OK. Je dois juste te parler d'un truc.

— Je t'écoute, me balance-t-elle en tapotant nerveusement sur son sac.

— Je suis désolé pour la dernière fois. Je t'ai dit que c'était une erreur, et j'ai l'impression que tu l'as mal pris.

Elle se met à applaudir, tout en me répondant d'un ton cinglant :

— T'as l'impression ? Bien joué, Sherlock !

Puis, elle rajoute entre ses dents :

— C'est juste que tu avais envie de m'embrasser, et derrière, t'as pas assumé, c'est tout.

— Oui, j'en avais envie, t'es contente ?! Mais je ne suis pas prêt pour ça.

— Pourquoi l'avoir fait alors ?

Je souffle un bon coup pour ne pas tout foutre en l'air, comme d'habitude.

— J'en sais rien ! J'ai juste besoin de t'expliquer pourquoi je ne suis pas prêt, si tu veux bien m'écouter.

Étonnamment, elle opine.

— Si je te raconte ça, c'est parce que j'ai confiance en toi. Je veux vraiment que tu saches que je me fous pas de ta gueule et que je ne veux pas jouer avec tes sentiments.

Isabelle me fait signe de poursuivre. Va vraiment falloir que je prenne sur moi, car elle ne me facilite pas la tâche. Je ne sais même pas par où commencer.

— Je... je ne suis pas un type bien, finis-je simplement par lâcher.

Je me sens minable.

Ses yeux humides m'interrogent. Je me dirige vers la tour effritée et m'adosse contre la pierre froide, prêt à replonger en enfer.

— J'ai fait des choses dont je ne suis pas fier. Ça fait un peu plus d'un an maintenant…

Je sens que je perds le peu de couleurs que j'ai mais, pas le choix, il faut qu'elle comprenne à quel point je ne suis pas celui qu'il lui faut.

Je ne sais pas ce que je fous dans sa putain de caisse, mais c'est trop tard pour reculer. C'est moi qui ai eu l'idée et je me vois mal faire machine arrière alors que j'ai dépensé assez d'énergie à le convaincre. Mes tripes se tordent dans tous les sens. Je crois que je réalise tout doucement ce qu'on s'apprête à faire.

— Je te fais confiance sur ce coup, mon pote, me lance Jake.

— T'inquiète, je sais ce que je fais. On en a déjà parlé, non ? Le samedi, c'est le jour où il y a le plus de fric dans la caisse.

Nous attendons dans l'habitacle, lumières éteintes. Je regarde le cadran : plus que cinq minutes.

— C'est bientôt l'heure. On s'arrache !

Les portières claquent dans la nuit. Le froid me pique les mains, je les frotte pour les réchauffer. Au fond, je crois que c'est surtout pour me donner du courage. J'enfile ma cagoule et mes gants, Jake m'imite. L'espace d'une seconde, j'entends mon instinct me crier de rebrousser chemin, mais on est déjà allés trop loin. La haine de ces derniers mois brûle ma cage thoracique. Je peine à respirer, et c'est ce sentiment qui me pousse à avancer.

Les stores de devant sont déjà baissés, j'entraîne mon acolyte vers la porte arrière. Elle est ouverte, comme je m'y attendais. Nous nous faufilons discrètement à l'intérieur. Je passe devant, une petite lampe-torche en main. Je me contente du peu de lumière qu'elle nous offre. Heureusement, je connais l'endroit comme ma poche. À chaque mouvement, le flingue qui se frotte contre ma jambe me crie sa présence. J'ai l'impression qu'il pèse une tonne, son contact me tétanise, il devient trop lourd à porter. Un filet de sueur coule le long de mon dos, des frissons gagnent mon torse et mes bras. Je le dégaine, les mains tremblantes, pour le tendre à Jake.

— Qu'est-ce que tu fais ?

— Je ne peux pas, prends-le.

Il me lance un regard désapprobateur. Je tiens toujours l'arme, qui s'enfonce dans ma main. Je me liquéfie sur place. Il faut que je m'en débarrasse.

— On avait dit que c'était toi qui t'en chargeais.

J'insiste en lui répondant à voix basse :

— Prends-le, je te dis.

— Putain, tu fais chier, souffle-t-il en me l'arrachant des mains. Allez, on a assez perdu de temps.

J'avance, le cœur plus léger, me contentant d'éclairer le sol. Quelque chose s'enfonce dans mes côtes, ma peau se déchire, je me retiens de hurler de douleur.

— Putain !

— Qu'est-ce qui t'arrive encore ? me demande mon partenaire, excédé.

Je tâtonne devant moi et constate que je me suis pris le coin de la table.

— Ouais, bah, fais attention. Avance maintenant.

Ma main droite est prise de tremblements incontrôlables, je la fourre dans ma poche pour me calmer.

Au fond, un rai de lumière provenant de l'atelier rampe sous le seuil. On y est.

— Bon, on fait ce qu'on a dit.

Il opine.

Je défonce la porte d'un coup de pied. Todd a le cul collé sur sa chaise, sûrement en train de faire ses comptes. Il lève les yeux de son écran en les écarquillant. Son front se plisse, la peur et la surprise se mêlent dans son regard. Plus possible de me débiner, j'avance d'un pas sûr, même si mon cœur flanche. Il recule son fauteuil en vitesse, se lève péniblement et se plaque contre le mur, le corps raidi.

— Qu'est-ce que c'est ? Qu'est-ce que vous me voulez ? hoquette-t-il d'une voix blanche.

Jake dégaine le flingue, qu'il pointe dans sa direction. Mon ancien patron commence à comprendre dans quel pétrin il se trouve. Sa respiration s'accélère, son ventre rond monte et descend en des mouvements irréguliers.

— Avance et ouvre la caisse ! ordonné-je sèchement.

— S'il vous plaît…

Je ne sens même plus mon cœur battre, c'est comme s'il avait disparu. Todd ne semble pas m'avoir reconnu. Il ferme les yeux en levant les mains, comme s'il voulait dormir et ne plus avoir à se réveiller.

— Ouvre la caisse, je te dis !

Tétanisé, il cligne d'un œil sans bouger. Bon, je vais devoir le faire moi-même. De toute façon, je m'étais préparé à cette éventualité. Ses yeux roulent dans leurs orbites et font de nombreux allers-retours entre lui et la porte. Jake débloque la sécurité de l'arme en un clic métallique terrifiant.

— N'y pense même pas ! le menace-t-il.

Je marche au pas de course jusqu'à la caisse. Je ne sais pas si le code a changé, mais je ne peux pas prendre le risque de le tenter, ça me trahirait. Je vais devoir lui faire cracher le morceau. J'entends Jake le menacer :

— Maintenant, tu vas gentiment nous donner la combinaison.

Pour appuyer ses paroles, il pointe l'arme sur le visage de Todd, qui tremble de tous ses membres. Des gouttes de sueur roulent sur son front, il nous supplie de ses yeux de veau.

— Donne ce putain de code et il ne t'arrivera rien, lui balancé-je, de l'autre bout de la pièce en changeant ma voix.

Même si je lui en veux et que ce type est un salaud, je ne tiens pas à ce que ça dégénère, on a déjà franchi une limite ce soir. Il énumère d'une voix tremblante chaque chiffre. Je compose la combinaison, les doigts tremblants. C'est la même.

Le temps s'arrête au moment où la caisse s'ouvre d'un coup sec. Les billets sont parfaitement alignés, je n'ai qu'à les ramasser. Mes mains sont ankylosées, des fourmis courent jusqu'au bout de mes doigts. J'entends la voix de mon pote me demander ce que je fous.

Un bruit sourd me parvient. Je tourne la tête, aux aguets. Jake et Todd s'écroulent sur le sol, puis un son assourdissant résonne. Je comprends que le coup est parti tout seul. Je plonge derrière la caisse. Une odeur de soufre envahit mes narines, de la fumée obscurcit le bureau. J'ai l'impression de me trouver en pleine scène de guerre. Une guerre que j'ai déclenchée.

— Jake ? appelé-je avec appréhension, tout en restant couché.

J'entends tousser. Ça remue dans le fond de la pièce. Je risque un coup d'œil dans cette direction, Todd secoue la tête. Je me lève à mon tour, la peur au ventre. Mon compagnon, étalé sur le sol, ne bouge plus.

Pas ça, non ! Pas une deuxième fois !

Je plaque la main devant ma bouche. En quelques secondes, ma vie vient de basculer en enfer. Il faut que je me casse de là. Au lieu de ça, je reste debout, les jambes tremblantes, à regarder celui qui vient de tuer mon pote. La haine me tenaille les tripes. Je reprends le contrôle de mon corps, pour le perdre à nouveau. Je cours vers celui qui m'a fait vivre des mois de galère, tout en poussant un cri de rage. Ces dernières semaines de recherches m'ont mis sur la défensive, je n'ai plus qu'un mot en tête : vengeance. Le venin bout dans mes veines et jaillit de mes poings qui s'abattent sur sa peau mollassonne.

— Salaud !

C'est tout ce que je suis capable de dire. J'ai les mains en feu. Les flammes gagnent maintenant mon torse, j'ai atrocement chaud, mais j'ignore cette fournaise. La violence de mes coups redouble. Mes pieds s'y mettent aussi, je me sers de tous mes membres pour le réduire en miettes. Par sa faute, j'ai tout perdu. De toute façon, cette fichue ville n'a jamais rien eu à m'offrir. Mes années de misère s'acharnent sur sa carcasse, il devient l'exutoire de mes souffrances. Sa bouche se tord en une grimace, un filet de sang jaillit de ses lèvres. Je ne ressens rien d'autre que cette douleur qui me pousse à continuer de le frapper, encore et encore. Je prends plaisir à lui faire mal, je veux lui rendre la monnaie de sa pièce. Il suffoque en portant une main à sa gorge.

Je veux le voir galérer. Il saura alors ce que c'est de plonger en enfer pour ne plus remonter. Ce putain de paradis à la surface le narguera, comme il l'a fait avec moi toutes ces années.

Une force me tire en arrière. Mes poings brassent du vent, je ne peux plus l'atteindre. Je tourne violemment la tête pour voir Jake.

— Hé, calme-toi ! Calme-toi !

Je recule comme un malade, mes fesses balayent le plancher. Je suis incapable de lui répondre, tellement mon cœur est compressé. J'ai du mal à réaliser que je me suis à ce point laissé posséder par la violence. Mon dos heurte le mur. Je suffoque sous ma cagoule. Je m'apprête à l'enlever, mais Jake me tient fermement les mains. Je relâche la pression, je n'ai plus la force de lutter.

— Non, pas ici, t'es fou ! Putain, qu'est-ce qui t'a pris ? T'as voulu le tuer ou quoi ?

Je jette enfin un œil vers Todd, étendu sur le sol. Je ne suis même pas sûr qu'il respire encore, je ne vois plus son gros ventre se soulever. Je m'entends demander d'une voix blanche :

— Il... il n'est pas mort ?

— Je crois pas. On avait juste dit qu'on le menacerait, pas qu'on lui réglerait son compte ! C'est toi qui as fixé les règles, en plus !

Une douleur aiguë serpente dans chaque recoin de ma tête. C'est comme si des fils électriques se baladaient à l'air libre dans mon cerveau, cramant un à un mes neurones. Le sol tangue, je réponds, le souffle court :

— Tu ne bougeais plus, j'ai cru que tu t'étais blessé avec le flingue... Même, pire... que t'étais mort !

— Je voulais voir ce que tu branlais. Il a profité d'une seconde d'inattention pour essayer de se faire la malle, je lui ai foncé dessus et je suis tombé. Tout ce que je me rappelle, c'est que le coup est parti tout seul. J'ai perdu connaissance et, quand je me suis réveillé, t'étais en train de le massacrer.

Mon regard s'arrête sur un pan du mur, troué. Dire que j'ai cru qu'il était mort !

— S'il te plaît..., lui demandé-je d'une voix faible, tu peux aller vérifier que tout va bien ?

Je suis vidé. Jake m'assène une tape amicale sur l'épaule, puis s'exécute.

— C'est bon, il respire.

Il ne m'en fallait pas plus pour souffler enfin. Je me lève, chancelant, en me retenant au mur. Jake se précipite sur la caisse encore ouverte, pour ramasser fébrilement les billets. Il fourre le fric dans son sac, m'attrape par le bras et me tire vers la sortie.

— Allez, on se casse !

— Attends.

— Quoi ? répond-il en paniquant.

— On peut pas le laisser, je préviens les urgences.

— Tu veux finir en taule, c'est ça ?

— Il risque de crever si on le laisse comme ça !

— Ça y est, ta conscience revient ? Bravo ! Mais ne compte pas sur moi pour me fourrer dans la merde.

Il avance d'un pas. Cette fois, c'est moi qui le retiens fermement par le bras. Je le plaque contre le mur en murmurant d'un ton hostile :

— Écoute-moi bien, un coup de fil, ça prend deux minutes, OK ? Si tu veux voir la couleur des billets, t'as intérêt à te tenir tranquille.

Il essaie de se dégager. Je renforce ma prise autour de son cou. Jake finit par acquiescer en répliquant :

— T'es un grand malade. Si on se fait choper, ça sera ta faute.

Je décroche le combiné posé sur le bureau, les doigts tremblants, puis compose le numéro des secours.

— Venez vite, il y a eu un cambriolage. Un homme est blessé.

Je donne l'adresse dans la foulée avant de raccrocher. Nous nous lançons un dernier regard, puis courons vers la sortie.

À peine sommes-nous dans sa voiture qu'il démarre, comme s'il avait le diable aux trousses. Une fois loin de tout ce bordel, mon ami se gare devant un entrepôt désaffecté. Le silence des lieux mêlé à la nuit augmente mon stress. Ici, l'air semble toxique. Nous jetons un coup d'œil aux alentours. J'ai les mains qui tremblent, mon cerveau bout. Je mets deux fois plus de temps que lui à compter. J'ai clairement l'impression de ne servir à rien.

— Quinze mille dollars ! Quinze mille dollars ! scande Jake en sentant l'oseille à pleines narines.

Je pensais me réjouir avec lui. Finalement, je ne suis pas aussi soulagé que je l'aurais cru. Le juste retour des choses aurais-je pensé quelques heures plus *tôt, mais mon cerveau n'est plus en accord avec ce principe. Je ne sais plus où j'en suis. Pour la première fois depuis des années, je me dégoûte.*

Je reste silencieux quelques instants, le temps de digérer. Je ne sais pas si je serai capable de tout lui raconter. Elle m'a écouté jusque-là, et la rancœur semble l'avoir quittée.

— Vous ne vous êtes pas fait arrêter ?

Je secoue la tête en tremblant.

— C'était ton ancien patron, si je comprends bien ?

— Ouais, j'avais même pas dix-sept ans quand j'ai arrêté le lycée. J'ai trouvé des jobs au noir pour ramener du blé, jusqu'à ce que je décroche ce taf de garagiste. Au début, ça se passait bien, mais ça a vite dégénéré.

— Pourquoi ? demande-t-elle d'une voix douce.

Tous nos accrochages me reviennent en mémoire. J'ai haï ce type et, visiblement, je n'étais pas le seul.

— Il était infect, il nous pourrissait la vie. Un jour, les choses ont vraiment dégénéré, j'ai pas pu me retenir. Je l'ai plaqué contre un mur et je lui ai craché en pleine gueule. Ç'a été la seule fois, après ça, il m'a viré.

— Tu as eu de la chance qu'il ne porte pas plainte !

— De la chance ? On va dire que, sur le coup, ça m'a plutôt soulagé de ne plus avoir à bosser pour lui. J'ai commencé à chercher ailleurs, mais il avait déjà appelé tous les concessionnaires du coin, et personne n'a voulu m'engager. J'ai rien trouvé d'autre. Pourtant, c'est pas faute d'avoir essayé ! Ce qu'il y a aussi, c'est que la situation économique de Camden n'a jamais été folle.

Isabelle se mord la lèvre inférieure, navrée. Eh oui, tout le monde n'a pas la chance d'avoir une vie de princesse dans un quartier tranquille comme le sien.

— De nombreux meurtres y sont recensés chaque année ; là-bas, les politicards puent la corruption. J'ai vu et entendu des choses que tu ne pourrais même pas imaginer. Bref, après des mois de recherches, j'ai commencé à perdre les pédales. Tous les jours, je me disais : « Je vais trouver un fichu job aujourd'hui, je prendrai le premier qui me tombe sous la main ». J'ai commencé à désespérer et à rejeter la faute sur Todd. Je savais que c'était ma faute s'il m'avait viré, mais s'il n'avait pas été aussi con et rabaissant, je n'aurais pas perdu patience ! Et puis, quand tu commences à broyer du noir, tu ne penses plus à tout ça, juste à te venger...

— Et c'est pour ça que vous l'avez braqué, conclut-elle.

— Ça tournait en boucle dans ma tête, ça faisait des mois que je voulais rétablir la justice. Ce connard n'a jamais eu de soucis financiers, alors oui, j'ai pensé à ça. J'ai convaincu un de mes potes de galère, Jake.

— Il a accepté aussi facilement ?

— Il n'a pas été difficile à convaincre. À lui aussi, personne ne lui laissait sa chance. Le samedi, Todd quittait toujours le garage en dernier. C'était le jour où il y avait le plus de fric dans la caisse, parce qu'elle contenait toutes les recettes de la semaine. Alors, on a monté le coup... La suite, tu la connais.

Elle hoche gravement la tête.

— Le truc, c'est que ça ne s'arrête pas là…

— Tu veux dire qu'il y a pire ? Qu'est-ce que t'as fait ?

Son ton devient plus grave, je perçois dans ses yeux tout le dégoût que je lui inspire. C'est la première fois qu'elle me regarde de cette façon, et je dois avouer que ça me tord les tripes. Est-ce que je vais réussir à lui avouer cette putain de vérité qui me ronge depuis plus d'un an ?

J'allume un joint pour me donner le courage de continuer. Il faut que je lui dise, ça me soulagera. Au moins, elle saura à quel point je suis pourri de l'intérieur. Je réfrène l'envie de lui prendre la main. Son visage est aussi glacial que mon humeur, je ne tiens pas à me prendre un vent.

— Quelques jours plus tard, il est sorti des urgences…

Je respire en tremblant, c'est tellement dur d'extraire ce poison de mes veines.

Je déambule dans le cimetière, mes pas me portent devant une pierre tombale. La pluie coule sur le marbre gris, je suis trempé. Les larmes du ciel n'effacent pas ma tristesse.

Je rouvre les yeux face à ce souvenir. Isabelle me regarde, l'air peiné. Au bord de la falaise, je me libère de mes chaînes, prêt pour le grand saut. Je sais qu'une fois que je me serai confié à elle, je ne pourrai plus revenir en arrière, mais je suis déterminé à accepter les conséquences que ça peut avoir sur notre amitié, ou quel que soit le lien que nous avons construit.

— Une semaine après qu'il est rentré... il s'est suicidé.

Mon ton froid est tranchant. Je préfère passer pour un sans-cœur plutôt qu'elle remarque à quel point ça m'affecte.

— Oh.

C'est tout ce qu'elle trouve à dire. En même temps, je la comprends, on ne sait jamais vraiment comment réagir quand on vous lâche une bombe pareille.

— Et comment ? Je veux dire... comment il s'est suicidé ?

— Il s'est pendu.

C'est comme si je sentais la corde rêche autour de mon propre cou.

— J'ai lu dans le journal que c'était la troisième fois qu'il se faisait braquer, mais que c'était la fois de trop. J'en savais rien !

Cette fois-ci, je lui prends la main, fébrile, et lui dis bien distinctement :

— Si j'avais été au courant qu'il s'était déjà fait braquer, crois-moi, je n'aurais rien fait !

— Même si tu étais en colère ?

— J'étais pas en colère, j'avais la haine ! Si tu savais comment il m'a rabaissé, plus d'une fois, devant les clients, tout ça parce que je venais d'un quartier pauvre et que monsieur avait une meilleure situation ! De toute façon, il est là, le problème, dans ce foutu monde. On en revient toujours à l'inégalité entre les classes sociales ! C'est pour ça que je lutte comme je peux contre tous ces friqués. Pour une fois, je voudrais une justice ! Et pour répondre à ta question, si j'avais su, j'y aurais réfléchi à deux fois, en tout cas. Tout ça, c'est ma faute…

Isabelle appuie la main contre le mur derrière moi, tandis que ses doigts viennent se greffer sur mon torse. Je me sens tellement mieux quand elle est proche de moi !

— Tu ne pouvais pas prévoir…

— Tu ne comprends pas que je suis responsable de sa mort ? C'est à cause de moi, putain ! Depuis qu'un autre concessionnaire avait ouvert ses portes et lui avait pris une bonne partie de sa clientèle, il avait des dettes qui commençaient à s'accumuler, et les braquages l'ont mis K.-O.

— Qu'est-ce que tu as fait de l'argent ?

Les commissures de ses lèvres tremblent.

— Le soir où je l'ai braqué, je pensais que ça me soulagerait. Tu parles, ça n'a fait qu'empirer. Quand j'ai appris sa mort, j'ai été dévasté, impossible de garder le fric. La seule au courant, c'est ma mère. Elle a trouvé l'oseille dans une de mes planques, j'ai dû tout lui avouer. J'ai été rongé par la culpabilité et j'ai forcé Jake à me le rendre. Il a refusé, on s'est battus et je l'ai menacé de tout avouer aux flics s'il ne m'écoutait pas. Pour moi, c'était des billets sans couleurs. Sur le coup, j'en avais rien à foutre d'aller en taule, je voulais payer pour ce que j'avais fait. Il m'a rendu l'autre moitié du blé et, un peu après l'enterrement, je suis allé le déposer dans la boîte aux lettres de sa veuve. Ma mère a eu tellement honte et peur que je me fasse gauler qu'on a décidé de déménager. C'est quelque chose qu'on avait toujours voulu, au fond. On n'en pouvait plus de ce trou à rat. On avait besoin d'un nouveau départ pour se reconstruire loin de toute cette merde.

Pendant tout ce temps, elle m'a écouté attentivement. J'ai peur de la perdre, mais j'avais besoin d'être sincère au moins une fois dans ma vie.

— Il n'avait pas dépensé l'argent ?

— Si, Jake avait déjà cramé une partie, apparemment, mais je ne lui ai pas laissé le choix.

— Écoute, Ethan, c'est pas ta faute. D'accord, t'as fait une connerie, une grosse même, mais s'il en est arrivé là, c'est qu'il souffrait déjà avant.

— J'ai été l'élément qui a tout déclenché.

— Il devait y penser depuis un moment, ça ne vient pas comme ça. Tu ne connais pas ses antécédents, alors arrête de culpabiliser.

Depuis que je me suis confié, ça va déjà mieux. J'avais besoin d'en parler à quelqu'un d'extérieur, quelqu'un qui ne me jugerait pas comme ma mère.

— T'as sûrement raison. D'ailleurs, tu es la seule à qui j'en ai parlé.

— Et ça me touche beaucoup, murmure-t-elle, les larmes aux yeux.

Isabelle est tellement touchante qu'un flot d'émotion envahit ma poitrine. Je ne sais plus vraiment ce que je ressens pour elle.

— Je voudrais effacer ma connerie, mais c'est impossible. J'ai envie d'avancer sans que mon maudit passé me mette des bâtons dans les roues. Tu sais, maintenant que je t'ai dit tout ça... je comprendrai si tu veux plus me parler.

— Je ne te juge pas ! Tu as conscience que ce que tu as fait est mal et je pense que tu as été suffisamment puni comme ça. Je n'ai pas connu l'ancien Ethan, et il ne m'intéresse pas, contrairement au nouveau que je connais, car c'est un type bien.

Ses petits doigts pressent fort ma main. Pour la première fois, je sens mon cœur de glace se transformer en boule de feu.

— Je comprends pourquoi tu ne te sens pas prêt à entamer une relation, tu n'as pas fait le deuil de ton passé.

— Je voulais que tu comprennes à quel point je suis pas un type bien, mais maintenant, tu me fais douter.

— Tu défends de belles valeurs, c'est ce que j'aime chez toi.

— Si tu veux qu'on reste amis, t'es prête à faire comme s'il ne s'était rien passé ? lui demandé-je, suspicieux.

Ses yeux s'emplissent de douleur quelques instants, puis ses lèvres s'étirent en un sourire triste.

— Qu'est-ce qu'il s'est passé ?

Isabelle éclate de rire et je souris pour faire bonne figure. Au fond, j'admire son courage.

— Ça te dit quand même qu'on se voie le week-end prochain ? lui proposé-je.

D'un coup, elle pâlit. Je lui prends les mains et l'attire contre moi.

— C'est juste que… je vois quelqu'un d'autre, dit-elle.

Je fais en sorte de rester calme. Déjà, la dernière fois, elle m'a mis en rogne, et la voilà qui recommence !

— Encore ce Nils ? Et vous allez où, cette fois ?

— À Palorem.

Les poils se hérissent sur mes bras. Isa m'avait dit que c'était là qu'habitait ce fils de pute.

—Tu le vois souvent, en ce moment…

— Les choses ont changé.

Elle passe une main sur son ventre, ça n'a vraiment pas l'air d'aller.

— Vas-y, explique !

— C'est… mon petit ami.

Je recule, interdit. Le sol se dérobe sous mes pieds.

— Ton quoi ? la questionné-je d'une voix blanche.

Je me sens tellement stupide. Comme si sa réponse allait changer ! Je m'accroche à l'espoir d'avoir peut-être mal entendu.

Elle répète les mêmes mots en évitant mon regard. Ils me font l'effet d'une balle de plomb dans l'estomac. Il faut que je réagisse, je ne peux pas rester là, comme un con ! Je passe la main dans mes cheveux.

— Et depuis quand tu sors avec ce… avec lui ?

Ses yeux se plissent, elle a l'air de vivre un supplice, mais c'est pas mon problème, je veux juste qu'elle assume !

— Une semaine.

Elle n'a pas perdu de temps !

Je savais qu'il voulait être plus que son ami. Il attendait, dans l'ombre, le bon moment. Écœuré, j'écourte notre conversation et l'emmène à l'arrêt de bus le plus proche.

Bah, oui, je vais pas la raccompagner chez elle, en plus !

CHAPITRE 44
ISABELLE

« La fausseté des sentiments, c'est comme un serpent qui rampe sous ta peau. Mieux vaut le laisser sortir que de t'empoisonner le cœur. »

Cyndra O'Hara

Le canal serpente le long des allées bordées de maisons. Nous terminons notre promenade à proximité d'un grand parc. Le soleil couchant caresse ma peau, me prodiguant ses bienfaits. Nils glisse ses beaux yeux bleus dans les miens. Je me perds dans leur intensité. Ses lèvres sont aussi douces que du miel. J'essaie d'accentuer notre baiser, de le rendre plus intense, mais il conserve une certaine retenue. En revanche, son étreinte me procure une douce chaleur, je fonds dans ses bras.

Avec lui, je me sens sereine. Je n'appréhende pas l'avenir, car je sais qu'il sera fluide et paisible, comme ce canal. Depuis que je sors avec Nils, j'essaie de toutes mes forces de ne plus penser au jour où j'ai découvert la chambre d'Eileen. Mes parents n'ont pas remis le sujet sur la table, aussi, je vais devoir me débrouiller seule si je veux en apprendre plus. J'ai rangé ma douleur dans un coffre que j'ai fermé à double tour.

J'avais envie d'en parler à Ethan, surtout après avoir décidé de laisser une chance à notre amitié, mais j'ai réprimé mes émotions. Ce qu'il m'a avoué au sujet du braquage m'a bouleversée. Je comprends la culpabilité qui le ronge, il n'est pas prêt à se mettre en couple. J'aurais été prête à l'attendre le temps nécessaire, mais je sors avec Nils maintenant, et je suis sûre que cette relation équilibrée est bien plus saine pour moi. Je sais qu'il ne me décevra pas.

— C'était une belle journée, soupiré-je, émue.

Un sourire se peint sur son visage. Il ronronne :

— Oui, c'est sûr qu'avec une fille comme toi, on ne peut que passer un bon moment.

Ses mots me ravissent, je lui souris à mon tour. Cette après-midi, il m'a fait visiter le campus de son université et je dois dire que c'était incroyable ! Les grandes maisons débordantes d'étudiants, les restaurants et la grande bibliothèque, véritable temple de la connaissance ! Nils ne vit pas sur le campus, ses parents lui payent un appartement.

Nous terminons notre tour en passant par les plus beaux endroits de la ville : la mairie et son emblématique horloge aux chiffres romains, les allées de restaurants aux allures chic, et l'église dont le dôme turquoise concurrence à merveille le ciel.

La nuit s'invite sur la plage. Au loin, Palorem Beach resplendit de lumière. Les reflets argentés de l'astre scintillent sur la surface de l'eau. Le souvenir d'Ethan et moi, batifolant le jour de mon anniversaire, se rappelle à moi. Je nous revois nous poursuivre sur le sable, et nous rafraîchir dans l'océan, dans les bras l'un de l'autre. Je m'efforce de penser à autre chose, tout en raffermissant mon bras autour de celui de Nils.

L'air commence à se rafraîchir, je frissonne sous ma veste. Il semble le remarquer, puisqu'il me frotte vigoureusement les mains.

— Il commence à faire froid. Tu veux qu'on rentre ?

Je sais qu'il est temps d'aller chez lui et c'est non sans stress que je le suis, ma main dans la sienne. Un large bâtiment tout en hauteur domine la côte. Nous empruntons de petits escaliers taillés dans la pierre.

Quelques instants plus tard, je patiente tandis qu'il cherche ses clés dans sa sacoche.

— Ah, les voilà !

Il les agite sous mon nez en me lançant un clin d'œil coquin.

Un pachira au tronc torsadé dort à côté d'un écran plasma encastré dans le mur. Une grande baie vitrée fait le tour des lieux. Je m'en approche, admire sans ciller la vue imprenable sur l'océan. D'ici, il semble embrasser le ciel à l'infini. J'ai l'impression de flotter au-dessus des vagues.

— Tu viens ?

La cuisine éclairée par de petites lampes en inox est séparée de la pièce à vivre par une épaisse cloison.

— Qu'est-ce qui te ferait plaisir ?

Nils ouvre son réfrigérateur. Les aliments s'entassent, pêle-mêle, sur les étagères.

— Je pensais que le frigo des étudiants était moins rempli.

— Je fais souvent les courses, et mes parents m'aident beaucoup.

Fils à papa... Les paroles d'Ethan me frappent de plein fouet. Je détourne le regard pour essayer de penser à autre chose. La tête ailleurs, je me perds dans la contemplation de la colonne en marbre gris, accolée au mur. J'entends vaguement le mot « pizza ».

—... faites maison, ça te dit ?

— Hein ? Euh, oui, bien sûr.

Je propose de l'aider, mais il m'ordonne de rester assise. Je le regarde préparer la pâte. D'humeur joviale, je plonge la main dans le sachet de farine et étale le contenu sur son tablier. M'attendant à être attaquée à mon tour, je me cache derrière la cloison. Quelques instants plus tard, je risque un œil dans la cuisine. Il continue son travail comme si rien ne s'était passé.

— Dis donc, j'ai lancé les hostilités, je m'attendais à avoir un peu de farine au moins dans les cheveux.

— Tu ne crois pas qu'on a passé l'âge ?

J'ouvre la bouche pour répliquer, puis me ravise. C'est pas parce qu'il fréquente l'université que c'est une raison pour être aussi sérieux !

La poudre qui virevolte autour de son visage le rend diablement sexy. Une petite moustache blanche s'est formée au-dessus de ses lèvres.

— Oh, attends, tu as de la farine.

— Où ça ?

— Juste là.

Je l'époussette et en profite pour lui lécher la peau. Sa réaction ne se fait pas attendre, il m'embrasse avec vigueur.

— J'ai du mal à me concentrer quand t'es là.

— Ah oui ? réponds-je d'une voix enjôleuse.

Ses joues rosissent pendant qu'il met la pâte de côté.

— Bon, je reviens, je vais prendre une douche. Si tu veux, tu peux allumer la télé, fais comme chez toi.

Je regagne le salon, puis me laisse choir sur son canapé aux bordures bleues. Le tapis duveteux me mange les pieds. Après un temps interminable, Nils revient enfin, une serviette pliée autour du cou. Des perles d'eau gouttent le long de sa chevelure blonde.

— Tu as vraiment un très bel appart.

Il me prend les mains, je baisse la tête en rougissant.

— Merci, c'est vrai que je l'ai plutôt bien arrangé.

Une fois les deux pizzas cuites et englouties, je l'aide à débarrasser et vais me lover ensuite contre lui devant la télé.

Les minutes défilent, collés l'un contre l'autre. Je commence à m'assoupir, quand mon portable vibre dans la poche de mon jean.

[Hey, je m'ennuie ici. Je pourrais venir te chercher si ça te tente ?]

Mon cœur joue du tambour dans ma poitrine. Je pianote fébrilement pour répondre à Ethan :

[Hello, ça aurait été sympa, mais ce soir, je ne peux pas.]

Sa réponse ne se fait pas tarder.

[Toujours avec ton gars ?]

Je lui réponds dans la seconde.

[Oui.]

[Chez lui ?]

Je lui confirme ce dont il se doute en lui demandant s'il est disponible demain. Les minutes passent, mais pas de réponse. Tant pis ! Je réveille Nils, souhaitant oublier Ethan.

— Oh, désolé, bébé !

Je le regarde bizarrement. C'est la première fois que j'ai droit à ce surnom, et ce n'est pas pour me déplaire.

— Ça ne te dérange pas que je t'appelle comme ça ?

Je secoue la tête.

— Je ne sais pas ce qui m'a pris de m'endormir. Je vais m'occuper de toi maintenant.

Ses yeux pleins de promesses brillent d'une infinie tendresse. Sa main glisse comme du velours sur mes joues. Excitée, je presse mes lèvres contre les siennes. Il les entrouvre, réceptif, et nos langues font connaissance. J'éprouve du plaisir, mais je sens qu'il manque quelque chose. Désirant plus, je me presse davantage contre lui en soulevant légèrement son haut. Sa peau chaude enflamme le creux de ma main. Mes doigts courent sur son torse, avant de descendre plus bas. Nils se débarrasse de sa ceinture, sa bouche dans mon cou.

— On va dans ma chambre ? halète-t-il entre deux baisers.

J'acquiesce, dans un souffle. Il me prend aussitôt dans ses bras et ouvre, non sans difficulté, la porte de son antre. Debout près de son lit, nous prolongeons notre étreinte. Je passe la main sur le sommet de son crâne, puis m'éloigne en chancelant pour l'admirer. Ses cheveux en bataille, à l'instar de sa coiffure toujours impeccable, le rendent incroyablement sexy. Son tee-shirt blanc est simple, mais efficace : il moule à la perfection son torse musclé, qui semble m'appeler.

Mon regard s'arrête sur ses lèvres enflées par nos baisers. Nils m'attrape avec fougue en me faisant basculer sur son lit. Ce petit élan sauvage attise mon excitation. Ses baisers se font plus ardents, ses mains gagnent du terrain. Je l'aide à enlever son haut pendant que ma langue se balade de ses biceps à ses épaules. Ses yeux capturent les miens, il me fixe de longues secondes, l'air décontenancé.

— Je crois que je suis en train de tomber amoureux de toi.

Une boule se forme au fond de ma gorge. Il ne me laisse pas le temps de répondre, continue de m'embrasser, ne semblant pas remarquer mon malaise. Je voudrais lui dire que je tombe moi aussi amoureuse, mais quelque chose m'en empêche.

Une secousse me ramène à la réalité. Je réalise qu'il frotte son excitation sur moi, vêtu d'un simple caleçon. Mon corps se raidit, j'ai peur. Je ne veux me donner à lui qu'au moment où je serai sûre de mes sentiments. Pour l'instant, c'est trop confus.

— Tu pleures ?

Ses doigts parcourent mes joues humides. Je ne m'en étais même pas rendu compte.

— C'est juste que je veux le faire quand je serai prête.

— C'est ta première fois, c'est ça ?

Je hoche doucement la tête, les yeux perdus dans le vide. Ses mains encerclent mon visage, il pose un baiser humide sur mon front.

— Je ne veux pas te mettre la pression, j'attendrai le temps qu'il faudra.

Il m'embrasse une dernière fois avant de s'étendre à mes côtés. Je pose la tête contre sa poitrine en me concentrant sur les battements réguliers de son cœur.

CHAPITRE 45
ETHAN

Frozen inside without your touch
Without your love, darling
Only you are the life among the dead[29]
Bring Me To Life, Evanescence

[Je suis à Palorem.]

Un frisson court le long de ma colonne vertébrale, c'est là où M. Parfait habite.

Qu'est-ce qu'elle fout encore là-bas à cette heure-ci ?

[29] *« Gelée de l'intérieur sans ton contact*
« Sans ton amour, chéri,
« Toi seul représentes la vie parmi les morts », traduit de l'anglais.

Je respire profondément pour essayer de me calmer. Je sais qu'il y a pas mal de bars sympas dans le coin, peut-être qu'ils boivent un dernier coup avant de prendre la route ? Pourtant, c'est plus fort que moi, j'ai besoin de savoir.

[Chez lui ?]

[Oui.]

Ce dernier message me donne un coup à l'estomac. Allongé dans mon lit, j'ai l'impression de chuter d'une falaise. J'ai attendu toute la soirée, les nerfs à vif, pour qu'elle me dise ça ?

— Merde !

Je balance mon portable à travers la pièce, celui-ci s'éclate contre le mur. Je me lève d'un bond, incapable de rester en place.

Alors comme ça, il l'a ramenée chez lui ?

Je tourne en rond dans ma chambre, imaginant des scénarios macabres où ce fils à papa fait les frais de ma haine. S'il l'a invitée chez lui, c'est pour la baiser. J'en attends pas moins, c'est de ce genre de type dont il faut le plus se méfier. Il cache son jeu pour mieux berner son petit monde.

Je replace ma batterie à l'arrière de mon téléphone, le referme d'un coup sec et appelle Jason, la voix tremblante.

— Vous êtes où ?

— On fait une partie de poker au Drinks Club Foley, tu veux passer ?

Un poker ? Parfait !

— OK, j'arrive. À tout de suite.

Je raccroche et finis de lacer mes rangers. Quand il m'a proposé de venir, un peu plus tôt, j'ai préféré rester à la maison. Au final, j'aurais mieux fait d'y aller. Un nouveau message d'Isabelle s'affiche sur l'écran, je fourre mon portable dans ma poche sans le regarder et finis de me préparer.

Les cartes, les jetons et le fric gisent sur le tapis. Jason nous a trouvé un coin privatif dans une des salles du haut. Nelson et Michael s'amusent à faire des ronds de fumée en attendant leur tour, tandis que la nouvelle conquête de Kyle me fixe, un petit sourire en coin. Je sais ce qu'elle essaie de faire, elle veut me distraire avec son décolleté jusqu'au nombril. Ça ne m'intéresse pas, je ne suis pas comme lui, moi !

— Bon, Ethan, qu'est-ce que tu fous ? C'est à toi !

Ça fait plus d'une heure que je suis là, et j'arrive toujours pas à me concentrer. Je ne suis pas le meilleur au poker, mais d'habitude, je me débrouille. Je regarde attentivement mon jeu, il est mauvais.

Des images de ce Nils allongé sur elle m'inondent. Je serre les poings, j'ai envie d'envoyer tout valser, pourtant, je me contiens, je ne tiens pas à passer pour un timbré.

— Je me couche, soupiré-je.

— Quoi, tu passes ton tour ? s'écrie Nelson en relâchant sa clope.

J'acquiesce en croisant les bras.

— Tu ne joueras pas avant la prochaine manche, tu vas perdre ta mise.

Je pensais oublier en jouant. Qu'est-ce que j'ai pu me tromper !

— Ça ne te ressemble pas, s'étonne Jason en arquant un sourcil.

— J'en ai rien à foutre de perdre, c'est que du fric, merde !

L'atmosphère se glace. Tout le monde se tourne vers moi avec des yeux ronds, je me précipite dehors en m'excusant.

Je décide enfin d'ouvrir son message, peut-être qu'elle est rentrée, finalement.

[Demain, on peut se voir si tu veux…]

Je me retiens de balancer mon téléphone une nouvelle fois. OK, il est solide, mais encore quelques coups comme ça et il ne survivra pas.

Demain…

Ce mot tourne en boucle dans ma tête. Qu'est-ce que ça veut dire ? Qu'elle rentre chez elle ou qu'elle va se faire tringler toute la nuit par l'autre bouffon ?

J'entends la porte s'ouvrir dans mon dos, Jason me rejoint en allumant une clope.

— Qu'est-ce que ça peut faire que je passe mon tour, sérieux ?

Il se plante devant moi avec un air grave que je ne lui avais jamais vu.

— T'as beau prendre ton expression indéchiffrable, tu ne me berneras pas, alors crache le morceau.

Je le regarde, étonné. Jason a l'air de bien me connaître, n'empêche !

— C'est… Isabelle ? risque-t-il.

Bingo !

Les mains dans les poches, j'avoue, penaud.

— Cette fille te torture, on dirait. T'es sûr que c'est une bonne idée que tu continues de la voir ? Tu devrais peut-être passer à autre chose ?

À l'entendre, on pourrait croire que je sors avec elle ! J'éclate de rire en répétant sa dernière phrase.

— Il n'y a rien entre nous.

— Oh, vraiment ?

— Ouais, je t'assure. De toute façon, j'ai pas à me justifier.

— Tu veux me faire croire que tu te mets dans cet état pour elle, mais que tu ne l'aimes pas ? Tu me prends pour un abruti ?

Il m'énerve, à tout confondre !

— C'est pas ça, putain !

Les yeux de Jason me foudroient. Pourquoi il prend les choses tant à cœur ?

— Arrête ton char, t'es fou d'elle !

Je continue de nier. Il monte en pression. D'un coup, je sens ses mains agripper mon col. Je ne le reconnais plus, son teint est livide. Quand je sonde son regard pour essayer de le raisonner, ses pupilles sont vides, dépossédées de son âme. Ma gorge se contracte.

— Jason…

Quelques secondes plus tard, ses yeux se raniment. Il reprend peu à peu ses esprits, relâche sa prise.

— Excuse-moi… J'aurais pas dû, lâche-t-il d'une voix blanche.

Je lui fais signe que tout va bien, encore troublé.

— Qu'est-ce qui t'a pris ?

— R… Rien.

— Tu t'es pas énervé comme ça pour rien, alors maintenant, tu vas me dire ce qui se passe.

Il s'assied sur le rebord du trottoir. Je reste debout, les bras croisés, déterminé à avoir une réponse.

— Tu sais pas la chance que t'as d'aimer et d'être aimé, et toi, tu fous tout en l'air, tout ça à cause de ta fierté mal placée !

— Pourquoi tu le prends comme ça ? Après tout, ça me regarde.

— Il vaut mieux avouer tes sentiments, avant qu'il soit trop tard…

— T'as été amoureux, c'est ça ?

— J'ai pas envie d'en parler ! Fais juste attention, c'est tout, répond-il en se levant.

— Si ça te tient tant à cœur, pourquoi tu n'essaies pas de revoir Jessica ?

— Mais c'est prévu, t'inquiète ! C'est juste qu'avec elle… je veux faire les choses bien.

Il vient s'adosser à côté de moi contre le mur. Pendant quelques minutes, on prend le temps de se rouler un joint sans parler. Le silence nous détend. Au bout d'un moment, je finis par lâcher :

— Je veux juste la protéger.

— De quoi ?

— De lui ! explosé-je en envoyant mon poing contre la porte.

Elle vibre, avant de s'immobiliser à nouveau. Jason me fixe avec un mélange de pitié et de compassion.

— Qui ça ?

— Un fils de bourge à la con. Elle est en couple avec lui.

— Pourquoi ça te fait chier, si tu l'aimes pas, comme tu le dis si bien ?

Putain, il perd pas le nord, lui !

— Parce qu'elle est naïve et je ne veux pas qu'il profite d'elle. Ça me rend dingue, ajouté-je en donnant un coup de pied dans le vent.

— Pourquoi il profiterait ? Elle est assez grande pour prendre ses décisions.

Je ne supporte pas cette idée, même si c'est la vérité. Je suis pris au piège ici, pendant qu'elle passe sûrement le meilleur moment de sa vie, les jambes écartées. Je brandis mon téléphone et agite sous le nez de Jason les messages.

— Elle est chez lui, là !

— Ah oui, quand même…

De nouveau, je sens la haine prendre le pas sur ma raison.

— Je ne sais pas s'il la ramène ou si elle crèche chez lui… Ça me rend fou.

— Bah, demande-lui, me sort-il, comme si c'était une évidence.

Oui ! Comme ça, elle va vraiment croire que je m'intéresse à elle !

— De toute façon, vu l'heure qu'il est, elle va dormir là-bas… Enfin, dormir…

— Malheureusement, t'as pas d'autre choix que d'attendre jusqu'à demain. Je trouve ton comportement malsain…

Au fond, il a peut-être raison, mais jamais je ne l'avouerai.

— C'est moi qui suis malsain ? S'il la baise, il va sûrement la jeter après. Elle mérite pas ça ! Je vais péter un plomb.

— Tu ferais mieux de péter tout court.

Ses yeux rieurs me sourient, je vois bien qu'il essaie de détendre l'atmosphère. Je trouverais presque ça amusant mais, vu la situation, j'ai pas envie de rire.

— Tu trouves ça drôle ?

— Tu devrais te calmer, tu prends trop les choses à cœur.

— Peut-être, mais je ne veux pas qu'elle soit avec lui !

— Et qu'est-ce que tu vas faire, hein ? Débarquer là-bas ?

— Bonne idée, tiens !

Ni une, ni deux, je monte dans ma voiture sans lui laisser le temps de répondre. Je le vois courir dans mon rétro.

— Eh, attends ! Où tu vas ?

Je roule dans la nuit sans savoir où je vais. D'un côté, j'ai envie de débarquer à Palorem pour casser la gueule à ce mec et emmener Isabelle, de gré ou de force. D'un autre, je ne sais pas où il habite et me vois mal frapper à toutes les portes des beaux quartiers en pleine nuit. J'aurais l'air de quoi ? D'un fou ?

C'est peut-être ce que je suis.

J'ignore les appels à répétition de Jason et finis par éteindre mon portable que je jette sur le siège arrière. Je pousse le moteur à son maximum. À travers le pare-brise, les arbres et les lampadaires défilent dans un mélange de vert et de jaune. Je ne contrôle plus rien, tout ce que je vois, c'est ce grand blond qui entre de plus en plus profondément en elle, et Isabelle qui noie son lit de ses cris de plaisir.

Le plaisir d'être avec un connard.

Ces images me torturent, je commence à me demander si Jason n'avait pas raison… Je secoue la tête, incapable de réfléchir correctement. Imaginer d'autres mains que les miennes se poser sur elle me donne des envies de meurtre.

Je la désire, c'est tout, et j'ai horreur de partager ce qui m'appartient.

Bon, d'accord, elle ne m'a jamais appartenu, mais j'ai l'espoir qu'un jour, c'est moi qui la posséderai. Je décide finalement de ne pas aller là-bas. À quoi bon ?

Je retourne à Wilnoh squatter un des parcs du centre. Je déambule comme un automate dans l'herbe humide, puis pose mon cul sur un banc. Si le froid peut m'empêcher de réfléchir, je resterai là toute la nuit. Au bout d'un moment, les images s'effacent. Je m'allonge de tout mon long sur le bois frais, le regard perdu vers les étoiles. Le souvenir de Will et Jenny en train de me sourire m'apaise et me plonge doucement dans le sommeil.

Un aboiement de chien me fait ouvrir les yeux. Je les referme aussitôt, aveuglé par la lumière du jour. La surface sur laquelle je suis allongé est rigide et me fait mal au dos. Je me rends compte qu'il s'agit d'un banc.

Qu'est-ce que je fous dehors ?!

Je me redresse, les mains en visière, le dos courbaturé. Les souvenirs d'hier remontent à la surface. Je regarde autour de moi. Je ne sais pas quelle heure il est. Des passants se promènent, certains me dévisagent avec dédain. J'ai sûrement l'air d'un clochard. Je ne supporte plus tous ces bourges. Si je ne me retenais pas, je leur foutrais à tous une bonne dérouillée, c'est tout ce qu'ils méritent.

Je retourne à ma voiture et attrape mon téléphone sur la banquette arrière. J'ai plus de vingt appels manqués de mes amis et j'ai reçu une bonne dizaine de messages. Je leur répondrai plus tard. Pour l'instant, je veux juste savoir si elle est chez lui ou pas. Je prends mon courage à deux mains et lui envoie un texto. Elle me répond qu'elle est disponible. J'aurais préféré la voir ce soir, mais je dois savoir si elle a passé la nuit avec lui. Les doigts fébriles, je compose, le cœur au bord de l'implosion :

[Cool, si tu veux, on peut manger ensemble ce midi. T'es chez toi ?]

J'appuie sur « envoyer » et j'attends sa réponse, le portable entre les mains.

CHAPITRE 46
ISABELLE

Le temps s'arrête, le temps d'une valse,
Les secondes se figent quand je sombre dans le chaos de ton amour.

Cyndra O'Hara

J'émerge des brumes du sommeil. Un timide rayon de soleil pénètre à travers les stores gris assortis au pourtour de la fenêtre. Au fond de la pièce repose un spacieux bureau sur lequel se trouvent seulement un carnet, un cahier et un ordinateur portable. Je risque un regard vers Nils. Il dort à poings fermés, sa poitrine se soulève avec douceur. On dirait un dieu de l'Olympe. Tout est tellement beau chez lui, de son teint de pêche à sa chevelure de blé mordant légèrement le haut de son front, sans oublier ses longs cils clairs.

Je marche sur la pointe des pieds, ne souhaitant pas troubler son sommeil. Je fais glisser la fenêtre coulissante et découvre un petit balcon. L'air frais tonifie mon corps en même temps que mon esprit.

Derrière moi, la baie vitrée se rouvre, m'extirpant de mes pensées.

— Bonjour, toi.

Son torse vient s'appuyer contre mon dos, ses mains glissent le long de mes bras. Nous admirons la mer dans le silence matinal. Je me retourne et embrasse ses lèvres encore chaudes de sommeil.

— Bien dormi ? lui demandé-je.

Un léger sourire plane sur son visage.

— Tant que t'es avec moi…

Nils entrelace nos doigts et m'emmène dans la cuisine où il me prépare un fastueux petit déjeuner. L'appétit ouvert, je déguste ses délicieux pancakes, avant de me servir une tranche de bacon. Il s'empresse de manger, puis me dit en regardant sa montre :

— Le temps qu'on se prépare, je te raccompagne dans… disons, une heure ?

J'accepte et me penche pour l'embrasser.

Au moment où je range mes affaires, mon portable vibre à nouveau. C'est lui.

[Coucou, désolé de ne pas t'avoir répondu tout de suite, j'avais plus de batterie. Du coup, toujours dispo aujourd'hui ?]

Je regarde autour de moi d'un air coupable, et m'empresse de lui répondre avant que Nils ne revienne.

[Oui, bien sûr.]

Ethan me renvoie un message dans la foulée.

[Cool, si tu veux, on peut manger ensemble ce midi. T'es chez toi ?]
[Désolée, non.]
[T'es où, si tôt ?]

Et voilà qu'il recommence !

[À Palorem.]

Je regrette d'être entrée dans son jeu. Qu'est-ce que ça peut bien lui faire ? Je me fiche de ce qu'il peut s'imaginer, de toute façon, on ne sortira jamais ensemble. Ma poitrine se comprime à cette pensée. Je profite du fait que Nils est occupé pour donner rendez-vous à Ethan en fin d'après-midi.

Je me regarde dans le miroir, satisfaite. Ma robe ajustée au niveau de la taille s'évase sur mes hanches. Je touche du bout des doigts les roses brodées sur le bas de ma tenue. Mes cheveux vaporeux sont relevés et quelques mèches encore ondulées de la veille tombent sur ma nuque. Mes parents étant à l'une de leurs réceptions mondaines, je demande à Ethan de venir me chercher devant chez moi.

Je l'attends devant mon allée.

— C'est ta maison ? m'interroge-t-il en sortant de sa voiture pour me saluer.

J'acquiesce.

— Putain, la baraque !

Son regard s'arrête enfin sur moi. Ses yeux glissent sauvagement le long de mon corps, je sens des flammes lécher ma peau.

— Tu t'es bien habillée, constate-t-il d'une petite voix qui ne lui ressemble pas.

Ma respiration se fait plus lente. Pour l'occasion, il a troqué son habituelle veste en cuir contre un long manteau noir dont les boutons argentés épousent parfaitement ses poignets.

— Toi aussi, lui soufflé-je avant de m'enfermer dans sa voiture.

Un moment plus tard, rouge comme une pivoine, je le suis dans le grand parc du centre-ville. Assis sur le dossier d'un banc, Ethan allume négligemment une cigarette.

— Alors, ça se passe bien avec ton mec ? se renseigne-t-il.

Je réponds d'un ton évasif :

— Oui, il est très attentionné.

Je crois l'entendre pouffer, mais n'y prête pas attention. J'ai horreur quand il fait ça.

— C'est comment chez lui ?

Je lui décris dans les moindres détails son appartement.

— Je vois, le fils à papa dans toute sa splendeur.

— Comment tu veux qu'il paye ses études ?

— Je ne sais pas, en bossant par exemple ! Il va à l'université, non ? Il pourrait au moins vivre sur le campus. Il est trop bien pour le commun des mortels, c'est ça ?

Son ton est sarcastique. Je ne peux pas le laisser descendre mon petit ami de cette façon.

— Si tu étais à sa place, tu serais bien content que tes parents payent tes études, non ?

— J'en sais rien, je me suis toujours démerdé, moi, marmonne-t-il en jetant rageusement son mégot. Je ne m'attendais pas à ce que tu sois encore avec lui ce matin.

Face à mon silence, il poursuit sèchement :

— Il t'a laissé son lit et a pris le canapé, au moins, en bon gentleman qu'il est ?

Je respire de travers.

— Il n'en a pas eu besoin...

Ma voix n'est plus qu'un filet, je n'ai pas envie de m'engager sur cette pente glissante. Un long silence s'installe, durant lequel seul le bruissement des feuilles dans les arbres me murmure de ne pas perdre patience.

— C'était bon, au moins ? crache-t-il, plein de mépris.

Mes doigts tremblent de colère, je presse de toutes mes forces la planche de bois sous mes fesses.

— Qu'est-ce que tu veux que je te dise, hein ? Que c'était bon alors qu'on n'a rien fait ? Comment tu peux penser ça ?

— T'as passé la nuit chez lui. Qu'est-ce que je peux m'imaginer d'autre ?

Je souffle, écœurée, en m'éloignant de lui d'un bon mètre.

— T'es pas culotté quand même ! En quoi ça te regarde ?

— Ça me regarde parfaitement, répond-il d'un ton effroyablement calme.

Mon cœur s'accélère, mes paroles s'échappent de mes lèvres sans que je puisse les contrôler :

— Bordel, je vois pas en quoi !

Ça y est, je suis aussi vulgaire que lui.

Les bras croisés, Ethan relève la tête dans ma direction.

— T'es tellement naïve, tu crois tout ce qu'on te raconte. Certains mecs peuvent te faire miroiter plein de trucs et, une fois qu'ils ont eu ce qu'ils voulaient, ils te jettent comme une vieille serviette. Je sais de quoi je parle !

Il fait sûrement référence à ses propres expériences, mais tout le monde n'est pas comme lui. Je réplique d'un ton glacial :

— C'est pas parce que t'es comme ça que tout le monde suit ton exemple.

Haine et tristesse se mélangent dans ses yeux ténébreux, je crois que j'ai touché à mon tour un point sensible. Les paupières closes, j'attends qu'il parte. Quand je les rouvre, il n'a pas bougé. Ethan se calme progressivement, ne semblant pas me tenir rigueur de mes paroles.

— On... Je sais que ça peut sembler difficile à croire, mais on n'a pas couché ensemble. Ça me déçoit que t'aies pensé ça.

— Excuse-moi, j'avais peur qu'il t'embrigade malgré toi. Laisse-moi deviner, il est trop gentleman pour ça ?

Malgré son ton sarcastique, il me regarde sérieusement.

— Il n'a pas profité de la situation, si c'est ce que tu sous-entends.

— Je ne voulais pas te blesser, mais ça ne fait pas longtemps que tu le connais, alors oui, permets-moi d'émettre des doutes sur ce type.

Je renifle avec délice son parfum musqué. Pourquoi tout est toujours si compliqué avec lui ? Nous restons un bon moment assis l'un à côté de l'autre, avant de nous décider à nous lever.

Des rangées de tulipes jaunes et vermillon lèchent le pourtour du chemin. L'allée finit par s'effacer, mes pieds dévorent l'herbe. Au milieu de cette vaste étendue de vert trône un kiosque à larges arcades. Des branches de lierre serpentent sur les poutres blanches que j'effleure du bout des doigts.

— C'est magnifique, soufflé-je, fascinée.

— Je me doutais bien que ça te plairait.

Des éclats de rire se perdent jusqu'à nous. Une fête bat son plein non loin d'ici, la musique au tempo doux résonne dans le parc.

Juste une danse avec toi,

Juste un baiser sur toi.

Bébé, prends-moi dans tes bras maintenant.

Ma main frôle la tienne,

Mes bras enlacent ta taille.

Dans un élan suprême, je me penche vers toi[30].

Il relève la tête, attentif, et me tend la main dans un geste théâtral. Ethan, danser sur un slow ? Décidément, il ne cessera jamais de me surprendre ! Voyant que je ne bouge même pas un orteil, il me dit, dubitatif :

— Tu viens ?

— Quoi, tu veux danser ?

— Allez, ça sera sympa, tu verras !

J'éclate de rire en secouant la tête. Il redouble d'insistance et mes pieds me portent automatiquement vers les marches du kiosque pour le rejoindre.

Arrivée à sa hauteur, je lui fais une petite révérence, me prêtant au jeu. Ethan me prend par la taille, puis enlace ma main. À cet instant, le temps se fige. Quand j'ai valsé avec Nils, à la Saint-Sylvestre, j'ai éprouvé du plaisir, mais ce n'était rien comparé à ce que je ressens au creux de *ses* bras. Avec lui, toutes mes sensations sont décuplées, même pour les choses les plus infimes. Nous bougeons d'avant en arrière, doucement, puis lors du refrain, de façon plus dynamique.

Nous dansons dans la nuit,

Sur une douce mélodie.

Un slow, une valse, une danse,

Il ne m'en fallait pas plus pour entrer en transe.

Je t'aime plus que les étoiles dans le ciel.

Au couplet suivant, il s'arrête et se penche. Le buste en arrière, je lui offre instinctivement le creux de mon cou. Son souffle chaud et saccadé me chatouille agréablement, sa bouche effleure mon épiderme. D'incoercibles frissons rampent sur mes épaules. Sa respiration saccadée se perd dans mon cou, puis il me redresse doucement, liant nos doigts.

Ma main caresse ta joue,

Mon corps se blesse dans ton cou.

[30] Paroles inventées par l'autrice.

Je te fais tourner doucement, qu'est-ce que tu es belle !
Tu estompes la nuit à toi toute seule,
Plus rien ne compte autour, en dehors de nous.

Nous dansons dans la nuit,
Sur une douce mélodie.
Un slow, une valse, une danse,
Il ne m'en fallait pas plus pour entrer en transe,
Je t'aime plus que les étoiles dans le ciel.

Je suis incapable de détacher mes yeux des siens, aussi profonds que la nuit. Les secondes absorbent chaque note de musique, j'ai l'impression de danser au milieu des étoiles.

Mes mains enserrent ta taille,
Mes lèvres se rapprochent de ton cou.
Je sens un frisson parcourir ta peau,
Dieu que tu es belle !
Je dépose un baiser sur tes lèvres,
Si belles, si charnelles.
Il n'y a que toi et moi, je t'aime.

Ses lèvres inaccessibles sont si proches, je ne suis qu'à quelques centimètres du bonheur. La musique touche bientôt à sa fin, tout espoir de l'embrasser s'envole. Je décide de lui envoyer un dernier signal à travers les vagues qui m'engloutissent. Sans le quitter des yeux, je ravale ma timidité en récitant l'une des paroles de la chanson d'une voix suave.

— « Je dépose un baiser sur tes lèvres, si belles, si charnelles. »

Les dernières notes s'éclipsent sous nos pas. Ethan resserre davantage son étreinte et se penche, le visage au-dessus du mien. Mon cœur palpite et, alors que je lui tends indubitablement mes lèvres, il m'embrasse… dans le cou !

CHAPITRE 47
ETHAN

« Le curieux veut comprendre pour savoir et savoir pour prévoir. »
Daniel Confland

La semaine a filé à toute vitesse. La période des examens est arrivée, je dois rattraper mon retard des derniers jours. Le combat politique que je compte mener dépend de mes résultats. Si je réussis, c'est l'accès assuré à l'université qui a accepté ma candidature. Je peux dire que je me suis plutôt bien débrouillé, je suis confiant pour la suite. Avec Isa, on n'a pas eu trop le temps de se calculer ces derniers temps, et le peu de fois où je l'ai croisée, elle avait l'air pressée. Rien ne doit me déconcentrer, pas même le souvenir d'elle, rayonnante, sous le kiosque ; ni même les lèvres provocatrices qu'elle me tendait. Je me rappelle encore la façon dont ma bouche a fondu sur son cou. Mes mains, qui se balançaient sur sa taille. Son parfum délicat, qui s'accrochait à mes narines. Je crevais d'envie de l'embrasser. J'en ai pas eu les couilles. Je ne sais pas ce qui m'a pris de lui proposer de danser, surtout une valse ! Je suis conscient que je lui ai foutu un sacré vent et elle a été bien silencieuse après, mais je ne pouvais pas me permettre de céder une nouvelle fois. J'ai des priorités à gérer, et il est évident qu'elle n'en fait pas partie. Vu le peu que le maire fait pour la ville, un long combat m'attend, je ne laisserai rien ni personne se mettre en travers de mon chemin.

Je franchis le portail du lycée, la tête encore pleine, quand quelque chose me fige sur place. Sur le parking, la tête d'un grand blond dépasse de la foule. Je le reconnais aussitôt. Adossé contre son putain de coupé sport noir, difficile de faire plus voyant ! Il consulte avec sérieux sa montre. La nuit de malade que j'ai passée la dernière fois remonte à la surface. Si j'allais lui péter la gueule vite fait, avant qu'elle n'arrive ? Les poings chauffés, j'avance vers lui. L'envie de lui foutre une dérouillée me brûle l'estomac, mais ma raison me souffle de ne pas le faire et, pour une fois, je l'écoute.

Isabelle sort du bâtiment, la démarche fière. Après cette grosse semaine d'examens, je ne serais pas étonné qu'il lui propose de sortir ce week-end. La curiosité l'emporte, je veux savoir ce qu'il a en tête. Une camionnette est garée pas très loin, j'avance pour me planquer derrière. Je me sens complètement débile de me cacher comme ça, c'est pas la première fois en plus, mais c'est *plus fort que moi*.

Je regarde discrètement par la fenêtre en tendant l'oreille. *Gros Connard* enlace Isabelle.

— Ça s'est bien passé aujourd'hui ?

La tête contre son torse, elle acquiesce, tout en reniflant son tee-shirt.

— Je suis sûr que t'as cartonné. Tu l'auras, ton certificat d'études !

Le voir caresser ses cheveux m'est à peine supportable.

— Comme t'as bien bossé, tu mérites de te détendre. Je te propose, demain, une soirée dont tu te souviendras, souffle-t-il dans son cou.

Bah tiens, je le sentais !

— Je t'emmène dans la boîte de nuit la plus huppée de tout Palorem Beach.

— Mais…

— T'inquiète pas, je suis connu là-bas, ils te laisseront rentrer sans problème.

— Oh, tu es extra !

Elle lui saute dans les bras sans retenue.

— Content que ça te fasse plaisir.

Il lui ouvre la portière et je lève les yeux au ciel. Une fois qu'ils sont loin, je sors de ma planque, les genoux flageolants.

Sur le chemin, ses paroles tournent en boucle dans ma tête.

« Je vais t'emmener dans la boîte de nuit la plus huppée de tout Palorem Beach. »

Pour avoir passé quelques soirées là-bas, j'en connais des sympas, mais la plus réputée reste le Coco Lounge Paradise. Un feu que je n'avais encore jamais ressenti descend le long de ma cage thoracique, incendiant mon estomac. C'est décidé, demain, je sais où je vais.

Sur le chemin, ses paroles tournent en boucle dans ma tête.

« Je vais t'enfermer dans la tonnelle, [illegible] de tout l'univers, [illegible] »

[illegible] avoir passé quelques [illegible] l'en comprends des [illegible] [illegible] Un fou que [illegible] [illegible] de ma cage [illegible] [illegible] ne sais où je vais.

CHAPITRE 48
ISABELLE

Je sombre au cœur de la nuit dans tes pupilles d'un noir d'encre.
Cyndra O'Hara

Nils me tient la porte du restaurant, je m'engouffre à l'extérieur. La nuit fraîche se pose sur mes bras nus. Je frissonne dans ma petite robe rose. D'un geste prévenant, il m'aide à enfiler ma veste. Son parfum doux vient chatouiller mes narines. Les néons des bars et des restaurants parent la rue de couleurs orangées. L'effervescence ambiante m'électrise. Le soir, tout est différent, c'est un nouveau monde qui m'ouvre ses portes. Des éclats de rire et de musique me traversent quand nous passons devant tous ces gens. Des jeunes sirotent tranquillement des cocktails quand d'autres se trémoussent, un verre de champagne à la main. La mousse tache les décolletés et jouit sur les corps en sueur.

Je sens un regard lourd peser sur moi. Quand je tourne la tête pour en repérer la source, rien d'inhabituel. Pourtant, à mesure que j'avance, mon malaise gagne en intensité. J'ai la désagréable impression d'être épiée. À travers un nuage opaque, je vois un jeune homme brun qui déguste une bière. Sa boucle d'oreille noire luit sous la lumière rougeâtre. L'espace d'un instant, je crois que c'est Ethan, mais lorsque la fumée se dissipe, je me ressaisis, ce n'est pas lui. Le souvenir du kiosque me taillade la mémoire. J'entends encore les notes mourir au-dessus de ma tête.

Cette chanson… elle était là pour nous, et pendant quelques minutes, il m'a fait vivre un rêve, avant de me faire revenir brusquement à la réalité, comme il sait si bien le faire. Depuis une semaine, la culpabilité me ronge. Je remercie le ciel que les choses ne soient pas allées plus loin.

Je presse le bras de Nils. Sa présence me rassure, j'entrevois un avenir radieux avec lui, je suis persuadée qu'il saura me rendre heureuse. Nous franchissons les portes dorées du Coco Lounge Paradise. Nos pieds foulent un tapis rouge, des palmiers longent le couloir d'entrée. La musique latine perce mes oreilles. Des spots de lumière magenta courent sur les murs et le sol, et des cocotiers lèchent les bords de la piste. Nous évoluons dans cette ambiance festive jusqu'au comptoir. Le serveur manie avec dextérité plusieurs bouteilles, tout en s'activant d'un client à l'autre.

Deux verres plus tard, j'entraîne Nils sur le *dancefloor*. Le rythme de la chanson me fait vibrer jusqu'au bout des orteils. Je balance mon bassin contre le sien, mais il reste de marbre. On dirait un robot coincé dans une autre dimension. Il est clairement plus doué pour la valse !

Au bout de deux ou trois danses, je commence à m'ennuyer. Je balaye la piste du regard lorsque, tapis dans l'ombre, des yeux aussi sombres que la nuit me tétanisent. Des frissons s'emparent de ma colonne vertébrale. Le choc est si violent que je trébuche et la piste se dérobe sous mes pieds comme des sables mouvants.

Je reste par terre hébétée. Nils se penche vers moi, mais Ethan est plus rapide. En deux temps, trois mouvements, sa main m'empoigne avec ferveur pour me hisser vers le haut.

— Ça va ? s'inquiète-t-il, les sourcils froncés.

Maintenant, oui.

Vu le regard interloqué que nous lance mon petit copain, je fais rapidement les présentations. Ethan esquisse le début d'un sourire moqueur, je prie le ciel pour que tout se passe bien. Ils échangent une poignée de main électrique. Je suis toujours sous le choc et je ne prends pas la peine de le cacher.

— Qu'est-ce que tu fais là ? lui demandé-je.

Il répond d'un ton indifférent, par-dessus le capharnaüm :

— Comme toi, je suis venu m'amuser. Vous avez soif ? C'est moi qui invite.

Il sort sa carte de crédit qu'il agite fièrement.

Les pieds dans le vide, sur mon tabouret, je me concentre sur chaque gorgée acidulée de mon mojito. On aurait pu se trouver un coin tranquille, mais il a fallu qu'ils se mettent là, en piliers de bar ! Coincée entre Nils et Ethan, je suis devenue une vraie statue. D'un côté comme de l'autre, j'ai l'impression que le moindre de mes gestes est analysé. Je me prends d'une soudaine passion pour le comptoir. Je fais glisser mes doigts le long de la surface lisse et froide. Depuis tout à l'heure, on a peu parlé, l'ambiance est glaciale.

Pourquoi nous avoir invités, dans ces conditions ?

Nils triture son verre vide entre ses doigts. Soudain, ses iris s'allument d'une étincelle. Il fait un signe à trois jeunes hommes qu'il semble connaître.

— Viens, je vais te présenter.

Nous n'avons pas besoin de nous déplacer, ils se dirigent déjà vers nous. Quand ils arrivent à notre hauteur, Ethan ne se retourne même pas.

— Isabelle, voici mes anciens camarades de lycée.

Ils se présentent un à un, avant de reporter toute leur attention sur mon copain.

— Bébé, ça te dérange pas si je vais avec eux cinq minutes ? C'est des potes de longue date et…

— Non, vas-y, rétorqué-je, l'air de rien, même si ça m'embête plus qu'autre chose.

— Quel con, lance Ethan, une fois que Nils s'est éloigné.

Je ne réponds pas à sa provocation, et me concentre sur mon verre à moitié vide.

Un moment plus tard, je demande l'heure à Ethan, un brin d'anxiété dans la voix.

— Te bile pas, les cinq minutes sont largement passées. Ton « bébé » doit bien s'éclater de son côté, raille-t-il en haussant un sourcil.

Ethan me propose de danser. Même dans la pénombre, son regard profond me désarçonne, et, sans comprendre ce qui m'arrive, je me retrouve sur la piste.

— T'inquiète, on fait rien de mal, me souffle-t-il à l'oreille.

Son timbre inhabituellement chaud embourbe mes sens. C'est comme si je m'étais piquée à l'adrénaline.

La chanson suivante incite à la décadence. Il bouge son bassin contre le mien, et m'invite à faire de même. Je voudrais m'arrêter, par respect pour mon copain, mais quand ses mains se posent sur ma peau, tout disparaît, et le pauvre

Nils est vite oublié. Ethan se délecte de la situation. Il m'éloigne, puis me rapproche de lui en une fraction de seconde, me happant dans un tourbillon de lumières chaudes. Il m'entoure de ses bras, et nous balance d'un côté à l'autre. Son souffle chaud effleure ma nuque, je tremble contre ses muscles. Magnétique, c'est le seul mot qui me vient à mesure que je plonge dans son océan de noirceur.

La danse prend un rythme endiablé. Je passe les mains sur son tee-shirt trempé de sueur, ce qui provoque des picotements sur le bout de mes doigts. Ethan soulève ma jambe qu'il colle frénétiquement contre sa hanche robuste. Les gens forment un cercle autour de nous. Leurs encouragements et sifflements ne sont plus qu'un vague murmure, c'est comme si nous étions seuls. Sa présence déclenche un incendie dans mon bassin. Ce garçon, c'est le feu et la glace réunis, pour un cocktail des plus explosifs. Une boisson interdite que je voudrais goûter et dont je ne peux me passer. Il me soulève dans les airs, sous les hourras des spectateurs.

Mes pieds épousent à nouveau le parquet. Ses lèvres effleurent mon cou, descendent jusqu'à mon décolleté. Il reste dans cette position quelques secondes, avant de me relâcher en même temps que la chanson s'évanouit.

Quand je regarde en direction du bar, Nils est revenu. Il croise les bras en nous fixant tellement méchamment, tour à tour, que s'il avait des mitraillettes à la place des yeux, il nous aurait déjà tués. Il finit par nous rejoindre.

— Je te défends de l'approcher, à partir de maintenant ! ordonne-t-il à Ethan d'un ton amer en pointant un doigt tremblant sur son torse.

Je ne l'ai encore jamais vu dans cet état, j'espère qu'ils ne vont pas se battre. Mais Ethan lui adresse un grand sourire en lui répondant d'un ton léger :

— Du calme, je ne l'ai pas forcée à danser avec moi, que je sache !

La poitrine de mon copain se gonfle de colère. Il se tourne brusquement vers moi, comme s'il venait de se rappeler mon existence.

— À quoi tu joues ?

J'entrevois ses yeux brillants, avant qu'il ne disparaisse dans la foule.

Qu'est-ce qui m'a pris ?

Ethan rigole, amusé, et me lance, dédaigneux :

— Alors, tu ne vas pas rejoindre ton amoureux ? Ou devrais-je dire, ta petite amie ?

Maintenant qu'il a réussi son coup, il place à nouveau cette montagne de distance entre nous.

— T'es qu'un monstre.

Je m'éloigne doucement, écœurée.

— Pour avoir dansé avec toi ? C'est bizarre, tu ne disais pas ça tout à l'heure !

Je bouscule des corps, sans prendre la peine de me retourner. Au moment d'atteindre la sortie, je l'entends jurer dans mon dos :

— Putain ! Fait chier !

Je me précipite sur le parking.

— Nils ! appelé-je désespérément. Attends !

Assis dans sa voiture, il fixe le pare-brise. Dès qu'il m'aperçoit, il démarre le moteur. Je crois un moment qu'il va me planter là, mais il m'ordonne de monter d'une voix très sèche. Je m'exécute, les jambes flageolantes. Nils tapote nerveusement sur le volant.

— C'était quoi ce numéro ? Tu t'entraînes pour être la plus belle pute de Wilnoh ? explose-t-il.

Mes yeux s'écarquillent. Il n'avait encore jamais proféré d'insulte. À l'instant même où ces mots sortent de sa bouche, j'ouvre la portière.

— Qu'est-ce que tu fais ? Assume !

— Tu t'entends ? Je suis une pute, moi ? Mais je suis vierge, pauvre idiot !

J'ai parlé un peu fort. Des jeunes se retournent, curieux, en riant. Nils souffle un coup et semble se radoucir.

— Excuse-moi, je suis allé trop loin. Allez, remonte.

— Je n'ai aucune envie de te parler ! vociféré-je en tournant la tête.

— Je vais pas te laisser là alors que ce salaud est encore dans les parages !

De quel droit il me donne des ordres ?

Il fait le tour de sa caisse et me pousse brusquement à l'intérieur. Son impulsivité me surprend. Le seul qui serait capable de réagir comme ça, c'est Ethan. Les gens se retournent sans me venir en aide. Je tremble de tout mon corps sur le siège.

— T'es malade !

— Oui, je suis malade. Malade de te savoir près de lui !

Nils démarre en trombe. Je me redresse enfin et boucle ma ceinture, peu rassurée.

Ça fait maintenant un moment qu'il roule et le compteur de vitesse ne diminue toujours pas.

— C'est bon, ralentis maintenant. On peut parler calmement.

Il s'arrête sur le côté. La voiture pile, nous propulsant vers l'avant.

— Tu veux qu'on parle ? On va parler ! Ce mec, c'est plus qu'un ami, n'essaie pas de me faire croire autre chose. Comment tu l'as connu ?

— En cours.

— Parce qu'en plus, il est dans ton lycée ?

Il reste un moment interdit, puis la haine déforme son beau visage. Il frappe plusieurs fois son poing sur le volant, en poussant un cri de rage. Un grand coup de klaxon résonne dans le silence de la campagne. Mes lèvres s'assèchent, mes mains deviennent moites. L'air dans l'habitacle se raréfie, j'ai l'impression que la voiture se ratatine dangereusement.

Je sors sans demander mon reste. La poitrine oppressée, je me mets à courir sur la route. Les lampadaires éclairent difficilement le bitume, je ne vois rien à plus de dix mètres. Je sens ses pas derrière moi et pique un sprint, mais mes chaussures me compriment les pieds. Deux mains m'agrippent fermement les épaules. Nils me retourne en un rien de temps, m'obligeant à lui faire face.

— Où tu comptais aller ?

— Loin de toi !

— Tu voulais t'en tirer à bon compte ?

— Calme-toi, tu me fais peur, là ! Laisse-moi t'expliquer…

— M'expliquer que tu flirtes avec ce bâtard ?

— On a juste dansé.

On sait tous les deux que c'est faux, mais je ne veux pas lui avouer mon attirance.

— Je n'appelle pas ça une danse, autant aller directement à l'hôtel !

— Je suis désolée, je ne sais pas ce qu'il m'a pris. Excuse-moi, finis-je par lâcher.

Il me tient toujours fermement.

— Je ne veux pas t'empêcher de danser, mais pas de cette façon. Tu m'as beaucoup déçu ce soir. Tu m'as humilié !

Je me sens tellement stupide. Sur la piste, j'ai perdu la raison, je me suis laissé ensorceler, comme dans un rêve. Nils me jette un regard suppliant et murmure d'une voix étranglée :

— Tu ne vois pas qu'il te veut ?

Mon cœur fait un bond dans ma poitrine malgré moi. Je l'ai toujours senti, au fond. Pourtant, il y a eu trop d'instants volés et la seule fois où l'on s'est embrassés ne compte pas. J'en fais part à Nils pour tenter de le rassurer, en omettant bien sûr ce dernier détail.

— C'est pas un type bien, il se contrefiche que tu sois en couple. Je t'interdis de le revoir !

— Tu m'interdis ? T'es qui pour ça ?

— Ton petit ami, et jusqu'à preuve du contraire, t'es à moi !

J'hallucine !

Je fais un tour sur moi-même, les mains sur les tempes.

— À toi ? Parce que tu crois que tout est acquis ? Je ne suis à personne !

— Tu m'as planté pour danser avec ce mec ! En plus, tout le monde applaudissait. Ah, bravo !

Il frappe fort dans ses mains pour appuyer ses dires.

— Toi aussi, tu m'as laissée comme une cruche pour voir tes potes, et je te signale que tu n'as rien fait, à part nous regarder.

— Qu'est-ce que tu voulais que je fasse ? Que je lui casse la figure ? Il n'est pas trop tard, tu sais !

Il rebrousse chemin en direction de sa voiture. Je le retiens par la manche.

— Je voulais voir si tu te ressaisirais, mais ce type t'a tellement envoûtée que tu ne m'as même pas calculé. Tu ne m'as pas respecté ce soir.

Le cœur meurtri, je ne réponds rien.

— Tu l'aimes ? demande-t-il d'une voix tendue.

L'étau se resserre, c'est comme si deux armoires métalliques broyaient mes entrailles. Je ne peux pas faire autrement que lui mentir.

— Non !

Il me fixe, suspicieux. Je prie pour qu'il ne lise pas en moi. Je pensais oublier Ethan avec un autre, mais je n'y arrive pas. Il a beau me faire passer par toutes les émotions possibles, ce sera toujours *lui*. Il s'est ancré si profondément en moi que personne ne peut prendre sa place dans mon cœur. Mon monde s'effondre quand je comprends ça.

Nils propose de me ramener. Voyant que je ne bouge pas, il insiste. J'ai la tête qui tourne, je lui hurle de me lâcher. Il persiste, mais je ne veux rien savoir.

— C’est bon, je me barre ! Débrouille-toi, je ne vais pas rester là toute la nuit à essayer de te convaincre.

Il démarre, énervé. Je regarde sa voiture s’éloigner, jusqu’à ce qu’elle épouse les ténèbres.

CHAPITRE 49
ETHAN

Je fais tout pour la retrouver,
Et, au cœur de la nuit, la sauver.
Cyndra O'Hara

Mes muscles se tétanisent quand je la vois franchir les portes. Je ne peux pas m'empêcher de jurer. Je passe les mains sur mon visage, au bord de la crise de nerfs.

Comment gâcher une soirée en moins d'une minute ?

J'aime pas sa façon de rejeter la faute sur moi, alors qu'elle ne s'est pas fait prier pour danser, que je sache ! N'empêche, cette sensation quand je la faisais tourbillonner sur la piste ! Sa peau était la plus douce des caresses. J'ai senti mon cœur battre comme il ne l'avait pas fait depuis longtemps. Il remuait sous ma peau comme un couteau. Je reste planté devant le bar, hésitant entre prendre un remontant ou aller la retrouver. Les néons bleus se reflètent sur les bouteilles d'alcool alignées derrière le comptoir. J'ai envie de répondre à cet appel, d'en dévisser une, de porter le goulot à mes lèvres et de me laisser enivrer par ce liquide qui apaisera mes maux.

Je fais signe au serveur.

— Qu'est-ce qu'il vous faut ?

— Une bonne cuite !

Il me lance un regard interrogateur en attendant ma commande.

Bordel, ça serait pas raisonnable !

Je souffle un bon coup en lui tournant brusquement le dos.

Il faut que je la retrouve.

Ça ne m'étonnerait pas qu'elle ait rejoint l'autre abruti. Peu importe, dans l'état où je suis, j'affronterais une armée entière !

Je descends les marches, aux aguets. Mes pas me dirigent naturellement vers le parking. Des jeunes font une pause cigarette quand d'autres arrivent, déjà bien éméchés. Garée au fond, je repère la caisse du connard de service. Ce que je vois me glace le sang. Nils pousse Isabelle dans sa voiture et referme brusquement la portière.

Ni une ni deux, je parcours comme un forcené la bonne cinquantaine de mètres qui me séparent d'eux, mais ce salaud démarre. Je pousse un cri de rage sous les regards médusés. Le visage fermé, je leur demande s'ils ont un problème, avant de regagner ma Mustang.

Au moment où j'entame une marche arrière, une bande d'écervelés restent plantés là.

— Bougez ! grogné-je en donnant un coup de klaxon.

Quand la voie est enfin dégagée, je ne me gêne pas pour leur adresser un *fuck* en démarrant dans un crissement de pneus. Tous les yeux sont tournés vers moi. J'en ai rien à branler.

C'est un moins que rien, ce type ! Il mériterait que je lui casse la gueule une bonne fois pour toutes !

Bien décidé à les rattraper, j'enfonce le pied sur la pédale. Le compteur de vitesse augmente, je ne contrôle plus rien, ni cette rage qui bout en moi ni ma caisse.

Comme je m'y attendais, je n'aperçois rien à l'horizon. Bon sang, dans quelle direction il est parti ? Je laisse mes nerfs prendre le dessus en donnant un coup de klaxon. Je pile à une bifurcation.

Et merde !

Je reste planté là, le cerveau en vrac, comme si j'avais à prendre la décision la plus importante de toute ma vie. Soit il la ramène chez lui, soit c'est retour à Wilnoh. Je suis la pancarte « Palorem Centre Nord », n'étant pas sûr qu'il veuille se taper deux heures de route en pleine nuit.

Ça fait plus de dix minutes que je roule, et toujours rien. J'ai même pas son adresse, alors à quoi bon continuer ? Je fais demi-tour dès que je peux et m'empresse de regagner Wilnoh en priant pour qu'il l'ait ramenée chez elle. J'appuie à fond sur l'accélérateur. L'aiguille du compteur monte dans les tours. J'écumerai toute la ville s'il le faut, à la recherche de sa bagnole. Et si je ne le trouve pas, demain, je forcerai Isabelle à me donner son adresse. Je laisse mon instinct me guider à travers les ténèbres.

Tout à coup, je distingue une silhouette qui erre avec peine sur le côté de la route. Mon instinct me souffle de m'arrêter. Je reconnais sa chevelure claire et sa robe.

Qu'est-ce qu'elle fout là, au milieu de nulle part ?

Je sors, les clés encore sur le contact, puis cours comme un fou dans sa direction. La lumière de mes phares éclaire son beau visage. Je plonge mes ténèbres dans ses yeux. Ses pupilles semblent s'agrandir. Dieu qu'elle est belle ! Et si vulnérable... Maintenant que je l'ai enfin retrouvée, reste plus qu'à foutre une bonne raclée à l'autre imbécile ! La haine mêlée au désespoir me tord les tripes. Elle est au bord des larmes, et tout ce que je trouve à faire, c'est la secouer.

— Il est où ?! Il est où, bon sang !

— Il est parti, m'avoue-t-elle dans un sanglot.

Je n'arrive pas à croire qu'il l'ait laissée comme une merde sur le bord de la route en pleine nuit. Mes muscles se contractent.

— Qu'est-ce qui s'est passé ?

— Je... je voulais parler et il s'est arrêté. On s'est disputés à propos de... de toi. Il a voulu me ramener, je n'ai pas v...

— Il t'a fait mal ?

— Non, pourquoi ?

— J'ai vu la façon dont il t'a jetée dans sa voiture !

Devant son silence, je balance d'un ton acide :

— C'est qu'un lâche ! Pourquoi il s'en est pas pris à moi ? Il t'a laissée comme ça au milieu de nulle part. Merde !

Isabelle pose les mains sur mon torse. Je sens ses petits doigts brûlants sur ma peau.

— Il ne s'est pas imaginé une seconde que quelqu'un pourrait passer en voiture, te voir et…

Bordel ! Ce mec est vraiment inconscient !

Une image d'elle, allongée sur le bord du chemin, le corps tailladé de bleus et le visage en sang, attaque mes pensées. Je me tiens la tête entre les mains, retenant un cri de rage.

— Il ne voulait pas, au début… J'ai insisté pour qu'il me laisse.

— Il n'aurait pas dû t'abandonner ! C'est vraiment un fils de pute, bon Dieu !

— Et encore, tu ne sais pas tout. Il a dit que j'étais la plus belle pute de Wilnoh !

— Si je le croise, je le démonte !

Elle se masse douloureusement le bras, une grimace au coin de la bouche. Je l'attrape et l'examine. Un bleu apparaît sur son bras. Elle le retire vivement, comme brûlée par mon contact. Mon regard s'assombrit en même temps que mes pensées.

— C'est lui qui t'a fait ça ?

Isabelle joint les mains en ignorant ma question.

— Réponds-moi !

— Je ne sais pas... Je suppose…

Une haine indicible se fraie un chemin dans ma poitrine.

— C'est qu'une merde, cet enfoiré !

Ma voix résonne dans les ténèbres. N'y tenant plus, je la prends dans mes bras. Sentir sa chaleur contre mon torse agit sur moi comme un baume. Je respire à fond son parfum sucré en renforçant ma prise.

— C'est pas quelqu'un pour toi.

Je lui caresse tendrement la joue. Quelle sensation au bout de mes doigts ! Pendant que je m'en sens encore le courage, je reprends d'une voix suave :

— Ce qu'il te faut, c'est quelqu'un comme…

Moi.

Deux gros phares blancs nous surprennent. Je m'éloigne d'elle, la main en visière. Une voiture qui ne m'est pas inconnue se gare sur le bas-côté. Cette fois, c'est sûr, son compte est bon.

CHAPITRE 50
ETHAN

Le chemin de l'amour est long et tortueux.
Je me battrai à mains nues contre tous ceux qui se mettront sur ma route,
Érigerai à tes pieds une armée de roses ensanglantées.
Cyndra O'Hara

Il descend précipitamment, dans son costard de fils à papa.

— Éloigne-toi d'elle, enflure ! hurle-t-il.

Sa mine se décompose lorsqu'il me reconnaît. Je sens Isabelle trembler légèrement et passe le pouce sous son menton.

— Ne t'en fais pas, la rassuré-je.

J'avance vers lui d'un pas lourd, puis l'agrippe par le col de sa chemise sans pli pour le plaquer contre sa caisse de friqué.

— Comment tu oses te repointer ici après ce que t'as fait ? On laisse pas une femme en plein milieu d'une route, bordel ! grogné-je hors de moi.

Il balbutie des paroles incompréhensibles en tremblant de tous ses membres. Je renforce ma prise autour de son cou, le sens suffoquer entre mes mains. Étrangement, ça m'apaise. Je poursuis, toujours aussi menaçant :

— J'ai vu comment tu l'as à moitié kidnappée devant tout le monde. T'es peut-être un richard, mais j'ai plus de valeur que toi !

Pour seule réponse, il lance un regard désespéré derrière moi.

— Qu'est-ce que… tu fais… avec… lui ? bredouille-t-il en regardant Isa.

Je ne supporte pas sa façon d'essayer de détourner l'attention.

— Hé, je te parle, Ducon. Tu me réponds !

Nils semble reprendre contenance, il parvient à se dégager, le visage cramoisi.

— Oui, j'ai fait une connerie et je l'assume ! Ne retourne pas la situation, t'es très mal placé. Si vous ne vous étiez pas donné en spectacle, ça ne serait jamais arrivé. Et tu peux parler, t'as aucune valeur, toi, d'avoir agi de cette façon avec ma petite amie, et sous mon nez en plus !

— Si ça ne te plaisait pas, fallait intervenir, au lieu de rester à nous mater comme un con. Et tu n'as aucune excuse pour l'avoir violentée.

— Je ne lui ai rien fait ! se défend-il en haussant la voix.

— Et le bleu sur son bras, t'appelles ça comment ?

Son visage se froisse, ses jambes tremblent, il peine à tenir debout. Isabelle lui montre son bleu avant de s'éloigner rapidement.

— Excuse-moi, mon amour, je ne pensais pas t'avoir fait mal. Viens, on va parler de tout ça, d'accord ?

— Tu t'es excusé, ça s'arrête là, dis-je de mon ton le plus ferme.

— J'en ai assez entendu pour ce soir. Allez, viens avant que je ne fasse quelque chose que je regretterai !

Mon rire éclate dans le silence.

Si je lui fous une dérouillée, c'est lui qui n'en mènera pas large !

Il s'approche d'Isabelle et l'attire contre lui en me tournant le dos, ce qui a le don de m'agacer de plus belle. Je marche d'un pas souple vers eux.

— Où tu crois aller comme ça ?

— Je la ramène.

Je l'attrape à nouveau par le col, puis le secoue contre sa voiture en soufflant, hargneux :

— T'as toujours pas compris qu'elle te suivra nulle part, pauvre abruti ? T'es un danger, alors lâche l'affaire.

Ses yeux bleus ne sont que haine, il me regarde de son air supérieur de petit richard que je méprise tant. S'il pouvait me cracher dessus, il le ferait.

— Tu l'as abandonnée comme une pauvre merde sur le bord de la route. Ah, c'est sûr, elle est vachement en sécurité avec toi ! Le temps que tu te ramènes, elle aurait eu le temps de se faire tuer dix fois. Si tu savais comme j'ai envie de te foutre sur la gueule !

— Arrêtez !

Isabelle essaie de s'en mêler, mais nous la fusillons tous les deux du regard.

— Bah, viens ! rétorque-t-il, les poings déjà en l'air. On est au moins d'accord sur un truc.

À peine a-t-il fini sa phrase que je le jette sur le sol. Me voyant revenir vers lui, il plie les genoux, puis me propulse avec ses pieds. J'atterris quelques mètres plus loin en roulant sur l'herbe. Nils profite d'avoir l'avantage pour me frapper au visage en même temps que ses pieds s'enfoncent dans mes côtes. Mes membres sont engourdis, chaque coup plaque un peu plus ma joue droite contre le bitume.

Une masse sombre surgit près de nous, Isabelle est projetée à côté de moi. C'est comme si j'avais reçu une claque en pleine gueule. Je me relève, sans prendre la peine de secouer l'herbe de mes vêtements et fonds sur lui pour l'écarter d'elle. Je sens mes muscles chauffer, ce qui me revigore.

Mes poings s'abattent sur son visage lisse qui n'a jamais été abîmé par la vie. Je m'assure qu'il est bien par terre avant d'aider Isabelle à se relever. Je prends son visage entre mes mains.

— Ça va aller ?

Elle acquiesce faiblement. Nils se relève, mais reste à distance.

— T'es vraiment le roi des cons, toi ! hurlé-je.

— Je suis désolé, je ne voulais pas…

— Ne bouge pas ! le menacé-je du doigt.

Je m'adresse ensuite à elle d'un ton plus doux.

— Je vais m'occuper de toi…

Elle me fixe, la respiration saccadée en massant sa joue tuméfiée.

— Tu ne pars pas avec lui ! lance l'autre débile.

Je me retourne, franchement irrité.

— Écoute, j'ai pas le temps de jouer les baby-sitters, mais t'inquiète pas, fils à papa, la prochaine fois que je te croise, je finis ce que j'ai commencé.

Dans mes yeux brûle cette promesse. Je le vois reculer prudemment, pour ma plus grande satisfaction. Il interpelle une dernière fois Isabelle, le regard suppliant.

— Si tu pars avec lui, c'est fini.

La bile me monte à la gorge, me laissant un goût amer sur la langue. Mes muscles tremblent, je fais en sorte qu'elle ne le remarque pas. Il vient de lui lancer un ultimatum. Isabelle marque un petit temps d'arrêt qui semble durer une éternité. Le stress se faufile sous chaque parcelle de ma peau. À mon grand étonnement, elle rejoint l'intérieur de ma caisse. *Gros Connard* me regarde, stupéfait. Je lui lance un dernier avertissement, puis monte à mon tour dans la voiture.

— N'oublie pas ce que je t'ai dit, lui lancé-je avant de démarrer.

Il nous observe nous éloigner, les yeux aussi gros que ceux d'un hibou blessé.

Plus tard, dans ma chambre, je l'observe du coin de l'œil se passer une serviette que j'ai humidifiée sur le visage.

— Tu tiens le coup ?

— Ça va mieux.

— Quand t'arrives chez toi, mets des glaçons sur l'hématome, ça finira par dégonfler.

Je regarde à la dérobée sa robe courte remonter sur ses jambes nues qui donneraient la trique à tous les mâles au-dessus de quinze ans.

Elle pose une main fraîche sur la mienne, ma poitrine se soulève dangereusement.

— Je crois bien que c'est fini maintenant…

Sa voix s'étrangle et, même si je ne la vois pas pleurer, je jurerais qu'elle vient de verser une larme. Isabelle enlève la serviette, se tamponne les yeux avec, puis me dit en regardant par la fenêtre :

— Avant que mon… euh… enfin, avant qu'il arrive, tu me disais que j'avais besoin de quelqu'un d'autre. Tu faisais allusion à qui ?

Qu'est-ce qui m'a pris de lui sortir ça ? Évidemment que je pensais à moi. Heureusement, l'autre con est plutôt bien tombé, pour une fois ! Je réfléchis en vitesse à ce que je vais pouvoir lui répondre. Après ce qu'elle vient de vivre, je préfère ne pas la brusquer. Je prends une expression légère.

— Je voulais juste dire que n'importe qui aurait mieux valu que lui !

Mon mensonge a l'air d'être passé, elle hoche la tête, déçue.

CHAPITRE 51
ISABELLE

« Révéler ses blessures au grand jour peut s'avérer plus ardu que traverser une forêt de ronces. »

Cyndra O'Hara

Les jambes pliées contre ma poitrine, je reste assise sur mon matelas duveteux, la couverture en flanelle remontée jusqu'au menton. Le soleil s'est levé depuis un petit moment. En bas, j'entends mes parents s'activer. La lumière du jour caresse mon bureau, un timide rayon vient chatouiller les arabesques dorées incrustées sur le pourtour de ma coiffeuse. J'ai passé un bon moment avec des glaçons sur le visage. Ma joue a partiellement dégonflé, malgré tout, le haut de ma pommette est violacé.

Je puise en moi la force de me lever et descends dans la cuisine. Dès que j'arrive, mon père remarque mon hématome, et me demande, inquiet :

— Qu'est-ce que tu t'es fait ?

— Je n'ai pas allumé les lumières quand je suis rentrée hier soir, et je me suis cognée contre l'armoire.

Mon mensonge a l'air de le convaincre. Mon père me recommande de faire attention la prochaine fois, tandis que ma mère me fixe d'un air soupçonneux.

Le petit déjeuner se passe dans un silence total. Seuls les couverts s'entrechoquent dans un bruit strident. Cela fait plusieurs semaines que mes relations sont tendues avec ma mère. Sa bouche forme une grimace à chaque fois qu'elle m'adresse la parole. On dirait que ça lui demande un effort insurmontable. En réalité, je lui en veux bien plus de m'avoir menti toutes ces années, qu'elle pour être entrée dans la chambre d'Eileen. Néanmoins, elle met sur le tapis le sujet du bal de fin d'année, qui la préoccupe tant.

— Est-ce que… tu as un cavalier pour le bal ?

— C'est pas un drame si j'y vais seule, non ?

Je n'en pense pas un mot, mais je n'ai pas le choix. Hors de question qu'Ethan me voie arriver au bras d'un autre !

— Personne ne t'a fait sa demande ? s'étonne mon père.

— Tu te rends compte de ce que tu dis ? Depuis le temps qu'on attend ce jour !

— Depuis le temps que j'attends ce jour ou depuis le temps que vous attendez ce jour ?! répliqué-je, hors de moi.

— Jeune fille, tu n'en fais qu'à ta tête, ces derniers temps, alors, pour une fois, tu vas nous écouter. Notre prochaine réunion politique aura lieu le soir du bal, au manoir de M. Brookleen. Le fils d'un député que nous connaissons sera présent. Si tu nous accompagnes, on lui demandera d'être ton cavalier. C'est un jeune homme tout à fait charmant, il acceptera.

Je pousse un soupir qui sonne comme une longue plainte déchirante. À vrai dire, la seule personne avec qui j'ai envie d'être, c'est Ethan, et pas le fils d'un quelconque député que je ne connais ni d'Ève ni d'Adam !

— Eh bien… j'ai... peut-être quelqu'un avec qui y aller…

— Si c'est quelqu'un de ton lycée, n'y pense même pas !

— Vous voyez ? C'est ça votre problème, vous jugez sans connaître. Si c'est comme ça, ne comptez pas sur moi pour que je vienne à votre réunion politique à la noix !

J'ouvre la porte coulissante et me précipite dans le jardin, le visage cramoisi. Je m'assieds à l'ombre en me balançant doucement. Des images de ma mère me berçant me reviennent en mémoire. Ce sont les seuls souvenirs doux qu'il me reste d'elle, les autres ne sont qu'un ramassis d'amertume, surtout depuis la mort d'Eileen. La nuit où tout s'est arrêté, elle a perdu son humanité.

La voix de mon père me tire de ma rêverie.

— Ça va ?

Il plonge ses yeux bleu-gris dans les miens.

— Tu sais bien que non.

Il s'approche doucement et me masse le bras. Sa simple présence fait fuir mes craintes. Contrairement à ma mère, il a toujours su s'y prendre avec moi.

— Écoute, je sais que c'est pas facile, mais on tient à ce que tu nous accompagnes à la réunion.

— Oui, pour que j'aie un cavalier !

Il s'assied à côté de moi.

— Pas seulement. Tu n'as pas envie de connaître les projets du maire pour la ville ?

Je prends le temps de peser le pour et le contre. Aller à cette réunion ne m'emballe pas plus que ça, cependant, ça pourrait rendre service à Ethan. Il voudrait sûrement savoir ce qui s'y rapporte. Cette simple pensée me convainc, mais je décide de lui en parler rapidement avant de donner une réponse à mes parents.

— Tu as peut-être raison, je vais y réfléchir.

Le visage de mon père s'illumine d'un sourire. Il me donne une tape sur l'épaule en se levant.

— Merci, c'est important pour nous.

Je m'abstiens de lui avouer ce que je ressens et me contente de lui rendre son sourire. Il regagne la maison en sifflotant. Je ne pense plus qu'à une chose : parler à Ethan. Je dois savoir s'il va au bal et si ça l'intéresserait que je lui rende ce service. Bien sûr, il faudra que je trouve un moyen de fausser compagnie au fils du député.

Un peu après que nous sommes descendues du bus, Jessica s'arrête devant le portail et nous discutons, comme à notre habitude. Elle me sent un peu ailleurs, aussi, je lui explique que mes parents ont eu l'idée saugrenue de me désigner un cavalier pour le bal.

— Tu comprends, je ne veux y aller qu'avec Ethan, conclus-je, la tête baissée.

— C'est dommage que ce soit fini avec Nils, vraiment. Mais c'est ton choix… Je suppose qu'Ethan ne t'as pas encore fait sa demande ?

J'acquiesce, perturbée.

— Eh bien, invite-le !

— Moi ? répliqué-je, interloquée.

— Bah, oui, pas le pape ! Tu ne sais pas s'il va t'inviter, alors fais-le ! Qu'est-ce que ça changera si tu te manges un vent, puisque tu n'as personne ?

— Et toi, tu y vas avec qui ?

— J'ai proposé à Jason, et il a accepté !

Je saute avec elle sur place, partageant sa joie.

— S'il refuse, tu pourras toujours venir avec nous.

Elle me prend brièvement dans ses bras, puis ajoute avec émotion :

— Arrête de subir les décisions de tes parents. Tu leur as dit pour l'université, c'est déjà un grand pas, mais c'est à toi de faire tes propres choix ! Tu es indépendante, tu peux le faire. Je compte sur toi pour l'inviter avant la fin de la journée. Je ne te lâcherai pas avec ça.

Elle se précipite dans la cour, tout sourire. Je me dévisse le cou pour voir si Ethan est arrivé. Sa voiture n'est pas sur le parking, et c'est avec appréhension que je décide de l'attendre, me demandant si je vais avoir le courage de l'inviter. Jessica a raison, il me faut prendre mes responsabilités et arrêter de subir.

CHAPITRE 52
ETHAN

L'amour m'a vaincu aussi simplement que l'épine d'une rose a ensanglanté mon cœur.

Cyndra O'Hara

Deux nuits. Ça fait deux putains de nuits que je ne dors plus. Chaque fois que je ferme les yeux, son image s'impose à moi, toujours plus forte. Ses yeux bleus cerclés de gris, sa lèvre du bas plus charnue que sa voisine, et son regard innocent surmontant ce corps de déesse. Je n'ai plus de répit. Le jour, elle s'immisce dans mes pensées, et la nuit, elle attise mon désir. Un désir que j'ai réfréné tout ce temps et qui, maintenant, explose dans mon calbute, me rappelant à l'ordre. Cette nuit, pour la première fois, je me laisse aller en pensant à elle. Ses formes se dessinent sous mes yeux, ses jambes bien galbées font monter ma pression artérielle. Je jouis en m'imaginant caresser sa peau douce et me fondre en elle. Je crie son prénom dans ma chambre en serrant de toutes mes forces les draps mouillés par mon envie. Mon envie de la posséder, qu'elle soit *mienne*.

Pour la première fois depuis longtemps, j'ai bien dormi. Je me glisse hors du lit, direction la douche. Je nous revois danser sur la piste, alors que je pressais mon bassin contre le sien. N'empêche, quelle satisfaction j'en ai tiré qu'elle s'éclate avec moi et sous le nez de son fils à papa ! Quand j'ai appris qu'elle sortait avec lui, j'ai eu mal au bide. Je pensais que ça s'effacerait quand tout s'est fini entre eux, mais mes entrailles continuent de se tordre. Je mange moins, j'ai un goût amer dans la bouche. Quand j'ouvre un œil, la première chose qui me vient à l'esprit, c'est elle, je ne pense qu'au moment où on va se retrouver seuls. Ce que je craignais arrive. Je tombe amoureux, je ne vois que ça. Sinon, comment expliquer tout ce qu'elle remue en moi ? Quand je la vois parler à un autre, j'en crève de jalousie. L'idée qu'on la touche me donne des haut-le-cœur et, surtout, je nous vois ensemble. Elle m'accompagne à des fêtes, je suis fier de montrer à tous qu'elle m'appartient. Je nous imagine réviser au pied d'un arbre, je la vois se joindre encore plus activement à notre cause, devenir mon bras droit. Pour la première fois, j'entrevois un avenir avec elle.

Le pire, c'est que je l'aime sûrement depuis plusieurs mois, mais j'étais bien trop con pour me l'avouer. La faute à mon putain de passé, toujours là pour me rappeler à l'ordre. Est-ce que, pour une fois, je ne devrais pas écouter mon cœur plutôt que ma raison, qui me pousse toujours à la repousser ? Cet amour, comme une gangrène, me torture de l'intérieur, et si je ne lui dis pas bientôt que je l'aime, il obscurcira mon cœur déjà sombre. Je me lève brusquement, avec la ferme intention de lui avouer mes sentiments. Pourquoi remettre au lendemain ce qu'on peut faire le jour même ? Et tant pis si je me prends un vent, au moins, elle saura.

Quand j'arrive devant le lycée, il n'y a presque plus personne, à part Isabelle, plantée devant le portail. Son regard se pose sur moi, elle semblait m'attendre. Ça tombe bien, je vais pouvoir lui parler tout de suite ! Il ne reste que quelques minutes avant que la sonnerie ne nous rappelle à l'ordre. Je me dirige vers elle, la démarche sûre, alors qu'à l'intérieur, je me suis déjà effondré dix fois.

— Ça tombe bien que tu sois là, j'ai quelque chose d'important à te dire.

Pendant tout le trajet, je me suis trituré les méninges sur la façon d'aborder les choses. Je crois qu'il n'y a pas trente-six solutions. Ça risque d'être un peu brutal, mais je n'ai pas le choix.

— Moi aussi je dois te parler !

Mon cerveau est déréglé par cette information.

Bon sang, à quoi elle joue ? Qu'est-ce qui peut être plus important que ce que je m'apprête à lui avouer ?

— Quoi, c'est si important ? m'impatienté-je.

Elle esquisse un mouvement de recul en hochant la tête.

Voilà, j'ai encore réussi à l'effrayer ! C'est pas possible, je gâche tout !

— Je t'écoute.

— Eh bien, ça concerne... mes parents. Ils veulent que je les accompagne à l'une de leurs réunions politiques chez le maire…

Le sang me monte au visage à la mention de ce type.

— Il est où le rapport ?

— Le fils d'un député sera présent et mes parents vont lui demander d'être mon cavalier pour le bal de fin d'année.

Je regarde au loin, comme si ça ne m'atteignait pas, même si mon cœur se désagrège. Après m'être débarrassé de Nils, voilà encore un fils à papa qui pointe le bout de son nez !

Foutez-lui la paix, bon sang !

— Tu le connais, ce type ?

— Non, pas du tout, mais c'est pas ça que je voulais te dire. Tu ne penses pas que ce serait l'occasion idéale de les accompagner ?

Elle veut pactiser avec l'ennemi ? Je serre les poings en lui crachant, plein de mépris :

— Si tu veux t'amuser avec ces crapules, vas-y. Je te croyais meilleure que ça.

— Tu ne comprends pas ?

— Si t'as besoin de ça pour assurer ton avenir...

— Non, tu te trompes !

— Alors, explique-moi ! m'emporté-je.

— Je veux y aller pour toi ! Je pense que ça pourrait t'être bénéfique de savoir ce qui se dit dans ce genre de réunion. Je le fais pour notre cause !

Elle a bien dit « notre cause » ? Putain, je crois que je l'aime encore plus maintenant !

Je soude mon regard au sien, soutenant ce bleu limpide dans lequel je prends plaisir à me noyer. Ces eaux auront un jour raison de moi. À ce moment-là, j'ai cette certitude qui prend possession de mes tripes, de mon âme : je l'aime à en crever.

— Si tu me réponds que ça ne te sera pas utile, alors je n'irai pas.

Isabelle me tourne le dos, je la retiens doucement par la main. Mon geste semble la surprendre. C'est vrai qu'habituellement, je ne suis pas le roi de la douceur.

— Attends, excuse-moi. J'ai besoin de savoir ce qui se dit ! Tu iras au bal juste après ?

— Oui. Et toi, tu seras là ?

Je ricane intérieurement. Les bals, c'est vraiment pas mon truc, mais ça fait un petit moment que je pense y aller, histoire de la surveiller.

— Comme tu auras des choses à me raconter, c'est OK.

Elle se triture les doigts, les joues rouges. Je commence à la connaître et je sais que, quand elle fait ça, c'est qu'elle est stressée.

— Oui… ? l'encouragé-je en lui prenant les mains.

Elle se pince les lèvres, je la trouve encore plus adorable.

— Eh bien… je me demandais… enfin, étant donné qu'on va tous les deux au bal, tu veux bien être mon… cavalier ?

Isabelle fait une petite grimace en prononçant ce dernier mot. Mon cœur bat plus fort, je m'en veux de ne pas lui avoir proposé avant !

Qu'est-ce que je peux être con !

Je me rappelle néanmoins que c'est pas si grave. Et puis, c'est pas comme à l'époque de nos parents, les temps ont changé, de plus en plus de filles prennent les devants. La preuve, Jason m'a raconté que c'est Jessica qui l'a invité !

J'esquisse un sourire, trop heureux qu'elle veuille y aller avec moi. Je caresse ses belles mains, et lui réponds d'une voix suave :

— Je serais ravi de t'accompagner.

Un rayon de soleil illumine ses traits. Son amour me traverse comme une décharge électrique. Mon corps en feu quémande le sien. Je fixe sa bouche que je crève d'embrasser, elle semble le remarquer et se mord la lèvre du bas, celle qui est plus pulpeuse et appétissante. Je n'ai plus qu'une envie : lui avouer que je l'aime. Les mots me manquent. J'ai la gorge en feu, l'estomac noué, et la tête prête à exploser de cet amour dévastateur.

— Parfait alors. Par contre… je ne sais pas comment faire, la réunion est loin du lycée…

— Trouve un moyen de fausser compagnie à tes parents et au fils du député, et file-moi l'adresse, je t'attendrai pas loin.

— Au fait, t'avais pas un truc à me dire ?

— Rien d'important, répliqué-je en ancrant mes yeux au sol.

Dégonflé.

Elle se hisse sur la pointe des pieds et me donne un timide baiser sur la joue avant de s'éclipser. Je pose un doigt à l'endroit exact où ses lèvres sont venues chatouiller ma peau. Je ressens encore ce baiser qui fourmille sur mon visage.

Sur le chemin du retour, mon cerveau me fait tourner en bourrique. J'ai l'esprit embourbé par toutes ces pensées. Je me sens minable d'avoir manqué de courage à ce point. Mon passé et cette carapace que je me suis forgée toutes ces années prennent un malin plaisir à m'empêcher d'avancer. J'ai peur de ce que je ressens, peur que cet amour nous détruise l'un comme l'autre et, par-dessus tout, j'ai peur de la perdre. Quoi que je fasse, où que j'aille, ce sentiment de ne pas être à la hauteur est toujours là pour me rappeler à l'ordre. La rage m'envahit, je la laisse exploser en un gros coup de klaxon. D'autres conducteurs me klaxonnent à leur tour. Je leur fais un fuck. C'est noir ou blanc. Tout ou rien. Je m'asphyxie dans ce trop-plein d'amour que j'ai envie de lui offrir, je voudrais nous noyer dedans et ne plus remonter à la surface. Les ténèbres m'envahissent, je hurle son prénom au volant. J'ai ce besoin viscéral de lui avouer, ou du moins de lui faire comprendre, ce que j'ai tu tout à l'heure. Est-ce que je suis obligé de prononcer ce mot ? Le plus important, ce sont les actes, non ?

Au loin, une enseigne rouge attire mon attention. Je plisse les yeux. Lorsque je remarque que c'est un fleuriste, mon sang ne fait qu'un tour. La rose rouge et blanche que je lui ai offerte pour son anniversaire me heurte la mémoire.

Pourquoi je n'y ai pas pensé plus tôt ? À l'instant où elle me verra, elle saura.

Mais, pour l'instant, je dois faire quelque chose que je n'ai encore jamais fait : louer un costard. Combien est-ce que ça va encore me coûter tout ce bazar ?

— Doucement, rit Jason, au moment où je tire sur la cravate d'un coup sec.

Dans le miroir, je le vois s'esclaffer, ce qui a le don de m'exaspérer encore plus. Il a déjà choisi sa tenue, qu'il tient soigneusement sous le bras.

Je tire une gueule d'enterrement dans la veste et le pantalon blancs qui me donnent l'air d'un marié. Je me demande pourquoi j'ai essayé ça.

— Oh, putain, c'est du lourd, en effet, pouffe-t-il, la main devant la bouche. N'empêche, t'as la classe, mec !

Cette fois, c'est à mon tour de me marrer.

— Il manque plus que le curé ! Je ne peux pas porter ça, je suis déjà assez blanc, on dirait un cachet d'aspirine ! dis-je en remontant la manche de mon avant-bras.

On repart de plus belle, sous le regard courroucé de la vendeuse qui a l'air de se demander pourquoi elle perd son temps avec moi.

Deux essais plus tard, je fais mon apparition dans une tenue plus classique, un complet noir par-dessus une chemise blanche. Le miroir me renvoie le reflet d'un croque-mort. Ma tronche, qui va avec, est assortie à mon humeur.

— T'es sûr ? On dirait que je vais à un enterrement, là.

— Mec, c'est le troisième que t'essaies, t'es pire qu'une gonzesse !

Je tape nerveusement du pied, les chaussures noir vernis chantent sur le parquet. Il a raison, va bien falloir faire un choix, on ne va pas rester ici jusqu'à la fermeture !

— Je t'assure qu'il te va bien.

— C'est également ce que t'as dit pour le costume rouge, on aurait dit un clown dedans !

— Bah, prends celui-là, et puis, il te va mieux au teint.

Je me sens trop serré dans ces fringues étriquées. J'observe de la tête aux pieds cet étranger qui a emprunté mes traits. J'ai l'impression d'être un âne déguisé en cheval. Il fait chaud à en crever ici, je commence à transpirer.

De toute façon, à quoi ça sert, tout ce merdier ?

— Et puis merde ! Pourquoi faut mettre un costard, aussi ? Pour se plier aux règles sur le paraître de la société ?

— Monsieur ! m'interrompt la vendeuse, outrée.

— C'est ce qui se fait, c'est tout. Tu vas pas te pointer au bal avec ta veste en cuir quand même ?

— J'en serais bien capable !

La commerçante se plante devant moi en me lançant d'un ton autoritaire :

— Si vous ne prenez rien, vous sortez !

— Ça va, ça va ! maugréé-je avec un geste impatient.

Je me dépêche de me débarrasser de ces vêtements qui me collent à la peau et les lui balance. Elle me lance un sale regard tout en pliant avec un soin démesuré le costard.

— T'as un ticket, toi, se moque Jason en sortant du magasin.

Je lui donne une claque amicale sur l'épaule et fais semblant de m'énerver.

— Oh, ta gueule !

Nous décidons d'aller nous rincer le gosier avant de partir chacun de notre côté.

Au moment où je pousse la porte de la maison, je retrouve ma mère avachie comme une merde sur le tapis, le bras allongé sur la table basse. Bien sûr, à côté trône l'inévitable bouteille avec laquelle elle est pieds et poings liés. Je me précipite sur elle, l'assieds sur le canapé en lui donnant quelques baffes pour la réveiller. Au bout d'un moment qui me semble interminable, elle ouvre doucement les yeux, anesthésiée de fatigue. Rachel fait claquer sa langue sur son palais dans un bruit insupportable.

— Soif…, fait-elle en tendant la main vers moi.

Je lui sers un verre d'eau, que je me retiens de lui jeter à la figure. Mes entrailles fondent, j'ai envie de tout envoyer bouler, mais la colère n'est plus la solution. Mon souffle s'étrangle dans ma gorge.

— Tu peux pas t'en empêcher.

— Ethan, c'est pas le moment…

Elle pose une main sur son front. Mes yeux captent sa boîte d'antidépresseur.

— Ne me dis pas que t'as avalé ces merdes avec ton vin !

Je serre les poings, empoigne sa bouteille et la jette rageusement dans la poubelle. Je retourne la voir, des éclairs plein les yeux.

— C'est pas la première fois…

— T'es vraiment inconsciente !

Rachel se redresse, les mains désespérément collées à sa poitrine. Elle suffoque, en robe de chambre sur le canapé. Je la penche en avant pour lui donner des claques vigoureuses dans le dos, jusqu'à ce qu'elle recrache ses poumons.

Je me souviens des dernières paroles de Devon. « La prochaine fois qu'elle boit, appelle-moi, mais surtout, ne reste pas seul, ce n'est jamais bon. »

Je dégaine mon portable comme un flingue, tout en lui ordonnant de ne pas bouger.

— Qu'est-ce que tu fais ?

— Ce que j'aurais dû faire depuis longtemps.

Sans demander mon reste, je pars m'isoler à l'extérieur pour appeler Devon.

Il arrive un peu plus tard.

— Elle est où ? s'inquiète-t-il en se précipitant dans le salon.

Je pointe un doigt tremblant vers le canapé. J'ai aucune idée de ce qu'il compte faire, tout ce que je sais, c'est que je lui fais confiance. Il inspecte rapidement ce qui me sert de mère, vérifie son état. Lorsqu'il la relève, elle manque de s'étaler sur la table basse.

— Aide-moi à la tenir debout, m'ordonne Devon d'une voix sèche.

Ensemble, nous l'emmenons jusqu'à la cuisine, puis l'aidons à s'asseoir sur la chaise. Elle enfouit un peu brusquement la tête entre ses bras, refusant de nous regarder.

— Madame, vous avez besoin d'être soignée.

Elle lève doucement le visage vers nous, les yeux embués de larmes.

— Pourquoi vous vous mêlez de ma vie privée ?

— Parce que vous vous faites du mal, à vous et à votre fils. C'est aussi pour votre sécurité. Vous avez besoin d'aide.

Ce dernier mot résonne dans la pièce comme un SOS. Un appel au secours que je n'ai pas su voir toutes ces années.

— Je n'y arrive plus…

Elle pousse un cri étranglé en s'effondrant en larmes sur le bois frais. Ce ne sont plus des pleurs, c'est une complainte de désespoir. Je ne l'ai jamais vue dans cet état. Devon lui masse maladroitement le dos jusqu'à ce qu'elle se calme.

Maintenant, le silence plane, effrayant, au-dessus de nous. Un silence que j'ai du mal à ne pas briser tellement il me détruit de l'intérieur.

— Qu'est-ce qu'on fait ? demandé-je à Devon.

Ma mère nous regarde tour à tour, comme si sa vie en dépendait. Je la sens tétanisée.

— J'ai pensé à un centre de désintoxication. On va commencer par l'emmener chez son médecin, il prendra les mesures qui s'imposent.

Elle est secouée d'un spasme. Je remercie chaleureusement Devon. Rachel se laisse porter jusqu'à ma voiture. Je l'emmène chez son médecin, avec la certitude que les choses vont aller mieux.

CHAPITRE 53
ETHAN

« Pour l'homme affamé, le pain est magnifique. Pour le sans-abri, un toit est magnifique. Pour l'ivrogne, le vin est magnifique. Il n'y a que ceux qui ne manquent de rien qui perçoivent la beauté dans un morceau de caillou[31]. »

Joe Abercrombie

Je n'ai quasiment pas dormi de la nuit. Le verdict du médecin est tombé comme une pluie glaçante. Depuis deux jours, je suis seul. Devon nous a accompagnés à Palorem Beach, le centre de désintoxication le plus proche. Je n'oublierai jamais le dernier regard que m'a lancé ma mère. Apeuré. Elle marchait, toute tremblante, jusqu'à ce que le personnel la prenne en charge. Je lui ai promis que ça se passerait bien, lui ai répété qu'elle *devait* le faire.

Je termine mon café serré. En consultant vite fait mon téléphone, je constate que j'ai un message non lu de Devon, envoyé ce matin.

---

[31] *Servir froid*, Joe Abercrombie, Bragelonne, 2013.

[Tu devrais aller faire un tour à la sortie de la ville, appelle-moi après.]

Je le relis plusieurs fois, surpris qu'il ne m'en dise pas plus. J'essaie de l'appeler, sans succès, et décide de l'écouter, ça a l'air sérieux.

Je roule en direction des abords de Wilnoh. En même pas quinze minutes, j'y suis. Au loin, une multitude de tissus aux couleurs différentes capte mon attention. Au fur et à mesure que j'avance, je me rends compte que ce sont des tentes. Je freine d'un coup sec, puis descends de la voiture, les jambes tremblantes.

Les tent cities.

Une eau glaciale se répand dans mes pauvres os.

Depuis quand ils sont ici ?

La triste réalité s'étend devant moi. Je peine à reprendre ma respiration tant j'ai le souffle coupé. Je n'aurais jamais imaginé que cette ville pouvait faire pire que ce que j'avais déjà vu. Une cinquantaine de tentes sont éparpillées les unes à côté des autres sur un terrain vague. La promiscuité, impossible d'y échapper ! Même l'air pue la misère. Une benne à ordure domine l'entrée du « village ».

Une odeur rance mélangée à de la transpiration envahit mes narines. Des familles errent comme des fantômes entre les allées, le visage creux et les traits soucieux. Les muscles de mon visage tressautent, un souvenir jusqu'alors enfoui se rappelle à moi. Comme un boomerang, il me revient en pleine gueule…

J'avance péniblement. Les feuilles mortes craquent sous mes chaussures pleines de boue et le vent souffle sur les tentes. Des notes de musique résonnent dans la forêt. Je suis les sans-abri jusqu'au centre du mini village improvisé. Le révérend Garven joue avec entrain sur un vieux piano en bois. Apaisé, je ferme les yeux un instant. Lorsque je les rouvre, je me rends compte que je ne suis pas le seul à apprécier. Les autres sont émus, ça leur fait oublier un moment leur misérable existence. J'ai de la chance de ne pas vivre ici ; moi, au moins, j'ai un toit. Pour la première fois, malgré mon jeune âge, je prends conscience qu'on trouve toujours pire que soi, et je me promets de ne plus me plaindre.

Un couple assis contre un arbre se pique l'avant-bras à l'aide d'une seringue. Quelques instants après, ils paraissent soulagés, comme si le poids du monde ne pesait plus sur leurs épaules. Je continue mon tour à la recherche de mon ami Will. C'est pour lui apporter de quoi manger que je suis venu. Sa mère et lui se sont retrouvés à la rue et « Tent City » les a accueillis. Un vieux monsieur me fixe. Quand je l'imite, je me rends compte que ses traits sont jeunes et que c'est la rue qui l'a vieilli prématurément. Les dernières notes du piano s'envolent dans les airs, je suis le révérend jusqu'à sa voiture pour l'aider à porter les cartons au milieu du « village ».

Will s'approche en tendant les mains, un léger sourire empreignant ses traits. Mon cœur se serre. Je l'accompagne jusqu'à sa tente, tout en traînant le lourd sac de denrées.

— On y est. C'est là que j'habite maintenant.

Il me fait entrer dans sa misérable demeure. Je dois me retenir de ne pas claquer des dents. Il fait presque aussi froid que dehors, malgré les couvertures qui doublent la toile de tente. Sa mère tourne le visage vers moi, recroquevillée sur un matelas. Elle me fait un signe faible de la main.

— Ça ne va pas ? m'inquiété-je.

— Je… depuis plusieurs jours, j'ai attrapé quelque chose…

Linda se met à tousser comme si une tornade balayait sa poitrine. Will lui fait boire un verre d'eau en lui relevant la tête.

— Rien de bien grave. J'ai toujours eu une santé fragile, ça va passer.

— Il faut aller voir un médecin ! m'affolé-je.

— Allons, pas pour si peu… Le révérend Garven a apporté des médicaments.

— Je suis là, Linda, se manifeste ce dernier en ouvrant la fermeture Éclair de la tente. Le médecin n'a pas pu venir cette fois, mais j'ai de quoi soigner votre mauvaise toux.

Il étale à même le sol des sirops et remèdes de grand-mère.

Will me fait signe de le suivre dehors.

— Je… Je suis désolé que t'aies perdu ton logement, bredouillé-je, mal à l'aise.

— Ouais, répond-il en shootant dans un seau vide. Qu'est-ce que tu veux, on s'y habitue. Le révérend nous a dit qu'on ne resterait pas longtemps ici, maman et moi. Les services sociaux vont prendre en compte notre demande et nous attribuer un logement, même de secours.

Je lève les yeux vers le ciel, espérant qu'il sorte vite de ce bourbier, avant de me rappeler que Dieu n'existe pas. Du moins, pas ici. Je prends la main de mon ami et le rassure du mieux que je peux en lui promettant de revenir le voir.

Des cris d'enfants me font sursauter. Je reviens au moment présent. Mes mâchoires sont tellement contractées que j'ai l'impression qu'elles vont se briser. La pauvreté extrême de ce souvenir, mêlée à celle qui s'étale devant moi, me donne la nausée.

Je déverse mes tripes sur le macadam. Je vomis cette putain de misère qui semble me suivre où que j'aille. Incapable d'en voir plus, je cours comme un fou jusqu'à ma caisse. Cette fois-ci, le maire est allé trop loin. Comment peut-il laisser ces familles dans ces conditions ? Depuis combien de temps ils sont là ? J'appelle Devon, avec la ferme intention d'en savoir plus.

CHAPITRE 54
ISABELLE

« La pauvreté des biens est facile à guérir, la pauvreté de l'âme, impossible. »
Michel de Montaigne

C'est le grand jour, celui du bal et de la fameuse réunion. Je passe la main dans mes nouvelles mèches blondes. Ma mère me fait patienter dans ma chambre. C'est avec un peu de stress que j'entends ses pas claquer sur le parquet. Elle apparaît dans l'embrasure de la porte, une longue boîte rectangulaire dans les bras. Elle la pose délicatement sur le lit.

— Qu'est-ce que tu attends ? Ouvre-la !

Les doigts tremblants, je défais avec précaution le nœud du ruban, soulève le couvercle rose bonbon. J'envoie valdinguer le papier de soie sur le lit. Ma peau entre en contact avec le tissu noble. Je fais virevolter la robe autour de moi. Bien qu'elle balaye le sol, elle est aussi légère qu'une plume.

— Elle est magnifique !

— Et tu ne sais pas tout, s'étrangle-t-elle.

Ma mère s'assied sur le lit, tapote une place à côté d'elle. Je m'exécute, peu rassurée quant à ce qu'elle s'apprête à m'avouer.

— Elle appartenait à…

Une larme apparaît le long de ses cils pour s'écraser sur sa joue. Elle s'empresse de l'essuyer, puis poursuit, la voix enrouée :

—… ta sœur. Elle n'a jamais eu l'occasion de la porter.

Mon cœur se noie dans ma poitrine, je manque d'oxygène. Heureusement que je suis assise !

— Je ne sais pas si je peux accepter…

— C'est une soirée importante, elle aurait voulu que tu la portes.

— Merci, réponds-je d'une voix douloureuse, en serrant la robe contre mon cœur.

Elle s'éclipse, me laissant me préparer.

Je m'empresse d'envoyer un texto à Ethan pour lui indiquer l'adresse de la réunion et l'heure à laquelle elle se termine, puis rejoins mes parents dans le salon.

— Tu es magnifique ! me complimente mon père en s'inclinant, la main sur la poitrine.

Je l'imite et nous nous esclaffons, sous le regard agacé de ma mère. Pour une fois, je ne regrette pas de l'avoir écoutée. Le tissu bleu roi tranche parfaitement sur mon teint de pêche. Fluide, légère et simple, la robe vaporeuse épouse mes formes à la perfection. Son décolleté ovale dévoile la naissance de ma poitrine. Je triture le collier qui pend à mon cou, orné d'un unique diamant assorti à ma tenue.

— Allez ! On va être en retard.

Je leur emboîte le pas, non sans difficulté avec ma traîne qui lèche le sol.

Les champs s'étendent à perte de vue. La route est gorgée de soleil en cette fin de journée. J'étouffe à l'arrière, je m'évente comme je peux de la main.

— On est bientôt arrivés, m'annonce mon père en lançant un coup d'œil dans le rétroviseur.

Il bifurque à gauche, s'enfonçant dans un chemin sinueux cerclé d'arbres. Deux poutres en pierre, gardiennes de ce qui semble être une propriété, pointent vers le ciel. D'autres voitures empruntent l'allée. Je redresse la tête, sur le qui-vive.

Un portail gardé par deux têtes de lion mordorées nous ouvre ses portes. Des parterres fleuris multicolores serpentent sur l'herbe. La pelouse éclabousse les murs d'une grande bâtisse blanche aux volets bleus, entourée de trois chaumières. Nous débouchons sur un vaste parking. Mon père tend un carton d'invitation à un surveillant, qui nous laisse passer.

Un manoir aux murs hauts et fiers domine somptueusement une allée bordée de buissons en spirales. Ses tours pointues comme des chapeaux de sorcière défient le ciel orangé de cette fin de journée. D'épais rideaux blanc et rouge tombent sur les longues fenêtres à carreaux. Les larges portes en chêne massif sont ouvertes. Un escalier de couleur crème s'étale en marmelade sur le sol orné de losanges. Nous l'empruntons. Deux vigiles en costume nous reçoivent devant une porte aux vitres opaques.

Nous débouchons sur une terrasse intérieure offrant une vue imprenable sur la salle de réception. Sur ma gauche et ma droite, deux escaliers descendent dans la fosse aux lions.

Du lierre grimpe sur les murs rehaussés de guirlandes lumineuses. Au plafond, une dizaine de lustres argentés observent les invités.

Une douce mélodie s'invite dans mes oreilles. Perchés sur une estrade, des musiciens font glisser avec entrain des archets sur leurs violons. Les notes éclatent au-dessus de ma tête. En bas, costards clinquants et robes tape-à-l'œil se côtoient dans une marée de couleurs. Les serveurs slaloment entre les convives riant à gorge déployée, des coupes de champagne en main.

Mes parents descendent en premier. Je pose un pied sur la première marche. À chaque pas, le tissu de ma robe coule sur le sol. Je me tiens à la rambarde, les mains tremblantes, en observant ce petit monde. Quelques têtes se lèvent vers moi. En bas, mes parents discutent avec un jeune homme, à coups de grands sourires.

J'imagine que c'est le cavalier qu'ils me réservent.

Nos regards se rencontrent. Mon estomac se serre, j'ai l'impression que le monde entier a les yeux rivés sur moi.

— Isabelle, je te présente Connors, le fils du député Mckinley.

Ses cheveux châtains sont ramenés en arrière. Les bras le long du torse, il adopte une posture droite. Je lui adresse un faible sourire. Connors se penche vers moi en m'offrant un baisemain. Il garde ma main un peu trop longtemps dans la sienne, je m'empresse de la retirer d'un geste sec. Ma mère ne semble pas avoir remarqué mon malaise.

— Il a gentiment accepté de t'accompagner au bal du lycée, après la réunion.

— C'est un plaisir, me répond-il avec un léger sourire en coin.

Pour toute réponse, j'accepte le bras qu'il m'offre.

Je ne sais pas depuis combien de temps je suis avec lui, mais les minutes semblent s'étirer sournoisement. Mes parents nous ont laissés seuls et je sens ma patience s'effriter. Il me promène comme une vulgaire poupée, m'exhibe à son bras. Connors s'arrête devant certains groupes, en profite pour vanter démesurément ma beauté, avant de m'ignorer royalement. J'ai l'impression d'être une plante verte, de ne servir que d'accessoire, au même titre que sa cravate violette, qui est exécrable, au passage. Je me sens oppressée parmi cette foule. « La meilleure caste de la société s'est donné rendez-vous au sommet », m'a-t-il fièrement déclaré, pas plus tard qu'il y a cinq minutes. Il se croit vraiment au-dessus de tout le monde ! Je ne tarde pas à rejoindre mes parents, avant que le discours ne commence.

Un homme à la chevelure argentée circule fièrement parmi les invités, offrant avec ferveur des poignées de mains. Derrière son sourire, ses dents d'un blanc immaculé sont parfaitement alignées. Tout le monde l'admire comme si c'était un saint. Pour ma part, je ne suis pas impressionnée. Il se dirige vers l'estrade, tout en continuant ses salutations. Les têtes se tournent sur son passage, je remarque que le regard des femmes s'attarde un peu trop longtemps sur lui.

Il joint ses mains en l'air, un silence respectueux s'abat sur l'assemblée. Derrière lui, les tentures couleur crème mettent en relief son costume gris souris.

— Mesdames et messieurs, je suis ravi d'accueillir parmi nous, ce soir, le meilleur parti de Wilnoh.

Un tonnerre d'applaudissements accompagne cette simple phrase qui ne veut rien dire. Encore un qui se croit au-dessus de tout ! J'applaudis sans grande conviction, même si mon cœur me hurle de sortir. J'étouffe au milieu de ce tas de robes, de coupes et d'hypocrisie.

Ses yeux de lynx percent l'assemblée. Les bruits s'estompent jusqu'à ce qu'il ne reste plus que lui face au silence.

— Sachez que je me suis toujours considéré comme le maire de tous les citoyens. Je suis un homme accessible, enfin… je l'espère, plaisante-t-il.

Les rires fusent dans la salle, sans m'atteindre. Je le fixe, concentrée sur son discours. Je veux en savoir *plus*.

— Je vous remercie tous d'être venus. Jusque-là, nous avons réussi à trouver un équilibre. Un équilibre qui, j'ai le regret de vous l'annoncer, menace de s'effondrer. Depuis quelques jours, des sans-abri se sont installés sur un terrain vague, à la sortie de la ville.

La foule pousse une exclamation de surprise. Ma mère place une main sur son cœur, la bouche exagérément déformée. Elle absorbe ses paroles comme on boit les discours dithyrambiques des messagers de Dieu.

— Oui, vous avez bien entendu ! reprend-il en levant les paumes vers le ciel. Ce sont des familles de Wilnoh et des villes voisines qui ont installé leurs tentes sans l'autorisation de l'État. Le créateur de l'association *Gifts From The Heart*, Devon Scott, s'est déjà désigné comme médiateur. Je me suis longuement entretenu avec lui ce matin et, apparemment, ils resteront là tant qu'on ne leur aura pas attribué d'abris. Nous n'avons aucune structure ou infrastructure pour les accueillir, et je ne compte pas investir votre argent dans un tel projet. Nous ne faisons pas dans le caritatif !

Tout le monde l'acclame pour souligner ses propos. Je reste tétanisée par tant d'égoïsme. Avant d'être des sans-abri, ce sont surtout des humains !

— Cet homme, M. Scott, a déjà organisé une manifestation il y a quelques mois, avec l'aide de bras cassés. Ils voulaient que l'on baisse le prix des appartements du centre-ville pour y loger les habitants des quartiers pauvres. Tout a été ajusté au prix du marché, nous ne pouvons pas nous permettre de diminuer les loyers sans signer notre perte. En revanche, j'ai décidé, par pur altruisme, de les aider. Chaque semaine, depuis décembre dernier, des équipes nettoient leurs quartiers.

Toute la salle l'applaudit, les yeux brillants d'admiration. Il baisse hypocritement la tête en signe de reconnaissance.

— Apparemment, ce que j'ai fait n'a pas suffi. Il y a plusieurs mois de cela, des tracts ont été placardés dans toute la ville avec ma tête dessus et un slogan des plus insultants pour notre parti. J'ai mené ma petite enquête, mais je n'ai rien trouvé, bien que je me doute de qui est derrière tout ça !

Une petite dame replète dont le collier en perles lui mange le cou se rapproche du maire en lui tendant une des affiches que j'avais distribuées avec Ethan. Il balance avec dédain le papier à l'assemblée. Un homme l'attrape et le brandit rageusement sous les huées indignées de la salle. Ma mère hurle :

— Quelle honte !

Si elle savait !

Elden lance à son public un sourire sardonique, et remet ses mains en avant pour reprendre la parole.

— Depuis plusieurs générations, les classes moyennes et élevées ont contribué à développer l'économie de la région. Les pères de nos pères se sont échinés à faire de cette ville ce qu'elle est devenue aujourd'hui. Ils se retourneraient dans leur tombe s'ils voyaient ces va-nu-pieds qui ont installé leurs tentes ici ! Ces mendiants vont donner une mauvaise image de Wilnoh. La plupart sont des voleurs, ou encore des toxicomanes. Vous voulez vivre dans l'insécurité ? Avec la peur de ne pas rentrer chez vous, le soir, ou que vos enfants se fassent agresser ?

Un « non » général envahit la pièce. Les voix bourdonnent dans ma tête, me plongeant dans un état second. Je frappe nerveusement du pied, les bras croisés sur la poitrine. Mes parents me lancent un regard d'avertissement, je les ignore du mieux que je peux.

— Nous sommes bien d'accord, nous devons leur demander de partir au plus vite !

— Non ! hurlé-je par-dessus les cris d'encouragement.

Quelques personnes ont entendu. Ma mère approche son visage du mien et me souffle à l'oreille :

— Tu vas te taire !

— Comment vous pouvez cautionner ce qu'il dit ?

Pour toute réponse, elle me saisit le bras. Ses ongles s'enfoncent dans ma chair, je dois me mordre la langue pour ne pas crier. Le plus douloureux, c'est la façon dont mes idées sont rabrouées.

— Ne fais pas de scandale. Laisse-le parler et tais-toi !

Je parviens à me dégager de son emprise, les joues en feu. Un liquide chaud coule le long de mon bras, ses ongles ont laissé une marque en forme de croissant sur ma peau. Mon père nous fixe, surpris, puis me tend discrètement un mouchoir. Je le presse contre mon bras meurtri, la gorge serrée. Ce silence qu'on m'impose depuis bien trop longtemps explose en moi, comme un volcan, brûlant tout sur son passage. J'ai toujours eu l'impression de déranger, de ne pas être à ma place dans cette société hypocrite qui revendique le droit d'expression des femmes et qui le renie quand ça l'arrange.

Les lèvres du maire remuent, je n'entends plus rien. Je suis engloutie par une marée de chagrin et de colère. Je suis asphyxiée par ce trop-plein d'injustice et de richesse. Mon cerveau est embourbé. Confuse, je cherche la raison pour laquelle j'ai accepté de venir. Des milliers de fourmis me picotent partout, n'épargnant pas la moindre parcelle de peau. J'essaie de me reconnecter à mes pensées.

La pauvreté. La richesse. Ce combat perpétuel entre les classes sociales.

Ethan...

Je cligne doucement des paupières. Les bruits glissent à nouveau dans mes oreilles, je reviens peu à peu à la réalité. Je croise les bras et fixe le maire, lui envoyant toute la haine dont je suis capable. Je voudrais hurler mon mécontentement, leur montrer à tous qu'ils se trompent, mais mes jambes sont bien décidées à rester sur place.

Nouvelle marée d'ovations à laquelle je ne me joins pas. Ces gens, aveugles, acquiescent avec ferveur, comme si c'était le messie. Ses propos me révoltent. La voix qui sommeille au fond de moi, celle que je tais depuis bien trop longtemps, gronde dans mon estomac.

J'avance parmi les invités, d'un pas décidé. Je bouscule quelques personnes sans prendre la peine de m'excuser. Je fais la sourde oreille lorsque la voix venimeuse de ma mère me rappelle à l'ordre. Quelqu'un doit leur remettre les idées en place. Tant pis pour le qu'en-dira-t-on ! Je suis déçue que mon père soutienne cette cause avec tant de ferveur, je le pensais différent.

Mes rêves de petite fille s'effritent à chaque pas que je fais. Arrivée au pied de l'estrade, un homme en costard me barre l'accès. L'atmosphère devient pesante.

— Hé, qu'est-ce que vous faites ?

— J'ai quelque chose à dire ! crié-je plus fort que de raison.

Le vigile essaie de m'entraîner sur le côté. La voix paisible du maire inonde la pièce.

— Laissez-la monter, tout le monde a le droit d'exprimer ses inquiétudes. Peut-être qu'elle détient des informations importantes.

Lorsqu'il me relâche, je lui adresse un sourire hypocrite avant de grimper les marches, les jambes tremblantes.

— J'espère que c'est important, pour vous être donné tant de mal.

— Oui, confirmé-je d'une voix blanche.

Il me cède sa place. J'ai l'impression d'être au milieu d'une arène. Chaque mot que je vais prononcer sera minutieusement analysé. Des centaines d'yeux me fixent, étonnés. Les miens croisent ceux de mes parents, le visage inondé de honte.

Et maintenant ?

Je tremble de tous mes membres face au silence oppressant.

— Tout d'abord, je tiens à m'excuser d'avoir interrompu votre discours, lancé-je à l'intention du maire.

Il s'incline avec un petit sourire froid et m'invite à poursuivre.

— Mais je ne pouvais pas vous laisser proférer de telles ignominies.

Un mouvement parcourt la foule.

— Si c'est comme ça, partez !

— Vous venez de dire que je pouvais exprimer mes pensées !

Je me tourne vers les invités, le cœur affolé.

— Comment pouvez-vous cautionner ce qu'il dit ? Il compte renvoyer ces familles dans le besoin, alors qu'elles n'ont nulle part où aller ! Tout le monde a le droit d'avoir un toit, alors pourquoi ne pas investir pour ces gens ? Un peu d'humanité, bon sang !

Des regards haineux me transpercent. Les iris de ma mère me lancent des flèches enflammées.

— C'est bon, vous avez fini ? s'enquiert Elden d'un ton méprisant.

— Non, j'ai une dernière chose à dire.

Je poursuis, la voix vibrante de colère :

— Vous renforcez la sécurité dans les quartiers aisés, alors que ce n'est pas là qu'il y a le plus de violence, et vous le savez ! Vous trouvez ça normal ?

— Vous prenez parti pour ces malotrus, mais à en voir votre tenue, vous êtes des nôtres, enfin, vous l'étiez.

— Vous êtes aveugles ! Tout ce qui vous importe, c'est la sécurité et le bonheur des gens comme vous. Vous ne voyez pas la souffrance autour de vous ?

Le temps se fige, les invités me toisent avec dédain. La bouche grande ouverte, une dame aux cheveux grisonnants fait tomber sa coupe qui s'écrase en mille morceaux sur le sol. Le vin s'étale comme une mare de sang aux pieds des invités.

Personne ne m'écoute, personne ne réalise la gravité des actes du maire. Renvoyer ces familles, au lieu de les aider, il n'y a rien de plus cruel !

J'abandonne le micro et descends fébrilement les marches de l'estrade. La foule s'écarte sur mon passage, comme si j'étais une pestiférée. Je longe la salle d'un pas alerte, m'efforçant de garder la tête haute, alors que mon cœur s'émiette. Des éclairs de haine me poursuivent, accompagnés de murmures indignés, jusqu'au pied de l'escalier. Je m'empresse de le monter, mon cœur tambourinant violemment dans ma poitrine.

Ce n'est que dehors que je me mets à courir, les larmes au bord des cils. Je consulte mon portable, la vue brouillée.

[J'ai pas pu me garer sur le parking du manoir, je t'expliquerai. Je t'attends sur la route, un peu plus loin.]

Je traverse la propriété, mon étole glisse de mes épaules. Je ne prends pas la peine de la ramasser. Désormais, tout a changé, je veux m'éloigner de ce qui me rattache à mon ancienne vie. La seule chose qui compte pour ces gens des hautes sphères, ce sont les apparences.

Les derniers rayons du soleil caressent la campagne qui exhale un parfum de terre et d'herbe.

Je repère Ethan, appuyé contre sa voiture. Je cours à en perdre haleine sous un ciel teinté d'orangé. Ethan me scrute. J'avance vers lui le cœur au bord des lèvres. Il semble remarquer que quelque chose de grave s'est produit. En un éclair, son visage reflète une profonde inquiétude. J'ai l'impression de parcourir des kilomètres sous son regard. Il est si près, et à la fois si loin.

Plus que quelques pas. Il m'ouvre déjà les bras et je fonce sur lui, le visage baigné de larmes. Je me laisse aller à ma tristesse contre son torse, ses bras m'encerclent avec force. Je sens son souffle courir sur mon front. Ethan me berce tendrement, nous restons dans cette position un bon moment. Il finit par se décoller de moi, pour mon plus grand regret, tout en gardant mes mains dans les siennes.

— Parle-moi, me dit-il enfin.

Je déglutis avec peine, un nœud au fond de la gorge.

— Il tenait des propos horribles... J'ai été obligée d'intervenir.

— Qu'est-ce que tu as fait ?

Sa voix et ses traits reflètent son inquiétude.

— J'ai parlé devant tout le monde.

Je chancelle. Il me rattrape à temps, ouvre la portière de sa voiture, puis m'aide à m'installer. Je lui raconte ce qu'il s'est passé. Son visage se teinte de surprise à mesure que j'avance dans mon récit.

— Tu... Tu as fait ça ?

— Oui, et je ne regrette pas, si tu veux savoir !

— T'as eu raison ! Putain, si j'avais été là, j'aurais fait pareil. On aurait été au moins deux contre tous ces connards. Son manoir est bien protégé, j'ai pas eu accès au parking, on me demandait une invitation, c'est pour ça que je t'ai attendue là. Je suis fier de toi.

Ses derniers mots me mettent du baume au cœur.

— C'est... C'est vrai ?

— Tu as eu beaucoup de courage de t'opposer à tous ces friqués. J'ai… J'étais au courant pour les sans-abri. Devon m'a prévenu. Je suis allé à la sortie de la ville et j'ai vu le village de tentes. Il m'a dit qu'il y a de plus en plus de pauvreté à Wilnoh. Des tas de gens se sont retrouvés à la rue, ils se sont réunis avec leurs tentes sur le terrain. Et le maire veut les virer ? C'est vraiment dégueulasse. Il va falloir préparer notre offensive, et vite !

— Je serai avec toi.

Il entrelace nos doigts, le regard plus doux.

— T'as rencontré ton soi-disant cavalier, je suppose ?

— Oui, il s'appelle Connors.

— Je sais pas pourquoi, ça ne m'étonne même pas. Au moins, tu n'auras pas besoin de fausser compagnie à *Connors le connard* !

Il se gausse sur son siège en cuir. Je l'imite. Ça fait du bien d'évacuer la tension. Au bout de quelques minutes, nous reprenons notre calme. Il emprisonne mon menton entre son pouce et son index. L'air se raréfie, je peine à respirer correctement.

— T'as fait quelque chose à tes cheveux ? me demande-t-il subitement.

Je passe les doigts sur une mèche blonde qui retombe en boucle devant mon visage.

— Oh, euh... oui, je les ai éclaircis.

— Je me disais bien. Tu es…

Je l'entends déglutir avec peine.

—… magnifique, finit-il par lâcher.

Mon visage s'enflamme. Je dois avouer qu'il n'est pas mal non plus. Je ne l'avais encore jamais vu en costume. Sa cravate ressort sur sa chemise immaculée et ses cheveux sont plaqués en arrière. Son air classe contraste merveilleusement avec sa boucle d'oreille noire.

Je tourne la tête, côté vitre, incapable de soutenir son regard.

— On ferait mieux d'y aller, reprend-il en démarrant le moteur.

CHAPITRE 55
ISABELLE

« Dans un baiser, on peut voler une âme. »
Henri-Frédéric Amiel

— C'est quoi le thème de la soirée, déjà ?

— L'océan, réponds-je, un brin amusée qu'il n'ait pas retenu cette information, alors que tout le lycée en parle depuis plus d'un mois.

Une jeune fille à la tignasse flamboyante attend, surexcitée, devant les portes. Je reconnais immédiatement Jessica, accompagnée d'un Jason particulièrement chic. Ils se tiennent la main, et je ne peux m'empêcher de sourire en lançant un regard de connivence à Ethan.

Quand elle nous voit, elle fait de grands signes, nous invitant à les rejoindre. Sa robe rouge moulante munie d'une longue fente sur le côté lui donne l'air d'une vraie sirène.

— Ouah, Isa ! Tu es splendide, me complimente-t-elle en me serrant dans ses bras.

— Toi aussi, réponds-je, émue.

Ethan et Jason se tapent dans l'épaule en échangeant quelques mots.

— Ah, c'est à nous ! s'exclame-t-elle, excitée, en prenant le ticket que le jeune homme, à l'entrée, nous tend.

Au-dessus d'une arcade de ballons bleus et roses entremêlés est suspendue en grosses lettres argentées la phrase « *Welcome To Prom Night*[32] ». Jessica et Jason se font prendre en photo. Elle se prête formidablement au jeu en enchaînant des poses qui rendraient jalouses les stars d'Hollywood.

Ethan tourne discrètement la tête vers moi, il a compris ce qui nous attend et semble vouloir y échapper. Au moment où je le prends par le bras, ses muscles sont tendus comme des fils de fer. Nous patientons, figés, afin que les profs immortalisent cet instant. Son visage est aussi lisse que du marbre, on dirait qu'il va faire un arrêt cardiaque.

— Qu'est-ce qu'ils foutent ? grince-t-il.

Dès que le premier flash crépite, il m'entraîne loin, sans demander son reste. Je ne peux m'empêcher de le taquiner.

— T'en fais une tête. T'aimes pas les photos ?

— Pas dans ce costume ridicule. On dirait même pas que c'est moi !

— C'est vrai que ça fait bizarre, mais ça te va bien.

— Je m'y habituerai jamais, j'ai l'air d'un croque-mort !

— T'exagères ! Et t'en as croisé beaucoup, des croque-morts, pour affirmer ça ? plaisanté-je.

— Un certain nombre, oui.

Sa voix est soudain lointaine et froide, comme une lune baignée de brume. Je regrette mes propos.

— Excuse-moi, je ne savais pas.

— C'est bon, n'en parlons plus.

Les murs sont d'un bleu profond. Des lampes translucides en forme de méduses ondulent gracieusement au-dessus de nos têtes. Sur le plafond dansent des poissons et des coquillages nacrés. Je m'émerveille devant tant de beauté, on se croirait vraiment au fond de l'océan ! Les tables ont été dressées sur le côté, libérant une large piste de danse. Un aquarium géant repose sur l'estrade installée pour l'occasion. Sous les néons multicolores, une sirène se déhanche à côté du DJ.

[32] « Bienvenue au bal de promo », traduit de l'anglais.

Jessica part de son côté avec Jason, tandis que je m'installe, en attendant Ethan. Il revient, après avoir slalomé entre les couples, avec deux coupes de cocktail pleines à ras bord.

Le roi et la reine de la soirée ouvrent le bal sur un slow. Petit à petit, d'autres élèves les rejoignent.

— Tu veux prendre l'air ?

J'acquiesce et nous sortons. Un tapis éclairé d'une nuée de lanternes coruscantes traverse le crépuscule. L'air vespéral m'enveloppe, je frissonne à son contact. Nous longeons l'arrière du bâtiment, puis débouchons dans une petite cour. Des cyprès sertis de guirlandes argentées nous encerclent.

— C'est tellement magnifique, m'émerveillé-je.

Il me répond d'un ton grave :

— C'est toi qui rends cet endroit magnifique.

Le rouge me monte aux joues à une vitesse faramineuse. La respiration saccadée, j'admire la blancheur de sa peau qui ressort dans la sorgue[33] profonde. Je n'ai pas le temps de répondre, Ethan emprisonne mes mains dans les siennes, et souffle d'une voix tremblante :

— Tu veux bien m'attendre là ? Je vais chercher quelque chose, je reviens vite.

J'acquiesce, le cœur battant à tout rompre. Il s'éloigne d'un pas nerveux. Je le trouve bien mystérieux tout à coup.

Les quelques minutes passées sans lui me paraissent bien longues. L'air frais recouvre la moindre parcelle de ma peau. Ethan revient d'un pas lent, comme s'il cherchait à retarder le moment inévitable où il me rejoindra. Sa main derrière son dos dissimule quelque chose.

— Qu'est-ce que tu caches ? le questionné-je, amusée.

Pour toute réponse, il me tend une rose couleur rubis. J'effleure du bout des doigts la fleur dont les pétales du milieu sont d'un blanc immaculé. Mes yeux s'écarquillent lorsque je *la* reconnais.

Mille feux d'artifice éclatent dans ma poitrine. Je me retourne, les larmes aux yeux.

C'était lui.

Ses mains puissantes se referment autour de ma taille, m'insufflant un peu de chaleur.

---

[33] Nuit, soir.

— Tu sais, maintenant ?

Il me fait doucement pivoter, pour me forcer à le regarder. Je plonge dans le tourment de ses yeux sans âme, puis j'acquiesce, tremblante.

— Dis-le.

Sa voix perce les ténèbres. Sa bouche se perd dans le creux de mon cou, il murmure à nouveau ces mots :

— Dis-le.

— C'est toi qui m'avais offert la rose.

— Oui, souffle-t-il.

— Merci. Je... Pourquoi ?

Il baisse la tête, embarrassé.

— Eh bien…

Il semble réunir toutes ses forces.

— Parce que tu me plais, lâche-t-il avec difficulté.

Ses aveux valent mieux que mille déclarations. Je lutte pour empêcher d'autres larmes de couler. C'est trop beau pour être réel.

— Si tu savais depuis combien de temps je rêve de t'entendre dire ça...

Il place ses doigts sur mes lèvres pour m'empêcher de poursuivre. Je ferme les yeux, ivre de bonheur. Son amour pénètre dans tous les pores de ma peau. Une douce chaleur se diffuse au creux de ma voûte plantaire, serpente le long de mes jambes, incendie mon buste. Je décide de profiter de chaque seconde avant que la réalité ne me ramène à elle.

Un grain de voix chaud et doux traverse les vitres. La chanson *If I Could Turn Back the Hands of Time* de *R. Kelly*, flotte dans l'air.

How did I ever let you slip away?
Never knowing I'd be singing this song some day
And now I'm sinking
Sinking to rise no more
Ever since you
Closed the door

— Tu veux danser ?

Sans même attendre ma réponse, il entrelace tendrement nos doigts, m'entraînant dans un slow.

If I could turn
Turn back the hands of time
Then my darlin' you'd still be mine
If I could turn
Turn back the hands of time
Then darlin' you, you'd still be mine[34]

Je me laisse consumer par ses iris enflammés, et sombre dans un océan de noirceur. Ethan resserre son étreinte. Son visage s'approche avec lenteur du mien. Plus rien ne compte. Lui, moi et la musique ne faisons plus qu'un. Mon cœur cesse de battre au moment où ses lèvres s'arriment aux miennes.

[34] « Comment ai-je pu te laisser filer
« Sans jamais savoir qu'un jour je chanterais cette chanson
« Et maintenant je sombre, je sombre pour ne plus jamais me réveiller
« Depuis que tu as fermé la porte
« Si je pouvais remonter le cours du temps
« Alors, ma chérie, tu serais toujours mienne
« Si je pouvais remonter le cours du temps
« Alors, ma chérie, tu serais toujours mienne », traduit de l'anglais.

CHAPITRE 56
ETHAN

« Il n'est pas rare que les grands amours d'une vie naissent du cadavre d'un premier amour[35]. »
David Foenkinos

Bordel, je vais l'embrasser !

Au moment où ma langue caresse ses lèvres, je sais que je n'ai plus droit à l'erreur. Cette fois, plus de faux-semblants, on est tous les deux conscients de nos actes. Mes peurs s'envolent, je me laisse guider par l'instant. Elle seule compte. Je retrouve avec avidité le parfum sucré de sa bouche. Elle m'ouvre les portes de son paradis. C'est mon ange, et moi le démon. Mes ailes noires recouvrent sa peau nue. Elle est mienne, désormais.

Je l'attire à moi, Isabelle frémit contre mon torse. Nos corps s'attirent comme deux aimants, je n'arrive plus à décoller mes lèvres des siennes. Ma plus belle drogue, la seule dont je ne pourrais plus me passer, c'est elle. Je le

[35] *Les Cœurs autonomes*, David Foenkinos, Grasset, 2006.

sais, je l'ai toujours su d'ailleurs. Je presse brusquement mon front contre le sien. Les yeux ouverts, je veux lui faire parvenir ce message que je n'arrive pas à prononcer à voix haute. Je veux la noyer d'amour. Il n'y a plus que les ténèbres et elle. Quel beau duel ! Son corps quémande le mien, je le sens hurler, s'arc-bouter, me supplier de le prendre. Je veux la *posséder,* maintenant plus que jamais. Une trique monumentale fait son apparition dans mon caleçon tendu à son maximum. Après m'être attaqué à sa bouche enflée de plaisir, je pars à l'assaut de son cou. Je respire de plus en plus fort, la chatouillant au passage. Elle rit, avant de s'emparer à nouveau de mes lèvres.

Putain, elle sait y faire !

Cette fois, c'est elle qui m'entraîne dans son univers. Ses dents me mordillent, son parfum entêtant me fait tourner la tête. Nos langues dansent sensuellement. Isabelle attise mes braises. Un début de feu de joie danse dans mon bassin. Aspiré dans son flot de douceur, je m'agrippe fermement à elle. C'est le moment le plus intense de toute ma putain de vie. Je marque un temps d'arrêt pile au moment où le chanteur livre sa dernière note.

Quelques danses et verres plus tard, je commence sérieusement à m'emmerder. Les couples qui évoluent sur la piste, des étoiles dans les yeux, très peu pour moi. Je brûle du désir qu'on soit enfin seuls.

— Ça fait un moment qu'on est là, t'as pas envie de rentrer ? lui murmuré-je.

Elle lève la tête. Je perçois un profond désarroi au fond de ses prunelles.

— Après le scandale que j'ai fait devant mes parents, je n'ai pas envie de me faire engueuler ce soir.

— Qui te parle d'aller chez toi ?

Sans même finir ma phrase, je lui prends la main pour l'emmener loin de tout ce bazar. Une fois dehors, nous courons jusqu'à ma voiture, secoués de rire.

Je referme la porte de chez moi, sans un bruit. Nous montons à l'étage. Je retire ma veste, m'affale sur le lit et tapote à côté de moi, l'invitant à me rejoindre. Isabelle s'assied timidement sur le bord du matelas.

Je me positionne à genoux derrière elle, place une main sur sa taille tout en caressant sa poitrine de l'autre. Ma bouche fait des allers-retours entre le creux de son cou et ses épaules. Elle incline la tête, m'offrant davantage sa gorge. Je défais sa coiffure en un geste. J'admire sa cascade de cheveux blonds qui retombe dans son dos, passe les doigts dedans, empoignant avec force son cuir chevelu, tandis que mon autre main serpente sur son ventre.

Je la fais doucement basculer dans mes ténèbres. Son visage d'ange se tord, ses grands yeux se ferment, pour se rouvrir instantanément sous l'impulsion de mes caresses. Je remonte doucement sa longue robe.

— Ethan…, halète-t-elle au moment où je caresse ses belles cuisses galbées qui me donnent envie de la pénétrer.

Mes doigts s'acheminent vers sa petite culotte. Isabelle s'arrête de respirer, ses mains plaquées contre mon torse. Je sens son désir à travers le tissu fin.

— Isa… Tu es si belle… Si douce…

Je l'embrasse à en perdre la raison, tout en retirant mon pantalon que j'envoie valser à l'autre bout de la pièce.

Je la veux ! Elle est enfin à moi !

Je frotte mon excitation sur son entrejambe, ses soupirs se perdent dans ma gorge. Je guide sa main là où il faut, mais ses doigts restent figés sur ma virilité. Elle me dévisage, les yeux écarquillés.

— Qu'est-ce qui se passe ? m'inquiété-je.

— R… Rien…, souffle-t-elle en regardant dans le vague.

— T'as pas envie ? me rembrunis-je en m'asseyant.

Elle me rejoint et pose sa tête sur mon épaule, jouant avec nos pouces.

— C'est pas ça…

— Alors qu'est-ce que c'est ?

J'ai parlé un peu sèchement. Je m'en veux.

— Je n'ai jamais fait ça.

Un sourire apparaît sur mon visage malgré moi. Je suis tellement heureux qu'elle n'ait appartenu à personne.

— Je me sens si stupide, soupire-t-elle en fermant les yeux.

Je prends immédiatement son visage entre mes mains pour la forcer à me regarder.

— Hey… Excuse-moi. Je ne savais pas, d'accord ? Tu sais… Je serais honoré d'être le premier. Et puis… Ça sera une grande première pour moi aussi…

— Toi aussi, tu n'as jamais… ?

Je la toise, incrédule, à deux doigts de m'esclaffer.

— Non, pas dans ce sens-là ! Je n'ai jamais couché avec une fille vierge, c'est tout !

— Oh, fait-elle, déçue.

— T'inquiète pas, on ira à ton rythme. Si tu n'es pas prête ce soir, rien ne presse !

Je me dépêche d'éteindre la lumière et lui lance d'un ton jovial :

— Allez, viens faire un câlin !

Je me tourne sur le côté en l'attirant contre moi. Des rayons de lune passent à travers le store et se posent sur son doux visage que je prends plaisir à regarder. Ses cheveux caressent mon torse, je passe la main sur le haut de sa tête et redescends le long de ses mèches claires.

— Ça te va tellement bien comme ça, tes yeux ressortent encore plus, susurré-je.

Ses prunelles azur me paralysent. Ce bleu limpide, c'est la dernière chose que j'observe avant de plonger dans le sommeil.

Isabelle dort paisiblement sur la place d'à côté. Sa poitrine qui se soulève à chaque mouvement de respiration est passionnante ; je pourrais rester des heures à la regarder. Je me glisse hors des draps, ce qui suffit à la réveiller. Elle me salue d'une voix ensommeillée.

— T'as bien dormi ?

Isabelle s'assied en se frottant les paupières. Son maquillage a coulé pendant la nuit, de grandes traces noires encerclent ses yeux.

— Pas vraiment, je me suis revue devant le maire… C'était horrible.

— N'y pense plus, tenté-je de la réconforter en lui passant une main dans le dos.

Je me penche pour l'embrasser.

— Je vais préparer le petit-déj. Quelque chose te ferait plaisir ?

— Je ne suis pas difficile, répond-elle en tentant d'allumer son portable.

— Tu le chargeras chez toi. En attendant, si tu veux te rafraîchir, la salle de bains est juste en face.

Je m'apprête à franchir le seuil.

— T'as plus l'heure ? demande-t-elle en désignant le cadran défoncé du réveil.

Je crois qu'après les coups brusques que je lui ai donnés ces derniers temps, il a rendu l'âme.

— Arf ! Non. Fichu réveil ! Mon portable est resté en bas, je crois. Regarde dans le premier tiroir du bureau, ma montre y est.

Je remonte quelques minutes plus tard avec un plateau chargé de pancakes, de confiture et de jus de fruits. Je le pose en douceur sur le bureau.

— Le petit-déj est servi !

Je m'arrête net. Isabelle tient *la* gourmette dans les mains. Mon sang se glace dans mes veines. Elle penche la tête pour lire la fine inscription argentée.

— Qu'est-ce que tu fais ?

Mon ton est agressif, elle repose immédiatement le bracelet sur la commode d'un air coupable.

— T'as fouillé dans mes affaires ?

Je récupère le bijou d'un geste brusque avant de le ranger avec précaution à sa place.

— Je… Je suis désolée, je voulais juste prendre ta montre.

Si elle croit qu'elle va me faire gober une connerie pareille !

— Je t'ai dit de regarder dans le premier, pas celui du milieu ! grondé-je en fermant d'un coup sec le tiroir.

— Excuse-moi. Il était ouvert, j'ai juste jeté un coup d'œil…

— Dis plutôt que t'as fait ta fouine. Elle était rangée bien au fond !

Elle me toise de haut en bas, avec un air de dégoût sur le visage.

— Tu ne crois pas que t'es mal placé pour me dire ça ? Je croyais que j'étais la seule qui comptait pour toi ?

Un rire nerveux s'empare de moi, secouant mon corps tout entier. Je vois parfaitement où elle veut en venir.

— Isa… C'est pas ce que tu crois, je t'assure.

— Alors, explique-moi !

Ma blessure s'est rouverte. Du pus suinte à la surface. Je suis à deux doigts de tout foutre en l'air, si elle continue dans cette direction. Je lui laisse une dernière chance. J'essaie de me radoucir, même si ma voix est désaccordée :

— Il n'y a rien à expliquer. N'insiste pas.

Je détourne le regard en soufflant.

Calme-toi, bon sang !

Elle demande d'une petite voix :

— Qui est Jenny ?

Lorsque j'entends ce prénom, mon sang ne fait qu'un tour. Je tourne vers elle des yeux fous, la bile remonte dans ma gorge.

— C'est ce que j'ai lu sur la gourmette, tente-t-elle de se justifier.

Elle a beau être là, ma vue se brouille. La réalité se tord, des arbres apparaissent devant moi…

Je suis entouré d'arbres aussi hauts que des buildings. Des kilomètres de vert s'étendent de tous les côtés et une silhouette blonde se faufile entre les feuillages. Je la suis, même si je sais déjà ce qu'il va se passer. L'étau se resserre autour de moi, me broyant les os. Je ne peux rien faire, pourtant, tout est ma faute.

— Dehors ! beuglé-je en serrant de toutes mes forces mes mains autour de mon visage.

— Qu'est-ce qui se passe ? me répond une voix complètement paniquée.

Le vent souffle entre les branches, et la sensation de liberté est vite remplacée par l'horreur de la situation. L'horreur de n'avoir rien pu faire pour la sauver.

Une main glacée me heurte le dos. Je trébuche, atterris sur le plancher. Je secoue la tête. La voix paniquée résonne toujours dans mes oreilles, je pousse un long grognement pour la faire taire.

— Ta gueule ! Ta gueule ! lui ordonné-je à pleins poumons.

Un lourd silence s'abat dans la pièce. Il n'y a plus d'air. Les mains posées sur le sol frais, je sens à nouveau mon sang circuler dans mes veines. Je reviens à la réalité.

Plantée devant moi, Isabelle me fixe avec inquiétude. Mais ma douleur est bien trop vive. En un coup de vent, elle m'a renvoyé un de mes souvenirs les plus douloureux en pleine face. La colère se répand comme la gangrène sous chaque centimètre de ma peau. Je la sens obscurcir mon cœur.

— Va-t'en.

Les yeux écarquillés, elle reste figée au milieu de la pièce.

— Pourquoi ? demande-t-elle en secouant doucement la tête.

Il faut qu'elle se casse, je suis devenu dangereux et je ne sais pas ce qu'il va se passer si elle reste. Je suis comme un flingue chargé, à tout moment, le coup peut partir.

— Dégage ! hurlé-je.

Mes poings martèlent le sol, un liquide chaud coule entre mes doigts. Elle plaque les mains sur sa bouche et s'enfuit précipitamment. Je sens que ça revient. Ce que j'ai essayé d'oublier toutes ces années menace de m'engloutir. Comme un tsunami, je vois la vague s'approcher. Je ne peux rien faire pour éviter la collision.

Je cours dans la forêt, sa petite main fourrée dans la mienne. Les arbres denses nous apportent suffisamment de fraîcheur pour supporter la chaleur écrasante de ce début d'après-midi. Will est là, lui aussi, il souffle comme un bœuf, nous priant de ralentir. Le rire de Jenny éclate dans mes oreilles. Son sourire est divin et les quelques rayons de soleil qui caressent le haut de sa tête lui donnent l'air d'un ange. Nous nous arrêtons pour l'attendre, pliés de rire. Notre ami nous rejoint, la langue pendante.

— Vous êtes pas drôles, marmonne-t-il, arrivé à notre hauteur. C'est la dernière fois que je sors avec vous. Et puis, j'en ai marre de tenir la chandelle !

— Oh, vraiment ? ironisé-je en serrant un peu plus la taille de Jenny.

— Tu tiens vraiment à retourner là-bas ? s'enquiert Will en se grattant le menton, le regard inquiet.

— On est des casse-cous, oui ou non ? le provoqué-je.

— De quoi vous parlez, tous les deux ?

Son regard malicieux et son sourire me transpercent.

— La semaine dernière, on a repéré un endroit sympa. On voudrait te le montrer, ça vaut le détour.

— C'est où, et c'est quoi ? s'impatiente-t-elle, des étoiles plein les yeux.

— C'est pas très loin d'ici, tu verras.

— Ethan et ses mystères..., lance Will derrière moi, tout en reprenant la route.

Nous longeons la berge étroite du lac. Les arbres s'admirent dans l'eau miroitante. En observant la surface lisse, j'ai l'impression que deux mondes, à la fois différents et identiques, se rejoignent. Le ciel aussi profond que ses yeux tranche avec son reflet trouble. Les feuilles colorées frissonnent en même temps que moi au contact du vent qui s'amuse entre les branches. Je joue aux équilibristes au bord de l'eau, en faisant semblant à plusieurs reprises de tomber, sous les rires de mes deux compagnons.

Jenny a beau être un garçon manqué, elle ne manque pas de charme. Son short court met en valeur ses belles fesses rondes et son tee-shirt trop large dévoile son épaule droite. Du haut de mes treize ans, je sens mon excitation grimper à cette vue si tentante. Cette fois, j'en suis sûr, c'est la femme de ma vie. Je ne vois mon avenir qu'avec elle.

Je me penche, recueille de l'eau entre mes mains et la leur envoie en pleine figure. S'ensuit une bataille où nous crions et sautons au bord de la rive. Je ne manque pas de lancer le liquide sur le tee-shirt de la belle Jenny, qui se protège du mieux qu'elle peut de ses mains. Je remercie le ciel quand je vois apparaître ses mamelons à travers le tissu. Je cligne des yeux, constatant qu'ils pointent dans ma direction.

Bon sang, ce qu'elle est jolie !

Je me dirige vers elle, la prends dans mes bras et ne peux me retenir de l'embrasser. Sa langue se joint à la mienne.

— Arrêtez, vous allez finir à l'hôtel, se plaint Will.

— On est beaucoup trop jeunes ! s'exaspère Jenny, les mains sur les hanches, en le dévisageant furieusement.

— Vous avez pas encore fini de vous prendre la tête, vous deux ?

Le sentier grimpe en pente abrupte, je sens la terre manger mes chaussures. Je sens leur respiration dans ma nuque, comme une brise légère, mais constante. Mes jambes sont lourdes, je commence moi aussi à fatiguer. Je zigzague entre les pierres et les racines, tout en leur recommandant de faire attention. Jenny me tend la main. Dans un dernier effort, je la hisse jusqu'à moi.

— C'est pas trop tôt, souffle Will, arrivé en haut.

Nous débouchons au milieu d'une clairière. Des arbres déracinés gisent sur la terre humide. Jenny regarde autour de nous, essuie ses mains pleines de terre sur son tee-shirt, et plaque sa frange blonde sur son visage.

— C'est plutôt lugubre par ici. Tous ces arbres morts... Alors, vous vouliez me montrer quoi ?

— On y est, répond la voix de mon ami, planté devant nous.

Une montagne de rondins de bois amoncelés les uns sur les autres nous domine de toute sa hauteur. Les troncs les plus grands dorment en bas, écrasés par des moyens, et les plus petits nous narguent fièrement au sommet. J'entends Jenny pousser une exclamation de surprise. Je serre sa main plus fort dans la mienne.

— C'est haut, me souffle-t-elle.

Un frisson gagne mes avant-bras. Je me surprends à sourire bêtement.

— Qu'est-ce que ça fait là ?

— C'est sûrement un bûcheron qui les a coupés, suppose Will.

— Un bûcheron à lui tout seul ne pourrait pas les placer aussi haut !

— Non, les interromps-je, il y a une usine pas loin d'ici.

Ils me regardent tous les deux, interloqués.

— Je suis venu ici hier. C'est un peu plus au sud. Des camions étaient remplis de troncs d'arbres.

— C'est dingue, ça !

— Bon alors, on se la fait ? demandé-je excité.

— Ce n'est pas dangereux ? m'interroge Jenny en reculant d'un pas.

— Tout ce qu'on a fait ces dernières semaines était dangereux, dis-je en repensant à ces moments intenses partagés avec eux.

L'été touche à sa fin et j'ai envie de marquer cette journée d'une pierre blanche.

Will s'adresse à Jenny d'un ton rassurant :

— T'inquiète pas, on couvre tes arrières. Les dames d'abord...

— Oh, euh... allez-y sans moi, se dégonfle-t-elle.

— D'accord ! rétorqué-je en haussant les épaules.

J'enroule mon bras autour de la nuque de Will et nous nous dirigeons vers la montagne de bois. Sa pomme d'Adam tressaute et son front brille de sueur. Je vois bien qu'il a la frousse. Pour moi, ça représente un nouveau défi, rien de plus. Je sens l'adrénaline couler dans mes veines et l'appel du danger à mesure qu'on approche.

Je donne quelques coups de pied sur les rondins, tout en poussant de mes mains pour m'assurer qu'ils tiennent solidement. Rassurés, Will et moi nous lançons un regard entendu. Je tourne une dernière fois la tête vers Jenny, qui nous regarde, fascinée. De tous nos défis, celui-ci semble le plus palpitant. Ce danger qui me guette et cette sensation de liberté qui s'empare de moi me font oublier, l'espace d'un instant, ma pauvreté.

Je grimpe sur les premiers rondins. De fines particules de poussière blanche s'accrochent à mes doigts. L'odeur ambrée du bois frais enivre mes sens. Des morceaux d'écorce éraflent mes mains et mes avant-bras. Quelques gouttelettes de sang perlent sur les troncs, mais ça ne m'empêche pas de grimper toujours plus haut. Mon ami tremble à côté de moi, il fait de longues pauses tout en scrutant le sol.

— Ne regarde pas en bas, l'encouragé-je, le regard fixé sur le ciel, ce bleu azur qui me donne l'espérance d'un avenir meilleur.

— Faites attention, s'inquiète Jenny.

— T'en fais pas, m'égosillé-je.

Je continue mon ascension vers le sommet. À chaque rondin que j'escalade, un autre semble se rajouter. L'impression de ne jamais parvenir à atteindre mon objectif me tenaille. L'espace où poser nos pieds se réduit dangereusement. En voulant empoigner le tronc au-dessus de ma tête, ma main ripe, mon corps bascule en arrière. Je m'accroche comme un fou à un bout de bois à ma hauteur. Pendant les secondes les plus longues de ma vie, mes pieds pendent dans le vide, alors que la voix stridente de Jenny nous supplie de redescendre. Mon cœur palpite, je pose un pied sur le tronc du dessous. Je sens ce dernier vaciller sous mon poids, avant de se stabiliser à nouveau. Cette fois, c'est moi qui souffle comme un bœuf. Un filet de transpiration coule le long de mon dos.

— Ça va ? demande Will.

J'acquiesce, tremblant.

— On dirait pas, t'es blanc comme un linge.

— C'est bon, je te dis.

— Revenez, maintenant ! s'étrangle Jenny d'en bas.

Will s'apprête à capituler, je l'en empêche.

— On ne va pas abandonner maintenant. On y est presque, regarde !

Je désigne d'un doigt tremblant le sommet, qui ne paraît plus si loin, et l'invite à faire des gestes moins brusques. Je viens de frôler la mort, ou un accident, mais je ne me suis jamais senti aussi vivant. Ça me fait oublier les injustices auxquelles j'ai assisté. Je repense aux tent cities, ces villages de tentes provisoires créés pour des pauvres, par des pauvres, et où la mère de Will ainsi que d'autres personnes ont trouvé la mort, parce que le gouvernement local n'a pas été fichu de leur trouver un toit pour l'hiver. Des larmes roulent sur mes joues.

J'escalade les dernières bûches, avant de jeter un coup d'œil en bas. On est au moins à cinq mètres de hauteur ! Le dessus de la pile est suffisamment large. Je contrôle la stabilité et invite mon ami à s'asseoir. Will s'essuie le front en respirant fort. Je lui demande de prendre le temps de récupérer, tout en lui montrant la vue splendide que la nature nous offre. Le sentier serpente vers le bas, puis rejoint la route goudronnée. La cime des arbres se hisse vers le ciel, les feuilles vert émeraude courent sur des kilomètres avant de s'essouffler au pied des vallées.

— Comment est la vue de là-haut ? demande Jenny.

— Superbe !

— À ce point ?

— T'as pas idée, répond Will, avec un brin de malice dans la voix.

On reste de longues minutes sans parler, juste à apprécier la beauté des lieux, puis on décide d'aller explorer l'autre côté, après avoir demandé à Jenny de nous attendre.

Redescendre s'avère plus périlleux que je ne l'aurais cru. À chaque pas, je me sens plus serein. Quand nous ne sommes plus qu'à quelques centimètres du sol, nous sautons. Je m'étire, les jambes encore cotonneuses.

— On a réussi ! s'écrie Will, tout content.

— Vous en avez pour longtemps, les garçons ?

— Non, on va juste faire un tour du côté de l'usine. Surtout, ne bouge pas, on se dépêche !

— Ne me laissez pas là, c'est glauque par ici !

— On revient vite, hurle Will en s'éloignant.

— Attendez-moi, j'arrive !

Mon cœur s'accélère.

— Jenny, qu'est-ce que tu fais ? demandé-je, la voix tremblante.

— Je ne veux pas manquer l'occasion de vous accompagner ! Et j'ai envie de découvrir la vue du sommet !

On dirait que son courage est revenu. C'est cette Jenny-là que j'aime, pas comme toutes ces pimbêches coincées qui pleurent au moindre hématome ou quand leur robe se déchire.

— Tu veux que je t'aide ?

— Non ça ira, ça se passe bien pour l'instant. N'oublie pas que j'ai déjà grimpé plus haut ! Par contre, je veux bien que tu m'aides à redescendre.

— Pas de soucis, accepté-je en me tenant prêt devant la montagne de troncs.

Je me souviens du jour où j'avais grimpé sur l'arbre le plus grand de la forêt et que Will et Jenny m'avaient rejoint. Je décide de lui faire confiance. C'est vrai, qu'est-ce que quatre ou cinq mètres de hauteur, à côté ?

Je la trouve courageuse et intrépide. C'est un peu moi, en fille, et c'est peut-être pour ça que je l'aime tant ! J'ai mis longtemps à démêler les sentiments que j'avais pour elle. On a grandi ensemble, mais j'ai fini par m'avouer que ce que je ressentais pour elle dépassait le stade de l'amitié. Sa tête blonde apparaît au sommet. Elle pose les coudes sur la pile en soufflant un bon coup.

— Tu as réussi ! clamé-je, fier d'elle.

— Oui, répond-elle, à bout de souffle.

Elle se dévisse le cou en scrutant l'horizon.

— C'est beau.

— Je vais t'aider à descendre maintenant.

— Attends, laisse-moi admirer la vue, c'est en partie pour ça que je suis venue ! dit-elle, avant de jeter un coup d'œil paniqué de son côté.

— Qu'est-ce qui se passe ? me renseigné-je, inquiet.

— Je ne sais pas, j'ai senti une bûche rouler sous mon pied. C'est normal ?

— J'en sais rien, mais t'attarde pas trop, il m'est arrivé la même chose tout à l'heure.

Au moment où elle se hisse, je l'entends souffler bruyamment et la vois partir légèrement en arrière. Un des troncs roule jusqu'à mes pieds. Tout se fige. Les yeux de Jenny s'écarquillent. De la terreur, c'est la dernière chose que je perçois dans ses yeux lacustres[36]*, avant qu'elle ne bascule de l'autre côté dans un cri épouvantable. Will m'éloigne de là et je regarde, impuissant, le tas de bois s'écrouler comme un château de cartes dans un bruit monstrueux.*

Non, pas ça ! Pas elle, pas maintenant !

Tout devient flou. Mon cœur est sur le point d'imploser. Un liquide chaud coule de mes narines. Je tambourine le sol à m'en déchiqueter les phalanges. Quelqu'un appuie de toutes ses forces sur mes épaules. Je me rends compte que c'est Will. Je hurle ma douleur en un tas de paroles incompréhensibles.

---

[36] Qui est relatif aux lacs.

— Ethan, arrête ! Ethan !

Je vomis ma peine et mes tripes sur la terre humide. Tout se brouille. Je ne parviens plus à respirer. La peur me tord les boyaux.

Je me roule en boule dans les feuillages en poussant un cri sourd. Les arbres m'encerclent, le sol me happe vers le bas. Mes bras et mes jambes sont ankylosés. Je n'ai aucune envie de reprendre le contrôle de mon corps. Comme un ascenseur, je me laisse chuter.

Je flotte au milieu des ténèbres. Une couche poreuse se dépose sur mes lèvres. Des morceaux de terre crissent sous mes dents, un goût amer se répand dans ma bouche. J'ai mal, atrocement mal, et ma tête tourne violemment.

J'ouvre les paupières, me redresse, les coudes appuyés au sol. La terrible réalité me percute. Étalés sous mes yeux, les troncs d'arbres sont éparpillés. Je me relève en me secouant comme un fou, puis avance, Will sur mes talons. Il s'accroche de toutes ses forces à mon tee-shirt. Sa respiration saccadée se joint à la mienne. Je sais qu'elle gît, là-dessous, et je sais également que tout est ma faute.

Peut-être a-t-elle réussi à s'enfuir, peut-être qu'elle est à l'abri ?

Je marche prudemment, comme si j'avais peur de la voir surgir du tas de rondins. Un monticule de poussière blanche flotte dans l'air, embaumant mes narines d'une forte odeur boisée. Ma gorge est sèche, je ne peux plus prononcer un mot. À entendre Will déglutir, je devine qu'il ressent la même chose. Nous faisons le tour des troncs imbriqués les uns dans les autres. Tout est silencieux. Mes mains sont en feu. Je baisse le regard, le sang me colle aux doigts et mes phalanges sont gonflées, mais je ne ressens pas la douleur.

Aucune trace de Jenny. Je commence à me demander si elle n'a pas réussi à s'échapper, quand Will pointe un doigt tremblant vers le tas. Mon cœur s'arrête.

Sous cette montagne de bois, seule sa petite main dépasse. Je saigne de l'intérieur, les larmes inondent ma vue. Will essaie de me retenir, je le pousse en arrière.

Sa peau est anormalement blanche. Je m'approche encore en plissant les yeux. La gourmette que je lui ai offerte pend à son poignet. Elle est intacte. Personne ne la récupérera, je veux conserver ce souvenir d'elle.

L'esprit en lambeaux, je détache le bracelet et le fourre dans ma poche.

— Jenny..., sangloté-je en serrant fort sa main sans vie dans la mienne.

— Ethan, réussit enfin à articuler Will, on doit aller chercher de l'aide.

Je tourne la tête vers lui, incapable de lâcher la paume de Jenny.

— Vas-y, toi. Moi, je reste là.

— Tu n'y penses pas ?

— Je veille sur elle. Vas-y, je te dis !

Il s'enfonce dans la forêt en courant.

J'ai l'impression d'être là depuis des heures. Quand les secours arrivent, je suis incapable de lâcher sa main.

— Allez, petit, on va la sortir de là. Lâche-la.

— Non ! hurlé-je comme un dément.

Quelqu'un me soulève, je me débats dans le vide. Une fois calmé, un policier me prend à part et me demande ma version des faits. Je lui raconte, sans vraiment être là. Je regarde, impuissant, les pompiers extirper son corps et le placer sur une civière. J'aperçois ses cheveux blonds ensanglantés, avant que quelqu'un ne referme d'un coup sec la housse sur son corps. À partir de ce moment, je me rends compte que c'est trop tard, personne n'a rien pu faire. Ils descendent la côte qu'on a grimpée tout à l'heure, en faisant attention. Un policier me tient la main.

— Tout va bien se passer, me dit-il.

Je le suis, la mort dans l'âme. Comment tout pourrait-il bien se passer, maintenant ?

On place son corps dans l'ambulance. Je me mets à courir quand les portes se referment. Je ne veux pas l'abandonner une dernière fois.

— Jenny !

— Mon garçon, on vous emmène aux urgences, toi et ton ami. On va s'occuper de vous.

— Je veux être avec elle !

Le policier me tient fermement les épaules.

— C'est trop tard, me répond-il, le visage grave. Sois fort.

Will entre sans faire d'histoires dans la voiture, tandis qu'on me force à m'asseoir à l'intérieur.

— Jenny ! Jenny, non !

Ma vision se floute. Will, assis sur la banquette arrière, disparaît progressivement.

— Jenny ! Jenny, non !

Le mobilier familier de ma chambre apparaît dans mon champ de vision. Allongé sur le parquet, je hurle son prénom. J'essaie de toutes mes forces de revenir à la réalité. Je me relève, les jambes tremblantes, en prenant appui sur mon lit. Mon cœur cogne douloureusement, j'ai l'impression qu'il va s'arracher de ma poitrine. Toutes ces années, j'ai masqué cette douleur, mais je n'ai jamais oublié. Chacun de mes muscles me rappelle qu'elle a existé.

Ce qu'il s'est passé avec Isabelle me revient petit à petit.

— Merde ! explosé-je en fracassant le reste de mon réveil contre le mur.

Je me suis conduit comme un con avec elle. En même temps, je lui en veux d'avoir joué les fouines. Pourquoi il a fallu qu'elle remue toute cette merde ?

Je pensais être prêt pour une relation, mais je me trompais lourdement. Je ne suis qu'une source de souffrance, elle ne trouvera pas le bonheur avec moi. Je m'allume un joint, afin de sombrer dans mon paradis artificiel, à des milliers de kilomètres d'elle et de ce putain de monde qui m'entoure.

CHAPITRE 57
ISABELLE

« Quand l'amour et la haine se rencontrent,
Même les démons valsent dans ton ciel. »
Cyndra O'Hara

[Félicitations pour ton diplôme, je suis content pour toi.]

Je relis son texto pour la dixième fois, essayant d'y déchiffrer un quelconque message codé, mais je me heurte au néant. Je reste immobile, les doigts suspendus au-dessus de mon écran, sans trouver les mots. Que lui répondre ? Un simple « merci et félicitations à toi aussi » serait trop formel, surtout avec tout ce que j'ai envie de lui dire. Ça fait deux semaines qu'il ne m'a plus donné de nouvelles, deux semaines qu'il s'efforce de m'éviter dans les couloirs. Et il réapparaît subitement dans ma vie avec ce simple message ?

S'il croit qu'il va s'en tirer, cette fois !

Je repose mon téléphone sur le bureau, avec la ferme intention de l'ignorer. Je me revois descendre les escaliers de sa maison en courant, paniquée comme jamais. Je sais que je n'aurais pas dû fouiller dans son tiroir, mais qui est cette

Jenny ? A-t-il fait exprès de se mettre dans cet état pour ne pas répondre à ma question ?

Ses yeux noirs étaient semblables à deux puits sans fonds. Quand il s'est effondré par terre, j'ai cru qu'il devenait fou. Pour la première fois, il m'a vraiment fait peur. La fin de mon week-end a été un véritable enfer. Je me suis fait sermonner comme jamais par mes parents et j'ai été privée de sortie jusqu'aux vacances.

« *Tu nous as fait honte, tu nous as compromis ! On était en bons termes avec le maire. Comment on va pouvoir rattraper ta connerie, maintenant ? Où tu as passé la nuit ?* »

Je leur ai répondu que j'étais chez Jessica. J'ai tenté de leur expliquer mon opinion, que le discours du maire m'avait mise hors de moi, ils n'ont bien évidemment rien voulu entendre. Et c'est comme ça depuis deux semaines. J'ai perdu Ethan, et mes parents, avec qui je commençais à me réconcilier, m'ont tourné le dos.

Il s'est joué de mes sentiments, et ça, je ne pourrai pas lui pardonner. J'aurais pourtant souhaité une explication à son comportement, à cette détresse à laquelle j'ai assisté, bien malgré moi. J'ai essayé de lui parler, mais il m'a répondu que ce n'était pas le moment et m'a tout bonnement ignorée. Alors, j'ai pris sur moi à chacun de nos cours communs, dans les couloirs, ou encore au self.

Je me sens vide, je souffre de son absence, tout mon corps le quémande. J'ai besoin de ses mots pour apaiser mes maux, du chuchotement de sa voix basse au creux de mon oreille, de son souffle glacé sur ma peau. Une larme amère s'échoue sur le parquet, je suis à deux doigts de me noyer de l'intérieur, me noyer de chagrin.

Sur la route du lycée, un tas de questions me taraudent. Je laisse aller ma tête contre la vitre, ma main dans celle de ma meilleure amie.

— Tu as obtenu ton certificat, il y a au moins ça de positif, tente-t-elle de me réconforter.

Je me redresse, nauséeuse.

— Je ne sais plus quoi faire, déploré-je, au bord du gouffre.

— Par rapport à quoi ?

— On est inscrites dans la même université qu'Ethan. Je ne suis plus sûre de vouloir le croiser, maintenant.

— Je suis désolée pour toi, vraiment. Mais on sera ensemble, c'est tout ce qui compte.

— Je ne sais plus où j'en suis…

Sa bouche se tord en une grimace. Elle poursuit, en débitant à toute vitesse :

— En ce qui concerne l'autre gugus, l'université est grande, tu ne vas pas trop le croiser, et quand bien même, tu l'emmerdes ! Au contraire, promène-toi la tête haute et fière, c'est lui qui rate quelque chose, crois-moi !

— Tu crois ?

Le bus s'arrête. Jessica ramasse son sac, et se tourne vers moi.

— Oui, bien sûr. Efface-moi cette triste mine et profite ! C'est le dernier jour avant la cérémonie de remise des diplômes, il y aura plein d'activités !

Pour changer de sujet, je lui demande de me raconter sa soirée avec Jason. Elle me conte tout dans les moindres détails, et finit d'un ton victorieux :

— C'était merveilleux ! Cette fois, il s'est montré entreprenant et m'a embrassée !

Je la félicite, sincèrement heureuse de son bonheur, et en même temps, j'ai une boule à l'estomac, car elle sera certainement amenée à voir plus souvent Ethan. Elle semble deviner le fond de mes pensées, elle rajoute, sûre d'elle :

— T'en fais pas, je le surveillerai. Et si je le vois lors d'une soirée, je lui dirai ma façon de penser ! Laisser tomber une fille comme toi, faut vraiment être le roi des cons !

Nous franchissons le portail, bras dessus, bras dessous. Il me semble apercevoir un jeune homme à la chevelure sombre entrer dans le bâtiment. Je jurerais que c'est *lui*. Je décide d'ignorer cette sensation qui me déchire le ventre.

Des tables et des tentes sont éparpillées dans la cour. Le soleil chauffe l'asphalte, il fait déjà bien chaud en cette heure matinale. Une énergie bouillonne parmi les élèves, électrisant tout le lycée. Cette semaine a été un vaste champ de préparation pour la cérémonie qui aura lieu demain, au stade. Pour fêter nos derniers jours, le lycée organise comme chaque année des jeux et des activités ludiques. Nous passons la matinée à tout préparer, jusqu'à l'arrivée des familles.

— Tes parents viennent ? s'enquiert Jessica en m'entraînant dehors.

— Non, ils seront juste là demain.

— Au moins, ils ne te font plus la gueule.

— Tu parles, c'est surtout pour sauver les apparences. Ils m'ont déjà prévenue de ne pas faire de vagues pendant mon discours. Comme si j'allais en faire ! maugréé-je en levant les yeux au ciel.

— Moi, je t'admire. Exprimer ton avis devant tous ces gens qui pensaient différemment, faut avoir un sacré cran !

Le ciel est maintenant teinté de gris, mais je suffoque toujours. Des fanions pendent au-dessus de nos têtes et des ballons multicolores flottent dans les arbres. Il fait lourd. Pas une once de vent ne s'amuse entre les feuilles. Je m'évente comme je peux. Des tables débordent de gaufres, de pancakes et d'autres sucreries délicieuses.

Mes jetons en main, je m'offre un soda frais. J'apprécie lorsque la boisson pétille sur mon palais, puis glisse le long de ma gorge. Un peu plus loin, deux files d'attente composées uniquement de garçons titillent notre curiosité.

— Viens, trépigne Jessica.

Mon regard remonte le long de cet attroupement, jusqu'à tomber sur deux stands nappés de rouge, surmontés d'une arcade en forme de cœur. Tous les regards sont rivés sur deux filles offrant des baisers. C'est l'attraction du siècle…

Jessica s'approche, surexcitée. Je lui emboîte le pas, m'efforçant de rester derrière elle. La blonde sur le stand de droite regarde dans notre direction, consulte la jolie brune à côté, puis nous fait signe d'avancer.

— Vous tombez bien, il nous faut justement quelqu'un pour me remplacer dix minutes, je prends ma pause.

— Vas-y, me taquine Jessica, un sourire au coin des lèvres.

Je n'ai pas le temps de refuser que la brune nous presse.

— Une de vous, vite !

Deux mains me poussent vers le stand.

— Allez, tu n'auras pas d'autres occasions d'embrasser autant de mecs !

— Ça ne m'intéresse pas, protesté-je en levant les mains, pendant que la blonde me promet de revenir vite en me remerciant.

— Profite bien, me lance Jessica en me faisant un signe de la main accompagné d'un grand sourire.

Sa chevelure rouge disparaît dans la foule. Je me retourne et aperçois déjà une dizaine de mecs qui attendent, un sourire béat sur la figure.

C'est pas vrai !

La brune d'à côté m'encourage du regard et je m'installe, les jambes flageolantes. Un grand blond qui suit le même cours de trigonométrie que moi s'avance en roulant des mécaniques. Il a l'air tellement sûr de lui qu'il me donne envie de vomir ! Je plaque les mains sur la table et place la pancarte « fermé » bien en évidence, tout en lui adressant un sourire faux. Il part chez ma collègue, déçu.

— Qu'est-ce que tu fais ?

— Je ne peux pas.

Elle me demande de rester jusqu'à ce que son amie revienne. Sa file d'attente s'allonge et je sens des regards surpris posés sur moi. Je soupire quand des yeux aussi sombres que la nuit me transpercent. Un frisson m'électrise de la tête aux pieds. Je m'attends à ce qu'il m'ignore, mais il n'en fait rien. Ethan fronce d'abord ses sourcils épais, puis se cache derrière sa muraille d'acier comme il sait si bien le faire. En quelques secondes, ma bonne humeur part en fumée. Je lui assène une gifle imaginaire monumentale. Ça ne m'apaise pas pour autant. Il compte me snober jusqu'au dernier jour ?

Le cœur au bord de l'implosion, je retire la pancarte « fermé ». Son petit clignement de paupières m'indique que ce geste ne lui a pas échappé. Et aux autres non plus, apparemment. À peine ai-je rangé mon écriteau qu'une dizaine de jeunes hommes se ruent dans ma file. Je veux juste mesurer sa réaction. Si ses yeux pouvaient m'exécuter, je serais déjà morte, immolée sur la place publique.

Le premier candidat s'approche. Ses cheveux luisants de gel sont ramenés derrière ses oreilles. Il traîne avec lui des effluves d'après-rasage mélangé à du parfum bon marché. Il réajuste sa chemise en passant la langue sur ses lèvres. Son air suffisant ne me dit rien qui vaille.

— J'embrasse pas avec la langue, le préviens-je, menaçante.

— Pas besoin de *french kiss*, un baiser comme on sait les faire par chez nous, ça me va aussi, ma belle.

Il m'assure que je vais passer un bon moment. Je lève les yeux au ciel devant tant d'assurance et ferme les paupières en espérant qu'il déguerpisse aussi vite qu'il est arrivé. Son odeur écœurante s'accroche à ma peau. Malgré le stand qui nous sépare, il se colle à moi plus que nécessaire. Je le repousse un peu fort. Il s'en va en me déshabillant de façon inconvenante de ses petits yeux de cachalot. Je respire enfin.

Ethan longe la file d'attente d'une démarche furibonde. Ma respiration devient saccadée. Sous les grommellements, il grille la place de tout le monde, puis s'arrête sur le stand d'à côté. Mon cœur bat maintenant si fort que je n'entends plus rien d'autre. Je perçois un mouvement sur le côté, mais n'y prête pas attention.

Il va pas le faire !

Ethan balance une pièce sur la table avec hargne. Il me lance un dernier regard du genre « je vais pas me gêner », avant d'écraser sa bouche sur celle de ma belle voisine. Le sol s'effondre sous mes pieds.

— C'est combien ? me demande une voix lointaine.

J'annonce le prix d'un air absent, sans les quitter des yeux. Le tintement d'une pièce métallique résonne dans mes oreilles. La jeune femme ferme les yeux, semblant passer le meilleur moment de sa vie. Il fait vraiment chaud. Je tape furieusement du pied, attendant qu'il termine son petit manège ridicule.

— C'est long ! entends-je quelqu'un se plaindre.

Ethan fourre sa langue dans la bouche de ma voisine sans me lâcher du coin de l'œil. Une flamme provocatrice illumine ses pupilles. Après plusieurs secondes de torture, il se redresse d'un coup, mettant fin à mon calvaire, puis croise les bras en me toisant d'un air goguenard.

— Bah alors, mon bisou ?

Hors de moi, je tourne brusquement la tête vers le malotru en tee-shirt blanc qui s'impatiente. Un verre d'eau repose devant moi. Je m'en empare, la rage au ventre.

— Tiens, le voilà ton bisou !

D'un geste rageur, je déverse l'eau sur le visage du type. Il esquisse un mouvement en arrière sous les rires des autres élèves.

— T'es complètement malade ! tonne-t-il en s'essuyant du mieux qu'il peut.

Je me rue hors du stand, mais il me barre la route.

— Laisse-moi ! m'agacé-je.

— J'ai payé ! insiste-t-il en appuyant sur mes épaules.

Je m'apprête à lui dire d'aller voir ma collègue qui se fera un plaisir de l'embrasser. À peine ai-je le temps de formuler cette phrase qu'il est brusquement tiré en arrière.

— Tu la lâches, OK ? Elle veut pas t'embrasser, alors va voir ailleurs si je m'y trouve !

Les yeux furibonds d'Ethan le font détaler comme un lapin. Je pars dans le sens opposé. Il s'agrippe à mon bras. Ses doigts pincent ma chair à m'en faire mal et je me résigne à le suivre. Son teint d'habitude si blanc est anormalement rouge.

— Viens ici, toi. Viens ici ! me lance-t-il, le visage en feu.

Il m'entraîne sur le parking et me force à monter dans sa décapotable. Une fois qu'il a claqué la portière, il plonge sur le siège avant.

[illegible] à le suivre. Son teint d'habitude blanc est [illegible] rouge.

— [illegible] ma fiancée [illegible] le visage en feu.

Il [illegible]

CHAPITRE 58
ETHAN

« Les monstres existent vraiment, les fantômes aussi…
Ils vivent en nous, et parfois ils gagnent. »
Stephen King

Je démarre en trombe sans même savoir où je vais ni pourquoi je l'ai emmenée.

Qu'est-ce que j'espère, au juste ?

Ces images tournent en boucle dans ma tête, me rappelant ce qu'elle a fait. Quand les lèvres du pot de colle ont atterri sur celles d'Isabelle, je crois que je suis devenu fou. J'ai eu l'impression qu'on m'arrachait les tripes à mains nues, et qu'on les balançait au coin de la rue.

Je souffle bruyamment, tout en donnant un coup d'accélérateur. Un regard dans sa direction, je devine qu'elle est morte de trouille. Je la déteste de s'être donnée en spectacle de cette façon.

Bien sûr que j'ai eu envie d'exploser ce bâtard, mais pour une fois, je me suis contenu. Après tout, il a voulu profiter de ce stand à la con, c'est elle le problème dans l'histoire. Je lui jette un regard en biais.

— Ethan...

Je l'interromps en levant sèchement la main. Je me trompais en pensant pouvoir l'oublier. À chaque fois que je l'ai croisée, je me suis senti piétiné. J'ai fini par me détester. Je sais que je l'ai fait souffrir et qu'elle souffre encore. On n'est peut-être pas en couple, mais pour moi, elle m'appartient. Je ne regrette pas mon geste, et si je devais recommencer, ce serait plutôt dix fois qu'une !

Le compteur de vitesse s'affole. J'ai chaud, j'allume la clim. Ça ne suffit pas à éteindre ce feu qui brûle en moi.

— Ralentis.

Mon pied s'enfonce encore plus sur la pédale. À la radio passe un bon vieux rock. Je pousse le volume au maximum. Ses paroles se noient dans celles de la chanson. Les mains tendues sur le volant, je suis aussi raide qu'un piquet. Un amas de nuages gris charge le ciel.

Il va y avoir un orage.

D'humeur aussi maussade que le temps, mes yeux lancent des éclairs. Une fine pluie tombe sur le pare-brise dans un bruit délicat. La route est dégagée, la ligne droite rejoint l'horizon. J'accélère encore.

— Ethan, ralentis ! Tu veux nous tuer ?! l'entends-je hurler, par-dessus la musique.

Oui, en ce moment, je voudrais nous tuer tous les deux !

Propulsé vers l'avant, je défie le système et la vitesse autorisée. Je ne roule plus, je vole, dans un bolide aussi léger que le vent. Mon ventre gargouille comme si j'étais sur des montagnes russes.

— T'aimes pas la vitesse ? soulevé-je ironiquement.

— J'ai peur. Laisse-moi descendre !

— Arrête de psychoter, tu veux ? Il n'y a rien devant.

— Arrête-toi…

D'un coup, il n'y a plus de musique. Juste son cri qui perce l'habitacle :

— Stop !

Un signal sonore se déclenche. Elle a détaché sa ceinture et ouvre la portière.

Bordel !

Mon cœur s'emballe, je freine brusquement. Ma caisse parcourt encore de longs mètres avant de s'arrêter net au bord d'un champ de blé. Elle descend en claquant fort la porte. Je l'imite.

— Merde, qu'est-ce qui te prend ?!

Il pleut un peu plus fort, la pluie s'accroche à mon tee-shirt.

— Qui est-ce qui roulait comme un malade, là ? Je t'ai demandé de t'arrêter, tu n'as aucune conscience !

— Tu demandes souvent aux mecs de te laisser en pleine campagne, comme ça ? T'aimes te perdre, toi !

Isabelle s'éloigne en poussant un cri de rage.

— Crie si tu veux, ça ne changera pas ce que t'as fait ! lui balancé-je d'un ton acide.

Elle se retourne doucement. Chaque muscle de son visage tremble. Elle me répond en hachant ses mots :

— Ce que j'ai fait ?

— Qu'est-ce que tu foutais sur ce fichu stand, hein ? Tu voulais embrasser tous les mecs du lycée pour ta petite collection personnelle ?

Isabelle éclate d'un rire sans joie. Il fait lourd, et l'eau ne me rafraîchit pas. Elle s'avance vers moi, les sourcils froncés. Je ne peux nier qu'elle est belle quand elle se met en colère. C'est dingue les émotions controversées qu'elle éveille en moi. J'ai envie d'essuyer les fines gouttelettes qui coulent du sommet de son crâne jusqu'à ses lèvres. Au lieu de ça, je me contente de l'imiter en la dévisageant furieusement.

— Je n'étais pas sur ce stand, on m'a juste demandé de remplacer quelqu'un dix minutes !

— Forcément, t'as sauté sur l'occasion ! Tu dois vraiment avoir les crocs, c'est pas possible !

— T'es pas gêné de me dire ça. Tu ne t'es pas privé, toi non plus, pour embrasser l'autre greluche ! D'abord, tu m'ignores pendant deux semaines, après m'avoir virée comme une merde de chez toi, et après, tu t'étonnes que j'embrasse quelqu'un d'autre ? C'est quoi ton problème, au juste ? On n'est pas en couple, on ne l'a jamais été. Toi et moi, ça s'est fini avant même d'avoir commencé !

Elle a prononcé cette dernière phrase la voix fêlée. Ses yeux débordent de larmes, elle s'essuie les joues d'un geste rageur. Isabelle a raison, même si je n'arrive pas à l'admettre.

— C'est vrai, je t'ai ignorée. Est-ce que c'est une raison pour embrasser le premier venu ? Je pensais que tu valais mieux que ça !

Elle avance encore et cogne rageusement mon torse de ses poings.

— Tu m'as ignorée du jour au lendemain sans explication ! C'est à cause de ce qui s'est passé dans ta chambre ? À cause de cette gourmette ?

Elle insiste devant mon silence.

— Qui est Jenny ? Parle-moi...

Son ton devient suppliant. Mon estomac se contracte douloureusement. Je revois le regard terrorisé de Jenny, avant qu'elle ne bascule à jamais sous la montagne de rondins.

— Ne prononce pas ce prénom !

— Tu vois, tu recommences ! Je pensais qu'on était assez proches pour que tu te confies à moi. Je pensais que tu m'aimais ! Apparemment, tu ne sais pas ce qu'est l'amour.

Moi, je ne sais pas ce qu'est l'amour ?! Et Jenny ?

Ses propos déclenchent en moi une avalanche de haine. C'est la douche froide. J'ai envie de lui dire pourquoi elle m'a trouvé dans cet état il y a deux semaines, mais mes explications restent coincées quelque part au fond de ma gorge. Je préfère réagir par la colère, je ne sais faire que ça, de toute façon.

— Ouais, j'en sais rien, comme tu le dis si bien, alors lâche l'affaire, tu veux ? Je ne suis pas un gars pour toi !

Elle recule d'un pas en secouant la tête. Je lis dans ses yeux d'un bleu limpide tout l'écœurement et la déception que je lui inspire. L'orage gronde au-dessus de nous, un éclair zèbre les nuages. Le ciel menace de s'effondrer en même temps que mon cœur.

— Alors pourquoi tu ne me lâches pas ? T'es qu'un monstre, finit-elle par dire d'une voix brisée en me tournant le dos.

Le souffle coupé, je la regarde s'éloigner, les épaules affaissées, incapable de faire le moindre geste.

Il pleut maintenant des cordes.

« T'es qu'un monstre. »

Ses paroles résonnent dans ma tête à mesure que sa silhouette se floute. À travers les trombes d'eau, je vois quelqu'un s'approcher. Je crois d'abord qu'elle est revenue sur ses pas, mais ce n'est pas elle. Je reconnais immédiatement cette frange blonde et ce beau visage rond.

Jenny !

Elle porte les mêmes vêtements que le fameux jour où je l'ai perdue. La pluie se contente de glisser sur elle. Ses cheveux flottent dans la brise. Je me frotte les yeux, puis cligne des paupières, mais elle est toujours là. Mon cœur menace d'exploser. Son sourire bienveillant m'apaise. Elle tend un bras vers moi. Je saisis sa main fantomatique et la suis dans le champ qui borde la route.

— *Libère-toi*, me souffle-t-elle à l'oreille, dans un murmure à peine audible.

— Jenny ?

Je sais qu'elle est morte. Morte ! Et si elle est là aujourd'hui, ce n'est pas pour rien. Ma détresse est si palpable qu'elle s'est imposée à mon esprit. Je décide de l'écouter.

— Comment ça, me libérer ? Dis-moi ce que je dois faire !

Elle place une main sur mon cœur en pointant un doigt tremblant vers Isabelle qui disparaît progressivement sous le rideau de pluie.

— Je ne suis pas fait pour l'amour ! hurlé-je en martelant le sommet de mon crâne de mes poings.

— *Offre-lui ton cœur, elle peut changer ta vie.*

— C'est toi que j'aimais !

Ma voix tremble, je suis au bord du désespoir. Les ténèbres m'envahissent. Des frissons me parcourent.

J'ai froid.

J'ai peur.

Les yeux dans le vague, Jenny affiche un air mélancolique.

— *Moi aussi, je t'aimais. Ma flamme dans ton cœur ne s'éteindra jamais.*

— J'ai toujours tout fait foirer ! Si je m'offre à elle, j'ai peur de la perdre comme je t'ai perdue.

— *Tu ne la perdras pas. Garde-la précieusement, elle t'aime vraiment.*

Entendre de sa bouche qu'Isabelle m'aime me bouleverse. Elle ne mérite pas de souffrir comme ça.

— Tu crois que je peux la rendre heureuse ?

Je la supplie du regard tout en joignant les mains vers le ciel, le visage trempé.

— *Bien sûr. Tu m'as rendue heureuse. Tu peux détester sans mesure, mais tu peux aussi aimer à en crever. Je pense que cet amour est plus fort que tout, plus fort que la haine qui te consume.*

J'ai envie d'y croire, de m'offrir à Isabelle dans mon intégralité, puisqu'elle m'aime déjà pour ce que je suis. Mais ce sentiment de culpabilité qui m'étreint revient à la charge. J'observe quelques instants Jenny caresser un épi de blé du bout des doigts, avant de briser le silence d'une voix enrouée :

— Je l'aime.

— Alors, va la retrouver.

— Tu sembles oublier que c'est ma faute ce qui est arrivé !

Un deuxième éclair éclate et se reflète dans ses yeux.

— Arrête de dire ça !

— C'est vrai, continué-je de plus belle. C'est moi qui ai insisté pour aller là-bas et c'est encore moi qui ai insisté pour grimper sur ce fichu tas de bois ! Quand tu l'as escaladé à ton tour, je n'ai rien fait pour t'en empêcher ! C'est moi qui aurais dû crever, ce jour-là.

Elle me prend doucement la main, je ressens une caresse à peine perceptible. Ça me fait du bien.

— Tu ne savais pas ce qui allait se passer. C'était un foutu accident, tu n'as pas commandité ma mort ! Je refuse d'entendre de telles absurdités !

Je lève la tête vers elle. Je sais, au fond, qu'elle a raison. Mais je n'arrive pas à me débarrasser de ce poids qui me ronge de l'intérieur. Je finis par lui demander :

— Pourquoi tu es revenue, après toutes ces années ?

— Parce que tu n'as jamais fait ton deuil, et qu'il est temps de le faire !

Ça aussi, je le sais. C'est pour ça que j'ai fait autant de conneries par la suite, je n'avais plus rien à perdre. J'ai mis ma douleur de côté sans réussir à oublier. Toute cette rage contenue m'a fait prendre les mauvais choix. Je suis arrivé à un point de non-retour le jour où j'ai braqué mon ancien patron et qu'il s'est suicidé. Grâce à Isabelle, je suis parvenu à me débarrasser de cette culpabilité.

La vérité me frappe. J'asphyxie en pensant à tout le mal que je lui ai causé. C'est elle qui m'a aidé. Sa lumière a percé une brèche dans mes ténèbres. Si je me confie à elle et que je lui offre mon amour, je ne pourrai qu'aller mieux. Je regrette de l'avoir rejetée, j'ai été dur, et maintenant, c'est fini, jamais elle ne me pardonnera.

— Laisse une chance à l'amour d'entrer à nouveau dans ta vie.

Jenny me fait un dernier signe de la main. Sa silhouette fantomatique disparaît dans un souffle au milieu du champ.

— Jenny ?

Mais il n'y a plus rien. Le vide qu'elle laisse me fait moins de mal que je ne l'aurais cru.

Je regagne la route. Mes vêtements collent à ma peau. Je suis trempé jusqu'aux os. Les mains en visière, je cherche Isabelle. Je cours pour la rattraper, m'arrête à quelques mètres d'elle. Elle ne semble pas remarquer ma présence, car elle continue d'avancer comme un robot au bord de la chaussée.

— Isabelle !

Elle jette un regard en arrière, puis hausse les épaules, poursuivant sa route. Son indifférence me glace le sang. À trop jouer au con, je l'ai perdue. Mes yeux saignent, mes larmes se mêlent à la pluie. J'inspire profondément pour me calmer. L'air dans mes poumons se fait la malle. Je me rends compte que, jusque-là, je survivais. Elle est la plus belle réalité tout droit sortie de mon putain de paradis. J'ai tout gâché. Mes sentiments pour elle m'engloutissent, c'est le chaos.

Je l'aime, bordel !

Je ne peux pas la laisser partir comme ça. Même si c'est trop tard, il faut que je lui dise. Ces mots me brûlent de l'intérieur, je les laisse monter en moi. J'écrase ma putain de fierté qui m'a fait tout perdre et hurle à pleins poumons :

— Je t'aime !

Mon cri résonne dans la campagne. Même le ciel semble m'écouter. La pluie coule plus doucement sur mon visage. Elle s'arrête de marcher et je crois mourir.

CHAPITRE 59
ISABELLE

Chaque parcelle de mon corps t'aime d'un amour incommensurable.
Cyndra O'Hara

Comme l'ancre qui se jette dans la mer, j'ai décidé d'abandonner. À quoi bon s'accrocher alors que celui qui est au cœur de mes tourments déserte ? Je jette cette amertume au fond de mon océan de noirceur. Des vagues de désespoir m'étreignent sauvagement la poitrine. L'eau roule sur mes joues en même temps que ma tristesse. J'accélère le pas sous la pluie diluvienne.

— Je t'aime ! hurle Ethan d'une voix profonde qui résonne jusque dans les entrailles de la Terre.

Je m'arrête. Le temps se fige. Ai-je bien entendu ? Je me retourne une seconde fois.

— Qu'est-ce que tu as dit ?

La pluie goutte de ses cheveux noirs sur son visage. Il passe la main sur son front en plissant les yeux.

— Je t'aime ! répète-t-il en s'approchant doucement.

L'atmosphère vibre. Je souffre de bonheur face à sa déclaration. J'avale les quelques mètres qui nous séparent pour me précipiter dans ses bras.

— Enfin…, susurré-je en m'agrippant à sa nuque et en caressant sa joue de ma main libre.

Mon débardeur me colle à la peau. Nos torses se frôlent et nos vêtements s'épousent parfaitement.

— Si tu savais…

— Oui ? murmure-t-il, le nez dans mon cou.

—… comme je t'aime !

Sa bouche se fend d'un sourire qui transpire le bonheur. Je m'accroche un peu plus fort à lui, comme si j'avais peur de me réveiller brutalement. Ethan m'enferme au creux de ses bras puissants, son parfum boisé s'immisce dans mes narines. Sa peau se colle frénétiquement à la mienne.

Je plonge dans le tourment de ses yeux sans âme. Le sol se dérobe sous mes pieds, ses ténèbres et ma lumière s'entrelacent. Avec lui, c'est l'Eden en enfer.

Mon bas-ventre est une vraie fournaise, je veux m'offrir à lui sans concession. Mon cœur pulse dans ma poitrine, le feu embrase mon âme.

Ses lèvres chaudes effleurent enfin les miennes, frémissantes. Je sens son venin s'infiltrer dans mes veines et onduler comme un serpent sous ma peau. Mes reins tremblent sous ses mains. En un éclair, je suis passée de la lumière à l'obscurité. Mes pores se remplissent de cet amour que je lui porte. Chaque parcelle de mon corps vibre au contact du sien. C'est si intense, si bon ! Nos langues valsent dans un ballet où amour et passion se corrèlent parfaitement.

La pluie ruisselle sur nos visages, se mêlant à nos baisers intenses et profonds. Je ferme les yeux pour apprécier ce moment libérateur et prends conscience de mes envies enracinées au plus profond de mon être. Je pourrai le suivre, où qu'il aille, et lutter à ses côtés dans ses batailles qui sont désormais les miennes. Avant, j'étais endormie. Je suis née le jour où je l'ai rencontré.

— Ne me quitte plus…, le supplié-je.

— Jamais !

Pour appuyer ses dires, ses baisers se font plus ardents. Je laisse la passion me consumer. On ne peut pas être plus serrés. J'ai besoin de sentir qu'il ne partira pas. Une petite note salée, écume de ma tristesse, se dépose sur ma langue. Ethan s'écarte de quelques centimètres, puis me relève le menton. Mes yeux ne peuvent se détacher de son océan de noirceur où brille l'étincelle de sa flamme éternelle.

— Pardonne-moi pour tout.

— Je te pardonne, à condition que tu ne recommences plus. Si tu vas mal, parle-moi. Ne m'abandonne plus comme tu l'as fait, et encore moins sans raison.

— Je sais, j'ai déconné, soupire-t-il. Tu ne m'as pas quitté une seule seconde depuis deux semaines. Je ne peux pas t'oublier, et c'est pas faute d'avoir essayé. J'arrive pas à te sortir de ma putain de tête !

Les mots se bloquent dans ma gorge, je trouve juste la force de sourire. Il joint ses mains aux miennes.

— J'ai trop attendu avant de t'avouer ce que je ressens. Le problème, c'est que j'ai mis du temps à me l'avouer à moi-même.

— Comment ça ?

Il secoue la tête pour déloger les gouttes de pluie nichées dans sa chevelure ébène.

— Viens, vaut mieux qu'on aille au sec.

Je me rends compte que je tremble de froid, et nous courons jusqu'à sa voiture.

— Encore heureux que j'aie pensé à mettre la capote ce matin, vu la météo, lance-t-il re regardant le ciel.

Nos fringues ruissellent, il allume le chauffage.

— Je croyais que je n'étais pas fait pour l'amour, m'avoue-t-il tristement.

Cette fois, c'est moi qui lui relève la tête.

— Pourquoi tu dis ça ?

— Tu avais raison. Si je ne t'ai plus parlé, ça a un rapport avec ce qui s'est passé dans la chambre.

Je lui lance un regard doux, l'encourageant à poursuivre.

— Quand je t'ai vue avec *cette* gourmette, je suis devenu fou. Ça m'a rappelé un de mes pires souvenirs.

Sa voix s'étrangle, il chasse une larme en maugréant.

— Je ne t'ai jamais jugé, et c'est pas maintenant que je vais commencer. Je t'aime pour ce que tu es. Tu m'as appris des choses sur la vie, je te soutiendrai pour aider les sans-abri des *tent cities*. Je serai toujours là pour toi.

Un pâle sourire se dessine sur son visage. C'est ce qu'il voulait entendre. Il entrelace nos doigts, tout en balançant nos mains d'avant en arrière. Je l'entends déglutir avec peine.

Sa voix grave emplit l'habitacle. Ethan mentionne ses amis d'enfance, Will et Jenny. Quand il me parle de cette dernière, son regard devient fiévreux. Il l'a aimée. D'ailleurs, il ne s'en cache pas. Je suis contente qu'il ait eu un premier amour avant moi. Quand il me raconte la suite des évènements et les circonstances tragiques de sa mort, mon cœur saigne. J'imagine un jeune Ethan intrépide grimper sur cette montagne de rondins, suivi par ses amis, jusqu'à ce que l'irréparable se produise.

— Elle est morte sous mes yeux... Je n'ai rien pu faire. J'ai récupéré sa gourmette sur son poignet avant que les secours n'arrivent. Je voulais garder au moins ce souvenir d'elle, termine-t-il, la voix brisée.

Je comprends maintenant pourquoi il tenait tant à ce bracelet, et les raisons qui le poussent à agir de façon aussi écorchée. Ethan n'a jamais guéri de son passé. J'inspire en essayant de trouver les bons mots, ceux qui pourront effacer ses tourments, même quelques secondes.

— C'était peut-être dangereux, mais quand on est jeune, on est inconscient. Même si tu as insisté pour monter sur ces troncs, tu ne pouvais pas savoir ce qui allait arriver.

— J'aurais pu mourir cette après-midi-là, même Will. Ce n'était qu'une question de minutes. Mais c'est tombé sur elle. Je me suis toujours senti responsable, jusqu'à tout à l'heure. Toi et Jenny m'avez ouvert les yeux…

Je tourne la tête vers lui.

— Comment ça, Jenny ?

— Je... je l'ai vue…

J'incline la tête, étonnée.

— Quand ça ?

— Tout à l'heure, sous la pluie... Quand t'es partie.

— Je ne comprends pas.

— Je sais que c'est un peu dingue. Elle s'est imposée à moi. Elle m'a dit que ce n'était pas ma faute, me raconte-t-il en agrippant ses cheveux.

Aurait-il communiqué avec un fantôme ? Je secoue la tête, refusant d'y croire. Ou alors, était-ce une hallucination de son esprit torturé ? J'ai du mal à saisir ce qui lui est arrivé, mais apparemment, ça lui a permis de ne plus se sentir coupable.

— Tu es toujours en contact avec ton autre ami ?

Sa mine s'assombrit.

— Non. Will est resté choqué un bout de temps, après ça. Le révérend Garven l'a recueilli à la mort de sa mère, et ils ont déménagé. Je suis allé le voir en douce, le jour de son déménagement ; lui aussi a essayé de me persuader que je n'étais pas entièrement coupable et qu'il se sentait responsable, mais je n'y croyais pas. Je ne l'ai plus jamais revu… C'était le seul ami qu'il me restait.

— Ce n'est en aucun cas votre faute, vous étiez si jeunes !

— Tu es la seule qui puisse m'aider.

— Comment ?

Je donnerais tout pour l'aider à guérir de ces tortures intérieures.

— En m'offrant ton amour.

— Tu l'as déjà.

Sa mâchoire tremble, je lui caresse le bras en lui assurant que tout va bien.

— Je suis vraiment désolée que tu aies eu à revivre ça. Je n'aurais jamais dû fouiller dans tes affaires.

— C'est vrai, vaut mieux pas fouiller dans le passé, surtout le mien. Mais il fallait bien que je l'affronte, tôt ou tard. En quelque sorte, ça m'a libéré. Pendant toutes ces années, j'ai occulté ce souvenir. Il s'est répandu comme un poison dans mes veines. J'ai perdu celle que j'ai aimée, et je voulais te protéger, pour une fois, ne pas faire l'égoïste et penser à toi. La vérité, c'est que... je ne supporterais pas de te perdre. Tu es la lumière de mes ténèbres…

Ses paroles me touchent au plus profond de mon âme. Mes sentiments pour lui explosent dans tout mon être, c'est le plus beau feu d'artifice que la vie m'ait offert.

— Moi non plus, je ne supporterais pas de te perdre. C'est pas ce qui est prévu. Et si ça arrivait, je préférerais mourir et t'avoir aimé que de ne jamais t'avoir connu.

— Tu le penses sincèrement ?

Il plonge sa noirceur dans mes pupilles.

— Ça fait si longtemps que j'attendais que tu m'avoues tes sentiments ! Je t'ai aimé dès la première seconde où je t'ai vu entrer dans cette classe.

— Oh, oui, se remémore-t-il en riant doucement.

Sa main glisse sur ma nuque.

— Je ne te l'ai jamais dit, mais tu as soulevé un drôle de sentiment en moi. À l'époque, je ne savais pas ce que c'était. Ce jour-là, je suis limite devenu fou au volant, impossible de te chasser de ma tête.

— Quand est-ce que tu as su que tu m'aimais ?

— Je crois que je t'aime depuis un bon moment déjà. J'étais trop bête pour m'en rendre compte. Disons que ça s'est confirmé quand t'es sortie avec l'autre fils à papa.

— Nils ?

— J'en ai crevé de jalousie. C'est la première fois que j'aime autant quelqu'un.

Cette phrase résonne en moi de la plus douce des manières. Des papillons battent frénétiquement des ailes au creux de mes reins. Néanmoins, je repense à ce qu'il m'a avoué sur son amie.

— Même Jenny ?

Un éclair de tristesse lèche ses iris. Il se redresse sur son siège, passe la main dans ses cheveux et me répond :

— C'est différent. On était jeunes, je ressentais un amour pur pour elle.

— Oh, chuchoté-je, déçue, en baissant la tête.

À quoi je m'attendais, au juste ? Je ne peux pas rivaliser avec elle.

— Mais avec toi, c'est encore plus puissant, murmure-t-il.

Cette dernière phrase a tôt fait de m'achever.

— On restera ensemble pour toujours.

— Pour toujours, répète-t-il en m'embrassant fiévreusement le dessus de la main. Reste avec moi, tu ne le regretteras pas.

— C'est toi que je choisis, envers et contre tous.

CHAPITRE 60
ETHAN

Désormais, je sais qu'elle restera à mes côtés dans mes batailles
C'est elle et moi contre le monde.
Cyndra O'Hara

Son sourire me remue. Je n'ai jamais été aussi heureux depuis que je lui ai avoué mes sentiments. Ses doigts parcourent mes cheveux, glissent sur ma nuque. Je frissonne. Si je m'écoutais, je resterais là à l'embrasser. L'heure sur le cadran numérique me rappelle qu'il est temps pour elle de rentrer. J'ai pas envie d'être le responsable d'une autre punition.

Avant, on doit se débarrasser de nos vêtements trempés. Je fouille dans mon coffre, j'ai toujours quelques fringues de rechange qui traînent. Je lui balance une serviette pour qu'elle se sèche et lui passe un bas de jogging et un tee-shirt trop large. Ça fera l'affaire.

— Je te ramène ?

Elle acquiesce, les yeux plongés dans le ciel. Le soleil est maintenant revenu.

— Oh, attends. Tu peux me déposer en ville, avant ? Je dois faire un saut dans une boutique.

— À vos ordres, déclaré-je en prenant la direction du centre.

Je me gare devant un magasin. Isabelle me demande de l'attendre et revient cinq minutes plus tard, un ballon rose flottant derrière elle. Je lui lance un regard en biais, pendant qu'elle serre son trophée entre ses mains.

— T'es sérieuse ? Tout ça pour ça ?

— Ne le prends pas comme ça. Je ne peux rien te dire pour l'instant.

Je menace de le faire exploser de mon poing, mais elle écarquille les yeux, et essaie de le protéger du mieux qu'elle peut de mes attaques.

— Ethan, arrête ! Je fais ça pour toi.

— Pourquoi autant de mystères pour un ballon ?

— Tu verras, rétorque-t-elle en me regardant avec méfiance au moment où je démarre.

Je me laisse guider par ses instructions. Des champs de fleurs d'un rose nacré défilent par la vitre. Elle me demande de m'arrêter au bord du chemin. Je m'exécute, un tas de questions en tête. Isabelle descend, son ballon toujours en main.

— Tu vas enfin me dire ce qui se passe ?

Elle reste silencieuse et me fait signe de la suivre en m'adressant un clin d'œil. Sa main saisit la mienne. Nous marchons sur le bitume, jusqu'à un petit chemin qui serpente entre les fleurs. Au bout du champ se dresse une colline, surmontée d'un grand chêne. Le ciel orangé se reflète sur les brins d'herbe écrasés par nos chaussures.

Nous grimpons la pente. Mon cœur bat à mille à l'heure. Je caresse l'écorce de l'arbre. Les rayons du soleil percent à travers les branches.

Isabelle se tourne vers moi en plongeant ses yeux dans les miens.

— Ce ballon la représente, souffle-t-elle le plus sérieusement du monde.

— Qui ça ? demandé-je, de plus en plus perdu.

— Jenny…

Je frissonne quand elle prononce son prénom. Où est-ce qu'elle veut en venir ?

— De ce que tu m'as dit, je comprends que tu n'as jamais fait ton deuil.

Une boule se forme au fond de ma gorge, je n'arrive plus à avaler ma salive. Isabelle me tend l'attache en plastique du ballon. Je l'attrape d'un geste doux, comme si j'avais peur qu'il se casse. Et dire que, tout à l'heure, je faisais le con. Je ne m'attendais pas à un geste aussi émouvant de sa part. Elle vient derrière moi, enroule ses bras autour de mon torse et me souffle à l'oreille d'une voix douce :

— Maintenant, laisse-la s'envoler.

Je caresse ses bras de ma main libre en fixant le ballon un long moment. Il se balance avec légèreté dans le vent, ne demandant qu'à prendre son envol. Pour n'importe qui, je dois avoir l'air d'un con. Mais ce n'est pas un simple ballon, Isabelle lui a donné de la valeur et je ne la remercierai jamais assez pour ça.

— Fais-le quand tu seras prêt, chuchote-t-elle en resserrant ses bras autour de ma taille.

Je sens ses petites mains à travers mon tee-shirt. Sa présence réchauffe mon âme sombre et m'insuffle du courage. J'inspire doucement.

— Adieu, Jenny, murmuré-je en faisant glisser l'attache entre mes doigts.

Le ballon entame son ascension vers le ciel. Il s'envole maladroitement, zigzaguant de gauche à droite, avant de prendre de la hauteur. Nous le regardons, jusqu'à ce qu'il disparaisse entre les nuages roses.

Je la laisse enfin s'en aller, le cœur plus léger. Jenny ne viendra plus me hanter. Je veux me souvenir des moments heureux passés avec elle, et non de sa mort, qui n'a cessé de me tourmenter toutes ces années.

Je me tourne vers Isabelle, ému.

— Tu as fait tout ça... pour moi ?

— Hum, hum, acquiesce-t-elle en caressant mes cheveux.

— Je ne sais pas quoi te dire. Si tu savais ce que ça représente…

— J'ai moi aussi perdu ma sœur. Elle non plus ne reviendra pas.

Isabelle réprime un sanglot. Je la prends dans mes bras. Quand je plonge mon regard dans le sien, il est vide.

— Je sais, c'est dur, lui chuchoté-je au creux de l'oreille.

— C'est pas tout, s'étrangle-t-elle.

Elle me parle avec beaucoup de difficultés de la pièce interdite. Sa voix n'est plus qu'un murmure quand elle m'avoue que c'est la réplique exacte de la chambre de sa sœur à Eden Lake.

— T'es sérieuse ? C'est des malades !

— C'est ce que je leur ai dit.

Je m'étonne encore plus quand elle m'annonce que ça fait plusieurs semaines qu'elle garde ça pour elle. Mon cœur se serre, j'aurais dû l'épauler. Au lieu de ça, j'étais trop concentré sur mes problèmes, en bon égoïste que je suis.

— Je m'en veux. J'ai pas été là quand t'en avais besoin, contrairement à toi.

— Je ne sais pas quoi faire. Mes parents n'ont rien voulu me révéler.

Les enfoirés !

— Alors, il ne te reste qu'une chose à faire. S'ils refusent de parler, va falloir mener ton enquête.

Elle plonge ses iris dans les miens. Toute mon âme en est chamboulée.

— Comment ?

Je la sens perdue. À moi de la sauver, maintenant.

— En allant à Eden Lake.

Des frissons parcourent ses bras.

— Tu ferais ça pour moi ?

— Je te promets que je t'emmènerai là-bas.

Elle esquisse un sourire divin et me répond, la voix pleine d'émotion :

— Merci d'être là. Reste avec moi.

Nous rebroussons chemin, sous les derniers rayons du soleil.

Je sais que j'ai encore des problèmes à régler, mais j'entrevois maintenant un avenir plus serein, puisque, quoi qu'il arrive, elle sera là pour me guider. Isabelle m'a prouvé par tous les moyens qu'elle m'aimait, et je sais qu'elle me suivra dans le long combat qui m'attend, en faveur des sans-abri. Sa main logée dans la mienne me réchauffe. Je compte bien rétablir une certaine justice dans ce putain de monde. La bataille ne fait que commencer…

ÉPILOGUE
ETHAN

« Les amis sont des anges silencieux, qui nous remettent sur nos pieds quand nos ailes ne savent plus comment voler. »
Victor Hugo

Le vent se faufile entre les sièges en cuir. Je roule sans me soucier de la limitation de vitesse. Le panneau « Wilnoh » me fait un dernier signe avant que je ne m'élance sur le pont. Isabelle pose la tête sur mon épaule. Ça sent les vacances. C'est notre premier week-end en amoureux. Elle monte le volume de la musique, nous chantons à tue-tête, nos voix montant dans les aigus, plus complices que jamais. Le fleuve serpente des deux côtés de la route déserte. Sous le soleil écrasant, un type en chemise à carreaux se promène.

Mon sang me crie de regarder de plus près.

Cette coupe de cheveux…

Mon cœur s'emballe.

Mon pied s'enfonce sur le frein d'un coup sec. Isabelle hurle, les mains en avant. Ma caisse dérape sur une bonne cinquantaine de mètres, avant de s'arrêter dans un crissement de pneus d'enfer. Je me gare sur le côté en allumant mes feux de détresse et claque la portière. Elle descend à son tour, me noyant dans un flot de paroles. Je n'écoute pas.

Ma poitrine se comprime dangereusement. Je marche comme un fou dans sa direction. Les démons se prosternent sur ma route, m'éclairant le chemin. Peut-être que j'agis de façon inconsidérée et que ce n'est pas *lui*, mais j'ai besoin de savoir.

L'individu s'est arrêté au milieu du pont, il semble admirer le courant d'eau qui glisse vers la ville. Ses boucles qui balayent son front et sa façon nonchalante de se tenir à la rambarde ne font que confirmer ce que je sais déjà.

J'ai le cœur qui se tord. Et si c'était juste mon imagination ? Après tout, j'ai bien vu Jenny.

Ses traits m'apparaissent plus nettement, il paraît bien réel. Il tourne la tête dans ma direction avant de regarder à nouveau le fleuve.

C'est lui ou pas ?!

Tout est obscur alors que le ciel est d'un bleu limpide. Dans mon esprit, un brouillard s'est levé. Mes pas ralentissent, je prends le temps de souffler.

Plus que quelques mètres, quelques putains de mètres.

Je sens mes entrailles remuer comme des serpents. Un voile de ténèbres recouvre le chemin, je suis seul dans le chaos.

— Tu le connais ? Réponds-moi !

Un long frisson secoue ma colonne vertébrale, je n'entends plus que le cours d'eau.

Et si c'était la fin ?

À SUIVRE…

Remerciements

Écrire un roman, ça prend du temps. Poser des mots sur les maux, guérir du passé pour mieux se forger. *Vénéneuse*, c'est : des mois de recherches, cinq ans de travail, des remises en question, des prises de tête comme pas permis et de nombreuses réécritures. Mais *Vénéneuse*, c'est aussi mon premier roman, mon bébé, ma vie, des personnages présents sept jours sur sept qui ont su me montrer la voie, affirmer leur caractère, faire tomber les barrières. Mes sentiments pour Ethan et Isabelle pulsent dans mes veines, ils font partie de moi. Je n'oublie pas aussi Jason, Devon et Jessica, des personnages secondaires. Parce que chacun d'eux a son *background* et sa place dans mon histoire et dans mon cœur. J'ai trouvé dans l'écriture la force de me relever de mes blessures, une façon d'apporter du piquant à ma vie, alors, juste pour ça, merci à tous mes personnages !

Tout d'abord, je tenais à remercier ma maison d'édition, sans qui la publication de ce roman n'aurait pas été possible. Merci au comité de lecture pour votre coup de cœur et, surtout, merci à mes éditeurs et écrivains hors pair, Laetitia et Didier, pour avoir cru en moi et m'avoir embarquée dans cette belle aventure livresque. Merci à Céline, ma correctrice, qui a fait preuve d'une grande patience, et a magnifié encore plus mon texte.

Un grand merci à mes parents, pour votre écoute attentive, votre soutien toutes ces années et pour m'avoir encouragée à franchir le pas, afin d'envoyer *Vénéneuse* aux maisons d'édition, même si vous n'aviez pas lu mon livre (mais maintenant, c'est chose faite). Merci pour votre patience. Vous êtes parmi les premiers à avoir écouté des extraits que je vous lisais (de longues minutes) à voix haute.

Impossible de ne pas remercier mes bêta-lecteurs, les premiers à m'avoir lue, encouragée, et à m'avoir conseillée pour peaufiner mon intrigue ! Vous êtes très nombreux, mais merci à tous ceux qui ont été au bout de mon manuscrit et qui ont cru en moi. Je tenais à remercier toutes les personnes qui ont contribué de près ou de loin à l'élaboration, la correction et l'envoi de mon livre aux maisons d'édition.

Merci à mon illustrateur, Nicolas Jamonneau, qui a réalisé un travail d'orfèvre. Tu as su donner vie à Ethan et Isabelle selon ta vision artistique. Ta patte est magnifique, et je serais ravie de continuer à travailler avec toi sur mes futures histoires et avoir l'honneur de te nommer mon illustrateur officiel !

Je tenais tout particulièrement à remercier des personnes chères à mon cœur :

Tatiana (alias les chroniques des pipelettes), pour ton enthousiasme débordant et ton soutien, avant même l'étape de publication.

Franzo, pour tes conseils aiguisés, ton enthousiasme débordant pour ce roman, ton soutien et ton amitié. Merci d'avoir lu au-delà des mots, d'avoir cru en ma plume. Tu es une personne d'une bienveillance rare et j'ai hâte de te rencontrer prochainement.

Ambre, pour ta rigueur, ton écoute, tes conseils, ta gentillesse, tes encouragements. Merci d'être là depuis quasiment le début, et merci pour la jolie carte et le marque-page que tu m'as offerts.

Miguel, pour tes conseils, ton écoute attentive, notre amitié, nos échanges qui sont toujours riches. On pourrait rester des jours sans interruption à parler de nos univers respectifs ! Vivement que je retourne à Saint-Malo !

Laureline et Ilana, pour nos conversations profondes, pour le soutien que vous me témoignez et pour tous les conseils que vous m'avez prodigués. Je suis sûre qu'un jour, on sera amenées à se rencontrer.

Kevin, je te remercie infiniment pour ton soutien depuis le début de la création de mon compte Instagram. Tu trouves toujours les bons mots pour effacer mes doutes, me redonner confiance en moi, et pour ça, je ne t'en serai jamais assez reconnaissante. Merci pour tes nombreux partages, et ton envie de découvrir mon histoire qui, j'espère, te touchera.

Dédicace spéciale à ma Niouma internationale qui brille autant sous les tropiques qu'à Paris. Tu as été là quand j'ai posé les premiers mots. Merci pour ton amitié, nos week-ends et tous nos futurs voyages !

Merci à toute la communauté Bookstagram. J'ai débarqué sur Instagram en 2019, sans trop savoir ce que j'allais trouver, et je ne regrette pas ! J'ai fait des rencontres d'auteurs et de lecteurs formidables qui m'ont poussée à réaliser mon rêve et encouragée de toutes les façons possibles. Certaines rencontres se sont inscrites dans mes veines, passant du virtuel au réel. Avant d'intégrer cette communauté, je me sentais seule, à écrire dans mon coin. Grâce à vous, je ne le suis plus. Je ne peux pas citer tout le monde, mais si tu lis ces remerciements, sache qu'ils s'adressent aussi à toi.

Je souhaite aussi remercier les youtubeurs(euses) qui donnent des conseils pour les auteurs en devenir. Lorsque je me suis lancée dans l'écriture, j'ai fait toutes les erreurs possibles que les débutants font et, sans vous, j'aurais été plus longue à m'améliorer. Alors un grand merci à Christelle Lebailly et

Morgane Tryde, pionnières dans ce secteur, qui m'ont fait gagner beaucoup de temps.

Ils ne verront jamais ces remerciements, mais je tenais à remercier mes groupes de métal favoris : System of a Down, HIM, Motionless in White, et Evanescence qui m'ont énormément inspirée tout au long de l'écriture, et sans qui cette histoire aurait été plus fade. Grâce à eux, mon roman est rehaussé d'une aura sombre et ténébreuse, alors merci.

Petit aparté : j'ai réalisé mon rêve en allant voir Motionless in White en concert et ce groupe dégage une énergie merveilleuse ! C'est le premier concert auquel j'ai assisté, et c'est l'un des groupes qui m'a le plus inspirée, notamment pour la réécriture du bouquin et du deuxième tome !

Et enfin, merci à toi, cher lecteur, lectrice, d'être allé au bout de ta lecture. Écrire, c'est aussi créer un lien invisible, mais surprenant avec ses lecteurs. J'espère que tu as autant apprécié ce roman que j'ai pris plaisir à l'écrire et que tu liras la suite avec impatience, parce que oui, ce n'est pas fini ! Ce premier livre était surtout là pour poser les bases de l'univers.

Tu veux me soutenir ? À toi de jouer !

Si tu as aimé *Vénéneuse*, n'hésite pas :

À mettre une note et un commentaire sur les plateformes telles que Amazon, Babelio, Booknode, Livraddict (cela augmenterait ma visibilité et mon référencement) ;

À recommander mon livre à ton entourage (sans lecteurs, pas d'auteurs !) ;

À me suivre sur les réseaux sociaux : Instagram (Cyndra O'Hara, Sissie O'Hara) ou Facebook (les histoires de Sissie).

Tu peux aussi suivre Elixyria sur les réseaux sociaux et rejoindre leur groupe Facebook : Elixyria's friends ou leur page Instagram.

Cyndra O'Hara

Cyndra O'Hara est une auteure de romance originaire de Bretagne. Dès son plus jeune âge, elle baigne dans le monde des livres. Amoureuse des mots et de la littérature sous toutes ses formes, c'est naturellement qu'elle couche sur le papier ses premières idées, à l'âge de treize ans.

À vingt-cinq ans, elle commence l'écriture de son premier roman, *Vénéneuse*, une romance abordant des sujets de société. Écrire devient alors sa catharsis, sa tour d'ivoire dans laquelle elle retrouve ses personnages, un moyen de s'évader, une porte laissée ouverte pour nouer un lien avec ses futurs lecteurs.

Elle décroche son premier contrat d'édition dans la maison Elixyria, dont elle partage les mêmes valeurs.

Mentions légales
Éditions Élixyria
Clamont
23430 – Châtelus-le-Marcheix
ISBN : 978-2-37961-563-4
Collection Elixir of Love
ISSN 2607-575X
Dépôt légal Avril 2024
Imprimé en Pologne